Sogar in Kanada lebt der Blues der Germanen

Von

Schorat

ISBN - 978 - 3-932209-16-1

Sogar in Kanada lebt der Blues der Germanen

Die Priester sind die Vermittler der Menschen den Göttern gegenüber
Die Magier die Vermittler der Götter den Menschen gegenüber.
Hätte wohl derjenige gerne der das irgendwann mal formuliert hatte.

Kapitel Eins: Willkommen im Hotten Hottentottenleben von Berlin

Es ist die feinste Stadt im Zentrum Europas. Sie muss es sein. Dreck, Mücken, Spinnen, politische Gruppen, Asoziale, gewöhnliche Gerüche, Piepmätze mit Flöhen im Gefieder, kalte Winde, sie schaffen es nicht in ihrer Umgebung sich als akzeptabel zu behaupten. Die Stadt sie ist geschmückt mit Galerien die ohne Bilder leise vor sich hermurmeln: Murmel Murmel. Schwanzlurchen suchten unter den Dielen die letzten Reste der ehemaligen Religion der Blumentöpfe aus denen die Zartheit der Düfte in die unsichtbaren Bereiche der Feinsinnlichkeit deuteten. Und dort liegt der Schatz mit welchem aus Erde Gold gemacht wird.
Halt, Halt, es war umgekehrt, aus Gold wurde Erde gemacht.
Jedenfalls, in dieser Stadt gibt es sogar einmal im Monat unter den dahin fliegenden Krähenschwärmen, eine geputzte androgyne Toilette. Aber meistens hören die Menschen die aus Buchstaben und Wörtern bestehen die Musik der Hundfische welche den Suppenschildkröten als Brillenschlangen verkleidet, ihre aus den russischen Taigas rüberkommenden Melodien des Sommerwind Serenadenklängen, als verpönt erschien.
Die New Wave Szene rümpfte ganz spontaaaan ihre kurze Nase.
Diese einzige androgyne Toilette war der Treff aller die schon vieles hinter sich gelassen hatten und nur noch im Guten der Verlustheit aufgingen. Die Revolution die damals diese Toilette beanspruchte hatte sämtliche Rohre verstopft und es war eine wahre Pracht zu sehen wie beide Geschlechter die Wiederauferstehung dieses sittlichen Tempels erstrebten.
Doch die weiblichen Aspekte _waren nicht so gut bei der Beseitigung der Verstopfung dieser geistigen Rohre, voller ausgeschiedenem, welches vorher eingeschieden wurde.
Aber ein heller Kopf rief damals mit entzücken aus: Kauft Null Null den extra starken Rohrverstopfungsreiniger er ist so stark das sogar die Rohre vor ihm zittern. Und so geschah das Wunder die Rohre wurden von der Macht der Wollust des Reinigens verschont .Dieses machte dann den androgynen Tempel noch gesegneter. Schon bald kamen Pilger aus aller Länder die ihren inneren Dreck dort in Ruhe und Frieden als ewiges Leben erkannten.
Doel saß nun auf diesem Ring der zum Tempel gehörte. Er saß da schon viel zu lange. Die Tür ist weit offen und lässt den verräucherten Schein der Sonnelichter auf seine Kniescheiben fallen. Aber das Stückchen Himmel des riesigen Himmels der die Form eines Würfels hat begnügt sich nicht Ewig mit dieser Verleumdung seiner Schönheit, durch die

Verpestung der Zahlen und Wörterindustrieprodukte.

Ihr werdet eines Tages meine wahre Schönheit schon wiedersehen dachte sich der Würfelhimmel, denn wie sollt ihr Menschen aus Symbolen zusammengewachsen das sehen welches euch zur Einheit fusioniert.

In diesem Würfel, dort, das, welches aussieht wie eine Wolke, das ist eigentlich der blasse Mond. Er sieht aus wie ein verwelkter abgeschnittener Großzehnagel, der vom Yeti abgeschnitten wurde.

Das Weltradio sendet aus der Mitte dieses Würfelhimmels, den „Hundsfischblues der Taiga". eine Mischung aus Hechtsuppe mit ner Priese Übertreibung die den ganzen Sowjetstaat umgarnen, in welchem sich nun bald Kapitalismus und falscher Kommunismus mit Atombomben, das Garaus machen werden. Diese Voraussage hat der Weise Nostradamus damals im 16ten Jahrhundert schon gemacht. Er schrieb in seiner Vision eingehüllt: Der Ernährer (die USA) wird alles in die Flucht schlagen. Bolschewistischer Blutegel und Russischer Wolf du hörst nicht meine Warnung. Wenn Mars im Zeichen Widder steht, vereinigt mit Saturn, Saturn mit dem Mond, dann naht dein großes Unglück. Die Sonne steht dann, astrologisch in der Erhöhung, Exaltation.

Naja, jedenfalls werden die Atombomben nachts wie Sonnen am Himmel leuchten und das soll uns eine Warnung sein. Abrüsten, Abrüsten Wegrüsten, Wegrüsten die Finger davon lassen bloß weg.

Dieser junge Doel, was denkt er, da sitzend.

Schwer zu sagen, höchstwahrscheinlich denkt er darüber nach ob er nun den Abzug ziehen soll oder ob die Kiwifrucht das Ei des Kiwivogels ist. Vielleicht sollte er mal den Versuch machen die Kiwifrucht, das mögliche Ei, klar als Samen ist es auch ein Ei, auszubrüten.

Möglicherweise denkt er auch wie er seinen Brustkörper nicht so einfallen lassen soll damit er nicht wie son „Bamboozing Dreckscheissmist", aussieht, warum, das weiß er selber nicht mehr, aber in seinem Kopf der ausgeRumt ist, ist das nun mal seine Show. Die Show ist aber nicht so wie Du sie erraten könntest.?!

Ahhh ich bin noch im Kosmos in Berlin und das ist schwer zu glauben mit dieser vollen Leere und diesen Schmerzen die nur vorgestellt sind, damit nicht so viel Leere in mir ist, weil zu viele Frauen und leichte Leute mich das Objekt fast ausgelaugt haben. Ich ihr angebetetes. Ich ihr sein. Ich ihr Genuss. Ich ihr Brennstoff. Ich ihr Körper an dem sie sich laben. Ordnungslos ohne Moral ohne Bittgebete ohne Demütigkeit, Ich.

Aber glücklicherweise werde ich bald Ichlos sein und nur noch Duvoll bleiben, denn Doel wird nach Kanada fliegen. Obzwar sein Körper ja aus Wasser gemacht wurde, als ein Mechanismus zum weiterbewegen, nein, Organismus, von einem Platz zum anderen, lässt er sich doch tatsächlich auch fliegen. Aber *wo* sollen die Düsen angebracht werden wo die Brennstoffe eingefüllt werden, naja das ist eine andere Geschichte.

Doch der kosmische Schiss war nun beendet und Doel begab sich außerhalb dessen, immer noch denkend. Denkend dass er der leuchtende Doel Zock ist der damals die ganze Erde auf dem Feld in der Nähe von Düsseldorf mit seiner synthetisch philosophischen "hallo wie geht's" Musik beglückte. Aber kein Aas schrieb auch nur eine Zeile in den poppigen Zeitschriften, die damals noch aus Steinplatten waren. Aber so ist das mit Aas, das ist was für die Serengeti Geier und nicht zum Schreiben da das Aas keine Schulbildung hat. Zum Glück war der Doel auch noch einer der durch Zufall von oben die Kunst der Hypnose kannte und immer wieder diese Erde hypnotisierte. Wenn Du ihr 10 Sekundenlang in die Augen schaust ist sie für immer dein. Bloß das Auge der Erde zu finden ist wiederum eine andere Expedition ins Reich der Atome und Molekühle aus der die Wissenschaftler sich Atombömbchen bauen, weil sie ihr Dasein so Langweilig gestalteten.

Die Musik hatte inzwischen aufgehört. Stille.

Vor Doel lag nun Berlin, das nur von der Mauer umgeben war worin keine weiteren Häuser lagen standen oder abgebrochen wurden. Alles war flach und mit einer blumigen Wiese bedeckt. Die androgyne Tempeltoilette war das Zentrum der Stadtfläche um welche jeweils in Fünfzig Metern ein Kreis von 50 Meter Landfläche die mit Bäumen besetzt waren wuchs. Der erste Kreis bestand aus den schönsten Birkenbäumen .Der 2te Kreis aus der feinen durchsichtigen Lerche. Der dritte aus Silberpappeln. Der vierte aus Eichen. Und so weiter und so weiter. Und zwischen jedem Kreis war ein Wassergraben der mit Wasserrosen blühte. Auch im Winter. Aus dieser Umgebung gab es kein Entrinnen. Denn die Schönheit wollte das Doel mit Leod als einzige Zweibeiner in dieser Stadtfläche lebten wenn alle 2 Millionen sonstigen Zweibeiner Berlin verlassen hatten um den Globus auszukundschaften weil sie ja von ihren Vorgesetzten die sie blindlings akzeptierten 3 Wochen Ur-Laub bekommen hatten, diese armen Schüftchen die so viel nach dem Wecker schuften mussten. Befreit euch davon, denn das ist nicht die Zeit.

Wenn die 2 Millionen wieder zurückkamen dann wuchsen auch wieder die Häuser und die Autos und die Nutten und die Rockshows und die Kneipen und das dies und jenes.

Vor sich die Lage beschauend in sich denkend das der Acid - Rock vorbei ist, erkannte er das die geliebte Gitarre Leod ihn manchmal in Ekstase in Rote in Grüne in Gelbe Ekstase brachte, woraus er dann lechzend und mit Sternen in den Augen andauernd wiederholte: Bleib bei mir, deine Lippen sind wie Alkohol, ich werde aber ein Bad nehmen, damit die Haut schön bis zum Morgen wird, aber bleib bei mir das waren diese Zustände aus denen dann der Anal – ytiker feststellen würde: Chaos.

Weiterhin würde Er unter seiner modischen Brille herschauend sagen: Ihre Direktion ist verworren sie brauchen Schokolade. Schokolade damit das Chaos ,, wie bitte welches Chaos unterbrach Doel ihn: Das Chaos der chaotischen Veränderungen mein lieber Süsserchen du Doelchen Puppy Schnucki.

Doel war verblüfft über solche Redensarten des Anal - lytikers, Der schon öfter von Schoko geredet hatte aber meinte das es keine Lade gäbe. Aber Doel antwortete ihm dann immer: Natur hat einen Hang zum Experimentieren, jaja, nein und dein, haaaaaa.

Sogar das Himmelsgewölbe wurde dann gereizt von solchen tiefen Erkenntnissen und jede weitere Erkenntnis wurde dann auf längere Zeit untersagt damit der Sinn erst mal verstanden würde..

Doel wusste aber was er wollte aber dennoch waren die positiven Energien in ihm die das was er wollte freigaben versiegt oder so was.. Puff, einfach weg, und das in ihm den Rockkönig, Bloß nach Kanada zu den Grizzlys und den Eisbären den Weizenfeldern dis 2 mal so groß wie die Erde vor ihrer Erschaffung waren, Zu den Flüssen die noch Wasser tragen die aus H20 sind und nach i3p riechen, hin zu denen die von den Amerikanern ihre Autos beziehen und den Japanern ihre Schlitzaugen, und von den Germanen den Blues der Wahrheit ,weil die Germanen eins mit der Wahrheit geworden wurden, sozusagen als Offenbarung für die Neuzeit aus der Altzeit

Ja ihr ,obwohl Doel in dieser Stadt mit Zentrumstoilettentempel und Bäumen lebte, hatte er doch den Witterungen der Heckmeckzivilisation den Druckmesser nicht auf mäßig weg vom extremen stellen können. Und das war kein blinder Hühnerdreck oder eine saure Gurke. Nein das war südlich jeder Tarantel die einem in der Sommerhitze unter diesem Gewölbe fast immer sticht, sticht, und du fällst auf die Kühle der Weine der Biere der Sekte der Urquells rein.....flatsch.

Und aus all dieser Klimatologie kommt doch tatsächlich eines schönen Tages der Brief vom Amigo Gonzales in Montreal sagend das er genauso ein Verlierer ist wie alle anderen. Ja und das ist ein großer Weg um deine reflektive Analyse zu erkennen und sie zu akzeptieren. Gelobt seist Du. Die Chinesen würden jetzt schlinky sagen: Aber der grossssse Mann ändert sich wie ein Tiger.

Und Doel sagte: Nichts.

Warum sagt er das. Weil seine Energie am schwinden ist. Er braucht mehr von seiner Energie. Doels **Energie** ist verbraucht, aber seine Energie ist ewig. Was auch immer ewig sein soll, sie ist jedenfalls ewiger als Doels, das steht fest im erkannten. Und dieses Erkennen war schon wieder Arbeit. Und diese Arbeit war schon wieder Wirken. Und diese Wirken war schon wieder eine Spur von Unreinheit. Denn es liegt im Wesen der Arbeit sich von Motiven und Bindungen antreiben zu lassen, aber die Arbeit ist auch das was leicht ist und leicht ist das Leben in der Schwebe des Ewigen.

Wissen sie es sieht so aus als ob unser Freund Doel durch einen flachen Downer geht, sein Leben das ihm nicht gehört, die Menschen die ihm nicht gehören, die Verschwommenheit des Chaos das ihm auch nicht gehört, ausgelaugt vergessen und verloren , auch das gehört ihm nicht, erschreckend, nein, nein, aber wahr, ohne sich zu schämen, welches ihm auch nicht gehört. Ja ihm gehört noch nicht einmal das was das Nichts der Philosophen ist, denn das Nichts existiert doch gar nicht in der Einheit. Und wenn es das auch geben sollte wäre es immer noch etwas. Und dieses etwas das ist der Geist. Ja und das war wie schon immer Hoffnung. Ohhh du Hoffnung schrie Doel nun.

Hoffnung um die Kälte die mir nicht gehört zu überleben. Hoffnung um die Leere die mir nicht gehört zu überleben. Hoffnung um die Richtung die mir nicht gehört zu finden und zu überleben. Aber auch das Überleben gehört nicht Doel. Hoffnung zu hoffen noch mehr zu hoffen was Ihm auch nicht gehörte.

Ja Kanada hier kommt Doel der seine ganze Hoffnung die ihm nicht gehört zu Dir bringt in der Hoffnung der Wiederentdeckung aus der Eingefrorenheit dieser Wärme dieser Vorstellung die aus Langeweile besteht, in einer Woche in Kanada zu sein. Hoffentlich ist Doel in Kanada aber nicht nur zu sondern auch offen.

Weg bloß weg *von* hier auch wenn als Kamikaze - Flieger oder mit verlängertem Pass der Mittlerweilen schon so lang geworden ist das er den halben Jlobus umzingelt. Und nur mit dieser Verlängerung kann er seinen alternden Freund der nicht sein ist in Montreal treffen.

Aber wie kann man was treffen was einem nicht gehört. Denn was du dann triffst, wird ja zerstört. **Materie** gegen Materie. Das kann doch keine Liebe sein.....ohhh jeeminee. Chaos .... aber süß.

Die Bäume fingen sogar zu lachen an sie kontrahierten ihre Blätter und öffneten sie wieder, so sieht das Baumlachen aus denn bei diesem plötzlichen zusammenklappen der Blätter entstand dann der Whisperlachton der durch Doels Mark ging aber trotzdem nicht die Kraft hatte die Kundaliniwege freizulachen.

Doel schaute noch mal auf die androgyne Toilette. Er sah in ihr die 5 Wochen in Kanada, er sah in ihr den Weg genügend Geld zu haben für diese Reise, er sah in ihr die Wegheit des Chaos. Aus seiner Inertia ging er auf den ersten Ring der Birkenbäume zu, sah wie sieben Schmetterlinge sich von der Mohnblume bewegten fast wie im Traum sah dass das Gras im Winter Blau war vor Kälte bemerkte aber auch das er nun an dem ältesten der Birke21 gelehnt stand und die Schwingung des Baums als wohltuend in sich aufnahm.

Du bist in einem großen Loch Doel flüsterten die Schmetterlinge aus der Ferne die ihnen fast sämtliche Farben nahmen und nicht wiedergeben würden, denn die Ferne hatte Neid weil sie niemals Nah sein konnte deshalb wollte sie immer alles für sich haben.

Doel erinnerte sich zurück an sein Wesen das er ist. Er konnte die Sprache der Schmetterlinge wieder verstehen, die Töne der Gräser hören den Klang der Wolken entziffern die Atome verstehen und den jedVeden Lebewesen welches das All ist mitsamt seiner Gestirne dem Geist und der Unendlichkeit zuhören als er sie und sie ihm in der Einheitlichkeit als eins erschienen.

Das war die Frucht des Suchens die ihm manchmal zuteil wurde wenn er von dem Chaos des Identifizierens das er ein Mensch sei sich lösen konnte und wusste dass er kein Mensch sei sondern die Ganzheit selber.

Der Mensch das ist eine Zusammenstellung von dem Wort der und dem Wort Mensch. Aber der Sinn dahinter der war ganz, ganz anders das wusste Doel auch, Obwohl in Berührung mit dem Erdlichen gekommen das gar nicht so leicht zu erkennen war. Aber alles lebt das wusste er auch. Auch der Tod, das war ein Wort, aber der Sinn dahinter ist ganz anders.

Nun ja, Doel stand an der Birke gelehnt ohne der Taigamusik wissend das er sich nun bald ein Frühstück machen sollte, das verlangte der Körper von ihm.

Was ist los mit dir Doel kicherte die Birke.

Ich weiß es nicht. Ich weiß nichts mehr.

Siehst du Doel dein kleines Ich weiß eben nicht sehr vieles. Dein kleines Ich das Du Dir aus der Vorstellung geformt hast ist die Verlängerung de Geistes der sich materialisiert hat Doel. Es ist die Kraft die sich aus der Zusammenwirkung der körperlichen Organe geformt hat und manchmal zu laut Ich, Ich Ich, ruft ,...weil du ihnen immer zu viel Rum einflösst und sie deshalb Schmerzen haben, und sich deshalb Doktoren und Krankenhäuser erdacht haben.

Wenn du immer nur an dich als Körper denkst wirst Du auch Angst vor vielem haben Du wirst Angst vor dem Sterben haben Du wirst Angst vor Dir selber haben Du wirst Angst vor anderen haben aber vor allem wirst Du ein in der Evolution schwaches Wesen werden Du wirst aussterben..

Auch die ganzen Erfindungen der Zerstörtheit die Bomben die Kugeln die aus Hektik geschaffenen Errungenschaften sie sind alle kurzsichtige Produkte deiner kleinen Ichheit die sich selbst zerstören will aus Angst weil Du dich mit dem Körper identifizierst, zu sehr mit ihm identifizierst er sei gelobt dieser erleuchtete Körper, aber im Wachstumsprozess da musst Du darüber hinaus steigen können, du musst ins Bodenlose steigen können, denn auch nur da ist die Freiheit von der chaotischen Zivilisationsstinkerei und dem Heckmeck der Auspuffgifte der Fabrikgifte der Verseuchungen zu finden damit solche Pestbeulen von euch Zweibeinern erkannt werden und aus der Freiheit heraus freigemacht werden von Giften.

Doel hörte so entspannt wie es ihm nur möglich war zu um den wahren Sinn des gesagten zu verstehen und ihn sich zu verinnerlichen.

Das Blaue Gras schaute zu den Bäumen in einer solchen Freude wir sie nur selten unter den Zweibeinern zu finden ist. Der seichte astrale Wind brachte die Töne ihrer Sprache in Bewegung. Das Gras war sich auch am konzentrieren denn es wusste das Doel sich in einem undifferenzierten Geisteszustand befand der weder Schmutz noch Filz Fußtritte noch Gummi erkennen ließ. Doel erkannte nur noch den Geist mit seiner Vielfältigkeit .

Aus diesem Traumzustand der wirklich ist ging Doel nun zum zweiten Baumring, dem der feinen durchsichtigen Lerchen. Und in dem Wald der Durchsichtigkeit erdachte er sich für nun ein Glashaus in dem alles aus Glas war sogar er selber.

In diesem Glashaus sitzt er nun und sucht.

Es ist nicht der Mai ,warm, fast berauschend und als dritter Monat des Jahres, und nicht als der fünfte, nur weil die Römer damals in ihrer Macht, nur weil sich ihre Prognose im Krieg gegen die spanischen Kolonien nicht aufrecht erhielten, denn sie hatten hinausposaunt das der Krieg noch vor Sonnenuntergang beendet sei. Und dies, damit durch den Aufruhr in Spanien die Neuwahl des Konsul in Rom nicht ungünstig beeinflusst wurde. So ließen die anmaßenden den Gernegroßen in Rom aus diesem Grund diesem nichtigen Ichsuchtgrund die Kalenderzeit ungefähr zwei Monate stille stehen, stellten aber nach der Niederschlagung des Aufstandes die Ordnung mit der Natur nicht wieder her. Als man dann 153 v.Chr. gar noch den bisher schwankenden Amtsantritt des Konsul auf den 1 .Januar festsetzte, wurde dieser Tag in unglaublicher Selbstherrlichkeit zum Neujahrstag des Kalenders.

Es ist auch nicht der Monat Dezember der 12te, der aber vom Namen sagt ich bin gar nicht der 12te Monat ich bin der 10te Monat, denn ich heiße Dezember, und Dezem bedeutet doch Zehn.

Es war auch nicht der November der der 11te sein soll der aber im Lateinischen aus dem alle **Monatsnamen** entnommen sind Novem, Neun bedeutet.

Es ist auch nicht der Oktober der der 10te sein soll der aber Octo, acht heißt.

Es ist auch nicht der 21 Jährige heilige Mann Gita Yogi der in diesem Glashaus nicht wohnte Der die letzten 20 Jahre seines Lebens auf dem Gipfel des Himalajas meditieren wollte damit sein Gehirn deformiert wird zur kosmischen Aufnahmefähigkeit der anderen Bewusstseinsstufen.

Es ist auch keine Schlechtheit keine Drachenblutbaumblüte die mit Puder berieselt sich ihre körperlichen Öffnungen, die Vorlieberweise zum füllen da sind füllen lassen wollen. Auch nicht die körperliche Öffnung die von den männlichen Frauen mit Lochfüllern irgendwann mal das gefüllt haben. Da ist kein Haar um diese Öffnung. Zum schämen. Ha.

Aber was ist es denn nun.!?

Es war die Zahl 8+1+4+4+5+3.

Doel war erstaunt, so hatte er sich ihn nicht vorgestellt.!

Die Zahlen zusammengezogen ergab die Zahl 25. Aber die Zahl 25 bedeutet auch Geisteskraft, Gewinn , durch Erfahrung. Die Zahl 25 ist in ihrer Wurzel 7. Die 7 ist eine heilige Zahl. Pythagoras hatte mal gesagt, als er krumm dabei war gerade zu erklären: Suche die Form, die der heiligen Zahl 1 entspricht und die durch Teilung oder das Quadrat der Teilung deinem Auge die anderen drei heiligen Zahlen, die Vier, die 7, und die 10 sichtbar macht. Hast du sie gefunden, so erkennst du nicht nur wer oder was du bist, du erkennst auch wo du stehst ,wo die Mitte ist und das Ziel deines ganzen Menschenweges. Und vieles andere wirst du überdies erkennen. Wer Augen hat zu sehen der sehe.

Aber was konnte Doel noch sehen in diesem Glashaus das alles durchsichtig machte.

Er sah wie die Zahl 25 minus ihrer Quersumme 7 gleich 18 wurde und 18:9=2 und die 2 bedeutet Wissen. Aha die Zahl 25 war also auch Wissen. Wissen wie man die Zahl benutzen musste.

Aber diese Zahlenkombination sie war in Wirklichkeit ganz was anderes. Sie war der springende Punkt der sich zum geliebten Verbindungsglied zwischen Mann und Frau machen konnte wenn er richtig echt und voller tiefer Gesinnung edel seine 4+7+3+5 fand.

Zutiefst beeindruckt erwachte Doel aus diesem Trancezustand in dem er dieses Wissen sehen durfte und begab sich sofort auf die Ebene der Monalisa - Schönheit, wobei er fast klacks wieder ins Chaos stürzte aber dennoch nicht wusste was er zu tun hatte. Vielleicht brauch ich einen kleinen Rum. Einen guten Rum. Gute Energie, Explosion für das innere des Domes seines Schädels. Sein Schädel war übrigens gar nicht so gefragt von den vielen Aasgeiern die *hi*er umherwandeln, sich am Ego und am Es sättigen, oder das super- natürliche aus der Tankstelle saugen, oder sogar noch vieles mehr, dies ist der Endpunkt des Gedankens.

Wieder kam der Hunger mit seiner Freude um sich ein Omelett machen zu lassen .Aber bis dahin musste er noch am imaginären Hundeknochen nagen. Eins ist klar, aber Kokain reist momentan nicht durch mein Gehirn bemerkte die Erkenntnis in ihm für ihn.

Wer beobachtet mich da aus der Fernsehecke wie das Bild der Zahlen sich zu Organen verwandelt, Wer ist das.? Aber keine antwort. War es die Frau die womöglich eine Zeitlang mit mir sein will.

Dann aß er das zerschmetterte Eilnnere. Trank den Tee der kein Blatt war. Aber bis jetzt zeigte sich nicht der kleinste Rülpser oder die leiseste Ahnung von Erbrechen. Doel nahm an das er von den schlechten Chemikalien, erst wenn er über 80 war getroffen würde.

Da ist ein Metapher hier , wenn auch etwas verdünnt . Doel versucht die Parallele zwischen Chemikalien und der Zahlenkombination zu vermitteln aus denen dann mit der Hilfe von Rum die ganze Umgebung zu leuchten anfängt. Und das war der übergeordnete Metapher, sozusagen die Synthese von Chemikalien, Zahlen und Rum, aus denen dann neues Leben geschaffen wurde.

Jedenfalls ist es besser so Leben zu schaffen als innerlich Leer wie Fülle zu sein und dröges Leben zu leben. Auch wenn es wichtig ist die Beziehung zwischen Gedanken und Wort zu erkennen und zu wissen wie weit die Macht des Wortes reicht. Denn du, lieber Doel hilfst zuerst dir und nicht der Welt, Die Welt braucht dich nicht, sie lebt ganz von selber, auch ohne Dich. Also sei vorsichtig das wenn die Chemikalien dich treffen du nicht sofort deine Stahlzähne und ihre Freunde verlierst.

So wie stehts nun.?

Die Zahlenkombination steht noch nicht.

Aber dafür ist Gita Yogi losgezogen um Rum zu kaufen. Rum ist übrigens der Verwandte von elektronischen Schallwellen die sich in das andere Ohr wirken und auf das andere Gemüt wirken. Aber das weiß doch jeder Spatz jede Zicke und vor allem kein Diktator wie

zbs. der Nervenkönig der Gitarrensolos, Zock der Steinbeißer. Wenn Du so weiter fährst Doel sage ich dir das Du noch Weltruhm erlangen wirst der daraus bestehen wird das du deine uneigenen Exkremente in himmlische Schätze verwandelt haben wirst.
Doel war von dieser Prophezeiung nicht sonderlich erfreut denn der Duft vom Duft hatte er keine Verwandlung erwähnt. Also werde ich nur noch parfümierte Chemikalien zu mir nehmen. Darin liegt sowieso ein Vorteil nämlich der Anziehungskraft derjenigen die, die Magie der Düfte kennen und wie die Wespen auf das Süße sich daran laben wollen..
Hier bin ich ihr Stacheltier. Hier ist das Glashaus noch für eine Weile bis die Fantasiekraft wieder in Chaos erstickt.
So seit nicht scheu kommt und holt euch eure Leckerbissen.
Draußen hatte sich inzwischen wieder alles verwandelt die Autos waren wieder da der Stadtgestank und Doel lebte wieder im Hinterhof einer Berliner KaltbauAltbau Wohnung. Glücklicherweise braucht Doel nicht rauszugehen den Yogi ging ja schon. Denn da draußen ists nur gut um TestReagenzglassBabys zu regenerieren.Daraus werden dann später diejenigen gemacht die auf die Strassen, der mit Staub beladener Städte, gehen dürfen. Ihnen wird vorher jegliche Erkenntnisfähigkeit rausreagenzt damit sie auch noch bessere Blödköpfe sind wie schon schön so viele heutzutage leider so sind. Wieder ein Sieg für diejenigen die den Mangel an Freiheit der Persönlichkeit, den Mangel an Möglichkeiten der Entfaltung, den Mangel an Unterscheidungsvermögen und eigenem Denken züchten, so dass sie die Minderheit, die Mehrheit in beständiger Unfreiheit halten.
Denen scheint es wohl auch egal zu sein, dass das Quadrat des guten + das Quadrat des Bösen gleich dem Quadrat von Schuld und Sühne sind.
Oder mit dem anderen Wort: Das Ergebnis aller guten Taten eines Menschen im Quadrat plus Ergebnis aller gesetzwidrigen Taten im Quadrat ergibt das karmische Quadrat von Ursache und Wirkung. So ihr Freunde der Armeen der Düsenbomber der Spannungszustände, das heißt das der nächste Krieg bestimmt kommen wird das sogar danach wieder einer kommen wird und wieder einer, wenn nicht endlich die Ursache dieser Auseinandersetzungen die keine Zusammensetzungen sind endgültig behoben wird und ihr die ihr euch denkt für solche Zerstörungen die Verantwortung zu übernehmen wobei ihr andere für euch kämpfen lassen wollt unter der Tarnkappe der nationalen und sogar internationalen, ihr müsst doch alle ganz schwer Irre sein.
Denn Krieg ist jeweils das Ende aller Bemühungen.
Ohhhh Doel wie kommst du bloß zu solchen Redewendungen.?
Ach das ist einfach es ist das Göttliche in mir das beleuchtet. Ahhh ja.
Sofort fing Elton John an Honey Chat zu spielen. Doel war glücklich, ja die ganze Welt sie besteht aus Musik, schon Buddha sagte wenn die Buddhas kommen dann wird überall Musik zu hören sein, aber nicht nur das sondern auch das Gras die Bäume die Tiere sie werden alle Musik hören und machen und alle Ideale die Ideale für das weltliche Leben die Ideale für das psychische Leben und die Ideale für das geistliche Leben sie werden alle erfüllt durch Musik. Aber auch diese Ideale sind wie lahme Esel, verglichen mit dem edlen Wissen das erreicht werden kann..
Ohhh Musik spiele mir mehr vom edlen Wissen, spiele laut. Spiele Zart, bring das edle Wissen zu uns Menschen.
Aber dem Buddha seine Bildlosigkeit sie versteht Doel zwar aber sie zu erreichen das

muss ein langer Weg sein.

Womöglich muss er dafür nach Kanada in die riesigen Wälder. Und dort kann er sich ja wieder ein durchsichtiges Glashaus fantasieren. Damit die welche noch nicht Sehen endlich Blind bleiben bis der Seher kommt der sie wieder von dieser Verkrampfung befreit. Aber zuerst werde ich mich töten damit ich wieder aufstehen kann.

Was ist los mit dir Doel warum denkst du so viel.?

Ja die Freunde sie sagen das Doel nicht blöde ist oder sogar whaky. Er meint aber das Doel edlige Körner Wahnsinnigkeit in sich hat die sich zum Größenwahn steigern werden sobald er schwanger mit Leben wird. Glücklicherweise hatte ich, Doel, noch nicht vergessen in diesem Weltall welches für uns die Niederschrift des Unendlichen in der Sprache des Endlichen *ist* ,das alles ein Spiel ist ,und, und das wir uns in diesem Spiel gegenseitig helfen, .aber sobald wir vergessen das es ein Spiel ist wird das Herz das in der Mitte des Oberkörpers ist von Sorge und Kummer schwer, und das All der Welt drückt uns mit fürchterlicher Wucht nieder. So lass alles ziemlich leicht gehen lasst uns Freunde sein.

Denn Freunde der verehrte Vivekananda sagte schon damals :Freunde die ganze Welt ist ein großes Irrenhaus. Des einen Wahn geht nach irdischer Liebe, des anderen nach Ehre Reichtum, oder nach Erlösung und dem Paradies. Nun auch ich bin Wahnsinnig, Ich bin vom Gotteswahn befallen. Also sind wir alle Wahnsinnig, ihr nach Geld, ich nach Gott .Mir ist mein Wahnsinn der liebste.

Oleeee...Oleeee...Oleeeee.Oleeeee....

Vivekanada der Mittlerweilen mein Lob gehört hatte kam daraufhin sofort ins

Grobstoffliche Materiereich zurück und stand nun völlig nackend vor Doel der sich verwundert die Augen aus den Augenhöhlen nahm anfing sie zu polieren wieder rein steckte und sah das Vivekananda nun doch unpedantisch zu Doel sagte: Ich weiß wohl das Ich und Er eins sind, aber dennoch will ich mich von ihm trennen um den geliebten zu genießen..

Beim Wort genießen gingen Doel dann sofort sämtliche Nadis auf und wie ein riesiger durchdringender Wellenstoß voller absoluter Wonnegefühle stieg die Kundalinikraft durch die Rückratöffnungen aber ohne **Spitzekacke** und Beseilung ins Zentrum der Vergeistigung aus dem es keinen Rückweg mehr gibt weil alles Zuvorige wie kalte Kacke aussieht, und Doel hatte seine erste Versunkenheitsekstase die ihn in direkte Verbindung mit den Kräften bringt die außerhalb der Reichweite der so genannten Normalität liegt und viel mehr an Ur - Teilskraft Liebe Denkvermögen Klarsicht und große Gläser voller Beerenauslesewein mit sich bringt ,indem die Kräfte des Alls ihn ,da er sämtliche Körperausstrahlungen nach Innen zieht, das sogenannte volle Konzentrationsvermögen wiederbeleben, welches völlige Gelassenheit ist...

Nun mein geliebter Doel, auch du begannst mit Selbstliebe, und dein kleines Ich mit seinen unbilligen. Ansprüchen macht sogar die Liebe Selbstsüchtig, bis am Ende der helle Strahl des Lichtes hervorbricht, indem das kleine Ich einsgeworden ist mit dem Unendlichen. Du als Mensch wirst dadurch verklärt durch den lichten Glanz der Liebe, und du wirst der herrlichen Wahrheit inne, Liebe, Liebender und Geliebter sind eins. Und diese Versunkenheit die du gerade erlebt hast sie ist der Anfang dieses Weges der viele Schätze bringen wird die von dieser Welt sind, denn schließlich ist der Sinn der, dass Du als wacher Mensch durch suchen erkennen sollst wer Du bist, und daraus ergibt sich diese Erkenntnis dieser Wege. Aber bevor Doel auch nur ein Wort erwähnt hatte, hatte sich Vivekananda dematerialisiert.

Nur ein Häufchen Schaaaaamhaare blieb auf den Boden liegen die sich aber auch sehr bald ins unsichtbare mischten.. Anscheinend haben diese Haare eine längere substanzielle Lebhaftigkeit.

Doel, der sich vorzüglich fühlte war trotz allem vom diamanten Dämon umgarnt der nun wieder alles nichtig machen wollte, er wollte Doel in spirituelle Zickzackerei verwickeln, zeigte seine diamantenen Zähne um Doel zu blenden, ja er fing sogar an Predigen vorzutäuschen, und wollte sich doch unverschämt draufgängerisch wie er war an Doels 4+7+3+5 ranmachen, welches Doel nun doch zu bunt wurde und mit einem gewaltigen Hieb der aus der Liebeskraft kam die er ja gerade erfahren hatte pustete er diesen Dämon der Augen aus Biergläsern hatte zurück in die Brauereien. ..

Eine Nutte dick wie die Twiggy damals kratzte sich gerade den Schorf aus ihren Lippen die mit Mitessern bewachsen waren.

Doel war nun wieder AllEine mit sich. Kanada erschien wieder. Kanada wird ihn davon abhalten übermütig zu werden, das er zurückblicken wird, wissend das die Zeiten die kleinen, sich ändern, und das er AllEine dort hingehen wird, ja dort, wo vor kurzem die Frau die er getroffen hatte und meinte das ihr lange Haare nicht gefallen aber das lange „Wängs" ihr sehr zusagen, ja sie lassen sogar Explosionen in ihrem Kopf passieren, ohne das Zöllner sich weiter darum zu kümmern brauchen. Und Doel wusste dann das er von dieser Frau nur Nichts wollte, obwohl seine Arme andere Sachen wollten als Doels Einstellung zur Gesamtsituation, und das war überhaupt das glücklichste an Doel. Er wusste nun dass er nicht ein neurotisches Katastrophengebiet werden würde....

Ahhhhh, Friede ohne neurotische Katastrophengebiete in einem zu haben ist echter Friede murmelte Doel vor sich her.

Aber die Erinnerung an diese Frau kam wieder ganz sachte und in den besten Kleidungsstücken gehüllt.

Doel versank wieder in diese Bar wo galante Tänzer in Seide sich schmiegten, wo er frisch glänzend sich den Weiblichkeiten in sich geöffnet hatte die gegenüber allen Männlichkeiten an vieles mehr zu bieten hatte da ja sowieso alle Menschen Frauen sind und nur er der Schöpfer ist Männlich.

Ja so ist es ihr süßen.

Ihr müsst schon soweit erkennen können das Doel ein Produkt der westlich östlich südlich nördlichen **Einheitsstruktur** ist die ihn mit der Zähigkeit von Zähigkeit ausgestattet hatte und ihn deswegen erlaubten einen öffentlichen Erlaubnisschein zum Träumen in seiner imaginären Tasche zu tragen die aufleuchtete wenn er daran dachte..

Ja genauso wie jetzt. Ja Doel hatte für diese Treffen sogar neue Schnürsenkel eingezogen. Er hatte auch die Elf und Neunzig Haare gewaschen, Parfüm der Rosen unter die Achselhöhlen ohne Eingang geklebt, sogar sein Computer lachen zurechtgemacht wobei er die Computerkarte mit neuen Lächelarten gelocht hatte. Ein Lächeln sollte die andere Seite des jeweils gesehenen zum Vorschein bringen damit die Frauen ja fiebrig wurden. Sogar das Bargeld das übrigens von der Öffentlichkeit Bar kam, wurde nochmals geputzt. Mit solchen Fähigkeiten öffnete er damals die Bar Tür indem er mit dem Schweißbrenner ein Loch ins Holz brannte, schaute sich um ,griff sich an die Nüsse mit ihren harten Schalen aus Glas, lächelte wie drei die vier sein wollte, gab den Schnürsenkeln einen Schupps, und bestellte sich einen Jack Daniels... .

Als er den männlich aussehen, den Barfrautypen sah, sah Doel sofort wieder seine Rockära vor sich, damals, als er noch Zock der Kunstfaser - Heilige war ,angebetet von den Göttern..

Nach dem Jack Daniels hatte Doel wie aus Heavy Rock gemacht seinen Charme verloren, auch seine Gedanken waren verschwunden, genau wie seine Schnürsenkel.

Ja er war ein gefallener der auf diese Frau wartete, kein Baum in Sicht keine Gänseblümchen zum umarmen keine Quellen zum Laben nicht mal eine Lerche die am Himmel ihr Liebeslied sang, nein **Neonlichter** in diesem kalten Glitzert.

Einige der Menschen in dieser mystischen Bar waren so coolaussehend das Doel zu frieren anfing wenn er nur au f ihre Schuhe schaute, und nirgendwo war der Mond zu sehen, ja in den Köpfen der meisten gab es gar keinen Mond mehr sie meinten ein Mond ein Mond was ist das, aber das grüne das schlummerte ruhig, und diese Ruhe sie strömte aus ,in die Herzen derer die dafür empfänglich waren, sich aber zu selten auf diesem Globus trafen.

Immer noch wartete Doel auf diese Frau, damit er ihr was erzählen konnte, etwas das Bedeutung hatte nicht nur unterhaltend war, unterstützend, zeittötend, weil heute so viele diese Genusslangeweile hatten die immer nur ums Bumsen ging, um Autos, um Streitigkeiten, um Berufe, um Kleidung, ums Essen, naja oft konnten viele den Rachen nicht voll genug von solchen Ermüdungen bekommen..

Wenn beim Bumsen die Gesinnung wenigstens tief liegen würde, aber nein, oft dieses Abgeilen, dieses Aussaugen, solche Härt nee, sooon Dreck, fickt euch selber mit eurer

Kälte....Doel nahm sich vor ihr die Geschichte von der inneren Wahrheit zu erzählen die

sich dann veräußerlichte und fand das Materie Grobheiten mit sich bringt aus der es schwer ist eine anhaltende heitere Gemütsverfassung aufrecht zu erhalten, und dieses war der Zeitpunkt wo die Heroen und Heros auf den Menschenspielplätzen erschienen um sich zu ergötzen.

Die Frau sie würde lächeln und fragen: Sag mal ist dein Gesicht nun eine Tomate oder hast du Friktion für die Stosstangen versteigert.

Doel würde antworten: Die Tomaten, sie sind die Früchte derer die als Ideale keine Weite brauchen, und es wird Hunderte von Wiedergeburten, Jahrtausende währende Kämpfe vonnöten sein, bis der Mensch einsieht, das der Versuch vergeblich ist ,die Aussenwelt nach dem inneren Ideal zu gestalten und damit in Übereinstimmung zu bringen.

Doel wird dann ein Lächeln bringen das sie falsch interpretieren wird, sie wird daraufhin antworten: Da du mir nicht die Friktion der Stosstangen erläutert hast bin ich gezwungen dir alles zu geben, Küss mich schnell bevor es zu spät ist und lass deine Mauer fallen, gebe auf der Allwissende zu sein den ich bin die Frau die du suchst und brauchst....

Komm Küss mich schnell, aber hierhin bitte. Dabei öffnete sie die Täler ihrer Landfurchen in denen kosmische Landkürbisse wachsen können falls sie nicht hygienisch besprüht würden.

Sie war aber immer noch nicht da. Doel bestellte noch ein Bier. Sie war vielleicht bei Napoleon oder mit Zed am zeugen. Doels Atem war wütend. Der Barmann schaute auf Doels Schuhe und fing an zu kotzen. Irgendjemand lachte ihm in den Rücken hinein. Doel schauderte, immer noch auf diese Frau wartend. Menschen füllten die Bar. Doel saß, lächelte, und trank .Einige sahen Doel an, kamen herüber und meinten : Du musst wohl

Spaß machen hier herein zu kommen.

Die Frau war immer noch nicht da.

Doel wurde merklich erstaunter, denn wenn ein Mann sich in ein schönes Gesicht das er übers Telefon gesehen hatte verliebt, glaubte er zu wissen das es nicht die besondere Anordnung dieser Menge an materieller Moleküle zu sein, die ihn bezauberten, nein, keineswegs. Hinter diesen Partikeln der Materie vollzog sich das Spiel des göttlichen Einflusses und der göttlichen Liebe.

Die meisten Männer wissen das nicht aber doch sind sie davon, von diesem göttlichen in diesem Gesicht so beflattert das ihnen die Sinne ganz verschwommen machte obzwar schon des öfteren große Taten dadurch vollbracht wurden, wie zum Beispiel Mördereien, Betrügereien, Kriege, Völker geplündert, Intrigen gewebt, Atombomben entworfen und sogar Kinder umgebracht wurde,...

So deshalb seht nicht in der Menschheit den Kernpunkt eures Höchsten Strebens. . .

Seid lieber Zuschaue, seit Forscher und beobachtet dieses Phänomen Natur. Erhebt euch über die persönlichen Bande, die euch an eure Mitmenschen knüpfen, und seht zu wie sich dieses mächtige Gefühl der Liebe auswirkt in der Welt. . .Aber die Frau war immer noch nicht da.

Doel ließ die Toleranz leuchten, ein helles Licht. Dabei verschwand er in die Dunkelheit des Nikotins des Rauchs der Zigaretten die geraucht wurden. Danach wurde All along the Watchtower von Hendrix gespielt und Doel fing an die Überbleibsel der Musik in sich zu konzentrieren, aber nicht vergessend das auch er die Zahlenkombination mit sich trug .

In der Entfernung der Nachbarschaft dieser Umgebung sah Doel eine Frau in Pelz gekleidet die ihn anschaute. Es war nicht die Telefonfrau aber ein Zeichen. Doel gefiel dieses Zeichen ganz und gar nicht, und vergaß dieses Zeichen sofort wieder, in diesem kontinuierlichen Rennen von Gegenwart zur Zukunft.

Und was denkt ihr, sie steht da vor Doel, frisch die Beine rasiert, ungefrorenes Lächeln auf den Händen fragend ob er, er wäre....

Ja der bin ich, ich bin Doel..

Es stellte sich heraus dass sie ihre Freundin war.

Well sie nahm Doel unter die Arme, trug ihn zu dieser anderen Gruppe, auch Cool-Leute in Hip und Mode bis zum Stehkragen mit Düfte und frischen Wellen im Haar, nicht wie die Cowboys im Film oder Tarzan mit Jane, nein, sie waren prächtige Schaufensterpuppen aus den Modezeitschriften und die waren alle so freundlich ohne ihm ein Zeichen zu geben aber sie bewegten ihre Köpfe unter ihnen die Telefon Monkey Frau. Sie umarmte Doel. Er fühlte aber wieder das Nichts, war aber trotzdem etwas High, und sein Intellekt fehlzündete etwas Leben aus ihm, indem er nichts sagte. Dabei hatte Doel seine linke Hand auf der rechten Seite dessen was die Menschen von der Erde als Oberschenkel bezeichnen. Die Menschen sind schon ganz schön Ver - rückt was, durchzuckte das Zucken auf Schlittschuhen die Atmosphäre die phänomenal sich auf alles das was ist, wird, sein, war, auswirkte, außer an dessen was eine Zahlenkombination mit sich trägt sozusagen die Kombination zum Safe der die Hände den Bauch die Augen das Leben glücklicher machen kann wenn's auch manchmal zur Sucht der zur mächtigen Gewohnheitsenergie werden wird.

Glücklicherweise seit ihr Erdmenschen aber auch alle, jeder, und jedes, von der gleichen

Quelle ob im Pelzen gekleidet oder ob in Madagaskar der prähistorischen Welle der Ereignisse auf Palmen hin und herschwingend in die Ferne schauend dabei die Kokosnüsse auf Robinsons Sohn werfend.

Ahh,,,, ja das war ein Spiel wa.!

Doel verschwand in sich ohne zu wissen ohne Gebildet zu sein ohne der Verschiedenartigkeit eines jeden seiner Ansprüche entgegenzukommen wollen. Denn Doel wusste auf einmal das aus diesem Körper kein entrinnen war, das Er, Er war das, er immun wurde von den vielen Wörtern des Gequassels das die Hektik kaum Zeit zum nachdenken ließ, um wenigstens etwas Klarheit in seine Daseinssituation zu bringen. Klarheit heraus au diesem andauernden Lächeln diesem umherspringen diesem Star sein wollen. Dann schon lieber Anti Star sein wollen, aber auch das war prinzipiell die andere Seite.

Aber es ist nun oder niemals meint der Meinende indem er Druck in die Situation legt weil ers haben will so wie ers will.

Doch Elvis hatte viel Gefühl in seiner Stimme und das das das das das. Irgendwie wurde der ganze Bar Trip zu laut und Doel *war* nun mit zwei Frauen. Er weiß selbst nicht warum, intuitive oder was lag dahinter. Well Doel nun bist du da mach das Beste daraus, auch wenn du getrieben wurdest.

Treibende Neu-gier nehme ich am nahesten an .

Pressed Rat und Warthog rannten durch Doels Gehirn. Erst rannten sie durch die verklemmten Synapsen dann über denen die schon festgenagelt waren durch Alkoholverklemmung aber nirgends leuchtete eine Ampel auf so war die Rennerei für die beiden ziemlich leicht....

Doch die Amplified Heat machte Doel zu schaffen sie leerte seinen Willen.

Zu Ende keinen Willen mehr.

Zu Ende kein Selbst mehr.

Zu Ende keine Liebe mehr.

Zu Ende keine Wärme mehr

Zu Ende keine Hitze mehr

Zu Ende zusammen mit zwei Frauen.

Zu Ende er musste eine Performance anfangen, Unterhalten, ja das Lächeln das Du Doel aussendest bringt theoretisch ein Lächeln wieder, aber küsst lieber mein Herz voller Feuer gefüllt mit bekannten Verlangen. So ihr Lieblinge surrendert, denn mein Körper ist viel stärker solange er da ist als mein Mental. Für immer in Ewigkeit, los kommt legt los, ach **ihr........**

So Doel fing an zu treiben. Er trieb auf ihren Vibrationen spielte mit ihnen. Die Frauen sie spielten redeten und hatten ein kontinuierliches Lächeln auf ihren Gesichtern, und die Mannmenschen sie waren heiß.

Doel war schon sehr lange nicht mehr in einer Disco Bar schon so lange nicht denn er war auf dem **Andromeda** Nebel gewesen und ihr wisst ja alle was für eine Reise das ist, wie viel Eonen das sind. Welche Weg du auch immer nehmen magst.

Hoffentlich leuchten Gottes Augen heute Abend denn ich Doel bin ein ruhiger Mann. Ich bin nicht für Schnelligkeit sondern für Komfort gebaut.

Ahhh Yes der Heilige Mann ist zurückgekommen.

Hier ist die Unterbrechung zwischen Geschichte und Realität des Schreibens und dem was daraus werden soll noch mal erwähnt.

Ja da ist Raum zwischen all dem was gesagt wird und dem was getan wird.

Das ist die einzige Art und Weise wie Körper existieren können ohne sich selbst zu zerstören in dieser Einheit. Naja Doel will diese Geschichte mit den Frauen zuende bringen.

Die Telefonfrau und ich wir fuhren dann noch drei andere Kneipen an. Und jetzt bei diesem Schreiben fällt mir auf das Doel, ich, nämlich genau solch eine Telefonbekanntschaft schon vorher mal in Kanada hatte als Doel noch in Montreal lebte ,auch damals eine falsche Telefonverbindung die natürlich nicht falsch war, sondern es war der starke unbewusste Drang mit einer Frau zusammen zu sein der diese Schwingungen weitergeleitet hatte. So ists nun mal im Leben der große der weiß schon alles im Voraus. Ha der weiß mehr als, so nehmt den hohen Standpunkt der Gottesliebe ein und sogleich werdet ihr euer kleines persönliches Ich vergessen.

Und nun wieder dieses wiederkehrende, damals war es 1970 und diesmal 1977 also der bekannte 7Jahreszyklus....

Und die Sieben diese göttliche Zahl sie ist die Zahl der Verschlossenheit, schweres durchs Leben kommen, Missverstanden werden, Verlassenheit, Unglück, poetisches Empfinden, Neigung zur Abgestumpftheit, erblinden, verwelken, und genau das kann ich Wolf Zebra jetzt hier beim Schreiben erkennen. Denn diese Frauen sie waren, sie waren wirkliche Gesandte aus der Ferne die ein Gefühl für mich hatten ohne das ich um eine Frau vorher werben musste, und das damals zu erkennen das war die Sache. Aber immer war eine andere Frau dazwischen, wie wohl bei jedem anderen Menschen. Dreck. Diese jugendliche Dumpfheit.

Aber nur die kühnen Geister trachten die Welt zu beherrschen. Weisere lernen wie Gott sie regiert.

Um noch mal auf die 7 zurück zu kommen, ihr Schlüsselwort ist aber auch Weisheit, denn die 7 ist eine kosmische Zahl mit Beziehung *zu* den 7 Planeten den 7 Wochentagen den sieben Farben und den 7 Tönen der Tonleiter. Dinge und Gegebenheiten kommen zu den siebener Personen ohne dass sie besonders danach suchen. Sieben ist die Zahl der geistigen Analytiker. Diese Menschen suchen nach Antworten. Sie benutzen ihre geistigen Fähigkeiten dazu, die Mysterien und die verborgenen Wahrheiten des Universums zu erforschen. Sie sorgen sich nicht um materielle Dinge, da sie wissen, dass sie durch Anwendung spiritueller Gesetze prosperieren, vorankommen. Die siebener Menschen brauchen Zeit und Ruhe zum Studium und zum ergründen des Ich's. Sie sind potenzielle Mystiker und studieren gerne Theorien zur Lebensführung, um Richtlinien für sich selber zu fingen.

Naja.....

7 bedeutet aber auch Sieg. Aber jeder Sieg bedingt Aktivität und Kampf. Ein Sieg ist die Krone erfolgreich beendeten Kampfes. Der größte Sieg den ein Mensch erringen kann ist der Sieg über sich selber, ist die Selbstüberwindung. Der Weg zum Sieg ist daher der Weg zur charaktervollen Persönlichkeit die stets ein Ziel vor Augen hat und keinen *Kampf* aus dem Weg geht oder einen solchen aufgibt.

Die positiven Aspekte sind Sieghaftigkeit der Kampfkraft, Zielsicherheit und Lehrfähigkeit Die negativem sind Zerstörungssucht Egoismus Enthusiasmus und Fanatismus. Die karmische Bedeutung ist die, das ist die Schicksalsbedeutung, das die 7 eine wunderbare Energie und Aktivität mit sich bringt mit der er im Leben viel erreichen kann. Aber er sollte dank seiner Kraft das Tier in sich besiegen. Geschieht das nicht und lebt der Mensch nur für materielle Erfolge, so werden diese Scheinerfolge die Ursache zu zukünftigen Misserfolgen sein. Die an den Sieg glauben denen ist er gewiss.

Die Charakterdeutung der Zahl 7 ist die, das sie dem Zeichen Schützen, das den Übergang des Bewusstseins aus einem Zustand in einen anderen darstellt, die Umwandlung zu höherem. Positive **Schützenbeeinflussung** sind im Charakter unbestechlich, ehrenhaft, mildtätig, edeldenkend und mitteilungsbedürftig. Sie kämpfen für eigene Ideen und die ihrer Mitmenschen, wenn sie ihnen gut erscheinen. Im Ausdruck stark und originell, sind sie dennoch Empfindungsfähig. Sie legen viel Wert auf Unabhängigkeit und hegen meistens große Neigung zur Philosophie, Spiritualismus, Wissenschaft und Forschung. Im unguten Sinne sind sie Spieler, Hasardeure, Anarchisten mit verbrecherischer Neigung....

Und das lief nun weiter. Denn die Frau und Doel waren ja inzwischen überall am herumfahren. In einer der Kneipen verlor Doel seine sämtlichen Papiere welches er aber erst später bemerkte denn inzwischen wurde die Zeit mit der Frau immer besser und lockerer wobei der Alkohol mächtig half. Doel war aber vorsichtig nicht im Alkohol zu versinken. Denn das war der Schlüssel zum Zerfall mit ihm, denn auch er konnte mächtig Down sein. Das ist aber eine partielle Lüge, Lüge, .Lüge. Aber besser zu lügen als Dumpf und Stumpf zu sein.

Doel und die Frau fuhren nun in dem Blechkasten der keine Heizung und keine Versicherung hatte. Doel wusste das er an der Peripherie des Ärgers lebte, aber auch noch besser als rohe Kartoffeln zu schälen.

Wie du Leser bemerkst bewegt sich Doel nun mehr in den Bereich des lateralen Denkens hinein, hinweg vom entwickeln der trockenen Logik.

Hier ist ein Schluck für dich. Prosit.

Ahhh ja die Frau.

Wir verbrachten die Nacht zusammen in einer wilden „Heb den Arsch hoch Orgie" um unsere OD - Kräfte auszutauschen während sie sehr oft : Fick mich, fick mich, fick mich mehr, schrie, welches Doel am Morgen sogar etwas ängstliche Momente brachte, denn die Frau schien nicht genug zu kriegen. Genauso ähnlich war es mit der Frau in Montreal damals vor 7 Jahren...Nein sie war sehr erotisch wollte immer mehr haben, wie schön, War aber nicht so schreiend, diese Frau Thelma in Montreal. Dieses Schreien, obwohl verlangend, wie wild, hatte aber dennoch etwas sehr wildes in sich denn nicht umsonst schleichte sich die Vorsicht wieder ein.. .also da war Wildheit...Wildheit in dieser BerlinFrau.

Am Morgen erzählte mir der Heilige Gita Yogi, das er drauf und dran war die Polizei zu holen...Doel erklärte ihm das alles in bester Ordnung war denn es war eigentlich die Reformation der Kopulation in Hitze.

Aber dennoch Gita Yogi war ich, Doel, ängstlich das die Frau zu solch einer riesigen Schreierei vordringen würde das sie ihre Stimmbänder ausspucken würde und der echte Ton der Ficksucht sich unbeschwert in den Raum ausbreiten würde welches ohne weiteres eine Obsession zur Obszönität mit sich bringen würde. Wie du ja weißt sind wir Mönche zwar erotisch sehr rege aber wir haben ein solch gutes feines Gehör das solche Schreie fast Schmerzen in unseren wunderbaren Gehirnstrukturen hinterlassen, die sich ja wie schon bewiesen nicht so ohne weiteres in dieser Konsumgesellschaft als Bankzinsen auswerten lassen. .und das würde dann extra chaotisch sein.

Ja da ist mehr Kontemplation gebraucht. Der geistige Fick der fehlt. Aber ohne Gier ist's heutzutage kein **Ficken** gegen Materie. Wie schon bewiesen.

Dennoch sind die Tatsache jene, das die Odontornithen damals auch wegen zu besessener Gier sich gegenseitig von der Erde fickten..wie schon bewiesen.

Jaja...Übrigens bleibt noch das Nachspiel übrig, und da werde ich alles etwas körperlicher exerzieren....

Inzwischen war wieder ein Tag vergangen indem Atom – Napalm - Wasserstoffbomben und Kernwaffen produziert wurden die, die gesamte Menschheit mit größter und feinster Leichtigkeit vom Angesicht Gottes fegen könnte. Aber auch ohne mit der Wimper zu zucken..und das tut weh im Herzen.

Die wirtschaftlich Schwachen wurden vom Monopolkapital erwürgt indem sie nach den Anordnungen der Kapitalen ihr Leben machen mussten oder eben drauf gehen so wies schon seit langem ist und wies auch bewiesen ist.

Doel bemerkte wie die Zahlenkombination sich wieder regte und wie der „Genießende Pimmel" mehr haben wollte. Er wollte wieder verschwenderisch sein wie die Natur selber.

So, Doel nahm einen kleinen Schuss Rum, und kontinuierte das Rennen in ihm. Und er rannte die frische Briese, die dieses Rennen so angenehm machte. Und in dieser Briese aus glücklichen Schwingungen wurde Doel wie von dem großen Selbst das sich an ihm auch erfreute weil er sich freute in die Musik von Steely Dan aufgenommen, Ahhh, yahhh, agents of the lord, luckless pedestriens, maddogs surrender, how can i answer, a man of my mind can do anything, got a case of dynamite, i could hold out all night,

the mechanic hum of another one, i'm a workers son, never shot anyone, double try and take me alive. Und mit dieser Melodie im Innern schlief Doel ein.

Der Halbmond hatte ihn noch vorher angelächelt, wobei er zu seinem Bruder Vollmond flüsterte: Also dieser Doel hätte ja nun wirklich einen kleineren Schappschuss von der androgynen Toilette machen können. Sieh dir das an, jetzt machen die da unten doch tatsächlich Reklame für den „Goldenen Schuss" damit. Unser halber Glanz wird dafür verwertet, jaja, die Zweibeiner, sie sind immer noch so verschwenderisch, arme Seelen, es wäre besser wenn sie ihre Gesichter in abgewetzten Perlonsocken stecken würden, damit sie ja wieder am Ozean Bergsteigungen versuchen zu unternehmen.

Aber Doel schlummerte schon seicht und fein. Doch hätte er es noch gehört wäre er ohne weiteres ganz schnell Tiefschlafsüchtig geworden. Denn auch er war einer der Kritikmüde wurde, und daraus **Lebensmüde** werden könnte. Aber das wusste nur sein Unbewusstes. Sein Unterbewusstes war sowieso meistens im Highsüffchen.

Und allmählich verband sich der Traum mit seinem Bewusstsein, Er ließ Doel wissen das Tausend Jahre lang eine Stadt, Tausend Jahre lang ein Wald da sein wird. Die Verwandlung, sie geht überall vor sich, und sie ließ Doel wissen das es nun darauf ankam von welcher Seite er diese Verwandlung betrachten wurde, die ihm zum Pessimisten oder Optimisten machen könnte. Und Doel lächelte im Traum denn er war ja kein Mensch.

Und wieder ließ der Traum Doel noch mehr erkennen indem er ihm von der großen Ungleichheit berichtete. Die Vorstellung der Menschen von dem alles gleichmachenden 1000jährigen Reiche war stets ein starker Beweggrund zum Arbeiten und darauf hinzuwirken Doel. Viele Religionen verkündeten als einen wesentlichen Bestandteil ihrer Lehre die Heilsbotschaft das Gott kommen und über das Universum herrschen wird und das dann alle Unterschiede aufgehoben sind. Aber Doel die Menschen die dieses verbreiteten waren zwar aufrichtig, aber ihrem Wesen nach reine Fanatiker. Das Christentum das diese Fanatiker predigten, fußte auf dieser Verkündigung, und zog deshalb so viele Sklave an, griechische und römische. Sie glaubten es würde dann keine Knechtschaft mehr geben, und durch die Aufhebung der sozialen Unterschiede die, die Unruhe in der Gesellschaft auch zum größten Teil waren, weil ja eben diese sozialen Unterschiede der Punkt für Neid für den ganzen Zerstörungsprozess unter der gesamten Menschheit ist. Würde jedermann sein Einkommen haben sähe die Menschheit global universal kosmisch ganz anders aus. Und da die Menschheit immer mehr total von Interessengruppen manipuliert werden läuft die Ausbeutung weiterhin auf Hochtouren. Deshalb sammelten sie sich um die christliche Standarte, aber auch heute obwohl Jesus ganz was anderes sagte, und der starb wohl umsonst, wird alles wieder teurer, und so weiter und so weiter.

Ach, ich, der Traum, ich will dir lieber anders träumen Doel, diese Träume der Menschenentwicklung, sie machen mich Schwermütig denn ich, der Traum, ich muss auch darunter leiden. So ihr Menschen, insbesondere du Doel, lebe ein glückliches Leben, das entfernt von Fanatismus ist, der auch in den Schlagwörtern der Politiker die andauernd von Freiheit von Gleichheit, von Frieden reden, und sogar von Brüderlichkeit entfernt ist, denn wenn Du dich nicht an Wörter und Begriffe klammern brauchst, dann bist du schon in die Freiheit des Geistes gedrungen....

Später wachte Doel auf. Ohhhh, Gott allmächtiger, nein, was für ein Krampf an manchen Tagen aufzuwachen. Es wird öfter schwieriger. Es ist wohl der Mann wird 30 Blues.

Und Heiliger Jesus es ist ja Sonnabend. .Nein es war Sonntag.

Und seitdem es der Allmächtige Gott Jezuus Christus Mann wird 30 Blues war, legte Doel eine Leonard Cohen LP auf den Dreher sich Susanne anhörend. Und er war überwältigt mit melancholischem Summen und seichten Tränen, Wobei die Vergangenheit für die Gegenwart mentale Verfassung reflektierte.

Der Heilige Mann Gita war schon wach und verließ die Wohnung als Doel sich gerade eine Wasserpfeife anzündete. Und in dieser Wasserpfeife war weder Gift noch eine Droge, weder Sucht oder irgendwelche moralische Verpflichtung, dem was sich als Staat kristallisiert hat, weil die Menschen damals nicht aufgepasst haben, als sich die Gesetze geformt haben, die ja alle göttlichen Ursprungs sein sollen, aber leider nur menschliche Qualitäten aufweisen. Was immer auch das Göttliche ist, es ist auf jeden Fall. Und in dieser Pfeife war weder die große Teufelsseuche wie sie in den Medien verbreitet wird oder das Böse in Form von einem Pflanzenextrakt, sondern es war die ursprüngliche göttliche Erschaffung, die zum Wohle der Menschenwesen geschaffen wurde, und nur wenn sie ins Extreme geht den Verfaulungsprozess beschleunigt, wie in jeder Phase des Daseins, mit jedem Wesen jedem Atom jedem Molekül. Und das wissen wir Menschen nur zu gut. Aber die Menschen die nur in einer reinen Menschenwelt leben, sie sind es die die Verbindungen zum Göttlichen nicht mehr schaffen, und sehen alles nur noch von der menschlichen Warte aus. Und in dieser Pfeife war weder Alkohol oder Züüüüonkali weder menschenunwürdiges oder menschenwürdiges, in dieser Pfeife da war ein kleines Kügelchen Hasch. Aber Hasch, das Wort Hasch, hat einen zerstörrerischen Charakter, denn was Doel in einem der Bücher von Isaac Asimov gelesen hatte, entstand das Wort Hasch irgendwo in einem Bergstamm im mittleren Osten. Da waren die Menschen unter dem Einfluss des Pflanzenextrakts auf Kriegspfaden und auf Plünderungen. Jedenfalls hat es einen zerstörerischen Eindruck dieses Wort Hasch. Und falls jemand da ist der Doel darüber aufklären kann so soll er sich melden. Aber solange verbleibt Doel bei dem Wort Ganja, dem indischen Wort. Denn wie wir ja wissen überträgt das Wort auch noch für die die für feine geistige Schwingungen empfänglich sind seinen tieferen geistigen Wert, und könnte somit, seicht zerstörerischer wirken. Aber, aber, ihr lieben, wenn immer bis zum letzten gedacht wird müsste ja immer das letzte der Bedeutungen die Einheit sein.

Und die ist wahrlich immens riesig so riesig so groß so groß so groß. Ja wir könnten das Nichts sein von dem dieser Sartre der Sartre schrie?! Aber das kann ja niemals sein.

Denn es gibt ja kein Nichts außer das es Nichts gibt welches etwas ist.

Los weg davon Doel weg davon,....

Nein Ich bleibe dabei, der Sartre hatte sowieso viel Unkraut zum wachsen gebracht. Man denke nur alleine daran das er damals enge Kontakte zu den sowjetischen Intellektuellen linken politischen Gruppen gehabt hatte, Sie auch unterstützte, Linke ist eigentlich auch ein unrichtiger Weg des Versuchs zu beschreiben was damals geschah, denn Sartre entpuppt sich eindeutig in der Schrift das Sein und das Nichts, als ein Wortklauber, aber bei weitem nicht als Wahrheitssucher oder Weiser. Weil er zu bestimmend niederschreibt. Ich weise nun auf die Schriften des Buddhas hin, die er selbst nicht geschrieben hatte, die meditations Sutren des Mahayana Buddhismus insbesondere : **Die Philosophen erklären, die Welt entstehe aus Ursachen gemäß dem Gesetz der Kausalität, sie behaupten das deren Ursache ungeboren ist und deshalb unmöglich zerstört werden kann..**

Meine Lehre, sagte Buddha Shakyamuni damals, überschreitet den Begriff von Sein und Nichtsein. Sie hat nichts zu tun mit Geburt, Dauer und Vergehen. Noch mit Existenz und Nichtexistenz. Ich lehre dass die Vielheit der Objekte keine Realität in sich selber hat. Aber nur vom Geiste gesehen wird und deshalb die Natur der Maya oder eines Traumes besitzt.

So viel aus den Buddhaschriften.

Ach ja also der Sartre hatte sich also damals schwer geirrt als er die Sowjets so unterstützte. Ob der seine Fehler erkannt hat..?!

Aber jetzt ist er ja darauf am warten wiedergeboren zu werden.

Im Übrigen ist der Versuch die Bedeutung der Dinge mit Hilfen von Worten und Unterscheidungen zu ergründen, ein Weg der in die tiefe des Anhaftens an die Existenz geht. Zbs. gibt es da tief fliegende Bindungen an die Merkmale der Individualität, der Kausalität, des Begriffs von Sein und Nichtsein, der Unterscheidung von Geburt und Tod, Des Tuend und nicht Tuend, der Gewohnheit der Unterscheidung selbst, von welcher die Philosophen so abhängig sind.......

Vertragt euch ,vertragt euch bloß, aber vertragt euch, vergesst niemals das ihr Wesen seid die niemals vergessen dürfen sich zu lieben. Und das heißt nicht gleich Ficken, oder Bumsen. Liebe ist eine Kraft hinter der es kein Atombombenversuch mehr gibt. Weder noch Kriege oder Mörder. Liebe ist die Zauberformel für Alleinsein. Liebe ist die Substanz hinter jeder Handlung. Sie hat die Flügel einer Schwalbe, sie ist in der Tiefe der Ruhe gelagert aus der alle Aktivitäten entstehen. Sie ist auch der rettende Knüppel vorm erschlagen werden, an den sich die Gesinnung besinnt wenn das Leben der Wesen zu mörderisch wird....

Aber die Verantwortlichen sie haben die Gesinnung der Macht die Gesinnung der

Verantwortung hoffentlich auch noch. Ohhh beschützt die, welche unter der Last derer zu leiden haben die blind und besessen sind von Verantwortung oder Macht, denn das extreme hat das Herz gewürgt. Sie sind Herzkrank. Und Herzkrankheit ist Nichtruhe, ist Hektik, und diese wird in allen Städten jedem eingeflößt der sich davon anstecken lässt in seinem un-schuldigen Wesen. Mensch die Menschen, die die sich mit solchen Wörtern identifizieren, vergib auch denen denn sie wissen was sie tun.

Und da Wissen immer noch Macht ist, sein soll, obwohl es bloß Wissen ist, haben die alle harte Stuhlgänge und Hämorriden die sich auch bei den Wutanfällen bekannt machen, wenn sie wie Tollwütige ihre Reden losbrüllen. Und das sollen Führungsmenschen sein, nee, ja, ich weiß man kann sich zu Tode denken.

Deshalb denk ich auch sehr wenig und deshalb sagen mir, Doel ,auch die Kenntnisse der Yogis so viel, voran der Pantanjalis der gelobte, oder Jesus der auch ein Yogi war, oder Meister Eckhardt. Überhaupt, Menschen, die den Frieden auch noch in dem Moment nicht verlassen, wenn ihnen einer eins auf die Fresse haut oder sie anknabbern. Dieses ist übrigens ein Märchen.

Das Herz der Welt sei mit euch. Das Herz der Welt sei mit euch. Das Herz der Welt sei mit euch.

Wie schon im I - Ging steht, Himmel und See zeigen einen Höhenunterschied der durch ihr Wesen von selbst gekommen ist, Oder denkst du das Himmel kein lebendes Wesen ist, und das der See auch keines ist, und daher durch keinerlei Neid getrübt wird. So muss es auch in der Menschheit Höhenunterschiede geben. Der ist 120, der ein Säufer. Eine allgemeine Gleichheit ist unmöglich, Jaja das wissen wir doch, immer diese besänftigenden Worte. Ja, aber es handelt sich darum das die Rangunterschiede in der Gesellschaft nicht willkürlich und ungerecht sind. Hier will ich mal darauf zurückwenden das wir in diesem Körper ja auch meistens nicht wissen wer wir sind. Wir identifizieren uns mit irgendwelchen Taten. Auch der Buddha der würdige in der allerhöchsten Achtung, auch der ist keine Sonne auch der ist eben bis da gekommen, ja der Größenwahn, nein, nein, die Evolution war ihm gnädig gesinnt, da er sämtliches Wissen der Menschen , naja, sämtliches ist übertrieben, aber das klarste Wissen vervollständigen konnte.

Lass mich wieder mit den „Einfachen" sein, sie sind am glücklichsten. Glückssucht. Ende..

Ich werde mich niemals zu erkennen geben.

Na und, wenn schon, verschwinde..

Was, wir sind keine Geschlechter, wir sind Menschen, wir haben Geschlecht.

Na und na und....

Schau dir die Homos an, lateinisch ...mines (hominess) (home zuhause)heim.

Verfertigter der Mensch als spielender, Neuling, aha, aber der, der anders ist als Menschen. Die meisten sind Vernunftbegabt, aber ich Doel ich bin auch Mensch, obwohl ich Gott bin... Und Gott ist ein Wort für eine Vorstellung die immer anders ist.

Denn ich könnte ja niemals alles erschaffen. Ich werde sehr alt werden über 112 Jahre alt werde ich werden. Und mein Astralkörper er wird sich lange Zeit aufrechterhalten. Weil er das so will...

Aber da könnt ihr mal sehen das die Bezeichnung Homos für diejenigen die solche sein sollen falsch ist, denn Homos sind ja die die sich ihre Pimmel in den Kot des anderen stecken, und lassen...

Dann kommt der Heilige Samen und stirbt da in der Scheiße. Ha Ha. Also ihr, ihr jenigen, was für ein Wort, die ihr mehr Aktion beim Lesen wollt, sie wird kommen, das euch die Augen übergehe ,denn heute ist der 13.6.1980, welches der 13.3.1980 ist, und ich war damals 1977 in Kanada, wird schon kommen.....

Also inzwischen hatte Doel die Wasserpfeife gebraucht. Die gestonte Reise, die dein Gehirn etwas auspusten will hatte begonnen. Frage: Wie lange wird dieser ausgestonte Zustand anhalten.

Antwort: Bis es alles wieder realer wird.

Frage : Was ist Real.

Antwort: Alles.

Frage: Was ist Alles.

Antwort: Alles was wir auch noch nicht kennen und was den meisten als Nichtreal erscheint.

Dann fing Doel an in spasmodischen Zeitabläufen Tränen zu haben die sich über die gute Gegenwart freuten aus der guten Vergangenheit und ihrer traurigen Reflexion in einer traurigen Zeit.

Er wollte einen Brief schreiben den er an sein separat lebendes Weib senden würde. Ihr erzählen warum er sie liebt, jedoch ließ es der Stoner und das Chaos im Kopf nicht zu, gab ihm keine Stärke, dazusitzen und klar zu denken.

Getrieben, durch einen Irrgarten von Entscheidungen verfing sich Doel in dem Netz von 1000 und 4 Fragen, welche ihn in einem Pseudo - Inertia - Style hielten, transfixed, anscheinend Bewegungslos, in einer Art Trance. Ein tranceartiges Schauen.

An diesem Nachmittag in Grün, hatte Doel eine Vereinbarung einige Menschen zu treffen und mit ihnen zu einem und nicht 2 Hockeyspielen zu gehen. Aber irgendwie war kein echtes Interesse vorhanden, denn es war hauptsächlich wegen der Telefonfrau, zu entscheiden doch dahinzugehen.

Und obwohl Doel eigentlich ein nahrhaftes Frühstück zu sich nehmen sollte nahm er wiederum einen Schluck Rum, denn er fühlte das der Körper jetzt noch nicht auf nahrhaftes Frühstück aus war.

Inzwischen hatte der nepalesische Rauch alle Nebelwerten Organa angenebelt, in diesem Heiligen Körper. Ach ja da ist ja noch die Frau, welche schrie und brüllte und kratzte und schmolz und kuddelte, sie wollte ja vorher noch kommen und Doel die Jeans wiedergeben, die sich nach dem Hoch, die Orgie und her mit dem Lust-Spiel-Pimmelchen geliehen hatte, die sie aber behalten wollte, weil sie so schön passten. Und obwohl Doel ihr die Hosen geschenkt hätte, brauchte er sie doch für sich selber, für die **Kanadareise**, denn er hatte zwei Hosen, die Jeans und die Cordhose.

Ach ja ,wir hatten ja auch noch dieses Treffen ausgemacht, wo sie wieder zu mir kommen würde, reich mir die Hose, und dann sehen wir wies weitergeht. Dieses ist inzwischen geschehen. Das war gestern.

Als Doel von der Arbeit zurückgekommen war ,in Grau, die Bäume schön im Winterschlaf Gewandt, und Hundekacke auf den Bürgersteigen, obwohl die Bürger gar nicht so steigen, das Zimmer so angenehm kalt wie die Kälte da neben der Arktis, rief Doel die Frau sofort an, damit sie wusste das er zuhause war. Denn sie hat eine sehr rege

Männererregbarkeitstageskontinuierlichkeit, wobei nicht immer der Samen zurückgehalten wird..

Ihre Stimme war noch trunken mit Schlaf. So waren wir nicht lange verbal zusammen wussten aber das wir uns später sehen würden.

Danach rannte Doel in den Keller, brachte einen Eimer voller Briketts in Schwarz hoch, füllte den Ofen, ohne Schaaaam, damit die Wärmemoleküle anfingen sich zu bewegen, und der arktische Kälteeinfluss keine Überschwemmungen in dieser Wohnung errichten konnte. Denn die Arktis hatte eingesehen das Doel keinen Taucheranzug hatte und verschonte ihn somit.

Danach vollbrachte Doel die kosmisch Göttliche Tat des Anfangens des Bügelns seines einzigen Hemdes, das zum Rhythmus der Musik gebügelt werden sollte. Und gerade in dem Moment als die Musik anfing, bimmelte die Klingel , bimmel klingel, und da stand Doels Weibs zweiter Liebhaber, ihr Berlin Liebling, in braunem Trenchcoat und blond als Verhaltenstherapist vor der Tür..

Will der das Verhalten halten Doel.? .Kann.sein.!

Der Fußboden knirschte aus vollem Liebesverlangen mit einem Ahhhhhh, und die Tür sie quietschte ohne sich gegen die Verliebtheit zu wehren mit vergnügtem verführtem Gekicher, welches auf keinen Fall mit den Geräuschen zu verwechseln ist die eine Frau macht ,die sich so anhören, als ob sie während der gegenseitigen Nacktheit sich am Übergeben war. Übergeben wegen der Sorgen und der physikalischen Schmerzen weil ihr Liebhaber wieder mal keine Zärtlichkeit kannte, sondern seine Gurke einfach da zwischen ihre sanften Salatblättchen schob, und wie ein wilder versuchte irgendwelche Rauheiten wegzuhobeln oder noch schlimmer.

Komm rein.

Er wollte das Doel ihm einige Insideinfos hinsichtlich der Photos die er gemacht hatte mit seiner brandfeuriegen neuen Nikkormat ,gebe. Das machte Doel auch gerne denn auf den andern eingehen gehörte zum Wesen seiner Selbst und hatte ihn auch sonst mit viel schwerem beladen weil zu oft die Wünsche derjenigen die wünschten so extrem wurden das Doel eben noch der Beste war und nach eben der Übelste je existierende ist.

So die beiden saßen dann galant auf dem Bett Doels welches für viele überhaupt das Bett war. Der blonde legte seine Photos hin, mit denen er nicht zu zufrieden war denn Kontrast und Schärfe waren nicht sonderlich vorhanden...Also eine Art, eine Kunst, der Inperfektion, wobei noch hinzugefügt werden müsse ,das die Inder an ihren großen Bauwerken, jeweils eine Stelle unbeendet ließen, als Zeichen zur Erinnerung ihrer, ihrer mentalen Fähigkeiten, sich nicht in die Verfassung zu bringen die sie jemals in die Verblendung fallen ließ, sie wären am Ende ihrer Fähigkeiten, dieses wäre das absolute ihrer Kunst etc...

Doel bot ohh du jeminee dem Besucher einen Rum an.

Er nahm das Angebot an.

So Doel dieser ,der gar nicht vorhatte eine Fete zu feiern denn das Hemd lag da und wartete, füllte den Rum in sein favorisiertes Kristallweinglas für ihn, und nahm für sich einen Restschluck direkt aus der Flasche in seinen Mund und tiefer.

So, Verhaltensmann hier zeige ich dir einige von Doels Prachtfotos. ..Siehst du die Schärfe auch in der Tiefe..du vergisst den F-Stop richtig für jedes Photo einzustellen, damit du genügend Tiefenschärfe bekommst..

Ahhh ja, meinte der Mann voller sinnlicher Erfrischung und ließ sich die Spezialtechnik, das Wissen noch mal von Doel zeigen.

Auch war sein Papier mehr gelblich als weißlich.

Doel musste lachen stand auf und legte Peter Framptons Do you feel like i do auf..Die beiden fingen sofort an sich zur Musik zu musen. Doel verkaufte ihm einen UV Filter für 10 Mark und damit der Kontrast sich dadurch besser zeige, und gab ihm auch noch zum versuch einen gelben K2 Filter wonach der Verhaltenstherapist sich verabschiedete und Doel an seinem Hemd, das ihm nicht gehörte weiterbügelte.

So getaaan mit der großen Leere in seinem Gummikopf nähte er auch noch mit Genugtuung denn er war bescheiden einen schönen kleinen Knopf an wissend das danach die Arbeit die selige getan war.

Inzwischen war das Zimmer schön warm. Doel hatte sich angezogen um einzukaufen.

Dann war Doel draußen und in Doel riefen die schönen Früchte mit ihren prallen Farben auf sein Gemüt wirkend ein Feier Doel. Und da waren Teepötte, Käse, Honig und sogar der Laden mit seinen unterschiedlichen Hasch und Marijuhanasorten in dem es aber auch den feinsten Yoghurt gab von Feehänden zubereitet. Und das war ein Wunder der so genannten modernen Technologie, die sogar in diesem Zeitalter mit all ihren Wundern, Wunder brauchte, diese Feehände als Fantasieprodukte abstempeln zu lassen nur um zu beweisen das es keine Feen gäbe. Aber die technologische Gesellschaft war zu solchen überzeugenden Erklärungen nicht fähig, und deshalb arbeiteten auch die hälfte der Forscher 1980 daran diese Beweise wissenschaftlich zu beweisen. Und das ist bewiesen.

Doel kaufte mit gelassener Miene und konstantem Lächeln damit die Werbung ja ihren Lachrahmen aufrechterhält, Käse, Schinken, Eier, Butter, einige Bananen und nicht zu vergessen eine Ananasfrucht, welche die Jeansfrau so zur Euphorie gebracht hatte, das die Ananas fast vor Freude ihre Stimme in der Süße die nun aus ihr tropfte geschlabbert hatte.

Und zwischen der trockenen Kälte die andauernd ihre Türen offen hatte aus der dann die Luft sie trug, zwischen diesen Körpern die über die Straßen mingelten vor Läden hielten lustvolle Prognosen stellten hinsichtlich der Aufgaben vor ihnen ob nun doch oder nicht, wo die Entscheidung fehlte, wo andere vor Zeitungsläden hielten um Zeitungen zu lesen oder sich die riesen Tittchens mit Augen ansahen für denen wiederum ein technischen Wunder gebraucht wurde um sie von ,diesen Tittchens, los zu bekommen, schlenderte Doel mit seinen gefrorenen Hitzelächeln im Ohrläppchen zurück zu der gloriosen Zirkuswohnung die er schon aus der Ferne mit einem liturgischen Freudengesang: Halleluja,,, begrüßte. Aber als er die Tür öffnete war er von einem instantenimösen Würgen ergriffen, im Hals, denn die Hitze, sie war heiß. Gebt mir die Kälte gebt mir weniger Hitze, wo ist die kleine Miniatur- Atombombe. Aber für die Frau war die Wärme so wie sie, sie haben wollte, denn sie liebte diese gemütliche Hitze, welche dein Gehirn wie Chedderkäse schmilzt. Damit der Verschmelzungszustand wohl besser sei.

So Doel öffnete die dicke Eichenholztür wohinter das Königreich des Gourmeeees liegt und schlummert. Ein Kosmos für Nahrungskönigen falls da welche anwesend sind. Aber die Mäuse hatten noch nicht das Stück vertrockneter Zusammenstellungen aus Weizen und Wasser mit Zucker was als Brot bezeichnet werden könnte vernascht.

Hallo Mäuse wo seit ihr..

Aber der Kühlschrank er funktioniert noch. Schnell öffnete Doel den Kühlschrank anstatt die Fenster die nicht vorhanden waren weil sie zur Schule der Brillen gingen um die Luft zu kühlen.

Doel zog den Pull - Over den Überzieher den Pariser das Kondom hoch. Der Ofen sah schmutzig zu, als Doel Steely Dan mitsamt ihrer Instrumente auf den Platten ungewölbten Suppenteller legte, wonach er da aber sofort heißes Wasser in das Waschbecken laufen ließ. Und das Wasser freute sich, und natürlich die anderen gegenständlichen Objekte auch. Auch sie lauschte der Musik, den Schwingungen dieser Boogy Männer.

Doels Gehirn produzierte keine Gedanken von Schwere, Weisheit und penetrierender Gewissenhaftigkeit, während die Dunkelheit ihre seichten Flügel über die androgyne Toilette gleiten ließ ,die Baumringe zum nachdenken brachte, und die gierige Stadtschwingungen zum Schlafen bringen, wollte.

Doel war am flöten denn im Nu, das sein Geist leuchten ließ, war die Küche wie der leuchtende Mister Sauber selber, der die Reinigkeit damals von der Ministerin Säuberlichkeit abgeguckt hatte. Denn nun glitzerte aus jeder der diamantenen Ecken ein Leuchten das dem sternenhaften Leuchten der Kreuzsternfilter ähnlich sieht..

Und Doel war stolz.

Diesen Stolz fühlte Doel jetzt insbesondere denn seine Schwellkörper fingen an sich bemerkbar zu machen, aber das weilte glücklicherweise nur für das Moment und nicht für Doel der durch den Heilig Heiligen Gita Yogi Coitus - Interruptus wurde, der seinen Schlüssel ins Loch geschoben hatte, um herein zu kommen, herein zu kommen herein zu kommen, rein zu kommen.

So Doel schloss seine Tür die nicht seine war und Gita öffnete seine seicht die auch nicht seine war. Und das war soweit fast alles für den instanteniösen Zeitabschnitt. Gita ging in sein Zimmer und Doel verblieb in seinem zu sich sagend: Okay, lass uns ein I-Ging Orakel machen. Du weißt dein Kopf ist im Chaos du weißt das die momentane Welt der Menschen ein feingefügtes Chaos ist das immer gröber zu werden scheint. Du weißt es gibt Zeiten wo kreuzförmige Entscheidungen gemacht werden müssen. Entscheidende Fragen müssen gefragt werden, zbs. was ist hier wirklich los, was ist oben was ist unten, wo bin ich Mensch. Warum bin ich Doel hier bin ich oder ich bin oder bin ich hier nicht, ja ganz klare Fragen stellen sich einem auf einmal.

So Doel warf die Münzen 6mal,danach wurde ihm die geistige Tür der Alten geöffnet die ihn in das Wissen der Alten Weisen schauen ließ welches das Wissen der Menschen ist. Doel war zufrieden in Gedanken gehüllt die aus feinster Seide waren und über seinen Charakter und dem Verhältnis zu den Mit-Menschen kamen. Doel meditierte eine Zeitlang ,beruhigte seinen leeren Kopf indem sowieso nur Blut und Fasern und Zellen und ein Teilleben war und säte seine Wünsche ziemlich dünn. Währenddessen draußen in der Entfernung eine Eule heulte, Hasen zusammen lagen in den Feldern zwischen den Baumringen und Yogis wie Hasen irgendwo in Indien saßen.

Ansonsten war die gesamte Erdkugel mit einer 10 Zentimeter hohen Grasfläche bewachsen. Es gab keine Städte keine Berge keine anderen Menschen und das war gar nicht so schade, außer für euch die ihr ja jetzt weggedach worden seit und somit doch noch existiert.

Nach dieser erhabenen Erkenntnis ging Doel hinüber zu Gita Yogi. Und beide konversierten fröhlich, während Gita sein carbobiotic-hydrodynamic-existenzialistic-macrobiotic Müsli aß, damit er groß und stark dort werde und sauber und gesund dahinten wurde, und ab und zu ein Schlückchen Rum zu sich nehmend sagen konnte; Guter Rum, Guter Rum.

Ja, sagte Gita, noch vom Geschmack der die Lust anfachte beseelt, wir Menschen müssen uns Wissen und Überzeugung erringen, wir dürfen uns aber nicht wie Kinder, für immer, im theoretischen oder ästhetischen festklammern. Wir sollten jede Gegenwart ergreifen uns zu verwirklichen. Den Augenblick nützen. So wie du und ich hier jetzt noch ein Pfeifchen rauchen werden. Und das hat nichts mit böswilliger Schädigung der Mitmenschen zu tun. Denn Sein und Geist nicht begreifen oder ernstlich erwägen zu wollen, verrät eine Enge des Bewusstseins, gegen die sich schon Kepler, Leibnitz und Goethe gewandt haben, nicht zu vergessen alle vorherigen geistigen Heros.

Doel zündete die Pfeife an, wobei er keine Streichhölzer benutzte, sondern mit der Mischung von einem Mantra und dem Feuer-Bija diese Tat vollbrachte.. Für Gita Yogi war dieses kein neues Schauen, denn er kannte sich aus in der Benutzung von Mantras, die auf den Ursprung von sehr sehr vielem zurückgehen..

Ja, den nepalesischen Rauch einatmend, die Menschen in dieser Stadt Berlin, die schon seit langem als die Stadt der Magier bekannt ist, unter denen die sich mit Wirklichkeiten befassen, sie wird zu oft von dem Herrn der Finsternis besucht, der die Menschen vernichten will. Es ist an der Zeit, das die Mauer um Berlin ihren gefängnisartigen Charakter verliert, und das die Menschen genauso leicht in den Ostblock reisen können wie sie es im Westen machen können. Es ist wichtig das sich Kräfte formen die wieder erkennen das so ein Unternehmen nur zum besten der Menschheit ist, .ja, das murmelte Doel nun vor sich her.

Gita verstands, erwähnte das für solche Taten aber nicht der Wille der Willensstärkung dient, sondern nur der Glaube, dass man auf dem rechten Boden steht, und das es einem gelingen wird.

Doel und Gita, wie erkannt werden kann, sind nicht wie gedacht werden könnte, auf einem modischen Indien Wellenreitentrip, sondern sie hatten spontan die größere Wirklichkeit der alten Lehren erkannt, die in ihnen nicht dem Nachahmungstrieb wachgerufen hatte, fremden Beispielen einfach so nachzufolgen, sondern, die direkte Anwendung und das überprüfen und der Versuch eventuelle Fehler zu entlarven, brachte sie zur festen Überzeugung, das in den Lehren der Alten ein Schatz verborgen liegt. So Gita meditiert sehr viel, des öfteren trinkt er zuvor eine halbe Flasche Rum leer um sich zu beweisen das sein Bewusstsein bei weitem über den Effekten des Alkohols erhaben ist, Danach meditiert er dann in geistigem Frohsinn um das Supramentale zu erreichen.

Auch Doel erreicht die feine Art der Gemütsruhe um Hände mit den Göttern dem Spiritus und dem Spirit zu schütteln.

Heute Abend wurde Gita von der Sozial-Frau verlangt. Er hatte Sie wieder für die Union der verzückten Barmherzigkeiten des sich Liebens entfacht. Sie war aber auch Geil wie der weibliche Aspekt von der Zusammenkunft von Organen die zum Ficken aber keine seliggeistige Verbindung brauch sondern die annähmlicherweise von der Gier getrieben ist, die verschlingen will und das Wesen hinter allem nicht mehr sieht oder wahrnimmt.

Gita wollte gar nicht so recht eine Bumsshow geben denn er war zu direkt im Telefonanschluss zum Absoluten gepolt, und niemand konnte ihn da heraus ziehen..niemand.

Sag Doel willst du nicht mit mir kommen, wir können eine kleine WillkommenFete zusammen machen.

Okay, Gita, ich komme mit.

Aber lass uns vorher noch die tiefen Züge genießen die so gut wie solides Gold im Rhein sind weil das Wasser dadurch so klar wird und die Lachse wieder zu springen anfangen, denn jetzt sind sie hinsichtlich des öligen Wasserwesens und der Seuchengefahr mit Taucheranzügen und Sauerstofflasche ausgerüstet, die tiefen Züge für die nepalesischen vorzüglichen Haschzeiten..

Beide wurden ganz schön verqualmt und ihre Hirne produzierten fast nur noch Schlappheit, obwohl sie ganz da zu seien scheinten, aber trotz allem waren sie Begeisterungsfähig und bebend wie ehh und jeh , wie die folgende Situation es beweisen wird, denn auf einmal klopf klopf klopf an der Tür

Wer ist es, rief Gita mit vernebelter lahmer Stimme.

Ich binn's, Gita, ich die Untreue, ich habe das Hasch mit mir.

Augenblickliche Ruhe für vier Sekunden, dann wieder klopf klopf, ... wer ist es rief Gita wieder mit vernebelter lahmer Stimme.

Ich binn's Gita, ich die Eifersucht, ich hab das Hasch mit mir, öffne.

Waaaas, rief Gita noch vernebelter in der Stimme.

Ich binn's die Täuschung rief sie diesmal etwas unruhiger in der Stimme. Gita ist nicht hier rief Gita lahm aus, anscheinend hatte er seinen Namen vergessen. Aber wenigstens war er jetzt aufgestanden und stand drei Zentimeter entfernt vor der Tür.

Wieder kam das Klopfen wohl auch schon ziemlich ausgestont und die Stimme von Gita: Wer ist es.

Mensch ich binn's Gita, ich dein Freund Leichtgläubigkeit, ich hab das Hasch öffne die Tür, die Polizei ist hinter mir her. Die Stimme war jetzt schon ziemlich erregt da hinter der Tür bemerkte Doel auf einmal für Splitsekunden aus seinem wohlergehen aufwachend aber dann wieder hineinsinkend.

Nochmals ein erregendes Klopfen, dann Gitas wer ist es ,wobei er ziemlich bedasselt dreinschaute, aber immer noch eingepolt zu sein schien.

Mensch Gita bist du von allen guten Geistern verlassen, ich binn's dein Freund Doppelzüngigkeit, mensch mach auf die Bullen sind hinter mir her, sie haben rot gesehen und ihre Hörner sind gespitzt worden, lass mich rein ich hab's Hasch mit mir....

Wer,,,, ,Freund Doppelzüngigkeit, rief Gita,,,,,,lahm wie zuvor.

Ja Mensch ich binn's, rief die Stimme nun wirklich erleichtert und sichtlich die Freude im Ton habend.

Gita ist nicht hier rief Gita dann nochmals ohne jegliche emotionale Beteiligung in seinen Äußerungen zu haben.. Aber beide hatten wohl auch Mittlerweilen vergessen das sie die geliebten von ihren Müttern auch noch waren...Dann entschwand diese Szene aus dem Bewusstsein des Erkennens.

Ahhh, ja, wieder aus diesem Traum herauskommend meinte Doel zu Gita, wir können uns ja über meine Kanada Reise unterhalten..jaja substanziell ist dagegen nicht ein Zebra entgegenzustellen, aber auf den Kern der Drolerie zu kommen trotz des substanziellen Zebras, welche die lustige Darstellung von Menschen und Tieren und sogar Fabelwesen ist, das würde ja auch nie Dragees werden.

Wie bitte..ha, du müsstest anfangen beim Bumsen zu Dribbeln Gita dann wäre die Samenzurückhaltung nämlich schon angefangen...und noch weiter Gita du müsstest versuchen in deiner Psyche erst gar nicht den Wunsch zum Samenerguss zu haben ,verbanne ihn du wirst dann der beste Liebhaber.

Ach am besten gleich gar nicht mehr Bumsen.

Aber wie hast du erkannt das ich das Bumsen meinte rief Gita nun yogisch aus.

Das ist die Synthese von Wahrnehmung von Gedanken die aus den sexuellenBereichen kommen, denn vergess nicht ,du sprichst hier mit einem Hellseher der ab und zu auch Dunkelsehen kann.

Ach ja. Alles ist wieder klar.

Und da war dann ein unerdliches Glühen. Es kam von einer Dimension die wir jetzt noch nicht verstehen. Sich treffend in dieser supernatürlichem Aurora sind zwei aufmunternde Sachen. Sich daran gewöhnend an dieses Licht welches die Substanz dieser Landschaft ausmacht erkennen wir eines der Dinger als das menschliche Gehirn. Das andere Ding stellt sich heraus die Zahlenkombination 8,1,4,4,5,3 zu sein.

Das Gehirn erholt sich Seren.

Die Zahlenkombination kurz 25,die vor kurzem auf der Szene war, gibt uns ein entgegen gesetztes Gefühl, es scheint agierend zu sein.

Warum so mürrisch, Busenfreund, fragte das Gehirn.

Ich dachte du würdest das niemals fragen, schnappte die 25. Ich bin bloß krank und müde von dem ganzen, das ist alles.

Krank und müde von was.

Immer die Schuld auf mich nehmen zu müssen, der Eckstein der Zivilisation zu sein. Und dieser dämliche Schreiber behandelt mich auch als ob ich der geheimste Metapher für die Zivilisation bin. Dabei hab ich gar nichts damit zu tun.

Nana, ich würde nicht so weit gehen das zu sagen. Der zivilisierende Prozess erscheint als ein Resultat von fortgeschrittener Technologie. Bis der Mensch Werkzeuge hatte um ihm Arbeit zu sparen, welches aber nun genau in das Gegenteil sich entwickelt. Er hat immer mehr und mehr Arbeit, wodurch er auch einen Vorteil gegenüber den anderen Raubtieren bekam, er wurde das größte Raubtier, hatte er nicht das Vergnügen eine Sprache zu entwickeln oder seine psychischen und physikalischen Eigenschaften zu verfeinern.

Du, 25, gabst dem Menschen die Möglichkeit andere Organe zu entwickeln, denn zuerst waren ja die beiden Zahlenkombinationen. Ja du fingst an ihn auf den Weg der Zivilisation zu bringen. Und warst du nicht mit ihm, helfend, in jeder Lage die er erlebte.

Ja, ja das war ich, aber ich war unschuldig. Ich hatte keine Kontrolle. Ich wollte eigentlich helfen, so das er später mit den anderen Organen kleine Wunder entdecken könnte ,das er Früchte sammeln konnte die ihn beglücken, Blumen in seinen Händen tragen konnte die er nicht abgeschnitten hatte sondern wie Goethe es später in seinem Gedicht beschreibt tun würde, das er Musik machen würde die die Gefühle der Menschen reinigen würde. Ich wollte das er seinen Freund den Menschen streichelt lieb hat, und auch die Tiere und die Pflanzen und die Mineralien, ich wollte keine nicht der Aktienhalter von der anderen Seite sein, der überbleibende Rest der Rohheit der groben Materien, dieses töten, dieses Überentwickeln der Pinibilitäten, dieses festhalten an Wissen das immer wieder von mehr Wissen übertroffen wird. Und die Menschen klammern sich daran um sich sicher zu fühlen.

Aber sobald einer kommt der mehr weiß fängt er an zu Zittern und denkt ans Töten. Nein auch der ganze Verschleiß und die Unheiligkeit gegenüber der Natur die Mordlust gegenüber der Materie, oder die Monumente gegen den Tod ,nein, davon wollte ich nichts. Aber ich war trotzdem ein Teil davon. Denn du Gehirn, du machtest das ich's tat, du Pimmel.
Das Gehirn meldete ein kurzes wütendes Gelächter, aus dem der Ring der unentwickelten Träume sicherlich davon lief.
Der Pimmel hat zwar eine Menge mit der Zivilisation zu tun gehabt, richtig, aber das musst du schon mit dem Pimmel selber ausmachen..Ich bin's Gehirn. Ist das klar.! ? Wie könnte einer das vergessen.! ? Aber zwei vergessen das schneller.!
Soon Dreck soon Dreck. Das Gehirn wedelte seinen Stamm. Du verhältst dich ja ganz schön Irrational, nicht wahr. Bist du mich wirklich am beschimpfen wegen der Zivilisation. Ja genau das. Diese Hassliebe verkrümmte obere Oberfläche von dir, das cerebral cortex, ist fast nicht existierend in niedrigeren Tieren, aber sobald du den Hang der evolutionären Wachsheit und den Geschmack des aufgeblasenen abstrakten Gedanken hattest den du mit dem Cortex hattest, vergrößertes du und machtest es noch größer bis es 81 % deines Volumens wurde. Dann fingst du an selten findende Ideen auszuspucken weil sie dir nicht gefielen in deiner Langeweile als Göttchen so schnell wie nur möglich in deiner Gier, und gabst im Namen des Volkes Befehle an hilflose Anhänger wie mich, und forciertest uns an diese Ideen zu arbeiten, ihnen eine Gestalt zu geben. Und daraus entstand die Zivilisation. Du wolltest sie in die Existenz, mit deiner Cortex so übergroß und alles. Du verlorst den üblichen Lebensgrund mit anderen Tieren, insbesondere mit Pflanzen, verlorst den Kontakt, wurdest dann entfremdet und zur Kompensation bautest du die Zivilisation auf. Und keiner von uns konnte etwas dagegen unternehmen. Du warst da oben festgehalten in deinem soliden Knochengebäude, mit einem Cerebrospinalen Burggraben um dich herum, benutztest du 21% des Körpers Sauerstoff und nahmst einen großen Teil der Nahrhaftigkeiten für dich, du selbstsüchtiger Bastard. Du hattest die Kontrolle über die Muskelmotorschalter und keiner von uns konnte daran kommen damit wir deine Verschlechterungen der weltlichen Schönheiten abschaffen konnten. Die Eichel des Pimmels war Rot mit Wut.
Langsam wie einer der für Komfort gebaut wurde schüttelte das Gehirn seine Konfigurationen von tiefen Tälern und weiten Ebenen, dabei stöhnend: Ja Ja da ist etwas Wahrheit in dem was du sagst. Ich bin des Körpers favorisierte Organ, aber das ist weil meine Arbeitsschwere sicherlich so schwer und so vonnöten ist. Ich habe sehr viel für Zivilisation getaaan so wie du.
Aber ich bin genauso unschuldig wie du.
Wie könntest du das sein. Du zeigtest deine Wünsche du formtest die Modelle du gabst aus Befehle du warst in Führung.
Und noch mal passierte das gleiche wie schon vorher mit dem Gehirn, jedoch erschien auch eine neue Tatsache die so aussah als ob das Gehirn einen ziehen ließ der sichtlich schwere und rümpfende Nasen bei den empfindlichen Gemütern zum Vorschein brachte.
Du verstehst mich nicht meinte das Gehirn ,das tust du nicht. Du denkst du kennst mich aber das denkst du nur, dieses ganze Gefasel son semineurotisches Gewinsel von Cortex und Führung und so - daraus ersehe ich das du mich wirklich nicht kennst. Solch eine evolutionäre Schande wir Organe im Körper kennen uns noch nicht einmal so traurig so ermüdend.

Ja ich bin sicher du weißt das ich eine elektrochemikalische Verbindung von 15 Billionen Zellen bin -und vielleicht erkennst du auch in einigen von meinen welligen krummen Schnörkeleien - du bist ja glatt und fein - ach du verstehst doch nicht wie es ist mit all diesem Summen und Schnurren diesem Pulsieren die ganzen Lichter und Ampeln Kreuzungen Synapsen und andauernden Verbindungen von Leibe und Bäumen von Wolken und Gelaber. Du weißt nicht wie schwer es ist Elektrochemikal zu sein, zu sein, und ich übertreibe nicht ich bin das kniffligste und effektivste Ding in der Natur.

Die 25 zeigte als ob sie sich wie eine 26 sehen würde um zu betrügen. Das ist die traurigste Geschichte die ich jemals gehört habe, sagte sie dann schließlich sarkastisch.

Ich suche nicht deine Sympathie nur dein Verständnis. Sei mit mir und falls ich abschweife, erinnere dich, ich bin nicht so eng fixiert ,so wie du.

Nun höre zu. Da ist ein konstanter Duscheffekt von einkommenden elektrischen Impulsen auf mich am einhämmern, so wie der Zerfall auf das noch Unzerfallene. Ich bin ausgesetzt gegen ein nie endendes signalisieren, welches meine Nervenzellen -Neurons -wenn du möchtest - in konstantem ballern wie Ballermänner von auch welcher Art auch immer, andauernd zurück feuern, fast so wie Stalinorgeln auf Schlittschuhen beim Taiga Blues der auf androgyne Toiletten fällt. Und während dieser Abläufe von elektrischen Rennereien und Verbindungen aller Art, wo Schalter benutzt werden wo Chemikalien ausgeschüttet werden der ganze so komplizierte Ablauf, und all das auch noch in ungefähr einer Tausendstel von Sekunde. Eine Tausendstel Sekunde und der Mensch denkt er hat eine Konzeption von der Zeit--haha.

Wenn ich das Gähnen wäre würde ich jetzt den Mund fragen sich zu öffnen äußerte die 25. Komm zum Punkt du fängst an mich zu langweilen. Und keiner will was mit einem Langweiligen zu tun haben erwiderte das Gehirn stachelig.

Well mein Freundchen um zum Punkt zu kommen, hier ist er, denn durch die sämtlichen informativen Abläufe und Verschmelzungen von Informationen die mich aktivieren, die durch Feinheiten wahrgenommen werden, sind unter anderem auch deine mit einbegriffen. Denn wie ich rea - giere in dieser Welt das ist auch teilweise ein Resultat von dem was du mir sendest, wenn du hier herumschnüffelst und die Welt genießen willst.

Dies geht zu weit wendete die 25 ein. Denn zu allererst die Daten die ich dir gebe sind objektiv, komplett objektiv, und ein Objekt das im Bewusstsein wahrgenommen wird, ist eigentlich Unbewusstheit, da es ja objektiv ist, das heißt aber nicht das jenes objektive selbst unbewusst ist, denn alles ist dem Wesen nach Bewusstsein. Ich kann dir zwar sagen stumpf, aber ich kann dir nicht sagen das du damit dem Baum den Ast abholzen sollst. Das würde ich nie tun, und weiter noch du bekommst solch eine Menge mehr an Infos vom Auge das die vergleiche fast sinnlos erscheinen. Aber wie du siehst kann auch ich etwas denken.

Vielleicht, ja womöglich nicht, übereinstimmte das Gehirn, aber trotzdem du hast deinen Teil am Ganzen. Und wie schon erwähnt meine Reaktionen gut überlegt Oder in der Hetze der Aktionen überhetzt sind eben auch die Aktionen von all dem was du mir zum futtern gibst. Es ist nicht alles so koordiniert und Logisch mathematisch geometrisch hier drinnen wie du meinst in deiner 25ziger Imagination. Ich bin auch Subjekt zu all den Äußeren Kräfte die sich mir gnädig oder auch nicht nähern.

Und in diesem schwabbeligen Licht der unerdlichen Leuchte schwadronierte die 25,dann aber doch sagend: Willst du mir sagen das du nicht in Kontrolle bist.

Genau Heiliger Christus, ich dachte du würdest nie dahinter kommen. Mhhhhm, wenn du nicht in Kontrolle bist, wer ist es denn.

Ich weiß es nicht sagte das Gehirn weich und empfindlich. Das Gehirn war nun wirklich traurig.

Ahhh, komm hör auf. Diese Billionen Zellen die in dir kochen und die Würze geben die müssen benutzt werden, nicht nur die 10% davon. Der Rest der überwintert ob Sommer oder Herbst der liegt da nur herum. Bring die Masse mal zum funktionieren, los hör auf so lahm zu sein - kein Wunder du konservatives Geglibber - das du Grau bist - und höre auf vom überleben zu Quasseln. Los fang an in dir zu suchen damit die Kontrolle lokalisiert wird -und ich wette du findest die Antworten zu all den philosophischen und spirituellen Fragen die dich und den Rest von uns zu Kackerlacken treibt von denen wir wie die blödesten Geier behandelt werde. Als ob wir Schizoide sind, nur weil die Antworten falsch gegeben wurden. Du machst Zivilisation ein Haufen elendiges vergiften und verseuchen mit deiner giereigen Unvorsicht deinem fantasierten Alleswissen das auf Täuschen und Macht beruht, auf Angst, Geringschätzung, Nachlässigkeit, Traurigkeit, Unwissenheit, irrige Erkenntnis, Unbarmherzigkeit, ja und auch auf Schamgefühl, Widerwillen, Ekel, Heuchelei, Habsucht, Egoismus, und all den anderen Mächten des
Terrors und der Lügen. Du willst uns bloß auf Abstand halten.

25 alter Freund, alte Freundin, du kannst nicht den Anus vom Haar unterscheiden. Klar bin ich etwas konservativ. Ich muss es sein. Damit, die Wiederholung der Spezies auch funktioniert.

Wer hat dir das gesagt.?

Das DNA, ja .Und das zu verstehen das ist Arbeit und Wirken, und das wahre Leben der Arbeit und des Wirkens ist eben so hart wenn nicht noch härter als das Leben des Verzichts. Aber das DNA ich weiß nicht woher es seine Befehle bekommt, wirklich, ich weiß es nicht......

Akkkkrhhhha, murrte die 25, es ist wohl hoffnungslos so wie es jetzt aussieht, aber das ist schon Entzückung keine Hoffnung zu haben um sich an solchen Halbwahrheiten zu klammern die einem fast immer mehr und tiefer in eine Wunschwelt verstricken werden.

Aber lass dich nicht dadurch enttäuschen 25 denn ich das Gehirn verbringe fast so viele Zeit träumend wie denkend..

Na und das ist für mich kein Maßstab mehr, die Dichter die träumen auch viel und werden benebelt, die verrückten können nicht mehr träumen weil sie das Chaos der Sinne nicht verarbeiten können, aber trotzdem all diese Yogis die Dichter die bizarren Klumpen Fleisch sie taten vieles welches vom Wege zum Wege führte. Sie verwirklichten das was in ihnen als Stimme zum Vorschein kam.

Du überrascht mich Gehirn du kennst dich und kennst dich wiederum nicht du identifizierst dich noch zu stark mit deinen Zellen hast aber schon die größere Wahrheit entdeckt aber noch nicht tief genug mein lieber.

Aber eines ist ja klar alles aber auch alles ist mit Bewusstsein durchsetzt aber das reine Bewusstsein das ist eine Kraft die mit der totalen Verschmelzung des Urgrundes erreicht wird und die nur durch die Gnade des Einen gegeben wird oder durch lange und segensreiche Arbeit an den Weiterführungen der Erkenntnisse der alten Kulturen und deren

Weisen die Erkenntnis erreicht haben. Aber die meisten Menschen sind ja verblendet vom Stofflichen. Sie sind versunken und das darf nicht so weiter geschehen denn ansonsten werden die Heutzeitigen Homosapiens genauso gelistet unter der Rubrik der Primaten wie die anderen Äffchen die aber wenigstens keine Atombomben fabrizieren die guten Affen.
Und noch weiteres du Gehirnchen, die Gesamtheit der Welt ist für die Seele da sagte Swami. Es gibt nur einen einzigen Grund warum die physische Natur existiert und das ist die Erziehung der Seele. Aber die meisten sie identifizieren sich mit ihrem Körper welcher der physischen Natur angehört. Genauso wie du Gehirn oder ich die 25,welche wir aber auch sind, aber wir sind die Träger dessen was hinter diesem Körper- unaufhörlich pulsiert und wirkt das es zu einer immer größeren Entfernung zur nähe kommt.
Die meisten meinen die Seele ist für den Leib da an dem wir hängen, und der Geist, ein Fremdwort für dich Gehirn, oder, ist für das Fleisch da, ja die Organe die ja selber auch denken können und ihre eigenen Gedanken haben sind so verbogen geworden das sie dem Menschen vortäuschen er lebt um zu essen, vergessen ,aber das es eigentlich essen um zu leben ist. Und dadurch entsteht die Verhaftung an den Körper, und deswegen kannst auch du Gehirn nicht die Erklärung finden. Du bist der Knecht des körperlichen.
Aahhh ja mein Freund, ich wusste das du etwas erkannt hast 25. Ja und daraus entstehen die größeren Erkenntnisse die den Menschen ein viel größeres und vor allem beruhigendes geben, wo er erkennen kann wer und was er ist.
Aber nur die wenigsten erkenne es wirklich das hab ich gelesen Hirn. Ahh ja du bist auf einmal wacher geworden 25. Du hast wohl einen extra Instinkt der genau erkennt, und nicht so wie der Verstand der nicht immer versteht, welches zbs. daran gesehen werden kann das ein Hund zbs, niemals seinen Herrn verwechselt mit einem Feind, in welcher auch immer Verkleidung er vor ihm erscheint. Du bist wenigstens kein Fanatiker kein Terrorist der Extremitäten.
Das stimmt Hirn.!
Die Menschen aber sie wollen gar nichts mit dem wirklich geistigen dem Verbindungsglied zum Göttlichen zu tun haben. Denn viele haben Angst und wer vor Gott angst hat der wird auch keine unmittelbare Wahrnehmung die auch das Mittel der Erlösung sein kann erfahren. Ja sie kann sogar durch ein inbrünstiges Verlangen nach Ihm sofort erweckt werden. Du musst es nur wollen, so habe ich es gelesen so ist es manchen zuteil geworden. Aber lass uns nun davon aufhören denn was hier angedeutet wird das ist ein Versuch eine Andeutung zur religiösen Wahrnehmung, aber wir sind eigentlich mehr dabei gewesen die **Dynamik** der Chemie im Zusammenhang mit der wissenschaftlichen Erkenntnis zu erklären, aus dem dann ein Buch gemacht wird. Und dafür kann man sein wie man will. Denn die Naturwissenschaften verlangen nur intellektuelle Beschlagenheit und keine Religiosität. Und in der Realität dieses unerdlichen Lichtes wurde erkannt das für Jetzt genug davon geredet wurde und somit beendete sich diese Geschichte von selbst und kehrte zurück zu Doel und Gita.
Doel hielt schon eine Flasche Spätlese in der Hand und der Heilige Mann nahm seine Pip und die Nahrung dafür. Und so Fuhren beide los und schon waren sie auch angekommen.
Die Sozialfrau öffnete die Tür während sich beide über die Mutation von Goldzähnen benachrichtigten mit Lächeln an ihren Gesichtern.
Guten Tag, Hallo.

In der Wohnung nahm Doel dann die Hand der Frau sanft, fast so wie der Pimmel die Möse sie war warm zur Abwechslung, und beide wechselten leicht Körper Kontakte, die ihre Manifestation außerhalb der Blätter aller Bäume hat.

Ahhhh, ich könnte jetzt schreien rief laut aus, und warf sich auf die Couch, fast so wie ein Karatekämpfer seine Großmutter von Zeit zu Zeit mit Liebkosungen bewerfen würde.

Zu das doch rief Gita zärtlich dabei aber schon wieder schräg dreinschauen als ob ihm hier eine Art von Versteinerung bevorstand.

Tus nun endlich.

Aber wie denn.. .Na durch deine Poren durch deine Münder der vielen.

Ja trete auch die Matratze und lass auch den Guru Guru Kamikaze Schrei heraus.

Die Frau muss im Frust sein..aber wieso schon wieder.?

Sie schaute Doel wundersam an. Sie schaute Doel unwundersam an. Sie schaute Doel an. Dann sprang sie auf ihr Bett währenddessen sie in der Luft einen miauartigen Schrei frei ließ, plopp, und landete dort etwas knallig. Dann stand sie sofort wieder auf und wiederholte alles noch mal. Dann stand sie sofort wieder auf und wiederholte alles noch mal. In der Zwischenzeit dachte keiner ans Onanieren.

Der Heilige war währenddessen in der Küche aus welcher er nun wieder mit der Rothaarigen Skorpionfrau zurückkam um zu sehen was hier vorsich ging. Beide hatten leere Weingläser in der Hand. Wir mussten alle Lächeln aber die soziale Frau glühte besonders feurig.

Skorpion und Doel grüßten einander. Dann ging Skorpion zurück in ihr Zimmer um weiter zu malen an den mondartigen roten Lippen mit Silber. Doel stand an dem Türrahmen gelehnt sich den Raum anschauend der die Möglichkeit für die Existenz der Körper gibt, sah die angenehmen warmen Farbtöne die zierlichen Blumen die Aquarelle auch in Zartfarbentönen und die beiden klitzekleinen Finken die frei umherflogen, zu sich denkend: Und ich bemerke diese ganzen verschiedenen Verschiedenheiten welche in Harmonie zueinander stehen. Mensch das ist einfach Klasse, Verschiedenartig aber harmonisierend.

Skorpion schaute auf Doel. Ihr flammendes Haar der mystische Dreidimensionalblick an ihrem Gesicht, der weiche Blick auch darin verloren, und der Hintergrund der nach Liebe suchte..sie wusste anscheinend nicht das sie selber Liebe war. Sie suchte immer Liebe anstatt zu erkennen das sie es ist, sucht sie, sie da draußen. Und dadurch wird sie auch mehr und mehr vertrocknen. Ja sie wird eine alte Wurzel werden die Dörr und verrunzelt mit leerem Blick sogar noch vor ihrem letzten Atemzug nach Liebe Ausschau hält.

Nein so kann das nicht weitergehen. Wie kannst du unter die Menschen gehen nicht wissend das du selber Liebe bist. Denn damit gibst du ja auch Liebe. Ich, Doel, ich bin die Liebe.

Manchmal ist solch eine Äußerung aber ganz einfach zu viel für einige Menschen. Sie sind dann die Wut oder die Aggression oder sogar wie Chuchulainn der die Sonnenenergie verkörperte den Sonnenkult, in der die Wutverzerrung enthalten ist, die seine Beine zittrig machten. Vor Wut verdrehte sich sein Körper so das seine Füße und Knie nach hinten seine Waden und Fersen nach vorne schauen und die riesigen Muskeln wie Kriegerfäuste auf seinen Schienbeinen liegen. Die Adern seines Scheitels sammeln sich in der Größe von Kinderköpfen in seiner Nackengrube. Das eine Auge schluckt er ein das andere springt außen auf die Wange vor. Bei der Verzerrung seines Mundes löst sich die Wange von der Kinnbacke, so das sein Schlund sichtbar wird. Seine Lungen und seine Leber flattern in seinem Mund. Sein Haar sträubt sich so dass Äpfel darin stecken bleiben würden. Aus seiner Stirn steigt der Kriegermond auf, hoch wie ein Mastbaum schießt ein Strahl braunes Blut aus seinem Scheitel und bildet einen dunklen Zaubernebel, ja, so erging's den Helden.

Aber auch wenn du alleine bist Skorpion entwickle keine verrückten Gedanken die Verdächtigungen in sich tragen und angeknackste kondensierte Träume an einer verlierenden mitternachts Wahnsinnstour die einer Liebesmission gleichen soll...

Ist es nicht so.?

Sie antwortete nicht weil Doel sie nicht gefragt hatte.!

Doel und Skorpion waren auch einmal tief in Liebe vermingelt für Jahre und dann irgendeiner weiß genau was passierte das Gegenteil kam herum und beide waren sich der Kausalität der Dinge nicht bewusst denn sie ließen sich durch ihre Naivitäten verjagen und waren außerhalb des Gartens der Liebe wobei sie neue Linien und Realitäten entwickeln mussten. Denkend das sie sich nicht mehr Liebten aber nicht wissend das es doch der Fall war.

In Silenzius blies Doel ihr einen Kuss herüber.

Der Heilige meinte das wir diesmal mehr miteinander Vermingeln sollten. Und dieser Gedanke hing immer noch in Doels atomarer Gehirnstruktur als eine Konstellation von elektronischer Verdatteltheit und psychischer impulsiver Passivität. Sozusagen an der Peripherie der Dematerialisierung. .Ich nehme an. War das, war Doel, sie nehmen an. Ja..okay, nehmen sie die Flasche und öffnen sie jene behutsam. Gute Vibrationen wurden ausgeschüttet als wir dann dort saßen redend mit verschiedenen Ebenen von Interessengebieten sich entfaltend.

Der Heilige wurde etwas wütend wegen Doel, denn sein Gesicht wurde Rot und seine Augen fingen auch schon an etwas herauszuflutschen, jaja der hat auch noch eine Menge Sonnenenergie in sich, denn Doel erzählte ihm das wenn du einen Kanonenball durch eine Wolke schießt, sich die Wolke verändert, sogar in symbolischer Vision gesehen, nämlich Doel goss Logik gegen symbolischen Rick Rack, und das gefiel Gita Yogi dem Heiligen nicht.

Die Sozialfrau sie hält sehr viel von sich, so sind die einkommenden Gefühlsnachrichten und visuellen Verifikationen. Denn sie brachte Doel und Gitas Denken zum anderen Vorschein, zum Sozialen, so wie sie es nannte, welches für sie etwas konkreteres war. Sie machte sich also zur Richterin über die Beiden ,und das mit einem Heiligen herumsitzend.! Dabei waren beide Männer im Recht. Denn die Erkenntnis hing nur davon ab, für den Erkennenden, den jeweiligen Bewusstseinslevel erkennen zu können. Und das war doch wohl klar ersichtlich.!?

Ja Ja die Sozialfrau hält viel von sich. Logik. Logik. Logik. Tick. Tick. Tick. Stupidität, ein gehässiges Wort, ein Wort von jemandem der sehr Unmilde war, nein, das Wort will ich dafür nicht gebrauchen, lieber, voreilig, ja das war sie mit ihrem Wissen.

Oder, oder, oder, oder dann kam die Zeit auf Rollschuhen ganz Tollkühn, und sie wollte Realisationen, sie wollte das der Mensch nicht nur einfach lebt nein das wollte sie nur für diejenigen welche dazu getrieben wurden. Sie wollte das die Menschen eine Philosophie hatten, denn es gibt so viele Menschen die nicht ohne dessen leben können. Was für eine Langeweile zum Nachdenken muss das wohl sein, wenn darauf bestanden wird, von mir aus, aber keine dogmatischen Abläufe für Doel bitte, denn Doel stand nun dort und fing an seine imaginativen Susan Zucker Hart Träume zu verlieren, und das tat weh, denn er wurde davon blind obzwar er sehen konnte. Aber wie schon Kant geschrieben hatte, Sehen ohne die Imagination damit zu verbinden ist kein Sehen. Und weswegen auf einmal dieses erblinden in Doel.

Ja das Chaos es kam wieder angeschlichen ganz sachte schleicht es sich heran, weich und zart umschmeichelt es Doel. Fängt an ihn auszuhöhlen und diese Weichheit sie fühlt sich so angenehm an bis er sich womöglich noch daran gewöhnt und selbst so weich und zerstörerisch wird. Jedenfalls das Chaos war wieder da, die Serenität , Futschikato, weg, sein Vermögen zu beobachten welches auf jeden Fall ein Plus für ihn war, weg, und nun war er wieder in dieser Strudelhaftigen Sogartigen Suche ins Endlose, und das auch noch ohne Gasolin.

Die 4 rauchten noch eine Pfeife samt Pfeifenkopf und Inhalt. Pop, noch eine Flasche Wein wurde geöffnet. Und der Heilige driftete hinein in das Lächeln, ganz einfach so. Er lachte und lachte und lachte, bis die 3 auch lachten und lachten und lachte, ...

Alle waren Stoned.

Ein kleinwenig Selbstbewusst wegen dem üblichen Low -Niveau Reden, aha, Ansprüche solcher Art können zum Abstufen führen, na und, jeder braucht was anderes fürs Gemüt. Du willst dich auch nicht zu oft übers Brötchen backen unterhalten. Aber trotz allen war Doel nun in dieser Lach - Chaotik tief von der Tatsache beeindruckt das diese ganze geistige Sucherei auch seine Opfer haben wird und hatte. Und das bestimmt nun alles ziemlich angehaucht von der Verrücktheit war. Na und, diese Stupifikation in seinem Schädel der nicht seiner war, sondern noch ist, die Tendenz mal negative Kräfte auszusenden, na und, habe ich Doel die etwa geschaffen, mir gehören sie nicht, gegen sich selber gehen war aber **Selbstzerstörung**. Du gibst zu wenig, Doel du musst mehr geben, dadurch könntest du mehr kriegen.

Aber wenn das zu Einseitig wird wirst du bald Ausgelaucht und Durchsichtig wie ein fader Diamant sein. Ja ja, die verschiedenen Stufen der Paranoiditäten, sie wollten wohl die hochhackigen Konversationen zunichte machen. Denn Du, Doel, als Mensch, bist ja aus eine Unmenge von Wesen zusammengesetzt, aus Blumen, aus Bäumen, aus Mineralien, aus Wasser aus Luft, aus vielen Wesen und sie sind alle in Dir tätig. Deine Ahnen sozusagen, und deshalb auch die Erkenntnis der Menschen das Du aber auch das Göttliche Wesen in Dir hast welches Du bist. Und das Suchen dieses Wesen in Dir zu finden und darin zu leben. Ja ja die Menschheitsgeschichte ist eine sehr, sehr lange Geschichte. Sie fängt nicht an und hört nicht auf. ..Aber nur das was diesen Körper ausmacht das ist der Mensch, sein Astralkörper ist nicht mehr der Mensch und hier fängt es an wirklich interessant zu werden Doel.

Ach ja, stimmt, manche Menschen verirren sich in der Suche, weil sie dann zu empfänglich werden für jeden so genannten Dreck. Sie sind so offen diese zarten Geschöpfe so echt so klar aber doch so empfindlich so verletzbar so leicht welkend, so was kann ganz schnell gehen. Heute blühend morgen schon mit Augenrändern und Falten im Gesicht. Ja nicht nur das Doel. Jetzt am Leben und jetzt schon gestorben. Obwohl Doel, ich, davon überzeugt bin, dass das Sterben die Verwandlung ist, sie ist kein nicht mehr da sein ! Aber momentan Doel bist du also wieder im Chaos.

Jaaaa, über mir und unter mir, überall Chaos !

Ja ja die Worte sie werden enger und enger, ich bin wohl am sterben. Ahhh, da ist momentan nicht all zuviel belebendes in mir, kann das Zerfall sein, in diesem Rauch dem Trinken und den negativen ungesunden Gedanken den negativen Lebensgefühlen. Ja Doel bemerkst du auch wie deine Wahrnehmung zusehends irgendwie älter steifer weniger sicher mehr blöde Energie hat. Weniger Interesse bringt. Ja das bemerke ich auch du Stimme. Ich will deshalb auch an einer wilden Reise mitmachen. Dann mich irgendwo hinlegen und sterben unterm Blauen Himmel im Grünen Grass mit Grasshüpfer zirpen überall und süße Luft die durch diese absterbenden Nasenflügel zieht, ja irgendwo im Sommer in einem Kornfeld oder in den Rock Mountains neben einem duftenden Bergbach, Hoffnungslos, Wunschlos, Egolos, los, los, los.

Also weißt du Stimme, oder Gott, in der letzten Zeit war's sehr schlecht mit dem Doel, Kurzbündiger Wahnsinn oder so, und der Verlust seines gesunden Verstandes auch dieses sich herumkommandieren lassen, als wenn er garnicht Existieren würde, diese Konfusion, ja, Konfusion, so wie Con-man, jemand der dich täuscht, das können nur die negativen Mächte sein die in dieser Welt sind, ohh Gott warum machst du das mit diesem Geschöpf. Wer macht so was mit dir, der Doel der verwandelt sich noch in ein ganz instabiles Ding. Klar, ich sagte Ding, das du nehmen kannst und einfach da hinstellst und dort liegen lässt, ja der gute Geist hat ihn verlassen, nein der gute Geist ist von den negativen Kräften überwältigt worden. Okay, aber als ob der Doel sein eigenes Chaos auch noch erweitert. Aber das ist eine Täuschung. Denn er hat sich dann mit dem Chaos identifiziert und denkt er sei das Chaos schließlich selber, anstatt davon Abstand zu nehmen. Denn oft ist es ja auch der Fall das solche sensiblen Wesen wie der Doel einer ist, die Krankheiten der andern in sich aufnimmt und sie wirken sich dann in ihm aus weil er in Wirklichkeit über außergewöhnliche Kräfte verfügt. Aber das muss er im Lebensprozess erstmal erkennen können. Es ist wichtig das die Menschen solche Menschen haben. Sie sind diejenigen welche später die Propheten und Weisen der Menschheit werden da sie über Ursache und Wirkung stehen können und vor allem das Dilemma der Wesen erkennen können. Ja, der Doel der denkt jetzt nur noch daran wild zu werden und sich von dem Übel loszusagen als ob er von der wilden Tarantelspinne gestochenscharf gebissen wäre. Armes Bürschchen Doel. Aber du wirst schon noch erkennen das es viel mehr zu erkennen gibt als das Weise werden oder sogar Heiligwerden. Denn schauen sie sich diesen Doel doch mal genau an. Er ist ein Verlierer. Er hat schon immer verloren. Er ist ein ständig suchendes Wesen ohne Ruhe ohne Besonnenheit ohne Sinn für etwas denn anscheinend , also direkt Beleuchtend, ist dieser Typus ein Neutron, das wichtigste Bindeglied zwischen den Gliedern. Aber das wollen die meisten ja nicht zur Kenntnis nehmen,,,,,,,,,, ,ach so,,, sie *wenden* dagegen ein, das wichtigste, ja das ist es, weil es ja das einzige in der Hinsicht ist, somit auch das wichtigste, und das dieses Neutron nun Gott sucht das ist der Fluch des Intellekts und des Körper' s der er ist denn auch Gott, ist Körper weil er ja ist. Sein Name sei geheiligt, ach was sein Name ist heilig. Aber wo immer sein Name genannt wird, dort ist der Ort Heilig. Aber wer vermittelt diesem Doel die Wahrheit des Geistes. Er kann sie nicht mehr aufnehmen, er ist zu kaputt. Aber kein Mensch kann Gott anders schauen als durch diese Manifestation im Menschen. Sobald sie aber versuchen diesem Menschen Doel das Schauen Gottes auf eine andere Weise beizubringen, so zeigen sie ihm eine entsetzliche

Karikatur vom Gott und halten sie dazu auch noch für eben so gut wie das Original. Naja aber dieser Doel, er, er ist verrückt er will Gott in seiner Gesamtheit erkennen, weil er ja da ist ,wissen sie, wissen sie, ja ja ja ja ja. Mensch ich brauch nicht immer ihr Wissen sie, wissen sie, zu hören, so wie die Egos die, immer denken die anderen sind alle Blöder, oder die Amerikaner welche alle Egos, fast alle sind, diese sogar in ihre Gewohnheitsenergie des Sprechens mit eingebracht haben und nach jedem Wort sagen : you know. Also die sind aber auch blöde. Dabei sind die die , welche auch den jüngsten Nationen gehört, und das sie blöde sind beweist ja schon der Fall das sie so viele kriegerischen Unternehmungen in den letzten Jahrzehnten unternommen haben nur um zu beweisen das sie mächtig sind. Dabei könnten sie da friedlich wie die Schweiz ihre Seligkeiten in aller Ruhe zeigen. Ja die sind zu fickrig, da kommt auch heutzutage das meiste verdorbene her, Rom und sein Untergang et cetera. Und Atomwaffen Mensch haben die Atomwaffen in jedem Laden Atombomben zu verkaufen. Wissen sie dieser Doel er ist harmlos. Er sucht für sich alleine ohne jemanden zu vernaschen, aber die Amerikaner und ihre Verbündeten genauso wie die UdssR und ihre verbündeten, sie sind alle am verkommen, und das lassen sich die echten Menschen gefallen, das sich die vollgefressenen Ferkel der Staaten, die sich da protzen, auf die Häute, der was die immer noch als Untergebenen bezeichnen auskotzen, ja, richtig, auskotzen,,,,,,,,,, nein nein, das ist kein Nationalismus, nein, dies ist Universialismus, globales erkennen, die Apokalypse sie ist hier und dieser kleine Mensch Doel er sucht Gott, er sucht, sucht, und sucht..

Zum Glück haben wir noch Menschen wie ihn..

Er sei gelobt..Heil Doel Retter der Wahrheitssucher Unterstützer der Liebe.

Aber ich meinte nicht Sucht, sondern Suchen, ja da könne sie schon wieder den Dreck der menschlichen Sprache sehen, die Konfusion, das Chaos.

Also Doel hatte natürlich noch nie versucht sich Gott vorzustellen.

Er wusste spontaaaaan das er kläglich scheitern würde. Denn das wusste er auch, Gott kann nur erfahren werden, er - fahren, also mit dem Auto in dem er sitzt,,,,,, machen sie sich lustig über ihn. Ihre Kaugummigedanken werden sie nur zur Verzweiflung bringen und zurück zum Sosein wie Kinder welches Jesus ja auch erwähnt hatte...ja aber er meinte ihr sollt so sein wie Kinder ,welche die Fähigkeit haben neues noch aufzunehmen, ihr ganzes Leben lang, immer lernen, immer lernen, sogar in der Stunde,,,,,,,,ja etwas extrem.

Also die Menschen können sich nur menschliche Bilder von Gott machen. Aber ab und zu gibt er einigen Menschen eine besondere Energie und diese Menschen sie können dann etwas konkreteres über ihn aussagen. Das ist ungefähr so: einer trinkt viel Wein er weiß was für einen Effekt der Wein hat, weil er sich mit dem Wein beschäftigt hat. Und der andere er beschäftigt sich viel mit Gott anstatt mit Wein und erfährt so was Gott ist. Amen.

Om............ aber zu dieser Hingabe gehört sehr viel Innigkeit. Das ist alles was ich als Stimme dazu sagen möchte, sehr viel Arbeit und Wollen, ja Wollen. . . . .

Und es wird eine Zeit kommen da wir, ihr, über eure menschliche Natur hinauswachsen wird ,so wie ihr über die Affen hinaus gewachsen seit, welches aber unter den heutigen Bedingungen gar nicht so schön war ,denn es ist gut möglich das der Affe wieder einmal über dem Menschen hinauswachsen wird, weil er in sich ein viel friedlicheres Wesen hat als der Mensch unserer Zeit. Und die Atombomben werden auch nicht dort fallen wo die Affen leben.

Ja ich ,die Stimme weiß das es eine ziemlich merkwürdige Sache ist, weil der Körper ja aus diesen tieferen gleich hohen Entwicklungen kommt, und warum hat der Schöpfer nicht sofort das Ideal geschaffen,

In dem Wort Ide---al ist Idee und All enthalten,

Vielleicht ist Gott derjenige der seine eigene Identität sucht, weil er nur sich selber sieht, er sei willkommen, ihm würde ich niemals die Tür verschließen, außer das er ruhen wollte.

Ja aber wenn die Menschen über ihre menschliche Natur hinausgewachsen sind, und erkennen können wer er wirklich ist, dann werden sie auch erkannt haben das er doch in Wirklichkeit ganz anders ist, weil dann die Menschen über ihre andere Natur anfangen hinauszuwachsen und erkennen und erkennen und erkennen und erkennen, und erkennen, welches immer zum Wohle der Menschen sein wird , Amen.

Amen, in der Zahlenwissenschaft und Wortwissenschaft bedeutet 1+4+5+5. Das ergiebt: 15. Und 15 ist 6 und 6 ist Sex, das ist Gott, die Fruchtbarkeit der ewigen Veränderung, ansonsten sterben wir Menschen aus...Bingo.

Und das hoffe ich gefällt den Frauen...

Aber da sowieso darüber hinaus noch gelebt wird, ist Gott nur die Fruchtbarkeit, in aller Achtung, so was steht hinter Gott, die Erkenntnis der die nichts mit Gott zu tun haben zbs, Buddha, welche viel größer ist, Jesus war ein ICH Mensch, schön und gut ,das liebe ich, die Stimme, auch, Ich, Gott, Jesus - Christus - Heiland - Ich.

Auch Gott hat die gleichen Zahlenwerte wie Jesus, nämlich die 9.

Denn zu der Zahl 9, wird immer noch die 1 hinzugefügt, und das macht Zehn. 1+0=1=Gott..

Also ist die Liebe mehr als Gott.

Buddha hat den Zahlenwert von: 2+6+4+4+5+1=19=10 also auch Gott.

Ahhh ja, also doch Gott, ohh entschuldigt. Gott ist die Liebe.

Liebe ist: 3+1+5+2+5=16=7 aha, Gott ist nicht die Liebe, Ende.

Also weg von der Liebe zurück zu Gott. Mensch dieses Schreiben ist klasse. Aber da wir Menschen keine Ahnung von Gott haben sondern nur diejenigen welche sich wirklich damit zur tiefsten Ernsthaftigkeit beschäftigen, sollen wir doch solange bei der Liebe bleiben, denn hinter der Vorstellung des Menschen von Gott, ja ,da steckt leerer Schaum, eine Null eine Null ein Nichts könnte man nicht sagen. Denn was ist eine Vorstellung oder eine Behauptung von oder über Gott, und damit beweist ihr nur das er nichts darüber weiß, ende, ende, ende, aber die großen Quatscher sie sind es die andauernd Unruhe stiften.

Und der einfache Mensch, er verhält sich ruhig, und die großen Redenführer sie sind in Wirklichkeit Opportunisten die den menschlichen Geist als blöde darstellen wollen und auch tun indem sie hinzu fantasieren das es aufs Reden ankommt, zbs, Universitäten,

Denn Religion ist ihrem Wesen nach Erlebnis, und das was Leben ist.

Die Kacke betrachten wie sie sich zur Lebhaftigkeit entwickelt und die Erde welche Nahrung braucht befruchtet. Ha.Ha.

Und somit endet das Kapitel indem Doel sich etwas verirrt hatte weil das Chaos gelüftet werden musste.

Oder sagt bloß ihr zaghaften Kreaturen das wir nicht Freunde sein können, legt los boogied.

Ach ich bin so glücklich für dich Doel ,wen soll ich noch glücklicher machen. Kommt, kommt, seit wie die Schwalben am Himmel sie fliegen und singen und loben den Tag den der uns und sie so belebt macht. Bis wir zum ermüden kommen. Aber wir Menschen wir wollen nicht ermüden, nein, wir wollen, wir wollen, das der Wille dessen der die Welt erschaffen hat uns leitet. Damit wir keine Atombomben mehr bauen damit wir keine blöden Wissenschaften mehr unterstützen, die uns mit solchen zerstörerischen Informationen besudeln. Hier auf der ehemaligen, nun aber nur teilweise so schönen Erde, ach Erde wie ich dich lieb, und wie ich in dich zurückkehren werde, weil ich gerne in dir bin. Komm gib mir den Atem komm zu uns in deiner Kraft, belebe uns zum Leben.   .

Inzwischen ist Doel wieder aufgewacht aus seinem Traum.

Die Drei schauten merkwürdig drein.

Doel fragte Skorpion ob sie ihm ein Buch leihen würde, aber nein, sie wollte die Bücher selber lesen, so wie Sartre, damals, als er Debeuovoir kennen lernte, und wie sie es selber beschrieb, in ihren Tagebüchern. Skorpion meinte das sie einige Bücher in unterschiedlichen Zeiten lese, sie wollte mir Doel sogar kein Buch für die Kanadareise leihen. Okay, behalte die Bücher, aber da ich nun daran denke, diese Bücher gehören mir, ja, ich kaufte sie damals, als wir noch zusammen waren, aber sie lieh Doel kein Buch, So Doel sagte :Hör auf, obwohl ich diese Bücher gekauft habe, ist es wohl nicht lohnenswert sich für erdliche Dinge zu Leben, so werde ein Geist, oder Gottes Milchbar.

Der Wahnsinn versuchte seine Flügel in Doels Wesen auszubreiten.

Aber er hatte keine Flügel.

Ja und darin lag auch die Unfähigkeit eine Aggression zu entwickeln aus der dann der Weg „nur für sich selber entstehen könnte",nur noch meinen Weg, nur noch meinen Weg, nur noch meinen Weg, denn das ist der Weg, deshalb treffen sich die nicht welche ihren Weg gehen, sie laufen nebeneinander her, aber sie treffen sich nie, nie aufeinander, zerstören sich, ja dieser Gedanke, der leuchtet, er leuchtet wie der Diamant der verrückte, als Bezeichnung, oder so.

Ja müde für die anderen zu sein, für sich selber sein, immer dieser für die anderen sein... mit euch sein ja, das ist ja auch so. Also halte dein Lächeln auch wenn du für dich bist und es ein - sam sein könnte. Ja für mich, für mich.

Der Kosmos er kann vergehen das ist mir gleichgültig, er kann er wird es sowieso nicht, immer für andere sein, ermüdend, die wollen immer nur, ermüden immer wollen die aber geben, geben, wollen sie nicht, für mich sein. Und so war Doel nun endlich unendlich für sich.

Und dann explodierte der ganze Kosmos in das stinkende Gesicht Doels. Und Doel musste nun an dieser teuflischen Nachgeburt kauen, harmony ,disharmony, was ist los, Doel will nicht *auf* eine Booze Reise gehen oder einer schwern Drogenreise. Aber vielleicht muss er es. Denn diese Welt Doels ist so abgefuckt, diese miserablen Gedanken sie entstehen aus dem was gesehen wird, und was sieht Doel da vor sich, also es muss andere Ebenen, positivere Seinsebenen geben, denn dieses bekämpfen ist zu ermüdend, weg davon.

So, jedenfalls verließen diese beiden Clown Doel und Gita die liebesdünstige Nestigkeit der Frauen ohne einen Ständer gehabt zu haben, aber um viele Einsichten und geistige Freuden etwas mehr zum sprießen gebracht zu haben. Diese Geschichte geht jetzt etwas aus den Angeln, denn der Schöpfer Doels ist etwas am Boden zermürbt, Zu oft dieses hoch dann wieder runter dann flach dann am wanken, als wenn er von den Naturkräften wie ein Spielzeug hin und her geschleudert wird, sein Sein ist Flatt wie einer der total

verströmt ist, sein Kopf wird gleich explodieren.... down, down, down, down, down...
Lass den materialistischen Kaiser zur Wüste gehen.
Aber wo Stärke finden. In dem Mentalen, wo stärke finden, in dem Mentalen, Doel musste unbedingt nach Kanada, Kanada, Kanada. Zu viele Menschen, Chaos, Wahn, Lügen, Täuschungen, besiegen, zermürben, betrügen, fertig machen, bloß nicht so wie die werden, bloß nicht so wie die werden.. Ja alleine da wird der Entfremdungstrip wieder gereinigt. Nein bleib der masse, nein weg davon sie ist eine zu große Schwere..sag Doel hast du deine Periode, blutest du.
Doch inzwischen ist der Nachmittag wieder da und freut sich mächtig. Doel sitzt zuhause und schreibt sein Testament für die Zeit wenn er nicht mehr so ist wie er war.
Das Testamentgeschriebene sah so aus:

2/1+1/77
new-york berlin

Testament - Wille oder anders.

Nun das ich Tot bin, flatt aber irgendwo fliegend, sage ich das meine Reich Tümer und weltlichen Güter so lasse wie sie sind, wer sie immer auch findet kann sie haben.
Meine Arm Tümer überlasse ich denjenigen welche daran gefallen finden. Alles was mir gehörte überlasse ich meiner Frau welche nicht meine ist. Aber nur dann wenn sie meine Zahlenkombination kocht und den Hund füttert .
Eine Rolle Tesafil gebe ich dem Papst damit er seinen Mund hält. In der Hand hält. Ansonsten könnt ihr Geier tun was ihr wollt. Denn ich bin aus dem Chaos und lächle euch nun zu. Lächel Lachel Stachel. Spielt nun:give me youre dirty love. Spielt danach volles Rohr: all along the watchtower.
Die Kamera bekommt Frances.
So das Stereo und die Platten die Tagebücher und die Juwelen, für Frances die Blechkiste das Auto kann zur Hölle gehen. Aber falls du Frances es haben willst, kannst du deine Garage hochschieben.
Der Heilige bekommt die Stones Lp Black and Blue und die Bongos, und die Gullimine Kette, die große mit der kleinen Herzform, ding dong.
Das Bowie Messer in Winnipeg gekauft bekommt der Kohlenmann, der kleine mit dem schwarzen Haar.
Die Weingläser bekommt Rodger Dodger, er bekommt die Kristallgläser die auf dem Schreibtisch stehen.
Freund Zän bekommt das Buch mit dem Titel der Geometrische Mover, das,das neben Rodgers Weingläser steht, und von mir geschrieben ist.
Nun möchte ich it's all over now hören, aber wieder volles Rohr ,denn hier oben ist's weit entfernt aber sehen tue ich euch.
Alle Sachen in Kanada bekommt Skorpion.
Mein Angelzeug das geheiligte muss jemand bekommen der genau weiß was damit zu tun ist denn die Fliegenangeln und die künstlichen sind kunstvolle Sachen und bringen zutiefst Frieden wenn du am Wasser stehst von der Heiligen Natur umgeben.
Paul in Montreal du weißt welchen Paul, der Arzt aus Australien, okay, babe.

Habt Spaaaß in der Lebenszeit.

Es ist Ende Schande oder Schade das ich niemals auf einem Elch saß und die elektrische Gitarre spielen konnte.

Ende.

Ahhh ja Doel kommt aus seinem Downer wieder heraus. Er trinkt wieder Rum mit Pfirsichsaft dem Dicken und er Denkt, denkt euch das: ohhh Frau verdreh dein Gesicht nicht so wegen der Männer die noch so frisch und fröhlich singen und sind.

Ja dieser Morgen er saugte negative physikal-mentale Groggyness in Doels System und vernebelte seine Brillianz. Schande Schande.

Halt, halt, aufhören, die Jeansfrau wird bald kommen. Und ich bin ihr weiß im Augapfel aus dem sie schauen wird. Ich bin ihr Kitzler der so leuchtet. Die Frau kommt etwas später denn Eddy, nein Doel ist inzwischen auf der Arbeitsstelle sich an den visuellen Aspekten labend an dem Sonnenaufgang die Sonne sie geht zwischen drei elektrisch ungeladenen Leitungsständern den großen mit vielen Leitungen auf, in der winterlichen Grauigkeit wie eine feurige rote blutige Küsslichkeit, falsch, die Erde dreht sich, falsch der ganze Kosmos dreht sich, falsch, die Wörter drehen sich.

Wie Tarzans Indianer schaut Doel in die Sonne und verbrannte sich die Augenbrauen aus Samt und wiederum produzierte sich ein Gedanke: far out das Geräusch von Presswellen sieht aus wie schlechte Zähne. Ahh ich bin glücklich, doch schwer zu erklärend warum, denn an Wörtern fehlt's mir nicht aber Leben ist so schön, und ich bin meschugge Mensch, einen Tag Blau den andern Gelb und dann die Lichttage ohne Farbe sie sind die klarsten und schönsten sie bringen Licht in die Unerkenntnis, aber die Liebe sie kennt kein markten, wo immer eine Gegenleistung erwartet wird, kann keine wahre Liebe sein, sie wird zum Handelsgeschäft, aber ihr Frauen in eurem reizbaren und eifersüchtigen Wesen, dem ihr untertan seit, ihr versucht eure was ihr nennt Freiheit zu behaupten, indem ihr die Männer sagen wir tadelt aber ihr merkt nicht das ihr dadurch nur eure eigene Tiefe Versklavung zeigt, ebenso ist es mit den Männer die ständig Fehler an Frauen finden. Aber das vermissen der Körperberührung ahhhh wo ist er der Körper, ich füfüfühl mich gut, ich fühle wie sich die Erde dreht wie Wind entsteht und dahinten das entstehen des Lächelns und dieses Lächeln durchdringt mich Doel durch dringt das Haus die Bäume und alles ist illuminiert durch Glücklichkeit und Wärme nicht wie die gebildete Steifheit der Würmer von denen die immer nur nach Wissenserweiterung streben die Demels, die haben das wirkliche echte einmalige in jedem vorhandene Wissen schon längst vergessen.

Ahhh,, klasse Mensch, mach weiter so Doel. Hau rein, das Lächeln es kommt aus Dir Doel. Doel du bist 30 % Gott, ohne zu fragen ohne zu wollen wie eine Quelle. Gibt's heute noch Quellen, oder nur noch Wasserleitungen. Ja sagt mal, ehhh ihr schmerzlichen Ärzte der Erde, findet die Quelle des Schmerzens

Versucht nicht immer nur eine Autowaschanlage zu finden.

Denn was bedeutet der landläufige Begriff= „historische Relativität„ worin jede Vorstellung, von Zeit und Raum geformt wird und es darum keine festen unwandelbaren und transzendenten Werte und Normen geben könne. Es bedeutet das er grundfalsch ist. Denn in solchen Ansätzen sind die qualitativen Größen Geist und Seele ihres Grundes beraubt und mit den quantitativen Größen Zeit und Raum vermengt worden. Denn das Sein bleibt ewig und der Geist auch.

S

So

die

Jeans Frau kam also.

Aber Doel musste sie vor der hell erleuchteten Möbelstube treffen, dort wo ihre Freundin schuftete oder auch nicht und danach wollte sie ins Hospital gehen. All das hörte sich Doel an während er Rum trank und das I-Ging las.

Für eine kurze Zeit kam Doel aus seiner Fix und Foxi Welt nahm einen guten Schluck und erwägte die Möglichkeit die lohnenswerte dieser riesigen Welt voll bewusst und mit Energien beladen aber trotz allem weit entfernt von diesem Spitzeldasein der Gesellschaftsschnüffler von dem was es gar nicht gibt zbs. Gesellschaft denn das ist ein Wort etc.

So Doel traf sie dort also. Beide boogyten nicht direkt aber indirekt und kein Regen fiel während die Nacht auf ihrem Platz stand indem sich die Erde hineindrehte mit ihrem Stadtglitzern.

Und in diesem Stadtgeglitzer dem Getöse der hektischen Vergasung durch Autoabgase dem erblinden durch die Enge der gebahnten Verengung in alle Richtungen, sei sie sinnlicher oder unsinnlicher, da gibt es sogar noch diejenigen welche mit ihren schlauen verruchten Fragen, die so ignorant gegenüber deiner unimaginativen Größe sich zeigen, und weswegen welche Menschen sogar für die Täuschung in der Welt sind, ja sie bevorzugen es getäuscht zu werden, weil dadurch auch nicht der leiseste Gedanke über ihr Dasein gemacht werden braucht, indem sie dann letztendlich wohl das reine Kotzen bekommen werden, weil sie niemals daran gedacht haben warum weshalb wieso für wen wozu ,nein sie, sie schlucken alles immer hinein, hinein, und wenn's dann zu vergiftet ist dann wird wiederum gekotzt, gekotzt, und die welche heutzutage die mächtigen sind, sie sind die schlimmsten.

Zuerst sah Doel Karola die Freundin der Jeans Frau die Doel damals unter den Arm ge-nommen hatte. Sie war ernst. Schaute Doel mit feurigen Augen an, überrascht, weil er wohl nicht gerade wie einer der schönsten aussah, unrasiert, die grüne chinesische, mit dem roten Stern, Schlappmütze auf dem Kopf. Parker, wohl eine visuelle Zerfallserscheinung. Vielleicht ist er sogar bis in den Tiefen seines Charakters bis zur Wurzel, schlecht, ja wie der aussieht, der kann doch nur schlecht sein, denn nur die guten Menschen sie sehen auch so aus. Gut, mit Farben im Gesicht und vor allem, sind sie reich, sie fahren dicke Autos, sie sind gebildet, sie wissen sich durchzusetzen sie können um sich schlagen sie haben Macht sie sind die guten Menschen und so weiter. Die Jeansfrau entschied sich, nicht mit zum Hospital zu gehen, Jesus, Doel musste sich irgendwie in einen Schaum arbeiten oder so, denn die Jeansfrau sie kam nun an, was will sie von mir, will sie meinen Weg verändern, muss Doel seine Haare schneiden, und sogar seine grünen Augäpfel gegen rote eintauschen, red bloß nicht zu mir von Liebe, sag ich.....

Und so sagten beide Haaaaalooooo.

Doel hatte rock around the cklock in seiner Mentalität, der gummiartigen, aber keinen Mut ,obwohl er innerlich zerrissen war, vom Feuer des Wollens aus dem später wohl der Frieden leuchten wird. Immer diese genießen. Dies ist ja schon Übergenuss. Nein Doel du musst die in Schutz nehmen, die nicht mehr wissen, das ihr Wissen limitiertes Wissen ist. Die nicht mehr wissen, das sie keine Sonne brauchen, das sie kein Mondlicht brauchen, keine Wärme und keine Sterne. Die nicht wissen das sie reines Bewusstsein sind ,das Licht selbst, das kein Sonnenlicht ist, sondern auch in der Dunkelheit ohne dem kosmischen Licht auskommt. Denn dieses Licht ist ohne Wärme und ohne Strahlen ohne anderes. Es ist sich selbst die Kraft hinter allem und in allem.

Sollen wir uns dann später bei mir treffen? Ja, aber ich gehe nun zu meinem Baby, tschüss!

Nein, nicht in deiner Tigerhöhle, nein, lass uns in Joes Bierhaus treffen.

Coool.

So Jeansfrau willst du mit mir kommen, zur Löwenhöhle, wies deine Freundin, die dir gehört, so schön beschrieben hatte. Okay. Okay.

Okay was,............ Ich will mit dir kommen. Okay, dann.

Nun sind beide in Doels Zimmer das der Vermieterin gehört.

Doel wird niemals etwas gehören.   Doel wird sein Leben lang Sein ohne zu haben. Er wird ganz leicht sein aber frei sein von all dem Haben dem Mein und Dein. Weg von dem welches sowieso zerfällt und doch gehört es dazu zum genießen des Körpers. Sonst rächt sich der Körper später Doel, du wirst von ihm zerstört werden Doel, so sei echt und lebe beide Seiten. Die Seite des Bewusstseins und der Materie verbinde beide, welches Sein und Haben ist. Und das ist die Totalität Doel, mein Kleiner, der du ewig sein wirst. Denn hier spricht die Mutter deine Mutter die kleine und die große Mutter die auch Eins sind. Die Mutter die immer will das du willst und wirst. Die Dich immer beschenkt und in ihre Nähe zieht durch ihre endlose Liebe zu Dir.

Und es gibt diejenigen welche behaupten das die Zähne des Menschen nicht zum Fleischessen gemacht wurden und deshalb sollte der Mensch Früchte Gemüse und Holzrinde essen. Was diese aber nicht erkennen ist jenes. Nun passt gut auf, denn in Wirklichkeit gibt es gar kein Fleisch. Was als Fleisch bezeichnet ist, ist nur eine grobe Fantasiehaftigkeit um das zu beschreiben was Fleisch sein soll. Aber auch der Sinn dahinter, der ist auch verfehlt, denn wenn das was Fleisch sein soll gekocht oder gebraten wird, dann ist es kein Fleisch mehr, somit isst der Mensch auch kein Fleisch. Das ist so wie die Verwandlung, sagen wir aus Milch wird Dickmilch, das ist der Wert der Erkenntnis gegen die Fanatiker und Dogmaten.

Sagen sie Doel wie kommen sie auf einmal aufs Fleisch, doch wohl nicht wegen der Frau, die von den Geistlichen als fleischlich usw, bezeichnet wurde, nein, das wäre ja auch ein Ding, als ob die Frau nur ein Klumpen Fleisch ist. Als ob wir Menschen ein Klumpen Fleisch sind, also wissen sie diese Massenverblödung.. ..

Ahhh ja, die Wertewelt, sie entsteht nur am echtesten wenn ein jedes Seelenvermögen im gleichen Maße ins eigene Verhalten wirken kann, ohne eins auszuschalten. In ihrer Gesamtheit befähigt sie, die Wertewelt, Wirklichkeit zu erfassen, erfahren, und zu erleben. Denn Wert ist geistiges. Geistiges Wesen ist innere Belebung. Wert ist alles, was nicht Quantitativ erfassbar ist. Menschsein zielt auf die ganze große Wertewelt. Denn es gibt ein bestehendes Reich der Werte, einen echten Wertekosmos. Das ist der in dem wir leben ,denn alles ist Wert.

Jedes Lebewesen und das ganze Universum existiert, vor seiner materiellen Erscheinung, zutiefst in der Wertewelt und lebt aus innerem Vermögen und Sinnen, die Vögel, die Störche, nisten nur auf bestimmten Bäumen oder Häusern die nicht auf unterirdischen Wasseradern stehen und deshalb den Blitz nicht anziehen, und deshalb ist der Storch auch der Glücksbringer der für langes Leben sorgt für die Menschen durch sein Wissen das wir uns aber erst erwissen mussten.

Und doch bleibt der Mensch die meisten, irgendwie dieser ganzen Daseinsschönheit so entfernt wie die Kuh die durch die schönsten Wiesen geht und eine Blume nach der anderen frisst, aber wer weiß vielleicht empfängt sie doch auch die Schönheit des Seins.

In dem Zimmer Doels lagen viele Objekte umhergestreut doch nirgends. Da nirgends blühten die Blumen in die Müdigkeit. Aber das Zimmer war warm, und in Doel war auch nicht die leiseste Veränderung zu spüren. Aber die Zahlenkombination sie fing an die Nummern zu zählen..Haha,ha,ha.

Sie zog sich aus und Doel zeigte ihr nun für ihre körperlichen Befriedigungen die Toilette, wo diese wunderschönen silbernen Unterhöschen leuchten und glitzerten, aber Doel wollte ihr beim Pinkeln nicht zusehen, Denn der Heilige war in Doels Schädel. So Doel schloss die Tür, ging in sein Zimmer. Sie begrüßten sich, lächelten, und Doel goss etwas Rum in Gitas Tee.

In der zwischen - Zeit, oder meanwhile i was thinking, stones, jedenfalls, nach der Zwischenzeit trafen wir uns wieder in Doels Zimmer.

Sie saß da und schaute in Doels Kosmos, jedoch konnte Horror nicht in ihrem Gesicht gefunden werden. Der Hass war vaporisiert und von Liebe hatten die beiden keine Ahnung, und das war ein großes Glück.

Weißt du mir gefällt dein langes Haar nicht.

Ohh, das ist fantastisch Frau.

Weißt du mir gefällt nicht diese Ausstrahlung der Typen im Kino.

Fantastisch, Frau.

Weißt du mir gefällt nicht das rote Gehirn von ZZ - Top.

Fucking amazing Frau.

Sag wie tust dus Frau.

Ohh ich bin..das ist ganz einfach. Und ohne Tränen auf meiner Schulter lass mich dich daran erinnern.

Wenn du hungrig bist esse. Warte nicht zu lange.

Danach schluderten die beiden in die Abstraktion der Realität und wie der Mensch heiße Hunde billiger machen könne. Beide lachten.

Der Ernst kam wieder zurück aber ihm wurde Eintritt verweigert.

Wenn doch der Leo kommen würde, aber dieser Ernst, nein.

Auf einmal umarmte die Frau Doel und er fühlte sich kurz unwohl aber streichelte ihren Rücken seicht und irgendetwas von weiter Ferne klopfte an Doels Herzenstür. Er fühlte ihren Körper und das war befreiend schön. Sag mir ganz schnell dachte Doel, das du mich nicht brauchst, oder willst mich, oder liebst mich, sag's mir schnell.

Aber da war keine klare Gehirnwelle im innern Doels, was soll ich sonst sagen, und Nichts kam. Ganz sachte und auf musikalischen Ohh Pantoffeln. Fantastisch sie hatte mich eben umarmt.

Ein Wunder.

Ich wurde von niemanden umarmt seitdem ich anfing herumzuflippen. Innen und draußen durch dieses Chaos zu rennen dieses koordinierte Kosmische wie ein Tölpel. Dabei ist die Welt so gänzlich groß, und trotzdem dieses Chaos.

Umarmt.

Halt mich fest Liebchen.

Nein tue es nicht.

Doch tue es.

Ich nehme an sie ist Doel gegenüber freundlich gesinnt wenn sie ihn umarmt. Oder ist das eine feindliche Sache.

Beide tranken etwas Rum.

Doel erzählte ihr das er seinen Willen das Testament geschrieben hatte. Das interessierte ihre Gehirnatome. Sie fing an zu reden wie ein Wasserfall und Doel versank in ihren großen Brüsten den kleinen süßen. Die rechte war die Sonne und die linke der Mond und ihre Möse war das Dreieck der roten Mohnblumen auf dem Feld an dem sich die Bienen laben um den Nektar zu finden der sie am Leben hält. Aus ihrem Mund unter der Zunge waren die Öffnungen aus denen der Saft des Lebens träufelte und den Mann und Frau durch Küssen vermischen in ihre Körper aufnehmen und sich dadurch einander veredeln. So wird der Mann weiblicher und die Frau männlicher aber beide werden letztendlich dann androgyn und unzerstörbar den anderen Menschen gegenüber und sich selbst gegenüber.

Aus ihren Augen strömten die Wünsche des Herzens die die Vernunft erleuchteten und sie belebten mit der Schönheit aus der sie kamen.

Aus ihnen leuchtete nicht die Autobahn zur Hölle sondern der Freiweg zum Paradies, das aus Zuneigung und Zärtlichkeit bestand in welchem ewiges seliges entzückt sein, sich an blumigen Düften labte, aus welchem die Gegenwart lächelte die viele nicht mehr erkennen können, wenn sie in ein Gesicht schauen.

Aber wenn die große Illusion gesehen wird, dann werden sie wissen was sie verfehlt hatten und diese große Illusion ist die Stunde des Todes durch den sie dann schreiten werden der dann noch mal versucht ihre Augen zu öffnen...ohh ihr Menschen ihr.

Doel hörte der Frau nun zu. Er war auch Energie am sparen.

Die Frau ging wieder pinkeln.

Als sie zurückkam grinste sie mit hoher Intensität.

Doel wusste warum.

Galaktische Fensterläden quetschten meine leere Zitrone aus zwischen dem Regen der verschwommenen Türen während das Glühen funkte.

Doel fühlte sie lachen, ihre Tuschy gegen die silbernen Höschen reibend. Sie lachte wegen dem Heiligen von welchem sie einen kleinen Blick er-hasch-t hatte, mit seiner Zipfelmütze.

Sie lachte und kullerte sich vor Lachen so wurde Doel der auf dem Weg zur Heiligkeit war auch davon mitgerissen und Tränen der Freude versiegten in den Haaren der Schafe aus Nordafrika von schönen **Mädchenhänden** zum Teppich gewoben.

Und dann pop, Doels Gehirn machte gluck und sein ganzes spirituelles Sein entführte sich und Doel in die Totalität für immer. Aber dann dachte Doel nicht mehr denn die Sterne hatten ihn geküsst und ihr Leser, du, ihr wunder euch wohl warum..ah. Well. Lass mich lieber weiter schreiben in diesem Schlagsahneschreiben so süß so weich so labend an

der Sucht zur Freude. Denn Doel ist ja inzwischen auf der Arbeitsstelle wo er sich die Möglichkeit möglich macht um hier zu schreiben denn das will ich und nun vor mir Wolf Zebra stehen diese zwei Männer die gummiisolierte Fensterrahmen in dieses Büro legen. Das Radio spielt mit der Musik und dieser Raum sieht aus wie ein Rock'n Bollschrecken mit einem Schlag magnifierter Klarheit von Charly Chaplins Humor.
Das sind die Beschreibungen der Klarheit im Bewusstsein der schöpferischen Autorität zum weiter sein.

So,,,, Doel und Sie,, waren da ohne das die Zeit kam und beide fuhren nun zu dem offenen Bierhaus dem Joe Seins der ne Menge davon haben soll. Im Auto war frierende Hitze und sofort Instant hatte sie einen steifen Nasenrücken. Frauen kriegen Minnisteife.
Aktion, Aktion, Erfolgsstreben, Aktion, sie suchte, aber auch der Suchende hat sich zu hüten vor der Verarmung des Verstandes, gänzlich in den Einzeldingen unter zu gehen anstatt aufzugehen, die wie von selbst zu immer größeren Quantitäten führen, zu stets engeren Spezialisierung im Denken und Tun, ja Tun, die zu fortgesetztem ruheloserem Hasten und Erfolgsstreben verleiten und zu einem EWIGEN FORTSCHRITTSGLAUBEN. Denn es kann zumal im Äußeren keinen dauernden Fortschritt geben. Alles quantitative läuft auf der geraden Linie, die gewiss und wiederholt abbrechen muss. Fülle wechselt Not-Wendig mit Leere, Auf-bau mit Ab-bruch, Dasein mit Dortsein Ende.
Rein materiell gesehen.
Aber solche Angelegenheiten können mit geistigem Fortschritt behoben werden.
Die Welt sie schafft nicht in gerader Linie so wie die Menschen sich das wohl denken und wünschen aber dennoch ist die Welt das geradeste welches existiert.
Naja.
Also die Frau fand ihre Freunde nicht. Telefonierte galant mit der rechten Hand aus welcher Glut sichtbar, die bis in die Ohren derer strömte die wie sie den Intellekt als klares Unterscheidungsvermögen und Ordnungsvermögen benutzte, welches sogar für sie die Gedankenbildung förderte. Mensch Doel es wird Zeit das du nach Kanada fliegst Ich bitte dich tu es schnell denn du bist in Wirklichkeit schon viel zu lange alleine auch wenn du dir diese Geschichte immer noch erdenkst denn was passiert ist das ist eben so. Finde dich damit ab. Und wenn du eine Zeitlang auch aus Langeweile in die Fantasie steigen musst um dich von dieser Umgebung zu befreien du musst dich er-innern sonst bist du der Unklarheit so nahe, und du weißt in Wirklichkeit lebst du ja garnicht in Berlin. Du lebst nicht in Berlin das weißt du doch noch. Er-inner dich Doel. Ich der Schöpfer flehe dich an Er-inner dich. Denn sonst wirst du ein Ungeheuer das so wird wie die Staaten die ihre Waffen zeigen und protzen. Sonst wirst du ein Wesen welches die völlige Kontrolle des Selbst welches du bist, verloren hat. Du verlierst jegliches Unterscheidungsvermögen und sinkst in die relativen Bereiche. Sogar bis in die Bereiche des nur einfachen Seins.
Ham - Sah heißt Mann und Frau.
OM heißt, ich will das Böse treffe aber das Gute.
Ich will die Zerstörung das heißt ich will den Aufbau.
Ich will Liebe das heißt ich will Hass.
Ich will dich das heißt ich will dich garnicht.
Nur der Weise weiß worum es hier geht.

Ich will frei von dir sein das heißt ich will mit dir sein.

Ich will sterben das heißt ich will leben.

Ich bin der Zerstörer der Welt damit erkannt wird das es keine Welt gibt denn ich bin mir selbst genügend. Ja mit euch zu spielen. Ahh ihr, ich mache keine Unterschiede zwischen Gut und Böse zwischen Hoch und Niedrig insbesondere nicht so wie die pinkelfeine Gesellschaft sich abkapselt.

Und erinnert euch selbst, richtet nicht und ihr sollt auch nicht gerichtet sein.

Ansonsten leckt euch selbst die Kacke ab.

Haha.

Okay, tschüss, ich muss erstmal wieder abhauen ein Gläschen Wein schlürfen.

Bis später.

Inzwischen in der Vollständigkeit des ganzen der absoluten Wahrheit des persönlichen schwebte Doel wie ein Herbstblatt das den Winter überlebt durch Berlin das in der Mitte immer noch die androgyne Toilette hat, aus der jetzt erkannt wird das dort diese Toilette aus Gold gemacht war, die aber danach schwarz angestrichen wurde damit die Museen die Galerien später keinen Neid erfahren sondern ihre gesellschaftliche Stellung welche aus den Sümpfen und Prognosen des Allmächtigen erschaffen wurden, beibehalten. Denn dort in diesen Galerien werden später die Künstler die Verbinder zum metaphysischen ihre Heiligen kleinen Werke ausstellen, die durch die Schöpfung des Allmächtigen beseligt wurden, damit die Menschen, die später in dem Ghetto **Berlin** leben werden, ihre Blicke weg von der hässlichen Mauer wenden können und sich erhebenderen Daseinswirklichkeiten zuwenden. Damit ihr Inneres gereinigt wird. Und sie sogar im Schwarz Gold erkennen können.

Hat das für euch noch eine Bedeutung.

Nein, ich will heute ins Kino und ich will ins Go-Inn und so.

 Jaja die Welt ist reine Musik. Sie ist reine Schwingung reiner Ton, nein nicht der zum Skulpturen, doch der aus dem man musikalische Skulpturen macht.

Jetzt ist Doel wieder zurückgekommen, zum damaligen Geschehen, als er noch nach Kanada fliegen wollte und davor mit der Frau in Joes Bierhaus war. Die Jeansfrau ging wieder pissen. Für diejenigen welche das Wort pissen nicht mehr verstehen, schreibe ich Pinkeln, und für die anderen Urinieren.

Und Doel saß da und trank Bier das ja unter Snobs kein Getränk für sie ist. Da ist der Wein besser. Aber **Schweinefleisch** essen sie. Und Schweine fressen mit vorliebe Kacke.

Ja Gott ist auch in der Kacke.

Und diese wunderschönen Frauen sie flippten da herum so lässig und so ganz leichtsinnig.

Als ob sie das Zentrum der Welt wären mit ihren Mösen in denen ab und zu Mitesser wachsen.

Und die eine schöne, Mensch war die angesoffen,..und die erstmal. Aber die strahlten keine Problematik aus sondern waren in der Schwebe.

Da drüben der psychologische Talk.

Ich trinke zum Beispiel weil ich glücklich bin, will aber noch glücklicher werden. Warum nicht. Die Realität sie ist doch direkt vor mir. Denkste Kindchen denkste Kindchen. Das ist Teilrealität Kindchen. Du bist dem Erdlichen schon zu sehr angewachsen Kindchen.

Ahhh ja, heute ist Freitag morgen fliegt Doel nach Montreal.

Doel hatte inzwischen, weil er ja kein Geld hatte, die brilliante Idee der Öffentlichkeit die auch die **Geschlossenheit** ist, anzuzapfen.

So Doel hatte immer noch dieses Postscheck-Konto in Berlin bei der Deutschen Bundespost der Nationalen mit der Nummer 1840 16-102 an der Uhlandstraße in Wilmersdorf .Und dort ging er damals cool zum Schalter. Schrieb einen Scheck für 3000 Mark aus und kassierte das Geld, das auch nicht Seins war sondern dem Schöpfer gehörte, und bezahlte damit den Flug und hatte noch 2000 Mark zum Leben in Kanada.

Naja für dieses Märchen müssen eben mehr Informationen entstehen.

Doel sitzt nun wieder in diesem Büro und das Radio spielt wieder mit der Musik. Irgendwie taucht er in sich hinein diese Hektik der Aktionen was für ein Leben. Ja es kann gesehen werden wie der Schreiber durch diese Geschichte saust und die Konzentration ein Zeichen der Zeit ist. Und aus diesem Dreck schlürft sich die Seuche hoch. Diese Verpestung überall in den Städten und den Feldern in den Lüften und überall. Aber ich werde alles von euch klauen eure Ehre euren Stolz euren Ego also Verstand also Erinnerungen. Und eure Kinder euer Geld und euren Urlaub euer Fressen und eure Kleidung denn ihr habt zu viel zum verlieren.

Und dann, dann, steht ihr wieder nackend da.

Werdet bloß nicht nervös.

 Jaja da unten liegt einer im Loch der hat sich ausgekotzt.

Und da drüben schleift man deinen Grabstein der lieber erst gar nicht geschliffen werden sollte.

Aber für dich Doel, für dich, musst du endlich wieder den wilden Weg gehen, damit du die Unterschiede siehst um zu wissen wo du stehst.

Gestern Abend leerten der heikle Heilige und Doel noch eine Flasche Rum und einige Pfeifen, dann tanzten die beiden, obwohl zuerst die Störung des geschlechtlichen Würgens da war, aber zur Hölle mit dem Dreck, denn warum soll Ich, Gott verneinen. Aber danach legten beide richtig los. Der Heilige legte Tangerin Dream auf den Teller. Die beiden brachten ihre Gitarren raus und spielten dazu, es war fantastisch, auch die Bongos wurden bejubelt. Doch Doel riss die Seiten zu fetzen, brachte einen bizarren Rütmus, wie rhythmisch, auf die Bongos, und Gita Yogi geniusly franzte eine Situation ein, durch welche das Licht mit der Gitarrenmusik flakkerte. Und so hatte beide ihre verrückte Show. Und der Rum floss. Alles floss.

Well, woll, zurück zur Jeansfrau.

Beide verließen das Lokal. Doel wusste eigentlich gar nicht mehr warum er mit ihr zusammen war. Okay, er traf sie eine Woche zuvor durch Zufall. Beide vögelten. Aber warum soll das eine Spur sein.

Doel ist sowieso nicht ihr Typ. Der Haare wegen und soon anderen Filzmentalitätstrip.

Ja, sie rief Doel an. Er sah sie. Aber dieser Freiheitstrip lässt keinen Raum um mal zu sagen das man den anderen braucht weil die immer nur in Freiheit schweben und so ,so sieht's jedenfalls aus. Ahhh, Christ ,es sieht so aus als ob die Menschen vorhaben diese Welt in einen Komikstrip zu verwandeln.

Beide fuhren ins Go-In.

Sie bezahlte den Eintritt. Doel täuschet sich billiger rein durch die alte Sir-George Universitätskarte aus **Montreal.** Wieder wurden zwei Bier gekauft. Eine Gruppe schottischer Musiker spielten ihre Fiedeln. Beide standen dort und redeten über das was sie näher zusammenbringen sollte. Aber beide hatten vergessen was das sein sollte. Dann ging sie wieder pinkeln.

Was ist hier los. Bald treibt's einen zum Staunen mit solch einer tiefsinnigen Frage.

Es ist an der Zeit das Doel in den Tiefentrance Zustand zurückkehrt. Diese Stadthektik, da bleibt nicht viel Innerliches übrig. Das ganze koordinieren, keine Zeit zum reflektieren, zum sammeln, trinken, Musik, Farben, und diese Mengen an Büchern, Diese andauernde intellektuelle Entwicklung ob die wohl Hand in Hand geht mit einer entsprechenden Entfaltung der geistigen Kräfte. Nein, das tun sie nicht...

Doel kann Jack Keruac sehen wie er in seinem Leben den Endspurt einlegt Doel sieht Miller Henry durch Paris rennend hinter den Vötzchens sausend. Alle fast alle rennen sie wie von einer Tarantel gestochen.

Zu viele abgebrochene Teile zu viele zerstückelte Geschichten im Fluss des Lebens. Dazwischen schwimmt dann die Liebe mit Sauerstoffmaske und Taucheranzug sofort bereit sich selbst vor der Verseuchtheit zu schützen.

Ha, Wirklichkeit und Wirklichkeit. Sind zwei Wirklichkeiten.

Die beiden verschwanden in ein Restaurant. Sie zahlte auch wieder.

Sie wollte dann wieder zu einer Bar gehen der Arche Noah. Ihr bevorzugter Platz voller cooler Leute.

Doel wollte auf einmal nachhause gehen. Das tat er auch ohne ihr etwas davon zu sagen. Zuhause riss er sofort die Kleidungsstücke vom Körper und war im Nu eingeschlafen. Während des Schlafens hatte Doel einen riesigen Traum. In diesem Traum war Doel auf einer vertrockneten Landstrasse an der sich sein Wille labte, denn dieser Wille labte sich an der Trockenheit und wurde dadurch stärker. Ansonsten hatten die ihn umgebenden Einzelheiten keinen Nutzen für ihn. Doel wanderte auf diese Strasse des trockenen Willens hinaus über den Verstand in den Bereich des Erlebens. Schnell erreichte er durch die Gnade eines Herrn eine Ebene wo pedantische Beweisführung weit zurückgelassen wurde, Und das dunkle durch das der Intellekt sich mühsam hervortastet, bald dem Tageslicht unmittelbarer Wahrnehmung weichte. Er erörterte nicht mehr er fühlte. Und dieses ist von höchstem Nutzen. Um ihn herum waren ausgetrocknete Menschen, die davon überzeugt waren das nur das von nützlich sei und von Vorteil ist, was zu ihrem Reichtum und ihrer Behaglichkeit beiträgt. Gott, Religion Ewigkeit Seele nichts davon ist für sie von Wichtigkeit, da ihnen dadurch weder Geld noch äußeres Behagen vermittelt wird. Für sie war alles was nicht den Sinnen gefällt und den Appetit befriedigt, ohne jeden Nutzen. Aber was als Nutzen empfunden wird hängt natürlich ganz *von* den jeweiligen besonderen Ansprüchen ab. Und deshalb gab es für diese Menschen welche niemals über Essen, Trinken, Kinderzeugen und Sterben hinauskommen, nur einen Genuss, und das ist Sinnesgenuss. Aber sie mussten warten und warten um auch nur das leiseste Gefühl für etwas höherem notwendigerem zu bekommen.

Aber für Doel dem die ewigen belange der Seele wertvoller sind als die schönen doch flüchtigen Interessen des Genusses, diese gedankenlose treiben der Genüsse, die nie zum erkennen führen konnte.

Doel sah in diesem Traum die mächtigen Herrscher welche aus Genussucht töteten weil sie Langeweile hatten und das irdische für sie eine ewige Verfolgung von einer Sucht zur anderen war, aus der sie nicht herauskamen. Aus dieser Strasse trat dann die Mythologie und Symbolik heraus und zeigte Doel ein Gesicht in dem der natürliche Wegweiser zur Seele stand und das war keine Einbahnstrasse.

Obwohl auf Einbahnstrassen sicherer gefahren wird.

Und aus dieser trockenen Strasse entstieg ein Geistesriese und zeigte auf die Mythologie und auf den Ritus, weg von der trockenen fanatischen Religionsform, die sich bemüht alles was poetisch schön zart und vorwärts tastend ist, auszumerzen. Diese Formen sie versuchen nun den Stützbalken des geistigen Daches nieder zu reißen und mit ihrem unwissenden und aber-gläubischen Begriffen von Wahrheit, alles was Leben gibt, was der geistigen Pflanze die in der menschlichen Seele wächst, und deshalb auch die Blütenblätter die sich entfalten, durch Mantras, oder durch spirituelle Entwicklung im Körper. Diese gestaltenden Kräfte versuchen sie zu vertreiben. Aber diese Formen ließen sich sehr rasch als das erkennen was sie wirklich sind, Leere Nussschalen, inhaltslose Bücherumschläge, für Worte und Spitzfindigkeiten, mit dem Anhauch von sozialen Verbesserungen, der so genannte Reformgeist.

Die großen Massen die bewusst diesem religiösen Leben zusagten, kam es nie in den Sinn materialistisch zu sein. Deshalb auch die Kriege die Waffen. Weil sie glauben das sie nichts anderes sind als die Masse Fleisch und beim sterben zerfallen. So weshalb dann nicht Kriege führen, wenn sie sowieso getötet werden. Erhöhung des äußeren, behaglichen, ist ihre einzige Aufgabe.

Und Doel, je schneller sie erkennen das sie zur Gruppe der Atheisten und Materialisten gehören, um so besser ist das für die Welt. Denn, Doel, nur ein Gramm Aufrichtigkeit gegenüber dem Wirklichen, und du bist schon beurlaubt auf geistige Wanderschaft zu gehen.

Aber schaue auf die indischen und die europäischen Weisen und lausche ihnen denn sie wissen wovon sie reden.

Aber ja doch das war ein Traum.

Huhhh so stark.

Das hat übrigens der Swami gesprochen.

Am folgenden Morgen wachte Doel mit riesigen Rändern unter den Augen auf. Aber die Augen glitzerten. Der Heilige Gita Yogi war schon wach hatte sein Yoga beendet und auch seine Meditation. Wir lächelten. Doel erzählte ihm etwas von der frühesten Vergangenheit, denn es ist nicht einfach, das Nun, zu zeigen denn die Quelle ist schwer findbar.

Aber lasst die Kinder spielen.

Aber lasst die Kinder spielen.

Aber lasst die Kinder spielen.

Aber lasst die Kinder spielen.

Aber lasst die Kinder spielen.

Aber lasst die Kinder spielen.

Lasst sie spielen, spielen lassen,

lasst sie, sie lassen, lassen,

spielen lassen spielen, spielen,
spielen.

Und dann traf's Doel wieder. Er hatte ja die Frau da einfach stehen lassen, Sie wusste nicht wo Doel war, kein Wort. Aber wir wollen ja immer so frei sein, so frei.

Doel fühlte sich verbogen, dieses verflucht oberflächliche Sein, diese Gedankenlosigkeit, dieses Komikleben.

Sollte ich mich deswegen schlecht fühlen, Und wie fühlte ich mich in Wirklichkeit, ich war ihr eine Erklärung nicht schuldig sondern erklären wäre schon angebracht.

Klarifizieren. Klarifizieren. Klarifizieren.

Dann wieder zur Arbeitstelle. Da wurde nicht viel getan, Musik gehört, einige Dimensionen, Maße geändert, die Realität der Konstruktionsbüros wegradiert.

Wieder zu hause.

Der Heilige Gita Yogi saß auf seinem weißen Stuhl mit seiner weißen Judo Jacke und dem roten Halstuch und sogar einer Perlenkette an. Natürlich fehlte nicht die Pudelmütze. Er saß mit seiner Gitarre ein Liedlein spielen.

Die Weinflasche war noch halb voll. Dann wieder das Reden. Was ist los, er hatte vor kurzem ein Examen hinter sich gebracht und wollte nun entspannen.

Okay, Gita, lass uns einen brausen, okay.

Ich gehe schnell etwas Moos aus dem Zimmer holen und besorge uns einige Leckereien, etwas Rum, einige Batterien, damit ich auf dem Arbeitsplatz mehr Musik hören kann und so weiter bis später dann ,tschüss.

Gita schaute etwas abgespannt drein.

Schon auf dem Weg dachte Doel an die Jeansfrau, ihr einige Blumen kaufen und sie ihr geben.

Doel war in kurzer Zeit in einem ziemlich wilden innerem Stadium, Geld hatte er, Rum auch, Batterien auch, dann ging er in den Blumenladen und kaufte 5 Fresien, wunderschöne Blumen mit einem schweren Duft zum träumen. Sprang dann schnell in das Auto das fast auseinander fällt, und brauste in Rekordzeit von Wilmersdorf nach Moabit, klopfte an ihre Tür, keine Antwort, befestigte die Blumen an ihrer Tür, schrieb eine Erklärung dazu, mit Grüßen von Doel, und flitzte zurück zu Mister Heiligmann, welcher auf der Toilette saß mit dem Telefon in der Hand.

Diversifikation, traf es Doel, ja mehr Diversifikation, und so, ja so wird's alles runter gefahren in die Geschichte. Zumal die Nacht jetzt auch noch voller wurde und beide hielten es bis zur letzten Müdigkeit durch, die dann um 5 Uhr morgens ihren Höhepunkt erreicht hatte.......

Aber nun, aber nun, Ladies und gentle Männer, Doel sitzt hier in diesem Air-France Jet ,die brüllenden Düsen erwartend, die sein Gehirn durcheinander rütteln werden und ihn wieder aufwecken werden.

Wohlbemerks, da ist noch Schlaf in dem Gehirn Doels. Die Nacht war lang. Aber die Motoren schliefen noch. Auch der Gedanke vom abstürzen oder vom geheijackt werden.

Also Doel zieht's vor in einem klaren Kopf zu sterben, Mann oder Frau.

Und nun, ohhh Wunder, hier oben, Doel ist hier oben, er fühlt sich 21Jährig ,nein er fühlt sich **21jahrhundertieg..**

Und die Sonne sie geht de hinten hinter da drüben auf.

Die Stadt sie liegt wie ein riesiges Computer Schaltpult unter Doel, mit ihren glühwürmchenartigen Lichtpünktchen. Der Lebensball sinkt immer tiefer in seiner Position bleibend, und das Flugzeug wird höher und höher gesteuert. Für eine kurze Zeit schimmerte die Erkenntnis das die Stadt unter ihm, dieser Anblick ein rein mechanisches Erkennen abgegeben hatte. Als wenn die Erde jetzt schon reiner metallischer Mechanismus wäre ohne jegliches Grün ohne Blumen ohne einen Blick fürs Schöne im beweglichen. Nein da lag sie wie eine riesige Industrieanlage und das war auch die andere Ausstrahlung, Industrie, Walzwerke, Stahlstrassen, Zementriesen Neonlicht und vor allem Dreck und Dreck und das war eine ernüchternde Sicht. Denn solch eine Entwicklung war äußerst unangenehm zu wissen.

Ahhhh, Kaffee. .

Und dann trank Doel Tee anstatt.

In der Zwischenzeit, flutsch, der linke Flügel fängt an sich etwas wellenartig zu bewegen und ja, die Stimme quietschen wie sie ist, sagt, schnallen sie sich wieder an, da liegt eine turbolente Zone vor uns, ahhh ja.

Und dieses Flugzeug hoppelt wie ein Düsenhase weiter. Ruckartige Bewegungen machend als ob da ein Klümpchen Erde in der Benzinleitung in der Kerosin fließt vorhanden wäre, na, das sind ja Aussichten. Haben die hier Fallschirme, hat dieses Flugzeug Segelmöglichkeiten, wo ist der Taucheranzug und die Wärmeflasche, und wo das Federbett. Aber nein, keines von den Dingen wird auf der Sicherheitsliste angegeben.

Doel trinkt trotz Unwetter und der möglichen Absturzgefahr einen Orangensaft der ziemlich plastikartig schmeckt und dünn wie Dünnchen selber ist. Die Stewardess kommt füllt seine Tasse die ihm nicht gehört, sie lächelt, sie kann sich's auch erlauben denn dafür wird sie ja bezahlt., und dieser Flügel der fängt nun an prima herumgewackelt zu werden, aber der Tee macht sich nicht viel daraus er bleibt heiß und cool, lächeln tut er auch noch, also der ist ja lustig, aber die Augen Doels sind doch an den Nieten und Befestigungen fast wie festgesaugt, denn da war doch eine merkwürdige Bewegung im **Flügel...**

Ahhh ja Doel du wirst geflogen. Ist es lohnenswert nun an ChickenskinnMusik zu denken, lohnt es sich oder wird dieser Flug leer davon sein.

Und Doel meinte ganz sachte das fast alle mit ihren Pistolen Gewehren Messern Küchenmesser oder anderweitige Messer, mit Totschlägern mit Hammer mit Ziegelsteinen mit Knüppeln und mit Fäusten dann die Flaks und die Panzer unterstützen dann auch die Panzerfäuste und die Raketenabwehr und die Munitionslager die Düsenbomber und die Atomraketen, das fast alle die gleichen Veranlagungen da unten unterstützten, die meisten tatens, weil sie Schlafwandler waren und immer geführt wurden die andern tatens weil sie sogar noch nationale Gedanken hegten und wirklich meinten das mit Militär eben das Protzen doch nicht zum Kotzen wird, andere waren süchtig die waren in dem Kreislauf der Taten drin wo Waffen und Munitionsherstellung eine Routine war die eben dazugehört der Staat unterstützt's ja sowieso und was der Staat unterstützt das ist lobenswert und das unterstützen ja alle Staaten so ist es sogar weltlich lobenswert und das muss ja auch göttlichmenschlich sein, ja alle Länder machen's.

Aber es gab ja auch mal Zeiten wo keine Waffen existierten, und aus diesem Ursprung kann ersehen werden das die Menschen eigentlich wilder geworden sind anstatt göttlicher und alles was damit verbunden ist.

Aber die Erde unter ihm sie war da am brodeln.

Ohh Gott warum lässt du es zu das die Menschen Bomben bauen willst du dich selber mit nuklearer Energie verseuchen.

Und igittigitt ohhh Gott schau dir die feurigen Plätze an da unten, schau dir an wie sich die Staaten gegenseitig austricksen und betrügen, warum lässt du's passieren, ist dir die Entwicklung in die Zukunft aus den Händen geraten, hast du die Übersicht verloren. Wenn du sie verloren hast, dann haben die Menschen sie schon längst verloren, das kann ja auch leicht gesehen werden wo der Mammon sich wieder breiter und breiter macht. Breitarschmammon.

Was hast du eigentlich mit und ohne uns Menschen vor Gott.

Und Gott sieh mal dort da unten werden Flüsse verseucht und bald auch die Meere, was soll das bloß werden Gott.

Gott da drüben im Süden in Afrika da verdursten die Menschen und das Vieh verhungert die Wüste sie breitet sich immer mehr aus ,hast du vor das Leben dort anders zu gestalten.

Ohh Gott was ist los hier auf der Erde und was wird da noch los werden.

Und dann sprach aus dem Buch „Der positive Hintergrund der Hindusoziologie" das geschriebene: Sehe dich selbst als Heilig an.

Niemals erlaube andere dich für ihre Zwecke zu gebrauchen.

Deine Seele ist rein, majestätisch und frei.

Andauernd erinnere dich daran und versuche Du selbst zu sein.

Es ist so leicht in die falsche Richtung geführt zu werden durch besondere Umstände. Durch Gottes Gnade, wohlwollen, könntest du auf deinen eigenen Pfad gebracht werden. Verfolge diesen Pfad wenn du ihn bekommst.

Des Lebens Kampf endet nirgendwo. Es kontinuiert für immer. Equip dich dafür.

Respektiere dich selbst und habe Konfidenz in deiner Stärke. Du wirst dann fähig sein dir selber zu helfen. Du musst konstant wach sein um deine eigenen Möglichkeiten zu kreatieren um dich zu erhöhen. Möglichkeiten brauchen sich nicht vor dir zu ergeben du musst sie suchen. Kontempliere andauernd zu dem großen und dem guten und du wirst in das große und gute wachsen.

Da liegt eine größere Zukunft vor dir wie sie du dir jetzt gegenwärtig vorstellen kannst. Habe niemals Angst das du runterfallen könntest aber andauern hoffe für das höhere.

Um so ausdauernder du in deinem Leben wirst um so stärker und kräftiger wirst du wachsen. Der Kampf darum selber wird deine moralischen und spirituellen Quellen erhöhen.

Du selbst bist dir der beste Freund und Helfer.

DIE Menschheit ist fundamental eins - in Psychologie - Logik - Ethik - Ästhetik Metaphysik etc, Trotz der physikalischen und physiognomischen Unterschiede oder Variationen, und trotz der jahrelangen historischen Vorurteilen.

Da sind keine Rassentypen oder Rassengenies - keine Orientalen oder Occidentalen Ideale der Existenz - keine nationalen Charakteristiks (Hindus, Chinesen German Englisch Greek Egyptian trotz der lokalen geographischen und linguistischen Modifikation, und trotz der so genannten sozialen Verstands, Gemüts Geistes, oder Gruppeneinheiten die durch Konditionen von politischer Gleichartigkeit zuwege gebracht wurden. Außerdem, die Vorbilder sind im unaufhörlichem Wechsel.

Differenzen sind essentiell individuell.

Die Personalitäten von Männer und Frauen sind nicht von der Welts Längen und Breitengrade abhängig. Die gleiche Personalität der gleiche Charakter, die gleichen Idiosynkrasien die gleichen Geniusse, und die gleichen Talente existieren in individuellen Individuen die als Menschen auseinander leben, und die nicht nötig existieren als ein Zeichen von „esprit de corps" zwischen einer Gruppe von Männern und Frauen die eine gleiche Gegend der Erdoberfläche bewohnen.

Menschliches Leben ist niemals durch Religion geleitet, welche eine brilliante Abergläubigkeit ist, die aus dem eingebildeten Versuch besteht die Natur Gottes zu verstehen, sondern dem Verlangen und der Kraft zu leben und zu florieren durch das Reagieren zu den Tausend und Eins Stimulis des Universums und der Verwertung der Mengen an Weltkräften. Das Verlangen und die Kraft ist die Basis der Zivilisation, Kultur, oder Dharma (Pflicht zu rechter Lebensführung, im körperlichen, im Handeln, und im Denken, die von Gott vorgegebene Lebensaufgabe.) Sie ist spirituell in ihrer wahren Natur, falls da irgendetwas spirituelle sei. So genannter Materialismus hat nie existiert in irgendeiner Epoche der Zivilisation, oder in einer Phase des Dharma.

Inzwischen ist schon wieder eine raue Gegend angeflogen worden und die Hindusoziologie wird dadurch beendet denn Doel ist in ein raues Gehirnratteln versunken.

Mensch das bin ich in diesem rauen Morgen - Jet - Gehirn - Schlaf sagt Doel zu sich, wünschend das er die raue Zone wegpusten könnte ,und das tat er auch im Wunsch aber kein Resultat war erkennbar, außer dem das er an seinen Wunschkräften auch noch zu zweifeln anfing. Aber dann, auf einmal, über den Wolken, wow, Mensch, da sind sie schon unter mir diese grobstofflichen Angstmacher der 747, unter, Doel diese wahnsinnig schöne Decke aus Grau und Weiß und aus viel viel mehr, auf dem sich das brilliante Sonnenlicht reflektiert das nun in Doels Augen scheint. Und da, da drüben, ein anderer Jet, der sieht aber klein aus und da noch einer der scheint sich da ganz schön wohl zu fühlen und diese anderen, ja in der kommenden Zeit wird auch hier oben ein reger luftiger Verkehr sein, da möchte ich aber keine Reifenpanne bekommen oder Benzin vergessen haben, Mensch da noch ein Jetzt - Jet. Und vom Wolkenhorizont hoch, hoch, hoch, weich dünnes Blau das seine Farbintensität erhöht bis es für mich Doel und dich Dunkelblau erscheint an dem dann das Schwarze des Raumes des Äthers wenn's nicht das Weiße Licht gäbe das „bright light big city" Licht der Sonne was für ein Herumtreiber was für ein herumtreiben ahhh fliegen wunderschön groß mit diesen weltlichen kosmischen Aussichten da hinten wohnt der Absolute Geist und dort der Herr der Gnade neben dem Heiligen der jeden seine Heiligkeit ausschüttet und das Wundern geht weiter und weiter bis es *puff* wang zippy bamboozing, bis zum Menschen neben Doel komm kommt, und dieser Mann - Mensch der sitzt doch tatsächlich neben Doel so ganz in sich versunken und mit einer Warze am Finger die keinen Ton sagt. Er hat sogar eine Brille auf der kurzen Nase mit solchen dicken Gläsern das sie seine Augäpfel berühren, Christus, nein, was für einen Weg um diese wunderschöne harmonische Realität der Oberflächen Erscheinung zu sehen, dieses hin und herbewegen von Wolke zu Farbe über Staunen bis es Zeit ist das die Zeit offen gerissen wird und du in sie hineinschlüpfst direkt in das Zentrum der Zeit der Schönheit ,mystisch aber doch erweiternd, den unsichtbaren Horizont berührend an dem die Fühler zur rechten Weihe des menschlichen Daseins stehen, denn ansonsten würden die Menschen ja in die Irre getrieben werden, wenn's nicht aus der Materie in die Wirklichkeit gehen würde die über jeder Vernunft liegt die eine äußerliche Erscheinung ist, wo die Wirklichkeit beides vereint ,und dieser Mann - Mensch er schaut durch seine Halbmeter dicken Brillengläser, er kann doch die Wirklichkeit viel weniger erkennen da er ja Naturmäßig schon benachteiligt ist ,denn Brillengläser von dieser Stärke verbrauchen zu viel Tragstärke auf dem Nasenrücken, aber das Flugzeug fliegt und fliegt, ruhig und alles passiert direkt vor uns ,die Vision dieser Welt, dieses Welt-Teils, ist zu kurz zu belebend, zu verinnerlicht für ihn, das sagt ihm nun die Stimme von innen.

Und Doel fragt und fragt und fragt. Er hat seine Ohren gespitzt, mit einem Bleistiftanspitzer, aber die Augen sie können noch nicht nach innen schauen, aber wo bleibt das reine Bewusstsein, wo bleibt es..

Ja was ist mit dem, du Mann-Mensch.

Ich weiß es nicht meint Doel, ich bin zu menschlich das Bewusstsein müsste es mir sagen, meinte Doel.

Wer kann die Totalität er-klären.

Und wenn du nicht glaubst..du musst auch das Glauben wissen Doel.

Na und dann lass mich in die Zu-kunft wachsen.

Was hältst du davon Doel...sehr viel mein Freund du Freund aller.

Aber denn wiederum halte ich nicht zu viel davon..

Wie du meinst.. ja das stimmt es ist nur eine Meinung. Etwas oberflächliches.

Ich kaue andauern auf der Gegenwart der Zukunft der Vergangenheit herum meine Zähne sind schon vergilbt und das andauernde Bleichen hat sie ziemlich spröde gemacht.

Ach du spinnst doch herum Doel du willst doch nur durch das Strahlen der Zähne die Aufmerksamkeit auf dich ziehen damit du stärker glänzt als die geliebte Sonne..

Wenn du meinst, gähnte Doel nun, nur um zu verwirren, und das ist kein feiner Zug, nebenbei erwähnt. Der hat keine Samtsitzbänke keine Toiletten keine Flüsse aus purem Wasser und schon ist die Maschine dank der Zuverlässlichkeit der Zuverlässlichkeit fertig zum Landen in Paris.

Aber immer noch mehr fantastische Visionen der Zartheit im Wundern über den Weg den die Wolken haben wie sie zusammengesetzt sind, als das Flugzeug nun direkt das große Loch da unten aussucht, um unter die Wolkendecke zu kommen... Fantastisch, da, nun ist sie genau eben mit der Wolkendecke direkt in der Mitte des Lochs in ihnen, über Doel der Blaue riesige Himmel des Alls, das sich klar erschauen lässt für diese Augen, unter Doel das Graue, das vereiste. Die Menschen da unten, sie mit ihren kosmischen Schrittchen, sie stolzieren da im Grauen ohne Sonne und Doel hat beides, und nicht nur das, da krabbelt doch tatsächlich eine Ameise auf Doels Knie, das mit Baumwolle bedeckt ist, herum. Ja sagt mal war das Flugzeug vorher in Ameisenhausen oder wo. Glücklicherweise ist Doel ein Freund der Ameisen auf der nun die Sonne scheint die auch auf Doels subjektive Gehirnwellen leuchten aus denen dann die Verbindung zur subtilen Energie wahrgenommen wird, nur um zu beweisen dass das natürlich - mechanische - geistige Summen nun doch existiert. Und das ist Glückseligkeit wie sie aus dem Wort entnommen wird und mit der Fantasie versucht zu kosten, zu verinnerlichen, zu spüren zu fühlen ja das ist sie in diesem großen Herz der Daseinsfreude.

Die himmlisch erdlichen Realitäten sind so direkt zusammen das die Unterschiede eindeutig klar erkenntlich waren, die dann ihre Ergänzungen für manche als Gegensätze erblicken ließ, insbesondere für die mit dicken Brillengläsern. Und das ist schade. Denn die Einheit sie wird in Vergessenheit raten. Und aus dieser Vergessenheit aus der dann die Einheit raten soll kann wiederum nur Vergessenheit erraten werden woraus niemals die Eingebettetheit ins Sein empfunden werden kann außer das die Einheit sich, sich an sich selber erinnert und erkennt das sie ja die Einheit ist und somit ganz einfach gar nicht mehr zu erraten braucht...Ha.

Ja es ist an der Zeit das die menschliche Sachlage wieder von oben her betrachtet wird damit Zeitströmungen überhaupt die Richtungen und das Daseinsgeschehen die Verwüstungen die irrsinnigen Bekämpfungen der Mann-Menschen gegeneinander untereinander diese überall seiende immer noch sehr tierische - menschliche Bekämpfung in sehr gefährlichen fast Rattenhaften Bewegungen untereinander erkannt wird.

Aber vor allem die Lüge sie muss aus den Gedanken den Wörtern verschwinden das Innenleben es muss gereinigt werden denn wie ihr Menschen wisst die feinste Qualität das höchstpotenzielle das die wenigste Kraft braucht die wenigsten Anstrengungen ist immer das welches bis zur höchsten Stufe purifiziert ist, das ist gültig für alle Bereiche der menschlichen Errungenschaften, bloß leider, Freund Doel machen die Menschen auch das Feinste aus dem Zerstören dem Morden dem Belügen dem Betrügen und so weiter Freundchen Doel, ja das machen sie nur zu gerne, jeder ein Spezialist auf seinem Gebiete...

Aber sie suchen zu wenig in sich sie können von mir aus auch aussterben. Wie bitte ..ja denn sie schlafen zu viel.

Sie sind unfähig geworden feste Entscheidungen zu treffen die ihre eigen mögliche Verwüstung verschonen könnten.

Sie misstrauen sich zu sehr..

Immer noch ist der Russe ein Feind vom Belgier und der Eskimo einer vom Polarbär der Amerikaner einer vom Japaner wenn's darum geht Produkte und Reichtümer für sich zu gewinnen ja die Menschen sie werden sich selbst möglicherweise Irre mit Macht mit Interessengemeinschaften mit Süchten vergiften die dann die anderen menschlichen Fähigkeiten verkümmern lassen. .Das gilt aber meistens für die welche Verantwortung durch Militär durch Politik durch Heucheleien unter stützen und das Leben nur noch zweckmäßig sehen und Leben das ist gleich für alle Menschen die solche Mentalitäten auf der Erde entwickeln...

Ja ja die Soldaten der Erde sind diejenigen die sich auf Befehle umbringen und sich nicht mal kennen, durch Befehle von denen die sich kennen und nicht umbringen.

Dann die Landung der Boing 747 auf dem Charles DerGaul Airport, der wie eine Andeutung zur galaktischen Space Station aussieht auf Wolke 57y.

Neben Doel nun die Concorde dieses hochnäsige Geschwindigkeitswrack das noch mehr Getöse zum Irren hinzufügt aber den Geldgeiern ist das egal. Und dann wird Doel erst klar das er gar nicht in einer 747 saß sondern in einer Caravelle, denn da steht sie die 747 dieses riesige Hotel in dem Doel nun endlich sitzt zum Flug nach Montreal. Was für ein gigantisches fliegendes Hotel. Manche Menschen rennen kontrolliert durcheinander. Andere tun tatsächlich den Rock'n Roll. Einige haben ihre Weisheitszähne herausgenommen damit sie besser Lächeln können. Aber diese Maschine ist ein Koloss. Oder was. Was ist das. Kenne ich Doel nicht das Frauengesicht. Sie wollte damals einen Stahlkönig als Mann. Nein nein das ist sie doch nicht.

Ahhh ja dieser Kopf Doels bringt manchmal eine seltene galaktische Konglomeration von

Bildern von Assoziationen von vergangenen Realitäten, nur für die kurze erhaschung des Erkennens, woraus dann sofort eine Geschichte ein Bild kreatiert, kreiert, erschaffen wird, hier in ihm, mit der Hilfe von draußen.

Das gesehene war richtig. Aber auch die physikalische Realität. Nur **die** Verbindung die Kupplung, der Momente , ließ ihn denken das er absolut Meschugge sein könnte, Meschugge mit Liebe ,und ohne Liebe, aber auch mit Knoblauchatem , manch mal, ja so sind die Zeiten Mensch.

Und nun, nun ist Doel schon sitzend. Unter ihm die Punkte und Teilchen die Spielplätze der Wolken diese diesmal eisigen ja wie Eis aussehenden Flächen. Darüber wieder das Blaue Bewusstseinslicht und unter den Wolken schon der bewegte Atlantik.

Die Menschen stehen schon entspannt herum. Das Essen wurde schon serviert und im Magen von Doel ist der Inhalt von zwei kleinen Bordeauflaschen Käse Salat Nüssen Krabben Artischocken Reis und feines Fleisch, das einmal an einem Gerippe befestigt war.

Doel will jetzt nicht ans Betrügen denken.

Da ist ja noch Butter Brot Kuchen und Mineralwasser neben den Tomaten neben den Zitronenscheiben, und das alles mit der entspannten Atmosphäre. Er schaut aus dem Fenster auf die Fläche des leichtwelligen Atlantiks. Es scheint gar nicht so weit entfernt zu sein.

Die Stewardess ist fantastisch. Sie hat eine Narbe an der Hand. Womöglich vom letzten Absturz. Als Doel die Stewardess sah warf er vor Entzückung die Mineralwasserflasche um die ihren Inhalt auf das Tablett fließen ließ und die Teile anfeuchtete die darauf standen, auch die Serviette.

Aber trotz der 747 ist der Platz zum Essen zu eng.

Danach schnellte Doel schneller zur Toilette. Vor ihm stand ein bekannter amerikanischer TV - Darsteller aus einer der vielen Kriminalserien der sich später aber mehr auf Komik eingestellt hatte. Doel vergaß den Namen des Bildschirmberühmten. Aber er hatte Ähnlichkeit mit Walter Mathau. Oder so. Denn, etwas später nachdem der Verdauungsabfall weggespült war in die grün grüne Plastiktüte die dann zum galaktischen Zirkus gesendet wurde via Air-Mail, mit Molekühlen der absoluten Inertia, ist das möglich, wartete ein eine Frau für ihre innerer Befreiung.. Sie gab Doel ein Zeichen ein leicht erkennbares mit Wärme mit Interesse verspielt lächelnd. Ahhhh schön, geh Frau brenne, brenne. brenne, brenne.
....

Und so geht die Reisegeschichte weiter. Sie hat ein „Umherstrolchen" in sich. Sie würde wohl auch weniger chaotisch sein aber das ist die Jugend in ihm. Die leuchtende Jugend. Die schöne Jugend in ihm sie singt nur ewig. Die Farbe der Jugend machte Doel das er sich wunderte wo bloß all diese Leuchtkräfte hin-verschwinden bei so vielen Menschen. Dabei gibt es doch so viel an variablem, Nahrungsstoffen, so viele, meinst du nicht. Auch fing er an zu sich selbst zu reden und dabei seinen Ohrring berührend als ob er auf ein wichtiges Telefongespräch wartete. Das Telefon bimmelte dann und am anderen Ende war derjenige der schon vor zwei Monaten anrufen sollte.

Ohhh entschuldige bitte das ich so spät anrufe.

Ohhh das ist nicht so schlimmmm antwortete Doel zu sich selber, ich bin zuckersüss wenn ich wütend und sauer **bin...**

Aber Gesetz dem Fall, sagen wir, wie bitte unterbrach die Person am anderen Ende. Ist es nicht notwendig nachzuprüfen. .

Was rief Doel, was nachzuprüfen..

Ja das Gesetz, was unter dem Wort Gesetz zu verstehen ist..

Ohhh ja mein und aller Freund das ist wichtig. Leg los.

Ja, weißt du Doel es ist so .mhhhm. .Es bezeichnet die Tendenz sich zu wiederholen, es ist ein Ablauf. Wenn wir sehen, wie eine Begebenheit der anderen folgt oder sich manchmal gleichzeitig mit einer anderen ereigneten warten wir, das diese Folge oder Gleichzeitigkeit sich immer von neuem wiederholt. Die alten Philosophen sagen in ihren Lehren das alle Gesetzbegriffe die Folge von Assoziationen sind. Eine Reihe von Erscheinungen verbindet sich mit bereits im Bewusstsein vorhandenen Inhalten zu einer unveränderlichen Ordnung, das heißt: alles was immer wir wahrnehmen wird unmittelbar an anderes, schon im Bewusstsein vorhandenes verwiesen. Jede Idee, oder um bei unserem Bild zu bleiben, jede Welle, die in unserer Denksubstanz erzeugt wird, muss jedes mal viele gleiche Wellen hervorrufen. Die Denksubstanz ist übrigens das wesenhafte Bewusstsein des Geistes Doel, Selbst - Bewusstsein des Seins, die göttliche Wirkungsmacht im werden, der unendlich bewirkende Wille diese wesenhafte Bewusstheit ist meist noch unter oder Unbewusst, bewirkt aber in höherem Graden der geistigen Entwicklung die Verwirklichung und Realisation des Überbewusstseins, ist das klar Doel...

Freund aller Freunde rief Doel, das wird schon stimmen, lass uns warten. Jedenfalls Doel dies ist der philosophische Begriff von Assoziationen und die Kausalität ist nur ein Aspekt dieses grandiosen, überall gültigen Prinzips der Assoziation.

Ahhh ja fügte Doel nicht disorientiert hinzu.

Es gibt glücklicherweise noch Menschen auch wenn nur in den alten Schriften, die sich mit Wahrheiten befassen die nicht erst mit Lügen erreicht werden brauchen, so wie es der Hauptteil der Menschen heute in ihrem Einbahnwesen tun, wo sie alles was tiefere Erkenntnis als ihre fickrigen Weisheiten durch Schmeicheleien durch Tricksereien durch Heucheln durch Umgarnen und durch das zeitweilige Aufnehmen eines Menschen um ihn auszuloten auszukundschaften, damit sie ihre Zwecke und inneren Seuchen verbreiten können....

Ja Doel du hast recht im Zentrum der Stadt lebt oft die größte Verkommenheit versteckt im Glanz und Glitter.

So,,, aber auch im größten Verkommenen ist noch der Funke dessen was Unverkommen ist von Trippern Schenkern und Warzen am Arsch so wie die Homos oft die Seuche der Arschwarzen haben weil sie ihre Schwänze so gerne in Kot............. stecken............. und dann auch noch ablecken.. Lecker wa...

Ja der Begriff Gesetz ist für die Außenwelt der gleiche wie für die Innenwelt, nämlich die Sicherheit, das eine bestimmte Erscheinung eine andere zu Folge hat und das diese Folge sich wiederholen wird. Daher gibt es streng genommen in der Natur kein Gesetz. Denn tatsächlich ist es ein Irrtum, zu behaupten, das Gesetz der Schwerkraft gehe von der Erde aus, oder es gäbe objektiv in der Natur irgendein Gesetz.

Mensch guter Freund sei weiterhin mein guter Freund bester Freund mach weiter so rief Doel ganz begeistert aus.

Ja Doel das Gesetz entsteht erst durch die Methode, die Eigenart unseres Denkvermögens, eine Reihe von Erscheinungen aufzunehmen.

Das Gesetz liegt also in uns rief Doel aus.

Das Stimmt.

Gewisse Erscheinungen, die nacheinander oder gleichzeitig auftreten, sowie die Überzeugung von der Regelmäßigkeit ihrer Wiederkehr befähigen uns ‚den Prozess des ganzen Ablaufs zu erfassen. Und diese angenommene Regelmäßigkeit nennen wir Gesetz.

Guter Freund halte nun denn wie ich sehe landet die Maschine schon wir sind in Kanada, aber vielen süßen Dank, lass dich mal wieder sehen. Und mit dem Sprung aus der Situation war Doel wieder gegenwärtiger.

Ha, die Welt ist riesig und noch mehr sie ist sogar für manche schwer doch ich fühl mich fein und ganz und, und, noch mehr rief Doel sich zu .Und dann fingen die Menschen in seiner Nähe an zu schauen dann fingen sie an zu lächeln als ob Doel einer von denen wäre die andauernd auf den Fingernägeln herumkauen dabei denkend dass das Gesetz doch zum Schutz der Menschen ist. Aber leider sind da keine Statistiken wie viele Menschen Tagein Tagaus vom Gesetz geschlagen und misshandelt werden das sie mit dicken Beulen am Knie und blauen Flecken auf der Zunge antigesetzlich werden. Das sind die Gesetze die ihre Funktionen in das Gesetz Buch fanden durch ein Resultat von Ignoranz hoch vier, und durch Hysterie durch politisches Lügen durch Rhetorik und durch die Versoffenheit der Führungspersonen die ihre Keller voller Schnaps und anderen Teufelgewässern haben für die es oft keine Rettungsboote mehr gibt. Das sind die Antilebensgesetze die die Macht bevorzugt. Das sind Gesetze die vortäuschen wollen das die Realität statisch ist und die Natur ist definitiv. Gesetze die dem Menschen das Recht Schutz zu verabscheuen nicht gönnen. Ihr psychologisiertenantisozialistischensoziologischenverhaltenssucher ihr müsstet euch mal um solche Angelegenheiten kümmern, das würde viele von euch für Monate aus Däumchendrehleben entfernt halten und keine Langweilprognosen zum Vorschein bringen in der Freud immer noch der Mick Maus Held ist.

Die Menschen schauten immer noch.

Doel machte eine blitzartige Andeutung als ob er sich die Hosen runter ziehen wollte und die Menge riss ihre Augen noch mehr auf.

Mhmmm, das geht zu weit, dabei entließ er sachte einen Furz..

Und immer noch ist der Geruch ein wirksames Mittel Neugierige zu Altgierigen zu machen.

Sag ist deine Liebe auch wie ein Killerwahl rief die Spitzmaus aus der Ecke...jeahhhhh llalylaly, fing sie dann zu tanzen **an..**

Die Stewardessen wurden inzwischen zu Stewarfressen, sie riefen, halten sie den der das Saxophone fängt, denn er ist mit der Freude im Bauch unterm Arm zum Verändern geboren worden. Er erkennt das er die Veränderung höchstpersönlich ist. Den dürfen wir nicht frei herumlaufen lassen den müssen wir einfangen denn er will weg von uns er weiß das er allein ist auch wenn er mit uns lebt und unter uns ist seine Gesinnung ist undurchschaubar er ist kein Egoist mehr er ist kein Weltverbesserer mehr er ist kein Wahrsager oder

Lügensager er ist der Teufel in Person seht euch bloß seinen roten Schwanz an viermal um das linke Bein gewickelt er steckt ihn jemand in die Möse und er kommt aus dem Mund wieder heraus damit er sich selbst auch noch vollblasen kann er weiß er ist die Veränderung die Kraft hinter der Evolution......

Doel wurde nun ganz ruhig denn schließlich war er ein respektierter der sich den Lob durch Lächeln und durch die Magie der Androgynen Goldtoilette gesichert hatte. Gesegnete Androgyne Toilette. Gold.

Und mit diesem einen Gedanken der Androgynen Toilette landete der gigantische Metallkoloss auf dem Flughafen in Mirabel, anstatt in Montreal eine Busstunde entfernt von Montreal.

Das Flughafenhauptgebäude war ein rational eckiges unrundes Gebäude von außen auf höchste Zweckmäßigkeit gebaut. Ein Freund von Doel hatte damals das Modell für die gesamte Anlage gemacht. Aber das war damals jetzt stand Doel mitten in dem Gewühl von Menschen die darauf warteten vom Customsman eingelassen zu werden.

Willkommen im Hottentotten-Leben von Kanada rief der Customsman. Kommen sie näher. Wo wollen sie hin rief er mit rauer Stimme aus.

Meine Frau und ich wir wollen die schönsten Bären jagen. Wo kann ich die finden.

Ahhh, schöne Bären, Mister, gehen sie nach Eddys Bar dort brauchen sie keinen Eintritt zu bezahlen, dort gibt es die besten Auskünfte dieser Art. . . ,

Kommen sie näher, schneller, schneller,,,,,.wo wollen sie hin. Willkommen im Hottentottenleben von Kanada. Was wollen sie Mister.

Ahhhhh, Mister Seemann . Ahhhhh, SI€,, sie wollen die Frauen suchen ..Ahhbhhh, Mister Seemann. Gehen sie nach Eddys Bar dort brauchen sie keinen Eintritt zu bezahlen, Dort gibt es die besten Auskünfte dieser Art.

Danke Customsman...Ohhhh, zu jeder Zeit.

Nun stand Doel vor dem CustomsMan..

Hey Achtung du mit dem langen Haar und dem langen Bart komm her rief er schon mürrischer.

Im Hintergrund fing dann sachte die keltische Musik von Allen Stivel zu spielen an.

Wo der Teufel willst du hin.

Ein krachen in der Luft wie Donner und das Krachen von Hendrix Musik auf der Platte Elektric Ladyland.

Ich komme um meine Kinder zu besuchen. (wieder Krachen in der Luft). Ahhhh sie haben Kinder in diesem Land. (wieder Krachen)

Ich habe Kinder überall meinte Doel.

Ahhhh sie sind ein Rock'n Roll Star (seichte Harfenmusik)

Okay, dann komm her, ich muss sie untersuchen. Nehmen sie ihre Sandalen von den Füßen (wieder Musik von Electric Ladyland)

Ohhhh, diese Narben an den Füßen, ohhhhh, rief der Customsman aus.

Wie ist ihr Name, sie genarbter Rocknrollstar.

Man nennt mich den Prinzen des Friedens.(wieder sachte Harfenmusik)

Ahhhh, Mister Frieden, wir können sie nicht in dieses Land lassen, wir erlauben keine Menschen ihrer Art in diesem Land.

Aber Mister Customsman ich nehme an sie wissen nicht wer ich bin rief Doel aus, unbesorgt.

Das ist mir egal ich lasse sie nicht hinein.

Wenn Freunde Freunde sind und die Umgebung richtig ist und sie ist doch richtig oder ist das alles hier phänomenal oder ist das hier nicht der kanadische Zoll schrie Doel sachte in Frieden seine langen Haare sich kräuselnd dabei wissend das dieses nur der kanadische Schnüffelvorbote war.

Ja was denn was denn, ach sehen sie den Spezialagenten für friedliche Eindringlinge in das kanadische Land des nicht Blues sondern der ewigen Arktiksonne mit ihren Gitarrenspielern auf Eis gelegt. Dort drüben.

Thank you so mutch mister customsman das sie mir noch eine Chance geben.

Wild und verschwitzt und schmutziger, ja rau oder manchmal etwas rauer das bin ich doch nun wirklich nicht oder. Ach verschwinden sie aus meiner Sicht reden sie mit dem Spezialagenten extra von der FBI-Mafia dafür ausgebildet die vom Staat unterstützt wird...

Ahhhhhh, das nenne ich Fort-Schritt rief Doel aus..

Ich bin der Imigrationsmann. Guten Tag willkommen im Hottentottenleben von Kanada . Unser Premier Minister Trudeau ist heute auch irgendwo.

So so,,Ich heiße Doel der Prinz des Friedens. So so Trudeau, hat der auch Narben.
Zeigen sie mir ihren Pass.

Der Agent schaute auf das Papier fragend: Warum waren sie seit 3 1/2 Jahren nicht mehr in Kanada, da muss doch MysterieHysterie und Verbrechertum vorhanden sein das sie sich nicht mehr in unserem Wunderland haben sehen lassen, denn sie sind ja ein Immigrant zu Kanada, sehen sie diesen Stempel, können sie Lesen, sie waren fast Sieben Jahre in Kanada, nur um wieder zu verschwinden und um jetzt aufzutauchen. Wo haben sie den Stoff zu solch langem Tauchen untertauchen her, sie wollen wohl wieder kommen um mehr Stoff zu machen nur um wieder zu Tauchen was, reden sie schon, los. Nein reden sie noch nicht ,ich muss noch was hinzufügen, sie wollen doch wohl nicht dieses gesegnete Imigrationsstatus'chen behalten, oder. Irgendwas stimmt mit ihnen nicht. Trinken sie Wein. Denn ich bin gebürtiger Österreicher, was haben sie dort in der Plastiktasche, Mister Doel.

Well, Agent, ich bin auf einer sehr, sehr, großen Reise, seitdem ich mich an mich zurück erinnern kann, und ich muss erfahren das ich und keiner von dieser sehr, sehr sehr, großen Reise zurück kommt, und sie wollen Wein. Ihr Österreicher ihr seid unverschlechterich.

Aber Mister Doel wie können sie sich erlauben drei 1/2 Jahre zu Reisen. Ich arbeite fast jeden Tag hier als Agent. Was für eine Art von Geld haben sie Mister Doel.

Ohhhh, es ist die gleiche Geldart wie überall, aufgeblasen mit Nummern auf den Scheinen, damit die lange Reise nicht so arm wirkt, gegenüber Sonne oder frischer Luft oder der menschlichen Vergangenheit.

Lassen sie es sehen. Wir müssen immer Geld sehen sonst sind wir computerisierten Agenten nicht zufrieden mit ihren Prinzen des Friedens ,falls wir sie reinlassen, natürlich nur unter der andauernden Beobachtung.Doel griff in die Hosentasche und entnahm ihr mit seinen Stummelfingern eine dicke Rolle **Hundertmarkscheine.**

Fast 1000 Dollar. Das gab ihm für den Agenten extra stärke, der nun fast das Einlasspapier

unterschrieben hatte. Es fehlte nur noch dieser eine Schnüffelgedanke, er kam auf sachten Sohlen in sein Immigrationsgehirn und er fragte fast zu erotisch erregt : Haben sie irgendwelche Arten von Opiaten mit sich, Hasch, Cannabis, oder Cocaine......
Nein.
Wie lange wollen sie in Kanada bleiben. Werden sie arbeiten. Wovon lebt ihre Frau, und tiefer und tiefer fragte er, hinein in Doels Leben, bald wird er Doel fragen wie er sich in der letzten Zeit gefühlt hat. Aber nein, er schaute nun auf die drei Flaschen Wein die in der Plastiktüte waren, und er fing an Germanisch zu reden, ahhhh noch ein anderer Adolfüberlebender.
Ein Österreichischer-Kanadischer Immigrationsagent. Und in Germanisch ging dann die ganze Prozedur viel leichter, denn das Vertrauen das Doel durch diese Zungenfertigkeit nach außen hin verströmte ging sein Gehirnkanälen viel leichter hinunter, viel leichter.
Und so wurde Doel dann doch eingeschrieben.
Auf wieder sehen Mann, und hinein in die haarige Hand des Österreichers.
Und mit der Musik von Van the man-Morrison mit got youre high heeled sneekers on, wo der Bass den dada und die Gitarre ihre plänk plink über einen ergießen, hinein in die Halle der Kofferschnüffler mit ihren langen Nasen,,,,,,, ahhhhh..
Der wühlte lustlos und irgendwie nicht wissend warum durch diesen Koffer nochmals und nochmals bis er ein wildes Gewühl hinterlassen hatte. Auch er fragte warum Doel so lange außer Lande gewesen wäre.
Also die Menschen sind ja so besorgt so freundlich so kümmernd, aber nur gegen Bezahlung.

Liebling, du Liebling, du wirst ja so weiß. So weiß wie der Regen der gestern noch Blumenverkäufer werden wollte aber nun!? Ja jedenfalls so weiß wie Ostern, so weiß wie der Schaum auf den Lippen eines‘ Tollwütigen. Das sagte der Wühler aber nicht. Und der Wühler war enttäuscht keine Schmuggelware entdeckt zu haben. Morgen würde deshalb ein Photo in der Montreal Star sein mit einem traurigen Gesicht dieses Wühlers und der Überschrift : **Sogar in Kanada lebt der Blues der Germanen.**
Und das alles nur weil er der Wühler schon seit langem keine Aktion mehr hatte und jetzt seine Missgunst auf Doel den Germanen schieben wollte, der meinte das die Germanen nur ihren Blues in diesem gesegneten Land weiter züchten wollten, und das unter den politischen Nato Übereinstimmungen, und wegen der vielen Bäume die noch gefällt werden müssten, damit die Erde ja genügend Toilettenpapier zum verwerten hatte, dieser Blues hier wirklich leben kann, obwohl ihn ja die NegerAfros musifiziert hatten. Denn die brauchten kein Toilettenpapier weil sie braune Haut haben und die Kacke nicht so leicht gesehen wird. Ja so lagen die Presseberichte, die immer nur die Wahrheit berichten, sie unwahr machen.
Doel schaute dann als er den Wühler verlassen wollte auf den Steinfußboden und schaut her ihr lieben Leute da wuchs vor ihm eine zarte mit Tau beladene Erdbeerpflanze aus den Steinen ganz schnell da war die reife Frucht. Doel nahm sie kostete sie, sie war süß, etwas saftiger als sonst übliche auf Humusboden gewachsene Erdbeeren, und draußen tobte der Wind mit dem Schnee, denn es war Winter in Kanada und in den Welten. Winter für die Völker Winter für die Entwicklung Winter für die Menschen die noch immer voller Cocaine voller Gangster voller denen die sich daran hochziehen an der Atombombe mitzubauen

ihre Einzellteile zu fabrizieren solchen Staaten zu dienen solche Zünder zu konstruieren ja es war Winter.

Doch Doel er war sich der schwere der Situation bewusst ohne sich selber davon schwer machen zu lassen. Und so ging er zur Ausfahrt mit dem Geschmack der Erdbeere im Mund ein Lächelnd wechselnd mit einem Franzosen einem jungen der seine Gitarre und seinen Rucksack mit sich hatte, ihm war ein konstantes Lächeln im Gesicht, der sah glücklich aus, nicht so wie die Politiker die Geschäftsmenschen die Wichtigmacher der Geschichte, oder die ganzen Fernsehfratzen diese Männer mit ihren ernsten Fratzen.

Endlich draußen und der Wind blies den Schnee vor sich hin als ob dort eine Siesta auf sie beide warten würde. Kraftwerkes Musik vermischte sich mit dem Wind dem Schnee, da war ein endlosen Gefühl auf dieser sehr, sehr, weiten Reise anwesend das sich aber nicht erkennbar machen ließ, noch nicht.

Im Bus, für 5 Dollar, nach Down Town Moreal, dieser einstmaligen eleganten dekadenten Stadt, die nun vom Geldmangel und dem Papier auf den Strassen, den abwandernden englischsprechenden, der einstweiligen Isolation befallen war, denn die Quebequois sie legten Bomben sie brachten Minister um sie war'n fanatisch, sie waren Raubsäugetiere geblieben, Faschissssten, denn das sind Raubsäugemenschen, ja hinein in das Hottentottenleben von Kanada.

Beim Abfahren hob sich eine Air-France 747 in die Atmosphäre. Der Bus war fast leer von Menschen aber voller Blech. Doel saß auf der rechten Busseite der Franzose mit dem Lächeln auf der linken. Die 747 flog nun nach Schikago. Die Sonne sah nicht wie die Realität aus, bemerkte Doel, sie durch das getintete Fensterglas betrachten. Auch sie durch die Sinne schauend würde die Sonne nicht wie die Realität aussehen. Denn die Realität kann ja nur das ganze sein und die Sonne ist ja nur ein winziger Teil dessen. Ob sie deswegen wohl an öffentlicher Beliebtheit verlieren wird.

Aber Doel, die Sonne war doch real .Denn sie war so durch das Glas gesehen unter dem Aspekt real.

Doel versank in Ruhe, er wurde sehr traurig, ein großes trauriges alleine. Er wollte Reden etwas sagen, flöten. Aber anstatt es zu tun, auch wenn er zu sich selbst geredet geflötet hätte, was war denn los mit ihm.

Aber dann doch von ganz alleine fing er an seine Melodie zu summen. Eine lange ruhige Melodie eine einsame traurige Melodie die den Schnee und dieses was für ihn nicht so recht war aber doch nicht schmolz. Dieses in ihm war nicht harmonisch dieser Drang etwas zu sagen aber immer der Aspekt des vernünftigen des verständlichen der Worte er wollte etwas zu dem lächelnden Franzosenmenschen sagen tat es aber nicht. Und so ließ er sich noch mehr in die traurige Melodie fallen. In dieser Melodie zeigten alle Frauen die er kannte ihr Gesicht aber keines davon gab ein Lächeln von sich.

Ahhh, lass mich einen Körper umarmen einen warmen willkommenen Körper. Lass mich deinen Körper halten die Zusammenheit spüren etwas Liebe etwas sinnliches, etwas ohne flüchten zu können, bitte keine Fluchten, manche mögen sagen, ahhh Frauenmenschen, und von da an soll es dann in die Zusammenheit der Menschen gehen, welch Hirngespinnst, welch Fantasien, aber schön, dann in die Zusammenheit des Kosmos, ist der denn auseinander, oder was ,und dann in die Zusammenheit der ganzen traurigen Gelächter die viele auf ihren Gesichtern haben nachdem wieder ein Jahr vergangen ist ,und sich doch keine tieferen Erkenntnisse ergeben haben, die darauf hinweisen das der Sprung in die Ausgelassenheit oder die tiefste Betrübnis wegen keiner Zeichen keiner Merkmale von Lichtblicken in das jeweilige Dasein, auch nicht der richtiegegegere Seinszustand ist, aus der dann die Frage entstehen könnte : Wann gibt mir der Freund aller Freunde ein Zeichen die Quelle in mir fließen zu lassen.

Anscheinend funktioniert aber heute alles wie von selber Doel.

Fällt dir das gar nicht mehr auf. Es sieht nur so aus als ob du es alles selbst machst aber es funktioniert wie von selber außer das Benz, nein nicht außer ‚alles, funktioniert von selber.

So vor sich her denkend sah Doel wieder Skorpions Zimmer vor sich mit den warmen Farben mit der harmonischen mit dem offenen komfortablen Freundlichkeit, die jeden der an eine Energiekrise glauben muss weil er sie nicht kennt, durch die Düfte der Blumen in diesem Zimmer erhöht, im innersten tiefsten Menschenwesen, welches dann seinen Geist gestärkt bekommt und dadurch auch fähig ist den Geist der anderen zu stärken,...

Ja Doel wusste das da irgendwo ein tiefes Verlangen nach einer Frau war. Er bemerkte die feinsten Bewegungen die Regungen eines Gefühls in sich, zu geben und zu nehmen, zu transzendieren zu durchdringen den harten Kern zu lösen der sich an der Härte dessen was die Menschen sich da zusammengebaut und gewirtschaftet haben keine Beispiele mehr nehmen will. Sie können keine Vorbilder mehr sein. Sie sind nun das was sie sind trotz viel Reklame Farben trotz glänzender Autos sie sind von einer Seite gesehen die Opfer dessen der sie diesen Weg gehen ließ, als sie sich in der Wüstheit des Daseins wieder fanden und nicht mehr die Kraft hatten in das immer anwesende Unsichtbare zu forschen .Sie hatten Angst das Unsichtbare sichtbar zu machen, und nun?!. Mussten sie dafür auch die Strapazen erdulden, die welche immer alles so schnell Wissen, Antworten für alles parat haben, aber keine Sicht für das Übersinnliche entwickelten.

Und von all denen die so programmiert sind, ertönte nun ein schallendes voller Ironie tönendes Gelächter in Doles Gehörgang .Die Töne sie versuchten das Gehör zu penetrieren und dadurch tiefer ins Bewusstsein zu dringen um die noch latent vorhandenen tieferen unbeeinflussten reinen Wesensschichten zu umgarnen zu überzeugen es mit Versprechungen und großen Reichtümern zbs. Marlborozigaretten oder Omo welches am weißesten wäscht oder einem kostenlosen Gehaltskonto, aber vielleicht noch mit einer Versicherung die angeblich das Leben versichern kann, den Tod aber aufs Glatteis führt, zu beeinflussen, durch seine starke musikalische Suggestionskraft die im Wesen der Töne liegt und die Menschenherzen in aller Arten von Verzückung bringen kann, sei es nun Ekstase zum Schönen oder des Entgegengesetzten.

Wenn du, Mensch, offen bist dann kann dich die musikalische Fetzerei von Jeff Beck in die Wildheit treiben oder das zarte einer Melodie von der Feinheit in der Zenmusik an solche Feinheiten im Leben erinnern, aus der dann der Wunsch entsteht nie mehr einen bösen Gedanken in dir zu haben. Und das wünsche ich von ganzem Herzen jedem Menschen zu erfahren. Denn dann wird wohl sofort erkannt werden das alles Tun in Richtung Aufbau das zerstört und betrügt zermalmt und austrickst welches die Unteren bemächtigen will und andauernd keine Übersicht hat, das diejenigen welche keine Pflichten anerkennen wollen oder sich andauerndem Selbstprüfen drücken oder der Mensch der andauernd sagt aber Spaß wir müssen mehr Spaß mehr Blödsinn haben erkennen das auch der Ernst

Spaß ist und das er viel größere tiefere Freuden gewährt die niemals der bewusste Spaß der Clown, in allen Ehren, erzeugen kann, denn wenn du merkst wies auf einmal in dir Arbeitet und sich Erkenntnisse in dir bemerkbar machen, die du gar nicht selber erdenken brauchst und wie diese Gedankengänge dich mit ihren Resultaten so fein machen das du vor spontanem Lachen plötzlich auflebst. Zuerst gar nicht bemerkst das du es warst, dich so prima fühlst, aber dann dich fragst, wie ist das gekommen, das habe ich doch innerlich beobachtet, da läuft doch ganz was anderes in mir ab, was war das...?

Ja dann macht sich wieder ein Sinn erkenntlich. Aber das, das muss Doel auch erst wieder in Ruhe erfahren.

Denn das Leben und Gedeihen für die Zukunft der Menschen hängt von den aufgestellten Lehren und Gesetzen ab die klar und, und genau sein müssen. Damit sie gegen Irrlehren und verstöße geschützt sind.

Ja ja Doel weiß das diese für manche Leser ein zu großer Sprung ist. Ach Doel genieße das Glück das du hast aber sei nicht traurig das es sich verändern kann. Und dich auch deshalb sei vorsichtig.

Die Vor-Sicht bedeutet ja eben: Das zu sehen was vor einem ist so weit das möglich ist und das ist bei weitem keine Angst so wie viele die dem Draufgängertum verfallen sind es ausleben.

Atombomben entstehen aus diesem Draufgängertum derer die Kriege stiften aber auf Frieden Plädoquatschen, denn sie, alle Arten von Menschen, auf der Erde, haben verschiedene Motive in sich, die sie innerlich ausnutzen können, hinsichtlich ihrer Stellung die sie bezahlt bekommen. Du kannst von einem General kein Friedensnobelpreisträger erwarten uns so weiter.

Ja ja es gibt eine Zeit wo die Menschen absolut nur im göttlichen Seinszustand schweben, aus dem dann erkannt wird, das darüber hinaus so viel an innerer Seinsheit anwesend ist die bei weitem jede erdachte oder vorgestellte alles überragende Ursprünglichkeit erkennen lässt.

Die Befreiung, das ich nicht lache.! ?

Diese Unpersönlichkeitsquacksalberphilosophen die sogar davon reden wie der Egoist ein Künstler, ist die spinnen doch alle, nichts leichter als das ein Egoist zu sein.

Na du, Schwein, zeig mir deine Scheiße . Was, das, soll Kunst sein und so weiter und so weiter....

Der höchste Herr ist sich selbst genügend. Aber wenn er mit andern zusammen ist dann aha, aber rede davon beschreibe mir was davon.....

Jaja es gibt einen Weg wie Mann oder Frau, das dunkle vom hellen unterscheiden können..

Aber wer versteht solche Sprache noch.

Und dann traf es Doel. Es traf Doel hart. Er verkümmerte in seiner eigenen Schande.

Ja, Doel du lebst das Leben zu oberflächlich zu schnell du bist nur ein Phlegmaton.

Deine Existenz die nicht deine ist sie täuscht dich gewaltig, Du musst mehr versuchen mit mehr Einsatz, nicht nur auf die Früchte warten die, die, anderen erarbeiten, du musst selbst Früchte erzeugen du musst mehr und mehr das beste im Auge im Sinn im Geist in dir haben dein Gemüt muss davon überfüllt sein du musst aus Dir heraus gehen versuchen das zu erreichen mit mehr Tiefe mit mehr Tiefe inbrünstiger auf allen Ebenen der Tod ja der lacht nur wenn du jeden Tag Ja und Amen sagst denn das ist ja nur seine Anbetung, lege mehr

Bedeutung in dein Leben auch wenn es höllisch ist ,so wie das derer die Kriege überlebt haben und doch kein Morphium brauchten, oder sich für immer Vollsoffen, ahhh, ja das leichte Flipp Flapp Leben ist es nicht leicht so zu leben, Schande ,so ein Leben, die sollen froh sein das sie sich so austoben können. Ja keine Zeit für starke solide Verbindungen.

Weißt du was die Germanen in der Zukunft zeigen werden in der solidarischen Einheit gegen die aber für alle die den militärischen Putsch vermeiden wollen, für immer, die Olympischen Spiele boykotierten, gut so, das muss sein, obwohl diese Brüder kein Recht haben einen freien Menschen davon fernzuhalten, somit müssen die Olympischen Spiele ohne jegliche Staatsgelder finanziert werden, die Sportler müssen sich selbst fördern............... .

Der Staat muss erkennen das er kein Sportler ist..etc.

Vor allem muss er erkennen das er nicht Atombomben und Frieden zur gleichen Zeit vortäuschen kann. Ja er kann es aber das dadurch keine ewigen Werte erzeugt werden wie ja gesehen werden kann. Die Sportler bekämpfen sich nicht aber die Interessen der Staaten. Mit anderen Worten eure miserablen stinkenden Staatsmänner die euch Tölpel regieren, was seit ihr doch für Stinker. Und dafür arbeitet ihr, ihr Kotzer ihr Stinker ihr die ihr euch hinter Illusionen versteckt auch die Stärke des Staates ist eine Illusion auch eure Panzer eure Gewehre eure Generäle eure Bomber eure abgefackten Staatsmänner...

Was seit ihr doch für Stinker ihr Nationalisten und ihr Internationalisten ! ?

Mit solchen Erkenntnissen fuhr der Bus Doel und die anderen Insassen in die Innenstadt vorbei an Schneehügeln, an im Schnee gestrandeten Autos vorbei an mögliche Drogenabhängige vorbei an den alten gegenwärtigen Arbeitsplatz Dominion Lock, hinein in das Wolkenkratzerdasein das nun auch schon anwesend war.

Bevor Doel ausstieg, denn der Bus hatte gehalten, er bewegte sich jedenfalls nicht mehr, fragte Doel den Franzosenmann ob er Urlaub machte. Aber er sprach seine Muttersprache so grinsten beide denn Doel sprach zwar limitiert Französisch wollte nun aber nicht wegen des Erwartens in der Nähe des Freundes Zän, noch weiter forschen und sagte dann : Adios..

Taxi, Taxi Taxi..

Yes Sir..Okay Sir. 2181 Wilson. Ist es über oder unter den Schienen.

Weis ich nicht, antwortete Doel. Nicht wissend auch nicht vorausahnend. Okay dann lass es uns finden grinste der etwas rundliche Quebekaner vor sich hin fast wie die dritte frostige Morgenübernachtung die ohne Schuhe im Schnee verbracht wurde und die dann immer rief: Hässlich dieser Tag hässlich diese Nacht denn ich bin die eingefrorene Morgenübernach-tung .

Der Taxifahrer fuhr zuerst zur Wilson über den Schienen wo es keinen Zän gab. Also musste er unter den Schienen wohnen. Der Zähler tickte weiter. Wie du es dir vorstellen kannst Doel war in Spannung gehüllt.

Sie brauchen nicht zufällig eine Frau oder haben sie schon die Liebe gemacht, sie wissen was ich meine, aber werden sie deswegen nicht rot, denn als Taxifahrer ist es meine Pflicht sie auf die möglichen Kostbarkeiten der Stadt aufmerksam zu machen, schnorchelte nun der Alte Runde vor sich hin immer noch grinsend.

Doel horchte ..ehhhm, well ich bin mir noch nicht so sicher, es kann sein das ich vor kurzem darüber fantasiert habe und das würde mir dann genügen, wissen sie,..dabei hörte Doel für eine kurze Zeit auf an sich zu denken setzte sich gerade hin machte sein Lächeln richtig nur um die Würde seines Seins wieder zu entdecken und um zu sehen ob der Taxifahrer verstanden hatte..

Er schaute etwas verdattert vor sich hin. Womöglich war ihm noch nie solch eine labile Antwort auf seine Angebote gemacht worden. Aber furios und desperat sah er trotzdem nicht aus und das war Doels Erleichterung .Denn manchmal wagte er sich sprachlich zu weit in die Ebene hinein die für ihn den Boden unter den Füßen wegnahm und für andere die Füße.

Und Doel war nicht versichert. Nein, keine Versicherung mit Doel.

Der Taxifahrer war ein richtiger Straßenmeister. Während der Fahrt lachte er als ob er unter einer fetten Frau lag sich beide während des Schmatzen des Vögelns in Ruhe anlächelten ihren Fick genossen und sogar die Sprache der Organe verstanden, ab und zu aß einer der beide auch Wackelpudding, während des Ficks. Ja so kam er Doel vor.

Aber dann als Doel etwas ernster tiefer zum Fahrer hinüberblickte änderte sich das gesehene und das Gesicht verbog sich in eine alte Haifischfratze, und das gefiel Doel gar nicht..

So hier sind wir rief der Fahrer.

Die Worte rollten aus seinem Haimund wie fette kleine Sterne insbesondere das Wort wir. Wir muss wohl eines der schönsten Wörter überhaupt sein. Es entstand aus dem ‚ach im etymologischen Wörterbuch ist es nicht, also ein Zeichen das Mann uns manipulieren will, und tut ,und im Duden der Sinn und sachverwandten Wörter steht hinter Wir Ich.

Ich war also angekommen. Dafür hatte Doel das Postkonto überzogen.

Aber das ist doch nicht 2181 Wilson in NDG Mensch, rief Doel aus.

Well ich weiß es nun auch nicht rief der Haifisch aus, sich dabei den nicht sichtbaren Phantombart zirbelnd. Das störte Doel gar nicht. Er war fiktive Handlungen gewöhnt zumal in der Stadt das Menschen täuschen, schon fast pesthafte Charakterzüge angenommen hatte.

Das ist war wie sollte der Taxihai wissen wo 2181 Wilson ist genügt es nicht zu wissen wo 2181 Wilson nicht ist.

Und nun wurde zu Doels Überraschung auch noch festgestellt, das der Hai nicht wusste das die Frauen alle Frauen auf der Erde die Zusammenheit der Männer weggenommen hatten und ich Doel hoffe nur das sie es weiterhin sanft und leicht tun würden denn dann können die Männer auch die Zusammenheit der Frauen wegnehmen, aber das ist eine andere Geschichte

Die wie das verändern der Jahreszeiten ohne Schmerzen vor sich gehen als ob Doel im Schlaf sterben würde anstatt in seinem Leben, und Charles sein Freund der nicht ihm gehört ist ein Teil dieses Gedankenexperiments in diesem Satz, das schwöre ich, der ich Doel bin....

So jedenfalls..

Doel stieg aus dem Taxi in ein Telefonhäuschen durch welches der kanadische Winterwind sein Lied pfiff zwischen all den Ritzen, schaute in das Telefonbuch und was würdest du sagen, das ist doch tatsächlich der Name meines Freundes in dem Buch er ist veröffentlicht er ist berühmt, und der Taxihaifahrer hatte also doch an der richtigen Stelle angehalten.

Er wusste also doch bescheid. .Aber warum hatte er mir nicht gesagt das er wusste wo wir nicht waren. Dieser Hai.

Während das Taxi mit Inhalt wartete ging Doel in das Apartmenthaus, klopfte an die Tür, mit der Nummer 14 auf der Tür, aber als er die Person sah welche die Tür öffnete sagte er nur: ohh entschuldigen sie ich muss das falsche Gebäude erörtert haben.

Und dann ging er wieder.

Blödsinnig , irgend wie. Warum hatte er nicht gefragt, ja da war kein Name unter der Klingel kein anderes Zeichen keine Skizze oder Schuhe vor der Tür die möglicherweise,..

So Doel zahlte dem Taxihai das Geld, mit einem Dollar Geld fürs trinken, wofür er sogar aus den Taxi stieg, und Doel den Koffer überreichte. Adios Mann. Aurevoire.

Klopf klopf klopf.

Ahhh wieder das gleiche Gesicht.

Sagen sie mir, wer wohnt hier Zän oder sie.

Zän, ja er lebt hier, er hat sein kosmisches Domizil hier erbettelt er zahlt gerne seine Miete, andauernd ist er in Bewegung obzwar er ja ein Verhaltenstherapist ist, also nein das ist seine berufliche Tätigkeit, in seinem beziehungsreichen Leben mit dem Universum im Rhythmus zwischen Leben und Tod in welchem er eins ist. Bei ihm, hier, gibt es kein Terror, keine Ekstase, ahhh geliebter Zän, ja er lebt hier, was wollen sie von ihm. Doel war erstaunt, am Anfang war noch eine Frage in ihm aber nun, futsch.

Aber der Mann zwischen den Türrahmen hatte irgendwie die Wahrheit gesprochen, das merkte Doel nun, denn sein Herz wurde etwas beleuchtet und in ihm fing ein Fünkchen Wahrheit an zu arbeiten, um die Dinge wieder mehr zu beleben, denn die Lügereien die er ja vom Hottentottenleben in Berlin schon mehr als gewohnt war, hatten zwar die Ödereien des Innenlebens der Stadtmenschen dort in dieser unbunten Stadt etwas bunter gemacht, hatten aber auch solche Ausmaße angenommen, das all zu oft sehr große Schwierig-keiten entstanden, wenn es um größere tiefere Erkenntnisse ging, die den Weg zu einem wahreren Bewusstsein im Absoluten störten, weil sich die meisten Menschen dort zu sehr an die Lüge gewöhnt hatten, und nun nicht mehr fähig waren noch die Wahrheit oder den Ernst, nicht den Theo, zu erkennen. Sie hatten sich selbst als Lüge infiziert. Und das kommt eben vom Umgang von der Beeinflussung von den Sachen mit den Mann oder Frau sich beschäftigt.

Ja, solche Sachen musste er, Doel, mit Würde und Ausdauer ertragen.

Sind sie ein spirituell armes Schweine Menschchen fragte dieser rothaarige etwas riesig gewachsene jetzt auch noch mit einem Lächeln in den Augen. .

Ich, wieso, wie kommen sie darauf.

Weil ich Schriftsteller werden will und mich nur mit spirituell reichen Menschen beschäftige. Denn die sind meines Erachtens, besser als die Geldmacher und Tagelöhner, aber nicht spirituell arm wie zbs. Patti Smith, sie wissen was ich meine , . . .

Nein, tut mir nicht leid, ich weiß nicht was sie meinen Patti Smith haben soll...

Ach so, ja, ich bin etwas entflammt, aber kommen sie doch herein, Zän, er, ergötzt sich nun tatsächlich auf der Arbeitsstelle ,die wie sie ja so schön schreiben, ihm nicht gehört..

Well, sehen sie, ich flog ziemlich krumm ,nicht ich, aber ich bin geflogen worden, von Berlin nach Kanada und nun bin ich hier..

Ach, sie haben keine Wohnung keinen warmen gemütlichen Platz zum Leben. Richtig und sie, sie können mir dabei auch nicht helfen, so wie sie aussehen, mit den Froschaugen und den dicken Augenrändern. Haben sie gesoffen. Kommen sie erstmal herein dann erzähl ich ihnen etwas in schriftstellerischer Art und Weise. Aber hier draußen könnten FBI Agenten lauern und das stört die schriftstellerische Entfaltung der schöpferischen Gehirnzellen.

Dieser Mann war wohl ein verkrachter Christ, der sich nun mit aller Mühe ein kurzlebiges Alibi beschaffen wollte, leuchtete es in Doels Wesen auf.

In der Wohnung, und was für eine Wohnung das war, voller Schuhe und Cokeflaschen und vieles mehr, stellte sich der Mann mit dem Namen John vor. Er war der Kusäng von Zän den Doel besuchen wollte.

Diese Wohnung sah aus wie ein Jungel. Das Farbfernsehen war auf Hochtouren mit den berühmten geistreichen aber lustigen Cartoooons. Wir setzten uns vor die leuchte und schauten: Ahhhhh, dondelonde, der Papst schaute über die Menge Menschen die auf dem Rasen vor der Peterskirche saßen und rief: verschwindet vom Rasen ihr WespenItaliener. Dann eine Szene wo jemand an die Tür klopft. Komm rein..

Wieder der Papst der jetzt von diesem Mann angesprochen wurde. Ihre Heiligkeit flüsterte er, wir haben gerade eine sehr wichtige Nachricht erhalten, flüsterte der Mann ganz wichtig sich anhörend. Sag was ist der Inhalt dieser Nachricht, antwortete der Papst ,auch in einem hohen vorsichtigen Flüsterton.

Im Flüsterton machte der Mann weiter..wenn wir nicht etwas drastisches tun werden wir die Kirche verlieren.

Mache weiter flüsterte der Papst

Die Nachricht sagt auch das um die Kirche zu retten muss der Papst eine durchvögelte Liebesnacht mit einer Frau verbringen.

Sekunden der Ruhe und Stille folgte diesem gesagten.   .

Die beiden, Doel und Rothaar lachten vor sich hin.

Dann der Papst im aufgeregter saurer Stimme viel lauter.

Ohhhno nono, das werde ich nicht tun, ich bin der Kopf der katholischen Kirche der Vater der Schäflein der Kinderchen den süßen, nein das werde ich nicht tun. Wer sendet mir solche Nachricht rief er aus.

Der Mann wieder im Flüsterton: Ihre Heiligkeit es ist unterschrieben: Die Mafia.

Ich tu es rief der Papst ziemlich sicher aus.

Aber nur unter vier Konditionen.

Ja ihre Heiligkeit und die sind.?

Nummer eins sagte der Papst in einer traurigen Stimme. Sie muss Dumm sein so das sie nicht weiß was ihr angetan wird.

Ja sie muss Dumm sein ihre Heiligkeit antwortete der Mann in serenerer Stimme.

Nummer 2 sie muss Blind sein so das sie nicht sehen kann wer in der Spalte ihres Körpers ist.

Ja sie muss Blind sein antwortete der Mann in noch serenerer Stimme.

Nummer drei sie muss Taub sein so das sie nicht hören kann was ihr heutzutage passiere.

Ja sie muss Taub sein ihre Heiligkeit.

Ja danke.

Und Nummer 4, ha ,Nummer vier sie muss riesige Titten haben, ja richtige Dinger hahaha ja das muss sie haben ,rief er in leichtem lustigen Sington aus   ..

Doel und John lachten sich amüsanter als sie schon vorher waren.

Ja nun wusste Doel das er wieder in Nordamerika war, das war die echteste Begrüßung welche die Situation des Menschengeistes in dieser Erdregion deutlich und bestimmend darstellte.

John und Doel fingen nun an eine Begrüßung zur zweiten zu machen.

Was machst du denn so. Ohh, fast alles man, ich fahre ein Taxi man. Aber nun ist der Quebec Karneval wieder auf vollen Touren und ich suche dafür eine Frau.

Eine Flasche Burbon stand ohne sich über Frauen zu wundern auf dem Tisch, so aussehend als ob ihr die spirituelle Desolation absolut gar nichts ausmachen würde, aber das täuschte. Doel fragte John ob er einen Schluck nehme dürfe.

Aber sicher doch das zeigt nur das wir beide schon eine Interessengemeinschaft sind und das lobe ich mir Freunde überall zu finden.

Ja, ganz meiner Meinung erwiderte Doel, den Mund voller Burbon und im Hintergrund nun anstatt das TV das Radio seine Nachrichten in den Äther sendend, mit der Geschichte der Yardbirds die von Sender CHOM ausgestrahlt wurde. Ein typischer Szenen Sender in Montreal, der aber Mittlerweilen genauso voller Reklameunterbrechungen ist um an die Kohle rann zu kommen wie jeder andere kanadische Sender.

Doel nimmt noch einen Schluck, hört zu wie John davon weitererzählt wie er doch ein Schriftsteller werden will, aber nicht weiß, wie, warum, weshalb, und vor allen Dingen, mit dieser Musik von Jeff Beck im Hintergrund, und diesem Burbon den ich nun schon seit morgens trinke, ist mir fast alles an Eindrücken verwaschen worden, ich glaube wir müssen etwas gutes zu uns nehmen rief John dann überzeugend aussehend, fast wie der, der gestern mit den Pygmäen zusammen die Welterkenntnis durchdacht hat. Und schwupps angelt er ohne den geringsten Haken zu haben ein Stückchen Hasch aus seiner linken Hosentasche ein grünes Stück Hasch.

Doels Gemüt flitzt von einer Ecke in die andere von positiven Eindrücken rüber zu negativen Eindrücken. Ich frage keine Fragen in dieser Situation über mich in diesem Leben, nein, ich treibe dieses mal nur weiter nur mit, denn ich bin doch mitten drin in diesem Leben auch wenn es die Peripherie sein könnte. Da war doch vorhin noch Musik und Mickymaus. Trotz allen, fehlt es mir nicht, festzustellen, das die Armheit meines Lebens dieses ungefüllte im Raum sein dieser Zerfall , nun das ich hier sitze mit ihm, feststellen muss, das die physikalische Realität mich Doel fragt einen Standpunkt einzunehmen, welchen Weg willst du gehen Doel....

Doel wird sich wieder bewusst was hier auf der Erde los ist.

John muss einen Gedankenlesekurs mitgemacht haben denn er fängt an davon zu reden wie eine Menge lauter Eindrücke auf die Menschen in den letzten 50-60 Jahren gefallen sind. Streitereien, Schlägereien, Rebellionen, Kriege, Weltkriege, nationale Kriege, unnützige Kriege, Mördereien, Drohungen mit Kriegen falls und so weiter. Da sind die Drogen auf die größere Menge Menschen zugekommen .Sie haben ihre Gemüter veredelt oder als Kompott hinterlassen für den ewigen Stupor und die übermächtigen Eindrücke der technologischen Errungenschaften. Sie haben den Menschen den Geschmack eines noch größeren Größenwahns gezeigt aus dem dann der Irre Rückstand der Werte der Innerlichen, so wie Äußeren, entstand, die über lange Zeit im Menschen herangewachsen sind dank seiner wirklichen geistigen Kapazitäten, die selbstlos daran gearbeitet haben reiche Informationen, die den Mensch innerlich erheben, und ihn auf größere echtere Wege

hinweisen, die für die Erreichung eines friedlichen Zusammenseins gedacht waren, und nicht zur Aktivierung des mickrigen Ich's und seiner Süchte, die von menschlichen Zielen abweichen, diese Ich's, und keine wirkliche Gemeinschaft anstreben, und die politischen Korruptionen, die Vergewaltigungen der Menge durch fanatischer Politiker seit eh und jeh, angefangen mit den ersten Menschenfressern welche den Menschen ja nun wirklich mögen, bis zu den Kaisern und Diktatoren die sich heutzutage auch im Kleide der Demokratie ihre Wege bahnen werden wenn die Menschen nicht echt aufpassen, und vor allem sich nicht immer diesen sinnlichen Genüssen hingeben würden, Konsum, Konsum, sonst sind sie ja nichts, aber der Konsum verbraucht zu viele Nervenenergie bei der Verdauung, er lässt zu wenig Zeit um abgeklärt einer Lage Herr/Frau zu werden, er lässt keine Zeit um zu erkennen was wirklich von den so genannten führenden Menschen getaaaaan wird, wie sie schwer erarbeitetes Geld verpulvern, wie sie Polizeikorruption unterstützen gegen rechtliche Demonstrationen unrechtliche Staatsgewalten anbringen wie sie bespitzeln und das ewige Gesetz der Macht des Geldes und der Position missbrauchen, denkt an Hitler, an Nero, an Henry den Sten an Mussolini an Nixon an den Schah an den Franzosen Politiker der heute sogar die Neutronenbombe bauen will in Frankreich, ja den, an die Korruptionen den öligen Abwässern ja der ganze Mist existiert und den Erschießungen, den öffentlichen, den Rachen den Blutsaugern auf der Strasse den Frauenvergewaltigern den Kindermördern den Schmierfinken die überall so wie die Punks die alles nur noch als Scheiße betrachten alles ist Scheiße meinen sie, was soll aus solch einer Erkenntnis bloß werden, die sind doch alle beschränkt, alleine die Verbrecher und Wilden in dem heutigen Musikgeschäft, ja es ist eben ein Geschäft da wird der Mörder als Held gefeiert der Held der vom Staat fürs Töten bezahlt wird als glorreich gepriesen ja die Vermarktung als solche selbst, ist in sich verkommen, da ist keine Filterung mehr da wird alles und jedes zu Worte und zu Geld gemacht und das sollen dann Vorbilder seien, nein, du Doel, das sind alles ausgekochte die nur im Wahn existieren, von Irren geleitet, zu Irren werden....
Doel hörte sich alles in Ruhe an. Ja John hatte recht die Lage war so aber eins war Doel auch klar, das er sich nicht davon infizieren lassen würde, er würde lieber alleine sein als sich mit solchen Sachen zu beschäftigen. Dafür oder dagegen da war noch Zeit um sich davon zu distanzieren, die werden ihn nicht berühren.
Für solche Sehenswürdigkeiten praktiziere ich die Kunst des Stille Seins John, daraus entsteht eine Art beobachtender Reinheit in mir, ich werde zum Unbeweglichen entrückt, und fast schon innerlich weggetreten.
Aber trotzdem kannst du nicht leugnen das die Geschehnisse der heutigen Zeit auch dich in die Abwässer geworfen hatte, das blöde Kollektivkarma, aus denen du dich dann retten musstest, auch wenn's Zeitweise ein Alptraum gewesen war, das sehe ich in deinen Augen. Aber du hast die Situationen Weise und erhaben durchlebt.
Das stimmt, aber auch zu oft sind Menschen mit rauem Gemüt anwesend. Da sind die Gedanken rau. Unfähig eine sensible eine schönere Gemütsverfassung zu zeigen. Das Sprechen wird dann mit der Zeit auch wild und aggressiv.
Inzwischen, zwischeninn, währenddessen, in der Folgezeit, tranken die beiden noch mehr Burbon. John rollte nun auch den Joint. Jimmy Page reckte im Hintergrund seine Solos runter und die beiden wurden von und mit Alkohol wieder etwas entrückter und gelassener und beide sucht suchten tief in ihrem Innern nach der inneren Stimme. Aber vielleicht

brauchten sie gar nicht so tief zu suchen, vielleicht war die Stimme schon an die Oberfläche gekommen. Jedenfalls war es nicht die Stimme die andauernd alles verdammte und vieles als nicht so wie ich oder das ist anders wie ich, sagte, die andauernd nörgelte und sehr leicht bei der Hand war mit grosspurigen Kritiken gegenüber Kleinlichkeiten des Lebens. Nein, das war nicht die Stimme nach der sich Doel richten würde.

Sag willst du mit mir in die Stadt fahren um essen zu gehen. Es ist schon fast Abend fragte Doel.

Ja. .Wann. Ziemlich bald. Okay, ich werde mich dann umziehen ein reines Hemd frische Socken und rasieren werde ich mich auch.

Doel nimmt noch einen Schluck Burbon, aber dadurch wurde das Herz auch nicht gerettet.

Verflucht dieses miserable Trinken, diese gestonte Zeit , was für eine Existenz. Ist das was ich wirklich will, das ist doch auch nur blinder Konsum

Wenn auch vorher gesehen wird was da konsumiert wird, wenn ich nach Berlin zurückkehre wird eine drastische Änderung gemacht. Aber ich wusste ja schon im voraus das diese Kanadareise eine verdammt wilde Reise sein wird. Denn die Menschen die ich da und hier kenne sind typisch für solche Eskapaden ins Delirium.

Weg vom Alkohol.

Weg vom Hasch. Auch wenn Shiva selbst immer stoned war.

Darin finde ich keine erfüllende Harmonie. Dafür bin ich zu jung um solch extra Powermacher benutzen zu müssen. Bloß nicht in ein totales Wrack verwandelt werden. Du musst vorsichtiger sein Doel.

Ein sauberes Leben leben, ja das will ich wieder.

Auf dem Fußboden lagen etwas verträumt die verfehlten Zigarettenstummel fast Schizoid fast Blind aber keiner kümmerte sich um sie deshalb wohl auch Schizoid.

Doel überlegte wie er am besten ein gutes starkes Leben leben konnte. Nicht wie Herr Sauber oder Frau **Blitzeblank** nein so nicht.

Ein Leben der Klarheit müsste es sein. Klar wie ein Gebirgsbach voller aquatischem Leben. Das ist die Klarheit. Sie ist voller Leben. Klar wie das Getobe der Innenstadthupereien. Voller Musik für den Nervenkranken. Klar wie der Gestank, der klare, der jetzt auch schon gesehen werden kann. Der Industrieanlagen und Autoabgase welche sich tiefer in den Körper nagen. Klar, so sollte das Leben klar werden. Aber die Seele sie kann doch nicht auch noch verseucht werden. Ja, ich weiß, der, der sich als materialistisch sieht, streitet sogar eine Seele ab. Der braucht sich darum nicht zu kümmern. Aber wie schon vorher beschrieben, aus dem Hindubuch der Soziologie, gibt es in Wirklichkeit keinen **Materialismus**, so wie es keinen Antimaterialismus gibt. Alles nur Wörter die etwas klarifizieren sollen, die dann für das wirkliche die genaue Wahrheit widerspiegeln sollen. Dabei kann eine Bezeichnung doch niemals die gesamte Menschheit in ihrem Tun und Streben darstellen. Ja niemals.

Damit sind wir als freie Weltenbürger erkannt.

Ja freien, daraus entsteht ja dieser Drang nach Klarheit. Weil dieses Wort „Frei" eben nicht mehr all zuviel bedeutet für diejenigen welche schon frei sind und nun weiter suchen in ihrem Weltrekord suchen.

Ahhh ja...

Doel hatte wieder mal laut gedacht, und John war beim Rasieren.

Wie du siehst falls du mich sehen würdest Doel, erschaffe ich momentan ein Leben der Schönheit. Ich widme meine Fähigkeiten dem Schönen welches auch wie dein Streben in der Klarheit wurzelt. Perfektion wird auch angestrebt aber mit der Vorsicht immer den Blick auf das ursprüngliche gerichtet zu haben, damit die innere Verblendung mich ja nicht überwältigt und ich mir so vorkomme als ob ich niemals an die Kräfte der Welt eingepolt bin, sozusagen, drin in all dem physikalischen, Spezialitäten die auch in den metaphysischen Spezialitäten den materiellen den mathematischen den religiösen den ethischen den moralischen den künstlerischen eben von all dem andauernd durchdrungen wird und somit transzendiert durchdringt und durchdrungen wird.

Jaja, stimmt, erwiderte Doel sich nun wieder an die politischen Führer erinnernd die andauernd von Sicherheit, Stabilität quasseln. Dabei vergessen das Unsicherheit, Unordnung mitten in der Sicherheit und der Unsicherheit enthalten ist. Diese Quacksalber deren liebstes Wort in ihrem innersten Wesen in ihrem Schädel mit Hundertfünfzigtausend km/h umhersaust zu ihnen summend :Macht Macht Macht Macht.

Und um so mehr diese, John hörst du noch,,,,,,,,,ja, ja, ,,,,um so mehr diese Unsicherheiten erkennbar werden um so mehr werden die Sicherheiten, wie Polizisten, Rechtsstaatsverteidiger, sowie Kontaktbeamte, Zivilschnüffler und die andauernden lächelnden Bildzeitungsschreiber, ein Germanblutlügenblatt, ihre Erfolge haben, die dann auch noch als besonders Goldmedallionwert vom Rechts-Staat gelobt werden...

Dabei ist ein wirklich stabiler Staat einer der das unstabile willkommen heißt, daraus weitere Entwicklungen zum andauernd transformierenden mit offenen Armen empfängt und sich wegen etwaigen Unbalanciertheiten nicht gleich durch übermäßige an allen Ecken und Kanten aufgebauten Schnüffelpunkte, einmuffeln lässt, die von den meisten erkannt werden, aber doch im innersten Herzen verabscheuend, verabscheut werden, denn auch der blindeste und aus dem westlich wissenschaftlichen Jargon entnommene Eingeborene, kennt seine ursprüngliche Daseinsfreiheit. Als sozusagen sich nun erkenntlich zeigender Anal-Charakter -Staat. Oder kurzum Arschlöcher Politik.

Denn das stimmt doch wohl John, ein stabiler echter Mensch akzeptiert das kommen seines Todes. Ebenso muss ein Staat eine stabile Kultur genau so in ihrem Mechanismus den Tod einbauen der in Wirklichkeit ja schon prädestiniert eingebaut ist, in alles, für jeden, überall, im Dasein. Und dadurch ist der Mensch und die Dienstaaten offen zum verändern zum verändert werden. Ganz einfach offen. Das ist Stabilität. Das ist lebend..

John kam nun, etwas später, frisch rasiert und glänzend wie einer der sich mit Rohöl verwand fühlt aus dem Badezimmer nahm den Schluck Burbon und mit noch vollen Mund gurgelte er sagend: Aber vergesse nicht den Filterungsprozess der gemacht werden muss. Denn inzwischen haben die Staaten die Geldmacher die Verseucher die wirklichen Verantwortungslosen die immer als die besten Menschen dargestellt werden in der Öffentlichkeit, auch schon fast, weil's eine Routine wird, denn die Menschensorte hat sich an die Lüge in ihnen Mittlerweilen gewöhnt, und nur deshalb blüht dann immer diese Verkommenheit, denn sie filtern ihr Innenleben nicht, sie sind innerlich eine reine Seuche geworden, deshalb stinkt das Menschenfleisch auch so, bei den meisten, vergesse nicht das diejenigen die zum Geld zur Macht die öffentlich etwas darstellen wollen andern ein Vorbild sein wollen, das diejenigen am allermeisten und tiefsten in andauerndem Kontakt mit dem wahren dem echten dem wunschlosen dem bescheidenen dem einfachen und wirklichen geistigen Fähigkeiten verbunden seien müssen. Denken können alleine raffiniert sein, schlau sein, angebrüht, brüllen können, kommandieren können, nein ,das genügt bei weitem nicht ,denn was die immer vergessen oder wohl gar nicht wissen ist nämlich das Gesetz der Assoziation der Vorbilder und der Identifikation, wenn die Völker der Erde immer nur öffentliche Schweinchen mit großen Reden und dicken Schweinebäuchen vorgesetzt bekommen werden zum größten Teil auch immer solche Typen gewählt **werden weil** sich so etwas in die Psyche der Menschen festsetzt und damit in ihnen arbeitet, und vor allem wird das Leben eines jeden dann von solchen primitiven Gedanken und Erkenntnissen benebelt welche die politische Ebene der Männer heutzutage sehen lässt. Denn überall Schlagen und Wemsen sie sich und überall Zerstörung am Werk, also daraus wird entnommen das die Politiker genauso wie die damaligen Könige abgewirtschaftet haben auch sie haben zu viele Verkommenheiten in ihrem Wesen und müssen deshalb von reineren Menschen ersetzt werden..

Ich bin mir sicher ein Politiker mit Weltblick und Wahrheit in seinem Innersten wird dir da auch voll zustimmen John..

Apropo sein wollen John. Was mir noch auffällt ist die Tatsache von den Menschen die immer gut sein wollen oder fähig sein wollen oder schlau oder berühmt sein wollen etc. Was oft dahinter steckt ist nämlich nur das andauernde sein wollen. Aber das wirkliche Sosein das fehlt ihnen und andauernd müssen sie dann etwas sein. Sind aber in Wirklichkeit unruhige, von dem Sein wollen, unübersichtliche Kreaturen.

Ja ja, stöhnte John nun, als er sich den Burbon noch mal vom Mund wischte. Es ist ja nicht so das ich nicht mein bestes tue wenn ich diesen Burbon aus der Flasche gluckern lasse, bloß das der Einfluss ein negativer sein kann, ein Chaosmacher, so wie so manch anderer einer ist. Bloß ich habe immer noch die Fähigkeit zu erkennen das es negativ sei und ich diese Situation dann eben durch zu viel Chaos in eine positivere Unchaotische verändere.

Das will ich hoffen. Denn wie willst du ansonsten ein Schriftsteller werden, der immerzu im Chaos wandelt und Hektoliterweise Burbon trinkt. Du vertrinkst dir ansonsten ja die möglichen Hirnzellenerleuchtungen. Sei nicht so Alleswissend das habe ich nicht gerne Doel.

Ekstase oder Meditation oder beide das ist der Zustand Mann.

Ja ich weiß.

Ich habe mich bis jetzt noch nicht aufgegeben, noch nicht, da ist noch genügend Zeit zum beobachten und zuhören um eine bessere Direktion zu finden. Aber ich nehme an eine Familie zu gründen das ist endgültig vorbei für mich. So, ich werde mich verändern.

Ich meine ich werde mich auch umziehen John.. Von mir aus rief er muffig. Nach drei versuchen hatte Doel endlich den elfenbeinfarbenen Rollkragenpullover mit seiner afrikanischen Weisheitskette darüber, die aus Gullimin, venezianischen Glasperlen, bestand, angezogen. Mensch er könnte heute einer der schönen Leute sein. Er hat seine Sachen zusammen und innerlich ist auch, auch kein Leck zu sehen. Denn eins war klar .Er war ein nordischer Prinz auf einer Art so wie er in sein angstloses Gesicht blickte, ein klares offenes Gesicht, bis jetzt noch.

Die beiden waren dann fertig, fertig zum Speisen, fertig zum feinsten Sein, fertig zum zerkauen der feinsten Rinderfasern, fertig zum Anblick der feinsten Schneeflocken die nun sachte auf die Sherbroke Straße fielen, die durch die Dichtheit der langsam fallenden Flöckchen eine neblige Atmosphäre trug, aus der fast jeder Mensch wie eine verhunzelte dahinkriechende Gestalt erschien, ihre Ähnlichkeit mit der unklaren Erkenntnis der Gestaltspsychologie hatte. Auch so neblig wenn der erkennende sich von Nebel und Schnee der frei auf einen fällt umgeben sieht, und dabei noch ganz treuherzig sämtliche feinen Betäubungsmittel vom Arzt verschrieben, also falsch ausgestellt, zu sich genommen hatte.

Ja, so undurchsichtig war der Anblick von dieser Strasse in diesem Zustand, aber der Schnee war leicht und bewegte **die** Gemüter der beiden sichtlich. Ja einer der beiden gab sogar ein Rülpsen von sich das etwas mit den analen Äußerungen eines sibirischen Tigers zu tun gehabt hätte, wenn, ja wenn das Gehör seinen Hörmechanismus auf Suprasensibel gepolt hätte, wie das der Fledermäuse, deshalb fliegen die auch nur Nachts, denn tagsüber mit dem extremen Getöse der Stadtflitzer und ihrer Lastwagen, aber vor allem dem Getöse der Polizei und Feuerwehrsirenen und den nur 2 Metern höher als die Hochhausdächer fliegenden Verkehrsjets aller Arten und Typen, wäre die Fledermaus schon längst nach Neuseeland immigriert.

Doel war etwas nervös. Auch noch , als sie schon im dreckigen Taxi saßen.

Das rauchen des Hatschi, Haschisch, machte ihn ab und zu übersensibel. Eine Seinsweise die ihm gar nicht zusagte, weil die meistem Menschen mit denen er dann zusammenkam für ihn dann kein Kommunikationsverständnis hatten. Denn seine Wahrnehmung, die geistige Feinheit, war, obzwar der andere Mensch direkt neben ihm stand Meilen x Kilometer weit auseinander. Woraus dann der verzwickte, aber juckende, Zustand der Ichheit, ins extreme gesteigert wurde, aus dem die meisten dann mit der geliebten Paranoia entkamen. Und Paranoia wird nur von innerlich verbogenen Gestalten an die Öffentlichkeit gebracht. Und aber auch durch die Unfähigkeit eines jeden, sich eines Geschehens in, und vor ihm, unbeeinflusst zu verhalten.

In der Sprache der verdatterten Gestaltsdemokraten und solche die es schon waren, heißt das dann: Mein Gott.

Ja, die sind dann am Staunen, aber unfähig andere ins Staunen zu versetzen, und das ist wohl auch gut so, denn wir haben ja momentan genug aus dem Repertoire des vergänglichen Menschlichen Daseins und seiner Errungenschaften, die alle nur das Beste wollten, sei es im Schlechten, so wie im Guten, zum Staunen , errungen, wir Staunen über die Wipfel und unter ihnen, wir Staunen von den Verseuchungen aus Ausblickend in die ehemalige rosaroten Lungenflügel, wir Staunen aus dem Herzen schauend runter zum Schwanz der sich sehnlichst darauf sehnt wieder eine Möse oder einen Analcharakter zu finden, der auch wie er verseucht ist durch, durch zu viel, viel zu viel. Alles wird dann zu extrem, und extrem hat was mit Excrementen, aber auch mit Ekstase zu tun, ja, und diese biologisch psychosomatischen Verbindungen zu erkennen werde ich aber den Konstrukteuren der Gesamteinheit überlassen. Die sich aber hoffentlich daraus ausschließen, in ihrem möglichen Wahn, die Gesamtheit jemals wirklich zu erfahren, geschweige denn, zu konstruieren, weil sie ja schon immer da war. Ahhhhh, ja...

In Berlin fetzte in diesem Moment wieder eine Taiga Polka mit Sibiriwind ihren unwiderstehlichen trampeltierartigen prähistorischen historischen Stepptanzrhythmus den

Doel in diesem Moment erfasste und daraus eine Abschweifung ins Absurde erfuhr. So absurd das ihm auch wieder einfiel das er ja beim Rausgehen aus der Wohnung mit John, auf dem kleinen Tisch im Flur, einen Stapel billiger bravoähnlicher Heftchen gesehen hatte, mit dem Wissensgebiet: Wie werde ich ein Schriftsteller.

Also dieser John meinte da irgendwas vorzuhaben, leuchte es wieder, immer noch von der Taigapolkastimmung verzaubert, in Doels Gedächtnis, das nicht ihm gehörte.

Mit seinem halb zugefrorenen geistigen Auge sah Doel die Androgyne Toilette, die nun von allen Seiten mit Schnee zugedeckt wurde. In den Schundzeitungen den Schund Nachrichten aus den Schundmentalitäten kam dann die überwältigende Nachricht: Wir brauchen frostfreie Androgyne Toiletten, Schnee geschützte **Goldbecken** Toiletten. Denn unser eigener Ausschiss darf nicht so unwürdig irgendwo in einer Häuserecke oder wie das Übermaß an Hundekacke auf der Strasse vertrocknen. Denn schließlich sind wir Menschen ja im Herzen göttliche, menschliche, zerstörerische , Atombombenbauer.

Ahhh ja, also er war immer noch nervös. In Doels Gehirnzellen fingen die gröbsten und feinsten gröbsten Energien ihre Fuddelduddle aber meistens doch oft durch das Gurren einer Taube wieder zurückgebrachte Erinnerung an die Natur, einer ziemlich unobjektiven, momentan so, idealisierten Natur der wie's sein sollte, immer weiter wie's sein sollte, wie's sein sollte sang es, um den Gehirnzellen, aber nur in den allerfeinsten Zuckungen, ohhlala. Was war noch in Doels etwas erhöhtem Blutdrucksystem zu finden wovon das Gehirn sich nicht mit blutigen Perioden befassen musste.Ja, dort fand sich unter anderem auch die Fusion von Verdächtigung und verstecken, aus der sich dann eine größere Verdächtigung von VERARSCHVerschwörungen, in Doel selber, ergab. Irgendwo gibt's den Plan der dich an die Decke des Himmels nageln könnte nur um von oben zu atmen. Aber nein, das waren nur Ausblicke in die Plastikflaschen. Eine jede entweder durch Zersetzung der Moleküle und in ihre flüssigeren Bestandteile, oder der Rausch des Verbrennens, auch wenn heute fast alles hinter Wänden verbrannt wird...

Kann das Feuer, insbesondere, das Feuer, das den Körper zusammenhält, in den klitzekleinsten Verbrennungsformen, kann..dieses Feuer auch ....

Was ist mit dir los Doel..

Ahhhh das Feuer,,,,,,,,,,

John war etwas singend an Doels Kopfnähe vorbei gekommen. Hatte wohl gehört, mit seinem Supergehör, das zu sich selber am Reden war, worauf er dann das Gehörte mit einem: Was ist mit dir los Doel, erwiderte.

Doel fiel in eine lässige Stimmung, noch lässiger als das entgegennehmen der höchsten Weisheit, in Person.

Als Preis für etwaige mögliche nicht erkannte von denen gesagt wird das sie für die Schneebefreiung der Embryonischentoilette der Androgynen sind,. Aber das sie weder die Semi-Einsamkeit lieben - weder noch das sanfte Leben der Gefühle ,sondern ihre ungeziemte ziemlich flexible Liebesfreundschaften mit Tönen von Echos of Paris in ihnen, untermalen..

Sind Gärten voller Blumen nicht was feines.

Hallo Seniore Doello.

John war in ein honigartiges Delirium verfallen, das wusste Doelsenioro sofort.. Also der Honig hat's John angetan, er sucht das süße,.. Wenigstens ist er kein Torsero. Ein pigallo della Stiletto , del Crema Somatikum..

Ahhh, ohhh, ja, hier könnten noch die tollsten Sachen passieren.

Wo sind wir John,..

Der Taxifahrer ließ nun endlich seine Fahrt zum Triumph werden. Der dann im innern des Taxifahrer Herzens als späterer Herzmotor fungieren sollte. Wir brauchen alle etwas , rief der Taxifahrer herzlichst rau .

Was ist hier sonst los.

Du brauchst die Menschen dafür deine Wünsche und Erfüllungen leeren zu können .Damit gibst du ihm viel,...genau so kriegst du vom ander'n ab und zu schönes, dann auch mal Sprödes, meistens doch schönes.

John rief nun, und seine Stimme wölbte sich, um der Zigarette die nun gerollt wurde und schon fast eine Zierde fürs Auge war, er rief: Christus meine Gedanken die nicht mir gehören sind nun überall.

Auf der Strasse erschien eine leuchtende Neondröhnröhre auf der wieder das gleiche stand wie damals in Sylt zwischen den Norddünen umherwandernd: Warum war er nervös - ahhh vergesse es.

Sag John, haben wir draußen nun Schnee oder nicht.

Darauf erwiderte John für seine eigene Sicherheit aus der Bodenlosigkeit kein einziges Wort. Aber er wusste wo die Wahrheit sich versteckte. Das genügte ihm manchmal.

Doch nun war Doel erwacht und taumelte doch noch mit der Klareinstellung der Vision um das gesehene auch wieder richtig zu erkennen und die Autoreifen sie knirschten im Schnee widerlich für ein Raupengehör das vertieft in den feinsten Gemüse und überhaupt Blatt und Blattlauskonzerten vertieft war ..Damals als es noch Sommer echten Sommer gab..Jaja, die Kalenderzeiten der Zeiten müssen auch bald verschoben werden. Wenn das so weitergeht verschiebe ich mich auch bald wieder.

Das muss so sein das ist so.

Der 50 Dollarschein hatte sein geknisteriegesgemuffelgemuffel zurück gehalten, mit der gleichen Bewegung wie der Mann irgendwann mal den Koitusinterruptusly gemacht hatte. Haha, diese Lüsternen vorsichtigen so schlau und so fein und so ehrlich sich liebenden Paare .Sie sind die Stütze die den gefallenen und den auferstandenen durchleuchtet wie die frühe Sonnenkraft in ,auf, dem Photo sandverbena and grasses, sunrisewhite sands national monument, arizona.by manuel rodriguez. Im wilderness 1980.siera club engagement calender.

Die schöne Zartheit.

Sie kann nur Zart und Schön sein.

Andere sagen sie ist quellen sie soll mehr noch als der direkteste Kontakt zur äußersten Wahrnehmung sein.

Weißt du was John rief Doel....................................wer denn sonst.....ach ,der Taxifahrer wusste nun aber auch schon wer Doel war.

Das Leben ist schön rief einer nun aus.

Draußen war es wirklich verschneit. Das war sein Charakterstück. Eine Show das war Abgesunkenheit in die Frösteleien der Nörgeligen die immer nur eine lange Fresse oder auch Fresschen ziehen und andauernd ihre Nasen operiert haben .Die haben auch zu oft ihren Pudel mit einem Silbertablett verwechselt.. Das soll schon mal vorkommen denn

Alkoholiker gießen sich Milch in den Whisky.. Das sollte dann der Höhepunkt sein. Weiß und rein mein Herz ist klein soll niemand drin wohnen als der **Kameramann** aus Kaugummi der rote, der Gummibär.

Und wo war Doel nun, ahh ja, ihm fiel wieder ein, das Montreal rauer aussah gerader abgewinkelter aber auch öder, und das er das erkannte sagte ihm aber gar nicht so zu,. Denn er wollte gar nicht feststellen was ihm gefiel und was ihm nicht gefiel, er wollte nicht dieses abschätzen und wiegen.

Aber es ist nun wirklich möglicher das Doel doch länger in Berlin bleiben wird. Nachdem er das da alles sehen musste.

Doel kam sich manchmal sogar selbst wie sein eigener Opa vor.

Verdammt wenn die Opas doch nur auch mal anders wären immer diese bärtigen Hünen oder diese Fettbäuche mit Stolz und dergleichen Vergewöhntheiten. Ja Paris, Paris ist harmonischer. Berlin ist immer noch Kriegsgenarbt so wie ein Mund ein andauernd interessanter Mund mit eigener Brille, der seine weißen Zähne, einige, verloren hatte, entweder durch ein Bierglas das dann traf oder der Fall über das Nylonbändchen an dem Tag an dem nun wirklich die Wirklichkeit so fein war, ach sie war so sachte, so überhaupt zu sein war schon to mutch und so, ja und Berlin, ach ja, also Berlin die Stadt die einige die Zahnlücken zu zeigen hat und für die heutige Zeit eine grobe sogar,...

Die Zahnärzte verdienen ne Million im Jahr.

In einer guten Umgebung auf jeden Fall. Weil dabei oft das Gebiss beschädigt wird..so was hört man manchmal.

Das Taxi hielt nun an der Ecke von Sherbroke und Mountain Street neben dem El Gaucho Restaurant, woran Doel vorher gedacht hatte um dort zu speisen nicht **mit** dem Finger im Eis mein Freundchen sondern mit dem Messer auf der Faser,hahaho.

Ja und dann das Essen,,,,,,

Tage sind inzwischen vergangen.

Doel hatte seine tägliche Schreibereien und Zusammenstellungen in das Büchliche nicht unternommen, er, der Körper, und ich, ja das weiß ich, aber wie die Dinge momentan stehen, alles fliegt, Situationen passen auf sich selbst auf als ich durch sie hindurch lebe oder könnte es irgendwie anders sein in der Zeit die ja endlos sein soll und mit der Erkenntnis könnte auch der Weg zum Leuchtgeist mit hohem Fieber gelangen.

Jedenfalls sitze ich hier mit Mcocaine Molly ,die hier herumkniet eine graphische Zeichnung anfertigend, klassische altertümliche klassische Musik spielt in diesem Zimmer der Wohnung, was soll ich sonst noch erklären, alles ist ruhig, Kaffee. Sie ist, sie ist profund, tief, tief sitzend, tief reichend ,tiefgründig, in die Tiefe gehend, gründlich, tiefsinnig, Inhaltsschwer, dunkel, krasse Unwissenheit, vollkommene Gleichgültigkeit, starkes Interesse, sie ist tiefer Schlaf, das wird nicht all zu viele heute gefallen mein Freund Doel,

Das nicht, das verspreche ich ihnen, und wenn ich selbst dafür sorgen muss das es so wird,

sie ist weich,

Sie ist auch noch nicht profan verdammt noch mal,

Ja, was ist denn, hast du dir weh getan, was heißt verdammt noch mal, in alle Ewigkeit oder was.

Nein, nein, sie ist aber vor allem ziemlich hungrig aufs kühne verwegene kecke dreist vermessen unverschämt frech sie ist die Teilhaberin der Kühnheit die Teilhaberin der Verwegenheit und der dreistigsten Frechheit mit Munitionsladungen Unverschämtheit, aber , immer noch ein blasser Schimmer gegen das Glühen der Päpste, die sich grundsätzlich nur an solche eben beschriebene menschlichen Aspekte hochzogen, als sie noch auf den Knien daherschabten, im Staub, und die Pistolen Miniminipistolen waren, da sie ja auf den Knien gingen, und sie ist nicht umsonst, nicht eingebildet, grosspurig, vergeblich, fruchtlos, oder deswegen unnütz leer hohl inhaltslos Wesenslos nichtig eitel, naja, da kann gesehen werden was solche Wörter alles beinhalten soll, sollen.

Aber das ist sie alles und noch mehr.

Diese Zeit kann Doel nicht das Symbol eines Traumes sein, der Schreiber ist etwas eternisch angehaucht, das ist eben so, sie ist nun hier und Doel ist ihr Gast . . . .

Ein feiner Gast der sicherlich das entzückte Selbst finden wird das durch Zwei ein größeres entfacht.

Doel ist ihr Gast mit Spuren von der Sanftheit gewebt mit Küssen angenehm zum weitergeben weich befassbar und alles das was noch in dieser findenden Fassbarkeit zu erhalten ist, sie halten ist, denn Harmonie besteht auch mit all den Tornados.

Weg davon Doel weg davon.

Nein, nein, die Harmonie sie wird in singularen Aufzuckungen gefunden. Dann erst angemacht das vieles ,aber wir sind ja noch zusammen...

Also was ich nun lieber mache ist das zurückgehen bis ich die Ecke mit dem Restaurant wieder erreicht habe und die Ruhe meines Gemüts auch, heute, nun, nein, ich fühle mich nicht so das ich zurückgehen will..

Aha er fühlt sich nicht so........

Er will nicht zurückgehen, das könnte ein schwerer Fall von Misshandlungen sein, im Laufe des nicht therapierten Lebens, mein Kollege Gevatter Wurzelknicks.

Jaja, moi, bei uns da hom ma viel gewurzelt jaja moi moi ... so zurück zum Restaurieranten.

Sie brauchten eine Reservierung iiii und Doels Haar war zu lang aber Doel Ausstrahlung war stark sie gab den Restaurantern eine Erkenntnis das Doel nicht nur irgendeiner sonst jemand war.........

Ich will euch **aber** noch sagen dass das nur für die Restauraros gedacht war. So Doel fing an ihnen zu erzählen das er erst vor einigen Stunden aus Berlin West eingetroffen war das er nun hungrig sei dabei noch extra den fünfzehnten Gängchen einlegte hinsichtlich Scharm und extra elektrik Lächerlichkeiten die Doel ansonsten niemanden gezeigt hätte geschweige denn ins Getriebe geschoben hätte.

Aber zu dieser Situation kommt auch noch das sichere Ver-halten, nicht unzulänglich bedient zu werden, schließlich kommt Doel nicht alle Tage ins El Gaucho.

Aber der Kellner erfasste die Situation und gab den beiden dann auch mit Gusto einen freien Tisch und seine epileptische Fassade ein Kellner zu sein, der so und so ist, jetzt aber die Perfektion erreicht hatte, und nicht mehr bewusst wusste ein Kellner zu sein. Und unter diesem Lichtblick, nämlich dem das der Kellner in diesem Zustand eine ewige Beute des Kellnerdaseins sein wird, ist für die Restauratoros dela Besitzeros nur wünschenswert, das sie diesen Zustand auch kräftig fördern, durch die andauernde Bereitschaft.............. freundlich...... Aschenbecher zu sammeln.

Das ist gut für sammeln.

Also der Kellner hatte die Situation glänzend gemenschlicht.

Wir, die beiden, wurden behandelt wie ein spezieller Convoy der vor kurzem erst von den Feuerzügen kam, aus dem man die Wahrheit anschauen konnte, von der sie nicht all zu viel Plastik verdaut hatten. Aber da war immer noch die Tür nicht richtig geschlossen. Denn der Windzug aus Autoabgasen zusammengesetzt, könnte nun die Krise bringen. Welche Krise könntest du nun wohl fragen und tust es wohl auch, aber warum du brauchst es nicht, das ist leichter für mich.

Aber der Torontomann , sah etwas deplatziert aus, als ob er da gar nicht hin gehörte und so sah auch sein Gedankenbild da drinnen aus etwas verloren, wie er war, diese Deplatzierung der mentalen Fähigkeiten, so vergaß er ein volles Mahl zu bestellen, während Doel ein Steak aß. Es ist lange her, sehr lange das Doel eins gegessen hatte.

Doel sah wieder prinzlich aus und hätte sich als solcher auch vorkommen können wenn nicht andauernd ohh Menschen, ich schäme mich vor euch, ohh ihr Menschen ihr wilden Vernichter Lebewesen des Tötens und des **Brutalen,..**vor euch kann ich mich ruhig schämen.

Insbesondere die Verbindung des wissenschaftlichen kühlen.

Pfui Deivel.

Hier stinkst.

Übergeben Kotzen.

Ekel.

Dann krähten keine Hühner mehr als sie mit dem Kopf nach unten durch die bestkonstruierte Killermaschine für Hähnchen gebaumelt werden..

Ebenso werden die Rinder geschlachtet.

Ach ja, es ist ganz einfach, die Menschen werden nur noch Früchte, Gemüse und Körner essen. Ja das ist ganz einfach.

Doel fing ein Gespräch an mit der Lady neben ihnen. Sie war von New York. Er und sie scharmten sich bis zum geht nicht mehr. Der Kellner, der höchst wahrscheinlich dachte Doel sei eine neue Art von Superior Persönlichkeit, hielt eine konstante Aufmerksamkeit gegenüber Doel aufrecht. Er behandelte Doel und die Umgebung mit extra Extras, wohl auch wegen verschiedener Möglichkeiten die nun dem Leser und dem Schreiber offen stehen.

Aber hatte er den Dollarblues schon bemerkt.

Der Toronto Mann ist übrigens John der eigentlich Dave heißt.

Und nun sitzt Doel tatsächlich wieder mit der Mcocaine Molly zusammen. Sie kam gerade zu Doel. Kniete sich neben ihn auf ihrem Kissen und Doels Kopf haltend küsste sie ihn sanft. Doel schmolz. Er ließ sein Tagebuch und das Schreibstück auf den Teppich fallen um die Umarmung und das Küssen auszukosten. Um näher zusammen zu sein. Doel wollte an nichts denken, nur schmelzen, sanft und voller geben. So wie die Lerchen die sich am Zuckerhut laben.

Sie ist doch wirklich fein, Doel, in ihrer Wohnung aufzunehmen, ist sie das.

Samstag der 11 Februar 1977.

Doel wird jetzt einen schnellen Rückblick ala Stenoform von der Warte die eine Woche

nach Montreal ankommen aus getan wird machen. Denn diese Woche verging wie im Rausch. Schnell aber doch langsam. Vorsichtig aber doch kühn. Aber vor allem sie hinterließ eine Menge neuer Eindrücke auf den weichen Gehirnwellen von Doel und den anderen Mitspielern in dem Lichtstück der geheimnisvollen Wahrheit die uns alle manchmal stärker manchmal sogar wirklich umgibt -und vor allem wo fast keiner zu Denken braucht er wäre vom Weltschmerz oder von der Betrübnis der Nichtgelungenheiten schon lange entfernt. Denn Doel wusste nun mal das die Varianzen der Möglichkeiten zum beflügelten Schwusch und Swing der Belebtheit nicht immer unabhängig von materiellen Tatsachen sind, durch welche dann auch wieder erkannt wird dass das kleine Ich mag es auch noch so groß sein, wenn es schlau oder sogar ernst zu hoffen aber wahrhaftig ist, ja wahrhaftig voller friedlicher Liebe, eben erkennen müsste ,dass das große Ich eben die Nahrung für ihn ist, das es ihm Nahrung gibt, aus der er dann sein kleines Ich im innerlichen Wachstum, der Befreiung, die sowieso innerlich wie äußerlich ist, fröhlich ade oder adieu, oder das harsche bye, verbunden mit dem kühlen auf wieder sehen ,wünscht..
Aber auch meint und somit tut.
Also ade, adieu ,bye, auf wieder sehen.
Auf wieder sehen in dem Moment in dem Doel und Dave ,er heißt wirklich Dave, das El Gaucho Restaurantori verlassen, in dem Doel keinen Pfennig oder Cent als Trinkgeld hinterlassen hatte ,denn da war genügend freies Wasser, trotz der extra Behandlung trotz des amüsanten Gesprächs mit der New York Lady von belebenden Taten oder von der Densität der körperlichen Materie, von der sie wie sie meinte genügend Erfahrung habe und momentan sogar dabei ist die Densitätifititsphilozopiiiiiii daraus zu synthetisieren. Ja ,trotz der erfreulichen Aussichten verließen die beiden das Esslokal.
Das Rainbow, die Bar, die Musikkneipe mit wöchentlich verschiedenen, da spielte Jesse Winchester, auch damals der Leonard Cohen. Aber nun flippen diese Leute wohl mehr auf den Wellen der Kraft die sie kreativ in Frieden lässt. Sie sehen , fern, oder komponieren neue Songs die auch Bedeutung für manche haben, die das Gefühl anspricht oder in den seltensten Fällen läutert, reinigt und auf größere Bewusstheiten aufmerksam macht.
Jedenfalls jeder zu seinem Orgasmeinicht.
Doel war in riesiges Wohlsein eingehüllt. Er hatte sich keiner Illusion hingegeben wovon er sich später wundern würde weil er nicht befriedigt war. Nein Doel war fast aus dem illusionären entschwunden. Und mit dieser Illusionslosigkeit setzte sich Doel auf den Barhocker.
Das Barmännchen mit Locken sah aus wie Rodger Daltry von den Whos.
Doel nahm das Bier.
Neben Doel saß ein junger etwas pickliger mit roten Augen wie soon Bernadiener Typ. Er war blond behaart und stoned aus allen Poren. Sein Kopf wedelte hin und her als ob er vor sich einen Käfig hatte so wie die Grizzlybären manchmal in den Zoogefängnissen den manchmaligen menschlich hygienisch überlegenen rationalen Sterbegeländen, indem keine Bettler sterben dürfen. Weil sie ja Menschen sind.
Doel fing auch schon an mitzuschwingen. Dave blinzelte zu den glitzernden Weibswesen ,die wenn ich mich nicht täusche ,ja ich will einen Besen fressen, wenn die Frauenwesen nicht schon längst den Besen den er fressen wollte gefressen, oder verspeist, für die etwas edleren illusorischen Gemüter ,hatten....

Ruhig, Blut ist nicht dazu da irgendwelche Frauen auf Hände zu tragen rief Dave...........
Doch doch, aber bloß zu viele beschweren sich dann danach das sie den Boden unter den
Füßen verloren haben und dann entsteht wieder der feminine Elektroschock der selbst
die weiblichsten **Menschlichkeitswesen** in diametrische Schwierigkeiten versetzt
aus denen die Nervenkräfte keine Glucose abschöpfen können sondern da wird dann
ganz einfach abgesahnt. Wer's nicht schafft bleibt müde auf der Strecke aber einige haben
schon wieder Rotbäckchen im Gesicht und sehen nicht mehr so blass und vernörgelt aus.
Im Rainbow spielte laute gerockte Musik. Doel hatte eine Menge schon längst verjährter
Erinnerungen hinsichtlich Rainbow Erfahrungen im Zustand von Mescalito oder deren
andere loser Mitreiter. Er lächelte vor sich gelassen hin...
Hey, man, rief der Blonde...
Und sofort begann zwischen Doel und dem Blonden eine belebte Gesprächsform die
anfing sämtliche sorgenvollen menschlichen Angelegenheiten hinter sich zu lassen aus
der dann die Speudodymanik Titelblatt ausgießende Weisheit, die für manche eine
Richtlinie der Irrationalität sein könnte ,aber derjenige der die Freiheit der Abstrahierung
und Multiplizierung das Zusammenwerfen und vermischen den ernst der Wörter oder das
von einem Gedanken, mag er auch noch so wichtig erscheinen, springen hinüber zum
anderen Gedanken Wortspiel aber auch gleichzeitig schnelle Erkenntnis die ein Zeichen
von der Ahnung der Schnelligkeit des menschlichen ,das ihm nicht gehört, geistigen wieder
spiegelte, der weiß bescheid. Vermischt wurde diese verbal geistige materialistische
feinstoffliche Verbindung in der Einheit mit kosmologischer Klarheit und einer extra
Bestellung von Tequilas mit Salz und Zitronenscheiben.
Welcher Grund war es, warum Doel nach Kanada geflogen war...
Diese ganze Menge an Eindrücken beschäftigte Doel auch noch, als die drei Tequilas
schon getrunken waren und Dave etwas zurückgezogen neben den beiden saß, zuhörte,
und eine neue Dreierrunde von Doel bestellt wurde. Der Blonde war ein polandgebürtiger
Mensch-Mann. Er war der irrational König plus Dave und Doel...
......
Der Polenmensch sah etwas unvollkommen aus als ob ihm wirklich die Rippe genommen
wurde und er nun andauern Geistigkeit sprühte als Verlustersatz.
Prozit, riefen sie alle drei nicht, dafür aber klastrwjetschski. Jedenfalls ein Trinkwort.
Doel wurde sehr durchwachsen von dem letzten Tequila. Dann stand er auf, spazierte so wie
Gonzo **Spektakolero** in das Hinterzimmer, als ob dort die Aktion wäre, denn warum soll
ein Alleinsitzender, als Alleinstehender alleine liegen. ..so könnte angenommen werden Doel
wollte sich eine vergangene Filmbar Szene wiederherstellen in der irgendsoon berühmter
Cow - Boy wie Steve Mc Queen sich die Lippen massieren ließ. Aber das wollt Doel nicht,
dafür garantier ich selber. Denn ich weiß wie die Geschichte weiterfunktionierte.
Was passiert, Doel setzt sich wieder auf einen Barhocker.
Und das gefiel dem Kellner ganz und gar nicht. Denn der Hocker hatte einen angebrochenen
Fuß. So, er fragte nicht sondern kommandierte Doel, sich von dem gefährlichen Gegenstand
zu entfernen,
Doch, Doel meinte, so wie er konstituiert war, das alles ja cool sei. Und wie oft ist ein edler
Reisender mit Geheimmission für den Leser schon von solchen klitzekleinen Kleinigkeiten
in riesengroße Riesigkeiten geschleudert worden, Mensch, das können Schmerzen sein,

Mensch.

Aber der Kellner wurde fuchsig, fing an von Versicherungsgeldern zu reden und möglichen anderen Verstrickungen die Doel gegen die Bar unternehmen wollte.

Was......... wollte.........sei vorsichtig rief Doel zu sich selber sei vorsichtig ich kenne alle deine Gedanken. Ja ja ich weiß rief er zu sich selber.

So, da ist kein Grund zur Ursache die solche Wirkungen zeigen würde..

Doch doch..

Doch Doel bewegte sich nicht, womöglich war sein Körper aus der Lethargie noch nicht heraus gekommen ...oder war Doel etwa unwissend. Unwissend das solche Bars wie das Rainbow eine ist, immer 2,10 Meter Indianer Rausschmeißer haben. Jaja Doel, unwissend.

Erkenn bloß wieder das du unwissend bist ,dann verlierst du den verblendenden Stolz oder den Einbahnstraßenausdruck des materiell angesammelten eines ehemaligen Nuss und Wurzelsammlers und ehemaligen Äffchen und ehemaligen aquatischen Molches und ehemaligen Lotuspflanze die in jedem Menschenwesen sowie Affenwesen sowie Molchwesen vorhanden ist.

Vergiss niemals das du unwissend bist du Mensch, der du dich mit dem Wort Mensch identifizierst und ganz im Innern deren Erblühung dessen was in dem Begriff Mensch enthalten ist kostest.. Aber die Identifizierung mit dem Begriff Mensch ist eben zu fehlerhaft Doelchen..dafür musst du mehr mit der Evolution selber Verhandlungen aufnehmen.

Okay wird gemacht.

Und in dem Moment stand der schlagfertige 2 Meter Indianer vor Doel. Seine Zähne konnte man sogar hinter all dem langen Haar sehen. Und vor Doel erschien langsam eine Szene in der die Sonne tief stand und jeder und jedes aufrechte einen langen Schatten warf. Das waren die Schatten der Haare auf den Zähnen des Riesen. Blönk.

Doel musste das Hinterzimmer verlassen. Als er raus ging dachte er nicht daran das es Menschen geben würde die sich beim rausgehen denken: Aufgepasst auch wer vorwärts blickt kann nach hinten treten. So unter diesen Umständen half es auch nicht sich zu wünschen wenn zwei sich streiten kriegt der dritte die Schläge, sondern ungezwungen zu wissen das in dieser Situation alles mit dem ruhigen Auge gesehen werden musste damit die feinsten Schwingungen der Krise erst gar nicht zum schwingen gebracht werden, damit Energien gespart werden. Und das passt in jede Zeit nicht nur in die heutige verseuchtere Zeit. Jaja heute ist es schon wesentlich verseuchter als damals. Was kann daraus erkannt werden.

Was wird daraus gefolgert. Was sind die Gründe dafür wo ist die Quelle. Sag willst du mich auch anklagend bequatschen, kehr lieber wieder zum Rainbow zurück indem nun Dave damit beschäftigt ist wieder vor dem Barmann stehen der mit den Lockchen, der sich übrigens als Sucker herauskristallisiert hatte, ruhe und allgemeines Wohlbefinden zu verbreiten, indem er die Aschenbecher leerblies, und ab und zu, zu Doel rüber rief er solle do doch schneller ,ja schneller aus dem Rainbow verschwinden, denn die Schnelligkeit die Doel glaubte zu sein hatte ihn schon längst verlassen, und Doel war nun wieder von der Langsamheit getäuscht, deshalb das sarkastisch sich anhörende Getippe dieses Wortes schneller, das ja wissentlich zu Doel herüber gerufen wurde.

Doel zahlte und wurde sozusagen raus geschoben. Da drinnen war ein Dynamitfass, also das kleinste Widerwort und die zünden. Hektiker. Schizoidos.

Draußen auf der Steintreppe saß der polnische Irrationalo mit dem Kopf zwischen seinen Knien, abgesoffen, mattgesetzt weil er mitgespielt hatte. So, Dave und Doel spazierten schwer angehaucht zur Maisoneuvestrasse wo wir sofort, sie sofort, an der Strassenecke, ein, was dort als Restaurant galt, aber mehr Hamburgers und Milkshakesartieg sein sollte, fanden, indem wir, die beiden Doel und Dave, uns hinsetzten..

Doel aß noch einen Hamburger und wurde dann ganz ruhig von dem vielen Alkohol. Ja Alkohol der wurde damals durchgekämpft ,hätten doch die Alkohol Gegner damals in den Staaten gewonnen, wäre wohl nicht so viel an depressiven Situationen zu sich genommen worden, und heute wären die Alkoholiker in den Ländern nicht existierend, und genauso ist es mit dem Rauchen, auch da musste damals in den Staaten gekämpft werden, Zigaretten zu fabrizieren und eine größere Verseuchung zu verursachen ..

Aber es muss wohl im Wesen des Menschen schlummern, sich von verseuchten Menschen verseuchen zu lassen.

Deshalb auch die seuchenfreie Kindheit etc.

Aber wie du sehen kannst ist der Städter der diese Art von Konzentriertheit unterstützt der verseuchteste konzentrierte, der Verlorenere der dabei ist einen Plastikkörper für sich zu entwickeln, damit er seinen Verseuchungen die er erfrischend fand, entgehen kann...Jaja, ja die verantwortlichen, Jaja, diese, die führen.

Aber wer sich für auserwählt hält lässt sich gar nicht erst wählen.

Dave kaute auf seinen nicht ihm gehörenden Hot-Dog und schaute auf's TV. Doel wurde ganz schnell müde kalt und miserabel fühlend, direkt auf der Bank auf der er gesessen hatte-----------

Dann, irgend wie, im Taumel, zurück zur Wohnung des Freundes.

Zän war immer noch am arbeiten.

Doel zog sich aus, legte sich mit den gelben Unterhosen, und war Bingo.

Seien auch sie Energiesparer und Weinen sie mehr.

Dann wieder der Traum ,er flüsterte etwas von Kindheit und Jugend, von Lebensessenzen, von Kämpfen mit dem Tode, von der Verwandlung der Sexualität, wie Doel gar nicht bemerkt das er leidvoll auf einsamen Wegen die Philosophie zur Erweiterung des Bewusstseins, das durch aufblasen auch erweitet werden kann, bemerkte, und das auch gar nicht brauchte, denn er lebte schon längst im Überbewusstsein. Der Traum wollte aber Zweifel und Fragen in Doel hineinprojizieren. Er wollte das Doel sich weiter verwandelt, er wollt das sich das Gehirn die Nerven verändern, ohne Krisen ohne Ekstasen ohne Nasenbluten, nur auf Grund wechselnder Erfahrungen, und dann das Sehen der Sphäre des Dichtens, der Kunst der Weisen, der geistigen Welt in der Welt, ja, Doel träumte im Traum von der Erwartung der Umwandlung der Persönlichkeit, als Mensch der Zukunft, ja und das träumte er sogar in dem Moment noch als aufeinmal : Huh, ehhhmn, hallo.

Doel saß auf einmal wieder ,da waren sie, Zän und Lise. Doel war verschlafen, wie ein Mensch der Liebe kannte und wieder verloren hatte ,aber trotz der Dusseligkeitszustände freute sich Doel den Freund zu sehen. Lise liebte er sofort auf dem ersten Blick, aber die beiden sahen so klein aus ,kleine Menschen, und reden taten sie, die drei, also die redeten wie ein Wasserfall Wasser fließen lässt, bloß wollten die beiden doch noch zu einer Party und Doel war immer noch angehaucht, so dann bis morgen ihr beiden.

Als Zän und Lise schon wieder gegangen waren leuchteten die molekularen Gärungsprozesse in Doels Blutbahn dreimal so stark, und das Blut fing an gegen die Ader und Venenwände zu kippen und schlendern, das die Faserung der epidermischen Gebäude sich zur Not Sturmschutz holen mussten. Die ihnen auch von denen gegeben wurde, welche die Wahrheit nicht für sich alleine behalten wollte, wie die fettgeblasenen egoistischen Fettzellen. Oder überhaupt die Egomisten.
Wieder im Schlaf erschien der Therapist. Er war nervös und rauchte 10mg Valium um sich die zu therapierenden anzuhören, armer Sack, der valiumierte. Doel, was machen sie bloß hier. Kaum sehen sie eine Frau kaum aus der Ferne schon läuft bei ihnen Liebe oder meinen sie Sex oder was ab. Also sie müssen sich da stabiler erweisen, also als ihr Therapist, ehhmm, ja, ihr Therapist, erkläre ich hiermit das sie sich als allererstes mal durchleuchten lassen, inspizieren wies die Germanen sagten, sie wissen schon wir die Ärztekammer aus Beton wollen nur das Beste für sie, das allerbeste bleibt natürlich hinter den Betonwänden, das ist nun mal so bei den wissenschaftlichen Machtbereichen in der Öffentlichkeit über eine große Masse an unterschiedlich gewachsenen Menschenkreaturen ,aus denen wir unser Wohlbefinden mit jährlich Minimum 500 000 Märkschen anzapfen, das ist eben so. Also Doel lassen sie sich sagen sie müssen Koscher, ahhm, nein, Keuscher, oder war es Kutscher, also diese Auslandswörter, ehhhm, also sie werden freiwillig gezwungen auf Keuscher Enthaltsamkeit überprüft zu werden, und zwar von mir sofort, nun bissen dalli dalli, wie im 2ten Programm nach der Tagesschau.
Sagen sie Doel, wissen sie eigentlich noch wer sie sind, und wo sie herkommen ,ganz abgesehen von dem Namen den ihnen ihre Eltern gegeben haben ganz abgesehen von dem nationalen Gefüge in dem sie genauso eingewebt sind wie alle anderen Menschen, genauso wie der Kanzler Schmidt, oder der historische Trudeau, oder wie die geheime Staatspolizei, und alle Schundblatt Reporter,,,,,,,,,hmmmh, aber gleich voraus erwähnt Doel, sie können gerettet werden, wenn sie für die Befreiung der tierischen menschlichen Befreiung kanditatiren, und dem Tierschutzsbund des 2ten Fernsehprogramms die Liste der in Westdeutschland bedrohten Tierarten ganz ohne Schmu zukommen lassen, ja, das wäre schon mal ein Anfang...
Aber das Tier schützen, das wollen sie doch Doel, nun wachen sie schon auf, los aufwachen Doel, ich bin ihr Theramist, mein Name ist Doktor Gleichgültig, der ist übrigens aus der allgemeinen Gleichgültigkeit gegenüber den Patienten entstanden, die ja Tag ein Tag aus auf mich einströmten, und ich langsam die Lust am Heilen verlor, sie endlich vergaß, dann nicht mehr wusste warum ich überhaupt praktizierte, danach in das geldliche Delirium verfiel aus dem dann mit zielsicherer Gewissheit jeder Patient den ich sah Geldaugen und Geldgemüt hatte, und es mir immer schwerer fiel zwischen all dem Geld noch eine geistlich leibliche Prognose zu machen, aber glücklicherweise gab's ja die pharmazeutischen Vertreter, und da ich schon sehr müde war bequatschten sie mich Tageintagaus bis ich nun nur noch Pillen und Wässerchen ausgeben lasse die meine Sekretärin sofort dem Patienten gibt den ich nun nur noch auf dem Bildschirm sehe der automatisch erfasst was der Patient an gewünschten Mitteln haben will, auch kriegt, ja ich wurde dann Computeranwalt mit den

höchsten Fähigkeiten, aber die Suche einen gesunden Menschen zu finden ließ mich nicht los.

Aber die Ärztekammer sie ist es, Schuld, das sie ihre Türen nicht öffnet und jeden Pferdedoktor praktizieren lässt, denn bei der Menge an Menschen kann ein Arzt welch immer verschiedener Kategorie er auch zugehört, sich doch nicht tief genug mit dem Kranken befassen, aber die wollen ja das es so bleibt die wollen ja garantieren das wenigstens 500 000 Märksches im Jahr rollen ,ganz zu schweigen von den eingelösten Krankenscheinen auf denen gar keine Behandlung erfolgt ist und der Schwarzarbeit..

Ja Ja der Kanzler ist schuld daran und die Tierschützer denn sie vergeuden zu viel Energie mit Tierschutz anstatt mit Menschenschutz.

Also Doel wachen sie, ahhh, schon auf, ich bin doch, ohh, ihr Traumtherapist.. ohhh du Theramist versuche nicht als einbeiniger Doel in den Hintern zu treten, das ist nicht die feine Art ...

Aber auch solche therapeutischen Zen Methoden brachten Doel noch nicht von dem Traum in das Wachtraumbewusstsein..

Doch der Theramist bemerkte dieses auch nicht ,seine Stimme war ihm nicht mehr seine Stimme, sondern hatte ihn in eine Art stabiler Einheit gebracht die ihn allmächtig glauben ließ das alles was er sagte auch sich dann dementsprechend entfaltete...

So im blinden Glauben Doel sei wach und das ist er ja auch, auch im Schlaf, fing Doktoro Gleichgültimöso seine Abhandlung über die Enthaltsamkeit und die Voraussetzung für einen absoluten Augenblick an zu proklamieren. Dabei flipperte sein unsichtbarer Monokel etwas glitschig zumal Abhandlungsbericht ja ohnehin schon vorher absorbiert hatte, ohne wohl bemerks, übergeben, zu müssen, sondern zu wollen...

Aber dennoch für den Leser schreibt der Schreiber weiter an der Kreation dieses Mellodramas das sicherlich mit Frieden enden wird wenn auch später insbesondere diese Seiten als Toilettenpapier im Rahmen der Umweltschützung benutzt werden sollte...ehhhhmh, na,..

Alsa sehr gemeehrter Doel.

Ich,,,, als gleichgültiger Wissensschmachtler, bin mir nun mal sicher das sie diese Art von Kommunikation nicht als unbedingt erwünscht erwünschen.

Ich weiß das die Spasmen der Mönche nicht unbedingt den Fähigkeiten ihrer Absichten entsprechen, ahhh, ehhm, ja..

Es ist für sie wohl zweifelhaft ob ein systematisches übergehen von der Sinnlichkeit zur Geistigkeit für sie angemessen ist. Insbesondere, möglicher Kollege Doel, wenn es sich darum handelt, die in der Ferne liegenden Weizenfelder der noch unreifen möglichen zu erreichen. Ahhh, ehhm, ja, welche in der Richtung einer von aber auch jeder Bindung losgelösten spirituellen Erfahrung offen stehen..

Haben sie das kapiert Doel.

Ahhhm, also Doel, also es ist gewiss, wie Gewissen, das dieser Versuch, wie Süchte, auf dem Gipfel, dem Gipfel des K2s, alles menschlichen Forschens von ent-scheidender Bedeutung ist, also wie sie sehen und lesen, übertreibe ich, der Gleichgültige, gar nicht..

Sind sie noch wach Doel.. .Keine Antwort..... also,,, sind sie noch wach.

Ahhh diese Resonanz des Doels erfordert größte Anstrengung um mich in eine Schlägerei mit ihm zu verbalgen, nein, ich brauche bald wohl wieder Fachleute die mir das verstaubte aus den Fächern blasen..

Ja ja weiter.

Er, der Mönch, der sie, Doel, auch bald sein werden, dank meiner extremen Schocks ,er wie sie, sind dann befreit von der Sorge um bestimmte Gelegenheiten, Gelegenheiten, aus denen der Sexus das gewünschte sucht, die von komplexen, nein nein, keine Häuserkomplexe, aber dennoch komplexen materiellen, Bedingungen abhängt, wie der tote Körper von dem Strick, und das erotische Leben oder das erotische Tote ,schwer belasten können, und das wollen sie ja nicht sein nicht wahr.

Oder Doel, wollen sie lieber den Weg der Mystiker, die heutzutage oft in Selbstbedienungsläden oder Kinos gesehen werden, gehen..

Aber die Erfahrungen der beiden wie auch ihre Doel, wird die gleiche sein. Denn sie drei der Mönch der Mystiker und sie Doel, sind wie ich vorhin mit der Begrüßung der Frau Lise gesehen habe davon beseelt, mit der äußersten Anstrengung, die darauf beruht, die erkenntnisfähige Intelligenz, wie sie in Selbstbedienungsläden gefunden wird, die wesentlich vom Todestrieb dogmatisiert wird, also mit der größten Anstrengung, so werden sie dann, alle drei, zur gleichen Zeit Zack-Tori, oder in einer anderen Formwürgungssprache den Augenblick der Lösung ins Spiel, das heißt, im Augenscheinwerfer der größten Spannung, erleben..

Und das ist etwas Doel, denn aus dem Wort etwas können sie doch viel erkennen Doel können sie das noch Doel..

Also wie schon erwähnt Kollega Doel, als Türkenstein aus Berlin, um diese hohe Bedeutung der mystischen Erfahrung zu erleben, aber schlimmer noch zu beurteilen, auf dem meine ganze menschliche Fähigkeit beruht, denn falsches Urteil und schwupp geht's für längere Zeit in die verkehrte Richtung. Womöglich wird aus Dir, Doel, ein schwuler Hugo oder ein Schwüler Pimmellutscher, jjjjjja, ja, wir Theramisten müssen ganz schwer auf Zack sein.

Also um diese Beurteilung vonstatten zu bekommen, mache ich sie Doel noch darauf aufmerksam auf eine sehr gewichtige Tatsache, nämlich der, das diese Erfahrungen die auf sie zukommen werden das beinhalten eines vollständigen Abrückens von jeder materiellen Bedingung als Grundlage haben. . .

Ehhhm, ja bloß ist wie schon vorher von Schreiber geschrieben worden, aus der Hindubibel entnommen worden das es keinen Materialismus gibt welches auch stimmt, denn entweder ist alles Materie somit alles Geist vom größten gröbsten bis zum feinsten feinen oder umgekehrt oder die vorstellende Phantasie muss irgendwann mal Berserko gelaufen sein und hat seitdem nicht mehr den Weg zurück gefunden, also dieses mit der vollständigen Abgerücktheit von materiellen Bedingungen gibt es einfach nicht Doel... Das muss den schaffenden Wissenschaftlern aller Arten ob Vögel oder Mäuse oder Menschen klargemacht werden, somit ist diese Erfahrung aber dennoch tatsächlich, aber sie ist auch nur erfahrbar, und schwer beschreiblich. Es ist wohl doch besser die Mystiker und Mönche in den Selbstbedienungsläden zu fragen, die vom Verhaltens und Verkaufsstrategen mit seichter Einkaufsmusik in das Reich der Transzendenz verschoben werden, auch gut, ob sie schon wieder geklaut haben.... weichen sie nicht vom Thema ab gleichgültiger Knabe.

Ja das ist der Einheitszustand der gleich-gültige für alle....

Wo war ich nochmal, Doel, ehhm, verliere ich schon meinen Kopf, ehhhm, ja, also wenn das der Fall ist bekomme ich höchstens meinen Hut auf dem Fundbüro wieder, also wo waren wir noch stehen geblieben.

Ahhh, ehhm, Ruhe hier ,da kann einem ja schwindlig werden diese Lastzüge und Büsschen in der schneebedeckten Stadt, und dieses gepuffer und getattr. Ruhe, Ruhe Ruhe , ich will weiter Anal - ysiren.

Ein bisschen mehr Herz bitte.

Ruhe bitte ,wer ruft,,,,,,,, was,,,, ,Schlaf,,,, wie bitte,,,,,, auch ein blindes Huhn findet mal einen Hahn,,,,,, was der Zeitgeist spuckt,,,,,, ,nein er spukt. Also Doel mein lieber schwüler Bruder ,das bist du doch Doel nichtwahr, bist du es oder nicht, also Doel, das ist der einzige Grund weshalb ich mich hier so für deine Gesundheit abrackre, damit du nicht immer die Fraun bevorzugst ,sonder auch mal wieder mich, oder weißt du nicht das 98% der Theramisten schwüler sind als alle Schwulen aus dem Amazonas die von Piranjas bedroht werden ,ja mein lieber...

Doel drehte sich im Traumschlaf auf die andere Seite.

Dieses Zeichen nahm der Theramister wahr und fing an eine Analinspektion in Gedanken vor zu planen...dennoch kontinuierte er weiter mit den Vorraussetzungen zur Enthaltsamkeit.

Also das materielle abrücken, entspricht auf dieser weise dem im Menschlichen und Tierischen Leben allgemein vorhandenen Streben von Gegebenheiten die nicht selbst gewählt sondern Programmiert und im DNA liegen, und wenn sie mit dem Ei zusammenkommen diese Proportionen entfalten, welche eben das proportionelle Streben ist, das eben nicht selbst gewählt, sondern im Gegenteil auferlegt ist, das ist die mystische Erbseuche und dergleichen durch Streben davon unabhängig zu werden...

Obzwar es auch die andere Seite gibt in der der Mensch seine Abhängigkeit erkennt und sich dann mit Menschen zusammentut die die Abhängigkeit erfüllen indem sie auch ihre etc,s erfüllt bekommen kriegen.. Interessengemeinschaften etc,s.

Naja, also dieser Weg ist jedenfalls solch einer .Doel. Sie sollen also einen souveränen Zustand erreichen der befreit ist von allen Schwierigkeiten, auch damit ich endlich meinen Schwulen Hugo in ihr Orrifice gleiten lassen kann...haha, ehhhh, ja also.

Also die mystische Erfahrung ist mit anderen Worten befreit von der, wenn einer süchtig, oder eine süchtig, sexuellen Versponnenheit. .Ich hoffe bloß das die Menschen die Konsumenten die Schrägen für immer vergessen das ihr sexuelles Leben auch was mit Liebe zu tun hat ,hoffentlich vergessen sie das auch du Doel, denn das befriedigen von Bedürfnissen, wie befriedigen der Befriedigung, hat heutzutage den Bühnenplatz bekommen. Und da wird rücksichtsloser gebrauch von gemacht, wie schon gesehen werden kann, oder nicht. Der Atombombenbauer er befriedigt seine Sucht eine Atombombe in seinem Ohr explodiert zu haben ja auch schon teilweise, und das Kriegsmimikimausterium befriedigt seinen Wunsch Kriege zu führen ja auch schon teilweise, indem sie die bekloppten Soldaten auf der ganzen Erde wie Doove Dämelsstruppis im Grass Zickzack laufen lassen damit die Spuren verwischt werden, für eventuelle öffentlichen beschwerden etc,s.

Ja Soldaten der Erde vereinigt euch, erkennt das ihr schwachsinnige Kreaturen seit, die vom Zeitgeist ausgelaucht werden, und von Staatsmänner die die Paranoia der Vergangenheit immer mit sich schleppen ,so benutzt werden ,das es nachher aussehen könnte das die Nationen sogar Blutvergießen wollen und das ist doch nun wirklich eine blutige Sache oder nicht.... Buhhh, Soldaten sind die Blöden, Buhh, Soldaten sind die Killer die bezahlten und das unterstützt jedes Land, das Land ist ein bezahltes Killerinstitut, die Menschen dann auch, Buhh, buhhh, Buhh, schimpf....

Aber Doel freuen sie sich nicht zu früh.

Doel freuen sie sich nicht zu früh zu früh.

Aber Doel nun freuen sie sich doch endlich nicht zu früh noch früher. Denn in 14 1/2 Jahren ist die beliebteste Kunst des Sterbens an die Fromm nicht gedacht hatte nämlich die des tiefen Stadtluft einatmens,..zonk weg. Ahhh ja. Also die Zustände Doel die sie dann und jetzt erreichen könnten diese verklemmten Versuche eins mit eins zu sein, die von den Theologen mit dem begriff Theopatisch beschrieben werden, sind die Zustände voll kommender Souveränität. Derartige Zustände, die unabhängig von ihren christlichen Formen hervorgerufen werden können, haben einen nicht nur von erotischen, sondern auch von mystischen Zuständen niederer Stufe sehr verschiedenen Aspekt.

Verstehen sie mich Doel. Oder verstehen sie die Sprache. Oder womöglich das gesagte, verstehen sie das Wort Doel, den Buchstaben, verstehen sie Doel.

Gähn Gähnnnnnnnnnnnnnnschnurrgähnnnnnnnnn.

Ja ich verstehe.

Also der Unterschied besteht in der größten Gleichgültigkeit gegenüber dem, was sich Außen ereignet. Im Zustand der Gottesliebe gibt es kein Verlangen mehr, das Wesen wird passiv, es nimmt, was ihm zustößt, abstößt, oder umstößt, gewissermaßen ohne Regung hin. Ja Doel und in dieser reglosen Glücksseeligkeit dieses Zustands, in einer vollendeten Durchsichtigkeit aller Dinge und des Alls, obzwar das schon mit in aller Dinge enthalten ist, sind Hoffnung und Furcht gleichermaßen verschwunden, da das Objekt der Versenkung gleich Nichts wurde scheint es auch identisch mit dem Subjekt, das sich versenkt.

Aber die Christen sagen Gott und kann Gott Nichts sein, also da stimmt was gewaltig nicht, da ist wohl überschwängliches Geplapper am Werk und überhitztes Wortgemätzel .

Haben sie das Doel.

Also nirgendwo gibt es mehr einen Unterschied, keinen Raum um Abstand zu finden, ohhh ohne Abstand zu leben, wer soll denn da die ganzen Wohnungen bekommen. .

Ja Doel aber es ist so, ich als Theramist weiß es, ich habe es gelesen und mein persönlicher unpersönlicher Professor hat's mir in langen Gesprächs aus seiner Schriftgelehrtenzeit, der praktischen, sowie der theoretischen, übermittelt. Denn das in der undeutlichen und unbegrenzten Gegenwart des Alls und seiner selbst, verlorene Subjekt unterliegt nicht mehr dem fühlbaren Zeitablauf. Es ist vom Augenblick aufgesogen der sich verewigt, scheinbar endgültig ,ohne fortbestehen, einer Bindung an Zukunft oder Vergangenheit, existiert es im Augenblick, und der Augenblick, für sich alleine, ist Ewigkeit....

Ahhhhh, murmelte Doel im Schlaf, gut geplätschert und gut gewichst, gut gemurmelt und gut gemixt, gut verwandelt und gut verzaubert, so hört sich euer gesagtes an, ja gut geplätschert gut gewaschen,..

Aber Doel ich bin doch, doch, dein Theramist.

Na und du schaust zu viel Fern. Seh dir die Versuche an die in der Hindubibel stehen die über den Versuch mancher Menschen, geheiligt sind sie, welche versuchen eins mit Gott zu werden, noch lange bevor sie ihren Körper biologisch abbauen lassen, ja sie, sie sind oft die Pioniere gewesen, die dem Menschen echte Wahrheiten brachten echte Erkenntnisse, Erkenntnisse die den Menschen innerlich befruchteten ihn erkennen ließen das da doch trotz aller Schönheit trotz finanziellen Reichtums trotz dem Überfluss an Daseinsfreuden kulinarischen sowie geistigen sowie körperlichen jemand immer sein schützendes Herz über die ganze Angelegenheit hat und andauern seine Verwandlungskünste zur Schau stellt indem er manche Menschen in den Zustand der Einheitserkenntnis versetzt aus denen sie dann berichten dürfen damit viele von uns sich unter andern auch mehr mit dem schützen der Menschen befassen. Und jetzt lass mich schlafen, lass mich schlafen, gleichgültig, ich habe dir schon lange genug zugehört.

Das war wieder eine extra Zugabe des Freundes aller Freunde und somit verschwand Doktoro Therapisto Gleichgültimöso.

Er verschwand in dem Baum den man vor lauter Wäldern nicht mehr sehen konnte Glücklicherweise stand der Baum im Schutz des Menschen. Und in diesem Baum konnte später „the death of the rarer bird ymir" gehört werden, zu dem Hans Reichelt die wunderschön inspirierte Musik schrieb..

Ohhhh die Fermentierungen sie springen immer noch im Zickzack in Doels Hirn. Ohhh wie soll Doel bloß die Kundalini auf diese Art und Weise erwecken. Wie.

Aus der Ferne des Traumes zwischen den Bäumen im Walde der zugeschneit war, kam noch seicht die Stimme des Verschwundenen auf Schlittschuhen über den zugefrorenen Grassflächen bebend. Beinhaltete sie der Arsch Doel in den du kriechen kannst, steht vielen offen....

Ende der Durchsage.

Aber Doel schlummerte friedlich eingehüllt in bunte Verpackungen mit Silberfolie nicht gespart, aber dafür um so kälter.

Aber lieber Leser sei gewarnt denn dieser Doel der dir möglicherweise keinen Zucker in den Hintern blasen würde, würde dich auch nicht davon ablenken Sand in die Augen zu streuen...das hatte Goethe schon immer gesagt als er bevor er mit seiner Verlobten für die er vor kurzem das Violinenkonzert komponiert hatte und nun Piano spielen wollte sagte: Wir wollen ihr die Daumen drücken, und griff zu den Daumenschrauben..

Aber wie schon nicht gesagt es genügt heutzutage nicht nur das der Mensch denken kann sondern zum denken muss aber auch noch die Fähigkeit kommen aus der erkannt wird ja dieser Mensch er denkt Lebensfördernd er beinhaltet die acht Wege des Buddhas er denkt an das auswiegen der Mehrseitigkeit das zusammentreffen von vielschichtigen Verwobenheiten er weiß dass das Ich nicht bei weitem das Beste will und er kennt sich aus in der Tatsache das der Mensch dabei ist sich von der Selbstzerstörung zu lösen indem er weiß das ohne Waffen in der Hand viel leichter eine Zusammenarbeit entsteht die echt und vor allem nichts grüblerisches mehr verlangt, ja er weiß nun endlich kann freier zusammengearbeitet werden, ja .

Ja, tut er das wissen, denkt er das, ja in seinem tiefsten innersten will er das . . .

Und als allererstes wird der jeweilige Rüstungsetat für die Zwecke Verwendet welche zum Aufbau gebraucht werden die durch die Rüstung zum Abbau gebracht wurden. . .

Denkt euch bloß ihr Menschen stellt euch vor auf einmal ist die größte Geldquelle frei und versiegt...

Wie versiegt. .ja die Rüstung ist Flutschikato und keine Einnahmen mehr.. Mhhhm, na und, das Geld ist doch vorhanden, und wenn's einmal da ist denn kann es auch so kanalisiert werden das im nächsten Jahr und immer weiter so ,jedenfalls werden dann eure schwer erarbeiteten Gelder endlich mal für euch auch zum Lebensblühen gebracht und nicht gegen euch gewendet, indem ihr letztendlich sogar noch dafür erschossen werden könntet..

Ja die Alten, die meisten Alten, sie sind und bleiben die unfähigen Erkenner der Situation, nationaler sowie internationaler, und erkennen ihre Unfähigkeit echt was zu tun das sich als wirkliche Leistung zeigen lässt.

Für die scheiß Waffen die scheiß Atombomben die scheiß Armeen die scheiß Verpestungen industrieller Art die scheiß politischen Mängel die scheiß städtischen Verscheißungen, die scheiß Raketenkonstruktionen die scheiß Terroristenentstehungen die scheiß polizeilichen Abgebrühtheiten die scheiß bürokratischen Aufbauten die scheiß hohen Benzinkosten die scheiß Geldmanipulatoren die unverantwortlichen die scheiß Blindheit von denen dafür gibt es zu viele Entschuldigungen. Und andauernde Entschuldigungen sind ein Zeichen der Schuldigkeit.

So wo ist das Land, so wo ist der Politiker die Partei wo ist die Menschheit die es fertig bringt zu wagen gar nicht über ihren Schatten springen zu wollen sonder welche erkennen und Lebensfördernde Ideen haben. Und nun kommt das wichtigste, für die ganze Erde äußern und beleuchten. Wo sind sie.

Ein Land und es muss ein mächtiges Land sein, ein Land das Einfluss auf der Erde hat am besten aber gleich alle Länder........Also es muss die USA Kanada Japan **...**

Nein zuerst mal ein Land..also die USA angenommen.

Die USA geht jetzt also vor die Vereinten Nationen und sagt klipp und klar ,also wir bauen von jetzt an keine Waffen militärischer Art mehr auch werden wir keinem mehr um Wissen fragen der uns solche Waffen entwickeln kann sondern wir stehen über den zwei sich bekämpfenden positiv und negativ und sind jetzt Gott....wir werden nur noch fürs Leben entwickeln.

Damit werden dann vor der ganzen Welt alle anderen Länder aufgerufen das gleiche zu tun und das tun sie auch leichten Herzens, und die friedliche Austauscherei fängt jetzt an..

Das ist doch ganz leicht, jedenfalls als Denkanstoß...

Denn die, welche immer sagen, ja aber das ist doch völlig unrealistisch und dergleichen Wörter bringen um den Blödsinn diese Planes als Wahnsinn darzustellen, ihnen muss klipp und klar gesagt werden, also hört mal gut zu, wir laufen schließlich auch nicht mehr mit der Keule in der Hand herum.

Und erzählt uns nichts wie die Realität konstituiert ist denn was ihr unter Realität versteht kann ja leicht ersehen werden wie schon gesagt ist sie unter der Realität und nicht die Realität welche in Bereiche reingeht ihr schlauen deshalb gefährlichen Politiker und eure Berater von denen ihr nicht die geringste Ahnung habt, aber lasst uns ganz friedlich bleiben. Und vor allen Dingen immer mit der Ruhe.

Auch für sie Herr Schreiber.

Denn der Doel schläft ja noch ein paar Stündchen.

Ja gerade deshalb weil er im Tiefschlaf ist und nichts nie mehr hören wird, können wir doch jetzt reden und tun es auch, denn ich kenne den Doel ich bin sein Meister Freund sein Lebensgefährte und, und ich weiß wann er aufwachen wird.

Also die BRD die USA und UDSSR und China und Engelchenland und die ganzen restlichen vereinten **Nationalisten** haben dann also beschlossen sich vor dem UNO-Sekretär der dabei ist die Erdlage zu prognostizieren freizusprechen von all den chaotischen Zerstöreinheiten die sie geschaffen haben weil sie nun endlich erkannt haben das sie sich selbst zerstören würden.

Und nun stehen sie gemeinsam vor dem Podium.

Doch da drängelt sich der erste Nachkriegspolitikus - Punker nach vorne . Er kam schnell aus der Ukraine wo er Blaubeeren gesucht hatte, zog sich den Charly Chaplin Schuh aus und wetterte auf dem Podium herum.

Die UN-Nationen waren von dieser Schau erheitert aber auch sogleich entsetzt, denn sie erkannten das sie in eine vergangene Zeit zurück versetzt worden waren, und ihnen ahnte nichts gutes daraus, und in ihren verkalkten Intellekten die ohne Herzen waren tropfte es wie in einer farblosen Tropfsteinhöhle klickly glucks plätscher, und in den Tönen hörten sie die Stimme dessen der alles damals und heute schafft und abschafft leise lieb lieblich säuselnd sprechend: Ihr Wahnwitzigen, doch die Situation noch erkennenden Schmarotzer des Größenwahns, ihr Verfechter der Kompliziertheit und der Lüge die sich nun in euerm Leib festgesaugt hat, ihr Dummerchens, ihr menschlichen Schafe mit Atombomben in euren Ohren und anderen Seuchen, werdet zu vergehenden Körpern und lebt damit bis ihr für wirklich immer und ewig sterben werdet.

Sogar Nikita wurde blass als er das hörte, denn auch er, obwohl er genügend aus nicht wissender Überzeugung schlechtes getaaaaan hatte, konnte noch bei einer erfrischenden Taiga Briese in der die Polka stimmte beim Blaubeerensuchen feststellen das er auch auf die Erkenntnis das er was anderes als sein Körper war, sich freuen, und er freute sich ein komischer rundlicher aber gefährlicher Spukgeist gewesen zu sein, der nun ohne Zuschauer war...

Also er war doch ein Täuscher.

Ja das war er.

Die Ordnung ist das halbe Leben grinste er sich, zu und Unordnung das ist die andere Hälfte...

Doch die Greisen und Politiker sie schoben Niki zur Seite, auch wenn nur in ihren Fantasien, und schäumten ihre spastischen Absterbeschreie in die Mikrophone: Wir wollen nicht sterben deshalb bauen wir Waffen und Bomben, denn wenn wir, sie, haben sterben, wir nie nie nie nie nie...

Die Jungs hatten wohl noch nie etwas von dem verborgenen Schlüssel zum Leben gehört. Sie waren wie Blinde die nur immer Hunger hatten und alles verschlangen was ihnen gedanklich Nahrung gab. Sie, die Denker, die aber nicht mehr werten konnten, denn so erscheinen sie ja vor dem TV, am Radio, und in ihren Aktionen, sie konnten reden und zerreden sie waren gebildet, und hatten deshalb schon ein Bild in ihrem Kopfe das kaum noch andere Bilder zuließ. Sie hatten Gelder und waren vom Menschenmassendruck unterstützt und deshalb auch so träge.....

Aber wir sind glücklich deshalb wollen wir doch gar nichts mit den Tatsachen zu tun haben sondern wollen nur die Anerkennung unserer Kollegen wir wollen keine Kommunikation mit euch die ihr wie es die Rolling Stones schon besangen das Salz der Erde seit, nein, wir wollen nur unsere eigene Show machen......

Daraufhin rief der US - Verbindungsmann zum German Kanzler, Ed Blaser, ich bin für den Komfort gebaut worden, ich bin kein Rock Mann, nein, ich selber habe aber auch nicht das geringste mit der **Nukleartechnik** zu tun, ihr, m, ihr, Germans mit euren Atomwissenschaftlern dem Hahn der krähte, ja ihr seit schuld, und nun da sich unser Ländchen das 4t größte der Erde damit unter anderem eine Weltmacht die größer als die Erdmacht ist aufgebaut hat ‚nun sollen wir wegen eurer Fehler unsere Vormachtstellung aufgeben, nein, wir sind schließlich die „Ausrotter der Indianer", und die Konzentrationslagerchefs der Philippinen, wir sind die Chefs hat die Welt das nun endlich verstanden... ehhhm. Was die Erde versteht geht uns nichts mehr an wir sind Weltmacht wir stehen über Erdmachten.. Baste basta.....

Daraufhin erhob sich der German Überbleibsel der Gestapo. Ein Mensch, der auch nicht im Entferntesten Wesen etwas von überhaupt Irgendweshalsetwas wusste, und schrie gezügelt mit Verstand und mit Übervernunft einverleibt durch Kant durch Schoppentrinker durch Willy der abgesäbelt wurde weil er zu viel Herz hatte und sich deshalb nun in die Frauens stürzen konnte, er schrie in Stille sein Dasein futschikato: Amerikanos und El Gringos vom the andere Seite, der Kollega Usano ist beschimpfo mich hinsichtlich der atomistischen Fabrikationis, aber er hat vergessen das die Griechen die Schuldigen sind, sie haben den ganzen Zerkleinerungsfirlefanz geschaffen, und wir Germans fielen mehr auf die Griechen herein als auf die damaligen Überbleibsel unserer eigenen Kultur die ‚ ehhhm, wohl gesprochen eine Kultur des Friedens und des Glücks war, hätte bloß der Wind anders geweht, wären wir niemals so klein geworden, denn wie heißt es schon in der Bibel der Menschen die aus der Gegend der Wüstenmenschen kommen, wer sich groß machen will und nicht an *den* Schöpfer appelliert, *der* wird klein wie ein Atom, und vernichtet sich selber ‚ahhh, ehhhm, Prost....

Gelächter und Massenschnauben im Saaaaal...

Nikita grunzt.

Er schmeißt seine Blaubeeren in den Saal...

Sahne folgt später als sich die anwesenden ihren Samen wegwichsen..

Wir brauchen Stimulierung schreit der Japaner im die Menge.

Lasst die Chinesen tanzen sie sind gute Tänzer sie sind die Tänzer des ältesten, sie wissen was für uns belebend ist....

Der Chinese er steht nun er blinzelt nun er lächelt mit einem durch und durch ausgeklügelten Blick welcher alle Schlechtigkeiten der Vergangenheiten verschmilzt und dadurch eine Erleuchtung der organischen Fähigkeiten zustande bringt die aber nur der erkennt und beurteilen kann der nicht schon zu sehr negativer Ego ist, und das waren die meisten, außer klein Eidertum, ja klein Eidertum....

Eine neue Nation die sehr alt ist und deshalb übersehen wurde.

Er stand da wie einer der gesehen wurde aber doch nichts davon wusste. Schnell tanzte er für China *den* **Silberfuchstanz** Tanz Schlürf Bingas. Die Menschen überschäumten vor Angst weil sie dadurch nicht zur Stellungnahme gerufen wurden und wollten mehr von ihm.. Er tat's. Leicht wie er war, denn er war der der sich kleiner und größer machen konnte. Er konnte sich auch alle Wünsche erfüllen bis auf einen, den ich euch nicht erzähle.

Es ist an der Zeit die Zeit zu befragen ob sie nicht die Nase voll hat noch mehr Dreck in sich zu sammeln.......

Die Unabgeordneten suchten schlicht.

Der Delegierte der klein Eidertum Gegend, Ecky Eider, er lächelte, denn er wusste das es für die meisten schön war abwärts zu gehen, weil sie über dem Berg waren der jetzt aus Atommüll bestand.....

Ja ja ihr Tölpel lachte er, es ist eine bemerkenswerte Vielseitigkeit, nicht nur mit den atomaren Wölfen zu heulen, sondern zur gleichen Zeit auch noch zu versuchen mit den ewig geliebten Schafen um den Frieden zu Zittern. . . . . .

Jungs, blass gewordene klinisch verweste Fettsäuchenkörper der UNO.

Ich, der Prinz des Universums ,der alle Attribute des Seins beinhaltet, auch wenn ihr noch so blöde lächelt oder unverzagt eure Scheiße weiter fördert, seit gewarnt, denn der nächste Jezuss er wird nicht mehr der Prinz des Friedens sein denn das Zeitalter der Wahrheit ist seit eineinviertel Eonen vergangen, und nun, obwohl die Sonne immer noch scheint leben die Menschen im Zeitalter der Dunkelheit. Denn sie sind verführt worden...

Und,

Und,

Und daraus zeigt sich für die Jugend, aber auch an Nichts teilzunehmen, das für sie nicht genaueste Erklärungen in die Bereiche der Menschlichkeit bringt ,welche in absoluter Wahrheit immer nur das Beste wollen, und nicht nur so tun, denn ich, Ecky Eider bin die Verkörperung des Einen.

Ich bin die göttliche Verkörperung.

Und ihr seit die teuflische Verkörperung. So wie Jesus damals sagte,, Jehova, euer Gott, das ist der Satan..

Ende.

Auf einmal wurde Doel wacher. Er erfuhr wie er nicht zu sich dachte das, Freiheit, die ich meine, nenne, ist keine.

Und dann war der Traum vorbei.

Aber dennoch erschien kurzlebig die strahlende Zukunft im dem Wesen Doels,, ach,, sagt mal ist es morgens oder was.

Doel schaute sich in dem Zimmer um .Ein kleines Zimmer, voller, fürs Auge, grader Flächen, die mit Farbmitteln bestrichen waren und einige Komik Zeitschrift Seiten angeheftet hatten, auf denen besonders liebenswürdige Verarschungen aller Art waren. Ein großer Reisbretttisch mit Zeichenarm stand neben der Tür. Auf ihm hatte Freund Zän seine zeichnerischen - Komikfähigkeiten liegen gelassen. An einer Wand war ein kleines fast 4eckiges Regal. Ahhh was haben wir denn dort. Ahhhhh, Penthaus, ahhh Playboy..

Doel nahm sich ein Penthausmagazin mit einem Foto von einer Frau die ihren Busen auf die, was eine verführerische Art sein soll, in ihren seicht aussehenden Händen trug direkt in die Kamera geschaut, so das der Busen noch größer wirkte. Ihre Venushaare waren rasant von einem durchsichtigen Höschen bedeckt das schwarze dicke Borstenhaare sehen ließ die sich durch die feinen Webereien des rasanten Höschens zeigten.. Sozusagen zum extra kitzligen aufgeilen des Gemütes für den der nicht genug davon kriegen kann, und so kam sich Doel auch in dem Moment vor.

Ahnungslos hatte er sich im Zimmer umgeschaut und nun hatte er schon einen Ständer der gegen seine gelbe Unterhose pulsierte.

Das Lächeln war auf dem Photo kein seniles Lächeln sondern hatte genau auf Doel gewartet, der jetzt das Magazin mit dem Titelbild dieser Ehrenjungfer zu sich nahm um es zu durchschauen. Mittlerweilen fing er auch schon an verführt und ergötzend sich den Ständer zu reiben, seichte, der jetzt sogar Schnurstraks aus der Unterhose schaute und seinen glänzenden Befeuchtungstropfen auf der Öffnung hatte..

Das ging aber schnell wunderte er sich nicht.

Doel fing an zu Onanieren. Masturbiere, Wichsen, jedenfalls alles aus der Ignoranz entwickelte Begriffe, für Ignorante, während er sich die Fotos anschaute und so ein Wunscherotikum tatsächlich hatte.

Den Samen ließ er in einen Blumentopf mit Blume tropfen.

Als der Samen so in die Erde versickerte wusste Doel noch nichts von der Samenenergie und was damit gemacht werden kann. Er wusste noch nichts von der Yogimethode der Menschenmethode der Schöpfermethode den Samen zu halten und die Samenenergie im Körper zu verwenden. Er hatte noch nie darüber nach oder vorgedacht das die Energie einen Menschen zu machen in diesem Samen war. Und das musste wohl wirkliche Lebensenergie sein. Doel hatte sich auch noch nie die Photos von Lennart Nilson wie ein Mensch entsteht, gesehen, da konnte klar gesehen werden wie die Samen die Spermien diese wissenschaftlich kühle Beschreibung in ihren Köpfen sogar schon Licht haben das Licht von dem Goethe geredet hat, das Licht das Jesus war das Licht das Buddha ist das Licht das die Menschen aus ihrer Dunkelheit bringen sollte in diesem obwohl wirtschaftlich blühenden Zeiten aber dennoch sehr destruktiven Steigerungen die aber überwunden werden können. Das war das Licht das beim durchschreiten des Sterbens gesehen wurde von dem auch im Tibetanischen Totenbuch berichtet wird. Das war das Licht der Erleuchtung die ja dann in jedem Menschen schon immer gewesen ist der sich aber wohl zu sehr auf den Errungenschaften durchleben musste, die nicht immer Menschenfördernd waren.

Und Doel wusste von dem überhaupt nichts, weil er ziemlich beschäftigt war durch all die Organe die ihre eigene Befriedigung suchten und Doel somit nicht zur Entwicklung des Erkenntnisorgans zulassen wollten.

Später als der Tag der sich mit Schneeflocken verschönert hatte und blau Stellen dazwischen in der Atmosphäre zu sehen waren, wachten die beiden, Zän und Lise auch auf.

Sofort gab's viel zu Reden und die Überraschung war groß, denn Doel hatte ihnen nichts vorher geschrieben das er kommen würde.

In der kleinen Küche wurde Nachmittags gefrühstückt. Die Gespräche gingen in die philosophischen Gedankengänge die vom Freund Zän aber irgendwie nur als solche gesehen wurden, als die Fähigkeit Gedankengänge zu produzieren, und die ihn nicht in das Gesagte als Wahrheitskommunikation leuchten. Kosmologie wurde auch erwähnt ,aber auch das wurde mit etwas Skepsis von ihm betrachtet, wogegen die Frau Lise sich rege dafür interessierte. Freund Zän war wohl auf der Suche, war aber in eine Art Skepsis geraten welche nur das Lustige, oder fast nur, als akzeptable Lebensform gelten ließ. Berlin wurde erwähnt. Wie die Stadt tatsächlich von einer Mauer geteilt wird, wie die Menschen dort ehemalige Gleichstädter waren, aber nun eben durch diese verfluchten Kriegereien die immer noch sind aber beseitigt werden können in einer der schwersten Begrenzungen auf der Erde lebten, wo die Grenze sogar mit Minen verlegt ist. Die beiden hörten interessiert zu. Zän erzählte dann von seinen Plänen. *Von* der Reise die sie beide machen wollten, durch Südamerika rüber nach Marokko durch die Berge des mittleren Ostens rüber nach Afghanistan wo's guten Afghane zum Rauchen gibt der nicht wie hier in Montreal 12 Dollar das Gramm kostet aber vor allem frisch und unvermischt ist also rein pflanzlich. Er, Zän, freute sich schon darauf ungestört das Pflanzenextrakt zu rauchen, sowie hier öffentlich Alkohol zu sich genommen wird. Dabei ist Kanada sogar noch

ziemlich souverän mit diesem Pflanzenextrakt denn inzwischen ist es in das Lebensmittelgesetz aufgenommen worden und fällt nicht mehr unter das Drogengesetz welches eine Erleichterung für viele ist, denn hier in Kanada gab's mal die Ladaine - Kommission eine Forschungsgruppe die von der kanadischen Regierung beauftragt wurde, nun endlich mal festzustellen, wie gefährlich und so weiter, die Menschen hier in Kanada mit verschiedenen Pflanzenextrakten lebten. Und es wurde festgestellt das Alkohol die gefährlichste Sache war, von denen die meisten Menschen vergammelt wurden, starben, und verkrüppelten. Und das Haschisch und Marijuhuanah dagegen so ungefährlich waren, wegen keiner körperlichen Zerstörungen auch nicht depressiv machte sondern den Geist belebte und sogar dem Menschen erkennen ließ, das er in Wirklichkeit fein war...
Ach komm, sagte Doel, das stimmt doch nicht. Das letzte stand doch nicht in dem Bericht Zän, denn ich lebte zu dem Zeitpunkt auch noch in Montreal, und hatte Auszüge aus dem Bericht gelesen, hast du das vergessen,...
Ach, stimmt, kannst mal sehen erwiderte Zän lächelnd.
Wohl zu viel geraucht wa, fügte Doel grinsend hinzu....
Übrigens, wie mit allen Sachen wenn Extremigkeiten erscheinen, ist jede Nahrung grobstofflicher Art eben schädlich. Die Menschen müssen bloß lernen damit richtig umzugehen.. Stimmt.
Und ein schon ziemlich verknackstes Gemüt wird auch nicht so leicht unverknackst durch Hasch, oder..
Komm, lass uns davon aufhören, hier ich roll lieber eine rief Zän..
Und beim rollen blieb's nicht. Wir vier, ja, Dave wurde nicht erwähnt, waren dann angenehm gewürzt als der Tag immer noch der gleiche war, sich dann aber doch in seiner Position hielt und die Erde den einen Teil ihrer selbst der Nacht zu wand, wo jetzt der Träumer Doel wieder in dem Zimmer liegt und sich vorstellt wie die Sonne als Mittelpunkt ihres Universums einen Planeten nach dem andern geboren hatte, und wie lange es wohl noch dauern würde bis ein neuer Planet aus der Sonne geboren würde durch den dann die anderen Planeten wieder ein Stück sooon Stückchen weiter in den kosmischen Körper geschoben wurden, in eine größere Umlaufbahn durch die dann der Tag wohl länger wurde aber auch die Temperatur kälter und wie sich solch eine Geburtswehe wohl auf das menschliche und alle anderen Gemüter auswirken würde....
Kurz vorm einschlafen schaute Doel nochmal aus dem Fenster. Die Nacht war klar. Der Schnee leuchtete und Sterne funkelten. Eine angenehme Stille umgab ihn und vieles andere.
Leise knackste die Tür der androgynen Toilette im Zentrum Berlins.
Der folgende Tag................
Doel nahm ein frühes Bad das auch nicht im entferntesten etwas mit einem Ritual zu tun hatte, welches sich vom Schmutz nährte.
Später, dann mit Dave mit Zän in eine Taverne um das Trinken zu befriedigen und so. Wir fingen mit Bier an und kamen zum Burbon. Ab und zu warf einer einen Quarter, 25 Cent in die Musikbox, danach wieder zurück zur Wohnung, Dave und Doel taten das einkaufen. Zän ging voraus um sich einige Gitarrenseiten zu kaufen. Die beiden kauften Porkchops Brockolie, Paprikaschoten, und ein Karton voller Bier. Das Essen wurde dann sofort gekocht.

Lise, in ihren kurzen Shorts wurde von Zän befummelt, der etwas später gekommen war. Das Abendessen war prima und wir tranken noch zwei Flaschen Wein, die ich, Doel, aus Berlin mitgebracht hatte. Darauf folgte noch mal das Rauchen der Haschjoints, im Hintergrund spielte Musik von Tangerine Dream Ricochet die der Doel dem Zän als Geschenk mitgebracht hatte.

Die vier entschlossen sich dann Menschen mit Namen wie Porsche, Michael, Murry, zu treffen, nicht im Kopf sondern in deren Wohnung, nicht zur gleichen Zeit in all ihren Wohnungen sondern in einer, damit an dem Abend Musik gemacht werden konnte. Doel bemerkte eine gewisse Zurückschreckung bei Zän und Lise, dort hinzugehen, aber warum, er bemerkte es aber.

Die vier rauchten noch mehr Hasch und nach einigen Telefonanrufen fuhr Dave der nicht daran teilnehmen würde zum Musikplatz.

Es war in Westmount, Reichlandteil der Stadt. Innen im Haus war Honky Tonk. Michael öffnete die Tür und Doel umarmte ihn schüttelte die Hände lachte ein warmes willkommen, Sehr nett, innen saßen die andern Leute oder lagen. Zwei sehr schöne Frauen eine Blonde eine Schwarzhaarige. Auch die wurden begrüßt, wieder Lächeln, dann kam Murry der Bruder von Michael fragte Doel ob er ihn noch kenne, aber natürlich mit meiner dynamischen Photozell Erinnerung klar erinnere ich mich an dich. Die Wohnung gehörte Michaels Bruder Murry. Sie wurde vielmehr gemietet, und vor 3 1/2 Jahren hatte er eine sehr schöne Wohnung in der Mc Gregor Straße, aber ob dir lieber oder böser Leser, das etwas sagt.

Die kamen also um Musik zu machen. Michael und Doel sprachen von dem was passiert war. Doel bemerkte dabei wie er in sich auf einmal wieder den starken Druck spürte, ja das richtige Leben zu führen. Porsche kam und tat sich in das Gespräch rein, er sei angeblich in einer positiven Lebensverfassung, oder sogar noch positiver, aber Doel konnte nicht all zuviel davon bemerken, denn andauern war sein Reden negativ. Vielleicht ist das in den Kreisen eben ein Zeichen gut drauf zu sein, eben negativ sein, naja, aber Doel bemerkte wie er wieder in ein Netzt von negativen Schwingungen eingewickelt wurde, aber beide Porsche und Michael, die Doel nun nach 3 1/2 Jahren, nein Porsche hatte Doel vor 2 Jahren noch sehr genau gesehen, aber davon später, also die beiden sahen Doel nun und bemerkten die positive Lebensausstrahlung, beide bemerkten dann fast zur gleichen Zeit, ja Reisen ist der Schlüssel zur Hoch-heit, zur Uptness, zum positiven Leben,. Doel stimmte ihnen zu ,aber das war in Wirklichkeit nur eine Teilwahrheit. Denn der tiefere Grund warum Doel wirklich in Kanada war, den wusste keiner von den beiden und der lag nicht dort um nur zu Reisen, aber von etwas wegkommen das hatte was damit zu tun. Und appropo Porsche, einen Teil seines Lebens beschreibe ich noch in dem noch zu schreibenden Buch, nämlich da erlebe ich Porsche wie er als wir im Marrakesch Gefängnis sitzen, ja wie er durch und durch voller Angst und ohne Vertrauen ist , Ende . Nein. Anfang. Also wir waren im Marrakesch Gefängnis, und Ich Doel, und meine damalige Geliebte die Fran, ich konnte uns beide Rausreden, als am Montag der Gefängnisscheff kam, indem ich Logisch erzählen konnte das wir beide bloß Besucher bei den beiden, Porsche und Rodger, waren, und auf dem Campingplatz in Marrakesch lebten. Diese Strategie hatte ich den beiden Porsche und Rodger erzählt, das sei unser, ihr, einziger Weg um hier einigermaßen früh aus dem Mittelalterlichen Höhlensystem, genannt Polizeigefängnis am Hauptplatz raus zu kommen. Wir würden dann versuchen die beiden Rodger und Michael rauszuholen mit Anwälten und einiges mehr...denn es entsprach der Wahrheit das wir bloß Besucher an diesem Freitag Abend in dem Hotelzimmer der beiden waren. Aber, später viel später, als die beiden dann außer Landes gewiesen wurden und wir sie an der Algarve wieder trafen, und aber auch alles gemacht hatten um sie nach 6 Wochen schon wieder aus der Hölle nämlich dem echten Gefängnis in Marrakesch raus hatten,,da zeigte sich Michael uns gegenüber aber auch total im Wahn der Angst und Schizischizzo Wahnvorstellungen hatten ihn total im Griff..Und wir trennten uns von ihm in Frankreich,, weil er so dermaßen bekloppt war, der Verstand, das Ego, die Hölle, der Höhle der Angst. Aber falls ich Doel, das noch in diesem Leben schaffe, werde ich das Buch schreiben mit dem Titel,, **„Schön, Schein, Schade, im Gefängnis von Marrakesch"**

Und nun wieder zurück nach Montreal zur Wohnung und der Musik.

Dann die Musik, lange Zeit bevor die Unleichtheit verschwunden war, lange Zeit bevor die Gitarren Soundproof waren, und dann die langsamen Anfänge mit kurzen Gitarren Griffen.

Da gab's dann noch Speed. Doel hatte 2 Tabletten genommen, Mensch hier in Kanada da wird viel gekifft gesoffen gepillt, also Zän hatte 5 genommen, alle nahmen sie nun wieder Speed, in Doels Kopf nur ein Echo von einer Blechbüchse gefüllt mit Holz, das war anwesend.

Also mit dem ganzen Gepille und Gerauche sollten dann wohl nun die große Freude die große Glücksseligkeit für immer ausgebrochen sein. Und das war sie wohl auch denn die findet so leicht keiner wieder.

Die Nacht fing an zu rollen, sehr gut sogar, lubrikiert angeblich arrangiert mit jungen schwebenden Bewegungen in diesem Leben der Wahrheit und der Lüge der Wärme und der Kälte und den unterschiedlichen Ebenen wie dich selbst arrangieren hinein in das absolute kollektive von uns allen da und überall und die Menschen dort harmonisierten und ja und ja und ja es war dort alles am liegen mit dem Vollmond in ihren Augen während die Gitarren rauschten und die alle dort eben harmonisierten und so entdeckte Doel also Glücklichkeit, kommunale Glücklichkeit, Zusammenheit.

Glücklicherweise war das kein Traum, nein, kein Traum, glücklicherweise. Und die sangen. Zän wurde locker, Murry auch, die waren auch alle jung, wollten das Beste aus ihrem Leben machen, strengten sich an, aber vielleicht zu sehr, denn das ist auch ein Zeichen von zuwenig wenn einer zu viel will. Doel und Lise spielten Bongos, Bongos auf der Rückseite der Gitarren. Keiner versteckte seinen Kopf in einem Traum, aber der Traum er war da, ahh alles war weich alles war zusammen, alles war sehr schön, und Doel bemerkte wieder wie viel er doch die Menschen gern hatte. Die Frauen vor Doel die Blonde sie bewegte sich recht merkwürdig als ob da Sensualität in ihr unter anderem wäre, sie machte große Augen um ein Kreuz für Doel zu verbrennen, und Lise in ihrer fragilen Figur glühte mit Wärme während Zän in seinem fragilen Körper davon glühte weil er mit Energie die Seiten pickte srrutting sliding ripping über die Stahlseiten so das die Gitarre zu heulen anfing oder zu schnurren wie die Concorde die weggejagt wird durch Gottes Bullenpeitschen Knälle, aber nur das Nichts konnte ihn nun berühren. Er Zän, er war im Musikhimmel, ahh Zän, Freund, Buddy, Mann, Mensch den ich Liebe, mögest du brennen und gehen brennen und gehen, und geh. Und da war keine Spur vom Lonesome Rolling Blues , keine Spur.

Und Doel fing auf einmal an sich daran zu erinnern wie es war als er in Berlin alleine in seinem Zimmer, von einer Außenkraft eines Nachts, die versuchte ihn zu ersticken, Erfahrung bekam. Eine merkwürdige Sache, dieses vertiefen im alleine leben.

Aber hier unter Menschen, weg von der androgynen Toilette, da waren diese Mächte des unbewussten des nichtsehbaren wohl durch den Lärm vertrieben. Die Musik fing an schwächer zu werden. Einige Leute gingen in andere Zimmer. Platten wurden aufgelegt Doel tanzte mit der blonden Frau einen wahnsinnigen Tanz von fast absoluter Körperperfektion im Pantomimenstiel während Spuren so Rockendrolling nicht deren rücksichtslose Schwitze - Explodierung schüttelte.

Und in der Entfernung da in Berlin schliefen mit der 6 Stundendifferenz die Familie Doels. Seine Frau der Skorpion, Gita Yogi der Weise, und in der anderen Richtung zum Westen nach Edmonton, da war der andere Freund, Rick Silver alias Rodger Dodger.....

Macht Platz für die Menschen welche nicht ängstlich sind das zu geben was sie haben. Macht Platz für die Menschen die nicht ängstlich sind das Verlieren zu verlieren denn sie bewegen sich andauern nach vorne auch wenn sie nach hinten die Wahrheiten suchen. Aber sucht die Wahrheit, und springt nicht ins kalte Wasser. Und vor allen Dingen seid wachsam denen gegenüber die noch nicht bemerkt haben das Gehirne ihre Schwächen haben, oder wisst ihr das nicht, und die es nicht wissen denen gegenüber musst du sehr behutsam sein denn sie sind all zu oft desorientiert aber dadurch finden sie später zur Liebe, und dann bemerken sie das Gehirne ihre Fehler haben. Das ist der Lauf der Evolution. Denn das ganze Weltall ist ja die Niederschrift des unendlichen in der Sprache des endlichen und der ist der Freund aller der Mitspieler der uns hoffentlich nicht vergessen lässt das das Spiel auch hier in Montreal gespielt wird, wo der Doel nun zu sich singt : save my neck or save my money , ohh i let you know the shape im in.....

 Doel es wäre angebracht wenn du mehr Nachdruck auf die Menschen legst mit denen du zusammen bist, was hältst du davon.

Jaja der Leser braucht wohl wieder klare Beschreibungen wie einer aussieht was er tut womit er sein Leben macht . Aber solche Angelegenheiten verdünnen sich. Die sehen doch wie die Menschen aussehen, ich beschreibe mehr was die Menschen tun und was sie denken falls das zu erfahren ist aus ihren Handlungen, ohne sie in irgendwelche Situationen hineinzutreiben.

Was mich auch noch interessiert ist der Ablauf der Dinge in den Menschen indem sie erkennen das ihr ich, doch nicht so gewaltig ist, und so majestätisch oder so allwissend oder so edel und weise oder so begabt und intellektuell. Mich interressierts wie die Menschen langsam erfahren das ihr ich eben ganz schön riesig verringert wird, dafür aber der Glaube an den teils sichtbaren teils unsichtbaren Herrscher oder Wesen aber unser menschliches Schicksal verstärkt.

Ja ja Doel du bist nur ein verrücktes Wesen das sich im großen verloren hat, du, Doel du bist ein verzweifelter Erkenner, der zwischen Geist und Materie noch hin und hergezogen wird. Du bist noch nicht gefestigt. Du bist noch jung und alleine starke Gedanken zu haben genügt nun mal nicht.

Ja ja wer zuletzt lacht stirbt wenigstens fröhlich, oder soon Blödsinn.

Okay, also wie ging's da weiter.

Also die Party stoppte in einem langsamen Glucosebewegen, wie das ehemals heilige

Herz von Vater zum Sohn oder von Mutter zu Tochter.
Da waren noch einige Geräusche ,aber meistens hörte Doel nur noch good byes.
Murry gefiel Doel. Nicht wie einer in Sünden was die auch immer sein sollen sondern,
sondern wie ein herzloser Schatten der seine dünne Seele ganz dünn macht.
Nein so auch nicht.
Die Fete war vorbei.
Wieder bei Zän. Sofort wurde wieder eine Haschpfeife angezündet. Worauf alle anwesenden
in Ruhe verfielen.
Dann der folgende morgen.
Wieder las Doel ein Penthaus Magazin aber diesmal ohne zu spritzen, sondern nur'n
bisschen zu fummeln.
In Doels Tagebuch stand dieses noch.
Das kosmische Frühstück,
Entscheidungen treffen,
Details am Sonntag,
13 von casmic moreal,
mit Molly zwischen,
ihren magnetischen magwheel suche. . . . .
ok : pekinese duck,
ok:: schwarts steak
ok :cosmik califlowerchees
ok : smoked eel
ok : tender pees
ok : tender beans
ok : smoked carp
ok : bagell
ok : nein
ok

Für den Abend wurde dann zwischen Lise, Zän, Doel und Dave entschieden von einer Bar
zur anderen zu hoppen. Hopp Hoppel . Hopp.
Am Abend bevor hatte Doel mit Murry entschieden diese Bars zu klappern. Dafür hatte Dave
eine französisch-kanadische Frau, welche seine Angebote nicht ausschlug eingeladen.
Wir saßen dann alle tranken, rauchten Hasch, während die Zeit angeblich in die Zukunft
raste, aber keiner konnte das sicher erzählen, außer das Solare System wiedererscheinende
Kreise welches auch so tat, damit heraus gefunden werden konnte dahinter oder darüber
et cetera et cetera aber da war eine Angelegenheit die uns nichts anging seitdem der
kleine Kopf der Menschen die wir doch wohl noch waren nicht proper mit dem Whisky
funktionierte, auch wenn noch so genau ausgedacht oder zusammengestellt, und auch die
ganzen nackten Frauen sie halfen auch nicht viel, mit ihren Poren oder Härchen um den
Brüsten, sie konnten auch noch so viele Geburten haben ,sie konnten auch die Welt
geboren haben, trotzdem half es nichts, sie waren auch in Schmerzen, halb Angewahnsinnigt,
verrucht und verhärtet, abgewichst und verkommen, nicht besser als die Männermenschen,
ja das Leben ist zwar hart aber es ist auch wild und nicht alleine im Wohnzimmer gelebt,

die Geister sie suchen die Weite, und die Menschen sie wollen nicht vergeblich sterben, in ihrer momentaaanen abgewrackten Schönheit, sogar die Buris wussten das sogar obzwar sie den Alkohol aus ihren ausgeblasenen Vacuumgehirnen blasen wollten.

Und erstmal die gegenwärtige beunruhigende Weltsituation. Das unmittelbare Ergebnis diese unharmonischen Wachstums des inneren Menschen. Ja des inneren Menschen. Oder meint ihr etwa ich weiß nicht wovon ich spreche. Gott ich verfluche dich.

Da waren Zeiten wo ich lieber untergehen würde als dir noch huldigen.

Ja und durch keine Anstrengung des Intellekts und durch kein Kunststück kann die Menschheit ihr Menschen in die ihr mich hineingeboren habt die eigene Strafe entgehen, aber ich, ich verziehe mich, bekotzt euch selber ihr mit euren Süchten euren Errungenschaften euern Daseinsfickereien, blahhhhhm, Kotz, Kotz, ja ihr Menschen eure Verletzungen gegenüber den fortwährenden evolutionären Gesetzen sie ist gewaltig. Und dafür werdet ihr bluten.

Eure Kinder werden verseucht werden und ihr selber auch.

Wenn ihr nicht euch selbst in ein Zwiegespräch mit dem Großen bringt. Wie schon auf dem Eat a Peach Album von den Allman Brothers: aint wasting no time no more,,,,,, with the help of god

Denn die Zeit geht vorbei wie der reißende Regen...

Aber lass deine Mentalität alleine, lass sie alleine.

Klunker nicht mit ihr herum, sie ist mehr als dein Ich.

Und irgendwo der Arme, er schaut nur noch, er weiß die Menschen sie sind abgewichst sie sind auch im Staatswesen total verkommen, denn sie stinken. Aber dennoch, trotz der Unwissenheit, der fast absoluten, über den allmächtig Mechanismus, sage ich euch, beschäftigt euch mehr mit dem alten Wissen, vergesst nicht die Dauer sie ist ein Kreislauf, und das was Alt war erscheint doch wieder als Neu und Jung, das ist so im Dasein, und die Zeit kommt näher wo das althergebrachte noch mehr von seinen Fähigkeiten für uns Menschen abgibt, weil im neu hergebrachten auch mehr gefunden wurde. Denn die Veränderung ist zwar verändernd, aber nicht vergessend. Also ihr Menschen erkennt eure Einheit an. Seit keine gegenseitigen Mörder keine Teilhaber an Kriegsmaterialien oder chemischen Tötungen, esst lieber weniger und wisst lieber weniger seit aber dafür wahrhaftiger mit euch selber, kommt zu mir und wir reden darüber, aber unterstützt nicht die derzeitigen Regime, alle Regime auf der Erde, zieht euch zurück, nehmt nicht Teil an den Rechtsstudien der Universitäten, nehmt Abstand zu den Wissenschaften der Überschwenglichkeiten, verseucht euch nicht selber, seht nur wie Doel sich durch Drogen durch Pflanzenextrakt versucht davon wegzubringen innerlich, von den Erscheinungen des heutigen Zeitalters, oder des Zeitjungfers, dieser technischen Entwicklung, in dem die hohe Explosionsfähigkeit, die mächtig genug ist, Schluss zu machen, wenn da eine Horde ekliger Säue, wie Nixon oder Hitler oder Nikwrira Ghandi die verseuchte, ja ihr Sohn wurde für die Verlogenheit und für die Misshandlung die fast Nazihaft war , er musste dafür sterben...denn in Indien scheinen die göttlichen Kräfte direkter anwesend zu sein denn die befassen sich mehr damit als die Menschen hier im Westen wo es erst zur Selbstumbringung kommen muss. Aber auch das ist Blödsinnn. Okay, aber weiter so.

Das kommt einfach davon, das der Westen mehr materielle Kräfte anzieht, wogegen der Osten mehr geistige Kräfte anzieht. Aber nicht mehr lange, denn bald gehts da auch los mit der Entfesselung der Neandertalerkräfte, oder in anderen Worten, der Ignoranz der

Wissenschaftler, die noch beim Feuer stehen geblieben sind, und bloß immer die Form dafür verändern, aber innerlich sind sie Primitive geblieben, so wie ihre glänzenden neuen Produkte Primitive sind.
Ende dieses Cressssssendos.
Das Telefon bimmelte in einem multilateralen ding bimmelding...
Nein nein Doel das war nicht das Telefon, sondern die Haustürbimmel, bimmel
Hinein in die Wohnung kam Murry und eine Frau.
Aha, naja, eine andere Frau.
Doel ging in das Zimmer wo seine Kleidung lag und schlummerte. Er zog sich eine wunderschöne venedische Seidematerialjacke an die ehemals eine dicke Gardine war. Hängte sich die afrikanische Kette aus Gulimine um, um dann in seine abgewichsten englischen Schuhe zu schlüpfen welche nun wirklich eine Näharbeit brauchten, aber was für ein Mist, dachte Doel all zu oft, anstatt die Schuhe nähen zu lassen.
Danach lehnte Doel sich lässig gegen den Türrahmen zusehend wie die andern sich auch anzogen und da stellte sich dann diese Frau neben Doel. Die welche mit Murry gekommen wär. Ja, nicht so, sondern so. Sie schaute Doel an, beide wechselten kurze Blicken, kleines Lächeln, dann gingen alle aus dem Haus.
Die Entscheidung war Anal - ysiert worden in der festgestellt wurde das die Idee in den schwingenden Schuppen wo sich die Körper Hipp - Schäcken und wo die kühlsten Menschen aushängen, wo sie von verschiedenen Winkeln betrachtet wurden, zur gleichen Zeit wegen der Steigerung des Egos, und natürlich auch des geliebt werdens, sie die Menschen in all ihren kosmischen Moden, gesehen durch unsere angehauchten Augen, angestont, weggeraucht, durchgetrunken, ahhh, ja dieser populäre Schuppen, der eine pinkelfeine Bar war hatte den Namen: Darwins.
Das diese Idee, wirklich pinkelfein war.
Zän, Lise, Murry, saßen vorne im Auto. Während die Frau die Doel als Molly vorgestellt wurde und Doel selber im hintersten Sitz Platz genommen hatten. Da zwischen dem ganzen Abfall und dem Gelumpe in diesem Auto.
Dave fuhr die Franzosenkanadierin, speciale, in seinem eigenen Rostschlitten, der glücklicherweise nicht so verbissen um sein Ich oder seine werte Person kämpfen musste wie die Menschen, die immer schon wegen der kleinsten Taten ihr Wesen so in die Überschwenglichkeit brüsten mussten, dass dadurch der Wert eines jeden Menschen unwahrscheinliche Proportionen annehmen würde....Und dadurch eine riesige Lawine von Besserseiern und Besserwissern und eben Besseren entstanden die aber bis zum letzten nicht mehr beruhigt werden konnten und somit, Größenwahnsinnig wurden, so wie der Doel auch ,er hat die Kapazität die Größe zu verarbeiten und daraus wie heutzutage üblich die falschen Prognosen zu stellen....
Tische, Stühle, farbreiche Gewänder oder Mode, ripp und rapp, und Unmengen von Rauch, so war der erste Eindruck der Bar , Darwins, nachdem durch den Peiler, wir, die werten Gäste hereingelassen wurden, blaaaaaaaah, Kotz...
Da treffen sich die, welche meinen, und auch denken, etwas zu sein, von Wichtigkeit zu sein, da waren vor allem die Protzer, typisch für den nordamerikanischen Mann, die Frau auch.. Ja es ist schade das die Menschen so verloren sind, aber Doel war auch von solchen Kräften der Menschen umgeben, und er war vor allen Dingen verletzlich, denn er hatte das

Geheimnis verloren...

Er würde es nie mehr wieder finden, nie mehr, auch nicht in der Wiedergeburt auch nicht in der Hoffnung oder durch den Geheimenstaatspolizeimechanismus ,weder noch durch FBI, Kirchen, Anal-lysen, oder durch sich selber, er war für alle male, endgültig, gerettet, denn, er brauchte keine Liebe mehr sondern er gab Liebe und war deswegen verletzlich ,denn es gibt zu viele die ganz einfach einen Liebesgebenden oder eine Liebesgebende, naja, beseitigen wollen   im entfernen kann so was als kosmische Entwicklungstendenzen gesehen werden... ...

Aber Doel war eine Verkörperung von Jesus der in dieses Zeitalter hinein geboren wurde.....

Damals Kreuzigung ..

Und was heute. Wohl geviereckt.

Na ja. .

In dieser Bar waren Gesichter mit langen und kurzen Bärten, halb verrückte und ganz verrückte, nicht wegen zu wenig Liebe sondern wegen zu viel Liebe, aber die meisten hatten einen Klacks weg weil sie's alle irgendwie groß machen wollten, sie wollten in allen Wegen riesig sein, aber die Strassen die sie gingen waren ausgelegt mit Schnittwerkzeugen, und nur die Stahl gedeckten konnten damals überleben, aber heute mit Laser wurden alle verbrannt oder zerstückelt, aber trotzdem einige überlebten, aber die konnten jetzt nicht mehr von ihrer Schutzhülle weg kommen, aber nicht die Ärmeren, in aller Hinsicht ,vergesst sie nicht...

Die Armen in der Freude,.

Die Armen in der Liebe.

Die Armen in der Bildung.

Die Armen in der Erkenntnis.

Die Armen im Auto.

Die Armen im Sumpf der Verkommenheit.

Die Armen der Allerreichsten.

Die Armen die es nötig haben beiseite geschafft zu werden,.

Die Armen die andauernd ein auf Arm machen aber dennoch Reich sind.

Die Armen die niemals das finden wonach sie trachten.

Und die Armen.

Aber vergesst vor allen Dingen nicht die Armen Geschöpfe welche ihre besten Freunde als beste Freunde ausgeben aber nicht wissen das sie ihre besten Vernichter sind von denen sie nur ausgesaugt werden.

Vergesst sie nicht..

Befreit sie.

Unterstützt sie damit sie frei werden von den Draculas oder Draculainnen. Wechselt die Schmarotzer aus..

Brennt ihnen die Wurzel ab.

Bestrahlt sie mit Hass.

Aber vor allen Dingen klärt sie auf.

Vergesst die Armen nicht.

Auch nicht in euren eigene Ländern.

Vor allen Dingen nicht in den eigenen Erd - Welt - Kosmos. Universums - Teilen. Vergesst das niemals.

Ich schreibe mir schon die Finger wund, mal sehen was das geben wird. Denn die meisten sind sehr traurig weil sie so lustig sind, ihre Zeit vergeht in der Freude, sie sind strahlend, aber dennoch kurzsichtig. . . ohhhhh sweet malissa...

Aber es ist nicht so einfach sich selbst vergessen zu können..

Doch da ist die Kreuzigung...gerettet..

Ich teile mich in mehrere Wege..

Ansonsten, ansonsten so wie diejenigen welche mit Stahl ihre Haut bearbeit haben, ansonsten gibt's nur einen Weg aus. Und das ist der Ausgang. Wenn nicht regulär dann in alle Richtung. Ha und das ist Farbe. Komödie oder Tragödie...

Nein., echtes erkennen. Nicht bloß Gesellschaftsficken.

Ist sowieso eine Wahngesellschaft.

Alright die Storie geht weiter.

Die Bücher sind gelesen worden, auch die besten, aber der Bewegungsdrang er ist zu stark...die Ruhe die in Vergessenheit geraten ist wird der Rächer der Unruhe sein die nun den ganzen Planeten verseucht, durch ihre vergiftende Unruhe.......ihren Schwachsinn.

Aber sag mal Schreiberling, gab es nicht schon immer diese Unruhe auf dem Globus.. .

Nein die gab es nicht...die Pest Mensch sie verseucht alles. Sie ist die Unruhe..

Ich hoffe sie stirbt bald aus, wäre es nicht schön wenn sie sich alle an menschengroßen Hühnerkillmaschinen aufhängen würden und dann die Köpfe abschneiden lassen..

Oder von Kühen die Köpfe einbolzen lassen oder von all den andern die immer nur das schöne sehen wollen aber den Totalblick vergessen...

Hau rein Doel hau rein.

Also wir fanden einen Tisch neben der Wand dekoriert mit dem was so aussah als ob es eine künstlerische Druckerei war. Aber da war nur genug Platz für vier Leute, so Zän, und Doel erhoben ihre Ärsche, klein und schön, zum nächsten Barstuhl, direkt neben den vier Barköpfen die sofort beschäftigt waren, klatschend und schwatzend..Ja stimmt, leider kann der menschliche Körper nicht zu viel Unruhe oder Bewegung verkraften auch die größte Konzentration ist Bewegung, und zwar Bewegung in der Ruhe.

Trink nicht so viel Wein beim Schreiben.

Also gut ich trinke weniger, aber dafür muss die Schreiberei besser werden. .abgemacht.

Dann begann der wilde Fetzen der in BRD Bars immer passierte aber auch hier seine Gültigkeit nicht verloren hatte. Zän und Doel sie hatten ihre Flügel die innerlichen, sofort ausgebreitet und hörten zu, .zu wie der Rest sich über den schnellsten Fick unterhielt oder die möglichste Art und Weise Geld zu machen, Lappalien, da waren so genannte Gespräche wie sie erkannten das sie schlecht waren aber da das ganze Land schlecht war, war es für sie keine Last auch schlecht zu sein, was soll daraus bloß werden, Rom, Untergang.

Da wurde von Wichsen und Wachsen vom Hey Joe Lied oder von Howdey Son gesprochen, aber alle hauten sich die Birnen voll, auch die in ihrem Wohnzimmern, und sogar Büroräumen.

Dann wechselten die beiden ihre Sitzplätze.

Doel setzte sich neben Murry und Molly, Zän neben Lise.

Murry und Doel hatten eine hektische Konversation über und von spiritistischen Tatsachen oder war es spiruellen Tatsachen, die schwer an der Weisheit der Gita lehnten. Das muss dann wohl spirituell gewesen sein. Beide waren in einer schweren losen Geistesverfassung mit lächelnden Gesichtern die wie Blitze über ihren Köpfen zuckten.

Aber, ohh Herr Erhalter all dessen was Lebt, dein wahres Antlitz ist von deiner leuchtenden Ausstrahlung verhüllt, bitte entferne diesen Schleier, und offenbare dich deinem geweihten.

Ansonsten ist es den Menschen egal ob ja oder nicht.................................

Auch wenn sie unter gehen mein Freund, Herr.................

Ja, auch dann.......................

Aber in der Sicht geben einem die meisten keine Schwierigkeiten, denn sie wissen das man es geschafft hat . Denn auf Geld folgt Geld. Und Geld ist eben der endgültige Zustand. Oder ! ?

Eins ist klar, die Menschen sie sind bekloppt an der Küste des Westens und an der Küste des Osten oder des Südens. Deswegen auch am Norden. Rein schriftstellerisch aber vor allen Dingen, rein imaginär...................

Aber leider so oft wenn irgend jemand gehabt wurde, dann wird er nicht mehr gewollt... ohhh du Sünde du................................

Bis der Tod kommt..

Ach ihr lebensängstlichen Mönche ihr verdammten Versager, auch wenn ihr noch so viele Bilder malt, habt ihr doch heutzutage , was getaaaaaan. Damals wart ihr noch wichtig für die Entwicklungen, **Erneuerungen**, Erfindungen, aber heute, heute lebt ihr von der Verstorbenheit.

Auf einmal stand Doel über dem Leben der Gleichgültigkeit. Er erblickte in sich wieder die Wertewelt, die schon fast verlorene Wertewelt, und das war eine feine Sache wieder erkennen zu können. Was Gut und was Böse war. Denn dieses blinde Triebleben hatte zwar eine menge Kraft in sich, aber diese Kraft war oft so treibend, dass das was erreicht werden sollte, vorher, durch den Kraftstrom der einen Trieb gar nicht erkannt wurde, sondern ich, Doel, wurde von dieser Kraft einfach weggerissen, und fand oft erst später heraus wohin, und weshalb diese verrauschte Ekstase mich dort und hier entlang getrieben hatte...................

Und dann zu erkennen weshalb, das war erkennen der göttlichen Kraft in mir, die bei weitem besser wusste was zu tun war als ich, mit meinen subjektiven Ich's, und Verworrenheiten.

Doel war aber immer noch mit Murry zusammen, der ein weiches Gesicht hatte und ziemlich extensiv gereist war, als gesellschaftlich anerkannter, der während des Reisens seine Fähigkeiten als Systemanalysierer hinter sich gelassen hatte...............

Mir, Doel, gefiel dieser Mensch. Er hatte ein besonderes Verlangen zu Reden. Sehr flexibles Reden aber auch klar zu Reden, Objekte zu beschreiben. Aber auch in ihm wie wohl in jedem spürte Doel die Suche nach etwas anderem, einer anderen Erfüllung, keiner vorgestellten Erfüllung, sondern einer gespürten Erfüllung, etwas wahres auf jeden Fall.

Doel fühlte sich eingekreist von schönen Menschen. Diese Verlangenheit nach dem Schönen, sie verzaubert die schon freien Seele noch tiefer. Da war das Suchen nach Liebe und auch nach Erfüllung, ja da saßen wir Menschen und wir waren uns bewusst das wir dem Leben mit leuchtenden offenen Einstellungen entgegenschauten. Aber auch zur gleichen Zeit etwas über dem Leben standen, mit dem Willen das Positive innere Wesen sich ausbreiten zu lassen. Und das konnten die anderen Anwesenden sehen, falls sie das penetrierende Auge hatten, welches Doel mehr und mehr erlangte.......

Irgendwie war da eine Berührung, eine Berührung der gleichen Wellenlänge mit der Frau Molly und Doel. Er brauchte nichts zu tun. Da war eine spontanes extra erhöhen wenn er in ihre Augen schaute und sie in seine......................

Wer war sie.! ?..........................

Sie war die Schwester Murrys............................

Okay, sie sieht jung aus und Doel auch noch, denn er war jemand der sich innerlich nicht jung zu halten brauchte..........................

Aber sich an das zu erinnern worüber die beiden redeten in Doels hochfliegendem Schädel, wo er meistens gute Schwingungen, er war gut drauf, er fühlte sich gut, er war lustig, er war ernst, er hatte eine positive Lebenseinstellung, er war glücklich, vielleicht weil er auch so stoned war, womöglich weil er getrunken hatte ,aber auch weil die Menschen ihm zusagten, und weil da Bewegung war. Aber die vielen Unterhaltungen, die Variationen der Beflügeltheit im Denken, das dahin gleiten von Aktionen die der Fantasie solche Wahnsinns Möglichkeiten anboten, all das ließ keine Zeit zum erinnern und zum reflektieren..............

....

Die Zeit kam wieder wo entschieden wurde die Bar zu verlassen um die Körper im Tanzen zu begeistern im lockeren Swing der Dudelmusik oder lieber zum heißen Rock, der bald in Flammen aufgeht und die Oberschenkel der Frau freilegt. Nicht bis zu ihrem senkrechten Lächeln. Ahhhhhhhh...............................

Da war Votzengeruch in der Luft. Frischer Geruch nicht der Gestank der seit einer Woche nicht gewaschenen, sondern der seichte Duft der wie benetztes Fleisch warm und sanft sich um die Empfänglichkeit der Frau bemühte um sie daran zu erinnern das sie ohne Mann nicht sein kann und das der Mann ihr wahrheitsgemäßer Freund ist der ihre Gestalt transzendiert, so wie sie die Gestalt des Mannes transzendiert.........

In die Dunkelheit der Tanzhalle traten wir ein........................

Es war in der Nähe der Universität von Montreal. Doel hatte auf Loyola und Sir George Universität studiert, damals, 1970-73......................

Innen: Die riesigen Wolken des süßen Hasches des süßen Marihuanas die unsere Geruchssinne penetrierten, aber aus den Gehirnzellen, zwei waren bei Doel noch übrig. Eine für die Erkenntnis des Innenlebens, eine für die Erkenntnis des Außenlebens.

Aber es sah mehr aus wie ein Gemingel von lächerlichen - lustigen Überbleibseln ,die nahe dem Kaktus in Hitze waren, eine Rosenknospe die verwelkt, ein Sonnenstrahl der den Tropfen eines Jack Daniels beflirtet, welcher gerade krumm evaporiert, der einer der Gründe war für das HierSein der Gruppe die auf der Suche für mehr Selbstwissen Selbsterkenntnis für mehr Blühen ohne Alkohol ohne Hasch ohne Pillen war........

Und überall der süße Duft und die diesige Atmosphäre und die Musik sie dröhnte. Viele waren am Tanzen. Der Discjockey tat sein Bestes dazu. Aber nicht um vom Gehirnschlummer weg zu kommen . . . .

Die Atmosphäre lud sofort ein zum versinken in der Dunkelheit voller Licht.....Ja..Ja.. ist ja schon gut du Schreiber, höre jetzt auf damit....

Aber geb den Typen in dieser hängenden Show von dir mal ein bisschen von dem großen feinen Gras und etwas unvermischtes Cocaine nicht zu vergessen in Kristallform, auch nicht das klare Opium zu vergessen denn ein Mann und eine Frau müssen sich ja die Nahrung von diesem Erdball zu gute kommen lassen. Es ist bloß ein verlassener Zustand wenn beide feststellen das die Nahrung sich selbst zugute kam, und beide von der Nahrung überwältigt werden.. .das ist schon schlecht..........
Dann waren beide also nicht Mensch sondern Vegetation. .Ziemlich hart........
In dieser Beschreibung fehlt aber die Wahrheit. Fantasie ist ja genug vorhanden.
Doel saß nun wieder neben Molly, ein gemütlicher Name. Zuvor hatte er ihr aus dem Pelzmantel geholfen.................................
Beide redeten über mich, Doel ,der weshalb in Montreal war, wo er herkam was Doel so vorhatte, ohne sich Doel als Körperattraktion bewusst zu sein.....................
Ihre Stimme war eine flüssige Interpretation von Verbindungen für alle Bereiche des Wahrnehmens, voller **Sensualität,** ziehend und lockend wissend, Symbole von hoch entwickelter individueller Verspieltheit wie ein Rausch von extra feinen Paradoxen, die eine Möglichkeit offen ließ für Doel festzustellen warum er aufeinmall so hektisch würde..........
....
Was war das für eine instand Kommunikation.................................
Während Doel aufstand um mehr Bier zu holen war seine Seele eingenebelt in den Schwingungen der beiden und sein Hirn dachte nicht einen einzigen Gedanken...ohhhh jeminee.................................
Oh jeminee da waren diese Durchschreitungen. Sie bestanden aus 2 Glas klaren fremdsprachigen Begriffen die von allergrößter Wichtigkeit für Doels überhauptige Existenz waren die er regelmäßig in sein Gedächtnis zurückrufen musste um sich der manchmaligen Schwere des Zurückerinnerns wohl auch wieder bewusst zu werden. Und diese Begriffe sie fehlten Doel nun der noch nicht einmal Gedanken in sich hatte um sie zu finden.........
Glücklicherweise hatte die spontane Erkenntnis ihn noch nicht ganz verlassen. Aber dennoch die 2 glasklaren fremdsprachigen Begriffe würden von jetzt an immer fehlen und Doel würde sich nie mehr an sie erinnern brauchen. ....
Hoffentlich lebt er ohne sie auch noch weiter................................
Ja, hoffentlich, denn das ist doch zu schade schon so jung zu sterben. Nicht zu sterben Herr Schreiber, sonder er würde in das Reich derjenigen zugehen die ohne die Erinnerung an die 2 glasklaren fremdsprachigen Begriffe leben.......................
Ohhh, sehr gut, nun braucht er wohl nur noch einen fremdsprachigen Begriff oder wie sehen sie das von dort hier herüber an der Ecke bei ihm. Nein Doel wird in jedem weiterleben etwas mehr an Lebensenergie durchleben als sonst üblich.................
Denn Doel ist ja eigentlich auch noch wegen des Alleinseins und ohne geliebt zu sein hier in Kanada. Ja, wenn er sich noch daran erinnern könnte, würde ihm aufgefallen sein das er im Herzen Liebeskummer mit sich trägt, und das sollen alles Arschlöcher sein sagt Guru Frank Zappa. Ohhh Doel du bist dann ein Anwärter fürs Arschloch sein, huhhhh, Doel. Doel huhute zurück. Das gefiel dem Beobachter des Schreibers gar nicht und somit taucht er wieder in die Geschichte ein.
Naja, der Doel war jetzt mit der Frau Molly schwer am flirten...................
Beide bemerkten ihre starke Zuneigung beide waren offen für den andern da waren sanfte

Vibrationen aber auch harte Wildheit die etwas verziert wurde durch die strahlende Energie ihrer Körper in denen die Liebe und der Wille sich gegenseitig warm hielten.....................
....

Der Wille wollte immer die Lüge suchen aber er fand dann meistens die Grundlage der Wahrheit der Glaube das der Weg der Liebe kein Glaube ist sondern eine Tatsache die eben auf Taten aufbaut, du musst was tun..
Die beiden wurden einmal fast durch den Sog der anwesenden Illumination in die Fantasie getrieben in welcher sie dann, die Frau, aussah wie eine nackte Seewelle, ohne Büstenhalter, ohne Gebiss, ohne geschlechtsspezifische Analysen über das Verhalten von Hundsfischen beim Brüten, aber dafür war ihre Nacktheit ein angenehmes hinwegrollen an den weißen Stränden von einer Insel im indischen Ozean...
Dann war die Musik die ihnen zusagte vorüber und beide setzten sich wieder doch dieses mal setzte sich Doel neben Murry ....
Sofort bemerkte Doel wie zwischen ihm und ihr eine Gefrierzone sich formte obzwar sie ja nur 2 Meter auseinander waren und diese nur nachdem sie einige Stunden zusammen waren...................................
Die Frau schaute Doel durch ihre braunen Augen tief braunen aus einer riesen Ferne an und diese Distanz hatte Doel geschaffen...
Aber fragt mich nicht warum.....................................
Vielleicht war es die *leere* Tat der vergangenen Zeit in ihm, Nekrophilia schrie daraus wohl, eine fürchterliche Todesreise, eine Fehlkonstruktion in seinem Gehirn, eine falsche Interpretation, womöglich ein Wurm der Doels Lebensmark kaut........
Oder der Traum eines Spielers der feststellt das eine Komödie gespielt wird...........
Er wusste es nicht, aber da war etwas, etwas das auf Raub ausging, aber wie........
Und Doel hatte nicht seinen Willen der war inzwischen kraftlos....................
Ohhh ein merkwürdiger Zustand....................................
Nun ist er schon mit einer heißen Frau zusammen und auf einmal dieses Mucksen....
Murry saß in einer faulen Position auf dem Stuhl, die Glieder hingen der Oberkörper nach vorne gebeugt, irgendwie abgeschlafft, träge........................
Wir sind ein paar Helden.....keiner redete mehr. ...Da war eine allgemeine Flaute..oder eine Stille. Was war gebraucht. .Die Belebtheit sie macht auch süchtig. .Murry wollte nicht reden. Die Drogensäfte waren wohl am einschlafen und hatten nicht versucht sich vorher fit zu machen. Aber vielleicht ist dieses Buch das du gerade schreibst ein Druckfehler, meinte die Fantasie des Schreibers..
Auch das noch antwortete Doel. Erst bin ich hier in Montreal und nun meint der Schreiber tatsächlich das dieses alles ein Druckfehler sei. Also wenn das so weiter geht kriege ich bald Gliederschmerzen, immer dies hin und her gerissen sein. Und nun verlässt Dave und die Franzosenkanadierin auch noch den Tanzschuppen. Dave hält sich die Nudel.
Adios riefen sie ihnen nicht nach aber Doel war noch dabei zuzusehen was denn nun eigentlich wirklich hier los ist, denn er bemerkte wie er dann auf einmal da alleine saß. Murry und Molly waren inzwischen Tanzen gegangen und auch Lise sie tanzte, aber alleine...
Ahhh, ja, Amigo Zän, wie geht's das ist eine Luft hier wa. Aber das Bier ist schön wässerig wa. Ach so Erfahrungen, ja, die atme ich auch ein Doel. Jaja die Duftwolke ist immer noch ganz schön dick ..

Sag mal also bis zur Wand kannst du kaum schauen so dicht ist hier die Atmosphäre. Ja wir kennen uns nun schon seit 1969..

Stimmt du bist immer noch das Museum für geläuterte Fröhlichkeit Zän. Meinst du, momentan fühle ich mich aber etwas geläuterter hinsichtlich Fußboden Schnüffeln Doel.

Jaja die Gefühle sie ziehen einen fast die Vorhaut hoch und runter.. Nein nicht bei mir ich hab keine mehr.

Aber bald verschwinden Lise und ich ja, Salvation, auf nach Indien Doel, wieder Sonne man, und zwei Jahre Reisen, schauen, und dann noch mit einer Frau zusammen sein die einfach klasse ist , Mensch Doel, da kommt eine prima Zukunft auf uns zu..

Stimmt, prima das es doch die Zukunft gibt, sie spornt an sie macht das Leben überhaupt, aber vor allen Dingen, sie zeigt mir wo die Sonne ist man. Ja man, stimmt, man, die Sonne...

Hier in Kanada die Winter man Doel, da dreht man durch, man Doel, insbesondere wir, ,wir sind keine Wintersportler. Und das Interessen ist nicht stark genug das Eis zu schmelzen, zu grau hier in Montreal diese 5-6 Monate Winter nee bloß weg Mensch...

Doel hörte die Groggyness in Zän.............................

Sofort erinnerte er sich zurück an seine Montrealzeit 4 Jahre her. Wo obwohl er unverbogene Energie besaß Deterioration , Zerfall, und Überarbeitetheit in aller Hinsicht, also abgegrast, sich ganz schwer zeigte, wobei die Liebe zum Leben von den Geiern des Abgestumpft Seins der Überspanntheit und der Wildheit des Daseins von oben herab angestachelt wurde. Ja sogar gereizt wurde. Und sich dermaßen schnell ausbreitete das Depressionen in ihm lächelten. Nur um ihm den Weg in die Katakomben des endlosen Schlafs zu zeigen. Das war eine Zeit buhhhh, mir graut's immer noch davon. Ja, mir wird hier beim Schreiben fast noch Übel davon..

Und nun Zän, die gleichen Symptome...Ja jede Stadt hat ihre Höhen und Tiefen, Schwingungen, Vibrationen. Und Montreal war zu der Zeit eine depressive Stadt. Die ganzen Keilereien der nationalen Schwierigkeiten, englischfranzösisch, die Industrie wackelte, Mafia Einflüsse in den Zeitungen, der Politik. Aber doch, trotz Mc Gill Universität, Universitäten, vielen Studenten. Ja, da waren zu viele zerstörerische Sachen am wirken und wir Menschen wir nehmen ja auch die Schwingungen des Zerfalls in uns auf, ja sie wirken in jedem Menschen gleich. Und insbesondere hier, im Winter Doel......................
....

Stimmt, warum in einer Stadt bleiben, die Erde ist groß...

Neue Juwelen können gefunden werden neue Menschen kennen gelernt...................

Neues Leben kann geschaffen werde falls noch Lust dazu ist. Falls du willst, und wenn, was soll erreicht werden..................................

Womöglich eine Teilnahme................................

Sag bloß du nimmst noch nicht Teil oder ist da zuwenig ,nein, da ist zur gleichen Zeit auch Wartezeit. Die gehört dazu, zum, es ist eine Wartezeit, ein sich klein machen um wieder größer zu werden........................

Manche gehen in den Untergrund so heißt es in der nüchternen allgemeinen Sprache der Gesellschafter und des Nationalen Seins aber auch das Wort Nationales Sein kann einem ziemlich ins Rotieren bringen denn die Logik sie fängt dann an zu zerkleinern oder zu vergrößern....................................

Naja...

Seh dir manche an ob alt oder jung, eigentlich die jungen schocken einen am meisten was da für eine frühe Verworrenheit zu sehen ist....................

Das dann zu verarbeiten, innerlich von Perspektiven sehen warum so nun und selber wer ist verantwortlich was ist der Mensch wieso und ich..... Da kann einer ganz schnell nüchtern von werden............

Dann sind die Vorbilder woanders genauso wie hier...............

Und wo liegt der innerliche Glückspol...............

Ist es gut nach solchen Sachen zu sterben..

Alle wollen sie nur Geld machen................................

Ja, das ist keine Übertreibung...

Die meisten doch..................

Mächtig werden. . Kontrollieren............ .

Ja wir Menschen sind für uns selber verantwortlich.. Ende.. .

Es ist eine feine Zeit eine lange Reise zu machen Zän, eine Neuorientierung weg von der Gravitation, aber im menschlichen Körperdasein gibt es das während dieser Zeit in der er im Körper lebt, denn das würde bedeuten das eine große Leichtigkeit in allem Tun vorhanden wäre...............................

Ist sie auch ohne dem, aber manche verfangen sich in Begriffen und Worten und müssen sie nun verstehen und damit auch erfahren...

Dadurch kann eine Schwerrigkeit entstehen die dann wohl zur Leichtigkeit führt. . .

Lass uns davon aufhören mir wird der Kopf zu schwer Zän....................

Jaja, wir wollen ja auch nicht fliehen, sondern weiter wachsen weiterlernen ja ab und zu muss eine Reinigung unternommen werden..............................

Nicht dieses hygienische Gefasel sondern eine wirkliche Reinigung als innerer Mensch du musst deine Wichtigkeit erkennen...........................Der Lärm der Städte den man entweder aus tiefer Liebe in einem oder abgestumpftem Gehör nicht mehr merkt, bis man aber wieder aufgeweckt wird,,,, durch Sehnsüchte, Lebensumstände, ach, der ganze Ablauf der dazugehört, der kann einfach nicht das sein was ich als Lebensfördernd verstehe. Auch wenn noch so viele lebensfördernden Aktionen damit verbunden sind......................

Und darin liegt das erkennen deiner Wichtigkeit................................

Die, je nach Unterschieden mit Wichtigtuerei abgeschabt wird.................

Dann kam Molly wieder zurück........................

Sie setzte sich neben Doel und beide strahlten wieder mit ihren kosmischen Energien Wärme aus. Zän und Lise saßen sich inzwischen auch gegenüber. Hände um den Nacken die Köpfe etwas nach vorne gebeugt und die Augen schauten in den Liebestraum der keiner war. Und ihre Lippen brachten Wörter welche sich um ihre Lebensschönheit legte. Und sie schauen sich immer noch in die Augen aus denen nun ein sehr starker Energiegefühls Austausch kam, der so stark wurde, das Zän die Kontaktlinsen schmolzen und er nun wie Blind aber durch Gefühl mit der Frau verbunden war........... .

Die Psychologen könnten jetzt anfangen tiefsinnige Deutungen für die Tagesschau herau szufummeln......................

Molly machte eine Bemerkung wie tief die beiden in Liebe versunken waren, immer noch. . . .

Danach verließen Lise und Zän das lokale Getobe..Natürlich nicht das Amüsieren zu vergessen. ....

Molly und Doel schnuggelten etwas näher zusammen. Das sah schon etwas besser aus. Könnte angenommen werden. Glücklicherweise brauchten beide nicht versuchen der Realität sozusagen zu entkommen. Ihre Körper vibrierten nicht so wie ein Reicher der festgestellt hat das er nun Arm ist und keiner ihm Arbeit geben wird. Sondern wie zwei die sich vibrierend wollten. Aber was wollten sie. Wollten sie sich Vögeln. Was. Die Möse den Schwanz oder das Sein....................................

Doel hielt sich aber dennoch zurück........................

Die Energie der beiden war am reiben..

Sie war keine Flachkopffrau auf der Strasse zum Alkohol das stand fest............

Beide hatten sich auch nicht zu denen gezogen gefühlt die sich immer nur zu denen gezogen fühlten, die sich immer nur zu den Wärtern und Tötern der Zeit gezogen fühlten. Ohhh Gott, diese, die immer das Land überfüllten. Da konnte man auch im Wald sein, auch dort traf man sie an. Studenten die nicht glücklich sein können bis sie ihr Studium abgeschlossen haben. Und dann denken das es dann glücklich ist. Unverheiratete die nur glücklich sein können wenn sie verheiratet sind so wünschen und träumen sie sich's. Junge die nur dann lächeln wenn sie meinen sie wären bald alt. Kranke die nur dann lächeln wenn sie gesund sind.

Ach, all diese Menschen die kein Trauen im Dasein haben die noch nicht von A bis Z gedacht haben und sich wohl auch nicht trauen..............................

Schwachköpfige Illusionäre die eben nur dann wenn sie starkköpfige Nichtillusionäre sind eben glücklich sind...Ohhhhh, diese Elendsgemüter. Andauernd diese Menschen die andauernd warteten das die Welt nun endlich anfängt. Ja wann fängt sie dann endlich an....

So, Murry, der sich schon vom Namen nach etwas mürrisch entlarven lässt entschied sich nachdem entschieden war Zän und Lises Haus zu finden doch lieber zu seiner Wohnung zu gehen. So ließen wir ihn in der Nähe seiner gemieteten Wohnung raus. Das ist eben der Progress Mensch.....................

Ja Mensch ganz einfach you know.................

Und auf einmal da oben im Himmel ein arabischer Rabbi ,nicht schlecht denn eigentlich sind die ganzen Götter ja sowieso gleich...

Doch Murry war schon weg...

Und Jesuzz dem gefällt das töten auch nicht.. .Jesus hat jetzt einen riesen Bart und angesoffene Augen. Glücklicherweise versuchte bis jetzt noch niemand Doel dafür verantwortlich zu machen..Auch nicht die Frau Molly die ihre Liebeslichter angedochtet hatte, ganz auf Lachen eingestellt. Sie wartet auch nicht die Sekunde zu lang, die sie entlarven könnte das sie Doel eben nur austrickst. Der Motor rauschte wieder rausch brummmm als sie von Murrys abfuhren... Doel bist du eine alte Frau, die ihren Namen vom alten Blitz hat der aus Süchten besteht oder bist du ein Engel aus der Nachgeburt dieser androgynen Toilette...

Ach das Leben zu glauben ist eine schwere Sache. Aber zu sehen ist leicht...

Heul nicht, die Jahre fliegen vorbei, wie eine alte Fliege in der Küche. Und, und Atombomben und alte Schuhe und verseuchte Schönheit ,ja. Inzwischen waren die Gehirnwellen die zeitweise bei Doel auf der Frequenz oder den Radiokanälen lag, die die Mongoloiden und die Dornröschen und die AC - DC Fäns sich erarbeitet hatten, wieder bei der Frau Molly der mollig molligen. . . .

Und das war kein Traum denn Doel ist ein ruhiger Mann Mensch....................

Endlich rollten die vier ohne sich eine gerollt zu haben in das Domän von Zän und Lise...

Ahhm, eine Gewürzzigarette wurde sofort gerollt...................

Es muss auch sofort erwähnt werden das nun derjenige der versucht, die, sagen wir, Jetztzeitphysik oder modern genauso wie damals nach dem Wesen der Materie fragt, das der eben nicht eben sondern auch nicht uneben eine Antwort erwarten darf, die er im üblichen Sinne verstehen kann. Oder könnte...hahahahahaha....

Denn er wird nun eine Antwort bekommen die ihn über das hinausführt, was er mit seiner normalen Vorstellungskraft begreifen kann. Denn der Materialismus, von dem wir zu allererst eine Antwort auf die Frage nach der Materie erwarten sollten, ist nämlich wesentlich gekennzeichnet durch den Verzicht auf alles metaphysische....

Ja, lieber oder böser Leser du fragst warum diese Frage auf einmal erschien aber das ist ganz einfach zu beantworten: Glück...................

Ja Glück........ Das wir noch versuchen diese Fragen zu beantworten als wir da beim rauchen waren......................Denn wie soll sonst echte Wirklichkeitserfahrung erfahren werden. . .

Zän und Lise verschwanden in ihr Schlafzimmer dem hungrigen Vögelhäuschen.

Molly und Doel redeten..

Blahhh und uninteressant aber dafür war sie um so interessanter. Doel versank mehr und mehr in eine Kauderwelsch Geblabber Situation. Inzwischen war das etwas angesäuselte tiefe Atmen mit nachfolgendem Klimax zu hören gewesen worauf eine reihe lustiger Lacher folgten mit Schmutzuputzi Küsschens natürlich aus dem Bedroom.

Ja wo denn sonst Mensch...................

Frag nicht so blöde du Zinnober Seuche......................

Doel erwähnte das er nicht die Nacht mit ihr hier verbringen wollte. Lass uns zu meiner Wohnung gehen...................

Das sagte sie...........................

Gut so.............

Ja, vorzüglich mein Freundchen...............................

Draußen, die Nacht, sie war klar mit knirschendem Schnee und unsere Körper schmiegten sich aneinander.....ohne den Gedanken das wir uns vielleicht liebten aber nur aus Zehn Kilometern Entfernung......................

Nach wenigen Minuten die wie Genies ohne Unterhosen waren, traten wir in ihre Wohnug

....

Scheust du das Tageslicht rief in der Ferne sachte der Tag zur Nacht, ohne zu ahnen das der wer die Hand an die Wurzel legt, nie auf einen grünen Zweig kommen wird...

Keine Antwort..........................

Das kann ja nur Affen auf die Palme bringen meinte Doel zu sich selber, da er auf Hochfrequenzmithörwissen sich das Getue mit angehört hatte.. immer noch hallten die Stimmen der beiden, Mollys und Doels, in Doels überfülltem Schädel. Stimmen die nicht ängstlich waren, angstvoll wegen der süßen Räuber, oder wegen der abgesuppten gottverlassenen Glaubhaftmachung, welche dich zum wundern bringen wollten, aber

jedenfalls war Doels Kopf wie ein Kolibri seine Flügelschläge, am Vibrieren. Genügt das. Nein, das genügt nicht. Der Kopf summte mit der Melodie von Stairway to Heaven und mit dieser Melodie im Kopf fiel Doel für die Melodie ihrer erotischen Düfte vollbewusst was ja nur Millibewusstheit gegenüber der Kraft der Unbewusstheit in uns Menschen ist, denn volle Bewusstheit würde ja bedeuten das einer Gott wäre...
Und Doel war Gott..............................
Das war ihm bloß noch nicht bewusst...................
Nahe dem Wunder in ihm, und er war sehr genau am zuhören er hörte zu wie sich der Reisverschluss der Persönlichkeit öffnete um das darunter liegen zu offenbaren, bis sich die Lippen der beiden trafen, und sie schmolzen ineinander. . ...
Was sonst Gefühle und Gefühle....................
Und viel Nichts und noch mehr Nichts. Kein Willen Nichts.........................
Materie gegen Materie. Aber darüber hinaus die Verschmelzung von Verschmelzungen. Alles floss ohne exteriore also äußerliche Manipulationen ohne Ego Gier ohne den Kopf voller abgesuppter Lustmolchgemüterseuchen, sondern echt wie alles. Die Lust sie schlief in einem Kinderbett von Doels **Zwillingsbruder** welcher sofort tot war als er ankam. Aber nicht nur das, nein, innen in dem Kopf von Doel, Blitze hatten ihn Illuminiert, und zwar die Substanz seines langsam wachsenden individuellen Herzens für sie. Aber Doel wusste wirklich nicht was war oder was ihn berührt hatte denn Doel war ziemlich chaotisch im Kopf durch das Leben das er gelebt hatte und was er gesehen hatte. Ruhe sauste durch ihn in seiner Erklärungskraft, denn warum erkläre oder warum sei Urteilsfähig. Als ob er sich nicht bemühte, immer diese Antworten, denn sein Gemüt mit der Stimme fing an sich zu zeigen, und fing dann an eine Ähnlichkeit mit einer Frühlingsrose die eingefroren doch aufblühte über die Winter ohne die Schwierigkeiten zu verdammen für welche Doel sich verinnerlichen müsste um sein inneres Wesen zu Höhen, um es auf eine höhere Stufe zu bringen. . . . . . .zu sein.
Aber Doel und Molly sie waren am fliegen. Ihre Spuren hinterließen eine Straße harmonischer Vielfältigkeit aus innerem Gold wie das innere einer Frau eben mit Gold ausgelegt ist, harmonisch in vielfältiger poetischer Schönheit die auch oft Hässlichkeit ist, wie der Zeuge der Zeit der damals Lebenslänglich bekam, aber trotz allem entwickelten die beiden eine Art von Spiel Sprech Kommunikation. Sie umarmten sich streichelten sich. Da waren keine die sich das russische Roulett auf amerikanisch zeigten, im dunklen über Rassenfragen zu quatschen, denn unsere Kultur deformiert unser Denken, sondern, beide kamen sich näher...........................
Ohhh..........................
Ja und................................
Ja und wem die Stunde schlägt dem kann man nicht auf der Uhr ablesen... denn man muss warten können bis die Zeit gekommen ist, hatte schon damals die Zeitbombe gesagt.......
Ach ja wir kamen uns also näher................................
Na und dann...........................
Dann, was habt ihr dann gemacht, erzähle Erzähler...
Also wir entwickelten sofort eine Art von Spiel-Rede-Technik-Kommunikation, wir imitierten Stimmen, spielten sie aus, manchmal imitierte Doel einen französischen Akzent, dann sie, Molly, einen russischen, dabei sah sie aus wie der Russische der weiblich war aber doch

keine Fliegenpilzkultur mehr hatte. Natürlich war auch das Smootchy Smotchy kosmische Liebesspiel mit Lachen und Lächeln Singen und Tanzen dabei. Klar doch wir waren glücklich, das war eine Hoch-Zeit, wir flüsterten uns zu wir erhöhten unsere Sinne sie durchdrangen den Klotz im Hirn, die Vernunft, sie ging ohne eine Frage zu stellen, unsere eigene einzige Attraktion mit uns hatte eine große Flexibilität erreicht, ganz stark zu kommunizieren, und der Ernst er hatte sich mit der Vernunft auch wegblasen lassen.............................

Doel verliebte sich zu seinem leidvollen Wesen wieder.........................

Aber wie...ohhh jehmineee, aber wie....................................

Doel umarmte sie und machte dabei ein großes Clowngesicht, oder er rollte seine Augen die ihm nie gehören werden, und ganz sachte erfühlte er auch *wie* das Echo in ihm, das eine größere Wahrheit in ihm bekunden wollte, sich aus der Ferne anrollen ließ, das er nicht der Körper alleine ist, sondern, das er und sie, viel, viel tiefere Wesen sind als sie überhaupt ahnen konnten in ihrer derzeitigen Jugend...

Aber Schreiber wie kannst du so etwas schreiben.................

Was weißt du davon. Woher, was soll das, willst du den Leser verulken.. Es ist noch kein Meister vom Himmel gefallen, aber manche Menschen sind ohne Zeugung gezeugt worden..Sie kamen aus dem Licht und blieben Licht. Oder ist das alles Humbuck...

Doch der Zweck heiligt die Mittelmäßigkeit..............

Das ist nämlich für die, welche immer nur nach zweckmäßigen Methoden handeln... .

Denn der denkende Geist ist nur eine Ansammlung von Eindrücken, die seit der Geburt gespeichert wurden. Und dieses gespeicherte das ist der Zweck deren Logik. Es sind deren Gedanken mit denen er sich beschäftigt , die auf seinem vorherrschenden Konzept basieren. Seiner Software auf seiner Festplatte. Aber das ist nicht Er ! Das sind bloß Dateien, die er aber für Sich hält.

Mittelmäßigkeit....auch wenn sie noch so Wohlhabend oder Intelligent sind, du bist Verrückt rief Molly dann auf einmal laut aus....................

Ja und dann stand Doel da. Sollte er nach dem Wort gehen, oder war der Sinn anders als das er verrückt sein sollte. Ja die Sprache sie war verdreht und oft konnte sich Doel danach überhaupt nicht mehr richten. Zu seinem Leid. Und wenn er seinen oder anderen Gedanken glauben würde, dann würde er garantiert enttäuscht werden..................

Denn er suchte doch die Wahrheit in allem......................

Aber das gefällt mir an dir, das du verrückt bist ,erwiderte sie dann sofort.............. .

Sie war körperlich auch mollig so wie ihr Name schon aussagte. Molly. Also bei der Frau stimmte schon mal das......

Ja du gehörst nicht zur Norm rief sie aus....................

Sie war wie ein Kind in ihrem Frauendasein....................................

Jesusssss soll mal gesagt haben ihr müsst wie Kinder sein um das Himmelreich zu erlangen. Aber wie sind Kinder und was meinte er damit. Beinflussbar wie Kinder meint er wohl die alles noch glauben. Ja das ist es, denn wenn nämlich der sortierende Verstand anfängt, dann fängt er auch an zu zerreißen. .Als Kind ist die Wahrheit total..

Und als Kind bist du noch total der Zeuge der Seher und nicht die Gedanken und Fantasien. Und wenn du die Fantasien und Gedanken sehen kannst, dann kannst du nicht der Geist das Mental sein.

Ja, und du bist so sanft rief sie so sanft...................

Sie wollte keinen steifen Kragen tragen wer will das schon........................

Ja und Doel war wirklich so sanft das er sogar zeitweilig das Gefühl für sich selber verloren hatte, wo er dann in eine Art von Unbewusstheit fiel, mit ihr, welches dann die größtmöglichste Art von Spontanität war. Nehme ich an...Oder lehne ich ab...........

Sagten sie gerade Art von Unbewusstheit................

Ja....................

Aha, also das Wort Art ist im englischen mit der Bedeutung Kunst verbunden. Art bedeutet Kunst im englischen...das gibt was zum nachdenken... stimmt...da liegt irgendwo eine Lüge eine ganz große Lüge..............................

Sie scheint so groß zu sein das sie das Weltenall bis zur Unendlichkeit durchdrungen hat. Aber der Anfang der Lüge oder Fehler muss im Menschen gelegen haben und liegt immer noch dort....

Nein, da ist keine Lüge,,obwohl Art Kunst bedeutet, sind aber die Menschen auch Artgerechte Kunst, da sie erschaffen wurden vom Künstler. Die Art in deutsch bezieht sich nämlich auf das Gesamtbild und nicht bloß die Oberfläche nämlich die Rasse oder Art über die Haut oder Farbe und Sprache, sondern Art also Kunst, als das GesamtKunstWerk.

Ich kann die Gesetze von heute nicht mehr akzeptieren rief Doel aus ....

Und das zum Vorspiel des Vögelns. Mensch ist der drauf Mensch......Die Welt existiert nur im Denken der Menschen. Denkender Geist ist gleich Vorstellung. Er lässt alles entstehen was ihm beliebt. Das ist seine Natur, rief Doel nochmal aus....Aber wieso ? Was war los mit Doel ?

Molly staunte.............

Doel ließ die Würgungen in sich freien Lauf....Wenn Du die wahre Natur von Konzepten erkennst, erkennst du gleichzeitig auch das, was frei von Konzepten ist. Das Gesetz ist vom Machthaber eingesetzt und somit eine direkte Unterstützung der jeweiligen Macht. Richter und Rechtsanwälte müssen eine selbstständige Instanz sein, frei von Mehrheitsintrigen frei von Macht frei von Selbstzweck sich immer wieder zu schützen. Richter müssen ganz Weise ehrliche Menschen sein und vor allen Dinge darf kein Karrieredenken in ihnen sein. Sie müssen eins mit der Wahrheit sein sonst hat das ganze Aufbauen einer Nation oder einer erdlichen Gesamtmenschheitsexistenz keinen Sinn, sonst ist alles schon von vorneherein versaut, Richter müssen aus der tiefe ihres reinen Herzens als unverkommene Menschen echte Werte echte Verbindungen zu Gott haben. Sonst ist das ganze streben am Aufbauen umsonst vergebens sinnlos traurig und vergiftend...........Jaja, Doel hat schwer ein an der Birne,,Richter, Wahrheit, Rechtsanwälte. Recht, das ist doch unmöglich, die sind doch noch Raubmenschen, das geht doch gar nicht.

Molly staunte sie war geschmerzt.........................

Doel war überrascht, etwas ernüchtert...........Was war da los,,wieso, weshalb das jetzt....

Schnell wurde dieser Ausbruch vergessen.........................

Beide halfen sich beim ausziehen der Stiefel......................................

Sie zogen sich gegenseitig die Hemden aus..............................

Dann ihre Bluse.............................

Dann ihr weißer schöner BH....Ihre vollen Brüste.....Sie waren Handschmeichler..

Dann Doels Unterhose, die roten Seidenen mit Baumwolle...Sein Magnil Magnum hing nicht mehr....Er war ein Handschmeichler geworden......Mundschmeichler..So wie die

warmen Brüste die MollyTitten Mundschmeichler waren.......
Irgendwo tauchte eine innere Verteidigung auf....................
Ahhhh, momentan ist das Schreiben etwas schwieriger, Molly hat frisches Kaschmir gekauft und ich, Doel bin ziemlich Stoned denn mein Gehirn das mir nicht gehört ist nicht nur Stoned sondern wreckt, so wreckt das Doel fast hypersensibel ist, ja dadurch fast Flatt aus langsam mit hektischer Vibration vor seinen Augen die ihn auch nicht gehören, wie ein Zeichen rennender Energie, aber außerhalb von ihm, er nimmt die Außenwelt so intensiv wahr, das alles ziemlich treffend ihn erschüttert, so das die letzten Tage eine Art von verlorener Brillianz waren wo die Sternsysteme brilliant ihre Menschen gemachten Diamanten weiter tragen, fast wie der Mann mit dem kristallenen Spazierstock eine Fantasiegeschichte, die als Schlafgeschichte ihr, Molly von Doel erzählt wurde, damit sie ruhig einschlief, eine Reise von da, dem Lake of two Mountains durch die mehrfache Variationa Show weiter durch Schuhfarben die sich ändern da sie ein geheimnisvolles Geräusch sammeln, sie, die dann eine doppelt belegte Frau treffen in einem Zug, der nach Haiti fährt währen der Lake St. Louis eine 9 Jährige Flut hatte und der Pazifick war eingefroren aber dennoch waren die pazifischen Inseln mit ihrem originalen Klima finalisiert , wo der kristallene Mann sich entschieden hatte auf Haiti zu bleiben um ein weltfamoser Eiscremeverkäufer zu werden, mit Füßen unter seinen Knien und die mehrfach belegte Frau die Wunderschöne sie war mit dem kristallenen Spazierstock von ihm, welcher ein modernes poetisches Ausstrahlen aus der Vergangenheitsübertragung hatte, welche Orgien von Farben ausstrahlte, durch die ersten Antiliteratischen Intelligenzen die voller einsamer hohler Köpfe waren, ohne sich darum zu kümmern ob jemand nun Skyhoch Masturbierte in welchem die mehrfach gelegten Farben der Frau sich zu einem Schlaf veränderten und Doel nun immer noch wach neben ihr lag auch nach dem Vögeln. Denn beide lagen zwar eng umarmt zusammen, wie ihr seht bin ich Doel wieder da, aber wie ihr lest ist dieses Schreiben eine Art von Resonanz fühlend dass das Innere eben wichtiger ist als alles Zweckmäßige oder geplante, so wie es hier mit diesem Schreiben vor sich geht, hahahahahaha, denn der König des Rock'n Roll steht............
Hatten die beiden nun Liebe gemacht oder war die Liebe schon vorher da gewesen und sie brauchten keine Liebe mehr zu machen. Jedenfalls hatten beide sehr guten gebrauch vom jeweiligen anderen Handschmeichler gemacht, und zwar so lange bis die warme mollige Molly ihre Schenkel ganz weit auseinander spreizte und Doel seinen Mundschmeichler ganz tief in ihren Schenkelschmeichler gleiten ließ mit Wonne wärme und mit Sahne zum Absahnen in ihren Wonnekörper. Bis alles eine warme weiche Wonnewelle war in der sich die beiden auflösten.
Nie mehr was schlechtes tun nie mehr was schlechtes tun das sind die Vorbilder, nie nie nie mehr...................
Die Weisen verbeugten sich in ihrer unsichtbaren geistigen Sphäre. Überall waren die Ansätze zu erkennen das erkannt wurde das jeder zum Limit seines Wissens sprach.
Und so lagen die beiden zusammen, und wie ihr seht ist das nun die Frucht wenn erkannt wird das dieser Doel aber auch manchmal im Innern einen Kopf voller Kaugummiblasen hatte die solch einen Reichtum durch die Erklärung eines exzellenten gewollten Flirt der intrigend oder aber auch geführt durch eine überwältigende Kraft bestehen zu lassen und zu, zur, zur, Jugend, ehhhhm, ja, also, nochmals guten Tag.

Ja heute ist doch schon viel wirklicher Verlängerungstag von Gestern, denn Gestern war Doel so ausgestoned Mann ohh Mann, und die andern, Mensch ohh Mensch, und dann hatte der Doel doch tatsächlich auch noch eine Flasche phy, nein Rhy-Whisky gekauft, und das bei 25 Below Zero, dabei hatte Doel auch nur 9 Haare auf der Brust, die natürlich ganz natürlich ziemlich Sauer auf ihn waren, und dann am Morgen wieder stoned,......................
.........Ja ja..Nur der denkende Geist wird geboren, nicht Du, nicht Sie, nicht Es. Auch Molly nicht..Aber das konnte sie nicht akzeptieren.

Ja ihr lieben Leute wir leben nicht in einer 9 - 5 Arbeitswelt, wir leben in der großen Freiheit,...........................

Und da spielt die große Freiheit schon manchmal ziemlich frei mit den Gemütern derer die sich dieser Freiheit noch erkenntlich zeigen und wie so schön gesagt wird als Löckerchen Locker erweisen,.....................................

Die Blase im Kopf wurde wieder größer und Doel war am Leiden,...................

Trotz Liebe und allem er war am Leiden,...............Aber wer Litt da wirklich. War das wirklich Doel,,oder war das sein Denken seine Konzepte seine Hoffnungen Wünsche und Träume, sein Körper..........................

Die Psyche sie wollte ihn nicht ziehen lassen,.........................

Denn auch jetzt, zack an diesem Liebesleben Küsschen Schmutzi was de willst mit dieser Frau zusammen,.................................

Denn die Freiheit nimmt was sie will........................,

Waren doch immer noch die Verbindungen mit den Blasen in ihren Hirnen, denn auch sie fing an von Blasen im Hirn zu reden,.............................

Die Frau Molly wusste natürlich nicht das Doel am fliehen war,..................

Doel floh vor den seelischen Schmerzen die ihn bearbeiteten,.................

Die Frau sprach manchmal das sie beide wie zwei Seifenblasen manchmal zusammen waren, und dann aber wieder separat waren.......................Aber auch sie war schon verschlungen verfangen in den Schwankungen ihres Geistes.....................Sie hatte sich Unwissend die schlinge des denkenden Geistes um den Hals gelegt. Der nun langsam die eine einzige Blase verschnürte und daraus mehrere Blasen machte die dann gegenseitig Isoliert da schwebten in ihren Blasengedanken und Blasenfantasien. Doch Ihr wahrer Zustand der existierte ewig. Der war keine Blase und konnte von Blasen auch nicht weggeblasen werden. Sei es nun als sie Doel blies oder als Doel Molly blies. Oder als sie sich beide Blasten Bliesen Blasierten oder Absaugten. Da wird der Geist still bei so viel Blasen und Geblasen werden, sobald der Fluss der Gedanken aufhört, mit dem Blasen.

Aber Ich, Doel, habe schon oft genug festgestellt das manche Vergleiche hinken, weil sie einen Pferdefuß haben. Aber sich darüber Sorgen zu machen, ob ich ohne den denkenden Geist funktionieren könnte, nein, das wäre blöde.................

Aus der Ferne wieder die Stimme : Wenn es doch nur eine Methode gäbe denjenigen die noch leben, zu zeigen das die Angst vor dem Tode eine psychische Täuschung ist weil sie nämlich selber weiter existieren will...............Sie spricht für sich selber so wie der Körper auch....... ....Aber da ja alles existiert muss ja auch alles einen Körper haben, und das bedeutet.........................Es heißt das eben niemals immer und ewig Nichts existiert, sondern immer existiert, eben alles....Aber dieser denkende Geist spielt nur deshalb eine so große Rolle als psychischer Täuscher, weil die meisten, Du auch, Sie

auch, die Molly, nicht über ihn hinausgegangen ist.................
Trinken sie noch mehr,werden sie öffentlicher Alkoholiker, die Öffentlichkeit unterstütze sogar das öffentliche vergiften...................
Geben sie ihm noch was.....................
Geben sie ihm noch mehr von diesem ganzen Scheiß den diese Schäflein anbeten, denn dem Wolf ist es egal ob das Schaf schwarz ist................
Denn wie schon erwähnt schätzt auch der Kannibale den Menschen am höchsten.......
Seien sie ein HeroHeld, seien sie volltrunken..
Gehen sie öffentlich besoffen Grölend durch die Strassen........................
Raucht euch die Lungen Schwarz...........................
Atmet die Autoabgase bis zum erblinden.........................
Bringt die Straußenfamilie zu den Goldminen und fliegt sie mit den Starfightern dahin..
Seid Punker und auf dem Todestrip..........................
Na und seht doch wie er ein leuchtendes Vorbild ist und auf dem Scheiterhaufen glüht , und insbesondere die Sie's.........................
Denn Hexen waren ja schon immer von den Herren der Amboss für des Glückes Schmied
....
Aber, wer mehrere Eisen im Feuer hat, kann sich auch leichter die Feuer verbrennen.
Und hiermit endet die Lehrstunde und es geht zurück zum Erlebnis in Montreal, das später ziemlich zerstoned sein wird und versoffen und eben mit dem Tod Leben spielen Mann oder Frau...............
Schachtos spielen.....................
Und was sagen die alten Soldaten dazu.
Die Lächeln und singen denn sie wissen was es bedeutet ein HeroHeld zu sein.... Ein HeroHeld rief: Wer sein Herz in beide Hände nimmt der hat keine Hand mehr für den Nächsten frei....
Aber all dieses Ausgestonente Suchen all dieses Getummel all diese menschliche Wirrnissstakkato all diese Psychomarmeladen Abgerotzte das die Menschen erleben und die Künstler und anderen Wirrnissverkäufer, all das ist bloß weil der Geist ihnen das Gefühl gibt eine Form zu haben, ihren so genannten Körper. Aber gab denen der Geist das Gefühl eine Form zu haben bevor sie 2,5 Jahre alt waren ?
Nein !!!
Doel sah verblüfft aus...
Der Mond war schon wieder voller....
Der hatte eine kosmische Pulle Sauerstoff *zu* sich genommen, denn er zehrt ja angeblich, so wie Ouspenskies Freund meinte, er zehrt die Lebenskraft der Menschen für sich, damit er erblühen kann. Das soll die Reise auf den Spuren des Wunderbaren seien. Der Freund hat auch schwer ein an der PsychoGeistBirne.
Also inzwischen waren Molly und Doel also zwei Blasen geworden. Zwei Blasen die aber separat wie zwei Seifenblasen nebeneinander her flogen. Ich selber Doel habe vor kurzem wieder die Augen aufgemacht nachdem gestern Abend also diese beiden Nummern, 25 und 4+7+3+5, sich getroffen hatten, und denkt warum er nicht öfter mit ihrer Möse Vögelt, wohl weil er nicht zu Geil ist oder sogar seine Hormone extrovertiert hat, aber womöglich zu stoned.....................

Jaja sie ist für die erste Zeit eine wunderschöne Casanovafrau.......wohl auch auf der Einbahnstrasse......

Ihr frischer Gemüsesalat den sie später noch machen wird, mit, Spinat, Gurken, Bohnenkeime, frischen Champingjongs, Radieschen, braunen Bohnen, Karotten, Käse und Zwiebeln, rohen Tomaten, und natürlicher ungerechter Schönheit plus Rasierklingen, nur um sicher zu machen das der Salat nun wirklich ein Hit wurde, denn das war unter diesen wüstlichen Umständen der einzige Weg des echten Essens, der Abenteuer versprach.

Jaja, ausgestonte Zeiten stehen bevor, aber das wusste Doel ja schon vorher, der Salat der war echt.

Stimmt, keine Zeit ,um Flatt zu sein.

Bildlosigkeit als Erweckung zur Abstraktion. Sie zeugte auch von Qualitätslosigkeit.

Also, auch noch gestern, Porsche, Marokko, Murry und Doel fuhren doch tatsächlich in Marokkos VW in Richtung Moon in Moreal, zu einem der Väter. Ja es war der Fater von Marokko, Murry, und Molly, um diesen riesigen Monsterkühlschrank abzuholen. Aber ich ziehe jetzt wieder zurück zur Situation als Molly und Doel sich gegenseitig auszogen
....

Beide machten Liebe, sanfte Liebe, für eine sanfte Zeit ,in einer wilden Zeit, jetzt als sie da in diesem eingerahmten fliegenden ehemaligen Königsreich draußen die winterlichen Winde, die ihre Sehnsüchte umgaben, kosteten, und gaben, ohhh, sie waren so jung, so stöhnend, und kichernd, und doch war da eine Seinsleere, irgendwo, irgendwie, als Fantasie, oder als Metapher fürs Schreiben................Aber wenn sie durch Unterscheiden, Kenner des denkenden Geistes sind, werden, dann werden sie das verstehen................

Ich weiß nicht sagte Doel als sie ihn fragte ob er nochmals das Heulen von draußen gesehen hatte..................

Sie lächelte und umarmte ihn. Vibrierend war die Ruhe mit ihrer Ekstase als Bewusstsein saktion.............................

Draufgängerisch strotzte die Sanftheit aber dennoch flog die Wildheit schon in der Nähe..
....

Und Doel kam nicht. Obwohl er da war. Er sprühte keinen Samen in ihre Gold ausgelegten Münder und Lippen. Das zweite mal das Doel dem inneren Gold keinen Samen gab ,so war's auch mit der Jeans - Frau...........................

Der Körper befriedigte die Frauen soweit aber ohne zu Zeugen, eine feine Sache. Aber ist das wirklich eine Sache. Das Equillibrium wurde noch nicht entzündet. Aber womöglich war es auch, das die Epidermis nicht in ihren Körper wollte. Als ob Flügel die orgasmischen Undifferenziertheiten trugen, und Doel da ließen um weitere romantische Lieder zu singen. Wobei er ab und zu auch mal mit späten, fast platzenden **Nüsschens**, oder Eierchens, aber ohne den Wunsch zu Onanieren, da saß......

Beide fielen in den Schlaf der auf sie wartete, eng zusammengerollt, in einer extraordinären Kollektion von Hitze und kleinen tanzenden Energiewellen, welche sie umarmten und sogar den Schlaf umarmten, ruhig und hinweg.

Dennoch vor Doels Unbewusstheit war ein großes rotes Schild das spröde glühte auf welchem geschrieben stand: Der superiore Mensch erwägt, dann handelt er, und er weiß was er tut..

Könnte das *womöglich* bedeuten: Da bist du nun, wieder ist eine Scheibe deiner

Erinnerung der Vergangenheitsgegenwart verschwunden. Hat Gott dich verflucht, weil diese ausgestonten Tage bevorstanden, denn du fühlst dich zwar Flatt aber dennoch stark, obgleich keine Funken aus deinem Pimmel kamen, denn dieses ist Montreal Doel dieses ist der eigene Blues Doel den du nach Kanada bringst, und du lebst jetzt mit dieser Frau....
Doel du lebst schon 11/2 Woche mit ihr und du merkst gar nicht wie du leerer und leerer wirst...............
Aber ich hoffe das ich mich bald wieder füllen kann ,lieber Schreiber denn diese Groggyness sie ist das Chaos das vor dem aufplatzen des harten Kerns in mir immer passiert, bis sich der Wahnsinn vom Ich in mir als schwach erweisen lässt und Ich sogar Du bin......
Nana, na immer mit der Ruhe hier, das Du ist riesig und dein Körper ist winzig, immer mit der Ruhe hier Doel.........................
Unergründlich ist die Tatsache Doel, das du schon so lange mit dieser Frau zusammen bist....
Aber hier sind einige Gründe des tatsächlichen weshalb das so ist. Zum Beispiel, oder Nebenspiel, jedenfalls gehört es auch dazu, das sie mir am ersten Tag mit Komplimenten zeigte wie schön ich wäre, mein Haar, das Gesicht, die blauen Augen, ja insbesondere die Blauen Augen. Ich erzählte ihr dann die Geburtsstunde von diesem Blonden-Blauauge, aber blutunterlaufenen blonden Prinzen, die in Marokko sich zeigte, wo wir Menschen uns auch gegenseitig bewunderten, ohne den Kritik Verneinungs- Bejahungs-Mechanismus andauernd am laufen zu haben, sondern da floss immer der gegenseitige Bejahungsfluss des ewigen Lebens in uns ganz frei, ja freier als alles andere bevor in dieser westlichen Mechanikus-Seuchenluft Welt-Teil - Ecke...
Sie verstand es sofort.....................
Dort waren wir uns andauern am umarmen am Küssen die Energie sie floss freier, von Innen heraus, Innen, von wo im Innen, da war auch kein Versuch die Tiefe zu Verstehen sondern sie war dort wesenhaft lebhaft ohne erst zu fragen oder zu überlegen spekulieren etc ....
Ja und was noch Doel. Was war es noch, das sich bis jetzt zwischen euch gezeigt hat.....
Ohhhh, es war mein andauerndes Folgen, das abgeben meiner fiktiven Persönlichkeit, das verlassen des Wahns, und das durchdringen dieses Wahnsinns, es war auch das wir am zweiten Tag wieder unsere Körper die uns nicht gehörten, weil sie sich wieder selbständig gemacht hatten, und sich wieder ansaugten, einsaugten, absaugten, versaugten, und sogar besaugten, jede Pore sorgsam aussaugten jedes Atom ,jedes übersinnliche wahr nahmen, aber ich, Doel, wieder keine Elektrizität in sie hineinsprühte..
Das war das dritte mal.............................
Könnte das der Tod sein wenn es immer so weiterging zwischen Mann und Frau...Sicher das wäre das Aussterben des Menschlichen Wesens. Seines Körpers auf jeden Fall......
....
Vielleicht war es auch die zitternde FürImmerheit.....................
Und am folgenden Morgen nach dem dritten Morgen wachte ich Doel dann sehr früh auf ohne sie aufzuwecken...................
Draußen schneite es wieder heftig zum sinnlichen erfreuen weil ich ja momentan noch in der Wohnung war und dort war es angenehm warm.....................
Später: Inzwischen hatte sich die atmosphärische Vermischung ins graue feuchte geändert

und verflucht. Aber dennoch prickelnd kalt, kam Doel dann auf dem BRD-Konsulat an, ahhh, diese Beschreibung wird zu lahm, jedenfalls hat Doel jetzt einen neuen Pass mit der Nummer E 1783838, und erwartet nun ein Interview für den 8ten März um die kanadische Staatsangehörigkeit zu erwerben.....

Jaja da, ja, laufen viele Sachen in Doel ab wie ja in jedem..... Inzwischen wieder bei Molly hatte das Telefon geklingelt und Zän der Amogo quasselte etwas aus dem Büro der Arbeitsstelle, womöglich treffen wir uns heute Abend...

Aber irgendwie fühle ich mich zu groggy bin wieder stonen habe zwei Whisky getrunken, das gefällt mir gar nicht so, das gefällt mir gar nicht so, ich werde etwas Musik anmachen, mal sehen ob mich das etwas erquickt.....

Wieder eine quickige Erinnerung der letztwöchentlichen Aktivitäten.

Wir nahmen lange Frühstücke zu uns...........................

Lange gemeinsame Bäder......................... .

Sie hat ein weißgekacheltes Bad ein altes. Da war Kerzenlicht am leuchten und Schaum auf dem Wasser, aber ihre Stimme sang sämtliche Variationen die aus dem Hirn sprangen...

Ich machte viele Photos von ihr ,von mir.

Ich, Doel, brachte ihr auch Blumen *zu* ihrer Überraschung..

Und er, Doel, trank Unmengen Whisky..kaum die Augen auf trank er schon. Es gibt nun Photos von Doel wo er mit schmerzlichem Gesichtsausdruck trotz dem angeblichen Glücklichmacher Whisky, schmerzlich aussieht.

Wir nahmen auch Cocain.

LSD auch. Dabei war ein Freak Out bei Zän.

Sie nannte mich einen spiritual Lover.

Sie ist so weich so stark so glücklich...Sie lächelt immer.

Ihr Bruder Murry verpasste diese eine Frau die er wollte................................

Molly und Ich Doel, trafen Porsche in seiner Wohnung die ihm nicht gehörte. Wir redeten von der Warte der Gegenwart über die Vergangenheit und tranken eine Flasche Whisky leer.

Ach ja und irgendwie habe ich dann Nachts das Rote weißgepunktete Halstuch von der englischen Frau in Whitle Woods oben in Lancashire, verloren. Das war schade, schade das es schade war.

Wir hatten wieder einen Tanz zusammen,.Ihr Vulkan brauchte einen Docht zum zünden der abseits von Fingern und deren Manipulation lag. Ihre Schenkel waren feucht und meine waren klebrig als wir uns betasteten. Ihre Perle diese sich aufblähende sie wurde gut *und* dauernd benetzt von meinem prallen küssenden Schwanz ,der aber auch nicht die geringste Verbindung zu moralischen Praktiken hat. Aber amoralisch lebte.

Ihre Stimme war diesmal heiser und meine war wollend und treibend komm von hinten. Ahhhh, so ist's gut ..nicht so tief........................Erst mit der Eichel.......

Ja ..schneller...Dann auf einmal tief und ein befriedigtes Stöhnen. Schwanz und Möse liebten sich. Sie klammerten sich aneinander..........................Die Körper waren von der Flut durchdrungen, Nass...............

Ihre Penisinsel eroberte ihre eigene Lust, jetzt auf dem Rücken liegend. Sie keuchte und er auch. Sie verdrehte ihre Augen und ich wollte mehr geben. Ich gab ihr eine Menge an Kraft obwohl sie matter aussah...............

Und wir zerstörten uns nicht sondern belebten uns...........................
Sie bebte dann zitterte sie dann zuckte sie dann atmete sie dann sprühte ich ihr meine
Elektrizität aus funkelnden lachendem Leben in ihre pulsierende Wonne und füllte sie zum
überquellen.. . . .
Sie hatte mich endlich geöffnet und ich sie schön gefüllt...............................
Es war an der Zeit das ich dich öffnete meinte sie und das du mich gefüllt hast. Es war an
der Zeit rief sie lächelnd aus...
Rund und sanft war die Zeit.....Zeit die in mir ist und sich in mir auflöst. Ich selbst bin
Zeitlos.
Erregt und dampfend war auch noch die Zeit die zeitlose.
 Wir gaben uns Leben... Rein Schriftstellerisch Fantasiemäßig und Rhetorisch.
Unsere Münder waren voll, sie trugen ihr Herz jetzt auf der Zunge. So schliefen wir ein.

An einem anderen Tag gingen wir aber mit dem Auto fahrend nach dem beliebten
„Schwarzes Steak Haus" in alt Montreal. Wir hatten ein riesen Frühstück - Mittag - und
Abendessen in einem. Mit den riesen Steaks die es dort gibt und der ganzen restlichen
Show...........................
Ich verliebte mich dann wieder unter dem Einfluss der weißen Tabletten die sie mir gegeben
hatte und welche sie nun auch jeden Tag nahm......................
Am Montag musste Molly zurück zur Arbeit.................
Sie, etwas trübe, das sie so früh aufstehen musste. Ich stand mit ihr auf. Eigentlich schoss
ich förmlich aus dem Bett denn der Wecker war ein Instrument das ich schon seit langem
aus meinem Gedächtnis verbannt hatte. Weil er die Normalgesündliche Schlaffunktion jäh
unterbricht und sofortigen geistigen Tod schafft. Und daraus kann ersehen werden das die
trottende routinemäßige Arbeiterschaft jeden Tag einen weiteren geistigen Tod erfährt der
wohl nicht in ihrem Sinne liegt, oder..........
Molly nahm sofort „zwei weiße" um es alles passabel zu machen um alles für sie ins
Gleichgewicht zu bringen damit sie sofort sprühen kann. Ich, Doel, war erstaunt..
Ich, Doel, bin also hier in Kanada. Habe zwar Liebestrümmer in mir. Aber sie, sie hat doch
alles. Reiche Eltern. Eine riesen Wohnung .Will zwar Kunst machen. Hat Männer hat Mumm
und Witz und Energie und ist Brilliant Wissend oder Intellektuelisch. Aber sie ist auch an
die Energie gebunden. Das andauernde Aktiv Sein. Schon von morgens früh an. Und sie
will sich auch nicht der morgendlichen Trägheit hingeben, dieser öden Umgebungsseuche
von arbeitenden Menschen um dich. Die in Wirklichkeit ganz etwas anderes tun wollen
und sich ihr inneres verbiegen eben durch zwei Pillchen. Solchen einfachen kleinen
Dingenchens. Ja, bald gibt es ja sowieso ewige Glücklichmacher. Da bist du sowieso
auch glücklich wenn man dir Scheiße zum Speisen gibt oder wenn dein Bruder abgewürgt
ist. Du bist immer glücklich......
Das muss doch wohl das wichtigste sein, wa................................
Seitdem das Arbeiten anfing ist unsere, Mollys, Doels, Zusammenheit in das Verände-
rungsstadion eingetreten. So wie der Sinnliche in das Stadium des Geistigen eintreten
könnte.....................
Wir rollen jetzt Seite an Seite nebeneinander her............. Molly und Doel.
Like ein Rolling Stone...wa.................

Ich, Doel, befragte mich mehr kritisch und beschuldigte mich zu lax und zu flach zu sein..
....

Aber dennoch wachte ich, Doel, mit ihr auf. Ich wollte ihr eine Stütze sein. Außer dem lebt man ja nur einmal mit einem Menschen, dieser Frau, das war mir schon im Voraus klar. Also irgendwie das Beste geben und das Beste nehmen. Ich machte den Kaffee lächelte war belebt bracht ihr den Kaffee versuchte ihre blühende Ausstrahlung zu entfachen wo sie mehr an sich ihr göttliches Wesen dachte anstatt an das Arbeiten gehen...........................
Wenn sie gegangen war nahm ich lange stundenlange Bäder..........................
Ich, Doel, genoss jede Sekunde unbewusst aber in größeren Zeitzyklen war's mir wieder bewusst. Denn die Zukunft sie wirbelte in mir um mir etwas zu zeigen was ich tun sollte...........
Zän und Lise kamen und wir machte eine Erkundungstour zum Olympischen Dorf, das jetzt leer und von eiskalten Winden umgeben war. Ein riesiges Gebäude. Wohl für zwei Dollar erbaut, das jetzt kalt und mutig aber doch nur unbelebt bis in seine Steine und Stahlträger Zementen und ehemaligen architektonischen Belebtheiten ganz einfach da stand. Von oben hatten wir einen schönen Blick auf die Stadt..
Graue Wolken machten den Horizont dramatischer...............
Lise schmiegte sich immer an mich Doel... Zän war stoned. Wir waren alle stoned...
Und in dieser Soheit waren auch hohe Zementmauern im olympischen Dorf. 10 Meter hohe. Die von Schneeverwehungen nicht ihre wahre Tiefe zeigten. Und diese Mauern waren dann unsere Springplätze in den weich, weicheren, Schnee...
Ahhhh,, schaut,, und sausend sprang Zän mit Armen wie Flügeln ausgebreitet durch eine Sauerstoffhaltige Luft, nur um im Schnee fast total zu versinken und dann keuchend wieder rausbuddelnd................
Das machte Spaß das war Laune durch die Luft sausen....
Wir rollten und wir tollten bewarfen uns mit looosem Schnee damit keiner eine beiläufige Beule an seinem Denkapparat bekam bis ein jeder Form Empfindung Wahrnehmung Gestaltung Bewusstsein diese Geisteskomponenten nicht mehr wahrnahm und wir in die Bildlosigkeit eingetaucht waren, um uns aber dort zu sehen und wir erkannten das es auch dort keine Einsamkeit gab. Da waren genau solche Zwischenreaktionen Augenblicklichkeiten der andauernden Verehrung die jetzt bloß rein und fein erkannt wurden als Immerheiten in der Inheit.............
Die großen weiten Sprüüüünge in den großen weiten weichen weißen Schneeeeeee..

An einem Abend war Ich, Doel, mit Molly bei ihrer Mutter. Ihr Gesicht ist mir jetzt vor dem geistigen Auge entschwunden aber sie mochte mich nicht. Zu schade für sie denn da war noch ein nichtmögendes Lebewesen vor ihrem Mögen, mein Name gefiel ihr nicht und das Wort Deutsch schon gar nicht, sie war pisst off....................
Heute der 18 Februar...............
Ich höre mir Abraxis an und süffle Rye Whisky..Molly ist auf der Arbeitsstelle .Ich, Doel, habe ihren Scheck Eingebankt. Dachte daran Zän und Lise zu besuchen, da fiel mir ein das Zän ja arbeitet und Lise alleine ist...Aha..das dachte ich nicht..
Was sind meine Gefühle.. Doels Gefühle.... Energetische Bewegungen.............
Was sind meine Gedanken. Doels Gedanken.

Was bin ich. Was ist Doel.
Gestern Abend war ein trauriger Abend für mich. Molly kam Nachhause und da war eine Zeitlang keine Kommunikation, wir redeten kaum, ja die Phantasie und die Erwartungen sie können viel Schaden tun, immer diese Unruhe, die alten Weisen haben doch recht, eine Zeitlang redeten wir entzückt und leicht, aber dann fing mein Gehirn wie Sirup zu werden, und das sollte dann aber auch nicht so sein denn ich hatte ja getrunken und geraucht, im going down.....
Aber der Kopf , sein Kopf, ist noch immer hoch, ich, Doel, muss aufwachen, ohhh ,ich Doel, wünsche mir das ich Doel, mich sehr schnell in eine bessere Verfassung bringen könnte..daran muss ich wirklich arbeiten.................
Ohhh Molly du mit deinen Roten Unterhosen du bist besser dran *wenn* du dir einen anderen Mann suchst einen wirklichen guten Mann und keine timide Kreatur die ihr Leben riskiert Dope bläst und die Briese versucht zu überahnen...

 Ahhh Frau du warst so gut zu mir und ich zu dir du gabst mir deine Zeit und du kamst aus dieser doch nicht so guten Welt heraus die doch wirklich große Hässlichkeiten aufzuweisen hat und die andauern ein Baby in Schwingungen über dich hält, ich könnte dich lieben und wollte mich nicht verlieben, aber wo ist meine Stärke geblieben, wohl in den Kartoffeln, flüsterte keiner, denn du bist doch meiner, höchstwahrscheinlich ist sie in den Vergnügungen des 21zigsten Jahrhunderts untergegangen, diesem andauernden Lachen und Schauen, diesem TV Schauen, ahhh, das ist okay mit mir, ahhh deine Küsse wovon schmecken sie, ja davon auch, auch von der Jugend, aber lass uns nicht immer nur nach Jugend Ausschau halten, denn ich kann ganz schön alt aussehen, spare dein Lächeln für jemand anderem, komm ich liebe dich, aber lass uns jetzt schlafen gehen, lass und träumen, denn ich war wieder einmal wackelnd betrunken, ich war ein Whisky Gehirn, aber du suchst eine andere Zeit, okay Babe its all to late, lets get layed, lets get wayed, lets get wayed, ja es ist an der Zeit das ich wieder anfange einige seriösen Gedankengänge zusammen zu bekommen, über mein Leben nachzudenken, vorzudenken, es ist an der Zeit,......
Ich, Doel, trinke mehr Whisky.
Verdiene ich diese Freundlichkeit, klar ich brauch sie nicht zu verdienen, ich könnte zwar als Diener in dieser Freundlichkeit gesehen werden , bin aber zur gleichen Zeit auch verdienend .
Vielleicht treffen wir uns mit Zän heute Abend.
Oder willst du einige weiße süße Dingerchen schlucken,.............Ist es das......
Ich weiß keiner liebt mich wirklich dafür aber heftiger unwirklich, well ich mach weiter, . .
Immer noch morgens alleine in Mollys Wohnung. . . Das Telefon klingelt.
Richard ein Freund Mollys rief an....Danach legte Ich, Doel, Jonny Winters Memory Pain auf den Teller und entschloss mich richtig ausgestoned richtig stoned zu werden
Und schon erschienen auch die kurzen vergangenen Zeiten, wo Ich, Doel, mir vorkam als ob ich frustriert war weil ich unfähig war unter ihre Haut zu schlüpfen, entweder hatte ich zu viel Gehirn oder aber da warn wirklich nur noch zwei Gramm Wille in Dir, Mir, Doel, die total ungewollt da am wirken waren und mich täuschten indem sie mein Ich ansprachen und das Ich dann glaubte *er* wäre wirklich fähig für mich zu spreche und mir vorzutäuschen das ich wirklich frustriert wäre...

Also die Psyche sie ist schon verflixt dünnschichtig und ins besondere das Ich, fängt leicht an zu Nörgeln wenn es etwas nicht bekommt, hit me baby..
Kritisiere mich Molly mach mich das ich mich bewege, hätte ich fast geschrieben. . .
Okay, also stoned times sind da. Aber ich Lebe nicht vor, irgendjemandem seine Seele zu schmerzen. Und wie kann ich sowieso explodieren in diesem Körper, wie, und mit diesem Gedanken zog ich an dem Joint.................................
Uno, plonk, ramba, zamba, puffy, da fing doch tatsächlich die genetische Helix in mir an zu schnalzen..das linke Ohr wackelte zwischen und neben Weinen aus China, Seeöle waren schon unterwegs um zu bemerken das Doel nun sozusagen gut drauf war, er summte schon mit seinem Tiefenwissen das aus Jahrtausender langer Erforschung eine Erkenntnisreiche Kette von fähigen Menschen immer zum Lachen gebracht hat weil ja so viele Keulen auf den Strassen herumliefen. Und das war Kunst........
Das war die **Metamorphose** von ehemaliger frommer Busse die ihren Ansatz in diesem Joint hatte........................
Und das war auch Kunst.......................
Zu wissen wo der Ansatz lag..
Ahhhh, ja, seht ihr die Trommel dort auf der ich herumtrommle damit die rhythmischen Affentänze, nein Menschentänze aus den ehemaligen Urwäldern der Kelten oder der Indianer sich manifestieren konnten. Trommel Drommel Pommel Klonk..........
Jetzt schnell rüber zur akustischen Gitarre auch noch ein Solo auf dem Rücken der Gitarre trommeln...............................
 Und dann geschah etwas merkwürdiges. Innerhalb Doels ohne daran zu objektivieren, sich also mit der Außenwelt zu befassen, sah er wie er da still saß und ein anderer neben ihm den Zünder zur Atombombe zusammenbaute um ihn eventuell auch zu ballern, aber Doel war auf einmal völlig klar und wusste und merkte das er eben nicht nur dieses WeltIch war dieses Ich das ihn schon lange nicht geheuer schien sondern eben nur egoz€ntrisch leuchtet ,sondern das er im Grunde das Wesen, unzerstörbar war, welches aber durch vielschichtige psychologische Barrieren oder psychosomatische Schleier, eben nicht erfahrbar war, aber durch einen reinen Denkakt intellektuell verstanden werden konnte, und somit auch, als unmöglichen Widerspruch gegen die Schöpfung erkannt wurde, er erkannte für kurze Zeit die Harmonie des Seins, die schlagartig alle Sinnlosigkeit aufhob, und das Leben wieder Sinnvoller machte. Die höhere Ordnung machte sich bemerkbar. Und das war für Doel ziemlich einleuchtend denn schließlich war er 23 Jahre Jung und da musste sich auf dem Wege zum Menschen über die Person Werdung auch das Wesen bemerkbar machen. Denn umsonst ist doch mein HierSein nicht...und er war trotz Suff trotz StonedSein trotz Liebeskummer trotz Pillen und all dem Kram der sich dem relativen Denken in der wertelosen Phase des Daseins zeigt als nörgelnde Kritik und der daraus entstehende Opportunismus für das Ich, also kein Gefangener seines **Ich-Selbstes**.
Er erkannte das er in sich etwas anders trug und war.....
Dann war alles wieder vorbei und Doel schaute erstaunt vor sich hin.. .da war was, er musste sich wohl mehr in so genannte Grenz Situationen begeben, denn das ganze Trinken Rauchen die Hektik sie drängten irgendwie auf was anderes hin.....
Gedanken sind freiwillig und dafür sehr gefährlich.......................
Wie bitte..............

Ja ich bin. Also denke ich, so.....................

Aber was ist mit dem Wahrheitsdenken das von wo kommt.................

Wo, das ist doch dort wo es keine Atombomben gibt, nicht wahr. Klar so ist es....

Und dort, Wo gerade die Atombombe gezündet wurde, dort saß nun Doel und wurde in Stücke gerissen, aber trotzdem lebte er, er entwich dem Körper, und rief noch schnell : Das begreifen mancher Werke braucht mehr Genialität als ihr erschaffen...............

Und somit fiel Doel wieder zurück auf den Teppich, und tatsächlich spielte jetzt Bruce Springsteen : Streetshuffel.......

Doel stand auf nahm die Kamera und machte ein Photo von sich dem Körper mit grimmigem Gesicht, trank noch einen Whisky ,rollte sich nun noch einen dünnen Joint, schaute sich noch mal in den schönen farbenreichen Zimmern um, mit seinen vielen selbst gemachten Kissen dem Holzfußboden der für Kanada selbstverständlich ist, sah die Blumen in der Ecke und auf den Regalen, und aus der Küche summte der Kühlschrank seine eigene Melodie.......

Ohhh Gott wirst du den menschlichen Kanonenball retten.....................

Zeit entsteht mit dem Gefühl „ICH BIN". Damit fängt alles an was Sehbar ist...............

Ich bin also fühle ich......................

Ich bin also will ich.................................

Ich bin also opfere ich.................................

Ich bin also sehe ich.......................................

Ich bin also rieche ich....................................

Ich bin also höre ich...

Ich bin also gestalte ich......................................

Ich bin also dulde ich...

Ich bin also erzeuge ich...

Ich bin also zerstöre ich...

Ich bin also ich bin nun mal so und auch so...

Wussten sie das nicht................

Ich rechne auch damit, und spekulieren tue ich auch, nicht zu Vergessen die **Täuschungsmanöver**, und die heldenhaften Mördereien die ich schon für euch getaaaaan habe, und immer noch nicht genügend Blut, also zuerst bringe ich für euch die Menschheit um, dann die Tierheit dann die Naturheit, nicht zu vergessen, nein ich vergesse schon nicht die Wesenheit und zuletzt verschlucke ich für euch auch noch die Gottheit , genügt euch das jetzt, ihr Mächte aus dem Zerstörungsreich.................................

Aber wer ich bin das werdet ihr niemals erfahren...

Okay, lets hit it again, denn es ist kein Spaß ein Millionär zu sein. Denn der Millionär hat Angst vor der Auflösung, Auflösung seines Gebundenheit an das Sehbare, Geld, Macht, Autos, Langsitze der Landliegen,,und so verpasst er die Auflösung seines Universums, zuerst dem naheliegendsten, seines KörperUniversums, dann die Auflösung des **AllUniversums**, und damit verpasst er mit Sicherheit die Erfahrung seiner Selbst, nämlich das er vor ihm Existiert, ist, war, immer war, immer ist, Nie Geboren War und Sein wird...Oleeeeeeee...Und die Erfahrung seiner Gebundenheit an die Millionen also die Zeit die UhrZeit verschwindet zusammen mit der Welt oder dem Universum seines Körpers, genauso wie ein Traum aufhört. Nämlich, der Traum geboren zu sein. Und damit

zu Sterben. Und damit alle verbundenen Ängste Psychosen NeuRosen AltRosen und
ÄltereRosen bis zu GreisesRosen und VertrockneteRosen.

Doel stand nun neben dem Blumentopf an der linken Seite............

Gott kam in sein Gemüt..................

Das war aber auch alles...........................

Du musst mehr aufwachen wenn du ihn akzeptiert hast meinte Doel zu sich. Die Wahrheit
ist wie Socken, du wäscht sie und dann sind sie wieder sauber. Rechtsradikale darf man
deswegen nicht links liegen lassen und Linksradikale nicht rechts liegenlassen..

Das ist die Wahrheit..

Ist das von irgendwelchem Interesse für dich..

Ahhhh Doel wurde wieder langsamer, da kamen keine Gedanken mehr, nur noch blinde
Winde aus einer Hirnzelle die sich einsam fühlte, aber dennoch machte Doel weiter..Er ist
stark nicht wahr...............

Klar der ist Weise..

Aber wann wird's denn alles ins Unbekannte verschwinden............

Bald ja bald schwindet Schönheit und Gestalt.........

Womöglich werden bald die radikalen Veränderungen sich verändern. Irgendwie war Doel
nun ein verkrampfter Krüppel.

Geh ruhig schrei, schrei laut dafür bist du da schrei so laut das die gesamte Verlogenheit
die Betrügereien die Verkommenheiten des gesamten Staatsaufbaus die verseuchten und
die Naturwissenschaftler die Biologen und die Mathematiker die Autofabrikanten und die
Chemikalien - Könige, die Alkohol - Macher die Waffenhändler und die Fortschrittsfanatiker,
die Größenwahnsinnigen und die Kleinwahnsinnigen, die Götter und die Dämonen, die
Geister und die Magier, die Nasenpopler und die Regieführenden für die Bildung, die
Tierquäler und die Flugzeugbauer, die Tabakzüchter und die die die die welche immer nur
Einseitig betrachten können und keinen Spielraum lassen, ja die welche sich letztendlich
in eine Sackgasse gearbeitet oder Gewollt haben und daraus das Extreme entwickeln
weil sie sich rechtfertigen müssen, verkorkst über das Fachidiotentum zum Genie werden,
und am Ende Wahnsinnige sind, schrei so laut, das sie alle hören, und verstehen, und ihr
Inneres erforschen ob da nicht auch das kleinste I-Tüpfelchen mit dem großen Gewissen
übereinstimmt.....Aber,,,hat ein Schöpferisches Wesen ein Gewissen, oder hat bloß der
Fehlerhafte Verstand ein Gewissen zusammenfantasiert aus seiner Falschheit....

Langsam kam der Nachmittag..

Wieder ein Telefonanruf........

Diesmal war es Nicolas, er ließ die *845-0467* für Molly.

Danach rief Mürry an. Er wollte schnell vorbeikommen auf'n smoke, bevor er sich *2001
Space Odity* ansah.... Doel hatte keine Lust sich den Film noch mal anzusehen. Er hatte
ihn schon 2x gesehen einmal ohne stoned zu sein und einmal so abgereckt das er mitten
im Farbenrausch einnickerte, da war er besonders heiß, das ist kein Scheiß Mann, oder
Frau.. Das war in Montreals Outremont Theater, das zur damaligen Zeit ein Szenentheater
war und das ehemalige riesige Theater war konstant mit dem süßen Sonnenöl aus dem
Osten am vibrieren. Da war reine Sonnenkraft enthalten die den Körper wärmt die Muskeln
lockert und auch zur letzten Salbung wird ja bekanntlich Öl gebraucht, jaja,...Die Sonne
bringt schon feine Sachen an den Tag, und das ist alles von Gott so gewollt..Ohhh Gott

will nur das Beste für den Menschen JaJa das schwarze, und das helle, das Öl der Sonne damit wird viel erreicht, sehr viel, es lohnt sich darüber nachzudenken, reinstes Sonnenöl, legales Sonnenöl, nein Öl.....

Und da kommen doch die Institutionen, aus ihrer Verklemmtheit und sagen, nein, das gibt es nicht, und das ist nicht erlaubt, ihr dürft, ihr dürft so was einfach nicht, sonst stecken wir euch in unsere süßen Rattenlöcher mit TV, ach, ja sogar Farbe, aber wir kriegen euch schon von der Strasse weg..

Und in der Bibel steht das Gott gesagt hat das der Mensch sich die Erde untertan machen soll,..aber es steht nichts davon das er sagte macht euch den Menschen untertaaaaaaaaan.
. .

Und Gott schaut sich das alles immer noch so lässig an, was ist los mit ihm, wo lässt er seine Kraft in viele Menschen ein, damit sie endlich wieder das Unkraut jähten..

Weg mit dem Unkraut..

Insbesondere weg mit dem Unkraut dem ganz großen...

In Frieden natürlich..

Aber die Gewalt sie gewinnt gegen den Frieden..

Dann müssen die Menschen wieder Götter werden, lebhaftig sich mit den Gemütern der für die Lebensfördernden Kräfte lebenden Wesen identifizieren, aber sich nicht davon infizieren lassen, also selbst im Verwüstungsrausch untergehen..

Andauern in direktem Kontakt mit dem Schöpfer stehen.. Ohhhhhhhh, ZZ-Top singt :Ich bin schlecht ich bin Nationenweit....

Die Säcke machen mit.

Ahhh Doel komm reg dich nicht so auf ,roll dir lieber noch'n Joint. Aber eins muss auch gesagt werden, es ist eben kein Kinderspiel ein Land oder Nationen und so weiter zu führen, das könnt ihr natürlich schon daraus ersehen wie schwierig es ist dich selber zu regieren ....also so einfach ist das Dasein nun auch nicht..

Ist das klar..

Wenn nicht kommt mal vorbei und wir reden darüber...

Denn schließlich ist ja die ganze Tierwelt in uns auch noch enthalten, und wir wollen doch was anderes werden, eben Gott werden. Und das ist reine Liebe Glückseligkeit, und nicht der Abmurksmurks dieser noch Raubmenschen.

Und was ist Gott.

Was ist er.

Ist er der, der voller Begriffe ist und alles erklären kann.

Ist er derjenige der die Wörter schon hatte. Ist er derjenige der die Sonne nahm und sie dahinplatzierte. Ist er derjenige der alles geschaffen hatte, und jetzt sieht das er Fehler gemacht hat.

Sag bloß.

Oder bin ich Mensch nicht fähig Mensch zu sein sonder, sondern... Menschsein könnte auf den ersten Augenblick so akzeptiert werden, muss ja auch, so sind die Menschen, aber da liegt mehr dahinter, als der erste Blick preisgibt....

Denn wenn es Gott wirklich gibt, gibt es auch diejenigen die irgendwo auf dieser Erde mit ihm in Kontakt sind...

Eigentlich müsste das ja alles sein..

Alles ist mit ihm in Verbindung.. Klar. Aber da ist kein männlich kein weiblich.

Aber dennoch irgendwie ist in der Welt eine echte Hierarchi.

Jaja, sich durch das gesamte Gewühl der menschlichen Gedankenwelt durchzuwühlen ist keine Kinkerlitzchenaufgabe...

Doel hatte sich den Joint gerollt, schüttete sich noch einen Whisky ein und zog an dem Stengel, ziehhhhhh, pufffffff, rauch.... dann legte er Mahagony Rush auf den Plattenteller, eine Gruppe aus Montreal. Da klingelte das Telefon, un-unterbrochen......

Also Musik und Telefongerassel, Stoned und dann noch Alkohol, ja, wenn da nicht mal der Wunsch entsteht alles raushängen zu lassen..............

Die Nacht bricht an...

Ein seichter Schleier hüllt sich über die Strassen und die Menschen machen doch tatsächlich ihre Straßenlampen an. Da kannst du aber auch keine Sterne mehr sehen, du vergisst wo du bist Mensch, mit deiner Technik, Mensch du bist auch bald vergessen, keiner will sich mehr an dich erinnern, Mensch du und dein Pestbeülenzentrum - Stadt oder sogar Kosmostadt, Seuchenherde sind das, Labore für den Wilden, wenn auch noch so viel Glanz und Glitter leuchtet ,du bist noch lange nicht allein bestehend, und wirst es auch nie sein, du Mensch.

Langsam wie die Nacht einfährt mit ihrem Cadillac, fährt bei Doel auch wieder die Klarheit ein. Er hat sich entschlossen morgen in die City zu gehen um dort auf einem Drive - Away Büro ein Auto für die Fahrt nach Calgary, in Alberta der Provinz die wenigstens 10 x so groß ist wie die BRD,zu bekommen...

Doel scheckte dann noch die Bahnpreise und telefonierte mit CHOM, dem Radiosender, der manchmal auch Reisen von Privatleuten auf den Sender bringt,und wo bleibt ihre superfeine Mentalität heute, es ist wieder Vollmond. . .

Rodger Dodger, wo bist du, da in Calgary, Amigo, bald bin ich da, hey Freund endlich mal wieder, bin gespannt wie du dich so gemausert hast. Weißt du noch, als wir uns damals, diskusionabel, wirbelnd, über das Dilemma der Menschen versuchten genauer zu informieren, und wir dabei fast eine Kiste Whisky leer tranken. Wir waren damals Anfang 20,ja, und immer noch keine Alkoholiker wa,...

Weißt du noch wie wir uns wunderten, das seit dem heraufdämmern der Zivilisation, gut wa, heraufdämmern, weil keiner weiß wann das war, außer er natürlich, jedenfalls hatten wir festgestellt das es unter den Millionen und noch mehr Menschen einige Menschen gegeben hat die so genannte begnadete Reformer waren, das diese aber, nicht diese indischen Mystiker, chinesischen Weisen, christlichen Heiligen, jedenfalls das es Menschen gab die an das Gute im Menschen appellierten, aber das auch das keinen Erfolg hatte. Und das manche Menschen dann meinte das der Grund diese Scheiterns darin lag, das diese Interpreter die an die gute Seite im Menschen appellierten, sich in ihrer Interpretation geirrt hatten. So schreibt's auch der Koessler, und das die Menschen eben keine Früchte aus diesen Lehren ziehen konnten, zu dumm. Das angeblich der Irrtum im Egoismus lag, in der Gier, und in der angeblichen Destruktivität des Menschen. Und die ist nicht nur angeblich. Und dass das eigentlich gar nicht stimmte ,denn die Historiker und die abgefackten Psychologen berichten ja anders und denen kann man doch nun wirklich blindlings Glauben. Das sind doch zeitgemäße Stümperlinge, abgewichste Versucher der Gesellschaften. Weil eben die persönlichen Motive im Menschen ziemlich-gering sind,

Verbrechen zu tun etc, aber hingegen die spanischen Konkwistadore, (im Neudeutsch), die ihre Blutbäder nur des Rausches wegen angeordnet haben, eben mal schnell ein Blutbadrausch wa.
Die Zahl der Menschen die von Banditen abgefuckt wurden sind dagegen belanglos gewesen stellten wir fest . Weißt du das noch.........................

Klar Buddy kam die Stimme. Klar Buddy, komm nach Calgary Doel. Hau rein. Und die Stimme erweiterte dann : All die, die im Namen der wahren Religion umgebracht wurden. Die ganz einfach so abgewürgt wurden, weil die andern sich im Recht erwägten denn ihre Stärke war eben im Recht, wa, obwohl sie gar nicht wissen was das Recht ist, nicht mal das es bloß eine mentale Konstruktion ist, und zwar derjenigen die die Kohle haben und die Wirtschafts und Geld und Politik Kartelle und Religionskartelle kontrollieren. Die erträumen sich dann, das so genannte Recht. Die Dualität der Dualität in ihrem Denken um ihren Besitzstand aufrecht zu halten.
Ja, und was war da noch..
Ketzer wurden damals ja angeblich nicht aus Wut sondern aus Sorge um das Wohlergehen ihrer unsterblichen Seele gefoltert................
Ja und die Sowjets und Chinamänner sie brausten durch ihre Revolutionen um ihre Schäflein und Schlitzies, von dem vergoldete Atomzeitalter der geschlechtslosen Klassenlosen abgedooften Zeit zu befreien..
Nein vorzubereiten..
Und die vergasten Kammern der Nazis, sie hatten wie ja gesehen werden kann das 1000 Jährige Reich eingeleitet..
Stimmt die BRD ist auch soon Puffer.
Und in der Bedrohlichkeit der Atombomben und dem ganzen Mist und dem ganzen Zer-störungssicherheitskomplex den sich die größte Menschheit da aufgebaut hat. Da wundert sich doch keiner mehr das wir jungen Menschen mit euch Stinkern nichts zu tun haben wollen..

Ja Rodger Dodge, weißt du noch wie wir erkannten das die Verwüstungen die durch Exzesse der menschlichen Selbstbehauptung entstanden sind, eine Kleinigkeit war, gegen die Massaker für eine größere Sache, zbs. für höheren Ruhm,,,,sooon Scheiß, für das Land oder die Flagge, soon Scheißdreck, für den Führer, Heil Hitttttttla, sooon Scheiß-drecksmistsauhaufen, für politische Überzeugungen, ha diese Stümper, Pisser.
Also was stellten wir fest : Der Mensch entwickelt Aggressivitäten wegen der Hingabe an Überpersönliche Idealen. Was stellten wir noch fest : Dass das eine Funktionsstörung der integrativen (Wiederherstellung eines ganzen) Tendenzen, der menschlichen Spezies, waren.....
Und hattest du nicht damals erwähnt das Pascal gesagt hatte, zu dir persönlich hatte er es noch gesagt : Rodger Dodger, mein Söhnlein. Der Mensch ist weder ein Engel noch ein Teufel. Doch wenn er versucht den Engel zu spielen, verwandelt er sich in einen Teufel....
Stimmt Doel, das hat er mir noch zu geschrieen als auf dem Rasen vor dem Eifelturm seine Seele das Weite suchte. Armer Teufel er hat's nun.
Aber wie entsteht dieses Paradox, fragten wir uns noch..

Als allererstes muss sofort klargestellt werden das eben diese Weisen ,Heiligen, Mystiker und so weiter auf dem richtigen Wege waren. Denn sie beschwörten ja keine Zerstörungen hinauf. Und das der Egoismus im Menschen, also der Mensch als zukünftige Leiche, oder wie Jesus schon richtig sagte : Lass die Toten die Toten begraben. Denn das bezieht sich auf den Egoismuuus Muus. Und dass das eben sehr Ätzend ist, ist ja auch klar, und das die Gier, ergo Ignoranz, eben das extra Gift ist, ist noch klarer, das wussten wir................
Weiter stellten wir fest ,das wenn der Mensch in sich eben diese Ego – Gier – Ichhaftigkeit weiter entwickelt, sie sich letztendlich eben auch auf ihre Staatsmänner weiter gibt, weil die ja auch nichts anderes kennen, und somit wird eine Gruppen – Stadt - Landvolk - Nation.- Internation -und kosmonationale Zerstörung auf Grund dieser im Menschen noch nicht beseitigten oder verwandelten Energien aufgebaut...
Das war ziemlich einfach zu erkennen....
Ehhh Doel, ich muss jetzt wieder zurück nach Calgary, bis später. Okay, Rodger bis bald....
Ehhhh , wo bin ich, ahhhh, da war doch, ahhh, ja mein Gedächtnis, ehhh, ja also das Beste an meinem Gedächtnis ist wohl das ich mich immer wieder daran erinnere wie gut ich doch vergesse.....................
Also Ich, Doel, träumte von Rodger in Calgary........
Doel fiel wieder ein das er da einen Spruch von Pascal erwähnt hatte, und ihm wurde klar das dieser Spruch ja auch immer auf eine größere Gemeinschaft von Menschen übertragen werden kann zum Beispiel : Der ganze Wissenschaftsglaube der Menschen an kontinuierliches Wachstum, das aber auch Total das Werden und Vergehen nicht mit einbezieht, weswegen wohl, und die Unterstützung der Pillen der Fortschritt sei es auch der künstlerische oder der mathematische oder der Sterbebekämpfung oder der ,na ja ihr wisst schon was ich meine eben wenn die Menschen auch eben aus dem Guten heraus ent- wickeln, also Engel sein wollen, gerät es später in die Fänge des zerstörerischen, das kann ja heute eindeutig klar gesehen werden. Und das ist kein negatives Gemüt in mir...........
Und das ist keine negative Lebenseinstellung in mir, Doel..............
Und das ist eben die Erkenntnis......................
Aber Erkenntnis hin und her, einige schaffen es darüber hinaus zu gehen und den Werden und Zerstören Trip hinter sich zu lassen...Aufzusteigen.............
Aber durch das Chaos erwächst wieder die Schönheit und der Weg wird frei für weitere Lebensabläufe.............
Ich rauch mir lieben noch'n Joint.................
Doel rollte auch gleich einige Stengel für die Reise, den 3000 Meilen nach Calgary. Ja ich Doel will Rodger Dodger nun wirklich sehen.................
Werde noch ein Abschiedsfrühstück für Molly und Mich, Doel, machen. Ich habe bemerkt wie ihre anderen Freunde nervös wurde. Sie nahm Rücksicht auf mich Doel, weil ich mich etwas in sie verliebt hatte. Ich fange wieder an mich etwas besser zu sehen.
In meinem Schädel fängt schon die lange Reise an. Ahhh, dies ist das ruhige Leben in Montreal, ja ja, ruhig. . .Fast so wie in Berlin. Nur genau verschieden. Glücklicherweise waren die letzten Tage Blauhimmlich. Und in dem Blick nach oben lag auch eine Ahnung für Doel den Schlüssel zum verborgenen zu finden................
Doel hatte durch die Gespräche die er mitgemacht hatte, die Menschen die er gesehen

hatte die Grauen Gestalten die doch bei weitem alle Menschen in den Städten überwiegen festgestellt das den allermeisten Menschen die Metaphysik fehlt. Und die Metaphysik verneinen. So wie die dummen Naturwissenschaftler, die auch bloß ihre Festplatte mit Wörtern voll gestopft haben und das dann als Wahrheiten verludern, an die noch blöderen und noch Ignoranteren. Mögen sie auch sonst so Breit gewalzt beliebt und akzeptiert sein. Die Professoren der Hygiene des Verstandes. Die Doktoren der Biologie zur Reinigung des Schmutzes der aus Erde besteht. Die Psychologen der eigenen Unterminierung ihrer Komplexe und Unfähigkeiten. Sie verneinen die Metaphysik. Sie meinen das wäre spekulativer Firlefanz. Aber daraus kann erkannt werden das es in Wirklichkeit die Angst vor dem Unsichtbaren ist. Die Angst vor dem Tode. Aber vor allem der Weg zur Blockade des Verstehens des Sterbens, des durch den Tod gehens..............

Und das ist wiederum der Anfang zum Stupor des sinnlosen Umhertorkelns des Westmenschens, aber der Ostmensch torkelt auch ganz wild, und der Südmensch auch, gleichfalls der Nordmensch, der dann sich selbst nur noch als ein klumpen Fleisch kennt. Und deswegen auch keine anderen Kräfte entwickelt. Er bleibt dumm.

Unter diesem Blauen Himmel war es wieder 20 Grad Minus.....................

Aber ist es meine Schuld das ich jetzt schüttle, zittre, die Gründe..........

Ach ja, im deutschen ist das metaphysische die philosophische Lehre aber auch geistige Erkenntnis, denn wofür ist der Geist sonst da, von den letzten Gründen und Zusammenhängen des Seins, das aber nicht das Wesen des Menschen ist, im Marxzismus ist es diejenige Denkweise die der Dialektik entgegengesetzt ist, also These Antithese, Behauptung, Antibehauptung, um dadurch eine Erkenntnis höherer Art zu gewinnen, das ist das entwickeln des holonistischen Denkens, des hierarchischen Denkens, du denkst höher etc...

Rhetorische Spitzfindigkeiten entwickeln sich dann auch daraus. Und dadurch entwickeln sich Machtkämpfe, wo nicht mehr nach dem Wahren und Sinn gefragt wird sonder wo nur noch das Bessersein in Erscheinung tritt, das dann eben auch Zerstörung mit sich bringt, Fanatismus etc,...

Metaphysisches ist aber auch mit Furcht, mit angeblicher Einbildung, mit Zauberei, alles im negativen Sinn, verbunden. Sachen aus dem Jenseits. Geister, als ob es die nicht gäbe.

Spuken.

Uhren bleiben stehen, als ob sie das nicht tun.

Übernatürlich, als ob wir Menschen wissen was wirklich in der Welt vor sich geht, wir wissen immer nur so viel, das unsichtbare überwiegt. Der Wichtelmann ist damit verbunden.

Poltergeister.

Feen.

Vampire, Weerwölfe..Kobolde. Hellseher und Visionen, Geisterstunden, Aufhebung der Schwerkraft, Materialisation, Parapsychologie, also ein Mischmasch von Positiv und Negativ wird damit verbunden..

Das ist eben so..

Und nicht nur so wie die Naturwissenschaftler sich's erarbeiten.

Oder ihr Laborfatzkes es euch Ermikroskopiert.

Das sind meistens Übersinnliche schlechte Geister diese Poltergeister aber Metaphysik ist ja auch der Cherub, Genius, Kinder des Lichts, der Sandmann, die Gruppe Amerika

hatte ein schönes Sandmann - Lied komponiert. Heilige und Weihnachtsmann der Bringer des Lichts...Naja eben solche Sachen die aus der breiten Masse mit Worten besetzten Erfahrungen von Erlebnissen mit übersinnlichen metaphysischen Lebensformen...
Ich, Doel, bete jetzt dafür das wir Menschen mehr Erfahrungen mit dem Sinn für Übersinnliches machen um uns aus den Klauen des reinen Materialismus etwas zu befreien und um eine Balance herzustellen. Wenn die Phantasie schon im materialistischen stecken bleibt, autsch, was für ein Klumpen, der Teufelsklumpen am Bein..
Bleibt mir bloß mit euren Atombomben und Kriegen vom Hals.
Bleibt mir bloß mit euren verkalkten Politikern vom Hals.
Und vor allem von den Soldaten, ohhh jehminee, was machen die bloß.
Wo war ich noch mal, ahhh, also die Soldaten..
Also kein Mensch auf der Erde darf jemals für immer und Ewig eine Waffe in die Hand Mund Nase Ohr Anus Poren Füße nehmen. Weder darf er Waffen durch die Sprache durchs Denken durch die Fantasie durchs Gefühl oder die Schrift Bild oder Tat niemals mehr eine zerstörerische Idee oder Willen dazu haben für immer und in alle Ewigkeit. .
Wie hört sich das an..
Nicht schlecht..
Wir sind dann immer im Orgasmus..
Wir sind dann immer am Singen.
Wir sind dann immer extra Leben am schenken und werden dadurch neues Leben erfahren das uns mit neuen Aufgaben erfüllen wird.
Wir werden den Gegensatz nicht anziehen sondern das noch schönere ungeöffnete öffnen und die Fähigkeit haben uns wieder zu wundern und zu lieben und tiefer zu freuen...
Die Psychologen könnten jetzt denken dieser Mensch er sucht das.
Das stimmt. .
Das ist ja besser als die viel proklamierte dynamische Auseinandersetzung des Yin -und Yang, des kritischen Bewusstseins. Das Bewusstsein über dem ist das schöpferische Bewusstsein das die Gegensätzlichkeiten überschaut und daraus auf eine andere Stufe kommt obwohl immer noch mit den Füßen auf der Erde. Ich schließe dieses mit den Worten : „Nur um seine Position zu halten muss der Mensch oft schon gegen den Strom Schwimmen". Damit ich diese Kanada Blues Geschichte weiter schreibe......
Inzwischen hat Doel ein riesiges illegales aber nicht akzeptiertes illegales also doch kein illegales Lächeln auf seinem Gesicht.. Molly erzählte Doel das ihre Mutter immer noch einen Mann mit Hintergrund in der Stadtgesellschaft, für sie am besten wäre, also das wollte sie..
Wir beide dachte oft das wir zusammen Reisen würden,..Wir würden wohl auch in Paris leben. Mir gefiel das vorzüglich.. Sie Künstlerin ich Tellerwäscher. Eines Tages werde ich's auch tun.
Dann erwähnte sie, sie würde zum Westen gehen, im Mai, um ihre Freundin zu besuchen, nach Kalihorny, horny, forny. Dabei stellte ich fest das wenn ich mehr in die Ecke getrieben werde ich mich viel mehr lebend fühle, also der Tod muss ja dann ganz intensives Leben sein..Es ist höchstwahrscheinlich so, dann die Kraft die die sichtbare Kraft leitet... ahhhhhhhhhhhh.....
Was meint ihr wie ich dann losrocken werde...

Auf einmal macht sich eine Gitarre selbständig...

Ahhhh immer in Konfrontation mit dem Tod zu sein kann das was sein.

Neee, lieber mit dem Leben.....................................

Im übrigen ist's ja Winterzeit und da macht sich das Sterben im Jahrzeitzyklus mehr rege deshalb wohl auch mehr schreiben darüber.

Molly fragte mich ob ich ihre Pflanzen wässern würde, ich hatte sowieso viel getrunken, und das war gestern, natürlich vergaß ich sie zu wässern. Die Pflanzen brauchten besondere Stimulation, und ich war in einer romantischen Verfassung...

Die Menschen hier mit denen ich zusammenkam suchten immer die Party, das TV und das Radio, und aus dem Radio kam immer Werbung für Milch mit Rock'n Roll Musik im Hintergrund...

Da ist ein andauerndes Festival in Montreal.

Genauso wie in Timbuktu oder in Mirleft oder in Lhasa.

Und oben im Himmel ein langer Pimmel. Nicht schlecht da kann man sich nicht beschweren, denn die sind ja sowieso alle die gleichen...

Wir redeten viel über die Philosophie des entwässern, oder einfach mal in den Sumpf von Adis Abeba zu tauchen,....

Ihr Bruder Murry war auch dabei. Oft, aber nicht störend.

Ich fragte die Fragen das gefiel ihm und es war kein Krampf.

Nun ist es Minuten vor Sieben.

Doel fühlt sich etwas schmierig vom vielen Trinken und rauchen.. Heute ist Freitag.

Du weißt ja das eine symbolische Bedeutung hinter dem Tag liegt. In dem Tag liegt..Vor ihm und mit ihm......

Bis er platzt...

DANN FINGEN DIE ERINNERUNGSSCHMERZEN AN ZU WIRKEN! !

SIE WOLLTEN SICH SELBST BEZWINGEN? LASS SIE KLETTERN!!

DER GANZE DRECK DEN DOEL GESCHLUCKT HATTE DIE VERKOMMENHEIT DER GEMÜTER DIE BEWUSSTE ZERSTÖRUNG GEGEN IHN? DIE BEWUSSTE ZERSTÖRUNG GEGEN ANDERE VON IHM? DIE SCHLÄGEREIEN IN DER JUGEND IN DER ER NOCH WAR! DER HASS GEGEN ARMEEN! DER HASS GEGEN MASSENHYPNOSE ! DER HASS GEGEN GRUPPENPSYCHOSE ! DER WAHN DER STÄRKE DER MEHRHEIT ! GOTT SELBST WAR EIN VERDAMMTER IN SEINEN AUGEN! DER DRUCK VON ANDERN AUF IHN DIE IHN VERNEINTEN WEIL ER NICHT AUF SIE EINGING! DIE VERNEINUNG DIE ER SELBST GEGEN ANDERE AUSGEFÜHRT HATTE! DIE SELEKTIVE ENERGIE DIE IHN TRIEB OHNE DAS ER WUSSTE WAS ER TAT DENN DERJENIGE DER SICH BRÜSTET ZU WISSEN WAS ER TUT IST DER DER SICH EIN ZIEL SETZT SAGEN WIR DAS UND DAS RAUS ZU FINDEN UND ER VERFOLGT DEMGEMÄSS LOGISCHE SCHRITTE! KLAR ES SIEHT SO AUS ALS OB HEUT ZUTAGE ALLES ABER AUCH ALLES ERLAUBT IST !!! ABER DAS IST EINE TÄUSCHUNG DENN SOBALD DAS ERLAUBTE IN INTERFERENZ MIT DEM DER ES NICHT ERLAUBT GERÄT? ENTSTEHT???? KEIN KNUTSCHEN!!!!!!!

FAST TIME RIDER WIE GEHTS DIR!!!!!

Es ist an der Zeit hier abzuhauen...

Glücklicherweise waren die Gefühle die Emotionen die Bauchelektrizitäten noch am schlummern.....

Jeaaaah ich will niemandens Seele abwichsen, nein, will nur schnell überall hinflitzen, bevor man mich abkritzelt......

Nene ich habe keine Angst vor dem Sterben, ist bloß zum schreien.. Jedenfalls irgendwann geht's down nach Luisiana, go Jonny go go...Wo ist meine Gitarre,......

SCHNELL WILL ICH EUCH NOCH SAGEN : Die soziale Frage bekommt meisten Unsoziale Antworten.........................EIN SPRUCH MIT TIEFER WAHRHEIT VON VOLKER ERHAHDT!! Guter Mensch im Spruch jedenfalls   ....

Wo geht's zur Highway 61...

Mensch bin ich froh das keiner hier ist während ich schreibe.... also keiner der mich immer nur unter die Lupe nimmt.

Soooon Scheiß.

Keine Ruhe Mensch.

Und du willst den ja auch nicht einfach naja in den Boden wachsen.. Ich meinte Wichsen.. Kloppen oder Wildheit geben...

Das wollen doch die meisten heute..

Wild sein..

Die Zivilisation ist am Ende...

Wenn du die Wörter die in Zivilisation enthalten sind in der Kaballa und in der Zahlenmystik untersuchst und die Möglichkeiten erarbeitest erkennst du das da viel Gift enthalten ist.....

Kill Denego..

Kill den verganfangenen Erinnerungstrieb......

Inzwischen fühlt Doel wieder sein Gehirn das ihm noch nie gehört hat das aber schon immer ihm gehörte.

Da liegt der Unterschied zwischen aufwachsen und Selbstständigkeit. Gib mir die gute Liebe......

Wenn ich schon was will gib sie mir....

Aber hab keine Angst der Friede bricht nicht aus dazu wird er viel zu gut bewacht.......

Und im übrigen steht's schlecht um dich wenn du die Liebe selbst nicht mehr verkörperst und in dir hast................Ende der Durchsage.

Doel überlegte sich nun das ihm momentan das Gehirn der Kopf wichtiger war als Gefühle, die sind immer so flimmsig und flutschen überall hin außerdem tut's da leichter weh mit Gefühlen, Gefühle fühlen eben noch, soll das heißen das sie keine Gefühle mehr haben Herr Dölchen, soll es das heißen, was ist bloß los mit ihnen, naja, das ist nicht so denn ich fein konstruiert mit einem sehr sensiblen Nervensystem, und dem Organ dass das übersinnliche Sinnenorgan in sich hat, und natürlich nicht den 3/4 Herzschlag pro Nacht nicht zu vergessen   ...

Okay ich höre jetzt auf, aber dennoch, Murry war da, und nach dem er Adieu sagte total ausgestoned, machte er eine wilde Autofahrt mit seinem BMW, der liebt den sogar, hoch nach Mirabel wo die Jumbos parken nur um herauszufinden das er zuwenig Benzin hatte so musste er wieder zurück, zurück, zurück, zurück.........

Aber wo ist zurück wenn der Anfang noch nicht einmal verstanden wird.

20zigste Februar 7+70.

Stand auf, mit einem weichen ..

Molly gähnte...dann ein Lächeln..inzwischen spielt Jonnie Winters unpersönlich sein Slipping and Sliding...frag mich nicht wie.

Doel wusste das er nun anfing sich zu verstecken. Das war okay mit ihm. Das erste was er tat war das öffnen der Whiskyflasche..gluck gluck, da fehlen nur hoch die I-Tüpfelchen um daraus Glück Glück zu machen. Jaja sie ist eine wunderbare Frau sie lebt im Wesen und womöglich ist sie auch süchtig nach sich selber wenn sie süchtig auf mich ist ,aber dennoch sie ist eine feine Frau..Sie sieht heute morgen so ägyptisch aus, so Nofretetisch, obzwar sie kräftiger gebaut ist..

Da warten ihre anderen Freunde die auf sie warten die sie brauchen

Und hier ist Doel der da auf einmal einbrach, und ihre anderen Männer stehen nun vor der verschlossenen Tür, jaja wenn's drauf ankommt kann Doel auch ganz schön das Revier sozusagen reinigen...das Tier spricht. Aber Verständnis für die anderen Männer ,klar, auf jeden Fall bloß fangt nicht an mich hier fertig zu machen habt Manieren seit auf der Suche nach dem Unsichtbaren, dann fällt euch mehr ein als nur Materie, obzwar es nur Materie gibt wie auch immer fein, ja, wenn es die Totalität gibt ist sie total materiell.......

Das ist zu Doels Verständnis klar...oder...Auch wenn's lebt oder wässrig ist oder gasig oder grob oder fein unsichtbar oder was auch immer, Einsteins Gleichung E-mc oder so also Materie ist gleich Energie besagt das schon in sich selbst, weil ja ganz feine Energien da sind, auch wenn diese Welt oder falls es eine Welt gibt ein riesiges Lebewesen ist in dem wir Menschen Atome sind oder Katalysatoren oder Giftnudel.....

Doel wusste, so dachte er's sich, das sie mit ihm in der letzten Zeit nicht zufrieden war. Das konnte aber auch Täuschung sein. Das konnte aber auch Angst sein. Oder soll er seinen linken Zehnagel wetten das es so ist..Okay das tut er...

Doel geh und mach Liebe zur Frau, sei lieb sei ein Wilder befriedige den Körper sei nicht immer so geistig, die meisten Frauen verstehen das nicht die wollen kräftig durchgevögelt werden, damit der Körper seine eigene Befriedigung bekommt , das ist so Doel, die meisten kennen nur die, also die meisten die Doel kannte, sie kennen, eben das wilde, aber die Menschen stehen auf unterschiedlichen inneren Entwicklungen für manche ist das bloße anschauen schon wämzigasch, und für andere da muss erst die organische Stimulierung mit einer Handgranate geöffnet werden, jaja so ist's so ists...

Und fürs Geld stecken sie sich sogar Maiskolben in den Arsch.

Los geh und Vögel die Frau nochmal..aber Doel tat's nicht.

Nun steht Molly dort und telefoniert mit ihrem Freund Michael. Doel sitzt inzwischen da und anal-ysiert den Trip nach Paris, dort wollten sie sich später treffen....

Und da liegt dieses fucking great life und wie fühlt Doel manchmal anathema für dieses Leben...das bedeutet verwünschen fluchen etc..

Ja das ist eben so..

Ahhh verflucht die Telefonnummer die Zän mir von Rodger gab sie ist nicht funktionabel, ahhhhhh, .Mist..

Doel ist schon in Calgary....

Jaja sie ist eine feine Frau, aber irgendwie merkt Doel doch das da Zwecke sind da sind Einbahnstrassen da sind logische Nüchternheiten da liegt zu viel Bewusstheit vorhanden irgendwas stimmt da nicht das merkt der Doel auch, auch wenn er noch' so stoned oder verwhiskied ist, da ist nur die eine Seite der Kraft aber nicht die andere, da stimmt was nicht, denn sonst würden die Sachen anders sein, der Mensch sucht immer was das ihn verbindet, naja, da drüben da gibt's genügend Kleister hohl ihn dir Doel du Dummkopf....
Aber auch das Wort Dummkopf lässt nicht das erspürte verwesen... nein, .
Dennoch konnte Doel nicht herausfinden warum er's nicht herausfand. Jedoch später im Laufe einer Unterhaltung fand er das sein Feinfühlen ihn nicht getäuscht hat, und darum bitte ich euch Menschen verlasst euch mehr auf euer Feingefühl auch wenn die andern meinen ihr seit eben am bröckeln, ...
Ich weiß das lassen die Menschen sowieso, sich auf ihr Feingefühl verlassen, sind sie dafür verlassen....
Hey du Doel , Freundchen, der Mensch sucht auch das was ihn nicht verbindet, ist das klar............ja das ist klar. . . .
Aber seh dich vor Mensch das du dich in deiner Absonderung nicht auf die tiefe Einbahnstrasse begibst, mit andern Worten seh zu das mein Ehemann dich nicht sieht wie du mich am vögeln bist......Ohhhh Mensch sei echt und tue nicht das was andere dir nicht auch tuen könnten...die Bibel....
Denn sonst falls du ein reicher Mann bist ,setzt er dir die Presser auf den Hals und falls du ein Schwuler bist steckt er dir den harten Kerzenstumpf in den After, brennend....
Schwuler , ehhh, bi - zezcelll---.
Naklaerchen, jedenfalls, das Herz von Doel schloss sich wieder.. Diese Frau sie fließt zieht sich ist ihrem selbst sicher aber ob dass das Wesen ist, jedenfalls ist ihre Mentalität stark genug den Zweck aufrechtzuerhalten...
Jaja da liegt ein Zweck in der Luft.. .die Frau ist nämlich kaputt. Ja ja so ist das die Frau ist kaputt. Sie hat sich nicht bewährt. Sie gibt weniger, obschon es auf den ersten Blick so aussieht.. sie will immer nur...
Sie ist Ichsüchtig..wie der Mann auch der Ichsüchtig ist..
Doel merkt das sie sich als das Ultimatum des Absoluten erwägt.
Was immer das Absolute auch sein mag, vielleicht existiert es garnicht ganz recht da stimmt was nicht...
Doel wurde nicht umsonst leerer..
Auch wenn er bei ihr wohnte und so ....da stimmt was nicht...
Ende dieser etwas zerquetschten Findeleien, aber irgendetwas liegt so in der Luft hier.....
Inzwischen ist es wieder in der Größe seiner Weisheit dunkler geworden, und die Frau Molly spielt ihre Gitarre, es ist eine ruhige Stimmung in der Wohnung, als ob am Ende doch noch irgendjemand der vor dem Gesetz angeblich gleich ist nach dem Urteil eben doch nicht mehr unter den Spruch : „Vor dem Gesetz sind alle Menschen gleich" fällt so ruhig ist's geworden....
Doel war inzwischen bei Richard der ihn andauernd mit seinem Wodkagetränk verarschen wollte, aber der Sinn der Sache ist Doel inzwischen verloren gegangen, und wer Richard wirklich war ist Doel inzwischen auch schon verloren gegangen, ja dieser Doel geht

manchmal zu Menschen und kaum ist er aus ihrem Gesichtskreis da hat er sie schon *wieder* total vergessen und hat sogar vergessen wo er eigentlich ist was er wollte wofür er lebt oder was überhaupt hier los ist und das gesehene hat absolut keinen Verbindenden, Inhalt mehr...

Dann sah Doel auch noch Dough, Molly stellte ihn vor, in seiner Wohnung in Oldmontreal, er ist der letzte der friedlichen Hippies obzwar der Mensch ja niemals mit einem Begriff erkannt werden kann genauso wie der Mensch ja auch nicht der Begriff Mensch ist, so ist Dough auch kein Hippie, er ist einer der bärtigen schönen Hippies, einer der Holz liebt und dementsprechend seine Wohnung die ihm nicht gehört mit Holz eingerichtet hat, übrigens hält Holz die geistigen Kräfte wogegen Metalle und Mineralien Kräfte abgeben deshalb auch die Sanjassins-Bhagwan Medaillons aus Holz, deshalb auch die Wärme eines Zimmers das viel Holz hat und die Kälte des Plastiks und Edelstahls, naja, jedenfalls ,machte er gerade einen erdlichen Holztisch für Molly, später aßen wir noch Suvlakies, lecker, flatt und mit Yoghurt, lecker, naja, jedenfalls spielt Molly immer noch ohne Sorge ihre Gitarre, und der spanische Kaffee, war auch prima, ab und zu spielte ich auch noch Pinnball, und stoned bin ich, Molly, auch wieder, bin gerade aufgestanden, habe noch den Schlaf in den Augen. . . . . .

Da ist keine weitere Penetration, in der letzten Zeit, Stagnation ja, Doel akzeptiert was ist, kein Wunder, daraus muss eine neue Aufmerksamkeit entstehen, mehr, mehr, mehr...

Das könnte verkehrt sein einfach nach mehr schreien...

Es gibt auch solche Friedenstauben die für den Frieden taub sind aber wie kann Schreien verkehrt sein..was ist wenn es getaaaan ist verkehrt. Es wurde doch getan...verkehrt ist wenn es als verkehrt also als belebend als herumseiend als Energie erkannt wird und das hat gar nichts mit Fehlern zu tun.....

Die Lebensverneiner sie sind auch anwesend.....

Außerdem wenn du wächst, wächst du doch vom mehr und nicht von dem wenige rodger.
. . .

Klar die Seuche sie wächst auch vom mehr und die Sucht auch aber erst mal die Macht und die Verblödung oder die heutzutage überschwachsinnige Kunst mit ihren abgefackten egosüchtigen Künstlern die zum größten Teil so versumpft sind das sie aber nur noch wemseno Wemsen und Gott sein..

Wemsen und abwürgen..

Wemsen und austricksen..

Wemsen und die Kacke aufquellen lassen....

Genauso ist es auf den Universitäten unter den Studenten oder den Professoren. Wemsen und verheimlichen..

Abwürgen oder uninteressiert sein..

Verheimlichen, an den Parolen teilnehmen, Kommunisten sein aber drei Modeläden besitzen, oder gegen Atomverseuchung sein dennoch an der nuklearen Entwicklung sein Doktor machen...

Mit andern Worten gefräßig sein und mal sehen was kommt... vielleicht sogar der der von weniger lebt er ist kein Lebensverneiner. .

Nein das ist er nicht er ist oft der klarste....

Jedenfalls wird es nicht mehr lange dauern bis Doel sich aus Montreal zurückzieht um nach Calgary zu fahren, obwohl er hier in Montreal Biologie, Botanik moderne europäische Geschichte und erhöhte Mathematik studiert hatte aber auch noch Spanisch Französisch und Fliegenfischen geschafft hatte, wie lange soll das noch so weitergehen".. ohhhh, my Frend noch sehr sehr lange...

Ahhhn das ist fein...

Also hört zu...

Denn die Zeit sie ist nicht auf meiner Seite sie wartet wie die Stones schon besungen haben für Niemand..aber dennoch, die Stones sind nicht fähig überhaupt nur das geringste über die Zeit zu sagen sondern sie sind fähig was von sich selber zu sagen, aber was liegt in solch einem Spruch : Time waits for no one...

Also darin entsteht zuerst : Die Zeit sie schaut nie zurück also wartet sie auch auf Niemanden.

2tens: Die Zeit sie wartet auf nicht einen sondern auf mehrere. Also die Zeit wartet auf uns alles...

Und die Atombombe, ohh Gott, unsichtbarer Meister des Selbstgefühls, lass bloß nicht die Atombombe auf weitere Menschen fallen......... .

Und, und was ist sonst noch neu..

Was ist los mit euch Menschen euch verkonsumierten Häuten..

Was ist mit eurem Organ zur Offenbarung des Übergegensätzlichen Seins im vielspältigen Dasein, was ist mit ihm, seit ihr nur noch Konsumenten......

DANN FIEL DOEL WIEDER EIN DAS ER IRGENDETWAS LIEBEN MUSS ? JA ER MUSS WAS LIEBEN UND WENN'S AUCH NUR DIESE WAS ? DIESES FRAGEN IST!

Schnell da muss ein Weg hier heraus sein..

Schnell, weg von hier in die Gefilde der Unsichtbarkeit, raus hier. Wohin in dieser Unendlichkeit. Was ist Unendlichkeit anders als Endlichkeit weil sie ja unendlich ist.. Aber der Begriff unendlich besagt der wirklich etwas von dessen was, als Ewig oder unendlich sein Wesen hat.

Die Entmaterialisierung, die Befreiung von dem Begriff, der aber auch nicht das geringste mit dem zu tun hat was Materie sein soll..Wie schon vorher beschrieben wurde aus dem Buch der Hindusoziologie. Im übrigen sind Begriffe sowieso zu starr zu bindend sie haben den Endgültigkeitscharakter den Hauch vom Tod, Starre, sie täuschen die Mentalität den Verstand und sogar die Vernunft und aber vor allem den Menschen der dann in sich dementsprechende endgültige Sachen in Wörtern und Begriffen mit sich trägt und sogar dann soweit geht zu behaupten etwas von der letzten Endgültigkeit zu wissen oder sogar von Gott oder der Göttin, also das Leben wird dadurch auch zu einem Unscharmen Sein wo sich die Menschen nur noch Abwemsen und Veratombombieren.. jaja das liegt sehr nahe...

Und wie schnell kann ich hier wegkommen. Der Theorie zufolge rasen die Neutronen und Protonen mit einer Geschwindigkeit von etwa 65000 Stundenkilometern-1/4 der Lichtgeschwindigkeit im Kern herum, also ziemlich brodelnd, und auch so war's wieder in Doels Schädeldomän, brodelnd....

Und wenn auch Atome Moleküle und Synapsen, Körperelektrizität in mir Doel ist so ist das ein weites von der mechanistischen Verblödung mancher angesehener Wissenschaftler die mich Mensch Wesen als etwas mechanisches darstellen wollen...

Die sind doch nun wirklich die aller abgefucktesten.

Insbesondere die amerikanischen 120%tigen die nur noch Materie sehen also vom Wahn befallen sind einer Täuschung der Sinne...

Denn der Materialismus oder der Sensualismus oder der Kapitalismus oder der Imperialismus oder der andere Ismus, sie haben gar keine Gültigkeit ‚sondern sind aufgeputschte **Begriffswichsereien** an denen sich die Dämonen gegenseitig die Asse durch den menschlichen Körper zuschoben und die Menschen sie Wemsen sich doch tatsächlich deswegen. .oder dafür...

Ach, die Universitäten, sie sind mehr die Universi-grählten.

Sie sind zu lahmarschig zu egosüchtig zu voreingenommen, wollen immer alles auf die Waagschale legen, immer alles auf dieser Fußbodenebene halten, und der Lippendienst, die Langeweile derjenigen die nur den Status haben wollen oder die Mücken das Geld, oder gesellschaftliches Ansehen ‚aber als Menschen sind sie Krüppel, nee du...

Denn wenn alles lebt auch der Stein oder die Unsichtbarkeit kann es doch nur heißen das es ein riesiges Lebewesen ist..

Die schwarzen Löcher die implodieren anstatt zu explodieren sie könnten die Blutbahnen oder die Nervenstränge sein, denn wir wissen ja das in jedem Lebewesen andere kleinere und immer weiter kleinere Lebewesen sind.

Ach ja wenn Materie mit Geist liiert, ein Liebesverhältnis eingeht, aber kann es in der Totalität nur sympathisch zu gehen, ja, nein,

Ja jedenfalls wenn die Materie -Geist sich also lieben, haben beide also ein geordnetes Verhalten............Im I - Ging steht Begeisterung führt zur Trägheit, das könnte die Geordnetheit sein......Unbegeisterung führt also zur Wildheit. Chaos . .

Also wer an der Wildheit festhält wird nie Geist werden..

Nach Graf Dürkheim ist das der Lauf des Wesens ‚Geist zu werden.. Doel selbst hat schon mal mit Schoppenhauer und Kants Geist in Bayern Erfahrung, Kontakt gemacht, das beschreibt er in dem Büchlein „Reise zur Fraueninsel"

Oder die Sache mit : Da Materie in physikalische Energie umgewandelt werden kann, wird sie auch, muss physikalische Energie auch in Geistige die aber keine psychische Energie ist umgewandelt werden, und das wird sie auch, in psychische Energie, aber nach den Astralwanderern zu urteilen ist der Geist etwas außerhalb seiendes...

Ahhh ja im Kundalini Yoga wird ja auch mit der Sublimierung der Materie ‚physikalischen gearbeitet, und zwar wird da der sublime Strom des männlichen Samens oder bei der Frau des Ei's, der Eier, beide geben eine extra Substanz ab, also da wird dann auch mit Materie die in physikalische Energie umgewandelt wird das Feinstofflichste gefunden, die geistigen Zentren geöffnet.....

Doels Kopf brütet wieder...

In den alten Schriften der längst vergangenen Kulturen stehen eigentlich mehr tiefsinnige Erkenntnisse als in den neuen Büchern der Frischlinge, auch wenn sie noch so alt sind, aber ihre Erkenntnis ist noch im Weltenjahr zu jung, sie sind noch zu sehr mit der groben Arbeit beschäftigt, sie haben noch nicht verstanden was Unendlichkeit ist oder sind zu sehr mit ihren Gedanken an draußen beschäftigt, auch gut...aber wer den Pantanjalis liest und noch versteht : Intelligent sein heißt, allen Bewegungen des Bewusstseins gegenüber Abstand zu bewahren, und so objektiv zu sein. Subjektivität ist nichts anderes als Bewegung, Tätigkeit,

Funktion, Befindlichkeit, Zustand, oder Gleichheit der Psyche und des Denkens mit ihren Tätigkeiten und Bewegungen...daher muss die Subjektivität aufhören um der Intelligenz den Platz einzuräumen. Diese Intelligenz befähigt den Menschen, die Dinge zu sehen wie sie sind, in ihrer existentiellen Echtheit. Dies ist die eigentliche Wahrnehmung der Objektivität... oder : Sutra 33 erklärt die Aufeinanderfolge der Kausalität. Es stellt fest, das die Kausalität zeitlicher Natur ist. Die Zeit ist eine sich ewig fortsetzende Aufeinanderfolge von Momenten. Sie ist so subtil das man sie nicht beobachten kann. Sie wird nie zu dem gesehenen, zum Gegenstand. Aber eine angesammelte Wirkung, die von diesen zeitlichen Folgen verursacht ist ,wird als Gegenstand sichtbar und daher erkennbar. Von dieser Erkenntnis schließt man, das dieser Gegenstand das Ergebnis der Aufeinanderfolge vieler vergangener Momente ist, die nie wiederkehren. Die Wirkung ist daher ein Ergebnis einer Reihe unsichtbarer Momente, die wir Zeit nennen. Wenn die Wirkung, Verwandlung, Umwandlung, in Form eines Objektes gegenwärtig ist, ist die Reihe der unsichtbaren Momente der Zeit, die sie hervorgebracht hat ,nicht mehr vorhanden. Daher ist die Wirkung das Gegenstück zu dem Augenblick oder der Zeit. Diese Zeit ist Eindimensional. Alle Dreidimensionalen Objekte werden von der Zeit hervorgebracht, die in Wirklichkeit aus einer Reihe getrennter Momente besteht Die messbare Zeit und der messbare Raum sind die Illusion eines Geistes (das Sanskrit Wort Maya, Illusion, kommt von der Wurzel ma, messen..) der in vergangenen Eindrücken befangen ist, die von der Erinnerung lebendig erhalten werden. Diese Masse *der* Zeit und des Raumes können nie eine Lösung für das Rätsels des Universums bieten, nicht einmal auf der bloßen physikalischen Ebene. Die Zeit ist selbst ein Rätsel, da sie ganz innerlich, unsichtbar, und unerkennbar ist ,bietet sie sich nicht für das gemessen werden an. Ein Geist ist unfähig, das unermessliche zu erfassen; die Zeit als die schnellste bewegende und subtile Folge nicht beobachtbarer Momente etc.

Über die Freiheit.

Die Natur und der Mensch. Sutren 1 bis 13.

1.

Die wunderbaren Fähigkeiten sind entweder angeboren oder sie entstehen durch (medizinische) Pflanzen, durch heilige Worte (Mantras) durch Askese oder durch Versenkung.

2.

Die Verwandlung in eine andere Gattung geschieht aufgrund des Überströmens der Natur.

3.

Die (menschlichen) Kausalursachen bewirken nicht die Vorgänge in der Natur. (der Mensch) unterscheidet sich durch sein wählen können, daher ist er wie ein Bauer (der durch Dämme das Wasser auf seine Felder leitet)

4.

Das (individuelle) geschaffenen Bewusstsein geht alleine aus dem Ichbewusstsein hervor.

5.

Obwohl sie sich in der Funktion unterscheiden, ist ein Bewusstsein die Ursache des

Bewusstseins unzähliger Individuen.

6.

Dabei ist das aus der Meditation geborene (Bewusstsein) frei von Resten der unterbewussten Eindrücke.

7.

Das Werk des Yogis ist weder Licht noch Dunkel, aber die (Werke) der anderen Menschen sind dreifach (Licht Dunkel und gemischt)

8.

Daraus (aus diesen drei Arten von Werken) entfalten sich die Unterbewussten Eindrücke, die ihren ausgereiften Ergebnissen entsprechen

9.

Obwohl sie (die unterbewussten Eindrücke und deren Ursache) durch((die Umstände von) Geburt, Raum, Zeit, getrennt sind, hängen sie eng zusammen, weil die Erinnerung und die Eindrücke das selbe Wesen haben.. .

10.

Und diese Eindrücke sind Anfangslos, weil der Lebenswunsch (dauernd und) unzerstörbar ist.

11.

Da die Eindrücke zusammengehalten werden durch die Ursache, das Ergebnis, die Grundlage und die Abhängigkeit von Gegenständen, führt die Aufhebung dieser Faktoren auch zur Aufhebung der Eindrücke

12.

Vergangenheit und Zukunft bleiben in ihrer eigenen Identität bestehen, die Eigenschaften unterscheiden sich nur auf Grund des zeitlichen Abstandes .

13.

Diese Eigenschaften sind entweder sichtbar oder verborgen (subtil) entsprechend der Wesenheit der Kräfte der Urnatur.

Kommentar

Dies ist der vierte und letzte Teil des Yoga Dharsana. Er wird Kaivalya Pada genannt. Das Wort Kaivalya wird traditionsgemäß in der Bedeutung vom Freiheit verstanden. Aber diese yogische Freiheit unterscheidet sich wesentlich von allen anderen Begriffen von Freiheit. In Wirklichkeit ist es kein mentales Gebilde, kein Begriff, keine Idee, keine Vorstellung, kein Ideal oder Ziel, das man verfolgen sollte,. .Es ist auch keine Freiheit von etwas.

Diese Freiheit ist der existenzielle Wesenskern der Menschlichkeit im Menschen, der nur entdeckt und verwirklicht werden kann, wenn der Mensch alles das aufgibt, was die reine Wahrnehmung dessen „was ist'" behindert.

Dies wird durch das Wort Kaivalya selbst angedeutet. Das Wort stammt von Kevala, was einzig, eins, allein, bedeutet. Kaivalya heißt daher: Alleinsein, Einzig, Bloßheit, Losgelöstheit, Abgeschiedenheit. Dies ist die existenzielle Beschreibung des eigentlichen Zustands der Menschlichkeit im Menschen. Der Mensch ist eigentlich und wirklich allein inmitten der Fremden und verwirrten Vielfalt der Objekte um ihn herum.

Der Mensch betrachtet sich selbst als Ich ,das nicht ein Nicht-Ich oder ein anderer ist oder sein kann. Und doch muss dieser Mensch mit seinem angeborenen Ich-Bewusstsein das eigentlich Alleinsein bedeutet, mit allem zusammen leben, was das andere oder die Andersheit ausmacht. Auch dies ist ein grundlegender Zustand der menschlichen Existenz. Er muss, um zu überleben, Luft einatmen, Nahrung zu sich nehmen, und Wasser trinken. Er muss dasjenige sehen, hören, berühren, schmecken, und riechen, was nicht das Ich ist, und nie sein kann. Er neigt dazu, alles was ihm die Sinne für sein Wohlergehen anbieten, als Freude oder Leid zu erfahren. Und er erfährt immer die Gegenwart der geheimnisvollen Vielfalt der ihn umgebenden Welt, die ihm so völlig fremd ist und doch so Lebensnotwendig für sein Dasein.

Diese existenzielle Notwendigkeit, das andere, das Andersein, des anderen zu erfahren, macht das eigentliche Wesen des Zusammenseins oder der Beziehung aus. Sein ist In Beziehung sein.

Dies ist die existenzielle Situation, in der sich der Mensch vorfindet. Sie besteht aus einem dreifachen komplex von Ich - Bin - Heit Andersheit, und Gemeinsamkeit. Oder, in anderen Worten, es ist eine Dreiheit aus Alleinsein, Fremdheit, und Beziehung. Wenn dem so ist, wie kann dann das Alleinsein, Kaivalya, Freiheit bedeuten.

Gewöhnlich oder unkritisch betrachtet, scheint es nichts als Abhängigkeit zu beinhalten. Und genau dies nimmt der Mensch schon von seiner Geburt an hin, als selbstverständlich. Am Anfang ist er von seinen Eltern abhängig, dann von der Gesellschaft und ihren so genannten Führern, dann von der Natur und der äußeren Welt. Aber diese stillschweigende Annahme der Abhängigkeit und die von ihr bestimmte Lebensweise führt den Menschen unvermeidlich in Spannungen Konflikte, Leid, Elend, und Verwirrung. Und nun, wenn der Mensch mit dieser Verzweiflung existenziell konfrontiert wird, wird er auf sich selbst zurückgeworfen und dazu gezwungen, der Tatsache seiner völligen Einsamkeit ins Auge zu blicken. Dies ist das Bewusstwerden des ersten Aspektes, der dreifachen existenziellen Situation.

Es erfordert ein rechtes verstehen der Ich-bin-heit oder des Alleinseins, der Fremdheit oder Andersheit und der Gemeinsamkeit oder Beziehung. Dieses Verstehen führt zur Disziplin des Yoga, wie sie in den letzten drei Teilen dargelegt wurden. Diese Darstellung der existenziellen Situation befähigt einen, die wahre Bedeutung der Ich-bin-heit, des Andersseins, und der Gemeinsamkeit existenziell zu verstehen. Zunächst und zuerst zerbricht sie die vorgestellte Einheit der Ich-bin-heit. Sie konfrontiert einen mit der Tatsache dass das an den Körper gebundene Ich-gefühl ein natürliches Gebilde ist , wie jeder andere Gegenstand. Wenn das Ich-gefühl so seiner Stütze in Körper und Psyche beraubt ist ,verliert es seine Substanz und seine Attribute und wird auf den Zustand eines bloßen begrifflichen Erkennens reduziert, was Vorstellung ist und daher keine Wirklichkeit besitzt. Wenn man so des Schutzmantels von Körper und Psyche entblößt ist und ebenso von deren psychomentalen Tätigkeit bleibt man allein mit dem reinen **Sehen,** von Augenblick zu Augenblick. In diesem Zustand gibt es kein egozentrisches Wesen mehr, das Erfahrungen und Eindrücke in der Geistessubstanz oder in den Gehirnzellen sammeln und sich in sie verstrickt.

Dieses außergewöhnliche reine Sehen wird der **Sehende** genannt - das innerste Zentrum der Menschlichkeit des Menschen in ihrem existenziellen Sinn. Dies ist das Alleinsein mit der totalen Freiheit, verstanden als eine völlige Loslösung aus der Verwirrung der Vorstellung in den Strom der Natur, und in die .ganze äußere Welt, die das gesehene ausmacht. Dieses Alleinsein ist frei von der egozentrischen Ich-bin-heit mit ihren Spannungen erzeugenden Tätigkeiten. Diese Einsamkeit ist nun geladen mit der Energie des reinen Sehens und ist so fähig, das *Wesen* und die Struktur der existenziellen Situation frei zu erforschen. Diese Einsamkeit ist nun ein innerer Wesensbestandteil des Daseins als ganzes und deckt sich mit ihm. Das Alleinsein befindet sich nun in einem Zustand schöpferischer Harmonie mit der objektiven Welt-schöpferisch, weil es sich von der Vergangenheit befreit hat.

Ja, von der Zeitlichkeit überhaupt. Das Geheimnis das der universalen Beziehung oder der Gemeinschaft zugrunde liegt, beginnt sich nun vor den eigenen Augen zu entfalten. Jenen Augen, die nun von der freien Energie des reinen Sehens erfüllt sind. Dies ist Kaivalya oder die Freiheit des **Sehers**.

Es mag hier wichtig zu sein anzumerken, das die Yoga Sutren nur das Wort Kaivalya verwenden, um die Freiheit zu bezeichnen nicht aber andere Synonyme wie z.B. Mukti, und Moksa. All diese Synonyme drücken nicht die existenzielle Grundlage der Freiheit aus und mache daher die Freiheit zu einer Vorstellung, zu einem anzustrebenden Ideal, zu einem Ziel, das man durch einen zeitlichen Vorgang erreichen soll,. Das Wort Kaivalya hingegen impliziert eine Freiheit, die sich auf die existenzielle Tatsache gründet, das der Mensch inmitten einer verwirrenden Vielfalt von Objekten um ihn herum allein ist. Die existenzielle Bedeutung von Alleinsein, der Andersheit, und der Gemeinsamkeit zu verstehen, nicht in einem zeitlichen Vorgang sondern durch ein augenblickliches Bewusstwerden, heißt, das man die Freiheit verwirklicht und von Augenblick zu Augenblick in ihr lebt.

Außerdem muss festgestellt werden, das die Yoga Sutren nur das Wort Parusa verwenden um den Menschen zu bezeichnen, und kein anderes Synonym wie Manava oder Manusya. Diese letzteren Ausdrücke bringen nicht das existenzielle Wesen der „Menschlichkeit des Menschen" zum Ausdruck. Sie betonen nur die Aspekte des Menschen, die sich auf die Psycho-Mentale Ebene und damit auf die Ebene der Vorstellung beziehen, die mit Vrittis verwechselt werden, wobei der existenzielle Kern der Menschlichkeit im Menschen nicht berührt wird. Das Wort Purusha hingegen bringt gerade die existenzielle Bedeutung der Menschlichkeit des Menschen zum Ausdruck. Die Upanisaden leiten das Wort Purusa von Puri-Saya ab, was bedeutet, in einer Stadtfestung oder in einem Körper ruhend. Die Menschlichkeit des Menschen bedeutet dasjenige, was in seinem Körper wohnt, aber von ihm verschieden ist..Obwohl diese innewohnende Menschlichkeit, ob schlummernd oder wach, physisch untrennbar vom Körper oder von dem psychosomatischen Organismus des Menschen ist, ist sie deutlich von ihm unterscheidbar. Diese existenzielle Unterscheidung zu erkennen ist ein Merkmal wahrer Intelligenz und ist wahrhaft menschlich. Auf anderer Seite wenn man diese existenzielle Unterscheidung nicht vollzieht und sein Leben nicht auf diese Erkenntnis gründet, hört man auf, ein wahrhaft menschliches Wesen zu sein. Man lebt dann ein Leben, das von den blinden und geistlosen Kräften der Vergangenheit, die das natürliche und gesellschaftliche Erbe des Menschen ausmacht, beherrscht und immer wieder verzerrt wird. Eben das wurde in den drei ersten Teilen dargestellt.

In diesem vierten und letzten Teil werden drei Gegebenheiten einander gegenübergestellt, der Strom der Natur, die Substanz, aus der Geist oder die Psyche des Menschen besteht, und die absolute Notwendigkeit einer völligen Verwandlung des Bewusstseins. Die innere

Logik, die den Sutren 1-bis-13 zugrunde liegt, ist die folgende:
Menschen werden mit Fähigkeiten oder Kräften verschiedenen Grades geboren. In Wirklichkeit sind alle Dinge dieser Welt, ob belebt oder unbelebt ,von bestimmten Kräften, oder potenzieller Energie erfüllt. Ohne sie zu erforschen, neigen die Menschen dazu sie zu benützen und mit ihrer Hilfe Vorteil von ihrer Umgebung und von ihren Mitmenschen zu gewinnen. Mit diesem Ziel sind sie immer auf der Suche nach außergewöhnlichen Kräften..Diese werden Siddhis genannt (Vollkommenheit, Erlangung wunderbare Kräfte, übersinnliche Fähigkeiten, wie zum Beispiel die Fähigkeit sich Atomklein zu machen, die der Yogi auf einer gewissen Stufe erlangt, die er aber übersteigen muss) (für den Naturwissenschaftler sind dieses natürlich ungeheuere Klötze zum schlucken, Wissenschaftler überhaupt, aber insbesondere den etablierten Machtphysikern oder Wirrnisphysikern den Materiewahnsinnigen, füge ich,, Doel,,noch hinzu)
Sutra 1 sagt, das die Siddhis entweder angeboren sind, oder, wenn sie nicht angeboren sind, das sie mit Hilfe besonderer Pflanzen (Cannabis, Mutterkornpilz - LSD, Pilzen -Psylocibin, Cocain, Opium, Alkohol, Tabak, ja Nahrungsmittel überhaupt) mit Hilfe kraftvoller magischer Worte (Mantras oder Zaubersprüche zbs. OM - Mantra, bhavani tvam, shivo ham) Dazu muss man die tieferen Sinne der magischen Worte wissen, sie wirken aber auch ohne den Sinn zu wissen, meine eigene Erfahrung, oder mit Hilfe von Askese (hab ich auch schon versucht und wirkt, erhöht die Denkkraft und die physikalische Kraft, bringt Klarheit, oder mit Hilfe yogischer Meditation und Samadhi (die Verbindung, Vereinigung, Erfüllung, Vollendung, die höchste Stufe des achtfachen Yogaweges und das Ziel der Meditation, das völlige in sich Ruhen, Versenkung, Enstasis, also keine Ahnung was Enstasis bedeutet, Diese fünf Quellen der Siddhis scheinen bloß Beispiele zu sein. Man kann auch durch andere Mittel außergewöhnliche Kräfte oder Fähigkeiten erlangen, wie zbs durch Wissenschaft und Technik, wovon die heutige Zeit besessen ist. Was die folgenden Sutren zu verstehen geben wollen ist dies :Keine dieser Siddhis oder außergewöhnlichen Kräfte, wie viele man auch durch irgendwelche Mittel erlangen kann, kann das Problem des Überlebens des Menschen lösen oder der Bereicherung des menschlichen im Menschen dienen. Die einzige Möglichkeit, mit den Problemen fertig zu werden, denen sich der Mensch ständig zu stellen hat ,ist die existenzielle Bedeutung von drei Dingen zu verstehen : Das Alleinsein, das Anderssein, und die Gemeinsamkeit - und danach zu leben und zu Handeln..
oder:
Sutra 2 stellt fest das die Verwandlung der Gattungen durch das überströmen der Urnatur entsteht. Auch der Mensch selbst gehört zu einer solchen Gattung. Es steht ihm nicht zu, eine radikale Verwandlung seines natürlichen, biologischen Organismus zu bewirken. Alles was ihm offen steht, ist, diese vorgegebene existenzielle Situation zu sehen, zu verstehen und mit ihr Frieden zu schließen. Aber **er** kann dies nicht tun, wenn er nicht sein eigenes Wesen radikal verändert, verwandelt, aufgrund dessen, was ihm vorgegeben ist.

Sutra 3 sagt ,das keine menschliche noch irgendeine andere Ursache den Strom der Natur hervorbringen oder erhalten kann. Der Mensch kann lediglich dieses überströmen der Natur zu seinem Vorteil nutzen, wie der Bauer das Wasser des natürlichen Flusses benutzt, um damit seine Felder zu bewässern, indem er einen Kanal baut. Dies ist alles was ihm zusteht. Aber die Möglichkeiten sind unbegrenzt wenn der Mensch bereit ist, die existenzielle Situation anzunehmen und zu verstehen.

Der Mensch unterscheidet sich von dem natürlichen nur in einer Hinsicht : In seiner Fähigkeit zu wählen. Daher verlangt die existenzielle Situation, das der Mensch die ungeheueren Möglichkeiten dieser einmaligen Fähigkeiten nützt. Er darf das ungeheuere Energiepotenzial, das sich im Innern dieser Fähigkeit verbirgt, nicht in kleinlichen Trivialitäten verzetteln. Dieses potenzial entspricht in Wesen und Ausdehnung den drei kosmischen Energien, die das strömen der Urnatur und die ökologische Ordnung des Universums hervorbringen und erhalten.

Sutra 4. Der Mensch darf nie die Tatsache aus den Augen verlieren, das jedes individualisierte Bewusstsein das Ergebnis der Vorstellung und des angeborenen Ich-Gefühls ist. Und der Mensch wird nie das mächtige Energiepotenzial, das in seinem Wesen erhalten ist erkennen, und verwirklichen, wenn er nicht die Tatsache wahrnimmt, das sein Gefühl der Ich-Binheit nicht einheitlich ist, sondern die Verschmelzung aus zwei verschiedenen kosmischen Kräften darstellt. Wenn die egozentrischen Tätigkeiten dieser Verschmelzung nicht aufmerksam und in einem Zustand wahlfreier Bewusstheit beobachtet werden und die Unterscheidungen zwischen der Energie des   „ Sehenden „ und der Energie des „gesehenen" nicht klar verstanden und vollzogen wird, besteht keine Hoffnung für den Menschen. Ohne dieses verstehen kann er immer nur mehr Schwierigkeiten und vielleicht sogar eine Katastrophe hervorrufen...

Der Mensch muss die Tatsache erkennen, das die Geistsubstanz, aus der die verschieden wählenden Tätigkeiten auftauchen, allen Menschen gemeinsam ist trotz der Unterschiede in der Wahl der Individuen. Diese natürliche Geistsubstanz motiviert die individuellen Bewusstseinszentren durch angeborene Sympathien und Apathien und andere Neigungen. Dies wird in Sutra 5 deutlich. Wenn man dieser Tatsache keine Aufmerksamkeit schenkt, wird nur die Trennung zwischen Mensch und Mensch und zwischen Natur und Mensch fortgesetzt, und das Ergebnis werden unvermeidliche Konflikte und deren Folgen sein. Verwirrung, Chaos und Zerstörung. . .

Sutra 5. Wenn einer alle Tatsachen erkennt und anerkennt, wird er sich zurück halten und aufhören ,zu wählen und ein Opfer seiner Wahl werden. Dies schafft einen radikalen Bruch in der von der Vergangenheit angetriebenen Kontinuität und führt natürlicherweise zur Disziplin des Yoga. Es bewirkt eine totale Verwandlung des Bewusstseins. **Der Mensch kann keine Verwandlung in den biologischen Gattungen hervorbringen, er kann aber sein Bewusstsein einer totalen Verwandlung unterziehen.** Dies ist im Sinne des Yoga die eigentliche Begründung der menschlichen Existenz. Das ganze Elend, das der Mensch ererbt hat, ist nur das Ergebnis seiner Unachtsamkeit dieser existenziellen Situation gegenüber.

Ein Bewusstsein das eine solche radikale Veränderung, Verwandlung, durchgemacht hat, wird in Sutra 6, ein aus der Meditation geboren, Bezeichnung für einen durch Meditation verwandelten Geist, bezeichnet. Es wird als Ruheort, Zufluchtsort, Gefäß, Behälter gedeutet.

Das natürliche Bewusstsein ist ein Sammelbecken für vergangene Eindrücke vielfältiger oft widersprüchlicher Erfahrungen. Es ist daher voll innerer Spannungen. Alle Handlungen, die *von* diesem Vergangenheitsbedingten Bewusstsein, das allen Menschen gemeinsam ist, motiviert sind, nehmen drei Formen an : Hell oder Gut, Dunkel oder Schlecht, und eine

Mischung beider. Die Handlungen die dem Bewusstsein eines entspringen sind weder hell noch dunkel, sondern sie besitzen eine völlig andere Dimension. Das Bewusstsein eines Yogi wird ein aus der Meditation geborenes Bewusstsein genannt, das frei von allen Restbeständen oder Spuren der angesammelten Eindrücke der Vergangenheit ist. Infolgedessen unterscheiden sich die Handlungen eines Yogi radikal von den Handlungen gewöhnlicher Menschen, die keine Yogis sind und deren Bewusstsein vollständig von den Restbeständen und dem Unrat der Vergangenheit die ihre Handlungen beherrschen,.Diese Handlungen der NichtYogis nehmen, wie schon gesagt, drei Formen an.

Sutra 7 Diese drei Arten *von* Handlungen säen ihren eigenen Samen in die Geistsubstanz, und dieser reift dann heran entsprechend der ihnen verwandten Eigenschaften oder Merkmalen. Dieser Samen ist ein aus der Erinnerung entstammtes Wissen, und im besonderen, die unbewussten Eindrücke in der Psyche, die von guten oder schlechten Handlungen der Vergangenheit übrig geblieben sind. Die Vergangenheit reicht in die Gegenwart herein durch Erinnerungen. Die Erinnerung besteht aus Eindrücken vergangener Erfahrungen und Handlungen. Infolgedessen bleiben diese tief eingeprägten Eindrücke in der Psyche eng miteinander verbunden, selbst wenn sie ursprünglich durch Zeit, Raum und Umstände der Geburt getrennt waren. Dies verhält sich so auf Grund der Identität zwischen Erinnerung und Eindrücken der Vergangenheit,. Dies wird in Sutra 9 dargelegt.

Sutra 10 sagt, das die unterbewussten Eindrücke Anfangslos sind, Aufgrund des in ihnen enthaltenen Lebensdranges oder Wunsches. Was soll man also tun ?

Sutra 11 beantwortet diese Frage. Wenn man bereit ist zu erforschen, wie das vergangenheitsbedingte Rad des Karma immer durch Wünschen in Bewegung gehalten wird, wird man entdecken, das diese Bewegung vier Elemente umfasst, und zwar, ein egozentrisches Motiv, die daraus entspringenden Folgen, das Material, das die Folgen trägt, und die Abhängigkeit von diesem Material. Einer, der diese vier der Bewegung des Karma zugrunde liegenden Faktoren entdeckt hat, wird auch einen Weg finden, um das Rad zu bremsen und schließlich zum Stillstand zu bringen. Dies ist der Weg der Negation, Nichtexistenz, Abwesenheit. Höre auf zu wählen und damit das Rad des Karma zu motivieren. Diese negative Tat wird das Keimen der Samen der Handlung verhindern. Wenn das Keimen ausbleibt, wird das zugrunde liegende Material steril bleiben. Dies wird die Neigung, von irgendeinem materiellen oder äußeren Objekt abzuhängen, aufheben...

Dieser Vorgang der Aufhebung der vier Faktoren, die den Handlungen der Nicht-Yogies zugrunde liegen, führt zu einer bedeutenden Entdeckung. Diese Entdeckung enthüllt das Geheimnis der Zeit, die sich als Vergangenheit und Zukunft manifestiert. Die Vergangenheit existiert weiter in der Gegenwart durch die Erinnerung der Eindrücke vergangener Erfahrungen und Handlungen, die die unbewusste Substanz der Psyche enthalten wie die Frucht in dem Samen. Ein Mangosamen muss notwendig eine Mangofrucht hervorbringen und keine andere. Und obwohl der Samen ein Ergebnis der Vergangenheit ist, trägt er in seiner Substanz die Frucht, die in der Zukunft reifen wird.. Diese Zukunft, die von der Vergangenheit bestimmt ist, existiert in d er Gegenwart in der materiellen Substanz des Samens. .Die Wege der Vergangenheit und der Zukunft unterscheiden sich nur in ihren verschiedenen Richtungen. Aber das Material, auf dessen Grundlage Vergangenheit und Zukunft auf ihre eigene Weise wirken, behält seine eigene Identität zu allen Zeiten. .

Die Bewegung die das besondere Merkmal der Zeit oder Zeitlichkeit ist, impliziert notwendig die Bewegung eines Gegenstandes oder einer Substanz. Gäbe es keinen Gegenstand, so gäbe es keine Bewegung und daher keine Zeit als Vergangenheit oder Zukunft.

Daher durchschaut die Energie, deren Form die Objekte sind und die sich im Menschen ihrer selbst bewusst wird, die verschiedenen Bewegungen der Vergangenheit und Zukunft und wird so von der Identifizierung mit ihnen befreit. Ein solches befreites Bewusstsein ist daher Zeitlos.

Sutra 13 besagt, das die Eigenschaften eines Objektes oder der objektiven Welt entweder offenbar oder nicht offenbar, das heißt fein und unsichtbar sind. Das, was sich in seiner eigenen Identität befindet, ist entweder sichtbar oder subtil und Unsichtbar, und zwar deshalb weil es aus dem Komplex der dreifachen Energien, die in Sutra 18 des 2.Teiles erwähnt werden. Es ist ein Komplex dieser dreifachen Energien, die sich ständig gegenseitig beeinflussen, der die Objekte sichtbar macht und vor dem Auge oder dem Geist erscheinen lässt. Wenn es ein solches in Erscheinung bringen gibt, bleibt die Materie, d.h. die drei Energien aus der die Objekte bestehen, unoffenbar oder sichtbar. Obwohl die Materie unsichtbar ist ,hört sie doch nicht auf zu existieren.

Dies konfrontiert uns unmittelbar mit dem „was ist" oder mit drei Substanz, aus der das Universum besteht.....

Ja Ja das Eintauchen in den Versuch mehr zu verstehen und es nicht bei dem Versuch bleiben zu lassen. Das gelernte nur als Kopfspeicherung zu behalten sondern dafür dementsprechend sein Leben ändern oder sich einfach ändern lassen durch die beeinflussende Wesenheit. Doel ist dir das klar...

Hallo Doel, bist du noch da, oder bist du versunken.....

Keine Antwort..

Doel war doch noch in Mollys Zimmer, sie war doch an der Gitarre am hin und her klimpern, und Doel versank doch in dem Pantanjalis.. Ahhh ja da sitzt er noch, tief versunken, etwas grübelnd, aber doch eine Glücklichkeit, und sogar eine warme Freude ausstrahlen..wenn auch sehr subtil...

Der Geist der Doel und Molly beobachtet gleitete nun herüber zu Doel und hauchte in sein linkes Ohr, ganz sachte, mit etwas Nachdruck auf das Trommelfell, auf dem schon damals die Pygmäen ihren Urwald-Solo Tom.Bomg geklimpert hatten...Aber auch das hatte Doel vergessen. Sofort war Doel hell und wach für sein Dasein.

Ein Dasein das ihm nicht gehörte, und, welches er ohne weiteres akzeptierte, das ihm aber überhaupt nichts gehört...

Ehhhhh, Molly alte Wachtel in deinen jungen Jahren, spiel mir das Lied vom Tode rief er mit schräger Stimme die eine hauchzarte Nuance voran schob, um sich wie er wusste, zu amüsieren...

Sag, antwortete Molly, deine Gedanken sind doch ziemlich abrupt, man, vorhin als du zu mir gesprochen hattest da sprachst du noch von der Reise die wir zusammen machen wollten, Paris, und nun nachdem du mich hier mit der Gitarre fummeln gesehen hattest versankst du einfach ohne Adieu zu sagen in eine Art von reagierendem Koma, pendelst deinen Kopf hin-und-her, und ich kann dich anrufen, rütteln da ist keine Antwort aus dir heraus zu bekommen, was bist du bloß für ein würdig zum merkender Mensch, Doel...

Molly lächelte als sie sah wie Doel sich erstaunt vorkam.

Naja ist ja schon gut du brauchst dich nicht zu rechtfertigen.

Das ist der Taigawind der noch aus Berlin in mir ist. Der öfter in mir leise ein Flüstern zum mitspielen bringt. Und dann versinke ich ganz einfach und höre diese inneren Stimmen...

Inneren Stimmen, was meinst du damit Doel..

Einfach inneren Stimmen, als ob mehrere Wesen in mir sind die durch na eben die körperliche weiter Entwicklung über die Jahr1ooooo der Entwicklung dieses Köppers, nein, die verschiedenen Körper die ich war, noch in mir sind, ja da musste sogar eines Tages auch mal das Quacken eines Frosches zu hören sein...

Molly lachte ,sie lachte mit Kulleraugen..

Sie war aber sichtlich von den Worten Doels berührt. Ein Zeichen das sie noch nicht den großen Sprachgott, das undifferenzierte Selbst, das Erleuchtete, realisiert hatte. Wo, wem, das realisiert wird, der, der Mensch von keinem Wort mehr berührt wird. Welches ihn dann von der Manipulation der Politiker, der Lügner oder der Rhetoriker befreit und er auf der Stufe einer Umkehr steht.

Aber auch Molly war in Wirklichkeit von den Wörtern befreit, denn sie lachte wegen des Gesamtbildes das Doel ihr sprachlich zeigte.

Komm, Doelchen, komm, du bist und bleibst ein abrupter Spinner.

Wie bitte.

Ja ein lustiger verträumter angesoffener verkokster Stengelrauchender Spinner, das bist du Doel..

Aber Molly, das bin ich doch nicht, sondern das tue ich. .Das bin ich nicht, du Möhre....

Aber du hast recht ich springe von einer Sache zur anderen, denn so ist mein Leben das mir der ich jetzt Körper bin nicht gehört. Und deshalb muss ich was anderes sein.

Aber was, was bin ich, und wer bin ich..

Diese große rollende zirkulierende Schifterei direkt in den Kosmos von mir und dir und uns allen all dem was um mich herum ist, da muss doch eines Tages etwas geschaffen werden, eine positive Tat kreatiert werden, und nicht nur denkend getaaan, da ist dieses etwaige hin und her bewegen nun, Heute, Molly, Heute sieht viel strahlender aus, wärmer,

Als die Nacht da steht und die Erde sich durch sie ,oder an sie entlang bewegt, denn nun im Licht dieser Kerze mit dem weichen Hintergrund Schimmern, spielst du doch wieder deine Gitarre mit deinem Kopf an dem akustischen Gitarrenkörper, aber was rede ich hier du bist schon wieder vom Klang der auf der Luft reist und durch den Äther getragen wird fasziniert....

Molly war während des Sprechens von Doel wieder als ob sie in Trance war von der Tat eingenommen, sie spielte mit der Gitarre..

Ein Blues Rhythmus oder Rütmus fließt nun und Doel wartete nicht lange mit dem rollen eines neuen Stengels, dem gewürzten.

Tief einatmend, ihre Begierden auch mit einatmend, ihren Willen auch mit einatmend, einfach alles von ihr einatmen.

Dann stand sie wieder auf. Doel schaue hin sie steht auf, ahhh ja... sie ist immer noch mollig **...**

Sie ging in die Küche, kam wieder zurück mit einem Stuhl in der Hand um darauf sitzend, mollig wie sie war, als Molly, fern zu sehen, da war ein in französisch laufender Film mit

Eddy Constantin. Und Ich Doel liege nun auf meinem Bauch auf einem Kissen,...
Ahhh ja, dann werde ich nun mal die Gitarre in die Hände nehmen. Dann wieder dieser Blues, ja schon wieder, und Doel rannte, während ein Hase einen Kopfstand machte...
Reite mich mollige Molly, oder Rock mich, soll's das sein, aber diese Melodie spielte nun, eine französische Anal - yse mit strengen, Düften aus der Küche unterstützt, als der Kampf zur Imperfektion und die synthetische Anal-yse von Phil Spektors Crapshooting Game, die nun da entlang reitet und zwar reitet sie auf dem Atem von Hipp-Shaking Rockn-Roll für die Verifikation von Leben in seiner präsentesten Daseinsform, das durch Dachrinnen abgeleitet wird ,hinein in die Realisierung von der Totalität, dann wieder verschwindend in die Regression von zivilisierter Vergangenheit für immer das macht Laune so das was die Welt sein soll zu erfahren.
Ja ich weiß wie ein tief fliegender Hund.
Irgendwo auf dem Globus schmiedeten nun edlige Menschen Pläne um Staaten zu manipulieren. Irgendwo schmiedeten anderswo welche Pläne um noch mehr Atomwerke zu bauen und irgendwo anders waren andere damit beschäftigt diese Atomwerke wieder zu zerstören. Und dort waren Menschen damit beschäftigt ein großes Schnüffelsystem auf- zubauen ohne das die Menge jemals etwas davon zu wissen bekam. Einer meinte wir bauen Radios und Fernseher in denen Abhörgeräte mit eingebaut waren. Aber zuerst machen wir die gesamte Industrie zu Marionetten und dann bauen wir den Compu-Menschen aus dem Reagenzglas damit wir die nötigen Körper haben auf denen wir unseren beherrschenden Vorstellungen von der absoluten Macht über alles auch über Gott dem Wesen realisieren können.. Ahhh ja dann tüfteln wir auch dem Todesgott noch ein Ding rein das ihm ganz Schwarz vor den Augen wird wir blenden ihm die Diamanten Augen er soll blind werden.
Jaja die Menschen sie kombinieren sich schon ziemlich oft eine menge Sachen zusammen die den Hauch vom Tode an sich tragen, werden sie jemals Weise und erkennend werden, auch dieser Doel der Schlumpf..........................
Du hast es, Doel tanzt und furzt, eine russische Wind-Taiga-Polka, auf dem schönen Teppich aus Haaren von Schafen.
Du hast es rief er du hast es, da hier das atomistische Zeitalter mit dem heliozentrischen Weltbild von Kopernikus ist, futschikato, das Weltbild wo alles nur noch Atome und Materie ist, ist auch futschikato, warum erst die Welt gewinnen wenn du selbst dich verlierst, denn damals als die Erde noch flach war existierte diese Welt genauso wie heute wo sie immer größer wird, bloß das der Mensch immer, immer kleiner wird, und daraus entstand dann auch die angeblich Wertlosigkeit in vielen Menschen sie waren von der Größe so überwältigt das sie einen Minderwertigkeitskomplex bekamen und sich nun mit allen Arten von Mächten behaupten wollen, aber sie haben dabei ganz vergessen wer sie selber sind, ja die Menschen haben vergessen nachzuforschen wer sie sind ,ja ja ich hab's rief Doel immer noch furzend und Polka tanzend...
Molly schaute in die Ferne ..
Pablo Picasso hatte es bemerkt als er sagte : „eines Tages wird es auch eine Wissenschaft vom Menschen geben", er wusste bloß nicht das es sie schon sehr, sehr lange gab, bei den Menschen in Indien, bei den Menschen in Schina, bei den Menschen in Tibet oder in sonswo vergangenen Kulturen...
Hier im so genannten Westen gab's zwar eine Wissenschaft, aber das ist auch bloß

Fantasie, denn eine Wissenschaft kann es nie geben, das sind bloß die Vollblutvollbe-kopptSpinner, jedenfalls gabs zwar eine Wissenschaft von den Organen des Körpers aber der Mensch ist doch kein Körperorgan, er ist weder Psyche oder Seele oder Kaugummi, er ist was anderes. Ich nehme an wenn das herausgefunden wird was er ist, dann wird auch erkannt wo er ist, auch wenn er momentaaaaan auf der Erde lebt, dennoch er ist auch nicht die Tat, sondern das tut er nur...

Ahhh ja, das Wesen des Menschen was ist es, und was wird es..

Ahhh ja es „west" in ein anderes Wesen es ändert sich durch „ver-wesen" in ein anderes Lebewesen, Geist oder Götter oder auch darüber hinaus. Buddha meinte das die Menschen die Möglichkeit haben noch mehr als Götter zu werden, aber was sind Götter, Boten des Allerbesten...

Doel tanzt immer noch, im unbewussten wollte er schon lange kein Mensch mehr sein, er wollte was anderes sein, etwas das den Sumpf den die Menschen sich kreatierennn, nicht mehr in sich trägt, sondern bei weitem andere Werke schafft als die heutzutagige sterilisierte Forschung und die Unverantwortlichkeit mit dem Kurzblick in sich lebenden nur rein Wissensgierigen, welches sowieso vergänglich ist, denn überall auf *der* Erde brodelt es von Militär von Grenzen von Kontrollen von gegenseitigem bekämpfen von Verseuchungen der Luft Abwürgung der Tiere Abwürgung der Menschen für was, für die Abschaffung der Grenzen, für das abschaffen der räuberischen Staaten, mit ihren Bombern und Raketen, mit ihren Geheimdiensten und mit ihren Gewalten die offen und auch gut getarnt sind, für was....

Dafür arbeitet ihr Menschen damit ihr euch später abschießen könnt was seit ihr doch für erbärmliche Tölpel. Dafür steht ihr 50-60 Jahre in Fabriken, das sich durch eure Arbeiten ein Staat im Staat formt der zuallerletzt auch noch eure Kinder euch selbst gegeneinander aufhetzt austrickst, oder meint ihr die Waffen und Munitionslager sind nur für die Verteidigung. Der Geschichtsablauf zeigt's anders, wann werden sich die Größenwahnsinnigen, nicht mehr damit zufrieden geben und können. Es ist an der Zeit jegliche Waffenproduktion sofort zu verschrotten, es ist an der Zeit sämtliche Waffen zu verschrotten, einschmelzen. Denn Ideologien oder auch Rohstoffraub oder auch Kontrolle wird niemals etwas Daseinswürdiges schaffen. Also ihr Menschen ihr Millionen Milliarden seht euch vor was ihr da in eurem Leben unterstützt, und wen ihr eure Arbeit gebt, werdet lieber Bettler anstatt, verseuchte verbogene Millionäre.

Auch die bis jetzt noch unsichtbaren Teile des Kosmos werden euch nicht einen Schritt näher bringen, wenn ihr nicht eure Ländereien Kriegsmaterielos macht....

Ihr Angsthasen. .

Ihr habt Angst vor echter Zusammenarbeit, heutzutage ist sie ja meistens noch auf Systemideologien aufgebaut diese Zusammenarbeiten die Inter-nationalen....

Doel tanzt immer noch. . .

Molly schaut immer noch in die Ferne..

Dann fiel Doel auf einmal ein das er ja noch gar nicht good bye gesagt hatte und er sagte dann good bye...

Und kaum hat er das ausgesprochen sieht er wieder Limitationen vor sich direkt vor ihm, die Rippen des Heizungsradiators... glücklicherweise gibt's die Bewegung säuselt Doel sich zu..

Dann ist wieder nichts anderes in Bewegung. Das ist keine seltene Erscheinung in Doel...
Etwas später.

Molly ist eingeschlafen. .

Doels Kopf summt in einer Frage warum sie beide in der letzten Zeit weniger Reden, das Verbale ist abwesend, und Doel meint zu sich das er durch seine eigene Stille eigentlich eine negative Einstellung unterstützt, denn durch das Sprechen kann er ja wenigstens aus sich heraus kommen,... stimmt das..

Er hatte aber ganz vergessen wessen der Zweck war für die Frau Molly und nun nicht wissend grübelte er vor sich hin, mitgerissen vom Leben. In der Ferne lachte der Zorn. Er freute sich über Doels sichtlicher Mitgerissenheit die ihn weg vom ruhigen Wissen hielt, von dem er sich durch Trinken Rauchen Frauen Autos Krach Getöse Kinos Wein durch laute Musik durch Schlägereien durch Geschreie entfernt hatte.Ja ja der Zorn er freute sich.

Ganz dahinten in der Ferne die sachte Sommerbriese, ganz sachte... weiße Felder voller Blumen. Dazwischen flüsternde Sonnenstrahlen.. Einmal waren sie Wärme dann waren sie Licht aber immer waren sie das gleiche ob Wärme oder Licht...Lichtton...

Und dann der Spruch von Aristoteles :gut Leben ist besser als Leben. Doel merkte wies in ihm würgte wie eine kleine Reihe von Erinnerungen in ihm aufsteigen wollten ihm sagen zuflüstern das er sein Leben ändern müsste das er aus der Vergangenheit etwas dazulernen solle, aber Doel war Ohm-Mächtig sein Gehör war blockiert dadurch der Verstand versiegt dennoch fand er das aus diesem Aristoteles Spruch noch folgendes bemerkt werden konnte: Nicht Leben ist besser als schlecht Leben.(für euch die ihr jeden Tag die Routine bis zur Rente durchsteht und nahe dem Wahnsinn seit) denn dennoch Leben die allermeisten sehr schlecht, lieber, als gar nicht.

Und was sonst noch, was sonst noch Doel..

Ach lass mich zufrieden, du verstehst mich sowieso nicht..

Alleine schon dieses Schreiben von Dir ist eine Art eine Kunst von geleibter geliebter Verrücktheit ,welche keine richtige Verrücktheit ist, aber wenn du an die Fakten glaubst die du erdacht und erkannt hast, dann könntest du ja verrückt werden, und das ist doch ein riesen Prospekt für die Zukunft, oder, aber was ist wirklich los mit dir Doel.....

Ach mit mir, ich weiß es nicht.

Ich kann Pläne schmieden, ich werde gehen, Calgary, aber ich habe schon vergessen worüber ich schreiben wollt, jaja der Hang mit den Negativen Gedanken in mir, aber ich habe mich nicht geschaffen, der ist Schuld, bedeutet das ,das ich bis jetzt noch nicht in dem korrekten Weg denk da ist dieses korrekt, korrekt, korrekt, korrekt, Blödsinn, nein, etwas korrekt bist du schon Doel.

Endschuldigen sie sein Treiben, diese scholastische Paralisiertheit, ahhh,diese Gedanken, und das Zusammensein mit Menschen die oft Gedanken nicht verstehen können, ich werd noch Meschugge, ahhh, diese Neider diese Nichtgönner, immer dieses Kleinkindergeschwätz, dieses andauernde Lachen und Blödsinn machen, da wirst ja bekloppt von, neee, du, Doel, mit denen verlierst du die Verbindung, sei heute mal ganz schlimm Faul, sei Faul Doel....

Jaja du hast recht, unter solchen Umständen ziehe ich vor gar nicht Denken zu wollen, mit dem Geplapper..

Sei locker Doel..

Sei locker Doel, du weißt die Menschen hassen das definitive... aber mehr noch hassen sie jemand, die meisten, der ihnen was Belehrendes zukommen lässt, für die ist mit dem dazulernen für immer und ewig abgeschlossen, sie sind keine offenen Wesen mehr, sie sind schon abgeschlossen, am vertrocknen......

Muss denen der Drang zur Freiheit abhanden gekommen sein, zu glauben das im Nichtlernen die Freiheit liegen wird..

Aber sei locker Doel, sei bloß locker..

Jaja, ich Popel jetzt erstmal in der Nase, und wenn das nicht genügt Popel ich dir auch noch etwas Kacke aus dem andern Loch..

Genügt das,..................... nein. . . .

Soll ich mich auf die Bühne stellen..

Ja, Exhibitioniere, tief und mit aller Wollust, tu es Doel...

Und Molly, was ist mit ihr, du hast so viel verschwiegen Doel...

Ach ja sie denkt ich trinke zu viel, jeden Tag eine Literflasche Alberta Spring Sipping Whisky, feines Feuerwasser..

Jaja inzwischen hab ich mich dem Trinken erfreut..

Was sind wir mehr als ein Glas voller Schlittschuhe die nach Luft lechzen............nein... niemals.....das streite ich ab...

Lieber besinnungslos. . . ja das ist schon besser. . . aber denn in meinem Kopf...und erstmal außerhalb meines Kopfes...ohhhh,ohhh....

Wirst du mich immer noch lieben. .wenn nicht auch gut .Das war also dann doch keine Frage wenn du im Voraus schon die Antwort parat hast. Kann so etwas gedruckt werden, das ist doch qualifizierte Supplimation für die Humilitation von geflüchteten Gedanken, die wie treibende Kröten rennen. Es sind Kohlenabschläge aus dem Bergwerk für Abbrüche, mach dir was zu essen Doel..

Flüchtlingsgedanken..

Wie treibende Kröten..

Schein weiter so Doel..

Denk an die androgyne Toilette wie sehr du von dort aus den Blick auf die Bäume liebst, mit der Taiga-Polka in der Luft, und erstmal das Hottettottetleben in Berlin zum vergleich das Hottettottetleben von Montreal, und dann bald das Hottettottetleten von Calgary, da ist doch Leben drinnnnnnnnnnnnnn...

Aber möglicherweise fliege ich bald zurück nach Europa, denn ich kann Rodger Dodger nicht erreichen, und nach einigen andern leichten Störungen in mir, erscheint's mir dann anstatt nach Calgary nach Paris zu fliegen..ein Hotel an St-Germain, schlendern, dann in der Gegend herum, treffe dann wohl Bruce, den Feigling, und die Frau die mich wollte als ich ihr Apartment renovierte, weil ich pleite war, sag mal ist das sein Leben verschwenden...

Die Falle des nomadischen Seins ,ja, das könnte schon sein..

Ach ich werde etwas lesen..

Hier liegt noch Cocteaus Tagebuch,

Ahhh bin ich müde.....

Im Traum eingehüllt traf Doel eine Amsel die ihn sofort ansprach, und Doel wusste nicht ,er bemerkte es aber auch nicht im geringsten das sie ihn trösten wollte, Doel träumte das sie beide in den Süden fahren würde, die Amsel sie sprach aus der Ecke ihres Schnabels in süßen Worten zu ihm, doch Doel war schon zu tiefst gesunken, er hatte sogar vergessen das es im Süden noch blühende Szenerien gab und das die Amsel ihn dorthin fliegen wollte, im Traum war Doel auch verloren stellte sich ganz einfach heraus...bis er dann träumte er wäre unter den himmlischen Bereichen einer gewesen der durchsichtig alles als Lüge um sich herum empfand, aber auch das weckte Doel nicht auf...

Wie soll ich hier bloß herauskommen rief er, verwundet von verseuchtem Leben, wie..

Die Amsel rief, da ist kein Grund deswegen belebter zu werden, es sind viele die sich mit dem gegebenen zufrieden geben, sie sehen wie sie Blutleer gesaugt werden, tun aber nichts mehr dagegen. Lass deine Kräfte versiegen Doel flüsterte sie so sanft so süß und darin lag die Täuschung die Doel nicht erkennen konnte, sie wollte ihn durch ihre Sanftheit aushöhlen ganz sanfte so das er's nicht merken würde..

Was ist die Moral dieser Geschichte rief er aus, fast schon unwahr. Unterschätze nicht den andern rief die Amsel hart wie Glas doch frisch. Du hast noch einen Goldzahn Doel und traust nicht den Mitmenschen. Leb weiter so bist du in Schande versinkst, denn deine Brüder und Schwestern sie sehen wie du dich von ihnen wegentwickeln willst, sowie Affen keine Menschen geworden sind, aber dennoch betrachten wir sie heute als gleichzeitige Wesen die nicht den Irrtümern des Menschens mit seinem Zementwahn und Stahlseuchen unterworfen sind. Sie werden keine Schuld an den atomistischen Seuchen haben. Verkaufe deinen Goldzahn und schenke den Erlös den Affen. Sie werden dir Lebensweisheiten zeigen mit denen du erkennst das was heute als Zivilisation dargestellt wird in Wirklichkeit, verwegene **Mörderbanden** sind die sich hinter Wörtern und Geld-scheinen verstecken   ..

In der Ferne heulte der Wind vom arktischen Eisberg entfacht.

Die Amsel sie lächelte sanft in Doels Gesicht..

Eine Kälte schob sich zwischen Doels Gehirnlamellen und blieb dort für immer. Doch die Amsel suchte sich einen neuen Platz.

Und Doel fing an einzufrieren..

Wenn du keine guten Nachrichten bringen kannst dann bringe keine heulte der Wind..

Aber du bist mein Freund. Komm Doel du bist mein Freund .Doch Doel war schon eingefroren und die Kälte zeigte sich nun in ihrer wahren Pracht. Denn sie wollte dem Menschen ja nur böses..

Und das ist doch wirklich nichts schlimmes..

Ahhhh komm Doel ich bin nun wirklich dein wahrer Freund. Ich die Kälte.

Ich.

Aber was ist Ich konnte Doel noch klirrend fragen.

Was ist diese Wort Ich. Das jeder Mensch gleich hat, das Ich.

Und die Kälte war getroffen. Sie löste sich in Wärme auf.

Denn mit dieser Frage hatte sie nicht gerechnet.

Und deshalb ist die Frage die beste Mathematik des Lebens.

Was meint du damit.

Du erzählst mir hier einen Traum, von dem ich sehr beeindruckt bin, und wie deutlich er auf die fundamentalen Fragen der Erkenntnistheorie hinweist, nämlich auf die Bedeutung der Abstraktion.. bitte kannst du dich etwas klarer ausdrücken, Traum.....

Nein ich kann es dir nicht sagen..

Und dann schlief Doel wieder tief und erholend.

Okay..hier..Sonn Tag, morgens. Doel wachte wacher als üblich auf. Er hatte auf der Seite liegend den Schlaf der Weisen geschlafen.. Molly schrieb in ihrem Tagebuch, schaute herüber zu Doel und hatte auf einmal diese angebliche brilliante Idee, sofort etwas Cocain zu nehmen. Doel staunte nicht schlecht, grinste, und sagte zu sich : wer bin ich solch ein eXzellentes Angebot wegzuwinken, so voller Echos ,denn in dem da liegt unser Lächeln, Mollys und meines, und endlich wieder andere Kommunikation, denn ich weiß sie ist ein trauter Freund. Die Patina ihrer Seele, sie leuchtet, trotz ihrer verwegenen Ausbrüche. Denn das Morgenlicht, es leuchtete sie nun an. Aber leider gab sie sich damit längst nicht zu frieden....

Und Doel dachte sich Blitzschnell und in Stille, was muss er nicht alles durchmachen, mitmachen, mit Freunden und ihren Ess und Lebensgewohnheiten die sie ihm anbieten.

Wenn es nicht für dich wäre, Molly, ich würde jetzt auf der Stelle verbrennen. Denn schuldig bin ich nicht. Der Winter er ist zu stark. Keine Vögel vögeln und Singen dabei.

Tu es lieber für dich, das steht schon in der Bibel, lachte sie.

Doel zwinkerte, dieses Weib, wie das Wort Weib schon beinhaltet, mit dessen Charakterzügen, des Weibes. Manchmal Haarsträubend..

Am Morgen Cocaine..

Da ist wieder eine Melodie im Leben. .Das ganze Leben ist eine Melodie, ein Ton, entzückt, ja der Kopf kann davon explodieren, höret.. Doels Intellekt, die Zusammensetzung seiner organischen Säfte, war in einer Verfassung, die am besten mit : prognostischem Nirgendwo verglichen werden konnte, wo Winde rasten, keine heiligen Töne zu hörn waren, und vor allem keine Kerzen brannten, jedoch spielte Tangerin Dream diese Melodie, sie trieb ihn zurück in die germanischen Wurzeln die Wahrheitsliebe, die Suche nach ewigen Werten, Echtheit. Und aus all den langsamen Bewegungen kam doch die Freude....

Sie kommt von außen, sie liegt nicht im Körper, sie ist dein ständiger Begleiter, ein Retter wenn's im Kopf nicht mehr weiter geht, wenn das Getöse fragt : na kleiner wie gehts, soll ich dir den Wahnsinn mal Nackend zeigen. Dann kommt die Freude auch wenn du in der Gosse in der Kacke der heiligen Kühe liegst und für viele eine elendige Gestalt bist, ja gerade dann, als Ausgleich, als das Wissen um die Freude die die ganze Welt durchdringt......

Aber sie ist im feinstofflichen Körper..

Ist das der Astralkörper..

Trotz allem war Doel ausgeruhter als üblich...

Molly wie kann ich dir zeigen wer ich wirklich bin, wie...

Molly machte gerade lange weiße Linien aus Cocaine..

Doel legte Dylans If Dogs run free auf den Plattenteller, das Piano mit Maretha Stewart brachte Stimmung mit sich...Neben dem Teller stand noch eine Flasche Whisky, halb voll, zack, noch'n Schlückchen, ist gut zum Zähneputzen, brrrrrh....

Die Fantasien in Doels Gehirn fingen wieder an auf Hochtouren zu fantasieren, sie zogen hinweg dahin wie er aber keine Serenität finden würde. Lass mich unter deine Haut schlüpfen ,lass mich, sooon Blödsinn und das an diesem neuen Morgen..

Unrasiert, die Haut etwas gelblich wohl vom gelblichen Whisky, Augenränder, und draußen war der Himmel auch blau...

Ohh die Nacht sie ist weg und ich muss mir dieses wieder ansehen. Werden heute meine Träume wahr werden..
Und keiner von denen da unten kannte mich, Doel, war ich deshalb Ein-Sam.
Ein Fremder unter Fremden..
Das ist gutes Cocain rief sie ..
Aber ich bin noch jung, ich bin auf der Autobahn des Lernens, obzwar spontan erkannt wurde dieses nicht tun zu müssen...
Jaja da sind viele Sachen die du gesehen hast und getan hast.
Aber warum rollst du dich zusammen in die Vergangenheit hinein. Reiß dich weg davon und gründe eine Familie, das ist der Sinn, nehm Verantwortung auf deine kleinen Schultern, sei kein Wiesel, so agil. Nur noch einige Tage mit dir Molly..
Jaja, meine Mutter mag dich nicht, du bist Germane, Deutscher, du weißt was das bedeutet, unter uns Abstammern der Levis...
Jaja, immer noch diese honigartigen Versprechungen, schließlich haben wir alle die gleiche Quelle, leider lebt Steinzeit und Zukunft unter einer Decke..
Nicht leider sondern glücklicherweise..
 Jaja du liebst diese Frau auf deine Art Doel, du liebst sie nämlich gar nicht, das ist die wahre Liebe....
Aber du hast mich noch nicht mal berührt, du kannst mich nicht erreichen Molly auch nicht mit Cocaine..der Mensch-Mann in mir kommt nicht zum Vorschein, denn ich will ja keine Maschine werden...
Da draußen -da lauern die Aas-Geier-Menschen nur auf einen Offenen um ihn zu verarbeiten und zu kategorisieren..
Meinst du das weiß ich nicht, dessen bin ich mir bewusst, Molly.. Nur die Engel mit ihrem leuchtenden Haar sie können mich berühren. Dieses trinken, ha, die Seele sucht sich einen neuen Körper, das weiß ich, ich muss schließlich wissen, was hier auf der Erde für Gold gehalten wird, aber die Seele sie sucht sich einen neuen Körper. Die Engel machen auch die Musik aus der die Welt besteht.
Jaja Doel du bist schon ein lieber Träumer, träume weiter so.
Deine Einsamkeit wird sich bald zum Schmerzen verbessern, dann fühlst du wenigstens wie die meisten Menschen, du wirst wie sie leiden, du wirst dann eins mit der Wahrheit die sich gegen alles verlogene stemmen wird, welches die Menschen im Laufe der Zeit für echt vermarktet haben, du wirst wissen wer sich gegen das Helle gewendet hat, du bist dann freier eine Entscheidung zu treffen, Doel..
Hoffe nicht ,denn sie wird weiterhin gebrauch von deiner was du Liebe nennst, machen..
Seh zu, sie nimmt nun das Cocaine..
Jaja zu wissen wie du mit der Freiheit umzugehen hast, ist keine leichte Aufgabe...
Aber sie ist, wenn auch chaotisch, prädestiniert...
Aber lieber in der Stille erbrechen als sich elendig zu zeigen. Nein, nein, Doel, du hast ein reines Gewissen, du bist in diesen Schlamm hineingeboren worden, vergeß nicht du bist nicht Körper. Du bist Seele. Das ist wahre Religion. Das ist die wahre Natur. Nur sie bleibt bis zuletzt bestehen. Ja, Ja, Ja, wahre Religion ist die Religion der Seele. Und die Seele ist das Selbst. Und die Suche sie besteht darin nach deinem wahren Wesen zu suchen und sich darin zu gründen. Nicht dieses Cocain schnüffeln. Aber auch das kann hilfreich

sein. Die Moralisten die pissten jetzt mit ihrer verlogenen unwissenden Wissensheit die Massen voll indem sie ihre Brutalitäten als Liebe vermarkten und ganze Völker in ihrem Religionswahn ausrotten und das dann Gott oder Allah zuschreiben, der ihnen das erlaubte. Diese gigantische Lüge an die Menschenmassen. Religionen wie sie sich nennen, das sind Firmen, Managementorganisationen, Bosse die sich ein fabelhaftes Leben in Wohlstand und Pracht und Machtgier und Betrug aufgebaut haben, durch Morde Gesetze und durch die unbeschreibliche Ignoranz Blödheit der Menschheit. Aber Religion ist das nicht. Das ist Geschäft, Materialismus. Das sind bloß Konzepte. Aber Konzepte müssen aufgegeben werden. Dann kommt die Seele zum Vorschein durch die Ruhe der Konzeptlosigkeit im mentalen im Köpfle.
Ja, vergess nicht du bist nicht der Körper. Du hast einen Körper.
Der Körper er hat die Angst, weil er sterben wird, Erde wird, aber die Seele oder das Licht in dir ,das ist es was Angstlos ist...
So lebe dein Leben in diesem Körper Doel, trink ruhig noch einen Schluck, trinke ihn auf das Wohl des Schöpfenden ,auf das Wohl des ganzen und Allem, trinke bis du nicht mehr Identifikationsfähig bist und dann wenn du Echt wahrst wirst du wieder erwachen und, und, und, und jaaah, ehhh, und dann wirst du voll menschlich werden...
Ja ich weiß worauf du hinaus willst..
Ich weiß ich bin nicht der Mann für Molly sie braucht einen anderen. Stimmts. .
Ja das stimmt...
Sie ist zu Agil für dich du bist viel ruhiger..
Ahhhhh. .
Ja es ist bloß schade erfahren zu haben das die meisten Menschen dir mehr Unrecht angetan haben als du jemals erdenken könntest. Und dabei arbeite ich so schwer. Keiner unter den Wesen arbeitet so schwer wie wir Menschen.. Ja kein Wunder wenn ihr euch solche schweren Aufgaben setzt, Atomspaltung, das Verständnis der physikalischen Wirklichkeit, obzwar diese ganzen Erkenntnisse niemals dem wirklichen Nenner treffen, denn diese theoretischen Begriffe sind nicht das was Wirklich ist, sie sind nicht in Übereinstimmung mit dem Ausdruck, das hat der Buddha, der Sidharta, ganz eindeutig erarbeitet.
Aber wir müssen uns ja schließlich Symbole geben damit in etwa eine Richtlinie da ist, Mensch, sonst, sonst sind wir ja nur im Chaos. Und vergesse nicht : die meisten Menschen haben nichts übrig für den Anarchismus, denn sie haben schon genug von der Anarchie der Militäre, von der Anarchie der Banken, von der Anarchie der Politiker, von der Anarchie der Gerichte, von der Anarchie der Produktionsverhältnisse, von der Anarchie der verschiedenen Systeme, Kapital, Kommunis, Linke, Rechte, der Anarchie der Straßenbauern, der Anarchie der Flugzeugbauer, der Anarchie der Polizisten, der Anarchie der Verwahrlosten, der Anarchie der Gebildeten, der Anarchie der Autohersteller, der Anarchie der Luftverpester, der Anarchie der Nutten und der Pimpfe, jaja der Anarchie......
Aber ich bin jetzt der, der dich gerne hat..............
Und, und zeige nicht die Angst die in deinen Augen liegt.......................
Ich weiß du meinst meine Küsse sind nicht so wie sie waren, aber Molly ich werde dir nicht sagen warum das so ist, (verdacht) Molly, ich weiß ich werde dich fallen lassen, trotz allem, sei nicht so kalt trotz Cocaine und allem, denn ich versuche deine poetische

Sache zu erfassen, und du, du Biestest mit Cocain, ah, ach mir geht's besser wenn ich total im Abgrund lebe, weg vom Sumpf, dem üblen Stumpf, der soliden Schwelgereien, Sauersaufereien, und so meinst du ich weiß nicht das hier n'Ding gespielt wird, vor meinen Augen, doch du weißt das ich deine Liebe öffnen will das wir uns öffnen, aber du bist so kühl.

Was ist los mit dir, ich bin doch dein Gott, und du bist meine Göttin. Oder ist es an der Zeit für uns zu scheiden......

Jaja, das sagte ich ihr nicht, dennoch, das ahhhnte ich, da war was faul.....

Was ist hier los..... Jaja wie Dylan schon sagte evereybody must get stoned..... aber wo keine Gerechtlichkeit am wirken ist, da ist Parteilichkeit am wirken, welche Macht missbraucht und Betrug bedeutet und ebenso kein Ordnung von Dauer aufzustellen vermag.......

Wusstest du das...

Aber in China wird das Gerichtswesen für sich selber entwickelt, unabhängig vom Staat oder Parteien, und da liegt viel drinnnnn...

Aber falls Du das nicht ausarbeitet bist du die erste die es wissen wird, okay. . . .

Aber Molly ,sie war immer noch mit dem Cocaine beschäftigt.............

Dennoch wieder in der Ferne Rory Gallagher...

Also entweder träume ich oder ich spreche zu mir selber ohne es zu wissen fiel Doel plötzlich ein das ihm da was eingefallen war..................

Die Fallen der Freiheit, oder was waren das für Zu-Stände, offen waren die auf keinen Fall..

Molly fummelte immer noch mit dem Cocaine herum. Mal war die dünne Linie zu krumm, dann wieder zu dick, dann waren noch zu große Kristalle sichtbar welche mit der Rasierklinge zerhackt werden mussten. Inzwischen spielten die Anfangstöne von Come Together, schhhhth, die Beatles, das sagte Doel sehr zu, da liegt das mysteriöse drinn, der extra Reiz, das undurchsichtige, aber vor allem , Empfindung..... allright....

Die Zeit sie verging in kleinen Reisen durchs Innenleben verbunden mit Mojofilters aus denen das Schöne kam, weil sie ja so schwer zu sehen war....

Molly hatte ein Kopfband aus einem Seidenen Schaal um ihre Stirn gebunden, verdammt, Frau, ich will dich eigentlich noch nicht verlassen. Jaja ich weiß Doel ist eben nicht der Mensch für dich, was soll ich Schreiber da machen. Doel so gestalten als ob, oder dennoch, womöglich, odersondern, nein, Doel ist ein Mensch für die Frau, für eine kurze Weile, mit Dehnmomenten, und Maxwells Silberhammer. Der wird deswegen nicht auf ihren Kopf fallen...

Aber Doel, ich warne dich, bleib dann mitten in der Natur von gutem Benehmen und Verhalten, oder sag bloß du hast dich schon gehen lassen, wie siehst du eigentlich aus, Mensch, Doel, was ist los mit dir, hattest du nicht verschwiegen das du wegen einer Art von Liebessummen - Kummer, hier hin gefahren warst, oder ist das wieder ein Produckt deiner sich öffnenden Fantasie aus der Vergangenheit, wo sich dann ab und zu doch der ehemalige Schmerz zeigt, und erkannt wird das eben auch mit allen Mitteln des Denkens, Tuens, und Veränderns das Wahre niemals aus der Welt geschaffen werden kann. Das sind andere Wunden, andere Einbettungen in die Gedächtnisrillen der was die Wissenschaftler für Atome und Materie halten, das ist im Leben am Leben du Freundchen, und was einmal war, ist immer wieder existierend, jaja, du, Doel, denk bloß nicht du kannst dir die Welt Wegdenken, du spinnst wohl was.......

Selbstbetrug und alles andere ist damit verbunden.

Illusionen werden dadurch vergrößert und die Pestbeule sie wächst. Die Beatles spielten i want you, treibt das dich auch in den Wahn. Schau dir dein Gesicht an das der Erde gehört, seh wie die Bartstoppel gewachsen sind, kleine Ur-Wälder aus den Zeiten des Affens der Wikinger und   als Sigurd noch mit Bodo lebte, seh dir die Augenränder an, versoffen, Graam, wovon, dieser Graam, weshalb, weißt du's noch, ist es der Überschwang der dich jetzt in seinen Fängen hält, und du nicht mehr mitkommst ,wo er dich doch eine Zeit im Glanz leuchten ließ, oder ist es der Konsum, der dich täuschte es sei der Konsum der die Auflösung verhindert, seh dir an Doel, wie du da sitzt vor dieser Frau, Molly, in blauen Unterhosen, lange Haare, Ohr-Ring, und Augenränder mit Bartstoppeln, Mensch Doel, du bist eine Kreatur, aber du hast dich ja nicht geschaffen..........

Doch, doch Doel du hast dich, dich selbst geschaffen, wenn du nur wüsstest, du hast dich selbst geschaffen, denk mal zurück, Doel.....

Implodiere Doel....

Und das soll das Wahre sein, niemals, das kann nur ein Einzelteil sein aber die zugrunde liegende Wirklichkeit sie ist immer die selbe.

Auch wenn sich angeblich die Weltbilder ändern was sie ja nicht tun außer das ein neuer Planet geboren wird oder, also ändert sich das Weltbild doch, bloß die, was wir ursprüngliche Ursprungheit nennen das bleibt, aber das Erkenntnisvermögen hinsichtlich der Außenwelt, vergrößert sich, damals als die Erde angeblich noch flach war da war sie schön rund und die Atome existierten genauso wie alles andere existierte, plus und minus der natürlichen zu und Abnahmen...

Und du Doel du hast Sorgen oder was, wo ist dein Licht Mensch, doch nicht im Trinken, oder Koksen...

Aber zu der Zeit wusste Doel nicht, er tat nur...

Ahhhh die Sonne strahlt ihre Lichtwärme ins Zimmer...

Der natürliche Ablauf der Entfernung vom Licht ließ wieder mal einige absterben.

Ändere dich Doel..schnell, die Frau hat bald das Cocaine fertig. Schnüffel Schnüffel, zieh, ...

Die Vergangenheit sie ist voller Leben in der Gegenwart zur Nahrung für die Zukunft...
Und aus dieser Zukunft riefen die vergangenen ihr ihre unterstützenden Worte durch das materielle Sein, die Einheit. Sie gab ihre Töne ihren Schall ihre Schwingungen, frei und ohne zersetzenden Grenzen ,und da drin lag die Affinität des Einsamen, aus dem wiederum das Zweisame entstand und das Dreisame und so weiter....

Und mit You never give me all youre money, schnüffelte Molly sich die Koks Linie in die rechte Nasenröhre...........   see no future sang Ringo bei Doel. Molly machte ahhhhhh, rollte die Augen, da sangen sie, all that magic feeling, nowhere to go, ahhhhhht und damit hatte Doel auch sein Koks gekokst.......

Dann das Gitarrensolo mit der Steigerung, one sweet dream....... ahhh er wurde wahr der süße Traum, yeahhh, heute....

One two three four five six seven all good children go to heaveh.... doch im anbetracht der Tatsache das Gesellschaften mit beschränkter Haftung legalen Status zum korruptieren

erhalten das blieb braach. Here comes the sun king.
Mensch bin ich stoned...
Und der Sail away moon, und der Reisteller voller Fantasien, Wünsche, Fragwürdigkeiten, Alpträumen, Ängsten, und daraus sollte dann die Wirklichkeit erkannt werden...
Und wer das glaubt was der Kollega Brecht da mal geschrieben hat der ist endlich dort angelangt wo er nicht mehr zurück kommt, nämlich in der Irrenanstalt, denn dann noch das Reale zu erkennen, aus all den körperlichen Ängsten Wünschen und Phantasien, das hat aber auch nicht das geringste mit Wirklichkeit zu tun, außer für den Realist der unter Wirklichkeit, Wirk - lichkeit versteht, und damit,,,,, ,ach es gibt keine Realisten, außer die, die davon benebelt sind ,aber auch die sind in Wirklichkeit keine....
Und dennoch hat er auch Recht. .....
Ende der Durchsage...
Ahhhh Musik, Musik ich verneige mich vor dir, wo immer du auch herkommst. Aber reinigst du immer noch die Gefühle der Menschen. Trotzdem, Musik, ich verneige mich vor dir......
Und dann fängt sie an zu kochen, Molly, ein riesiges Gemüsefest für die tägliche Essorgie..
Und da ist auch der Segel - Weg Mond. Später, als sie wieder pinselt, und Doel eine Art von Bediensteter ihr gegenüber ist, er bedient sie mit der Kommunikation, wo er von einem Wahnsinnigen Zustand in den anderen flutscht, von den Galapagos Ungeheuern zu den Karma -Yogis, weiter in das Reich der Philosophie hinüber zur Kokain Sucht, die interessant erschien, und sie sofort mit mehr Farben inspirierte, weg von den Stadtverseuchungen hinab zum allerersten Dasein. Doel nähert sich den höllenartigen Schönheitswahn der Heuchler. Sie kümmert sich nicht darum erwähnt was von Cocteaus Opiumsucht, good-luck charm von Elvis spielt inzwischen. Wir singen dazu.
Doel fangen die Haare an zu Berge stehen, sie fängt an sich zu bemalen, Wasserfarben. Wir rauchen uns noch einen dünnen Stengel.Höher und noch höher. Wir versuchen obendrauf zu sein, was auch immer das sein soll. Drauf, auf dem national -sensiometrischen Leidenschaften. Für diejenigen welche die ruhige Glorie etwas mehr als eine trommelnde verwegene Zeit ist, Mensch, denn hohle Geräusche, das Summen um Doel herum, brachte ihn nun näher zum zweiten Vorwärtsgehen, denn Doel ist nun Stoned und sie auch. Sie hat immer noch ihr Stirnband an, der Kimono hängt lose über ihre Schultern, der Busen der schöne, hängt auch noch da. Und während Doel sich die Frau ansieht, denkt er: Jupp, ich fliege am Mittwoch nach Paris und mache eine Trinktour durch die Stadt, lass alles einmal abrollen, wegwaschen, mal sehen was dort so an guten Geistern getroffen werden kann. Aber gibt's in den Städten noch gute Geister grübelte er dann, immer noch die Frau ansehend. Ihr Busen hing inzwischen aus dem Kimono und leuchtete zum lächelnden Körper. Gibt es in den Großstädten noch gute Geister................
Und bis in die Nacht hinein plätscherte der Reigen der die beiden eine ausgezeichnete Bewegung in der Positionsabwechselung gab, und zu beider Befriedigung konstante Lächeln hervorbrachte....
Bis sie wieder einmal schlummerten, süß und friedlich, sanft und glücklich, träumend ohne Träume...
So, nun, an meiner Rückkehr, Doel kam zurück, und was ist los, die gleiche Show, es ist Montag, nein Dienstag...

Schon spät, Doel sollte, ja, falls, aber er tut's nicht, so was kann ich der Schreiber tun, ohhhhh, sehr viel, sehr, sehr viel, verändert diesen Charakter, schnell, vieles hat sich übrigens wieder verändert, die ganze Welt hat sich verändert, auch Gott hat sich verändert, er ist sichtbar größer für die Menschen geworden, er wird von Tag zu Tag größer, die Menschen sie füttern Gott gut, und er lässt sich gerne füttern,
Aber zuerst,,,,
Molly und Doel fuhren zusammen in die City, das brachte Realität zurück ins Gehirn. Der Boden war gefroren, und die Nasenspitzen wurden schnell Rot. Ahhh, prima, herzhaftes Wetter, frisch und knirschend.
15 Grad Minus plus der Windfaktor 20 Meilen in der Stunde macht na, 35 Grad Minus, ahhhh, die Sprache bricht auf der Zunge in Eisstücke.
Molly hatte einen riesen Salat zum Frühstück gemacht. Da war wohl noch Cocaine im Hirn, trotzdem, beide redeten nicht viel, sie war sehr milde, sie war zu vorsichtig um Doel nicht in Stücke zu reißen, einen Schlag ins Gesicht, den er brauchte, sie versucht Doel nun Wahnsinnig zu machen. Aber Doel sagte ihr das so etwas natürliches keinen Effekt an ihm habe. Das versuchen die meisten Menschen die Doel kannte. Ihren Wahn auf andere abzuwürgen. Es trieb Doel auch nicht auf die gefrorene Palme, als sie das ganze Dutzend Eier im Flur auf die Treppe schmetterte, die dann mit einem weichen ausrollen zum Halten kamen und der ganze Schmier glänzte. Die Nachbarin Rülpste hinter der Tür und kicherte.
Sehr merkwürdig.
Eigentlich ist Doel nun bei Zän,
Er hat mich eingeladen in seinen Penthausbildern zu schnüffeln, damit ich mal wieder einen Ständer bekomme.
Am Morgen hatte Doel kaum die Augen offen den Schluck Scotch drauf, das half auch nicht, machte vieles nur noch schlimmer.
Und dann Molly mit ihrem goldenen Ring.
Und dann Molly mit ihren timiden Bewegungen.
Und dann Molly stundenlang vor dem Spiegel.
Und dann Molly mit ihrem leidenschaftlichen Liebhaber Michael.
Und dann Molly die das Kokain von ihm bekommt.
Und dann Molly und Doel beide ein Taxi nehmend weil die Zeit es so wollte, und sie schneller zur Arbeit kommt. Kein Wunder, Salat am Morgen, naja, vertreibt Hummer und Borgen.
Und dann Molly die ihre Fassung in der Post verliert und losbrüllt. Die wollten nicht kooperieren. Da war mal wieder Regulation als Gegner zur Menschlichkeit. Die Menge schaute erstaunt und blöde drein.
Doel popelte in der Nase, als Extrazulage.
Dann Doel alleine in der City.
Wolken waren woanders. Blauer Himmel leuchtete. Ahhhh, Glücklichkeit ohne schwer dafür zu Arbeiten, das Lob ich mir.
Die Autos fauchen giftige Geräusche und Gase direkt zur Vernichtung der Menschen. Aber jene sind schon Scheintot.
Einige Menschen schauen sich noch die Umgebung an in der sie leben. Auch sie haben Rote Nasen. Ein Zeichen von Leben. Die meisten haben Leichenblasse Nasen. Die

allermeisten sind verfroren und kurz vorm einfrieren.

Doel kaufte sich zwei 14 Karat Sleeper-Ohrringe. Dünne Ringe. Denn Molly wollte auch solche Ringe haben wie Doel sie hatte .

Während er aus dem Juwelenladen trat leckte sich Doel den Goldstaub von den Augäpfeln, damit nicht zuviel Glitzern zwischen dem Sehen war. Das war ne einfache Sache und hatte außerdem noch organische Unterstützung im Mineralaufbau des Körpers. Jaja er hatte die Goldzunge.

Und dann der volle Bus. Gequetscht mit öden Gesichtern und auch noch diese Sherbrookstrasse entlang und keine Musik keine Pillen kein Alkohol nix man. Nur muffiger Atem. Aber endlich halt. Hinein in den chinesischen Teeladen, damit die zwei Gehirnzellen auffrischen... spazierte Doel dann die Wilson Strasse entlang. Ja das tat er. Die Spazierwege waren voller Schnee. Hinein in die Wohnung von Lise und Zän.. Mal sehen was die so machen...

Lise kam gerade aus der Eingangstür des Apartments..

Hi how are you. Lächeln mit Schnee im Auge. Dann ein schneller Touch.

Whats up..fragte sie. Doel lächelte verschmitzt. Whats up... Nein Nein er nicht..

Aber ich bin wacher. Das kann ich dir ruhig anvertrauen.. Und du,ohhh, ich, fine...ja mir gehts gut...

Ihre großen Augen kullerten lustig. Das lange Haar wegen der geschmeidigen Pflege, schmiegte sich an ihr. In der Ferne eine Sirene. Aber ihr Haar. Sie war eine ruhige Seele. Feine kleine Frau,....

Kommst du mit zum Miriam-Home Doel, um Broomball zu spielen...

Ich weiß nicht ....stimmt was weißt du Doel schon. Stimmt, gute Antwort.

Aber ob ich will, weißt du, mhhh. Die Schneeflocken sind schön. Heute es fing an zu schneien..

Wir werden danach zu einem Freund fahren, Louise. Sie hat uns zum Spagettidinner eingeladen...

Warum kommst du nicht, Doel. Komm doch, lieber Doel...du Pummel.

Ahhh Christ, meine Pläne fliegen auseinander. Ich werd noch Wahnsinnig wenn ich so weiter drifte...ahhh comon Doel übertreib nicht..

Drift lieber..

Sie nahm Doel am Arm und führte Doel zu Zän welcher in seinem Pontiac, Baujahr Annodazumal, schrottfrei aber um so lockerer im Schleudern, saß, und in die Ferne schaute, aber sofort lächelte als wir ihn sahen. Ohhhhh, Amigo, rief er erstaunt freundlich aus. Ich ließ mich gerade wegnehmen wie soon Schuss gute verdünnte Wahrheit, Mensch, und das traf mich so das ich in die Ferne schaute, whats up man....

Wir saßen dann alle drei vorne und weg waren wir...

Da,,,, zwischen den Tausendmillionentrilliarden Billiarden Autolichtern, wurden wir, da es jetzt schon später war durch den Rush-Hour Traffic gegurkt. Und die Kiste plapperte mit Kotflügel hinundher schwenkend der linke Reifen war merklich ohne Luft. Aber Lise schlug Doel immer und immer auf die Oberschenkel, sagend wie gut es war wieder zusammen zu sein...Das stimmte die waren mir Doel liebe Freunde..

Doel hatte aber immer noch eine Art verfranzter **Spasmodik** im Herzen. Indem es voller Schlamassel und Bücher und Musik und Sehen auch noch die Brücke zum Lächeln gab auf der sich Doel jetzt zappelnd jetzt schon wieder etwas abgefuckt und dann, glücklicherweise, klingel ein Telefon bimmelte da drinnen, hallo sind sie Doel der gelackmeierte Schnorkelsack aus Germania-Blues Hausen. Ja,ja,sie müssen jetzt sofort in einen Likörladen gehen, los Telepathie......

So gingen die drei dann und kaufte zwei Flaschen, den Besten, für einen Dollar Achtzig, Italienischen Rotwein der da auf den Spagetti wartete, und einen Zwerg Ballantines Scotch, zum aufwärmen für das Eishockey-Broomballspiel......

Und wo sind die Zauberschildkröten..

Und dann hinein in das Miriam Home, mit andauernden Schlückchen aus der Zwergflasche. Das Miriam Hotel ist ein Heim für körperlich-geistige-Behinderte Kinder-psychosomatische Malfunktionen. Die Doel auch bald haben wird wenn er so weiter gurgelt....

Und wow, man, da wirbelte doch tatsächlich im großen Saal ein Fest. Die Schrägaussehenden aber freundlichen Gewächse tanzten. Die Stones spielten nicht persönlich, dance little sister. Schnell noch'n Schluck.

Hier Zän, hit it man,...

Ach so ein Fest. Keiner sagte was davon. Klasse Überraschungen sind meine Spezialseuchen, zu oft an andere, man, sagte Doel zu sich selber...

Zän war sofort sowie auch Lise, von ihren Schützlingen umgeben.. Aber alle hatten lächelnde Gesichter, und staunen da war Staunen echt die staunten wohl andauernd...

Der echte Rausch, jede Sekund ein Staunen. .

Lise nahm auch einen Schluck, machte aber sofort ein harsches Gesicht. Jaja nur Luzifer kann noch Lächeln wenn er an solch einer Flasche saugt. . . .

Zän und Doel ließen es jetzt richtig fließen. Der Boden fing schon an zu schwanken. Da wurde getanzt, die Kinder befassten Doel andauernd, aus den Lautsprechern kam eine sanfte Stimme : Ihr werdet auch bald solche Rotznasen sein. Du Doel du Zän....

Glücklicherweise war da kein Todesrattceln in dem Augenblick in der Luft . . . .

Keine gebrochenen Lächeln waren anwesend, keine Reiberei für die Heiligkeit in der Nähe, keiner war Heil, alle waren sie da Insane... Zän nahm Doel in den Gesellschaftsraum nur damit Doel da weitertanzte. Dabei hatte er garnicht seine Scherbelschuhe an sondern trug Gummistiefel, natürlich gefütterte...gut zum Blues tanzen...

Die Stones you got ta moye spielte, yeaaah, noch'n Schluck...

Da war sogar noch eine Empfindung vorhanden. Aber wo die bloß war. Im Suff oder so.....

Dann hatten die Kinder Doels Kamera gesehen...ahhhh...

Ein Kind kam herüber und umarmte Doel, so richtig, lieb, ja so.... Abstand oder Offensein, keine Wahl, offen...auch ohne Wahl...

Etwas ernüchtert...

Das Kind trug einen Fussballhelm, solch einen wie die amerikanischen Footballspieler tragen ,mit Zähne Zerschmetter Schutz...Zän sagte das er den wegen seiner epileptischen Anfälle trägt. muss...Ob der was von Metaphysik weiß, ganz tief da drinnen. Doch Doel selber wusste nichts mehr von der Existenz der Seele.

Für ihn war es ein abstraktes Wort,.und die Ignoranz des wahren Philosophen der von der Freiheit des Willens weiß; welcher Zän war, der jetzt seine Schlittschuhe an hatte. Und diese Kinder so deformiert und was ist los mit Gott. Ich will ihn sehen. Jetzt. Gott zeig dich. Als Doel sich diese etwas verkrüppelten Kinder nun näher und vorallem genauer

ansah, fiel ihm ein Gedanke von Schoppenhauer ein: überhaupt bedeutet Natur das ohne Vermittlung des Intellekts wirkende, treibende, schaffende,....
Und bei diesen Kindern war der Intellekt doch wohl nun nicht eine treibende Kraft hinter all ihrem Tun...
Sie waren also reinste Natur....
Ein schneller Schluss, aber dennoch, möglich....
Dann bemerkte Doel dass das Kind mit dem Helm kein Junge war sondern ein Mädchen war. .Er umarmte sie und beantwortete ihr Lächeln mit einem Lächeln. Aber als er sich freimachen wollte hielt sie sich fest und machte eine Art von Baabo-Nasal-Geräusch und schaute Doel direkt ins Gesicht. Dann kam Zän herüber und rettete Doel aus dieser so direkten und gespannten mit starkem Willen vermischte Lage...
Danach eine Tranquillo Affäre, als Doel den Arbeitskollegen vorgestellt wurde, sozusagen als Buddy aus langen Nächten und schon Jahre her, woraus dann Gespräche über Alles und Nichts entstanden, im Trubel und mit dem Alkohol und natürlich mit dem gehenlassen.....
Inzwischen hatte sich Doel entschlossen nun doch etwas Schlittschuhbroomball zu spielen,..
Er wechselte in ein gelbes Miriam Hemd, zog sich die Socken über die Jeans, und ging nach draußen in die kalte Luft die keine möglichen Warmflecken mit sich trug. Stieg dann auf die Eisfläche ohne Schlittschuhe, denn es wurde ohne Schlittschuhe gespielt. Er war aber nach 15 Minuten so dermaßen ausgegroggied das er flatttt und irgendwie jetzt ohne-Lungen war denn die Luft schoss zwar in den Hals aber da war keine Verbesserung und wie der Hals nun brannte, da schossen wie halbe Kugeln Flammen aus dem Hals wodurch sogar ein Drachen auch der Drachen der Siegfried bekämpfte sich staunend hinter den Ohren gekratzt hätte und an seiner Fauchfeurigkeit gezweifelt hätte......
Für Doel war das Spiel vorbei...
Schwer atmend gab Doel Zän den Besen der ihn auch hungrig nahm und sofort wie ein Hero in Hitze über die Eisfläche jagte auf der Suche nach seinem ersten Torschuss....
Mehr mehr mehr...
Und Zän raste nun umher im Hintergrund die Musik von Tangerine Dream Ricochet, fliegend steigend drückend treibend hinein in den Space Man, obwohl die beiden nicht ausgespaced waren weder noch eingespaced aber dennoch waren sie im Space, um euch noch mal daran zu erinnern........
Lise kam herüber und gratulierte Doel. In der Ferne wehte der Wind lets burn down the cornfield herüber, beide staunten..
Lise gratulierte Doel für seine Fähigkeit mit dem zerschundenen Abfallkörper den er hatte diese 15 Minuten durchgestanden zu haben ohne sich dabei sämtliche Gelenke verrenkt zu haben...
Doel wusste das diese Tat eine seiner größten Taten war..
Er wusste das ohne zu übertreiben, denn er wusste nicht was übertreiben war .Deshalb auch der übermäßige Genuss und die ganzen Wilden.
Willst du mit, eine Tasse Kaffee trinken kommen fragte Lise. Komm mit wir gehen wieder ins Miriam Home.
Ahhh sicher Mammchen, Frau, Lise..
Ich kann einen heißen Schluck von etwas schon gebrauchen. Meine Kehle sie hat's in sich. Drachenfeuer. Schlimmer als der Hundefisch-Taigablues der über die Steppen von

Eurasien wirbelt. Der sogar den verzagten in Berlin wenn sie alle auf Weltreise sind, das **Polkatanzen** in die Seele haucht.....

Lise schaute erstaunt herum, etwas nachdenklich, womöglich war ihr Doel etwas mystisch gelagert, er braucht wirklich etwas heißes... Doel bemerkte aber auch das Lise ihn mit ihren starken klaren Augen klar angeschaut hatte. Sie versucht wohl mich zu erkennen, wa.. Ich bin immer noch zwischen Nirosta Anzügen und hölzernen Brücken immer noch nicht Locker genug immer noch nicht Verrückt genug, aber jetzt schon merke ich wie der Spirit und die Mentalität am steigen sind. Außerdem bewerte ich diese vielen neuen Gesichter Lippen Augen Haare Stimmen Bewegungen Gedankengänge ,zwischen denen alle mit meiner eigenen Welt die mir nie gehören wird, mit meinen eigenen Willenstaten und wollen, ausschauhaltend *für* eine Mitte, kein *Ego* zu werden, dennoch flippy, bin ich zu jung *für* jenes jetzt. Habe diese drei Arbeitsgehirnzellen, die meistens mit dem Trinken beschäftigt sind, und dann das Rauchen ,wie ein Maulwurf seine Löcher gräbt..

Ohne ihr diese etwas zerstückelten Gedanken zu erzählen gehen sie nun beide durch den Schnee zum Miriam Home. Sie, diese kleine Frau, mit diesem schönen langen Haar hinunter bis zum Ansatz der Hüften. Ihre Füße traten auf dem Schnee herum. Der Schnee alleine war schon eine Pracht, aber sie darauf stehend, mit ihrem Pelzmantel an. Einige der Haare waren auf ihr Gesicht gefallen und sie lagen ab und zu auch über der Brille der runden kleinen. Ihre Stimme kam von ihren Augen. Ihr Lächeln entsprang den Wangen, leicht angerötet wie ihr Lächeln .Die Nostalgie des Mantels überschattete ihre darunter liegende Haut. So spazieren wir nun herüber zur Kaffeteria. In der Kaffeteria holt sie zwei Plastikbecher, füllt sie voll Kaffee. Einige deformierte Personen bringen die Milch und flüstern in Doels Ohr. Du wolltest doch Gott sehen, oder, *und* wir sind reine Natur oder, und wer hat das alles geschaffen, etwa du oder ihr, oder wer.

Doel wurde ganz still.

Die deformierten Menschen gingen wieder , dafür kamen andere, die, die hölzernen umrühr Rührer brachten.

Sie steckten die Umrührer in die Becher und rührten. Dabei lächelten sie Doel schräg an. Beim umherrühren machen sie einen rhythmischen Umrührtanz.

Doel versucht da irgendwas zu verstehen, aber da konnte er nichts verstehen.

So Doel nahm den Becher ,stand auf und setzte sich an eine andere Bank. Lise kam auch. Aber auch hier kamen einige ältere deformierte Frauen herüber. Sie fingen an mit Lise zu reden. Ein junges Mädchen mit lockigem Haar und einem glücklichen seiden lächelnden Gesicht in ihrem Gesicht voller Kulleraugen und ihre sämtlichen Finger mit Goldringen dick bedeckt.

Sie erzählt uns nun das sie morgen 22 wird.

Ich flipp für 22 Millisekunden aus.

Sie sieht aus wie 16.

Dann fragt sie mich was für eine plötzliche Art von Veränderung in einem Menschen vor sich geht wenn sein Alter auf einmal von 21 auf 22 und dann zu Tagen dann zu Sekunden und dann zur Kontinuität wird, dann zur Extension, Verlängerung.

 Ich erzähle ihr das es nur die Vervollkommnung unseres Systems Wiederholung in Kreisen ist.

Nein das sagte ich ihr nicht, sondern,

Mädchen, komm lass uns gehen und ein Bein zusammen wirbeln.

Sie lachte laut aus sich heraus,

Ließ mich dann aber stehen damit ich nun mit dieser dünnen 50 Jährigen alten Pappel der morschen, meine kostbare Zeit die mir nicht gehört ,verbringe.

Sie war stumm, bewegte ihre Arme in der Ähnlichkeit eines Orang Utangs. Ihre Lippen kamen sehr nahe zu meinen, uhhhhh.

Ich lege meine Arme um ihre Hüfte während sie mein Haar streichelt. Ich bin schwer berührt hier. Mensch, das ist ja schwer menschlich, so was hab ich nur von meiner Mutter in Erinnerung. Meiner Oma.

Sie schaut sich das lange blonde Haar genau an.

Dann fragt die Ringfrau und die Frau neben ihr gleichzeitig, auf meinen goldenen Ring zeigend, ob ich verheiratet wäre.

Ich erwiderte deren Fragen mit einem saftigen, Yes.........

Deren Gefühle explodierte in einer Art von vollkommenem geheimnisslosen Überschäumen mit so vielen geheimen Wundern in sich und dem vollen Anteil von Verstecken Versteckenspielen.

Sie lachten wahnsinnig laut.

Mensch zieht euch bloß nicht die Socken aus denk ich mr.

Habe dann wacklige Gefühle beim Aufstehe und Kaffee hohlen.

Haben die schon die Atombombe geworfen, oder weshalb diese Wackligkeit, oder wissen die meisten nicht mehr was Liebe ist.

Ich weiß was Liebe ist.

Und warum „soll" ich die Menschen überhaupt noch lieben denk ich, Doel, mir. Warum, den Dreck den die Machen.

Ahhh, die Freakmaske der Menschlichkeit fallenlassen.

Ahhhh, comon, lass mich deine Knie küssen.

Nicht, wiederstehend die unwiederstehlichen Intensionen seines Gemüts versuchte Doel nichts zu erklären. Denn Doel war nur mit seinen Gedanken" beim küssen einer Person ihrer Superioren Knie„..

Die desperate Redegewandtheit der Seelen war überall herumgestreut zwischen Luftwellen und Visionen. Was für ein Vorteil was für ein pathetisches Ergründen diese Menschen anzuschauen die üble Kunst des Mitgefühls submitting zu den erreichbaren Trickereien der Nichttrickereien weil nichtgehorchende Küchenschaben in den Ecken der schwülen Bretterfussboden ihre Rennen liefen...

Einmal jagte Doel hinter einer dicken Küchenschabe in Mollys Küche her mit einem leeren Glas in der Hand aber versagte in dem Versuch das Viech durch Gottes Willen geschaffen um im Dreck zu knabbern. Wobei Doel dann wild die Augen rollte und nasale Laute von sich gab den möglichen Sieg verpasst zu haben. Gott hatte wieder gewonnen. Es ist an der Zeit das er mir mehr zugesteht. Noch nicht mal eine Küchenschabe...Geizkragen der... sie,es.

Lass euch nicht durch das gedachte zerrütten, denn der Verstand bringt kein unabänderliches Urteil zustande, weil er auf Erscheinung nicht auf der Wirklichkeit gründet. Deshalb ist nichts endgültiges indem was man denkt oder tut....

Ahhhhhh, Erkenntnis dich lobe ich mir, ahhhhh Erkenntnis...

Der Kaffee wurde getrunken.

Mamas sangen irgendwo in tiefen gurgeliegen Stimmen versunken. Doel überwand seinen gewöhnten Geschmack von trockenem Eis. lächelte, stand auf, furzte und langsam etablierte sich mehr von dem Equillibrium das gebraucht wurde um in einem prinzlichen Stiel, ohne Besen hier herauszukommen...

Fein, fein, fein, fein, Adios, küsschen, pooooh.

Ahhhhh, christ,all dieses ist zwar schön und kontaktreich, aber doch nicht nichts für mich, Doel. Nein, nichts für mich.

Warum kann ich nicht die Zeit verändern, diese frigide Rigidität in mir.. Du weißt diese Unfähigkeit eine direkte Konv€rsation mit Gott zu haben........Er antwortet nie...

Der will *wohl* Nichts mit mir, Doel, zu tun haben...

Dann will ich auch Nichts mit dem, das, zu tun haben..

Aber Doel muss dann feststellen das er sich in Sachen hineinrede ohne zu wissen was er damit anfangen würde wenn wirklich mal eine hörbare Antwort zu hören wäre, auch nicht sooo usw...

So Lise kommt zu mir, Doel, zurück. Sie erzählt mir, Doel, das sie das Grass jetzt schon kaufen will ohne auf Zäh zu warten,.der spielt noch.

Wir spazierten wieder durch die phantasmagorischen Farben in uns und um uns herum aber meistens am Himmel der jetzt benachtet war und da oben da glühte der kleinste Teil vom Mond neben Venus..

Venus zog sich eine Pudelmütze an stülpte sich die Handschuhe rüber zwinkerte zu uns und ging sich ein Stück Mohn-Kücken hohlen. Als wir Zän trafen war er glühend warm, nickte in Übereinstimmung mit dem Vorschlag ohne Vorschlaghammer, und ich, Doel kam mir vor als ob ich viel zu langsam viel zu langsam viel zu langsam ins Auto stieg.. Ich, Doel, trug immer noch die Socken über der Hose. Da war irgendwo eine Feinheit die sich breitmachen wollte, sie wollte sogar meine Zunge lösen...

Ich denke, ich träume, das ich weiß, obgleich ich fühle das unter mir irgendwelche von denken infiziert sind, andere verbogen durch das Suchen nach der Sucht von Gefühlen, andere müssen immer lächelnde um sich herum haben, und dann die farblosen ohne Farbe im Blut sie sind die respektlosen die dir die letzten Illusionen aufschwatzen wollen. Die haben sogar Rechtsanwälte dafür, bis du dann fast benebelt aus dem Gewühl herauskommst ohne überhaupt noch zu wissen wo's lang geht oder wo was weswegen gewesen war und irgend jemand ahnt deinen Zustand und der Sauhund versucht dir doch tatsächlich die letzten paar Flöhe zu klauen die du in der zerrissenen Jackentasche versteckt hast, bis auf einmal deine Ahnung von gerecht und Rechtlichkeit da in einer Gehirnzelle aufleuchtet und du dich fragst wie lange das noch so weitergehen soll. Doch die da hinten rufen dir wieder zu, groß ist nur der wer die Nullen hinter sich hat, ansonsten bist du ne Null, denn das Kapital ist scharf auf Nullen rufen sie wieder. Zähne knirschend torkelst du dann auf die Strasse halb blind von allem Getöse noch jung aber schon in unmittelbarer Nähe mit dem nächsten Autozusammenprall. Da schreit noch einer du bist ja Wahn, doch die andern schauen voller Anteilnahme Anteilnahmslos zu, bis du dann wieder ich werde, und ich aufwache, Mensch, da kannst du ja in der Vergangenheit und der Phantasie versinken, bloß vergessen. Ich schaue Lise an rufe ihr etwas verlegen zu : lets go and roll this place into a delicate devotion... Sie meint ich sei etwas schräge..

Doch auch sie ließ sich von der Naivität des reinen Denkens beeindrucken, nicht wissend das diejenigen welche dir schlechtes antun, meistens vergessen, das die Rache die eingebaute Zeit der Gerechtigkeit ist, die unverhofft ,im Moment höchsten Glücks jene ins Wasser stürzen lässt, wo vorher in der Ferne der in der tiefe anschwimmende weiße Hai gesichtet wurde. Du wartest nur den rechten Zeitpunkt ab, und dann tritt Gerechtigkeit ein. Aber wer denkt schon daran. Heute leben die meisten ja im Jetzt, keinen Blick für die Zukunft oder Vergangenheit....

Und du und dein Arsch, was ist mit dem dampfenden Loch, scheiße, man.

Irgendwo bleibt dann dieses ganze graue Gemurmel doch hängen und Lise ist erleichtert wegen der Tampons die vielleicht fehlen würden dennoch Lise danke dir das du mir helfen wolltest..

Aber ich habe nicht die Kraft die groszügige, solch ein hilfreiches Angebot anzunehmen, jedenfalls nicht für zu lange...

Denn ich bin zwischen hell und dunkel her gerissen..

Ach ist das so..

Ja ich bin hoch gesunken in die kraftlose Akterei meines superfeinen kosmischen Entwick lungsaparatussssses..

Aber ich habe die Kraft noch nicht lang genug..

Verstehe, sie, sich an der Möse juckend..

Eeeehhhmh, aber ich weiß es ist am wachsen, erwiderte ich, Doel..

So ich werde warten, warten bis mir die Atome und Äonen schon längst sämtliche Körpersäfte ausgesaugt haben und Maden in meinen Augen sich ihre Finger lecken..

Was so lange willst du warten rief sie sichtlich erschrocken aus..

Es kommt was kommen muss..

Jaja, schnorrt, rümpf, grauwl...

Sie fuhr mit einer Hand und konnte dabei sogar noch reden..

Doel wunderte sich wie sie das bloß schaffe...

Jaja in manchen Ehen kommt es eben nur noch zum Nebenbeischlaf.

Rülps...

Und dann gingen diese beiden in sanfter Musik ihrer eigenen Traurigkeit eingehüllten Körper mit 1% Seele am wirken diese neuen Treppen aus Holz hoch.............da waren keine neugierigen Blicke nur Altgierige.

Zwei Hunde mit feuchten Zungen kamen zur Begrüßung.

Jaja daran kann ich mich noch dran erinnern. Brauche auch nicht zu erklären warum. Peter war da. Zäns Boss. Der war auch schon mal woanders. Zwei andere Typen erschienen, die lebten da angeblich, zusammen, als, eeeeehmh, als sexuelle Homosapiens der Homos, und diese wunderschöne mit Mausegesicht schwarze Frau. Ihre Augen fingen die Nachtdiamanten der Vergänglichkeit die keine Illusion ist sanfte auf, so entzückt, das ihre langen dünnen Finger fast ebenbürtig sich diese Tränen die dann in deinem Herzen entstanden auffingen, und dich auch, wenn du nicht aufpasstest, so das du am Leiden warst ,von der Armut, der so genannten In Magazinen und Zeitschriften gezeigten, aber dennoch, armen öligen dunstigen, schmierigen ,Mentalität, der Society, befreiten, Lust, zu bekommen um jeden Preis..

Lust es wieder zu kriegen, ohne Bezahlung, nein, jeder Preis ist gut. Ach keiner weiß hier sowieso was das alles bedeutet und was hier gespielt wird, auch nicht mit gekrümmten Universum oder hierarchischer Erkenntnis der Natur sowie dem Wissen um die Sterne oder der Tiefen des tiefsten Yogabewusstseins, stimmts, oder wer spielt hier am meisten verstecken. . . .

So ihr Ladies, Gents, Hoboes, nichtwahnsinnigen Menschen, loose Geister, und Hauptmenschen, Mensch, ich habe mich verändert, ja und interessiert dich das gar nicht, denn ich bin zurück, bei ihr, Molly....

Bald wirst du herausgefunden haben weshalb diese Info so signifikant ist...

Bald wirst du herausgefunden haben weshalb diese memoriale Shakti rollende Röhre weiter zur blausten Seetiefe rollt.

Was. . .

Yes, denn ich, Doel, sitze nun in der Badewanne, das Telefon bimmelt schon wieder, aber ich werde nicht antworten, Mensch, oder Frau, Mann, oder Esel, oder Telefone irre...

Also zurück, zu den Leuten, von denen Lise das Grass kaufen wollte, ehhhn, ich bin so und so, er ist der „und so, „

Sie kommt von Syrien, und das ist Jack, er schaut immer zuversichtlich in die Zukunft, Mensch hat der eine große Glotze zwischen seinen Visionen.

Ohhhh, ich, yes, ich bin Rory, kommt rein, bitte du möchtest einen Drink.

Nein danke nichts für mich.

Ohhh das kann ich ihnen aber nicht geben, bei mir gibt's immer was, ja immer was, immer diese Fragen,

Wie bitte, was meinen sie,

Wie sieht's denn mit einem Kaffee aus,

So hier ‚gracias, senor, gracias.....

Nein, vielleicht später, mit mehr Flüssigkeit,

Okay, mach's dir komfortabel, falls dus noch nicht bist,

Zu dem Zeitpunkt fing meine, Doels, Mentalität die mir nicht gehört, an zu rutschen, an zu schlucken, Ausschau haltend für irgendwelche mentalen Verkehrsschilder, vielleicht ein zarter Hauch eine Berührung von menschlichem Genius, sag bloß, ja, oder soll das so weiter gehen dieses Vorwärts torkeln, wie ein wildes Kind, mit der Gefrierseuche im Hintergrund auf einen wartend, natürlich nicht das artistische Potente zu vergessen, weg von nein und ja,

Denken,

eingekettet in Logik,

Nein sich weiterbewegend im Nun und Potency....

Irgendeiner reichte mir, Doel, ein Kopfkissen,

was soll das schon wieder, ist das artistisches Geplapper, diese Künstler heutzutage eine Bande wilder Halbgängster, Größenwahnsinniger Despoten, Anhängsel für den Kaiser, Nebenfinger für die Monarchie, aber meistens Imitatoren der höchsten Gottheitsversuche, Phantasten, denn schon lieber Maler oder Photograf, aber Künstler, da ist zu viel Abfall drin.

Meinen sie das wirklich, ich bin entsetzt, ja sogar etwas gekränkt,

Aber Rory, fass dich trink dein Kaffee, wir sind hier in Kanada.

Na und, der Rory hat das Recht zu erfahren wies oft mit dem Haufen Künstler vorsich geht.

Nicht wahr Rory.

Rory schaute abwegig herum ohne sich zu vergewissern ob da was für ihn drinnn war, in dem Recht. Er hatte echte Überzeugungsschwierigkeiten, denn Künstler waren wohl eine Art gesellschaftlich-nochpolierter Wesen die durch ihre Gemälde Schriften oder Skulpturen, Handarbeiten,Maschinenarbeiten,Singarbeiten aber vor allem in Museeeeeen, in denen man dann äußerst vorsichtig umherschlich, um nur zu flüstern, ehr-furcht, wissen sie, nochmal so richtig von der Nobelheit dieser Halbwilden durch das Objekt getäuscht zu werden, der sah nur das Produkt, zbs . Dali, der die Erschießungen von Frankotaten unterstützte,oder Van Gogh, der sich ein Ohr abschnitt und seinen Freund anschoss ,oder auch Miller der Schwätzer, der in seinen Schriften alles zerdachte, sogar die Wahrheit. Da waren zu viele Wutausbrüche in deren Arbeiten, Ichsüchtige hochdotierte Egos, aber dennoch steht, das ein Wutausbruch mit einer Erleuchtung gleichzusetzen ist, und auch das die Entwicklung des Menschen zum absoluten Ego sich entwickelt, es kommt immer nur darauf an in welchen Begriffen du erwachst, oder was gerade in der herrschenden

Menschen-Gesellschaftsgruppe als akzeptabel proklamiert wird, zbs,
Konkurrenzkampf, Dynamik, Ichsteigerung, Kampfeswut, Schaffenswut, Raffinesse ,Mani pulationsfähigkeiten, Geldscheffeln, Berühmtwerden skrupellos-bessersein,Kapitaldenken das dann sich so verselbstständigt, das du der Mensch auch nur noch als Kapital gesehen wirst, du wirst dann für denen Zweck,Vernünftiegsein,Gehorsam,aber vor allem heutzutage: die Atombomben küssen………

Jaja diese Nörgeleien, weg davon,illusionär,nein,zu streitend,ja…

In einer Blitzvision,rief Doel Molly zu sich,aber die herumgereichte Wasserpfeife,hielt Doel von den kontinuierlichen Gedankenkonzentrationen,um ihren Kopf zu erreichen….

Rory schaute immer noch abwesend drein..

Die Hunde, miniatur Collies versuchten andauernd Doels Gesicht zu belecken. Besser als Atombomben.

Dennoch mussten sie nach einer Weile feststellen das Doel nicht so leicht geleckt wird.

Doel fing an zu der schwarzen Perlenfrau zu reden, die von den Staaten war und eine Sprachanthropologin erarbeitet hatte,nebenbei hatte sie schwere Weisheiten und penetrierende Gedanken. Sie erzählte mir das es ihr nur einige Monate dauerte um Arabisch zu lernen, ist das nicht prima…

Ich wünschte mir das ich auch solch eine Art von Kaliber war..

Naja das Wünschen, es macht mich nicht unzufrieden…

Aber der Schnüffler zum Lernen war in mir..

Aber als ein Wunsch davon gibt's so viele Dinge von denen ich entflammt werden könnte…

Also fragte ich die Fragen..

Sie antwortete, leicht, etwas zurückhaltend, aber dieser Peter hielt seine Augen gehaftet an uns, ich nahm an das war die Frau die er wollte…

Die Pfeife tat ihre Runden…

Lise entschied das es an der Zeit war Zän abzuholen..

Ich stand auf um ihren Körper und ihren Geist gehen zu sehen..

Als wir die Treppen heruntergingen sagte sie, mir, Doel, das sie anfängt sich in mich Doel zu verlieben, ver-lieben, ver-lieben, ver-lieben…..

Ein riesiges Lächeln überstrahlte ihr Gesicht...
Ich lachte und war innerlich nicht berührt aber sah es alles innen im Kopf sagte wenig, hielt mich im Hintergrund...
Da war Rost in Schmerzen.. aber ich war kein Rost, werde es auch nie sein.....
Dann draußen fuhr Lise zu Zän. Ich ging wieder hoch.. nun akzeptierte ich ein Bier... Chheeeers.. .
Dann kam Lise und Zän zurück, der sich sofort mit Peter in das selbst gewachsene Grass vertiefte und an der Wasserpfeife zog.. Preise, Qualitätsreden, und so weiter...
Peter gab Zän dann ein 7 Gramm Glas voller 7 Gramm Grass, das sollte eine halbe Unze sein..niemals man, das ist keine halbe Unze, man. Hektisches Gerede entfachte nun. Das Apartment gab dafür eine warme Atmosphäre zum hektischen Geplapper. Emotionen verloren in den dicken Teppichen ihre zigeunerartigen Schwingungen die wie Kolibrischwingungen aussehen, aber das Hobo Gewinsel ohne Mandoline, konnte auch nicht das Gewinsel für Befriedigung der Liebesbedürfnisse befriedigen. . .
Und dann sitzt du alleine da und schaust dir den Salat an. Du sitzt da zusammen mit denen alleine, du wartest, du wartest ,und dann klingelt das Telefon.........   bimmel rimmel, pimmel, kümmel, stümmel....
Ahhh ja es bimmelt tatsächlich..
Es bimmelte zweimal, Molly und ich hatten ein **Zweibimmelcode** ausgemacht so das ich wusste ist sie, denn dieses andauernde Gebimmel in ihrer Wohnung, neee, weg davon....
Der Hörer wurde dann gehoben. Hello, sehr weich, zu viel Nachdruck auf das Wachsein, ahhh hello, how are you...
Ohhh im fine tooo, ohhh Doel, da ist so viel zu erklären, so viele neue Geschichten, lass sie hören, ohhhh Doel ich hoffe du hattest eine gute Zeit, jaja mir gehts gut Molly, eine interessante Reise bis jetzt well, weißt du was passiert ist, ich sah Michael gestern Abend,
Als ich dort ankam wusste ich das möglicherweise wilde Szenen entstehen könnten, schwere Geräusche flogen mir entgegen, mein Herz sprang diametrisch rückwärts fast entflammt mit dem was sein könnte wenn es das nicht sein könnte in welchen eine nichtbemitleidenswerte Person leicht ersticken könnte aber dennoch ein Lächeln mit sich trug wissend das sie treibend ihr Lebensgefühl verliert..
Und dann wurde die Tür geöffnet und dieser riesige mit nach außen sehenden roten Augen Typ stand da, mich sofort befummelnd und für mehr berührend um noch mehr Freiheit zu bekommen, versuchend irgend jemand zu finden. Vielleicht war er einsam. Ein anderer Typ zog mich in das Zimmer überall herumfummelnd......
Ahhhhhh Molly gerietest du in eine Orgie..
Doel, ich bin nicht für diese Art von **Fickereien,** .Grunz, Stöhnen... Okay, auf dem Boden lag Michael, total ausgestoned. Ein Typ steckte seine Zunge in mein Ohr. Ich war transfixed. Dann kam der große Grieche herüber und umarmte mich für eine Stunde....
Klasse gut für dich, prima, das willst du doch, das brauchst du doch, deswegen warst du doch dort, und, oder.. .hört sich amüsant für dich und mich an..
Ahhhhh Doel du weißt wohl nicht oder verstehst es wohl auch nicht, diese Griechen sie sind Leidenschaftlich, eine Flamme in ihrem Herzen deren Seele ist mit historischer Hitze

geladen, immer noch, ...
Das hört sich wahrhaftig prima an, Babe...
Yes, du weißt mir gefällt so was...
Ohhh das ist mir klar....
Dann stand Michael auf. Seine Hand war gebrochen. Er hatte seine zartn Fäuste gegen die Wand geschlagen. Er sah schlimm aus. Als wenn er an einer Grenze ohne Öffnung entlang rannte. Er nahm mich, wurde mechanisch, setzte mich auf seine Knie, und dann schlug er mir ins Gesicht ja er schlug mir ins Gesicht,....
Doel, solch eine Art von Behandlung brauche ich mir nicht gefallen zu lassen, von einem Typen, man, von jedem, es war eine sehr schlimme Szene. Die andern drehten alle durch. Sie und er erzählten mir, er tat's deswegen, und nun höre gut zu Doel, er tat's deswegen ,weil ich mit dir zusammen bin, weil du mein Gast bist, und weil Michaels Familie den Konzentrationslager Trip gemacht hatte...
Ahhhhhh ich verstehe, Molly, sagte Doel.
Verstehst du wirklich,......................................Aber sicher doch, die Vergangenheit will immer noch ihre Schmerzen geheilt haben.
Du Doel, ich kann ihn ja auch verstehen, und finde sein Verhalten eigentlich cool, und bewundere ihn kontinuierlich, ja ich stehe für seinen Gehirnsalat, seine Ideologien, die Leidenschaften seines schmerzvollen Lebens. Aber diese ganze Szene, mit den Typen, und er ausgestoned, eine Hand gebrochen, neeee....
Du, Molly, es ist schade, das ich, weil ich mit dir bin, und du mit mir sein wolltest, dich in eine solche schwierige Lage, nicht gebracht habe , oder . . . .
(Und wer weiß was da noch für versteckte Motive in ihr waren, der molligen Molly, mit Doel zusammen zu sein.)
 Jaja diese schwere Szene,....
Mein Tag war ein Charme im Gegensatz zu deinem..
Hast du das Telefon beantwortet. Nein. Guter Boy,
Thanks mom, Gelächter....
Ich komme um 11:30 nach hause, muss dann wieder zurück zur Arbeit um 7 morgens, keine Zeit zum Leben Doel, wirst du zuhause sein...
Ja..
Und du kommst von der Arbeit um ins Bett zu springen zu schlafen und dann wieder zur Arbeit zu gehen...ja..   .
Okay, ich muss gehen...
Ich rufe dich später noch mal an.. Ich kann dich anrufen, see you, bye. So das war Molly Sie gab mir ihre Schmerzen,...
Inzwischen hatte Zän das geschäftliche geregelt, und wir verschwanden von dort, ohne das einer von uns den Nirosta Anzug angezogen hatte. Adios Amigos..
Erwartungen, Kreationen, vergesst nicht den Nirosta Anzug..
Bye, see ya, nice meeting ya...
Best of luck in your direction brown sugar..
Thank you kindly porky antwortete sie..
Ahhh ich wusste da war eine Verbindung..
Und hinein in das Auto, entlang Kurven, geraden Strecken, über uns die Sterne, an den

Straßenseiten hohe Schneebänke, da drüben der in Silber bestrahlte vollmondangeleuchtete Fluss der seine Schönheit nicht zu demonstrieren braucht, hinauf mit dem Aufzug, klingel bimmel, 24ziegste Stockwerk, bimmel, klingel....
Ja, Fußtritte....
Lise war vor mir, schnelle Begrüßung , Geflüster, wo ist er, Doel ,alles ging wieder sehr schnell, blitzende Gesichter , Lächeln, diese Frau, runder Mund, schwarzes Haar, Safari Dress, so ähnlich, sie griff nach mir umarmte mich natürlich auch von meiner Seite, Wange an Wange Lippen auf Lippen kurzer energiereicher Kuss...
Wie gehts dir well hello du bist also Doel. Well, well, was für eine Aufregung, was für eine Aufregung, ohhhh ich liebe sie....
Ich bin Louise ------------------------ich bin Doel....
Lass mich deine Tasche nehmen. .bitte komm herein..
Langer Korridor...etwas nervös, die sind nervös, Essecke, eine Menge Menschen sitzen da um diesen riesigen rechteckigen Tisch herum, irgendwie gierig, aber doch Menschen. . .Hello, , , , in französisch...
Und ich bin nicht fähig genug eine Unterhaltung zu machen, in French, ahhhh französisch-kanadisches Gewühl...
Ich Doel, bin etwas eingefroren von diesem warmen begrüßen...
Ahhh wieder dieses öffnen...
Ich fühle die Kommunikationsarbeiten, das abschwächen in die Ruhe. Aber hier Ruhe finden die wollen doch Aktionen... Da sind einige Männerjugendliche, Frauenjugendliche, einige stehen und andere sitzen. Jemand bringt mir, Doel, einen roten Cinzano, wir reden, Fotografie, er arbeitet auch in der Branche, Glitterkunst und Werbug vermischt mit harter Arbeit. Die Frage könnte erscheinen, was ich, Doel, tue, glücklicherweise kommt sie nicht. Mehr Menschen kommen. Geschrei, Musik, Farben, gegenseitiges anstoßen, Blicke, was ist dahinter, Fragen, Träume, Fantasien, warum soll ein Alleinstehender Alleinliegen, womöglich neue Tiefen, im Gespräch, mehr Kontakte ,dünne ,was denn sonst, wofür, frag nicht so viel ,denk nicht so viel, lebe sprudle, halt mehr Ausschau nach der Lustigkeit, mehr Spaß Mensch, sei Inn, lächle, zeig deine gekachelten Zähne, und die Müdigkeit sie ist da in mir, Mensch bin ich müde, ihr wisst gar nicht wie müde ich bin, seit Wochen jeden Tag gesoffen, getrunken, genippelt, seit Wochen innerlich schwer gearbeitet, Mensch bin ich müde, und diese Menschen hier, ahhhhhhh... und langsam als Gegensatz zu dem was um Doel herum war, was verlangt wurde, in ihm selber, spekulativ, und was sich in ihm als Illusion eingeschlichen hatte etwas zu sein für was zu sorgen oder eine besondere Stimmung zu bringen etwas woran er sich innerlich klammert was ihn ausmachen könnte, das was er sowieso nicht war, schlich sich durch die Hektik und die Raserei in seinem Gemüt das er jetzt längst nicht mehr überschauen konnte der Gegensatz in ihm ein aus dem er dann falsche Interpretationen entnahm. Er hatte vergessen das er Müde war und sich eigentlich in eine Ecke setzen wollte nicht sprechen etc, aber das war wohl in diesem Moment nicht das richtige obwohl es genau das richtige war, er verkrampfte sich mehr, obwohl er auch rege an der Kommunikation teilnahm, doch er merkte auch nicht wie die Schizophrenie sich in ihn einschlich, zu müde......
Irgendwo in der Ferne war mal ein Bild auf den Strand in Leuchtschrift geschrieben, wenn irgendwann meine Zeit abgelaufen ist dann habe ich eine prächtige Zeit gehabt, war das

der Leitfaden.

Das orientieren am Menschen ging seinem Verfall entgegen...

Aber verdammt noch mal, Doel, Kommunikation, sollte keine Verkrampfung sein. .

Dann fing ich, Doel, an, müde von mir selber zu werden. Diese treibende Einstellung, dieses kommen und gehen, ohne Direktion, obwohl ja immer, eine Direktion da war, aber dann die Interpretation das Innenleben in Worte zusammensetzen, wie lange würde ich das noch machen..

Ich Doel, d er Con-man. .

Mehr Wein wurde ausgeschüttet, auch auf den Fußboden....

Komplimente wurde herumgewürfelt, wegen des guten Wählens, für den Wein.

Irgendjemand rollte schon wieder einen Hasch-Joint, Christus wenn ich Berlin bin werde ich nicht mehr rauchen, kein Alkohol mehr, nur Saft und Milch, säubere meinen Akt...

Ja Molly anrufen kam in den Kopf, und verschwand..

Noch ein Joint..Led Zep wurde aufgelegt..Heavy Musik..

Louises Schwester blieb in ihrem Zimmer, sie wollte eine Studenten-Architekturarbeit zu Ende arbeiten. . .

Irgendwie unter meinem Lächeln fühlte ich das nervöse Treiben, die falsche Einstellung zu produzieren. Besser wäre es die Hosen auszuziehen und einfach da zu sitzen....

Ahhhhh mein finsterer Kopf...das dunkle da drinnen..

Was ist das für ein Gefühl als ob da ein Stück in dir fehlt.

Reden, Überzeugungen, Szenen, Verdächtigungen, ich spielte das Stück des Nichtdenkenden, die Menschen werden denken ich wäre blöde, na und, Molly versteckt zum Beispiel etwas von dem gekauften Hasch für sich selber, in ihrem Versteck das ich feststellte...

Oberflächliche Vereinigungen, nicht wie Raumschiffe, ahhhh, comon, das ist ermüdend, so ermüdend....

Spagetti wurde serviert. .Nun hatte Doel seinen Appetit verloren, lag irgendwo da in den Zehen, oder womöglich hatte er ihn auch schon ausgekackt, und wieder diese warme Gefühl des sich Übergebens, vor sich selber, als wenn ich hier gar nicht sein sollte...

In der Luft lag das Komplimentieren die Erwartung den Koch zu gratulieren. Doel fühlte das überall um sich herum, alle wollten den Koch rühmen.

Während dieser Reise ist Doels Zunge schon müde vom Kochenkomplimentieren geworden..Sein Gemüt hat die Kretze...

Was für ein Wachleben...

Kann nicht andauernd Lächeln und Gut fühlen, dieser Kopf, ich, was ist los, irgendjemand zieht mich runter.....

Alle aßen sie nun, auch Docl .... einige verließen danach die Wohnung

jemand machte einige Papierflugzeuge....

Die Zeit wie sie auch aussehen würde sie wurde so herumgebracht.. Später wurden noch Papier und Bleistifte herausgebracht damit alle zu Zeichnen anfingen...

Zän tat seine Komikzeichnungen, klar, koordiniert...

Er schaute sich meine Skribbeleien an und meinte sofort überzeugt und ausflippend, Doel du bist ja Schizophren, man...

Was .... wegen dieser Kritzeleien..

Ahhhh verdammt sei deine voreilige psychologische Franserei, die Zusammengestückten Unheile derjenigen die selber voller Verzwicktheiten waren, dieser Freund, der vertrocknete Schrullenkopf.

Die wollen einen dann retten oder bescheid wissen, die können sich nicht mal selbst retten. Die Menschen sind blöde wenn sie sich nicht selber klären können, und er konnte es nicht,....

Zän, ich bin Müde, hin und her gerissen von dem was um mich herum ist, aber bei weitem nicht das was du da hervorquellst.. .

Bald wurde die Reise, da in der Wohnung beendet..Goodbye ihr zukünftigen **Analprofessors,** ihr zukünftigen Sozialpädagogen, ihr angefransten zukünftigen Führungspersonen der Menschen, Zusammengewürfelter Haufen von Systemkritikern, Historikern, ihr Doktoren ihr Freiherrn von so und so ,ihr Wirtschaftsexperten, Adios ihr Meute hungriger Lebenslüstler, und dann Verantwortung tragen... das kann doch nur schief gehen, ...

So wir sagten good bye...

Louise wurde geküsst.

Sie wollte eine Verabredung mit mir..so viel davon..

Zän ließ mich in der Nähe von Mollys gemietetem Apartment raus.

Dann stand ich, Doel, vor der Tür...und las dieses...

no major dissapointments,

am now inside with michael,

tried to reach you all day but but but,

no concern,

Zän will surely take you in,good nite..

Nett nett,...

jaja das ist klar, das bedauere ich schon nicht, aber ich kann ja nichts dafür das meine Ohren offen sind..und da waren sie beide am Vögeln, ich konnte es gut hören, und er würde sie später nochmal ins Gesicht schlagen, ihr sagend das es nicht gut ist mit einen deutschen zu Vögeln. Was ist das Vögeln doch für ein Trieb. Dafür nehmen die doch tatsächlich Schlägereien hin, nee nicht für mich. Was für ein Arschloch Typ also Analcharakter das doch sein muss,19 Jahre jung, trotz der ganzen Familientragik, Politiks haben den doch wirklich getäuscht. Vielleicht ist es viel besser diese nationalistischen Begriffe zu vergessen, außer natürlich die schönen. Aber ich, Doel, bin später geboren und habe damit nichts zu schaffen gehabt, wie auch er nicht. Ist mir egal, das ganze vergangene, halte mich nicht dafür verantwortlich, versuche einen klaren Kopf zu bekommen, Jüngling....

So stand ich, Doel, da noch eine Weile im Hausflur und hörte zu wie die beiden am Vögeln waren,.Dann mussten sie mich bemerkt haben, der Boden squieekte....

Vielleicht auch nicht.. .so sie Vögelten weiter, vielleicht waren sie auch am Ficken, vielleicht war da sogar etwas Liebe anwesend.. Womöglich machten sie aber Liebe 10 Kilometer entfernt..VonEinAnder.

Ich konnte ihren Atem in das kochende Stadium kommend hören, zisch. Dann rief auf einmal dieser Michael in französisch das ich besser verschwinde. . . .

Jedoch ich, Doel, war auch ganz schön angehaucht, baamboozed. Dann rief eine andere Stimme aus einer anderen Wohnung dass das Geschrei aufhören solle...Ich war natürlich ruhig..

Ich entschied mich dann dazusitzen um weiter in diesem Tagebuch zu schreiben. Auch hatte ich noch etwas von dem Scotch aus der vorherigen Flasche. . . Vielleicht ist dieses der sicherste Weg ein Herz aus Stein zu bekommen. . .

Und wieder in der Ferne heulte Montreals **Winterwind** seinen Depressionsblues und viele wurden davon getroffen verwundet, getötet, doch der Herr der Finsternis lächelte ..

Ich musste auf einmal laut Lachen, nahm einen Schluck aus der Flasche und schrieb einige gelangweilte Wörter, wie Popel, stand dann auf, ging die Treppen angetorkelt hinunter, und dann wieder hoch, ich hatte mein Vorhaben geändert...

Nun war ich entschlossen die ganze Nacht hier vor der Tür zu verbringen, schreibend, dann saß ich wieder da..

Noch ein Schluck...aber betrunken war ich nicht, aber angehaucht ja.

Deren Körper bewegten sich immer noch, ihr Atem wurde schwüler, schneller. Ich hoffte das er sie richtig gut durchvögelte, mehr Atem, noch ein Schluck von mir...

Ich wusste das dieser Michael nach dem Vögeln hungrig wird, und nach dem Essen anfängt zu Lesen,...

Ach ich, Doel, der angescotschte, verschwinde...

Draußen sternenklarer Himmel, tiefer Schnee frisch gefallen, kalt, aber schön, irgendwo war die Liebe auf dem Tisch, jemand warf mit Blicken ein Netz voller Lücken, aber der Schnee war erhellend.. Dann der Schlüssel in das Schloss, die beiden waren immer noch wach. Sie rauchten einen Stengel in aller Ruhe..

Ich ging sofort ins andere Zimmer und war im Nu eingeschlafen...........................

In der Nacht erschienen Frank Zappe mit Mickey Rooney. Beide knabberten am bleichen gleichen Frisby.....

Dann wachte ich, Doel, auf. .Was ist das.. Sein Zimmer.. Ich nehme einen Schluck Whisky. Schlürf schlürf. .Zän ist auch wach. .Willst du einen Pfannekuchen rief er ..

Aber sicher doch Zän, leg los...

Lise sitzt in der Küche und sitzt da..........................Molly anzurufen fiel mir nicht ein. Ich erzählte denen. dann die Geschichte und wir lachten das uns die Tränen heiß über die jungen Wangen liefen...

Während dessen war draußen Blauer Himmel und Schnee fiel stark, Nichts konnte etwas Näher zu mir kommen, aber Liebling wenn du Näher kommen willst, dann öffne für eine kurze Zeit, deine Töne...

Dann *war* ich, Doel, dran die Pfannekuchen in der Luft umherzuwirbeln. Das ließ mir Zeit mich von diesen gekräuselten aufsteigenden Gedanken zu entfernen, vonwegen, das Nichts konnte etwas näher kommen und soon Quatsch, aber die Kuchen flipppten gut und einer landete auch in der Pfanne..

Wir sitzen nun alle zusammen. Ja sie können ruhig zuhören, zuschauen das stört uns nicht wir sind innerlich geschlossene Menschen, kommen sie ruhig näher wir tun ihnen nichts, und das ist doch wohl genug.

Da ist Kaffee auf dem Tisch den ich nicht trinke. Ich Doel, mag keinen Kaffee diese braune Brühe, aus dem Urwald, da haben zu viele Affen raufgepisst. Lise kommt mit ihren

Rockymountainphotos. Sie zeigt sie mir.

Kommen sie,sehen sie, welche Farben, welch eine Pracht, nein, schauen sie nur, kommen sie ruhig näher.....

Dann entscheiden wir uns zusammen ein Bad zu nehmen...

Ich, Doel, mache die Kamera fertig, Stativ, Selbstauslöser, nochn Schluck Whisky...Lise lässt das Wasser in die Wanne laufen. Zän sucht seine Socken. Die Musik dudelt : den Männern, die sich ihre Hörner abstoßen, werden diese meist schnell wieder aufgesetzt... das war Blutsauger Rock . . . .

Ein angenehmer Duft verbreitete sich in der Wohnung am intensivsten im Bad. Lise hatte Rosenöl hinzugefügt, die Frau einfach spitze...

Im Nu sind wir nackend. Zän und Lise steigen zuerst in den Dampf. Eine Flasche Burbon steht auf der Toilette. Ich nehme sie runter und fang von dort zu knipsen an.

Lise fummelt an Zäns riesigem Pimmel herum. Wirklich ein Riesen Ding. Den würde man so leicht nicht auf einem Photo kriegen.

Ich, Doel, mache ununterbrochen Photos.

Zän und Lise sehen lustig aus. Lise legt dicken Schaum auf Zäns Haar. Zän sieht sowieso schon zum lachen aus, klein, lange Haare, langer Pimmel, ein paar Bartstoppeln im Gesicht.

Dann springe ich auch mit Anlauf in die Wanne. Überall Wasser. Hey man bist du Wahnsinnig. Möglich. Neben Lise sitzend fummeln wir an unseren Pimmeln und sie an ihrer Möse herum. Ihre Nippel werden länger. Keiner hat einen Ständer. Wir saßen da und lachten spielten mit Schaum, tranken, sangen, ein nettes Zusammengehörigkeitsbad........

....

Nichts kam herunter, keine Hölle weder noch Falschheit oder Ficksucht............

Auch nicht der Satan mit Pferdefuß oder Engelsgesicht.

Die Zeit verstrich mit deren Zigarettenrauchen, Musik hören, bis das Baden langsam dahin siechte...innen drinn war Wärme übrig...Und entspannte Gehirnwellen...

Dann rief ich Molly an die Vögelnde Vötzchen Fliegerin. Sie war in der Eile gefangen, arbeiten, zu spät arbeiten,   danach, was danach kam habe ich vergessen.....

Und nun, Freitag Morgen 5 Uhr.

Draußen ists immer noch schwer am schneien, sieht so aus als ob der Schnee auch in mir fällt, bin fast fertig um nach Edmonton zu fahren. Diese Gramm Cocaine habe ich, Doel, gestern gekauft. Zän hat sich auch ein Gramm gekauft, mein Gehirn arbeitet sehr langsam, aber die Augen sind hellwach, endlich wieder ein weiterer Trip, bin vor kurzen von Murry und Michael, ein anderer Michael, zurückgekommen, das Hirn ist müde, keine Imagination, Molly schläft, Lise auch, waren ziemlich ausgecoked, aber der Schnee fällt sehr schwer, sehr, sehr schwer. Irgendein Gebiss fiel auch, bald fällt das Brot auch, ich sehe schon wie ich bald da alleine die lange Strecke abfahren werde, 3000 Meilen. Der alte Freund Marokko, wollte kein Cocain nehmen, er ist total in diese Frau verliebt, er will sie, da ist was am laufen. Er ist scharf auf ein zusammenleben, liebt er sie. Ich weiß es nicht, da ist ein Druck in meinen Ohren, als ob ich regressiere. Ich, Doel, habe inzwischen diesen Convertible Ford bekommen. In Kanada gibt es Firmen die nennen sich Drive Aways. Von denen kann man dann Autos bekommen die zur Westküste und Umgebung gefahren werden sollen, weil die Zugfracht zu teuer ist , lassen sie die Autos von „Privatleuten „fahren. Hab's schon mal vor Jahren gemacht, und nun hat's wieder geklappt. Du kriegst den Wagen umsonst. Früher gaben sie dir noch etwas Benzingeld hinzu. Heute sind auch die knickriger. Da ist ja genügend Nachfrage, etc. Ich habe einen kanadischen Führerschein, aber was für eine Marke der Wagen ist, vergessen, ich könnte mal auf den Photos nachschauen, aber ist ja auch egal, jedenfalls ein Donner Schlitten mit Riesenhunger auf Sprit. Den Lincoln den sie mir zuerst geben wollten lehnte ich ab. Zu viel Benzinkosten.

Ach ja ich habe schon lange keine Meditation mehr gemacht, kein Yoga, jaja die Anzeichen des Zerfalls. Ich lass die Dinge geschehen. Beinahe hätte ich vergessen Freund Richard, einen Arbeitsfreund und Freund mit dem ich zusammen Jahrelang bei Vapor Kanada in Montreal im Konstruktionsbüro geschuftet hatte, anzurufen. Auch die Eltern meiner Frau, Skorpion, nein die habe ich nicht angerufen, will diese Kanada Reise meine letzten Gehirnzellen auslöschen. Und der Schnee er fällt schwer.

Geld Knappheit ist auch akut, 80 Dollar ein Gramm Cocain, Jetzt habe ich, Doel, noch 325 Dollar. 150 Dollar für Benzin bis Edmonton. Dann 130 Dollar für den Zurückflug nach Montreal. Da bleibt mir genau 45 Dollar zum ausgeben. Das ist nicht genug um da zu leben.

Mhhhm, mein ungewürztes Gehirn hat sich da übernommen, verkalkuliert, und wenn ich nach Berlin zurück komme, die Post, sie will die 2000 zurück haben, haha.

Und der Schnee er fällt, er fällt dicker und dicker. Das sieht so aus als ob der gegen mein Reisen ist, das sieht nur so aus, aber irgendwie merke ich wieder das ich aus dieser Stadt sehr schnell heraus muss, denn da spielt sich zu viel an Fallen ab, die geistige Sphäre der Stadt, das Herzklima dieser Stadt es ist ein sehr gefräßiges ein sehr süchtiges, ein sehr kühles.

Ich warte. Der Schnee fällt etwas dünner. Er fällt schon seit einem Tag.

Mittlerweilen ist es 7:30 morgens. Molly rief an, von der Arbeit. Als sie zur Arbeit ging um den Bus zu bekommen, kam ein Freund gerade vorbeigefahren. Gut Freunde zu haben. Bevor sie zur Arbeit ging nahmen wir jeder zwei Linien Cocain *zu* uns. Jaja der Schnee er fällt überall. Ein Blick nach draußen. Waaaaas, wooooo, das Auto ist nicht zu sehen. Ein riesen Berg Schnee hat es bedeckt. Aber nicht nur das, der Schneepflug hat eine riesen Menge schweren Schnees auch noch dazugewirbelt.

Und da kommt schon wieder ein Pflug.

Was für ein Tag. Da wird's endlich mal **Grabarbeiten** geben.

Ach am liebsten, ja ich rufe diese Drive Away Gesellschaft an um das Auto wieder abzugeben. Das können sie aber selber ausgraben.

Rodger Dodger wird enttäuscht sein.

Aber eine Handbewegung Gottes verändert die ganze Szene.

Warten, ich nehme noch einen Stengel zu mir.

Habe schon lange kein Buch mehr gelesen. Dann fiel mir, Doel, wieder eine Sache von gestern ein. Zän und ich hatten uns verabredet. Ich rief ihn auf der Arbeit an. Sollte ihn dann später bei ihm zuhause treffen. Durch den Schnee gehend ihn zerstöbernd atmete ich die frische Luft während des reinigenden Schneiens. Ich öffnete die Tür zur Wohnung. Eine schwere schwüle warme Luft kam mir entgegen, ungelüftet. Ich öffnete sofort die Küchentür zur Treppe, um frische Luft herein zu lassen, damit der Tod da raus konnte, er sollte leben, dann legte ich Tangerine Dreams Ricochet auf, stellte die Lampe im Zimmer etwas anders hin, keiner war zuhause. Bis ich dann aus einem für mich ungewohnten Raum ein Geräusch hörte. Abwesend schaute ich in das Schlafzimmer wo in der ziemlich dunklen Dunkelheit mir Energie entgegen gesendet wurde um sie aufzunehmen und weiter zu suchen, komm her so schiens da drinnen zu sagen. Ich, Doel, fummelte mich durchs Dunkel zur Ecke und fühlte da herum und wer war da zusammengerollt im Bett, Lise. Die Zeichen waren klar. Sie war sowieso verliebt in mich, Doel. Sie lockte und gebar sich. Schmeichelte und redete verführerisch, aber meine Frau hatte mir mal erzählt das Freund Zän zu ihr gesagt hatte, wenn ich, Doel, nicht solch ein guter Freund von ihm wäre, hätte er schon längst seine Finger in ihrer Möse gehabt, das rechnete ich ihm hoch an, und deshalb redete ich mit Lise. Ließ ihr davon nichts wissen legte aber keine Finger in ihre Möse. Halbe Stunde später kam Freund Zän. Er fing sofort an zu Lise zu sprechen, ob ich sie gut bevögelt hätte ob ich besser wäre wie er, ob mein Schwanz auch sooon Brummer wäre, aber da waren keine weiteren Schmerzen vorhanden.

Er fragte mich, Doel, dann was das für eine Gruppe war die da spielte.

Ach Zän das ist doch die Platte die ich dir am Anfang meines kommens geschenkt hatte. Er war überrascht. Ich war überrascht das ers schon vergessen hatte.

Komisch in mir erschien dann die Gewissheit das ich diese Platte wieder zurück nach Berlin nehmen würde, obwohl ich sie ihm geschenkt hatte. Eines Tages werde ich diesen ganzen Trubel des Trinkens hinter mir lassen.

Ich werde nur noch klare Sachen machen, aber vor allem werde ich keine Frau von einem Freund anrühren wollen oder überhaupt jemandes Freund oder Freundin anrühren wollen.

Hab's auch noch nie gewollt.

Und außerdem dieses hin und her mit der Platte. Dabei hatte ich mit ihm schon mal über diese Musik geredet, oder bin ich am Träumen. Naja es schneit schon dünner.

Ich fiddel etwas mit der Gitarre herum.

Obstruktionen überall. Obstruktionen über Obstruktionen, und mitten drin könnten Freude kommen, aber auch nicht, und ich sitze hier in diesem Zimmer, immer noch Festgeschneit.

Dröge diese Gedanken in mir. Aber dennoch, das macht mir nichts aus. Wieder ein schräger Blick nach draußen, grau, nur noch ganz leichter Schnee. Die Farben sind sehr milde. Autos haben ihre Scheinwerfer an. Der Verkehr ist sehr langsam. Überall stehen Autos die eingeschneit wurden. Die Schneepflüge fahren ununterbrochen an diesem Haus an der 5940 Sherbrok West Strasse vorbei. Die Menschen gehen wie Gestalten aus einem nebeligen Graf Dracula Film in Schwarz Weiß, da unten entlang, Hier ist der Winter noch echt. Die Jahreszeiten haben noch klare Linien, schön solch ein Winter. Okay, ich werde jetzt da runter gehen und den Wagen doch frei schaufeln, versuchen,....

Minuten verstrichen ohne einen Pinsel in der Hand gehabt zu haben. Schnell rief ich noch Rodger Dodger an, es ist möglich das ich nicht komme, denn der Schneesturm heult jetzt in Ontario auch sehr schwer, Infos durchs Radio, er war etwas enttäuscht, gut ent-täuscht zu werden dann ist man wenigstens nicht mehr so getäuscht, danach fühlte ich mich etwas schuldig, blödes Gefühl dabei wars doch der Schnee, jaja die Klarheit zu behalten mit einem Kopf voller Cokes ist nicht einfach.

Schnell noch Molly angerufen, sie ist davon überzeugt das ich doch nicht fahren werde.

Da formt sich wieder dieses chaotische Brausen im mir, das wollen, das nicht können, die Beeinflussung der anderen, des anderen, die Lust das Auto zu fahren, zu wissen hier zu bleiben, doch der Wille ist stärker.

Los hau rein Doel, was hält dich noch, bewege dich.....

Unten mehr als Knietiefer Schnee vor dem Auto, und die Schaufel ist zu klein, im Nu bin ich am schwitzen, schon lange nicht mehr körperlich gearbeitet, ahh tut gut, aber für wie lange, aber dann haute ich rein, bewusst legte ich einen Zacken zu, schneller, los denk nicht an die Rückenschmerzen, los, mehr, ich feuerte mich einfach an, okay, kurze Pause, atme tief und langsam durch, halte den Atem an, ganz langsam, frische kühle Luft, wird nicht lange dauern bis die dich wieder erfrischt, bewusst gesteuerte Ruhe Doel, bewusste Ruhe, einatmen, du bist wieder Fit Doel. Ahhhh da kommt noch ein Schneepflug. Schnell stelle dich vor das Auto, gut er sieht mich, gerettet, weiterschaufeln, schneller, die Hälfte ist schon geschafft, mhhhm, die Türen sehen schlimm aus wohl eingefroren, naja, jedenfalls hatte ich den Roten Ford in *1,5 Stunden* rausgeschaufelt, und fühlte mich danach äußerst belebt, mein Körper war am brodeln, wo ist die nächste Handarbeit, wo das nächste Loch, was, soll ich das Haus abreißen, jedenfalls wars ne feine Sache...

Ich, Doel, fahre den Ford dann einmal um die Häuser herum. Ahhh der Motor schnurrt prima, das wird was geben, 280 PS, Acht Zylinder, 24 Meter lange Schnauze vor mir, sicher, aber die Federung so weich, naja in Kurven ist der gut zum überschlagen, Fallschirm habe ich nicht mit, aber neue Reifen hat er drauf, und die Bremsen, zack, stop, Radio auch, ahhhhh , 3000 Meilen, oder 4800 Kilometer, naja ich bin schon ganz zerdöttert, will endlich losfahren, stelle den Wagen auf die gleiche Stelle, die Strasse ist inzwischen freigemacht, steige aus dem Auto, und dann merke ich wie meine Kleidung die Schuhe die Hose kletsche Nass ist auch das Unterhemd vom Schwitzen, also, also, wie viel Uhr ist es, keine Ahnung, aber die Zeit scheint wie'n Blitz vergangen zu sein, was, das kann doch nicht wahr sein, sag mal wo bin ich denn die ganze Zeit gewesen, nein die Uhren sind eingefroren das ist die Zeit von gestern, 14:30 Uhr, nee ich nehme noch ein Bad, das ist nichts, ich will entspannt auf die große Reise gehen.

Sitze inzwischen auf dem Kloooo, die Hooooosen liegen auf dem Booooooden, das Wasser läuft in die Badewanne, rauche mir momentaan einen...... Stengel.... ahhh ja, habe mir vorhin auch noch eine Linie Koks gesnifft, damit das Koksgefühl wieder belebt wurde, ahhhh das Bad, *und da ich, Doel, glücklich war, fing ich, Doel, an zu Dichten:*

Die Größe des Glücksbringers.

(der Glücksbringer ist die Personalität des ewigen als Kraft, durch diese Kraft wird alles geschaffen, durch seine Leidenschaft, durch seinen Rhythmus, durch seine Konzentration, obwohl er aber auch als der Zerstörer angesehen wird, ist er der große Asket, aber doch Vital, deswegen verehren ihn die Menschen als Pimmel, er ist der Vater des Glücksgottes sowie des Kriegsgottes)

Ohhhhhh, Glücksbringer ,

wenn das Loben von dir, von einem der nicht die Überlegenheit von deiner Größe kennt, welche nur mit der größten Schwierigkeit erkannt werden kann, unangebracht ist, dann ,sogar die Rede vom Absoluten, der All-gegenwärtigen Wirklichkeit, außerhalb derer Nichts existiert inmitten seiner Vielfältigkeit, seiner spirituellen, materiellen und bewussten Substanz aller Ideen, Kräfte und Gestaltungen des Universums, auch als ihr Ursprung, ihre Stütze und

Förderung, ihr Besitzer, der kosmische und der suprakosmische Geist, und andere mentale Halbgötter, als strahlende, die spirituellen Formen der ewigen Gottheit,
welche die subjektiven Kräfte und die objektiven, des Kosmos,
tragen und lenken, als kosmische Personalitäten,
die dich betreffen,
ist derartig groß,
und deshalb soll keiner getadelt werden,
insofern er bis zu den Grenzen seines Wissens,
spricht,
ohhhhh Glücksbringer, ohhh du der du zur Zeit der Auflösung, des Todes das Universum in dir selber zurücknimmst,
wenn das so ist, dann ist mein eigener Versuch Schuldlos.....

deine Größe übersteigt die Kraft von Mentalität, Gemüt, Verstand, Vorhaben, Wille, und der Sprache, sogar die Offenbarungen, Enthüllungen, sprechen mit Ehrfurcht von dir,
dich kann keiner portraitieren, wie eine Blume, denn du bist weder dies noch das,
von wem könntest du jemals passend gelobt werden,
wer kennt die Zahl deiner Qualitäten,
indem welches nicht beschrieben werden kann, wem sein Verstand, oder Vernunft, Phantasie, oder überhaupt alles an Sprache versagt da nicht.

ohhhhhhhhh Glücksbringer, deine Hymne welche der beste Nektar, mehr noch als Ambrosia die Speise der Götter, bei uns momentaaaan als Götterspeise in Grün bekannt, ist besser als jeder Gaumenkitzel,
oder überhaupt der Nektar den der Kitzler von sich gibt,
ohhhh ja so gepriesen durch den Repräsentanten des göttlichen Ideals zur menschlichen Seele, aber insbesondere für die mentalen Halbgötter für Denen du Respekt der Weisheit und des Lebens bist,
den Erschaffern von schmeichelnden Worten süßen,
ist das für dich wirklich so schön du Glücksbringer.....
ha, du Zerstörer der großen Städte sowie der kleinen, die aus Stahl Zement, Geld, Gold, Gier, und Liebe, aber am meisten aus Wut und Illusionen aufgebaut wurden,
mein Gemüt wird meschugge, verbogen, übergeschnappt, psychopatisch, wenn ich dich anrufe,
ich, Fürzchen, Doel,
so das ich meine Sprache reinige bevor ich deine Attribute rezitiere,
und auch mein Gemüt, das dir gehört, das aber durch das rezitieren deiner Attribute gereinigt wird.

die Kraft ist es von welchem das heilige Wissen spricht, das seine Grundlage ausschließlich in Intuition und spirituellen Erfahrungen hat, diese Kraft gezeigt in dreifacher Form akkordant zu den distinktionen von Qualitäten, den Qualitäten der Finsternis der Trägheit, der dynamischen Energie, und dem Streben nach Licht, Wissen und Harmonie, sie kreatiert, erhält, zerstört das Universum,

und doch du Geber des Glücks,
da sind eine Menge Tölpel hier, in Montreal und anderen Plätzen, welche meinen sie sehen nur menschliche Aktionen, die sie alleine sehen, wissen und erkennen,
sie arbeiten mit Motiven, Zwecken, gehen Neigungen nach, sehen aber immer nur sich, den vergänglichen Körper,
und deshalb aus Hass, Totemwahn, Ichsucht, das anbeten, unterstützen des Böse, in all seinen Formen,
das sich deswegen freut,
wogegen das Gute von ihm gehasst wird,
diese Tölpel fragen dann:
dieser Glücksbringer von dir, warum und wie kreatiert er die Drei oder Zillionen Welten hoch neun,
denn um irgendwelche menschlichen Aktionen zu haben ist es nötig einen Körper zu haben, und während Desillusionierung wenn der Körper verschwindet, bleibt für den Gegner nur atomistische Substanz.
was für eine Form nimmt er an. wird er dann Erde Lehm, eine Pflanze, ein Ziegelstein, Lava oder sogar Humus.....
welche Hilfsmittel benutzt er, dein Glücksbringer...
ein Dichter muss zbs, Blatt und Papier haben..
oder Wörter Begriffe (mhhhm)
von wo nimmt er seine Unterstützung und dergleichen...
solche verzwickten Fragen, so ignorant, ohhhhhhh .... ,
Glücksbringer, von deiner unimaginativen, unvorstellbaren Größe
verführt einige viele Menschen, sinnlose Menschen, von der Täuschung
der Verblendung, dem Wahn, der Welt zu reden ....
aber ist es möglich das die Welten mit all ihren Teilen, unkreatiert,unvollständig ist, denn ist es nicht das Formlose ohne Teile welches unkreatiert ist und alle Dinge mit Teilen sind geboren und kreatiert ist deshalb nicht das Universum mit seinen Teilen kreatiert...
ja klar was denn sonst...
kann das Universum ohne Unterstützung sein.
wer sonst außer Gott, das Absolute, die Kraft, kreatiert die Welt,
das Glücksbringende....
wer könnte ansonsten die Vergangenheit - Gegenwart - und Zukunft, dies alles um uns herum geschaffen haben, wer hat die Kraft dafür,
doch nicht die Amerikaner, die Russen, die Chinesen,
oder die Geister...
Götter und Dämonen
ohhh Glücksbringer der unsterbliche....
solche Menschen haben Zweifel ob du der Glücksbringer bist, wegen ihrer Narrheit...
und am Ende verzweifeln sie, werden der Satan selbst, Luzifer, oder das Produkt des theoretischen Ich's...
(wie bitte, Luzifer, theoretisches Ich, Nominalismus wa)
obwohl die Wege unterschiedlich sind ohh Glücksbringer von welchem im Heiligen Wissen die Rede ist. einige meinen es ist wichtig eine detaillierte Analyse der Natur und des Bewusstseins

zu erforschen. das sind die analytischen Denker, Fromm, das ist die Abstrakte und Analytische
Realisation der Wahrheit..
einige meinen die Befreiung aus der Unwissenheit die alle irdischen Wesen in ihrer Gewalt
hält, durch den Zustand statischer Innerlichkeit wo dann zu den Prinzipien selbst und zum
Prinzip aller Prinzipien gekommen wird, zum Samen von Name und Form,.
andere sagen da ist kein Unterschied zwischen dem Gott oder Göttin der Natur und dem Gott
des Absoluten, alles ist eins..
wie gesagt einige nehmen dies andere jenes als das bessere..
und die Verfolger von verschiedenen Wegen, direkt oder indirekt,
gerade oder krumm, disputieren...
obwohl, ohhh Glücksbringer, du allein bist das Ziel, von all denen, sowie der Weltozean für
die Flüsse..

ohh Glücksbringer, Geber der Fröhlichkeit, Kumpane der Zechbrüder, Gefährte der Gunst
die sie erhalten, durch Lustigkeit oder Ernst, Höhen oder Tiefen,
für diese Reise nach Edmonton, lass die Bescheidenheit mein Glücksbringer sein, die
Einfachheit, die paar Fetzen die ich trage, der wilde rote Wagen die Überbleibsel vom Cocaine,
die Kamera und einige Dollar ein paar Filme,
ich hoffe das Dir das genügt wenn du mitfährst
 lass die Neider im Wohlstand, im Wohlstandsneid versiechen,
lass die Radar Polizeiautos in andere Richtungen peilen,
welches du sowieso mit dem Zwinkern deines Auges tun kannst,
die Fatamorgana der Sinnlichkeit täuscht mich noch immer in die Lust zum Leben,
denn meine Lust welche deine Lust ist, ist noch nicht andauernd mit dem genießen welches du
durch mich tust wo du so zusagen deine Früchte kostest, beendet,
und wo ich welches Du ist nur noch im formlosen genieße, keine Identifikation mehr mit den
Formen habe die sinnlich fassbar sind. Und auch das ist Lust zum Leben...
einer sagt alles ist permanent,
ein anderer sagt dies nicht, nicht das,
ein noch anderer sagt das alles augenblicklich, flüchtig ist,
ein noch, noch anderer sagt ich darf nicht mehr wissen um zu glauben noch einmal ein anderer
sagt einiges ist nur augenblicklich einiges bleibt bestehen.
inzwischen bin ich Doel durch die Vielfalt der Doktrinen anstatt Zahm, wilder geworden, und
Visionen die zum Amoklaufen anspornen häufen sich, nur die Methode der Kraftwörter,
sie können mich noch reizen,
aber ansonsten ziehe ich's vor zu dir zu sprechen,
und das ist mir wichtiger,
ansonsten kann blau sich ins grüne ändern,
die Atome sich an geistige Wesenheiten nähern,
oder die Wissenschaftler noch mehr Wissen zum verpesten der Erde anhäufen....

wenn du aber nur Licht und Feuer bist, dann bist du nicht der Glücksbringer,
und deswegen bist du der Glücksbringer,
auch in diesem Zeitalter der Lügner, die dann meinen das sei Fantasie der Rhetoriker,

der Ausbeuter und des verkalkulierenden Überschwangs an Verbrauchern, die schon im
voraus auf Zeitlich manipuliert werden, von der Zigarette zum Bier zum Fick,
dann zur Arbeit ,
aber Hauptsache viel Lächeln,
bloß keine lange Fressen ziehen,
vor allen Dingen, fröhlich genießen,
und warum nicht, ja warum nicht.....
aber wie lange noch, du von der Natur hergestelltes Gleichgewicht,
wirst du in deinem Gleichgewicht harmonisieren, .
lasst uns die Waffen und Atombomben küssen, ruft Luzifer der ängstliche,
Glück ist die Rakete,
Glück ist die Bombe,
Glück ist die Armee,
Glück ist der Unterstützer der Armeen, der Staat,
Glück ist das verseuchen der Flüsse,
Glück ist der Staat der mit glücklicher Schwachheit die Schmierfinka Industrie welche er
selbst ist mit dem Zeigefinger und Worten glücklich weitergiften lässt,
Glück ist das begrenzen von Menschen zur Ordnung zur Aufrechterhaltung des bestehenden,
Glück ist die verpestete Luft in den Städten zu inhalieren und nicht sofort vergiftet zu sein,
Glück ist viel Autos herzustellen die viel Energie brauchen,
Menschen in wahnsinnigen Hallen brauchen, verbrauchen, und noch später Menschen töten,
und auch noch Menschen vergiften,
Glück ist den Staaten eine Milliarde schwerer Anzeigen zu bringen weil sie das ja erlauben,
Glück ist Waffen zu bauen, sie an mordlustige zu verkaufen unter dem Aspekt Frieden Freude
Eierkuchen, und dann seine Zähne in ein frisch geschlachtetes Stück Bulle oder Löwe als extra
Delikatesse einzutauchen,
jaja das ist wohl das Glück,
für die eingebildeten, gebildeten, Barbaren.......
Glück ist die Zeitfolge der Ampeln so kurz zu lassen, das die Alten mit entsetzten Gesichtern
ängstlich fast einen Herzschlag beim überqueren der Straße bekommen...
Glück ist unbesorgt zu sein wenn man Verantwortung übernommen hat, aber feststellen muss
das man ja eigentlich nur genügend Geld zum Leben haben wollte, eine gesicherte Position,
gesellschaftliche Stellung, und dann dick und fett, der Sau, ähnlich wird, im wahrsten Sinne
des Wortes....
ja ja das ist heutzutage Glück...
aber Saumenschen, fressen eben auch Kacke...
sie meinen aber auch das andere ihre Kacke fressen sollten
aber ohhhh Glücksbringer, das meinen sie, glücklicherweise ist das nur eine Meinung,
eine mein - eine - Ichsucht, und längst nicht das was du willst. . .
denn du bist das Glück um welches alles Denken alle Meinungen alles geht . . .
und nun, und nun ist die Pest der Gier zum großen Bauen und zum verbauen, zum Atombunker
zum Atomflug zum Atomkuchen zum verschnellen und damit zum nächsten versauen der
Erde in die Hände der Saumenschen gekommen....
jaja die Wissenschaftler ob sie wollen oder nicht gehören dazu..

die Biologen, die Mathematiker, die Konstrukteure, Architekten,
und Generäle, die Seinsangst, die Illusion hat sie in den Fängen...
die Menschen versagen wieder, dich zu ermessen,
sie geben auf und fressen lieber,
die haben sogar Angst zu dir zu reden, dich zu erwähnen, um bloß nicht auch noch dich
ohhh Glücksbringer, in ihre Gedankenwelt Erkenntnissphäre mit hineinzubekommen, keine
Hingabe, kein Trauen, Ver -Trauen ohhh ja das haben sie,
sie wollen immer nur nehmen,
Glücksbringer es ist an der Zeit das du wieder erscheinst, in konzentrierter Form,
es ist an der Zeit,
ansonsten fressen sich die Menschen gegenseitig auf,
das wäre wohl auch ganz gut ,denn der Kanibale schätzt den Menschen auch am höchsten,
aber, oder, jedoch, warum, denn, obgleich, sondern, jetzt und wo, wo ist das Glück,
ist das Glück in den Rechtsbüchern festgeschrieben,
die Richter und Rechtsanwälte sie beanspruchen es wohl für sich,
sage liegt das Glück nicht in dir,
oder etwa nicht,
fang nicht an zu spinnen,
es liegt in dir,
Du bist doch das Glück oder bist du der Tod, der zu schnell Gestaltungen verwischt und,
Wahrnehmungsunfähig macht,
wer bist du,
bist du wirklich Liebe,
mit all diesen blinden Sklaven um mich mit all diesen Süchtigen um mich,
ich will nicht mehr diese deine dünne Liebe,
sonst mische ich mich unter diese Horden, und du weißt das irgendwas am Laufen ist,
du denkst du weißts doch immerhin,
der Glücksbringer, ist wieder viel zu dünn,
und doch ,
ist erkannt das die Nationen der Erde ihre Armeen polieren,
die den Menschen so viele, viele erarbeiteten Gelder kosten,
doch sie werden alle und alles verlieren,
nur ihre Seelen nicht,
und doch ist erkannt, das die Nationen der Nachkommen genauso verblöden,
zu Tode sich öden,
auf den nächsten Krampf Kampf sich freuen,
zwar danach alles bereuen,
ohhh Glücksbringer, sie zwinkern dir zu, geben den Kirchen Geld durch Gesetze,
das ist doch Verblödung, sie schmeicheln in ruhiger internationaler Hetze, heucheln und
fangen an zu glauben sie wären sogar Du,
blinde Kuh blinde Kuh,
jaja du überschaust die Menschen indem du sie aus der Ruhe betrachtest,
aber warum lässt du sie weiter und weiter und weiter,
werden sie jemals gescheiter,

ihre Heuchler bekräftigen,
die friedlichen entsäftigen,
ha du Miststück du Glücksbringer,
wenn ich dich kriege, du Glücksbring*er*,
aber ist es nicht wahr, das die schlechten Gemüter, die Snchtbolzen der Giftgedanken,
die Blutsauger der kranken,
ja es ist wahr, das sie die Miserablen, die Vorzüge und Dienste welche sie bekommen haben,
vergessen,
und das vergessen,
das lässt sie sich an Nichts mehr erinnern,
als an Alles,
und so füllen sie sich mit Leere,
und diese Leere des inneren Wesens zieht die Lüste und,
und anderen prallen doch schon ahgefuckten Brüste,
noch mehr in die schon Wüste öde Wüste, der angeschwollenen,
schon fast dualen voller Neid und andren längst vom Menschen hochgelobten Daseinsqualen,
ohhh Glücksbringer sei auch du mein Nervenstiller,
der leise Killer für die Kreaturen, denn wundern tut sie's nicht, auch nicht mit Gicht, Brechreiz,
Krebs, Schnupfen, Nierensteine dick wie Schweine, oder einfach zähes Nießen,
sieht der Mond nicht fantastisch aus,
durch die Bäume leuchtend,
und so ists mit „to be free„, aber keiner sagt mal :Du bist einer, der mich fast, jaja es ist gar
nicht so einfach Geist zu werden,
jaja und fühlst du dich nicht als der Mörder der Menschen,
bist du etwa ein Ventilator, ahhh dieses Suchen kotzt mich an, du bist drann, finde mich, ich
schlucke kein Gift,
tue kein apokalyptisches Hochdotiertes auf die absolute Einheit gerichtetes uraltes,
Knackergedicht,
Doel es ist an der Zeit das du aufwachst, denn du allein leidest, wenn du versuchst die Welt von
ihren Leiden, Krämpfen zu lösen,
du Größenwahnsinniger,
du Kleinwahnsinniger,
denn wer kann schon in Wirklichkeit über seine Daseinssituation
hinausreichen,
keiner,
aber was soll für die Gegenwartszukunft aufrechterhalten werden,
das machst nicht du,
es steht geschrieben das nur der wirklich wahrhaftige Mensch schöpferisch gerecht ist aus
welchem Friede und Sicherheit geschaffen wird,
und was sagt deine Mutt*er* dazu, und dein Vater,
die Sonne, ja,
der Mond, ja,
das All ja, das sind deine Spielgefährten, die manchen andern durch Mondsucht oder
Sonnenbäder, das Lebensgefühl verwerten,

aber jene sind solche welche keine Selbstkontrolle kennen,

sie sind eben nur wütend, abgewürgte Auskotzer ihrer Abfälle ohne wirklich zu verbessern, sondern wieder aufstauen um weiter zu Kotzen, aber diese Wut in ihnen prallt von denen ab die Selbstbewusst Selbstkontrolliert sind,

und deshalb ohh Glücksbringer ist es nicht gut jene Selbstkontrollierten zu attackieren,

vielleicht ist es nun wirklich an der Zeit,

die Erde wackeln zu lassen,

Glücksbringer fang doch mal an zu Fauchen, damit soon richtiger Sturm ihre hochgesteckten Türme zum wackeln bringt, oder lass die Erde sich recken und dehnen, wobei Städte versinken,

und die Menschen schimpfen aber diejenigen welche zwar zuerst aussehen als ob sie der Satan persönlich wären, sich dann aber als entgegengesetzt entpuppen,

die gibt es nicht,

jaja viel Ärger zu machen, um viele wieder aufzuwachen, oder sogar den Globus zu retten, was ist das für eine Mysterie,

ohhh Glücksbringer die Menschen drehen ihr Innenleben hinweg von dir, kein Wunder für die bist du weder Sex nochn Glas Bier, weder Geld noch die Eingangstür, zum phantasievollen spionieren,

doch bewusst oder unbewusst gehen sie alle andauernd im zustimmenden Ritual dessen sich keiner entziehen kann,

aber aus den Süchtigen jene die kein Trauen entgegen bringen,

jene tragen den Ansatz zum entwickeln des Verkommenen Samens in sich weiter, aus dem dann die Wut und der Anfall, der Abfall, die Gier und die Lüge, das Wirren und Irren weitergeleitet wird,

und plötzlich ist Liebe gleich Ficken,

und plötzlich ist Neid gleich Abneigung,

und plötzlich ist Gier gleich gefallen,

und plötzlich ist Wut gleich Stärke,

und plötzlich ist Lüge gleich Phantasie,

und plötzlich ist das was persönlich ist weder noch persönlich oder anziehend, bis der oder sie befriedigt ist ,um dann weiterhin dich für blöde zu halten, weil wieder einmal ein blöder dafür gefunden wurde ,

ohhh Glücksbringer es ist an der Zeit, das Gift sich selber vergiftet und du Glücksbringer Zerstörer der Liebe,

bald wirst du die ersten Tausend Atombomben am Himmel erleuchten lassen,

und ich werde dich deswegen nicht hassen,

lass die Schädel bluten, lass die Erde bluten, lass sogar die Irren die Welt regieren, lass Wahnsinn die Welt beschmieren, lass dein Dreck Scheiße werden,

denn in Wirklichkeit bist du für mich weder Glücksbringer noch nicht Glücksbringer,

nur das ganze ist wichtig, diese anderen Teile sind eben nur Teile, also hinweg von dir,

zurück zu mir, hier in der heißen Badewanne , die aus deinem Lächeln entstammt welches schon fast wie ein Höllenlächeln wirkt,

so nah so fern so alt so jung so groß so klein

wie groß ist doch der Unterschied zwischen meinem Gemüt und dir und gerade das bringt mir Doel Kraft zu wissen das du die Sterne mit Lippenstift bemalst, den Mond von Menschen

bewandern lässt..........................
sag warum ist derjenige der dieses liest, jetzt, im Herzen erkennt, genauso befreit,
wie ich,,,,,,,,,,,,,,,,,,,,,,,,,,,,,
ist das nicht Glück..,

Gluck, gluck, gluck, und damit tauchte die Dichterei unter in Doel.... Doel steckte dann den Kopf unter Wasser und verdammt da schaute ihm der Herr der Finsternis der Wille, und die Frau der Finsternis die Liebe direkt auf den Pimmel, ist das nicht abgebrüht. . ...
Also ihr Alten aber ausgeflippten Eigenschaften mit euren wahnsinnigen Gaben, diese Nudel die ihr da seht ist echt ,vor allen Dingen wahnsinnig Kreativ ohne in die Irre oder den Wahnsinn zu flüchten.. Der Wille fletschte seine Zähne, stocherte mit dem durchsichtigen Zahnstocher in seinem Augapfel herum, schaute rüber zur Liebe die sich Intim ihre beschissenen Zweierbeziehungen als Nachtisch vorstellte doch lieber Gruppensex haben wollte und beide lächelten Doel verschmitzt an und sagten: Hau ab du drogenabhängiger Opa.........................
Doel erstarrte, röchelte etwas verlassen, grinste dann, und wusste, das solche Mätzchen von den beiden, nur das Verlangen war, ihm klar zu machen das die reine Vernunft nicht die einzige Instanz ist an die man sich halten sollte, und bei weitem nicht das wesentliche des Menschen ist ,und er wusste spontaaaaan das ohne das er selbst kritisch genug in den Badezimmerspiegel geschaut hatte der sowieso mit schwüler Feuchtigkeit benetzt war, die absolute Zuverlässigkeit des gesunden Menschenverstandes, das war ein Furz, den man hört riecht aber nicht als grundsätzlich zuverlässiges definierbar darstellen konnte. Diese grundsätzliche Güte oder Einsicht das war die nüchterne Überlegung. Und die war in Wirklichkeit schärfstes Mistrauen, insbesondere gegen die Metaphysik, also gegen alle Empfindungen und Überlegungen, die bisher eine hinter den Dingen vermuteten höheren Welt und Ordnung, erkannt hatten.....................
Doch dann sprang Doel aus der Wanne, blitzte sich trocken, schlüpfte in frische Kleidung, nahm nochn schnüpchen Koks, sprang in das Auto, flitzte runter zum Jugendendhaus wo Molly schuftete, gab ihr'n Kuss. Sagte bis später, wenn ich zurück komme. Ahhhh mach's gut Doel, du auch Molly. Jaja ich hab ja nochn paar Whites, die mich „verschnellern,, und weg war Doel....
Ahhhhhhh, die andere Freiheit war da vor Doel, die Highway, die **Transkanada,**....
Kurz außerhalb Montreals Richtung Ottawa, rein in die Tankstelle. Doel hatte noch aus dem Jahre 1973 eine Esso Kredit Karte, mit der Nummer 242 079 005 3. Und obwohl er wusste das Esso inzwischen den Name geändert hatte, in Exxon, wollte er versuchen mit dieser alten Karte doch noch Kreditbenzin zu bekommen, insbesondere wegen des bisschen Geldes das er hatte. Aber der Tankwart winkte sofort ab, und alles was Doel teilweise blieb war der kalte heulende Wind in seinen Ohren der die Stimme des Tankwarts zu ihm trug, der seine 16 Dollar haben wollte, und auch bekam......
Beinahe hätte der Herr der Finsternis der die Menschen schädigen will auch mich Doel erwischt. . ...
Ha, doch diesmal bin ich ihm entwischt.............................
Und dann gings los, auf die Transkanada, in diesem riesengroßen Auto. Der Motor summte leise. Das Gaspedal wurde sachte nach unten gedrückt. Obwohl 70 Meilen

Höchstgeschwindigkeit in Kanada ist, war der Wagen schon auf 80 Meilen, und Doel fühlte sich einfach ganz prima. Auf nach vorne, welches auch nach hinten sein kann, auf neues Sehen. Links und Rechts ist alles was weiß ist weiß. Die Straße ist Eisfrei, doch überall treibt der Wind den Schnee über die Straße, so das manche Stellen ihre weißen Schneezebrastreifen haben. Ich, Doel, fühle einfach prima, und das sichere Autofahrgefühl steigert noch das Wohlbefinden, ohne das ich mir das gewünscht oder gehofft habe, ohne Vorstellung, ohne Verlangen, jetzt ist es da, die große Öffnung vor mir, diese Weite. Sie zieht Doel an, in welcher er sich geborgen fühlt. Ihm fiel wieder ein das in Indien die Menschen wenn sie auf der Straße neben der Kacke schlafen, ein Stück Papier haben, auf dem sie liegen, einem, solch ein tiefes durchdringendes inniges Lächeln geben, das jegliche westliche Glücksseligkeit des Wohlstandes in dem Moment wie rostiges Abfallwasser zur Erinnerung an das was sein könnte hervorleuchtet. Wobei die Frage entsteht, ist das nur meine Erfahrung oder bin ich nicht den glücklichen Menschen bis jetzt begegnet. Solche Lächeln solche Ausstrahlung. Da neben der Kacke auf dem Boden der stinkenden Straßen auf Pappe schlafend unter freiem Himmel........ Dann fiel mir wieder ein das es viele Menschen gibt die immer erst später glücklich sein können. Da muss die Sonne scheinen. Da muss das Bier da sein der Alkohol. Da muss ein neues Kleid gekauft sein oder zuerst muss ich dieses oder jenes tun und so weiter. Das Leben in unseren Körpern mit unseren Körpern in diesem wie wir wissen, dauert so lange wie es keiner weiß außer denen die im Yoga verankert sind. Und doch verschieben sie, bis sie später sagen : „Wenn irgendwann meine Zeit abgelaufen ist, dann habe ich eine beschissene Zeit gehabt. Und da ich nicht wollte etc, ist es seine Schuld das ich eine alte oder junge Sumpfsau geworden bin. Seht euch meine Geschwüre an. Und die ganzen Krankenhausaufenthalte. Und die Seuchen die ich habe"... Naja ihr wisst schon was ich meine, ich Doel, nicht derjenige, der Sumpfsaukönig

Das Auto wie geschrieben, summt......

Vor Jahren fuhr ich einen Grand Prix mit 360 PS **Corvettmaschine** nach Calgary. Da fing der Motor erst bei 90-100 Meilen an zu schnurren, und da wurde mir auch klar das die großen Maschinen mit den Geschwindigkeitsbegrenzungen wie sie in Nordamerika sind gar keine Anwendung finden. Außer für jene, ja, für jene die sich um solche Schutzmaßnahmen noch nie gekümmert haben. Solche wie Albrecht Dürer der ziemlich schnell Reich wurde, oder Karl Marx der ganz schnell das Kapital das er so anpries versoffen hatte, und natürlich auch Einstein der wie jetzt gewusst, nicht über die Relativität hinauskommen konnte und deshalb mit Lichtgeschwindigkeit Furore machte. Aber nur deswegen das Niemand so schnell in den Büchern der Vergangenheit weiterschnüffeln würde, um festzustellen, das was er da sagte eine schon längst überholte Erkenntnis war, die aber im Westen noch nicht bekannt war, so wie, na sagen wir Kopernikus das heliozentrische Weltbild für Europa weckte, das aber schon im Osten ganz längst als altertümlich behandelt wurde, denn die waren schon bei Tausend Kosmen damals, und befassten sich ausschließlich mit dem Kosmos im Innern des Menschen. Weil sie eben viel ältere Kulturen haben. Also die Geschwindigkeiten... Geschwind, geschwind wie das Himmlische Kind......

Und hier ist mein letzter Stengel. Eng gerollt. Nepalesisches Tempelhasch. Nur Shiva hatte besseres frischeres gehabt........

Der letzte Joint...

Ich, Doel, schalte das Radio ein. Das Radio ist nicht funktionabel. 48oo km ohne Musik. Für den Laien der Anfang zum Wahn. Für Doel, kein Grund zur Unruhe. Er hat schon in Kerkern gehockt, wo schnuddelige Marokkaner morgens als er aufwachte grinsend neben ihm standen und ihren Pimmel hin und her schwenkten. Dann neben ihm Pissssten immer mit diesem dickem Lächeln im Gesicht. Also nun keine Musik, ha....

Und diese Stengelkonsumierung sie ist nicht mit dem zu vergleichen was die Inder Nepalesen Iranis Indianer Azteken Mayas mit der Einname des geistigen Materials der Pflanze in ihrem Gemüt eröffneten. Sie waren dabei ihr ganzes Dasein zu vertiefen. Die Götter anzusprechen von ihnen angesprochen zu werden. Ihre Sinne zu öffnen, die Kraft der Sonnenenergie die im Öl liegt, in ihrer tiefsten wahren Gesinnung dem Einen Uns Allem zu widmen. Sie behandelten die Säfte und Kräfte mit Ehrfurcht. Aber wir hier im Westen wir jungen Spunte, aufgewachsen im Konsum, wir konsumieren, wir haben doch kaum eine Verbindung zum ursprünglichen. Naja ,die Religion wie sie in der Öffentlichkeit dargestellt wird, ist ja auch oft dem menschlichen verfallen untergeordnet, jaja es kommt nur darauf an mit welchem Gemüt man was tut und wofür denn zum,,,,,,,,,,,,,,,

Brrrrrrrhhhhhhm, Brrrrkkrrrrrhm, ein Porsche flitzte vorbei,,,,,,,,,,,,,,,,,,,,,

Denn zum Leben ist alles was auf der Erde oder in der Welt ist, geschaffen, da sind die Gesetz€ von denen die sich in solche etablierten Positionen etabliert haben und dafür schwer Asche bekommen, ein Trug, denn sie schaffens nur weil sie in der sich herrschenden also regierenden oder unumsichtigsten Gruppe herumtrieben,

ratsch, pschhhhhhzt,

ahhhh, ziehhh schlürf saug saug ,ahhhhh,

noch'n Zug, weg ist der Stengel,

ahhh ja, immer noch auf der Highway, immer noch Schnee, ahhh die Kamera, sie wird aufs Amaturenablageflächchen gelegt, so das sie vor sich die linke Hälfte des Lenkrads hat, Zeitauslöser, klick, unrasiert, die Gouliminkette aus Goullimin über den schwarzen Rollkragenpullover, darüber die Jacke aus venezianischer Seidengardine, bunt voller Muster.

Inzwischen wird es sachte Zwielichtiger, die Farben erreichen eine milde Leuchtkraft. Das verschwommene lässt Fantasien arbeiten.

 Ich, Doel, bin von dem Ziel getrieben,

Gerne würde ich mit dem Wind tanzen. Ihn mit Schneetreiben triezen. Nackend eine lange Parkallee lang laufen wie damals Freund Rodger mit Freunden in Moreal ohne sich Frostbeulen zu holen. Gerne würde ich jetzt jemandem in die Augen schauen und da unten sein wahres Wesen erkennen wie es eigentlich noch schlummert dann erstaunt bin wo ich doch annahm das er voll da war, voll am Leben war, und stelle dann fest das voll Leben garnicht heißt immer voll beweglich zu sein sondern das diese Ruhe die ich da unten sehe viel lebhafter ist als die äußerliche Bewegung ,ja das sie überhaupt der Zusammenhalt alles beweglichen ist. Und in dem Moment gehen auch mir, Doel, wieder die Augen auf. Ich will endlich unendlich das schaffen was ich mir vorgenommen habe, hier in Kanada, mich zu entspannen, weg von den wilden Verwirrungen den Gehirn Akrobatiken den Gefühlsverwirrungen den Ausgetrickstheiten und denn, ja endlich, hin, zu den Unbrauchbarkeiten, endlich hin zu den Unbrauchbarkeiten, denn diese Ausnützungen wenn du mit andern zusammen bist die dich nur noch als Zweck sehen, nein, Fähigkeiten zu haben können ziemlich Nachteilig sein. Doch was stelle ich fest: „Ich bin immer noch angekokst, Tempelverhascht, und der Wagen der summt durch diese jetzt mit Autobahnbrücken verödete Zwielichtigkeit „......

Bald bin ich aus der Provinz Quebec.... Oder war ich das schon.......

Und wieder rauschte der Wind seinen Hundsfisch - Taiga Blues...

Ehhhhr, da steht doch einer oder, ja da steht einer, okay den nehm ich mit........

Quiiiiiitsch, Bremse, Tür offen, was, mhhhhhm, come in..............................

Ne Ratte, spitzes Gesicht, spitze Nase, spitzer Mund, spitze Bartstoppel, spitze schmutzige Finger und Nägel, spitze Knie spitze, aber jung also auch spitze. Brrrrr mach die Tür zu.....

Ziemlich lahm das ganze, und ne übliche graue Pudelmütze trägt er. Grüner Schaal, Wolle, dunkle dickstoffige bis zu den Knien Jacke. Die starken Holzfäller Schuhe mit dicken Lederschnürsenkeln, und ein verschmitztes Lächeln......

Keine Tasche, kein Koffer, hier mitten in der schon ziemlich dunklen Gegend. Der hat Nerven, kaum Autos auf der Transkanada...

Schnurrr braus summmmmh weiter gehts....

Licht an ja.....

Dann stellte ich mir vor das diese Situation doch auch mal anders sein könnte. So zum Beispiel: Ich sitze in dem Auto, auch ziemlich angedröhnt, sehe den Trämper, halte, ohhhh come in, yes, die Kiste dröhnt auch aus den letzten Rohren.

Ehhhh Schnupffreak willst ne Reise man.

Er, ne Stimme die noch ausgedröhnter ist als meine, ohhhhh, ja man, dank dir fürs anhalten man,

ohhh das ist okay man, wie gefällt dir mein Auto man,

nicht schlecht man,

weißt du wie sie heißt die Kiste man, Klabramba man,

ohhh man, der Name ist spitze man,

ohh ja man ich nehme öfter Trämper mit man,

ahhh die Ampel wurde auf Rot geschaltet, und dannn quuuuuuuuiiiietsch Reifen heulen, Funken sprühen wegen der Spikes, kreisch, heul,

der Trämper schreit auf ,die Fahrkünste bewundernd, wow, man einsam. Zuerst wollte er mich besänftigen aber dann zeigte er seine Bewunderung,

ehhhh man wo willst du hin,

ehhhh man ich will nur bis zur nächsten Ampel man, alter,

ahh well, sag hast du was zum dröhnen an dir frage ich, Doel, ihn,,,,,,, ,Iccccchhhh, nein alter,

ok wenn du nichts hast dann hab ich nämlich was, kommm zünde den Stengel an ,

er tut's, bewundernd zbs. alter du bist ja unendlich alter,

ich fang dann an zu erzählen wie wir ja heute alles teilen das ist ein Zeichen von Menschlichkeit, während er an dem Stengel saugt. Ich erzähle ihm das ich andauernd teile und er saugt, saugt, saugt. Mir werden die Augen größer, sage noch das heute doch kaum jemand ein Auto hat oder Geld deswegen teilen wir doch, und er saugt, ich wiederhole lauter, alle teilen heutzutage, doch er saugt, bis der **Stengel** weg ist man,

komm alter soll ich dir den Stengel noch auswringen man,

ehhh man du hast keine Klasse ma...Du bist Klassenlos sage ich, Doel noch zu ihm.
Aber der ist schon angestoned, er hört mich wohl kaum.
Ich: Okay man lass uns noch einen rauchen. Diesmal rauche ich den Stengel,
Ahhhh, angenebelt. Dann höre ich seine Stimme: Ich will dich nicht stören alter, ehhm, aber
du bist gerade bei Rot über die Strasse gefahren, öffne die Augen. Ich blicke endlich wieder
auf die Strasse, ziemlich gestoned, halte da sofort, Autos fangen an zu hupen Fäuste böse
Blicke, Geschrei.
Er ruft mir zu: Nicht hier halten alter, nicht hier, ehhh man bist du schräg oder was man.
Ich: Okay alter ich halte bei der nächsten Ampel zweimal an, okay.
Hey, alter willst du das ich fahre ruft er etwas empört.
Nein alter antworte ich , ich werde nur 5 Stundenkilometer fahren auf dieser Art und Weise
werden wir keine Aufmerksamkeit auf uns ziehen okay man.
Wieder ein Zug am Stengel.
Ehhh sehe die Farben, das Grüne da, Mensch glitzerts hier wow man, ehhhhhh alter die
Bullen sind hinter uns rufe ich erregt aus.
Komm alter du Ratte versuche das Zeug hier zu verbrauchen, schnell,
er raucht,
Ich, nein, nicht auf dieser Art und Weise man, esse es man, hier nehm das Päckchen
Tempelhasch schlucks runter,
Er, halt an man, ich hab selbst noch die Taschen voller Heu,
Ich, komm schnell esse auch noch diese fünf LSD Pillen, und diese Roten, und Blauen
Downers man, schneller schluckt alles,
Ich stopfe ihm noch die letzten Valiums in den Hals, er keucht etwas scheint aber zufrieden
ein Licht aus,
Ich nervöser,
Im Hintergrund die Sirene er will sich umdrehen ich schreie nein nicht sonst bemerken die
uns zu schnell,
Sirene, Geschrei, das Auto kommt angebraust, Sirenen heulen, zisch, zisch an uns vorbei.
Und in dem Moment fängt ein riesiges Grinsen in mir, Doel, an zu brennen. Es wird riesiger
und voller und dann rufe ich lächeln aus: Ehhhhhhhhhhhhhhhh Amigo Alter, es war nur
eine Ambulanz, komm steck einen Stengel an lass uns endlich Stoned werden.........
Ha aber so wars ja nicht, denn neben mir Doel ist die **Ratte**...........................
Ich frage ihn sehr höflich wo er denn hin will.............................
Er, ohne mich anzuschauen: Nach Vancouver.................................
Ich stutze. Der hat keinen Koffer keine Tasche, was ist das für einer also der, der dies alles
geschaffen hat der schafft schon Typen an da kannst nur noch Lachen, aber ich bin ja auch
so einer.............................
Er heißt Yvon oder so, hat drei Dollar in der Tasche und sogar ein halbes angenagtes
hartes Weißbrot. Ich staune ich staune, staune.........................
Inzwischen ist es dunkel. Wir sind längst in Ontario, haben die englische Flagge nicht
salutiert er sowieso nicht denn er gehört zu den Quebekanern, so wie er aussieht, der ist
auch von der Kirche verbeult worden und von den englischsprechenden im Dreck gelassen.
Ob der auch vom Schöpfer benebelt wurde so wies aussieht ja...
Wir sind jetzt schon durch Ottawa, in Richtung Northbay. Die Transkanada sobald Quebec

verlassen wurde ist nun eine normale Zweispurstraße, kein vergleich mit einer Autobahn. Hier jetzt in Richtung Norden fahrend sind Zillionen Bäume. Die Strasse ist mit dünnem Schnee bedeckt aber trotzdem gut befahrbar. Außerdem bin ich ein Spitzenfahrer, habe sozusagen das Einheitsgefühl in mir, das heißt, bemerke ziemlich schnell ob's gefährlich wird oder was da vor mir liegt.....................

Und links und rechts Bäume im Licht des Mondes aber die Strasse ist auch noch gerade und keiner fährt außer uns hier entlang. Einfach Spitze. ....

Die Ratte schläft inzwischen. Ich weiß das ich bis zur totalen Erschöpfung fahren werde bin aber noch 2000 Meilen davon entfernt. Manchmal gehts mir so gut so gut das ich gar nicht weiß diese Freude in mir den entsprechenden Extrovertiertheiten anzupassen. Dadurch könnte es mir wieder schlecht gehen. Aber da ich ja die Außenwelt ohne Hass betrachte, gibt's für mich auch keine inneren Verbindung zum Hass, der mich wild oder verbogen machen könnte, obgleich diese wilde Verbogenheit ja für viele ein Zeichen von Mut Stärke oder anziehend wirkt. Darum bin ich für solche auch ganz einfach ein beklopptes Arschloch, na und.........................

Und in dieser inneren Gutheit schaltete ich das Licht des Autos aus. Vor mir die weiße Strasse das Licht des Mondes leuchtet extra glänzend auf dem Schnee. Die Bäume durch das fahren wirken wie mir schnell entgegenkommende Bäume. Die Sicht ist prima und deswegen macht das Fahren auch noch extra Spaß im Mondlicht auf einer weißen Strasse zwischen riesige Wälder hindurch zu fahren. Das ist Glück ohne Bikini.......

So fahre ich eine gute Stunde. Der Mond ist inzwischen in einer anderen Position. Die Erde auch die Sonne auch das Weltall auch der Kosmos auch die Welt auch und darum ich auch.........................

Hey Molly du alte Schneewachtel wen hast du heute Nacht bei dir. Mir gehts immer noch nicht aus dem Kopf das da was gespielt wurde, aber du kamst gerade zum richtigen Zeitpunkt, denn ich wollte ja sowieso den Kummer der Liebe verarbeiten, und dein warmes Dreieck konnte genau das richtige treffen. Hast du schon mal auf einer androgynen Toilette gesessen, neee, wa........................

Ich versuche schneller zu fahren aber wenn die Kiste über 90 fährt fängt sie hinten an zu schliddern auf diesem Schnee, so lasse ich den Fuß warten.....................

Ahhhh jetzt ziehen die ersten Wolken auf. Licht an. Es wird dunkler, windiger. Hier oben im Norden, wo die Flüsse in Richtung Arktik fließen, hier oben gibst noch Bären Wölfe Eulen Elche Wolverinen aber auch Kolibris und wilde Orchideen, sowie freies Land das nach der Art des Homesteding sich noch ausgesucht werden kann als eigenes abgesteckt werden kann und dann kostenlos dir gehört wo du aber in jedem Jahr verpflichtet bist so und so viel zu Roden damit das Land bebaubar wird. Hier gibst noch Goldflüsse unentdeckte, riesige Jadevorkommen Trinkwasser Flüsse voller gut schmeckender Fische wie Lachse Hechte Forellen Störe oder sogar Welse. Vielleicht lebt in diesen Wäldern auch noch irgendwo im tiefen Paradies ein Einhornpaar.......Das wäre zu schön..........das wäre echt paradiesisch............................

Der Narwal schwimmt noch in der nördlich von mir gelegenen James Bay, wo heutzutage aber schon das größte Stauwerk der Erde gebaut wird welches eine Seestaumengenfläche hat die größer ist als die Quadratfläche Englands. Das ist was zum vorstellen der Größe diese prächtigen Landes Kanada, das 2tgrösste Land der Erde..............................

193

...
Die meiste Energie wie üblich, wird aber von den Amis verkraftet, und auch Kapitalischanimalisch unterstützt.........................
Thats Rock'n Roll, wa...
Ja das ist der Wirtschaftsbuggy der keinem Zeit lässt nachzudenken außer denen natürlich die sich die Zeit nehmen absteigen dem Gaul das Zaumzeug abnehmen und ohne Sattel richtig Reiten lernen..............................
Unten in Cape Kennedy ist auch der Sattel abgenommen worden da liegen riesige Raketenabschussrampen brach verrosten Milliardengelder für die Amerikaner keine feine Sache die haben noch nicht mal ein akzeptables Sozialprogramm wogegen die kanadischen Menschen ein prächtiges haben ein sehr prächtiges sogar. Die verschleudern auch nicht so viel nach oben die stehen noch mehr mit den Füßen auf dem Boden. Aber kann das wahr sein ist dieser Metapher nicht nur eine unzugenaue Beschreibung der Lage, jaja, Doel, lass die Finger davon, große Streitfragen sollen jene selber ausarbeiten, ,,,,,,,,,jaja...
....
Aber diese Scheißtypen meistens Männer hauen mir eines Tages die Atombombe auf die Birne, und dann, jajaj ,die Sache ist verzwickter.. Der Wagen rollt noch. Langsam ists draußen verdammt dunkel geworden. Da heulen die Winde nun und mir wird klar das bald ein Stürmchen anfängt,,,,,,,,,,,,,,,,,,,und nicht zu lange gewartet fängt's an zu schneien, sehr langsam, aber die Flocken werden sehr schnell getrieben, und dann gehts los, Scheibenwischer an, Fensterheizung auf volles Rohr. Booooooo, dann gings los ,ganz dicke Schneeflocken schöne Sache. Aber im Nu ist auch die Strasse tiefer mit Schnee bedeckt, Mensch hier fährt kein anderes Auto die Strassen sind echt kalt der Schnee bleibt liegen, mir ist sofort klar ich darf hier niemals anhalten sonst komm ich nicht aus dem Schnee heraus...
Inzwischen fahre ich nur 20-30 Meilen aber auch das ist manchmal noch zu viel. Wie sieht's aus mit Benzin, mhhhhhm, knapp, die Tankstellen, so habe ich festgestellt sind hier oben approx 2 bis 250 Meilen auseinander,und die Ratte schläft da.................................
Trotzdem diese Fahrerei macht Laune, denn der starke Wind treibt die dicken Schneeflocken aus der tiefen Dunkelheit wo das Autolicht nicht mehr hinreicht, mir so schön entgegen, das ich in diesem Lichttunnel fahre indem mir eine Menge Schneeflocken entgegengeblasen werden die sich dann geschmeidig über das Auto treiben lassen wie in einem Windkanal. Das Schauspiel ist echt belebend. Solche Sachen sieht man nicht alle Tage. Einmaliges Schauspiel. Ich bin fasziniert mitten in der Dunkelheit dieses Lichtgefährt vorwärts fahrend gegen den Wind gegen die Flocken und hinter der Fensterscheibe ein Staunen der Fahrer mit Augen so groß wie hoch polierte Radkappen auch so glänzend. Der manchmal die Gefahr total vergessen hat ja sich sogar vergessen hat sich nicht mehr spürt weder noch das Fahren sonder einfach im Bestaunen eingeht. Mensch ist die Erde hier prächtig. Das ist das Paradies man. Hier bleib ich total eingebettetes Sein. Dann bin ich auf einer Erhöhung und kann vor mir unter mir die Strasse sich dahin biegen sehen denn ab und zu flitzt schon wieder das Mondlicht auf die Erde und da ganz hinten in der Ferne sind zwei Autos einen langen Strich Licht vor sich herschiebend am durchfahren der Dunkelheit, ahhhhhhh, endlich.................................
Wir fahren aneinander vorbei die hatten **Schneeketten** eine Strassencrew, Mensch

die sind hier auf Zack zu dieser Zeit......................

Mist verdammt keine Musik hier. Jetzt fehlt Wazmo oder Hendrix Red House oder sogar Sibelius ja das Unsichtbare das aber doch falls unsere Sinne verbessert werden könnten sichtbar wäre sichtbare Musik und dann kommt der Ton des Kundalini Yogas wieder zum Vorschein.

Vorbei an weiten Flächen.

Vorbei an dunklen kleinen Dörfern

Vorbei und durch die Erz und Kohlestadt Sudbury.

Und die Ratte schläft noch.

Vorbei, vorbei, vorbei, vor und bei also da.

Das Schneien hat aufgehört dem Wind etwas zum Treiben zu geben.

Nun ist wieder Jetzt, welches sich unergründlich erweist.

Ich, Doel, schaue in den Spiegel die Stoppeln sind stärker, irgendwas muss ich doch schaffen. Die Ratte grunzt, doch der Morgen steigt langsam hinter mir und all dem andern in seine Steigbügel.

Ganz dünn ganz zart ganz fein ganz entfernt aber sichtbar.

Wieder ein Morgen im Tag.

Saubre Sichten umgeben mich Edle Konturen keine Verfotzten Huren die Sterne nun ganz in der sichtbaren Ferne unsichtbar bis Morgen doch nun sind die Äste der blattlosen Bäume in dickem Schnee gehüllt als ob Watte von **Frau Holle** mit einem Lächeln dort hin geweht wurde, und so wars ja auch...............................

Ahhhhh, Ontario ist eine riesige Provinz. Die Hälfte ist schon durch fahren.

Durch ein kleines Dörfchen fahrend, Qualm steigt schon aus manchen Schornsteinen, fahre ich an dick aufgeplusterte Raben vorbei, und flatsch, putput put schlappi, steh, häng ahhhh kein Benzin mehr. Die Raben schauen mich mit ihren kleinen Augen verschmitz an. Schaut euch den an rufen sie, der hatte doch Liebeskummer. Und nun, ich, Doel, steige sofort aus, und bäng,90 Grad unter Null. Mir stehen die Haare zu bergen die Kniescheiben hören auf zu funktionieren, mit Mühe kriege ich das Autoheck aufgeschlossen, ahhh der Kanister, endlich, ich will den Kanister in die Hand nehmen verbrenne mir fast dabei die Finger das Benzin ist so kalt geworden. Mensch, hier ist was los, jedenfalls klappt die Sache. Ich, Doel, steige ins Auto. Die Ratte ist inzwischen wacher geworden. Hinter ihren Augen blinzelt schon Leben hervor. Ich schrei etwas angefroren: Big Time wa, Big Time.

Er schließt die Augen wieder, und zooooooooooooom weg sind wir.

Die Raben krähten uns noch wild nach; Verschwindet ihr Wilden.

Neil Youngs there is a town in north ontario, summt in mir. Stimmt diese big birds fliegen nun über dem Himmel Schatten über meine Augen werfend, aber doch nicht helpless wie er es singt, sondern ziemlich klar trotz des nachgelassenen Koks, trotz des Endes der Tempelhaschwirkung trotz der ganzen Trinkereien trotz des ganzen, das nur teilweise gesehen wird.

Inzwischen ists Morgen klarer Morgen. Der Himmel ist strahlen einfach glitzernd strahlend.

Die Farben sind so intensive Farben.

Der Schnee ist weißer als Omo es jemals waschen könnte.

Da ist wieder Leben auf der Highway. Das Benzin wird noch bis Thunder Bay reichen.

Die Sonne persönlich steigt durch die Rückenfensterscheibe. Sie hatte ihre Wanderschuhe an war mit Spitzhacke und Seil behangen. Sie gab mir einen Kuss auf die Möse in diesem Getöse und sagte dann wieder good bye mein Söhnchen sei lieb wenn du nach Edmonton kommst sei witzig wenn dir die Polizisten das Auto ausmisten sei still im menschlichen Gewühl. Dann stieg sie weiter hinauf und glänzt.

Endlich in Thunder Bay. Sofort wird getankt, Die Ratte hatte Hunger. Ich verzichtete wollte asketischer sein mal einen Tag oder so nicht essen, während der lange bärtige Tankwart mit lächelndem Gesicht den Tank auffüllte holte sich die Ratte einen Harveys Hamburger. Beim weiterfahren fing die Ratte dann an zu Mampffressen. So was liebe ich besonders da kann man dann allerhand sagen weil sowieso nur 4 %te verstanden werden. Er fing doch tatsächlich von seinem Vater an zu reden und das gefällt mir auch. Also was mir, Doel, alles gefällt. Jedenfalls mochte der auch andere Menschen und vor allen Dingen behielt was in seinem Rattengehirn übrig. Ja also mein Vater, fing er an, und das sollte die verdächtigste Geschichte werden die Doel jemals gehört hatte:

Also mein Alter der fuhr zu den Amis um Jura zu studieren. Obwohl er schon Bruchbudenlehrer war wollte er noch mehr werden. Bekloppter Typ. In den Staaten ließen die den sofort rein weil sie bekloppte lieben doch das Studium ödete ihn so wahnsinnig an das er fast blind wurde er war lieber kreativ. So entschied er sich auszuflippen, dabei erkannte er die Krankheit die in solchen Ausflippereien ihre Seuchen versprühen. Er wurde ziemlich irre, soff viel, schaffte es dann wieder nach Lachine Montreal zurückzukommen, der arme Sack.

Ich Doel war am staunen schon wieder. Heutzutage komme ich kaum noch aus dem staunen heraus so scheint's, was kann ich dafür wir Menschen sind eben so.

Sein Alter schickte ihn per Eilpost nach Quebeczitty. Dort sollte er eine kirchenrechtliche Doktorarbeit machen, doch er pisste sich dabei ganz schön in die Buchse, denn er war einer der von Jesuzjeliebt wurde und ihn sojar anbetete, das gefiel den toleranten Menschen der heutigen herrschenden Situation überhaupt nicht, sie ließen ihn wegen ihrer großen Toleranz als eine Art von Wurfpassung durchflutschen, flutsch weg der große Traum vom Papstanwalt für höhere Frequenzen.

Ich lachte ....lach lach lächel...

Die Ratte biss wieder in dem Hamburger und flutsch fielen ihm die Tomaten runter auf die Hose beschmiert mit Senf und Ketchup, Heinz Ketchup der beste auf der Erde...?

Die Ratte blinzelte und erzählte weiter.

Endlich schaffte er sich nachdem er nach **Qutchitumi** geschifft wurde ne Schrulle an, die seine erste große Geschichte wurde, ohne zu wisse mit wem er sich da eingelassen hatte, ne Ratte...

(jetzt war mir schon viel mehr klar)

Mein Alter war ziemlich überdurchschnittlich kommunikativ, ich habe noch 15tau Briefe bei mir im Keller liegen da hinten in dem geliebte Quebec bei Freunden die immer im Suff sind. Mein Alter der ließ dann die Samenfäden leuchten zeugte schon früh einige Missgeburten hatte aber die Nudel voller kleiner Glüüühwürmchen und machte so...................... weiter.

....

Er hat sooone weibliche Animus drauf damit kann er genauso sein *wie* ein leibhaftiges Weibchen oder sogar eine Frau aber meistens hat's er mit Krähen zu tun oder Weiber. Ganz schnell fühlte er heraus wenn ne Keule ihn an die Leine binden wollte dann zog er seine Lederstiefel an die Nudel wurde verblombt, grinste zur Monopolisierung rüber spukte ihr ins Gesicht und war dann plötzlich weg vom Kanal.............................

 Die Ehe war für ihn ein Knorror Trip. Er war da ein Gefühlsanarchist obwohl er ja da unten drunten ein Scherrif war. Aber mit dieser Nudel der Schrulle da machte ers ziemlich ausgedehnt. Aber als es so weit war stieg er auf seinen Gaul gab ihm die Sporen und sagte in einer John Wayn Stimme: Eldorado *Püppchen,* ich werde jetzt wieder Bullen Melken, und war weg, bis er ein kleiner Punkt im großen Punkt war. Bei euch drüben war der Hitler am finstern, als mein Alter sich bei den Amis wieder mal auf Raubzug befand. Diesmal als Praktikant für das Presidententum. Hier in den Staaten ist so was ja drin man, aber damit es ihm nicht zu Öde wurde legte er sich wieder mal ne Eule zu und fragte sich wo zur Hölle bin ich mit dieser Tante Lilly bloß aber diese Eule wollte immer nur mit ihm alleine sein, da kannste mal sehen wie blöde mein Alter war, also sie wollte mit ihm zusammen sein deswegen hat er sich doch diese *Eule* zugelegt, aber er fängt an sich nicht wohl zu fühlen sondern träumt von W-Gs, der Arsch, dabei hätte ers doch so gut haben können denn Wohngemeinschaften sind wie du wohl auch weißt Brutstätten von nicht nur wohlbefindende alternativistische Züchtung sondern auch das zusammen kommen von abgefuckten Pissköpfen die ihre Scheiße den andern in einer WG leichter unterjubeln können, abgebrühte Sauhaufen sozusagen, naja, aber mein Alter jagte den Weibern ihren Votzen andauernd nach, obschon er aber doch lieber alleine sein wollte. Eines Tages schrieb er dann einen Spitzenbestzeller genannt „Werther" und die Peoples schossen sich reihenweise übern Haufen, wogegen die Anais Nin mit ihrem Büchern haufenweise Weiterlebenserklärungen zugeschickt bekommen hatte, dann ging mein Alter auf Einladung weil er ja jetzt berühmt war zum amerikanischen Präsidenten Nixon und beide soffen sich erstmal den Arsch voll diskutierten über die beste Art und Weise die Menschen fertig zu machen und entwickelten dabei eine tiefe Liebe zur bewussten Lüge, hinter dem Wort Phantasie versteckt ,das versteht sich natürlich. Durch Nixon lernt er die Monroe kennen und steckt ihr seinen Schwanz bis zum Herzen, dabei wurde ich dann gezeugt, ja mein Alter war mit Zicken immer voll da, später als er schon Ergreist war legt er der Monroe nochn Ehering auf'n Finger, doch die Keule wurde ihm nachher zu lahm. Obwohl er schon 81 war riss er dann noch ein Jungblut Weibchen vom Rocker, pustete ihr die letzten Gehirnzellen mit einem Samenschuss aus, röchelte laut vor sich hin, und fiel dann gültig wie Dichter Weise Philosophen und Lebemänner nun mal sind, ins Land der Unsichtbarkeit.....

Nicht schlecht dein Alter staunte Doel wieder...................................

Jaja mein Alter war aber ansonsten ein pompöses wildes Tier Herrschsüchtig und von diabolischer Verfressenheit, ein typischer Säufer, ein kaputter Sack, echt abhängiger vom Wein, und ein wahnsinniges Feeling ein gutes hatte er auch nicht, wenn er heute noch Leben würde wäre er ein noch größeres Arschloch als Peter Handke, der sich immer nur ausjammert und die Buchsen andauernd vollgekackt hat, das kann doch jeder Lackaffe in seinen Schriften lesen.......

Stimmt nickte ich ihm zu, das ist so ein selbst gemachter Heiliger.

Und wie schon die Schinamänner wussten, sind die Heiligen wenn auch selbst gemacht, der Ursprung der ganzen kaputten was als Gesellschaft beschrieben wird, heute..............
....

Das sind verzagte Richtungsweiser die den Weg verloren haben. Jaja wir verstehen uns grinste die Ratte. Das wusste ich, Doel, der **Schneemann.**
Wir fahren jetzt in Richtung Kenora. Noch 60 Meilen bis dahin..
Die Ratte grübelte verschmitzt vor sich hin und auf einmal hielt sie mir ein Stück trockenes Brot vor die Nase..
Ich, Doel, der WinterWindFahrer verneinte. Danach meinte sie noch das sie „Zwei Dollar" an sich habe . . ..
Jaja so wird das einfache arbeitsame Volk vernachlässigt gings Doel auf dem WinterHighWay durch den Kopf. Die Bonzen und Manager die Wissenschaftler als Sklave der Industrien die Professoren als Unterhaltungskünstler der Reichen und Beide als Gefangene ihrer Gigantischen Ignoranz und so weiter. Sie alle sind immer nur damit beschäftigt den Spuren der Erkenntnis zu folgen. Die kennen immer Alles, wissen immer Alles können immer Alles und bemerken gar nicht das sie in Wirklichkeit kaum was können kaum was wissen und vor allen Dingen sich und ihre Erkenntnisse bei weitem überschätzen. Somit entsteht die Erkenntnis das die Schuld an diesem Dilemma die Überschätzung der Erkenntnis ist. Also die Menschen etc ,und daraus haben wir ja heutzutage den ganzen Mist am Hals. Atombomben, Industrieverpestungen, etc...
Hey du Yvon rief Doel sachte. Was hälst du von den Strebern in deinem Leben...was .... ja den Streber,............................
Die Ratte knabberte an ihren Fingernägeln herum, sagte dann aber: Wenn alle Menschen der Welt nur davon wissen wollen, nach dem zu streben, was sie nicht wissen, und nichts davon wissen wollen ,nachdem zu streben, was sie schon wissen, und alle nur davon wissen wollen, das zu tadeln, was sie nicht für gut befinden, aber nichts davon wissen wollen, das zu tadeln, was sie für gut halten so führt das zu den größten Unruhen, und da die meisten Streber sind überschätzen sie sich und erkennen die Umwelt nicht mehr richtig, somit sehen sie auch nicht ihre Fehler die sie machen und die Erde wird dadurch verseucht verkommen verblutet und einfache Ratten wie ich fressen dann trockenes Brot kratzen sich am Kopf, lachen sind aber Aussätzige, das halte ich von Strebern du Ratte Doel................................
Wie bitte rief Doel erstaunt aus. Bist du ein Gedankenleser... Darauf antwortete die Ratte aber nicht........................
Entweder bin ich, der HighwayDoel wieder ausgekokst oder ich bin verkokst . Sitzt da ein Mensch neben mir oder Halluzuziniere ich hier........................
Komm Doel zieh dir den Schnürsenkel aus, ich erzähle dir was von Heiligen, während du jetzt etwas auf das Pedal drücken kannst. Wie du siehst ist die Strasse wieder besser, lets hit it man.................................
Okay, leben lassen gewähren lassen...
Der Wagen, der Rote Ford, schlidderte etwas hin und her, als ich ihm mehr Zunder gab. Die Ratte empfand das als Amüsant fing dann an zu reden: Jede Ursache hat ihre Wirkung mein Söhnchen Doel. Sind die Augen weg werden die Augenhöhlen leichter kalt. Weil manche Männer den **Fickwahnsucht** haben vergewaltigen sie Frauen, so ist es auch mit Heiligen. Wenn sie geboren werden sind sofort Räuber da, und zwar die ganz, ganz großen Räuber. Deshalb muss man die Heiligen vertreiben damit die Räuber sich wieder selber überlassen, erst dann wird die Welt wieder in Ordnung kommen. Nimmst du den

Alkohol weg so entstehen keine Besoffenen durch Alkohol mehr, wenn die Heiligen erst einmal ausgestorben sind so stehen keine Räuber mehr auf der Erde. Die Welt kommt in Friede und es gibt keine Geschichte mehr. Nimmt man die Heiligen wichtig so nimmt man die Räuber wichtig so das er dadurch Gewinne schafft. Denn die Heiligen waren es ursprünglich, die den Ländern etc. als Förderungsmittel gedient haben. Und sie müssten eigentlich von der Öffentlichkeit entfernt gehalten werden, denn sie können die Welt nicht erleuchten, weil ihre Zündhölzer immer Nass sind, also werft die Heiligkeit über Bord, und die daraus entstandene Erkenntnis, denn die Heiligen schufen viele Erkenntnisse aus denen heute noch vieles fast alles gemacht wird, Computer, Zahlen, Messen, Rechnen der ganze Kraaam der damit zusammenhängt und die Menschen sind nun Sklaven dieses Mechanismusses sie werden selber mehr zu Maschinen, werfe den ganzen Mist weg, damit es nichts mehr zu klauen gibt, dann .gibst auch nicht mehr viel zu filzen, die Menschen werden Einfältiger, und dadurch ehrlicher, das entsteht dann automatisch, dann wird es auch weniger Streitereien geben, aber vor allen Dingen wird dann auch diese heilige Kultur auf der Erde ausgerottet, erst dann kann man wieder mit den Menschen vernünftig reden, der Zappa ist soon typischer Arsch dieser Entwicklung, wenn erstmal jeder wieder auf seine eigene Stimme hören kann, wenn erstmal jeder wieder seine eigene Geschicklichkeit wieder hat mit der er ursprünglich geboren wurde, wenn Pflichten Liebe abgefuckt werden dann gibst kein Leeren Schein mehr, wenn die Menschen sich wieder auf ihr eigenes Wissen verlassen dann gibst keinen Zweifel mehr, aber diese Kulturträger suchen ihr Leben in etwas äußerem und machen nur Mist in der Welt. Ich sage dir Doel die Künstler die ich kenne die haben Arschlöcher die sind so groß das man dahinter schon die anderen Arschlöcher der ,und leider vergisst man dabei die ursprünglichen Arschlöcher der Heiligen die sich Heilig schlau wie sie waren ihre mit Lehm verstopft hatten, und deshalb heute auch der harte Stuhlgang vieler Menschen ,das ist das naheste der Überreste der Heiligen........................

Sag mal Ratte, erzählst du mir hier was von Kacke oder Heiljgen fragte ich ihn, Doel, wusste aber wovon er redete..........................

Die Ratte hatte was an sich mehr noch als die Pudelmütze und jetzt schmierige Finger, sie strahle was besonderes aus ,vielleicht war sie eine erleuchtete Ratte. Hatte sie nicht als ich sie am Straßenrand im Zwielicht sah etwas geleuchtet, hatte sie das nicht....

Weißt du Ratte sagte Doel. Mir scheint ein Licht im Pimmel aus dem ich ersehe das du einer bist der das Wissen als üble Sache betrachtet.

Stimmt Doel, Wissen ist unendlich unser Leben ist endlich. Mit dem endlichen etwas unendlichem nachgehen ist gefährlich. Da bringt man sich in Gefahr nur um Erkenntnisse zu erreichen. Und diese Menschen die andauern mit der Gefahr in Verbindung stehen haben auch solch eine Ausstrahlung sind deshalb sehr gefährliche Menschen vor denen man sich hüten muss denn sie bauen Atombomben sie konstruieren Waffen sie entwickeln Gifte sie sind Blinde..........................

Ehhhhm ja Ratte, Augenblick mal, ich wollte noch weiter reden, Tugende, anständige wie mich die etwas Koks nehmen betrachtest du wohl auch unter dem Aspekt, das sie nur auf äußere Gewinne aus sind.

Stimmt nickte die Ratte zustimmend.

Und gute Werke ist für dich wohl auch nur eine Handelsware für den der sie schafft, was..

....
Jaja so ist es...
Ich entwerfe keine Pläne Doel. Ich brauche kein Wissen, Doel. Ich treibe ja Doel. Manche
Menschen können das noch tun. Sie können es sich dann auch erlauben so zu sein. Sie
durchschauen auf dieser Art und Weise sehr viel. Denn das Ursprüngliche ist in jedem
Doel, auch in dir..Und das wird sich nicht selber verraten Doel.
Obzwar ich menschlich, Rattenhaftig für dich aussehe, unter Menschen Lebe, haben sie
aber keinen Einfluss auf mich. Ich entwickle keine Leidenschaften in mir. Das ist die echte
Natur des echten Wesens welches wir sind Doel.................
Das wird mir, Doel, etwas zu hoch. Ich grübelte wie Einstein in seiner Berliner Wohnung am
Schlächtersee vor mich hin.........................
Ehhhhh Doel, pass auf wo du lang fährst, ehhhhm ja, verdammt beinahe passiert mir das
was der Phantasiegestalt des „Klabramba" Fahrers passiert wäre,der ja wie schon gelesen
bei Rot über die Kreuzung fuhr.
Dann fällt mir ein das die Menschen doch nun wirklich ihre Sache machen ihre Stimme
hören, aber, das da irgendwo das Extreme leuchtet. Aber diese Extreme ist ja der
Messpunkt einer jeweiligen höchsten Höhe oder Tiefe die geleistet werden kann damit ja
eben damit, man, das heulen des klaren Wassers mit nem Büchsenöffner aufmacht man.
Stimmts du Ratte..
Aber die Ratte so wars im Gesicht ohne Tinte geschrieben, schaute doch ziemlich breit
herüber . Da war wieder diese Weisheit in ihren Rattenaugen. Jedes Tier jedes Wesen
hat ja diese Weisheit irgendwie sichtbar da auf Lager. Und sie sagte lächelnd, aber mit
Rattenhaftigkeit, komma, wobei bei Doel irgendwo da auf seiner behaarten Glatze die
Haare wie eingefrorene Zähne im Wind klapperten, sie sagte: Du Doel du hängst zu
sehr an deinen Spitzfindigkeiten, an dieser Logik, du hast deinen Körper, einen guten
Schwängel, aber du schaust blöde und weißt nichts besseres zu tun als immer wieder diese
Spitzfindigkeiten herzuleiern, zbs, das heulen des klaren Wassers mit nem Büchsenöffner
aufmachen. Ja Doel du bist auch soon Typ der durch Zu und Abneigung ganz einfach den
Weg der Unschuld verloren hat. Du wirst auch so einer der den Süchten folgt, und vergisst
dass das wahre dadurch vernachlässigt wird. Denn du bist doch aus den ursprünglichen
Materialien.......................................
Jaja du hast recht antwortete Doel ziemlich winterlich.
Siehste Doel, du vergisst das Wirken der Natur. Du bist schon von Maschinen von Computern
von so genanntem künstlichem Licht zu oft umgeben. Aber wie sollst du dadurch noch
das erkennen der Natur erkennen. Das doch nur durch die Natur gemacht werden kann.
Wenn du so weiter machst, wirst du einer werden der im Konsum verwesen wird und alles
innere Streben im Wachsen wird in dir nichts anderes als giftige wütende Mentalitäten
zum Vorschein bringen weil du dich eben innerlich zu sehr ans Lustigsein ans Vergnügen
hängst und kein echtes Seinstrauen dadurch entwickelst............................
Wieder strahlte diese Ratte. Sie schien zu sagen, tue deine Pflichten aber kette dich nicht
durch die Freundschaft. Sie schien zu wissen ohne zu schmeicheln, ohne zu erwürgen.
Sie war auch ausgeprägt in ihrer Eigenheit aber doch nicht Eigensinnig. Sie beschäftigte
sich nicht mit kleinlichen Sachen der Wirklichkeit, wie sie nun da sitzt mit gesenktem Blick
das Reden irgendwie vergessen zu haben..............

Hey Ratte.

Ja, antwortete sie, ohne eine Krönung zu erwarten.

Was weißt du von dem Einzigen. Von dem der dir diese Fahrt durch die verschneiten Wälder Ontarios verschafft hat. Was weißt du von ihm. Kann ich ihn durch lernen kennen lernen.....................

Ohhhh nein, nein, niemals Doel. Nicht ihr. Ihr seid zwar sorglos, und gradedrauflos, aber du hast noch nicht das Licht ausgepustet wenn du Tot bleibst. Und das bedeutet dass du die Gaben hast aber nicht den Sinn das durch Lernen zu erlangen. Und ich Ratte, ich verstehe zwar den Sinn habe aber nicht die Gaben dazu.................

Aber doch will ich dir meine Gaben sagen damit du bescheid weißt : *Wenn* du bei mir in die Rattenlehre gehen würdest und die entsprechenden Begabungen hättest würdest du nach Vier Tagen so weit sein das du die Welt überwunden hättest, nach Sieben Tagen wärest du dann wohl soweit das du die Gegensätze von Subjekt und Objekt überwunden hättest, außerhalb dessen stehen würdest. Nach abermals 8 Tagen hätte ich dich soweit das du das Leben überwunden hättest, das viel gepriesene Leben. Danach könntest du so klar sein wie der Morgen wenn er klar ist und nicht zu benebelt. Und in dieser Morgenunbenebelt-heit könntest du den Einen sehen. Wenn du ihn dann erblickt hast dann mein Sohn Doel, du alter Gaul, dann gibt es für dich keine Gegenwart keine Zukunft mehr. Jenseits der Zeit auf der Autobahn könntest du dann in das Gebiet wo es keinen Tod keine Geburt mehr gibt einfahren. Mit nem Porsche gehts schneller. Was den Tod des Lebens herbeiführt ist, ist selbst dem Tod nicht unterworfen, klar Doel. Dasjenige welches den Tod bringt ist nicht der Tod und lebt. Und das was das Leben erzeugt wird selbst nie geboren. Es ist ein Wesen das alle Dinge begleitet, das alle Dinge empfängt, das alle Dinge empfängt alle vollendet. Sein Name heißt: Ruhe im Streit. Ruhe im Streit bedeutet dass er durch den Streit zur Vollendung kommt....

Mhhhhm sann Doel nach. Das hört sich nach Shiva an, nach dem Donner Gott, nach Wut nach dem Leistungsprinzip, nach Besserwissen, nach Tun auch wenn's abgebrüht ist, nach ner Bank knacken und Lächeln wenn's für ne Weile in den Knast geht, jaja danach.. ....

Woher weißt du das Ratte fragte Doel mit dem Blick auf die verschneite Straße. Links und rechts schneebedeckte Nadelbäume und klarem hellblauem Himmel über ihnen.........

Sie, die Ratte sprach. Ich habe es vom Sohn des Schriftstellers gehört. Der hat es von den Wandersängern den Rhapsoden gehört, und der vom Klarblick denn der Klarblick sah und wusste ohne erst zu überlegen. Und der, der hat es vom hörenden der hört und wusste gehört. Und der hat es vom Ton erfahren der die Musik macht. Und der vom Laut, und der Laut vom Geheimnis. Das Geheimnis hat es von der Leere, und die Leere hat es vom Jenseits...............................

Ahhhhhhhh Ratte das ist befreiend was du mir da sagst. Ich bin erfreut, jemanden auch wenn er eine Ratte ist hier mit mir zu haben. Aber das Streiten du Ratte, das ist eine Sache für sich. Denn was du durch Streiten gewinnst wirst du durch Streiten verlieren und dadurch ist doch für jemanden kein echtes Gewinnen zu erlangen..

Aus dir wird er bald eine Hechtleber oder einen Käferfuß machen Doel. Wenn du so weiter machst erwiderte die Ratte....................

Ich ziehe dir bald deine Goldzähne rief Doel zurück.....................

Ach du ,du, du, kennst doch wirklich keinen zureichenden Grund für das Leben und kennst auch keinen zureichenden Grund für das Sterben. Deshalb weißt du auch nicht ob es besser ist ,sich der Vergangenheit zuzuwenden oder der Zukunft. Du bist ein Horrortrip Doel. Du trinkst stirbst aber dabei. Du popst allerhand Zeugs hast aber keine Durchleuchtungen sondern bist eher müde dabei. Du hast den Arsch schon zusammengekniffen, du suchst die Vergessenheit aber du findest das Erinnern. Dann liegst du da auf dem Fußboden dieser Frau Molly mit vergrämtem Gesicht stoppelig wie auch jetzt und weißt nicht was dir geschieht. Du weißt manchmal kaum noch ob du träumst oder wach bist. Und das ist gut so Doel. Denn selbst das Wachsein ist ein Traum. Und diese vielen Ich's sie sind zu Selbstbewusst und müssen sich andauernd ändern, und das Häuten tut weh. Denn am Ende kommen sie genau dahin wo sie hingehören. Aber während der Zwischenzeit haben sie viele, viele, Miserabelheiten weitergegeben und sind oft schlechte Vorbilder für die noch unschuldige Jugend. Jaja das ist leider so....
Auch du Doel bist davon nicht frei.........
Jaja stimmt ich erkenne das in mir und versuche mich davon zu befreien....
Aber der Alleingang, ha, den gibst nicht. Ich muss schließlich essen und so weiter. Und so mische ich lieber mit...
Vergiss deine Güte Doel.
Vergiss diese angepissten Umgangsformen Doel. Vergesse Musik, vergesse Alles Doel. Vergesse was du weißt Doel.
Vergesse wen du kennst Doel. Vergesse dich selbst Doel. Lerne das Vergessen. Das hat Jim Morrison auch schon bemerkt als er sang: learn to forget........................
Ja Ratte das ist leichter gesagt als getaaaaaaan...
Du kannst es schaffen Doel. Du ja, so wie du gebaut bist, du schaffst's........................
Ich blickte mal wieder aus dem Auto. Die Scheiben waren inzwischen etwas verwischt voller Salz und schmierigem Zeugs und die Sonne sie schien durch das getintete Glas. Da vorne lag vor uns Kenora. Diese Stadt nicht all zu weit von der Manitoba Grenze entfernt. 100 Meilen oder so. Wir fuhren jetzt langsam da hinein in diese Stadt Kenora, durch die ich schon einige male durchfahren bin auf der Suche nach Hechten Muskies oder Zander ....
Kenora Population 56 Tausend stand auf dem Schild.....................
Ungefähr Elf Uhr Morgens..................
Merkwürdige Szene. Wir beide schauen zu was sich da abspielt. Torkel. torkel, torkel, wackel, krackel, wackel, torkel...
An fast jeder Ecke steht oder liegt er,der Sitting Bull Nachfahre der damals aus Kanada ausgewiesen wurde. Mensch die Indianer, volltrunken. Ich habe keine Buddel mit mir, recht so..............................
Ja, sie liegen da in der Kälte in den Türeingängen.
Oder sie schleichen verkümmert durch die Menschen.
Da ist keiner dabei der so wäre wie Don Juan, nein.
Diese Indianer sie sehen eher gebrochen aus.
Kein Wunder, denen hat die Zivilisation die gute und der Fortschritt der feine die Rechte des Landes geklaut. Jaja, diese Europäer gefräßige aber reuelose Menschen. So wie die Amerikaner.

Und überall diese und Raben, Krähen. Sie waren die Vorboten die auf das verwesene warteten.

Ja diese Indianer sie hatten auch Liebeskummer so wie Doel es hatte. Jaja er hatte das nur manchmal vergaß ers...................

Ja diese Indianer, keine Mechanik, das Land war voller Tiere, die Flüsse sie waren trinkbar. Die Friedenspfeife auch. Aber diese Kultur, Kotz ?!

Jaja seufzte Doel, diese Kulturen des jährlichen %tualen Zuwachses, sie wollen alles beherrschen besitzen alles regieren sogar das Ursprüngliche insbesondere die Menschen und die Natur des Menschen, somit die Natur. Sie wissen nicht dass durch Nichtregieren schon längst für sie regiert wird. Sie suchen und versuchen eine Ordnung der Außenwelt der objektiven, die eine Illusion ist, durchzuführen. Und was machen sie dabei sie gehen ihren Vorstellungen nach und erkennen nicht die Vorstellungen die schon für sie gemacht wurden. Wie zum Beispiel damals als sie noch Felle hatten und sich in Höhlen verkrochen. Aber heute sind sie mehr noch denn je Sklaven ihres äußeren Zwangs den sie sich aufgeladen haben. Kuck dir heute den Mist an. Energiekrisen und schon wirst du in die Vergangenheit zurück geworfen. Mit Holz heizen. Ölkrisen. Dann wird das Rad gelobt und bald werden die Beine zum gehen zu schwach sein. Und die Indianer sie hätten immer noch diesen Kontinent so blühend gehabt wie er damals war und heute im Yellowstone Nationalpark noch seicht gesehen werden kann. Oder aber oben in den Rocky Mountains aber auch da nur noch weit entfernt von dem paradisischen Zustand den es hatte, das Land......................

Und die Städte die lieben sie wa........................

Ha, eines Tages haben die Menschen aus ihrem Hass gegen den Tod weil sie so blöde sind, diese Kulturmenschen auch die belesenen und die gebildeten, haben sie es geschafft das nur noch Insekten auf der Erde leben. Also wie blöde können die Menschen doch sein.......................................

Aber aus diesem ganzen riesigen Gedröhne Gewürge der Industrien, den Verseuchungen den Abwürgungen den Verkommenheiten, da wird eine neuere bessere Generation entstehen, Dole, die durch das Verkommensein ihrer Ahnen den Klarblick hat, spontaan. Und lieber weggeht als dran Teil zu nehmen. Diese Samen müssen überall gesät werden denn die Erde ist im Aufruhr. Sie wird gequält geplündert und verseucht und das wird sie sich nicht gefallen lassen........................

Die Menschen müssen andere Fähigkeiten erlernen wollen als immer nur diese Rechen und Baufähigkeiten, das Tricksen und Austricksen, das Wollen und Nichtwollen. Kulturen Zivilisationen, wenn es soo weit gekommen ist, ist immer das Zeichen und Resultat, das es zu Ende geht,,das es ausgelaugt ist, verbraucht, das der Schein der Betrug die Lüge das Falsche wieder mal über die Echtheit gesiegt hat und die Menschen Illusionisten geblieben sind, also ignorant.

Wir ließen die Stadt Kenora hinter uns. Fuhren über die letzte Brücke in der Stadtnähe. Sahen wie einige Indianer da unten Eisangelten, und waren zutiefst betrübt zu sehen wie diese auch im Lande das so groß ist keinen Platz für sich finden dürfen. Scheiß auf das Gesetz, es ist eben das falsche, der Geist der Lüge hat sich heute breit gemacht, der Geist der Lüge hat sich breit gemacht, der Geist der Lüge hat sich breit gemacht, und deshalb auch die Verseuchungen. Und ich, Doel, rief ihnen zu : Lasst eure Seelen im Jenseits wandeln. Jenseits von Sinnlichkeit. Sammelt eure Kräfte im Nichts. Lasst allen Dingen ihren freien Lauf und duldet keine eigenen Gedanken, nur so wird die Welt für euch wieder in Ordnung, da in euch........................

Mir wurde wieder klar dass viel mehr Menschen arbeitslos werden. Viel viel mehr Menschen weil das BekloppttenSenilDenken dieser eurer IllusionsBekloppten in Wirtschaft und Politik und Religion das Geld ununterbrochen anbetet und Fickt. Aber auch Arbeitslos werden müssten, das sie aus ihrer Angespanntheit, sagen wir wie Pferde die man nun an der Leine hält, die aber mal feurig waren, seht die wilden Pferde in der Camargue, jaja ihr Menschen der Massen ihr schaut heute blöde drein wenn ich euch anschaue ihr senkt eure Blicke. Ihr werdet dadurch schleimig und eklige Gestalten, so in euren duckmäuserigen Büros oder Fabriken oder sogar ihr Mickymäuse als Führungspersonen ihr Professoren und ihr Doktoren, ihr habt Angst vor der Freiheit, viele von euch, das ihr aus dieser Angespanntheit heraus kommt, und die andere Ebene die andere Seinsheit findet, das trauen zum ursprünglichen.

Aber nein ihr wollt lieber Klug sein geschickt, gut im Tricksen, raffiniert, und das alles ist die Schuld von denen die damit anfingen solche Kacke aufzubauen. Aber kann das stimmen? Ist es nicht so geschaffen worden. Muss der Mensch sich nicht aus seinen tierischen Fesseln seinen raubtierischen Fesseln, lösen entfernen. Und das dauert. Es dauert sehr lange und deswegen die immensen Diskrepanzen und Diskriminierungen weil der IllusionGlaube wie eine Megawolke den Kopf dieser Raubmenschen die sie immer noch sind so dermaßen benebelt, das sie ununterbrochen Nebelumwölkt sind. Ja es stimmt, selbst der Wachzustand ist ein Traum, es ist also noch sehr viel Arbeit zu leisten, innere Arbeit über das Mental den Geist hinaus. Damals da ging ich umher als Kind, ich wusste nicht was ich tuen sollte, die andern nannten das Langeweile und gaben mir ein negatives Gesicht damit, dabei bedeutet das in Wirklichkeit viel Zeit haben und das macht Laune, das was du tust mit viel Zeit zu tun.

Aber heute ruckzuck. weg, und dann die Öde, so blöde.

Die Franzosen essen zwei 3 Stunden mindestens wenn sie nicht blöde werden wollen, aber ob das noch lange anhalten wird mit dem Gelddruck der aufgebaut wird.

Ja damals als Kind aß ich meine Mahlzeiten und war glücklich, schaute die Umgebung mit konstantem Staunen an und lächelte innerlich immer ....Dann kamen die welche meinten ich müsse zur Schule gehen. Damit fing die Kacke an. Obwohl mir das Lernen Spaß machte, fing die Kacke an. Da waren die Streber und die Neider, die Besserwisser und die welche nicht mehr mit dir sprachen weil du nicht das gelesen oder auf der Schule diese Ausbildung hattest. Und immer mehr formte sich das Bild das die meisten Menschen echt blöde sind. Die wollen mich als ihren Feind. Das war meine tiefste Erkenntnis die ich jemals gemacht hatte. Also wenn das so ist schieße ich dir deine Söhne und Töchter unterm Arsch weg. Nee, die Menschen waren echt blöde, und der war schlauer. Nee du, kotzen kotzen. Aber dennoch habe ich keinem jemals mein Herz geschenkt oder insbesondere meine innere Zustimmung. Reden ja Meinungsaustausch ja, und so weiter. Leckt mich am Arsch, ihr Richter ihr Priester, ihr Rockmusiker ihr Heiligen, ihr Arschlöcher und ihr, wie wir sehen, ihr Meistert die Lage heute ja................................

Ihr zahlt eure Steuern damit die Länder sich Bomben bauen und Geheimdienste schaffen damit die Spekulanten eure Nahrungspreise manipulieren damit Autos die Luft verseuchen oder Industrien das Land und Wasser noch dazu. Aber die Führenden sind gefuchst, sie sind erstmal die Unsichtbaren die MegaKartelle und euch als Person unbekannt das macht die Bedrohung unangreifbarer und sie gehen nach Angebot und Nachfrage.

Denn die Politiker sind ja bei weitem nicht die führenden, das ist Trug, das Geld ist das führende, also die, die es haben, und, kontrollieren, und wollen, das es auf Ewig so bleiben soll, weil das nämlich die Kontrolle über das Denken Verhalten und Fantasien der gesamten Menschheit schafft und schon geschafft hat. Ergo die absolute Bindung an das falsche die Illusionen.

Und die Massen sie werden von der, was als Moral gilt, welche die jeweilige Gesellschaft vertritt im Zaume gehalten, Siehe UDSSR, oder die Moslemländer oder USA alles andere Lebensformen, aber der Verblödung.

Siehe USA, andere Lebensform der Verblödung.

Siehe China, andere Lebensform der Verblödung.

Siehe Indien, andere Lebensform der Verblödung.

Siehe überhaupt all die Länder die echt Ideologien vertreten.

Aber es wird gesagt das was die Heiligen geschaffen haben, nicht ausreichte, denn es gibt zu wenige gute Menschen und bei weitem mehr schlechte Menschen. In dem Sinne gut das eine größere Wirklichkeit erkannt wird.

Nicht nur einfach gesagt wird, ja Gott und so weiter.

Es wird weiter noch gesagt da die Heiligen ja den ganzen Kulturkraam geschaffen haben, und das deswegen eben so viele Menschen Kacke machen.

Kacke ist meistens Braun, wie damals Hitlers braune Kacke.

Das stimmt schon alles zusammen, die Tiefen kommen zum Vorschein. Naja die Heiligen sind also für die Guten die Maasstäbe, und für die Gängster auch, die Guten schaffen viel und haben deswegen viel übrig das geklaut werden kann, das ist also klar.

Die Amerikaner raubten die Unterlagen der deutschen und raubten auch damit ihre gefährlichsten Spitzbuben, was daraus geworden ist kann ja klar gesehen werden, Atomuboote, Atomraketen, geldseuchige Menschen die Genies sind oft versteckte Pestbeulen, Vasallen des Satans oder anders formuliert des Materialismuuus.

Die Genies sind oft die größten Blinden, und ohne diese Blindheit fuhren wir beide nun in Richtung Manitoba. An der Grenze Ontario Manitoba wieder die Provinzschilder.

Mir, Doel, fiel wieder ein das Gedanken zwar eine Verbindung zum Unsichtbaren schufen, aber doch nicht die Wirklichkeit waren.

Die Ratte war wieder eingeschlummert.

Ich, Doel, bin inzwischen seit zwei Tagen wach. Da zeigen sich tiefe Augenränder.

Kaum Verkehr auf der Strasse. Viel Zeit zum nachdenken. Der Wagen surrt, lässt sich leicht fahren. Ich, Doel, fange an die Kiste etwas zu scheuchen, mal Geschwindigkeit kosten. Nach ner halben Stunde fängt eine Zweispurige Strasse an vor uns aufzutauchen. Natürlich ohne Sauerstoffflasche auf dem Rücken. Und dann lege ich los. Gaspedal runter, und der Motor lächelt mir zu. Ja das braucht er. Jetzt fängt er an sich wohl zu fühlen. Ich auch dazu. Da vor uns ist einer auf der linken Fahrbahn. Ich warte erst gar nicht bis er nach rechts biegt, gebe das Zeichen nach rechts und sause mit 130 Meilen in der Stunde an ihn vorbei. Sehe noch wie der Fahrer so was wohl noch nie gesehen hat. Sehe wie er auch beschleunigt, sehr sogar, er will mich sehen.

Ha, ich lasse ihn rankommen und lege dann wieder Feuer auf den Ofen. Das Auto ist aber über 130 Meilen in der Stunde doch zu gefährlich zum fahren. Die lange Schnauze, ohne Maulzwinger, sie fängt an gefährlich nach oben und unten zu schwanken. Die Stoßdämpfer sind dafür nicht kräftig genug. Der Wagen ist zu bequeeeeem gefedert für solche Geschwindigkeiten. Als ob er versuche mit Macht sich von der Strasse zu heben. Lustig,...............................

Da liegt schon Winnipeg vor uns. Der Red River der Titel und der Fluss in dem John Wayne seine Rinder überquerte fließt auch durch diese Stadt. Er hat eine braune Farbe. Winnipeg selber hat die längste Hauptsrasse der Erde. Und an der Ecke von Portage und Main Street weht der kälteste Wind im Winter. Da habe ich schon Temperaturen mit Kreaturen erlebt die mit den Wind über 80 Minus brachten. Main Street ist eine Kneipenstrasse voller besoffener Indianer, Schwuler und Säufern aller Nationen. Hier in Winnipeg gibst verschiedenartige Juden, Germanen, Polen Chinesen, Iren, Holländer, ach alles. Verwandte aus Berlin leben da auch. Ein gewisser Manfred von Ossowski mit Frau. Ein lustiger Mann der echt Lächeln kann. Der arbeitete für meinen Onkel als Maler. Zog es aber vor im Norden Manitobas die Trägerfeiler für Starkstrom und dergleichen in Rot Weiß zu bemalen. Hätte ich auch lieber gemacht. Da biste im Norden, fast alleine mit dir, und da ists schön. Außerdem kann man dabei gutes Geld verdienen. Mein Onkel hatte schon viel Leben in der DDR gebracht. Verließ das Land bei Nacht und Nebel und landet später in Kanada als einer der noch eine Hose am Arsch hat. Er war schon immer klar im Kopf. Insbesondere beim Skat spielen. Bald wollte keiner mehr mit ihm um Geld spielen. Damals wimmelte es in Winnipeg nur so von Germanen. Auch Gefangene von 2ten Weltkrieg. Ganz ruhige Typen. Die haben schon so viele Kugeln um ihren Kopf flitzen gehört denen konnte keine Mücke mehr aus der Ruhe bringen. Ich habe auch mal für meinen Onkel gearbeitet hier in Winnipeg.

Hab auch mal einer kleinen Blumenverkäuferin die wie ich's jetzt erkenne riesige Ähnlichkeit mit der Frau hatte die ich in der BRD ließ als ich nach Kanada Immigrierte, eine Rose aus dem Blumenladen geschenkt, bis dann ihr Freund jeden Tag kam und sie von der Arbeit holte. Das ist 13 Jahre her.....................................

Die Szene der Stadt, sie ist größer geworden. Höhere Gebäude, soon Zeugs..............

Ich fahre durch die Stadt ohne das geringste Verlangen hier noch mal anzuhalten. Tanke an der Ausfahrt der Stadt noch mal. Die Ratte sieht schlecht aus. Ich kaufe ihr einen Hamburger. Sie lächelt. Gehe kurz pinkeln. Dabei stelle ich fest, dass die Beine etwas schwanken und das Sehen etwas unfokushaft wird bei dieser Gehbewegung. Ansonsten bin Ich, Doel, aber voll Lustig. Der Tankwart schaut uns verdutzt an. Merkt aber sofort das er mitmachen kann und lächelt auch. Ich trete gegen das Rad spucke auf den gefrorenen Boden. Der Tankwart meint dass in Saskatchewan der Wind noch schlimmer ist. Mir gefällt dieser kalte Wind. Aber wenn ich da draußen wäre, naja.

(ach ich höre jetzt erstmal auf an diesem Buch zu schreiben, heute ist der 4te November 1980, da ist noch etwas Saki in der Küche den wärme ich mir auf denn mir fiel auf einmal ein dem Freund Zän einen Brief zu schreiben, es ist 9:45 Uhr abends, in zwei Monaten habe ich diese Wohnung verlassen, ich hoffe bis dahin dieses Buch zu ende geschrieben zu haben, heute hat's geschneit hier in Berlin, John Baldry singt Im Flying.)

So weiter heute am 5ten November.........................

Der Wind pfeift uns allen ein Lied das da unten aus der Tiefe kommt, atmet, und sich durch die Gefilde der hier in Winnipeg verfrorenen Tankstellen an den Zapfsäulen n'schlückchen Sprit hohlen will, wenn er nur könnte. Auch der Tankwart merkt solche Windstreiche deshalb trägt er einen Nylon Windblas Anzug.

Okay, man lass uns hier wegjucken, ich krig schon wieder das gereizte Achselzucken, rief ich der Ratte zu. Doch sie schaute vor sich hin, irgendwie gelangweilt, aber dennoch spitzig.....................................Funken sprühten, Reifen glühten, der Wind jagte uns nach. Der Tankwart hielt sich die Hand vor den Mund. Aber trotzdem fiel ihm das Gebiss raus. Er hatte kleine Zähne. Der Ford rippte die Strasse offen und ich, Doel, war wieder drin in der Feuerkiste. lass uns jetzt jagen, lass uns jetzt den Asphalt abtragen, damit wieder auf Erdboden getrabt werden kann, jaulte ich dieser Ratte und mir zU.............................
Nur das Auto antwortete dem Wind.........................

Vor uns nun Flachland. Kurz vor Winnipegchen fing's damit schon an. Der Wind ist wieder sehr stark. Er nimmt seine Kraft nicht ans Alkohol , den Schnee den er über die schmale Highway bläst, bleibt nicht liegen sondern sucht sich ne Kneipe oder hat irgendwo ne Schneebraut, das ist klar. Interessiert glotze ich durch die Scheibe. Wenn die Sonne so weiter leuchtet gibst bald andere Wahrnehmungen grinste Doel vor sich hin, jaja er war wieder am flitzen....................................

Ja hinten in Berlin, da hetzten jetzt die wilden die Punker die Ratte und das Dilemma der schwachsinnigen Mods die ihre Kleidung anbeteten dafür aber nicht mehr als rote Grütze im Kopf haben, da hinten in Berlin wuchs eine riesige Musikszene aus den **Hinterhöfen** der Grauheit da waren die Wilden am wachsen, da hinten in Berlin waren die Zündschnüre für die Kaiser der Zerstörungen, da gabs angepisste Szenenmenschen deren Fresse voller Pickel war, und ihre Zähne braune, aber die andauern jeden und alles in den Arsch vögeln würden, sich selber am liebsten, so liebten sie keine andern, die waren nur zum fressen da.

Ja für diese Szene brauchte Doel jetzt den Ventilator Blues der Stones um hier auf der Highway den richtigen Effekt für die innere Verfassung anzuzeigen............................
Die Strasse ging sowieso kilometerlang straight, da konnte mit fast geschlossenen Augen gedriven werden....................................
Aber da hinten in Berlin, da wurde gesoffen und gekifft........................
Da hinten in Berlin schlugen sich die Studenten ihre Fressen ein mit Ketten, dennoch waren sie widersprüchlich, machten Geld beklauten sich gegenseitig ließen keine Informationen raus, planten Banküberfälle und gifteten konstant im versteckten die Regierungen der Erde übern Haufen zu knallen, ja hinten in Berlin da wuchs langsam der Blues rann, der das Messer in der Tasche und die Pistole dazu brauchte, da hinten in Berlin, da wimmelte die Szene von Blutsaugern aller Art, bunt, laut angedröhnt, verdröhnt, lustig und voller Elaaaaan. Da wurden Kanonendrings gemixt die einem die Vorhaut für zwei Stunden anfrieren ließen, da liefen die Orangenen in Tausenden durch die Strassen schlapp, bärtig den Christus Blick am Sack, ne Frau im Sinn oder auch Typ, da liefen diejenigen die glaubten noch in den Fünfzigern zu sein mit Elvis Locke, da waren die welche meinten in der Zukunft zu leben aber nicht erkannten das sie in der Gegenwart waren, verbogene, da in Berlin da war die innere Wut der Zustand des Seins, der sich an alles und jeden rann machte, nur zur Befriedigung, da verfielen die Häuser weil die Besitzer irgendwo in der Sonne lagen und sich für die Flöhe die Sonne auf den Fettbauch scheinen ließen, wogegen der Mörtel

von den Wänden fiel, da in Berlin, da war das Zentrum, am Europacenter das brillianteste verkommenste Saufzentrum der kaputtesten direkt zwischen Glanz und Glitter, die wollten alle im Zentrum des Lichts sein, diese armseligen verfransten Gestalten, da stanks oft nach Urin an den Ecken, da im Zentrum, dieser Stadt Berlin, die so zerfetzt wie sie ist, auch solche zerfetzten Charakter zum Vorschein bringt, doch der Berliner, der ne gute Stellung hat und für den Senat arbeitet oder n'guter Gängster ist der hatte immer noch die große Berliner Schnauze, das wird immer so bleiben........

Aber bald bin ich, Doel, in Calgary, bald wieder alleine, denn die Ratte sie fing nun an sich in der Nase zu popeln und wollte auch nicht reden, ansonsten fiel mir wieder auf das *er* auch nicht daran interessiert war mal von der Kunst des Dreiecköffnens zu reden, die Ratte war echt in sich gelagert, leidenschaftlich in der Nase grabend...

Und mit solch einem Mitfahrer was sollst du da machen, lachen, ein Rennen fahren.......

Die Strecke nach Regina durch flaches Land mit kleinen runden Prairiehügeln schön fürs *Auge* diese weichen Hügelchen, jetzt gibst auch wieder viel mehr kleine Städte und Farmen mit ihren Wellblechdächern in Rot oder Silber gestrichen. Manchmal auch grün, ansonsten vermehrten sich die Kreuzungen. Da gings gerade nach Westen, dort ganz gerade nach Osten, nach dort ganz gerade nach Süden und dort eben gerade nach Norden, und flach flacher am flachsten wars wieder. Doel hatte immer noch keinen Hunger, war auch noch nicht müde...

Obwohl nur 60 Meilen gefahren werden durfte, in der Stunde, fuhr Doel oft darüber noch 20 Meilen hinzu. Die allermeisten in dieser Gegend hielten sich an die Geschwindigkeitsbe grenzung. Im Nu war Manitoba durchfahren. Die kleinste Provinz Kanadas, aber dennoch 5x so groß wie die BRD, und hinein nach Saskatchewan, und Vollgas weiter, immer weiter

. . . .

Inzwischen ist es Nachmittags. Die Sonne steht schon schräger auf ihrem Kosmopodiun und blinzelt verdächtig auf die Kühlerhaube, und ins Gesicht. Jetzt liegt eine weite Ebene vor mir, absolut flach, ganz gerade Strasse. Ich fange an wieder aufzudrehen, volle Pulle. Hier in der Province Sattchkatchewan da fährt jeder aber nun wirklich nur seine 60 Meilen. Es ist eine ruhige Province, denn meistens fahren die Menschen hier Mähdrescher oder treiben im Norden die Cows.

Hier, an dieser Stelle ungefähr da, ist Doel mal vor 5 Jahren, 1972 auch im Winter ein dolles Ding passiert, ja ungefähr hier................................

Ich fahre den heißesten Schlitten den ich jemals gefahren bin, einen Silbernen Grand Prix die alte Karosserie, 325 Cubic Inch Motor, 385 ps. Ich fahre den Schlitten dieses mal langsam, fahre an einer Kreuzung vorbei, langsam ,aus der Kreuzung biegt ein Roter Ford auf die Strasse fährt hinter mir ,langsam, ich sah noch den Kopf des Fahrers und hatte sofort das spontaaaaaane in mir sagend Mensch Doel das ist ein Bulle der sitzt in einer unmarkierten Kiste, also, voll da und langsam, denn die wissen das Autos mit Nummern- schilder aus Quebec, wilde Fahrer drin sitzen haben. Quebec hat die höchste Unfallrate in Kanada. So fahre ich schon 15 Minuten, aber der Wagen hinter mir rührt sich nicht. Ich bin schon genauso lange unterwegs wie heute hier wieder auf dieser Strecke , mhhhhm , vielleicht wars gar kein Bulle, so ,na denn mal ein bisschen schneller fahren, 70,aber auch da nichts, er bleibt in der Ferne hinter mir, na wenn das so ist, dann kann's ja weiter gehen, und volles Rohr fange ich an zu beschleunigen, 80, über 80, tatühhhhhhhhh Sirene heul

heul, also doch ein Bulle ,rann an den Straßenweg, er kommt, 2,80 Meter groß, Canadian Mountain Police, RCMP, gibt mir die Geschichte.

Ich bin voll gestoned, die Frau neben mir hatte gerade noch das Cokain zwischen ihr Dreieck gelegt, Papiere, zurück zum Wagen, überprüfen, dann ruft er mich per Lautsprecher das ich nun zu ihm rüber kommen soll, okay, Mista, also youre clean, aber die Sachen werden dem Gericht übergeben, und in einigen Wochen bekommst du dann bescheid zum zahlen, du bist 89 Meilen in einer 60 Meilen Zone gefahren, sei vorsichtiger, denn diese ganze Strecke durch Saskatchewan ist von unmarkierten Polizeiautos kontrolliert, also fahre cool man... bye. . ...Die RCMPler waren immer Nett und freundlich......................

Also ich kannte diese Strecke schon hinsichtlich Patrouillen...............

Und jetzt sehe ich wie bei dieser Geschwindigkeit, ich fahre wieder über 80 Meilen, mir ein Polizeiwagen entgegen kommt. Es geht alles ganz schnell, zack vorbei ist er, na ja, glücklicherweise war der auf der anderen Straßenseite. Ich schaue noch schnell in den Rückspiegel, da sehe ich wie der Wagen eine tolle Fahrkunst fabriziert. Der Wagen zittert ganz schnell und stark für einige kurze Zeit, das Heck hebt sich hoch, dann wird das Auto herumgerissen neigt sich verdammt zum überrollen aber steht jetzt auf der Fahrspur hinter mir, Mensch der kann fahren der Typ der gefällt mir. Ich lege einen Zacken zu...................

Doch der Bulle ist auch heiß, so wie der fuhr kein Wunder....

Sirene Rotlicht ich bin noch blind der ist noch weit zurück also noch mehr Zunder.... bis............. es dann wieder so weit ist.....

Der Typ, Geroboterter RCMPler, auch 2,80 Meter klein ist sauer. Ich wunderte mich wie der wohl wusste weshalb und so. Ja wir haben neuerdings auch Radarmessgeräte die Geschwindigkeiten auch von entgegenkommenden Fahrzeugen messen können, ahhhhh ja feine Sache diese Techniker, Hunde................

Wieder das gleiche wie schon in den Jahren zuvor im Ablauf mit dem RCMPler. Die Ratte glotzt mich an. Ich sehe schon etwas mitgenommen aus, sehr unrasiert, und dicke Augenränder, die Augen auch schon angerötet. Es gibt da Zustände in mir da merke ich erst wenn's schon fast zu spät ist wie müde ich eigentlich bin..........................

Der Bulle mustert mich verdächtig. Nach der Überprüfung, ich dachte schon der fängt jetzt die noch nicht bezahlte Rechnung über 56 Dollar von damals auf, denn er hatte ein Funkt€legramm nach Quebec gesendet und dort meinen kanadischen Führerschein überprüft, aber nein, Glück .

Aber wieder die gleiche Warnung, wegen der kontrollierten Strecken, sind ja auch Roboter. Ansonsten war er freundlich. Ist wohl auch für ihn mal eine Abwechslung etwas Straßenakrobatik zu tun...

Also weiter geht die Fahrt auf die nächste Rechnung wartend..Es ist inzwischen dunkel geworden. Das schöne Blau ist ein schönes Schwarzblau geworden. Ein entgegenkommendes Auto auf dieser geraden Fahrbahn ist schwer auf seine Entfernung zu schätzen. Oft ist es weiter entfernt, in dieser Dunkelheit, ab und zu ein Lichthäufchen da auf dem flachen Land. Dann endlich die Kreuzung nach Regina und in Richtung Westen nach der Vancouver Richtung. Ich, Doel, frage die Ratte ob sie noch mit in die Stadt kommt, denn Regina liegt da vor uns voller Lichter uns so. Sie nickt zu... ....
....

Rein in die erste Bierkneipe. Eine riesige Kneipe. Beerparlour. Einfache Stahlrohrstühle

Plastiksitze, Holzmehl auf dem Boden. Ein Gegröle, echte Säufer hier. Vollgepropft mit Menschen. Wir setzen uns an einen Tisch. Ich bestelle vier Draftbeer, Zapfbier. Ein dünnes Bier, 25 Cent ein Glas. Das Bier kommt in Gläsern, Zapfbier, obschon die Menschen hier ziemlich Wild aussehen mustern sie Uns Beide doch.........Sehen wir wilder aus ?

Doel, Ich,182 groß, lange Haare bis auf den Schultern blonde, Jeans, einen schwarZen Rollkragen Pullover, eine dicke Kette aus sehr guten venezianischem Glasperlen, Goullimine Steine genannt auch in der Stadt in Südmarokko gekauft, und diese schöne Jacke aus venedischer Seidengardine, dicker, die ich mir in Nordwestenglang schneidern lies. Blaue Augen nun Rote Augen und ausgestonedter Blick, stoppelig, da war ein zu starker Gegensatz zwischen der Jacke der Kette dem Schönen und dem Hässlichen, die Metamorphose war noch zu sichtlich, und neben mir die Ratte. Alte Lumpen, klein, spitzfindiges Lächeln, Grüne Pudelmütze, die Jacke schon angefressen, den Kragen hochgeschlagen obschon warm in diesem Laden, schmutzig aussehend, die Zähne, verdammt die Zähne der Ratte vergammelt, ein junger Typ 19, die Hose ausgebeult und Grau, mit diesen dicken Holzfällerschuhen, die Menschen musterten uns. Da war was Neues vor denen. Sie rochen es nicht nur, sie kannten jeden Krümel auf dem ziemlich mit Bier vergossenem Fußboden......

Die Ratte suchte nervös umher. Sie suchte einen neuen Menschen der sie nun weiter mitnehmen würde denn unsere Zeit zusammen war fast zu Ende . . . . .

Ich trank sofort schnell zwei Bier, wurde aber auch dementsprechend schnell davon müde, ach ja noch nichts gegessen. Die Ratte trank kein Bier das ich führ sie bestellt hatte, sie ging pinkeln. Ich nahm das Tagebuch raus und schrieb:

Und nun blase dein Gehirn aus, Molly, und zip code code Lovers, Molly ich habe dich sehr vermisst ja sehr und es machte mich krank bis zum herzen in welchem ich fesstellte das es voller wünsche war voller verlangen voller wollen, und das war zu viel für mich, den auf einer art und weise habe ich schon lange keine frau mehr so vermissed wie dich, ok hukus pokus,ich bin nun in regina,an diesem tisch sitzend, yvon ist gerade pinkeln gegangen, du wirst ihn später kennenlernen, christ bin ich groggy von diesen bieren, habe seit donnerstag nicht geschlafen heute ist samstag, christ verdammt merkwürdige leute hier, die riddelin tabletten die ich in montreal genommen hatte sind jetzt verwirkt, als ich montreal verliess da hatte ich auf der highway ein wahnsinnig starkes schmerzedes gefühl ja fast physilkalische schmerzen weil wir auseinander waren, einsamkeit kam hoch,die ich dann nicht auf die richtige art interpretierte, ich nahm dann yvon die ratte kurz hinter ottawa von der strasse, er ist von tramblanc, er wollte nach vancouver, mit drei dollar und einem trockenen brot in der tasche mensch hat der goldene zähne,vergilbte, fuhren dann durch nordontario nachts, an dich denkend , wie du morgens um 7 zur arbeit gehst,um 12 nachts fuhren wir in das arktische watershed rein, es schneite die ganze nacht, ich fuhr ziemlich schnell,wahnsinniges gefühl, fast eine totale synthese von der umgebung und in die dunkelheit die mit licht penetriert wurde in der dunkelheit. schnee,als ob er mit riesig grossen blowern geblasen wurde dreht und biegt sich als ob ich in einem kessel

fahre auf seine spitze zu aber zur gleichen Zeit habe ich dieses gefühl als
ob ich eins binn, eins mit allem, wahnsinniges sein zu der zeit,ganz ganz
schwer begeistert war ich, ich war sozusagen zum sitz geklebt in ihn
eingeschmolzen,die steuerung,die maschine alles fühlte sich so an als ob
ich das fahren als stillstehen erfuhr ich kam nicht vorwärts, und nur der
schnee bewegte sich. schnee bedeckte die waldstrasse,
renne den norden.
fiel dann in eine kurze Zeit der müdigkeit,verlor die kontrolle, trieb von
einer seite zur anderen, der strasse,nahm dann die letzten beiden ridellin,
ass nüsse und glucose, orangen und mehr weintraubenzucker, andauern
war ich mir bewusst wegen der benzinsachen,
die tankstellen waren spaced out,im norden,nachts,immer nur wegen
benzin angehalten,
andauernd fahren,
sah eine grosse menge für photographische verwirklichungen,
fuhr aber weiter,
der morgen kommt, durch den norden,
hinein in westernontario, rennend, lächelnd, singend, yvon gibt mir
sein trocknes brot, ich gebe ihm eine saure gurke, das schneien hörte
auf,blauer himmel, sanfte rotfarbensonnenaufgang,
nervöse momente weil benzin knapp wurde, kurz befor ich eine tankstelle am frühen samstag morgen fand,
der tag ist fantastisch, mein herz lächelt mir zu, und allen andern,
rase nun wirklich, strassen trocken, 80-90 meilen, hinein in kenora, ne
menge besoffener indianer,hinein in manitoba,rennend,verrücktheit
weiterzukommen trieb macht mich fahrsüchtig,
flachland niedrige profile,
mache photos während ich fahre, teste yvons nerven der wagen treibt
etwas von einer seite zur anderen, später steuert er kurz, mal, als ich
versuche geschwindigkeitsphotos zu machen um die bewegung auf dem
photo zu bekommen,
in saskatchewan speedingticket wegen über 80 milen,etwas nervös?
wegen dem cokain,habe das gefühl das ich mir selbst schlingen lege die
mich fesseln wegen meiner aktionen, gefällt mir nicht,
bulle war nett,
fuhr danach aber trotzdem weiter über 80, wahnsinniger sonnenuntergang brilliante farbenpracht, traf dann regina,
gingen in ein a+w esssaloon,dann in diesen beverage room,beer, bestellte
sechs, eine frau kam rüber,fragte uns ob wir einige sticks oder etwas
hasch kaufen wollen,
nein lady dank dir,
später gehe ich zu ihrem tisch rüber frage sie ob sie uns nicht 3 Stengel
verkaufen kann. Nein das kann sie nicht. Aber der Typ neben ihr will mir seine Tüte voll
geben damit ich mir einige Stengel rollen kann. Nette Bewegung von ihm, nice move. Aber

die Frau meint dann sie will welche für uns rollen.

Okay, ich gehe zurück zu meinem Tisch, trinke die Biere.

Sie kommt zurück, reicht mir die Nummern unterm Tisch, versteht sich. Dann erzählt sie uns dass ihr favorisiertes Dröglein H ist.

Nicht meine meine ich. Sie sieht ausge-h-t, aus, sie will nach Vancouver die Ratte gefällt ihr stelle ich fest. Aber ich habe das Auto.

Dann auf einmal ein plötzlicher schlach Sanftheit. Das war das Bier. Ich entscheide mich Yvon an der Strasse nach Mose Jaw stehen zu lassen und dann zurück zu kommen zu diesem Bierladen, um das Tagebuch zu schreiben, damit ich up to date bleibe...

So Yvon und ich hauen ab. Ich behalte einen Joint für mich.....................

Bin etwas besorgt wegen Yvon. Es schneit wieder. Er hat kein Geld, kein Brot mehr.

Ich Nörgel mit mir herum weil ich nicht richtig mit ihm kommunizieren kann, zu langsam ist er, und mein Gehirn macht eine Weltreise, ne ziemlich ....schnelle.

Die Ratte ist Weise das ist klar. Dann sind wir an der Ecke wo er raus muss. Ruhe. Er fängt auf einmal an zu reden:

Doel, der Kernpunkt liegt darin, das man im Besitz der Dinge sich frei hält von ihrem Einfluss, das man sich durch die Objekte nicht selbst objektivieren lässt.

Ich weiß davon dass man die Welt leben und gewähren lassen soll.

Ich weiß nichts davon dass man die Welt ordnen soll. Sie leben lassen das heißt besorgt sein, das die Welt nicht ihre Natur verdreht, sie gewähren lassen das heißt besorgt sein das die Welt nicht abweicht von dem wahren Leben. Die Heiligen suchten die Welt zu ordnen, indem sie, sie fröhlich machte, aber wenn die Menschen mit Lust ihrer Natur bewusst werden, geht die Ruhe verloren. Die wilden versuchen die Welt zu ordnen indem sie, sie traurig machen, aber wenn die Menschen unter ihrer Natur leiden, geht die Zufriedenheit verloren. Verlust von beidem ist nicht Leben, und dadurch können keine dauernden Zustände geschaffen werden. Wenn die Menschen zuviel Freude haben, so wird, die Kraft des Lichten zu sehr gefördert, wenn die Menschen zu sehr gereizt werden so wird die Kraft des Trüben zu sehr gefördert, eine Steigerung dieser Kräfte führt dazu das die vier Jahreszeiten nicht mehr ihren rechten Lauf haben, Kälte und Hitze finden nicht mehr ihren Ausgleich. Dadurch wird der Körper gestört die Lust und die Wut steigert sich zu viel in ihnen, sie werden unbeständig in ihrem Wesen und unbefriedigt in ihren Gedanken, sie lassen die Arbeiten unvollendet liegen, auf dieser Weise entsteht Missgunst, ehrgeiziges Tun, und Eifersucht, und so kommt es zu den Taten der Bösewichte und Tugendhelden. Darum ist es unzulänglich die Welt haben zu wollen durch Belohnung des Guten, und es ist unmöglich die Welt zu haben durch Bestrafung der Bösen. Die Welt ist so groß das man ihr mit Strafen nicht beikommen kann.

Von Anbeginn an gab es nur Aufregung, immer gab man sich nur damit ab, zu belohnen zu strafen, da hatte man freilich keine Zeit mehr, sich ruhig damit abzufinden, mit den Verhältnissen der Naturordnung.

Lust im Scharfblick führt zum Übermaß der Farbenpracht.

Lust an Feinhörigkeit führt zum Übermaß der Töne.

Lust an der Menschlichkeit führt zur Verwirrung des wahren Lebens.

Lust an der Gerechtigkeit führt *zur* Beeinträchtigung der Vernunft.

Lust an den Umgangsformen fördert trügerischen Schein.

Lust an der Musik fördert die Zügellosigkeit.

Lust an der Heiligkeit fördert allerhand Kunstgriffe.

Lust an der Erkenntnis fördert die Tadelsucht.

Kunst muss in Übereinstimmung sein mit den Einrichtungen.

Die Einrichtungen müssen in Übereinstimmung sein mit dem Recht.

Das Recht muss in Übereinstimmung sein mit dem Leben.

Das Leben muss in Übereinstimmung sein mit dem Sinn.

Der Sinn muss in Übereinstimmung sein mit dem Himmel.

Der Himmel ist das ganze Universum.

Sei wunschlos und du wirst genügend haben.

Sei Stille und alles kommt in feste Geleise.

Dringe durch zum Einen und alle Einrichtungen werden vollendet.

Begehre nicht Besitz und Geister und Götter fügen sich.

Die Grenzen der Verschiedenheit zu überwinden das heißt Weitherzigkeit.

Zahllose Widersprüche besitzen das heißt Reichtum.

Lass das Gold in Bergen liegen.

Halte dich *fern* von Reichtum und Ansehen. Langes Leben sei dir nicht

Grund zur Freude. Frühzeitiger Tod sei dir nicht Grund zur Trauer.

Erfolg sei dir keine Ehre. Misserfolg bedeute dir keine Schande.

Und wärest du auch sehr Reich so betrachte den Reichtum nicht als dir gehörend.

Und wärest du Herrscher der Welt so sehe darin nicht eine persönliche Auszeichnung. Lass deine Auszeichnung sein wie du alle Dinge erschaust. Wie sie alle ihre Heimat haben. Und Leben und Tod gemeinsame Zustände sind.

Aber vor allem Doel versuche zuerst dich selber in Ordnung zu bringen.

Damit stieg er, die Ratte, Yvon, dann wortlos aus dem Auto. Schloss die Tür sagte in dieser Bewegung, bye, und war weg, da in der Dunkelheit.

Da war momentane Traurigkeit in mir, Doel. Ich hatte etwas Wichtiges erlebt und gehört, das war mir klar.

Dann fuhr ich zurück zur Bierhalle.

Ich, Doel, sitze nun mit diesen Typen zusammen die vorher mit der Frau waren, bestelle noch zwei Biere. Mir fällt ein das da Probleme mit dem Auto waren. Ja, da tropfte Flüssigkeit von Kühler. Ein blecherndes Geräusch war zu hören. Aber der Tankwarttyp, merkwürdige Gestalt, versicherte mir dass alles okay wäre. War der interessiert, nee...............

So an diesem Tisch hier ein Mensch der Karl genannt wird und sehr wild und gefährlich aussieht, zeigt mir eine Flasche Gin.

Und der andere neben ihm redet andauern mit Fuck, Fuck this Fuck that. Vielleicht ist das eine Art von zerstörerischem Mantra für ihn dessen er sich aber nicht bewusst ist.

Die fragen dann ob ich nicht mit zu ihrem Haus kommen will, um etwas Heu zu rauchen, Bier zu trinken. Ich habe noch einige Stunden Zeit nachdem ich kalkulierte das ich morgens in Edmonton ankommen will. Kann dann noch gemütlich Fahren, ausruhen.

So wir fahren zusammen los.

Und deren Haus, bohhhhhhh.

Eine Abfallhauserei. Zwei andere sehen fern, trinken Bier und hören Musik. Ein Franzosentyp sehr cool, rollte einige Nummern. In meinem Gemüt ist das Auto. Da sagt mir was dass ich abhauen soll. Es könnte gefährlich hier werden. Ich sage ihnen dass ich wieder gehen will. Gehe und schaue mir den Motor nochmal an. Die wollen dass ich da bleibe. Ich rauch eine Nummer mit ihnen. Raues Zeug. Will dann gehen, aber die Typen wolle nicht das ich gehe. Komm trink ein Bier, schaue Fern, lass uns Reden. Nein Jungs ich muss den Wagen zurecht bringen. Jetzt sind die Tankstellen noch offen. Ahhh comon man, warum trinkst du nicht. Look, es ist nicht das ich nicht trinken kann. Ich spüre die darunter liegende Gefahr von denen, die haben was vor.

Ich nehme einen Schluck Gin und trinke noch ein Bier. Lächle dann, sage dann aber good bye. Habe nicht vor zurückzukommen. Die Bude sah wild aus. Leere Dosen, überall alte Klamotten auf dem Boden. Volle und leere Flaschen überall. Mensch was ist hier los. *Zu* wild für mich, momentaaan.

Der Tankstellenwart versichert mir wieder dass das Auto okay ist. Habe aber viel Kühlflüssigkeit verloren. Bin auch viel zu stoned und angetrunken um klar zu Denken. Das Fahren treibt mich. Füll einfach den Tank voll und raus aus der Stadt Richtung Saskatoon. Außerhalb der Stadt esse ich noch einen Hamburger. Torkel da in den Laden rein und Torkel auch wieder raus.

Die Highway ist mit schwerem Nebel bedeckt.

Ich, Doel, fahre einfach drauf los. Fahre, fahre, fahre, fahre, fahre.

Und dann. Dann fahre ich in mir auch los und zwar in den Schlaf.

Ich bin jetzt eigentlich am schlafen. Wer da wohl gesteuert hatte. Das ist mir schon einmal passiert übermüdet. Mir ist natürlich nicht aufgefallen das ich eingeschlafen bin. Wer und was Steuert da.

Auf einmal die Augen offen und ich Sehe wie ich da auf dem braunen Grass neben der Strasse fahre unten im großen breiten Graben.

Keine Panik keine Unruhe sogar größere Ruhe. Ausgedrugged, mit schalen Drogen mit Schlafbier; steuere ich den Wagen wieder auf die Strasse. Ahhh aber anstatt aufzuhören fahre ich weiter. Ich merke wie ich das vor mir gesehene im Nebel garnicht mehr richtig verarbeite sondern in eine Art Traumwelt bin. Ich vergesse wieder dass ich fahre. Wieder bin ich eingeschlafen ohne es bemerkt zu haben.

Wieder das gleiche wieder auf dem Grass. Wieder zurück zur Strasse. Da ist kein Verkehr. Alleine bin ich da mit allem.

Ungefähr 2 Uhr Morgens.

Ich habe Schwierigkeiten falle konstant in den Traum.

Zack dieses mal wache ich auf.

Sehe gerade noch wie das Auto die Straßenpfeiler mit ihren Katzenaugen, ein, zwei, drei, an der Kreuzung ganz einfach, zack, eins nach dem andern umfährt. Kein Rütteln am Auto. Die Szene ist schon hinter mir, da konstant gefahren wird.

Endlich werde ich nüchterner. Wach auf Doel, wach auf, Doel..Du bringst dich noch um. Wach auf Doel.

Denke, denke, handle, willst du schon ins Jenseits, noch nicht noch zu jung, noch zu viel *zu* tun, noch nicht.

Ich halte an neben der Straße, Schlafen.

Mach den Motor aus, bedecke mich mit dem Parker, und bin da weg, eingeschlafen im Nu.

Zack, ich erwache , , , , , , , , kalt, kalt,noch dunkel.

Ohhhhhh no, ohhhhhnein.

Scheiße der Motor. Ich habe das Licht angelassen. Ich friere, zittre, der *Wagen* macht nicht mit , Schicksal.

Ahhhh abgefuckt bin ich hier. Ich werde zu Tode frieren.

Muss rausgehen um zu kotieren. Kalter Arsch, bin wieder klar....

Da ist Nichts was ich tun kann, und das ist viel........................

Zurück ins Auto, den dicken 10 Jahre alten Schottland Pullover angezogen. Bedecke mich mit allem was ich habe und schlafe wieder...

Wache auf habe dabei die Möglichkeit etwas anderes als Dunkelheit da draußen zu sehen. Einige dünne Formen. Ich friere. Steige aus dem Auto und hoffe auf Autos die vorbeikommen.

Nichts außer ruhigem frierendem Echo mit der donnernden Ruhe.

Dann in der Entfernung ein Motorengeräusch. Ich stelle mich mitten auf die Straße. Es ist ein Lastwagen. Der Lastwagen sieht mich und der Fahrer hält den Wagen an.

 Jedenfalls hat er keine Batteriekabel mit sich, und hat außerdem wenig Benzin. Er fragt mich die merkwürdigste Frage seit langem: Ob ich ihm etwas Benzin geben kann wenn er mich anschiebt.

Wir legen dann zwei felgenlose Reifen zwischen das Auto und den Laster. Warum er mich nicht gezogen hat fällt mir jetzt ein thhh.

Jedenfalls fallen die Reifen wenn er schaltet runter. Der Kram funktioniert nicht. Er versuchts ohne Reifen dazwischen. Funktioniert nicht. Auf 45 Meilen in der Stunde schafft er es den Ford anzuschieben und das Auto startet nicht. Was war da los. Der Lastwagenfahrer fährt dann weiter um Benzin zu finden. Auch er war aus einer anderen Provinz. Wir sagen good bye.

Da fängt eine Welle Enttäuschungen in mir, Doel, an aufzusteigen. Hier, mitten im Halbdunkeln, wo bin ich. Da steigt auch eine Täuschung in mir. Sie will mich davon abhalten das ich denen traue die mir geholfen haben wie eben der Fahrer des Lastwagens. Ich wollte aufeinmal all denen danken die mir jemals geholfen haben fühle aber diese Hilflosigkeit.

Ich bin Sauer auf mich und Lache.

Wieder alleine, der Nebel steigt nach oben, fast rund um mich herum ist er verschwunden, da am Ende ist seichte Blauheit zu sehen, und oben zeigt sich auch Blau, ahhh endlich, ganz schön kalt hier.

Einige Autos halten an aber auch wieder keine Kabel. Dann hält ein Wagen aus Ontario. Er hat Kabel. Ahhhhhh, der Wagen startet.

Ich, Doel, das Egochen, bin Überglücklich, umarme den Mann, bin glücklich. Er lächelt. Ich umarme ihn nochmal. Ich muss desperat gewesen sein. Wir reden ein kleinwenig. Er will Wissen wo ich hinfahre. Dann fährt er wieder los. Ich räume das Auto etwas auf und auf gehts weiter, endlich.

Das Auto schnurrt, schmeichelt.

Etwas später sehe ich wie die Temperatur sich erhöht und die Heizung des Autos nachlässt.

Das Zeichen gefällt mir ganz und gar nicht. Da rattelt wieder etwas im Motor. Der Motor fängt an langsamer zu tuckern.

Ahhh da ist ein Dorfzeichen vor mir. Ich nehme die Richtung sofort. Alles wieder flach und weiß für Meilen um mich herum, auf dieser geraden Strasse vor mir. Und auf dieser Strasse rolle ich in das Dorf.

Dann ists Sense mit dem fahren. Das Auto stoppt.

Ne Menge Zischen kommt von unter der Haube. Ha, Wasser tropft da auch hervor. Ich öffne die Haube und lasse Druck nach. Der Radiator ist krank. Christ, die ganze Fahrerei hat nur fünf Minuten gedauert. Schon wieder soon Mist, schon wieder Downfeelings.

Blauer Himmel. Das Dörfchen schläft noch. Ein abgefucktes Auto. Am Sonntag. Keine Reparaturwerkstat. Christ was für eine Fahrt.

Ich bin im weissen Schnee eingefroren einem brillianten weissen Schnee mit einer brillianteren weissen Sonne mit ihren zickzack weissen ehemals Wärmestrahlen lichten Farben. Stehe da mit dem Rest des riesigen Blauen Himmels. Sehe der einzigen Strasse des Dorfes ins Auge. Und da vor mir aus den Häusern kommt vereinzelt Rauch, geht ganz langsam ein Hund mit gesenktem Blick über diese kalte Strasse. Er bewegte keine Wimper hatte keine desperaten Gehirnwellen gelegt. Jedoch dann hob er den Kopf und schaute herüber zu einem Haus. Und da hinter der Gardine des Fensters sah es so aus als ob da ein Schatten sich bewegt hatte. Ich gehe noch einige Meter nach vorne bis zur kleinen Kreuzung, versuche mich nicht ins Trübe treiben zu lassen und da kommt von unten des Dorfes ein Lastwagen diese Strasse heraufgefahren. Ich beobachte sein langsames entgegenkommen.

Ein anderer Hund überquerte nicht die Strasse, kurz vor dem Laster, ein Gelber Lastwagen, ein bekannter Lastwagen, ein bekanntes Gesicht, derselbe der mich vorhin versuchte mit den Reifen in Fahrt zu bringen. Überraschung. Überraschung.

Er hielt neben mir an, rollte das Fenster runter, und dann, und dann ja was tat er dann, Doel, und wann was dann.

Ja dann übergab sich der Typ doch tatsächlich er threw up all over me this swine.

No Doel das tat er nicht.

Okay das tat er nicht, aber er schaute mich mit seinen erstaunten Augen an, und in dem Augenblick sah's so aus als ob er das Bewusstsein verlieren würde. Denn das war ihm wohl noch nie geschehen.

Woher weißt du das Doel.

Ich weiß es nicht aber merkte sofort das der Schreiber ein an der Birne hatte als er diesen Lastwagenfahrer dort sah.

Der Lastwagenfahrer schaute also aus dem Fenster, runzelte seine verrunzelte Stirne, vor der Birne, ohne €rleuchtung, spuckte in den Schnee hinein, der sofort dort schmolz, dabei dachte Doel sich, Mensch der Alte hat heißen Speichel. Dampf stieg hervor formte sich zur Miniaturwolke stieg 25 Zentimeter hoch, und dann fiel wieder Schnee auf die Stelle, und wie geschrieben, da war die ausgeschmolzene Stelle wieder sehr fein mit Schnee bedeckt.

Doel und der Fahrer lachten. Der Alte war ein Zauberer, ohne weiteres, aber trotzdem hatte er kaum noch Benzin.

Ohhhh großer Gott riefen die beiden seufzend aus. Gro€$er Gott warum schläafst du solange hier in diesem Dorf in der Ecke von Irgendwo in Nirgendwo. Meilen herum nur Flachland Blauer Himmel brilliante Farbenpracht aber der **Tankstellenbesitzer** der schnarcht noch. Gro$$er Gott wir beide müssen weiter wir müssen deine Ziele erreichen und unsere auch zuerst, natürlich. Was soll diese Fummelei. Oder sollen wir anfangen unsere eigene Benzinquelle zu bohren. Du weißt ja hier oben wird andauern Öl gefunden. Der Fahrer war inzwischen aus dem Wagen gestiegen. Einige Krähen hatten sich auf das Holzhausdach gesetzt. Die eine fing an ihr Tamborin unter dem Gefieder hervorzuholen, die andere ihre Minnigitarre. Der alte Kohlrabe legte den Bass raus und da standen sie auf dem Dach wartend. Wir schauten die Szene tiefenernstes an und wussten jetzt mussten wir fragen, also fragten wir:

Großer unendlicher weiser Bösewichtergott, wir hoffen das du für das was wir jetzt von dir verlangen, du nichts böses von uns zurückverlangst, zbs, unser Leben, sondern wir sind Menschen mit einem wesentlichen autonomen Gewissen und tun eigentlich das Rechte nicht aus Pflicht sondern weil es uns gefallen tut. Auch *wenn* der Lastwagenfahrer mich eben bekotzt hatte rief Doel schnell dazwischen. Aber das macht ihm eben Spaß.

Wir wissen das es garnicht so einfach ist in dieser Schneeöde jemand zu finden der uns Benzin gibt, die schlafen hier lange. Aber wir fühlen uns verantwortlich jetzt mit dir zu reden. Und da verantwortlich von Antworten kommt, und du die Wörter geschaffen hast damit wir mit dir kommunizieren können, so hoffen wir das auch du zu deinem Wort stehst, und uns antwortest , gro$$er Go€€....

Die Krähen blinzelten verschmitzt zu uns herüber. Als ob die uns anlächelten, aber ihre Instrumente spielten sie nicht.

Der Schnee wurde noch weißer, die Sonne noch brillianter, der Himmel noch Dunkelblauer, die Farben noch intensiver.......................

Unsere Füße wurden kälter...

Aber keine Antwort...

Mhhhhm, vielleicht haben wir ihn nicht richtig angesprochen berichtigten wir uns, mit besorgten aber innerlich freien Gemütern.

Wir haben es nun mal unternommen mit dem Absoluten zu sprechen also sprechen wir weiter meinte der Fahrer dem anscheinend eine solche Situation auch zu Bunt wurde und er da er ja ein Gewinner war sich solch eine Blöße nun nicht gerade von dem Gott geben lassen wollte...

Lieber eine Blöße von Gott als Nichts dachte sich Doel. Inzwischen hatte das Namenlose sich ihre Schlafmütze vom Namenlosen gezogen worden lasse, ja ganz genauso, angezogen worden lassen, lassen... ....

Wir werden ihn mit höflichen Worten aber mit Kühnheit dazu aus seinem Schlaf raffen denn schließlich ist es nur gerecht das er gerecht ist und uns Benzin besorgt auch wenn er die andern Schläfer dafür aufwacht, jaja, ...Unser Herr, zürne nicht, finde den mittleren Weg mit uns. Aber wirst du uns hier anfrieren lassen, ist das der Sinn warum du uns geschaffen hast unser Herr..........Was ist los mit dir unser Herr. Soll das Herr sein , wenn du uns gegenüber weiter schläfst... .

Wir sind schließlich freie Männer die das Recht haben Forderungen an dich zu stellen, und du Gott absoluter, hast nicht das Recht unsere Forderungen zu verweigern ,denn wenn das so ist werden wir uns wieder mit der Belebung der Götzen befassen müssen, nur weil du nicht aufwachen wolltest. Und wir sagen dir das so etwas schlimme Folgen haben wird, denn schaue dir die Industrien an, und soweit er, du hilfst uns nicht genügend, es ist an der Zeit das du das tuest. Oder sollen wir dich den Verneiner der Menschen nennen...

Das Absolute wischte sich den Traum aus den Augen in welchem die Sprache seiner oberflächlichsten Gedanken waren und aus denen erkannt wurde das er sich beschwerte der Wehrte. Nämlich da war doch tatsächlich zu ersehen das er meinte: Oooooh es ist sehr EinSam auf der Spitze des Daseins zu sein........Grinnnnns Grinns...

Doch der alte Brummbär Gott hatte wohl Hörschwierigkeiten oder so, jedenfalls standen die beiden immer noch da im Schnee und die Farben wurden immer brillianter und kräftiger bis sie ihren Höhepunkt erreicht hatten indem sämtliche Farben ins andere extreme gerieten, und ihre Brillianz ins unsichtbare sich verwandelte und gerade in den Moment als alles um sie herum sichtbar unsichtbar wurde da fingen die Raben und Krähen an ihre Instrumente in Schwung zu bringen. Und wie die fiedelten und zupften rockten und ratzten. Ab und zu schnalzten sie mit ihren kleinen Zungen als ob sie irgendwelche unsichtbaren Gäule antrieben. Und dann öffnete sich die Erde unter ihnen. Beide wurden zur Seite getragen ganz sachte. Die Melodie von Randy Newman erschien mit vermixung von Chopin und einer Prise Jeff Beck und da stieg doch ein riesiges Piano vor den beiden aus diesem Erdeloch das brilliant glitzerte in seiner Unsichtbarkeit und beide waren zutiefst erstaunt denn das war ähnlich einem Rockkonzert mit Trockeneisbomben, jaaaaaaah man............

....

Die Krähen lifteten ihre Federn und darunter zeigten sich die Noten Dylans, Noten zwinkerten auch dazu, one more *Wee*kend wurde kurz angestimmt. Beide Männer waren voll am Staunen ....

Das konnte nur der Vollkommene sein..

Der voll kommt.

Voll da ist.

Tatsächlich das Piano wurde bewegt und echt da fingen die Krähen an zu zwitschern und auf einmal ging Doel ein Licht auf, denn er erkannte seine Verwandschaft mit einer Dole wieder. Den Doel war ein altes Wort für Dole. Also dieser Doel ist schon ein Vogel. Wa..............................

Doch das Staunen ging noch einen Schritt weiter. Denn nun fing eine gewaltige doch sehr ersehnte Stimme an zu singen. Und obwohl der Unsichtbare nicht gesehen werden konnte sahen die beide doch tatsächlich wie eine Krähe herübergeflogen kam und einen dicken Gewürzstengel der da in der Luft hing anzündete und wie tatsächlich gepafft wurde und obwohl es doch tatsächlich alles unsichtbar sein sollte... .

Und der Herr sang: Ihr beiden süßen aber dennoch ziemlich angekorksten Menschenleinschen, ich habe eure Biiiiitehhhhhh schon im Schlaf gehört. Ihr fragt mich Fragen ihr stellt *eure* Forderungen wobei ich eigentlich vorhatte mit meiner Kumpanin der Göttin erstmal richtig zu vögeln. So will ich euch doch erstmal einen Witz erzählen damit ihr wieder warm werdet: Der alte Urgott Zurückzurnatur, hatte nocheinmal geheiratet, seine Frau hieß Untraditionsbewusstchen,.. scharf und jung wie sie war erfreute sie alle andern Götter und Modefritzchens welche die Menschen an der Nase herumführten in der ganzen Welt. Da sprachen eines kosmischen Tages seine besten Freunde Vergesslich und Witzede die Urahnen des menschlichen Gemüts zu ihm: Sag weißt du nicht das ganz Kosmohausen mit deiner Untraditionsbewusstchen vögeln..

Der alte Urgott Zurückzurnatur, lächelte, kratzte sich die Goldenen Sackhaare und sprach: Ach, wie groß ist schon Kosmohausen...

Doel und Lastwagenfahrer schauten zuerst etwas blöde drein. Was soll der Witz, wir frieren, und verstanden nicht was der Pianospieler nun wirklich damit Sagen wollte...

Die Krähen jubelten schon denn es sah so aus als ob die Menschen jetzt gänzlich am verblöden wären. Denn sie kannten sich ja nichtmal mit dem Telefon aus geschweige denn wussten sie wo sie waren oder wie denn nun Benzin herbeigeschafft werden sollte..

Sogar der alte Hund lief wieder über die Strasse und grinste.

Ha ihr Menschen da steht ihr blöde und seit mit eurer Weisheit am Ende jubelte sogar der Schnee und die Brillianz der Farben..

Die beiden waren garnicht so froh darüber schauten aber zum Pianospieler und forderten ihn auf nun endlich klar Schiff zu machen oder sie würden das Piano Zerwemsen und den Gewürzstengel selber rauchen. Und sogar das ganze Dorf in Flammen stecken. Und zubinden. Was soll dieser Mist. Wir brauchen Benzin und keine Witze. Davon fährt das Auto nicht.

Der Go$$ war erstaunt und wurde etwas Senil, übergab sich, erkannte aber die allgemeine Blödheit der menschlichen Seite an, und lächelte erstmal kräftig, so das ein Schneesturm sich in Berlin bildete und 20 Grad unter Null die Menschen dort pisakte.

Nun ihr beiden, wenn ihr nicht den Witz verstanden habt dann sind eure Gemüter durch die abgewichste Gesellschaft und deren Produkte der Luftverseuchung und der Hetze nach Genüssen und so weiter, ziemlich ausgetrocknet. Deshalb will ich euch nun sagen das, so wie ihr hier am einfrieren seit, ihr dennoch die Gelassenheit, die in dem Witz durch den alten Urgott gezeigt wurde nicht verlieren sollt. Denn ansonsten fangt ihr wirklich an und verbrennt noch die Häuser in dem Dorf. Ruhig Blut und dennoch Wut das ist eure Masche Jungs. Also verzagt nicht in 15 Minuten wird da unten am Ende der Dorfstrasse die Tankstelle aufmachen und ihr werdet vorfinden was ihr nötig braucht. Und bis dahin werde ich euch Schlümpfe noch etwas gerocktes singen, alright...

Jeaaaah man Alter tue das riefen die beiden fröhlich aus und die gesamte Welt lachte mit...

Klimper klimper die tasten jubelten. Der Gott rief noch:Is it rolling Doel.

Und dann legte er los:

Doch schnell rief David Bowie noch Groundcontroll to Mayor Tom. Und dann legte der alte endlich wirklich los:

Die Welt, sang er, die Welt sie ist wie der Rum aus der Stadt Berlin, groß grün und grausam zum roh essen. Das wiederholten die Raben auf dem Dach. Er sang weiter, während die beiden nun die Strasse runtertanzten, Berlin ist so scheeeeen, so scheeeeen, doch wer leben will muss von der Stadt gefressen seeeen.

Die Kommunisten sind dort am Misten, die **Bürokraten** den Arsch am Braten. Parteien verhunzen das zusammen sein. Universitas die Graue stinkt dort fast so wie die schlaue alte abgewrackte Pimpelkur. So ihr beiden süßen lauft nicht so schnell und bleibt doch hier.....................

Doch die beiden Purzelbaumten kullernd und kichernd die verschneite Strasse runter. Längst hatten sie vergessen, was da eigentlich passiert war, denn beide lebten meistens vom Schwanz zur MÖSE. Und wenn so gelebt wird, wird das Gemüt vergesslich. Lasst euch das gesagt sein. Natürlich gibt es noch viele andere Arten vergesslich zu werden. Aber das ist wohl die angenehmste... ....

Für die Frau liegt die Sache einfach anders. Ja, das kommt davon wenn eine kinderlose Ehe aus Spaßvögeln besteht..............................

Dann war für Zweimillisekunden Schneenebel hoch Sex und der Gott war wieder bei seiner Göttin wo er ursprünglich auch hinwollte. Denn er wollte ihren Arsch küssen und seinen geküsst haben. Das ist nun mal so unter Göttern. Und nicht jeder hat die göttliche Erfahrung, sondern nur die, welche ursprünglich Göttlich sind. Die andern sind ursprünglich Diabolisch..............................

Also hat sich die Szene wieder normalisiert da in der flachen Eis und Schnee Wüste in der Nähe von Saskatoon. Tatsächlich fanden die beiden was sie brauchten. Und während jeder sein Loch gefüllt bekam, sang da aus der Ferne in der Garage aus dem kleinen Lautsprecher JJ - Cale: They call me the breeze. Und das war gerade richtig auch wenn der Sound etwas krumm war. So zu sagen, auf Berlinisch, schräg man..............................

Da brechen einem die Höhrbazillen ab man, wa..............................

Und das letzte hatte einer auf der androgynen Toilette gehört..............................

Er hob seinen Korpus, schaute blind herum und rief hey Mister da sind noch Reste zu haben. Wollen sie nicht mein Ding Dong sehen.. Der Mista schaute erstaunt in die Ferne und winkte seinen Freund rüber, gelassen aber mit Gusto weil er eigentlich gestern etwas überrumpelt wurde denn da klingelte es doch an der Klingel. Er öffnet, seine Jeliebte steht im Türrahmen. Jauchzend sagt sie ihm: Ich habe heute einen Schwangerschaftstest machen lassen, willst du uns nicht reinlassen. So der Jeliebte wollte eigentlich anfangen Strampelhosen zu stricken, deshalb Gusto. Aber sein Freund war nun da und beide schauten sie auf den Menschen in der androgynen Toilette der ihnen nun sein Ding Dong zeigte: boooooooh. Mensch seh dir das Ding an man, was für ein riesen Dong Ding man, hoho, den hätten die Rolling Stones niemals auf ihr Albumcover Sticky Fingers gekriegt....
....

Und so waren die beiden endlich wieder da wo sie hinwollten, nämlich weg *von* den Geistern und den weisen Raben, und hin zu den Menschen, aber auch gleichzeitig weg von den Menschen, insbesondere weg von der menschlichen Autorität, die ja bei weitem nichts mit der Absolutheit des Gottes zu tun hat, der den beiden nun die Augen geöffnet hatte, indem sie feststellten, das die Autorität der *Menschen* mit ihren wackeligen Sonntagsgeschlossenheiten von Benzinzapfsäulen, ganz leicht durch einen Zwinker des Ewigen geöffnet werden kann. Und das war die Erkenntnis der beiden. Das die Fähigkeit Gottes die Unabhängigkeit des Menschen vom menschlicher Autorität zeigte..............................

Unten an der Ecke war dann tatsächlich eine kleine Tankstelle offen. Der Lastwagenfahrer ließ sich die Liter Diesel einfüllen wobei der Lastwagen ziemlich blöde dreinschaute........
....

Doel wurde der Verbindungsschlauch des Radiators verbunden. So das er nicht mehr leckte, sondern auch nicht mehr tropfte. Auch wurde das Kühlwasser nachgefüllt. Und alle waren so froh wie nie. Und daraus konnte erkannt werden dass auch Glück im Äußeren liegt und das dies ganze „Sichversenken" auch eine Einbahnstrasse ist. Denn das Äußere ist ja schließlich dazu da das wir uns unter andern auch noch darüber freuen können. Zbs. durch extremes genießen..............................

Die Sonne stand schon höher auf ihrer Astroleiter als sich die Menschen dort in diesem Dorf trennten und jeder weiterhin seine Wege ging und fuhr..............................

Und weiter ging die Fahrt mit dem Auto zusammen. Und Doel auf der weit und breit leeren Strasse links rechts Schneeflachland, Zäune, hinter denen Rinder im Schnee standen. Dann überholte ein riesiger Lastwagen den Roten Renner Doels. Und Doel nahm die Kamera heraus und machte klick. Im Weitwinkel 18 mm war das ein ziemlich feines Foto.
....

Da, ganz hinten links, da waren zwei schöne Getreidesilos zu sehen. Einer in Rot einer in Grün gestrichen. Das wäre ein prima Photo ein Preisphoto womöglich. Also hielt Doel die Dole das Auto. Bajonettierte das 300 mm Objekt auf und kniete sich nicht in den Schnee sondern knipste das Photo aus dem Stand heraus. Das wurde ein prima Photo, mit milden Farben, aber auf dem Nikon Photowettbewerb wurde es nicht angenommen. Zu viele Bewerber. Aber das Photo spitze.. Schnell noch in den Schnee gepisst und weiter...........
....

Und all das waren neue Erfahrungen für Doel. Und all das belebte Doel extra stark. Und all das trotz der angestonten Hirnzellen in Doel.
Kurz vor Saskatoon wurde Doel etwas Geil. Er dachte an Molly, bekam sofort einen Ständer der unter der Hose ziemlich eng wirkte so das er den Reisverschluss der Hose öffnete, und einen prallen Schwanz da vor sich stehen sah der ziemlich schön leuchtete. Und Doel ein Glitzertröpfchen zeigte, welches Doel dann dazu verleitete, weil das so schön glitzerte, das er den Pimmel sachte anfing zu streicheln, etwas Spucke an die Finger tat und den geröteten jetzt endlich mit der rechten Hand massierfickte. Als der Samen kam fuhr Doel 80 Meilen. Sozusagen ein 80 Meilen Ejakulaaaaat in der Stunde hatte aus der Vorstellung heraus mit Molly gebumst und sich so der sexuellen Stimulierungsnotstände entzückt.......

Mit dieser Entzückung fuhr Doel in die Stadt Saskatoon hinein.................
Er nahm den ersten Laden in dem er frühstücken konnte. Einer von den Läden die Reihenmäßig gebaut werden so wie die Hamburgerketten Mc Donalds oder Burger King. Bestellte sich ne Ladung Pan Cakes Bacon und Eier Kaffee den er sonst nicht trinkt ein Stück Kuchen setzte sich ans Fenster und aß. Dabei schaute er sich um. Meistens trübliche Gestalten. Hätte er sich aber selber gesehen wusste er dass er auch eine trübe Gestalt war, mit dicken Augenrändern ziemlich müde aussehend. Ja die Augen fingen schon an etwas Rot zu werden. So sehen ihn die andern Menschen auch, und alle dachten sie wohl Mensch was ist der andere bloß für eine trübe Gestalt......
Die waren alle am Leiden gewesen. Körperlich und geistig, das konnte sogar mit angehört werden. Einer beschwerte sich das sein Vorgesetzter eigentlich ziemlich stupide Entscheidungen fällt, das er Menschen bevorzugte die eigentlich Unfähig waren aber dennoch gute Kommandierer und Anmacher waren..................
Eine Frau beschwerte sich das ihre Mitarbeiterin immer alles besser wissen wollte, das sie zu Klug war.............................
Bloß die Kinder sie schienen fröhlich außer wenn die Eltern ihnen mit bösen Blicken Worten und Tadelungen kamen. Dann schauten sie etwas unfrei drein. Aber sie waren noch unberechnet noch spontaan und vor allem noch nicht versoffen oder vergiert oder wussten noch nichts von der ziemlich vergammelten Situation die sich die Menschen geschaffen hatten, in vielen Ecken der Erde. Und heutzutage schienen auch für sie mehr
Programmierkünstler in den so genannten leitenden Positionen zu sein, als Entpr

ogrammierkünstler.........................und das ist schade.

Jaja es ist garnicht so einfach die rechten Menschen für die rechten Plätze zu finden. Aber auch die Unfähigen und die Schlechten und Guten, sie alle sind in diesem manchmaligen meistens anhaltenden Machtkämpfen der Etabliertheiten drinnen. Wo über ihnen ganz ohne ihr Zutun einmal Raketen fliegen werden. Wo spionäre Dinger da ihre Geheimphotos machen. Wo Präsidenten und dergleichen mit ihren Diplomaten den Verschiebern der Lüge ihre Entscheidungen treffen damit auch alles so klappt das ein jeder und jedes außer der Gegner seine Vormachtsstellung behält........................

Aber da liegt es ja in einer solchen Jahrtausende langen Entwicklung dieses Regieren dieses ganze Staatswesensein und die irgendwie reibungslosen Lebensformen der gesamten Menschen, das die Wurzeln dieser ziemlich oft wirren Taten, sehr tief liegen, und das Verhältnisse eigentlich immer in Wirklichkeit ganz anders aussehen, als sie für jemanden wie Doel auf die ersten 28 Jahre so aussehen. Das auch die Führenden nicht nur als das Übelste dastehen. Aber es ist ja so das die meisten Menschen da oben und auch hier unten, eigentlich zu viel Herrschen wollen, beherrschen und sooon Mist.....................

.........Sie haben die Raketen zum Herrschen oder die Fäuste zum beherrschen...........Sie haben die Trillionen zum Herrschen und die Massen die sie wählten zum beherrschen. Sie weisen auf Hierarchien hin, auf Stände auf ihr Bankkonto und ihr Stereo, auf die nächste staatliche Aktion, indem anstatt abgerüstet aufgerüstet wird, und die Massen lieben es.! ?

Aber was geben sie den Menschen, Machtkämpfe, Intrigen, Verlogenheiten, Korruptionen, Massenhysterien, Tricksereien, den andern austricksen, auch wenn auf die feine Art, sie weisen auf ihre Gesetze hin, die bedingt beachtet werden müssen, sonst bist du ein Gesetzesbrecher, sie protzen mit ihren Armeen, sie protzen mit ihren Stadtzentren, welche aber echt die Pestbeulen der Menschheit sind, sie zeigen wie durch Strassen mehr Autos gefördert werden somit mehr Luftverpestungen somit mehr Energie teurer wird, sie zeigen wie du ja doch zur Nation zur Gruppe zum Verein gehörst aber wehe du hast andere Ansichten und versuchst sie durchzusetzen, ja sie zeigen andauern das, so was, besser sein, aber auch sehr stark, in der Unwissenheit, die sie weiterhin als Wissenheit oder Bewusstheit vermarkten....

Ist das Lebensfördernd.............................!.............?

Sie nützen die Pflicht um sich zu bereichern. Sie beuten die Liebe aus um sich zu bereichern.

Sie selbst aber brüten die Zwecke....................

Aber wozu braucht man eigentlich Liebe oder Pflicht wenn doch sowieso Alles ohne deine Zugabe getaaaaan wurde und wird. Das sind doch nur Bindemittel die mal in irgendwelchen Gemütern hervorragende Plätze einnahmen................

Oder nicht...............

Und draußen in der Stadt liefen dann eine Menge verwirrter Menschen umher, die entweder daran gebunden waren oder damit festgehalten wurden, jedenfalls waren sie meistens Gefangene............................

Jaja das ist schön und gut hörte Doel dann die Stimme in sich, so von Pflichtlosigkeit und dergleichen zu reden, aber du vergisst Doel, dass das der Standpunkt des Einzelnen ist, aber sobald du in Verbindung mit Menschen kommst und Taten sollen getaaaan werden und so weiter, zack, dann ist Chaos nicht das richtige.................

Ehhhhm ja, du hast Recht, stimmte Doel zu...........................

Du Freundchen Doel, du siehst heute nicht nur Unverschämt aus, sondern deine Augen Glotzen auch, deine Nase ist frech, aber dein Mund ist sehr Vorlaut, und noch schlimmer dein Wesen wird zu Selbstbewusst du schnüffelst zu viel herum, hast sofort ein Urteil an der Hand, das alles sind Zeichen von Unaufrichtigkeit, da ist Grobheit in dir. Seh dich vor Doel, sonst schützt dich das aus dem du ursprünglich kamst nicht mehr, und auf deinem Gesicht wachsen Pestbeulen....

Das Frühstück war gegessen...

Weiter ging die Reise...

Die Stimme kam wieder und besäuselte Doels Inneres................................

Du schreibst hier ein Buch Doel als du fährst. Du erinnerst dich später an diese Reise und schreibst alles nieder. Aber ein Buch enthält nur Worte. Es gibt aber etwas wodurch die Bücher wertvoll werden. Das sind die Gedanken. Und es gibt etwas wonach sich die Gedanken richten. Das aber nicht durch Worte überliefert werden kann. So sehen die meisten Menschen beim anschauen der Bücher nur Farben und Formen, und beim hören nur Name und Schall. Und was soll daraus erkannt werden. Somit ist es besser für dich mehr zu schweigen. Denn was da später gelesen wird, das ist nur Abfall und Hefe der Vergangenheit........................

Na und rief Doel aus. Was soll's. Die Sprache die Töne die Bäume, alles ist doch sowieso Vergangenheit das in der Gegenwart lebt. Denn in Wirklichkeit ist es ja Gegenwart weil ja schon immer Gegenwart war. Aber du innere Stimme, du bist ziemlich verblendet von deiner Allwissenheit. Du hast wohl vergessen das auch du nicht der Weisheit letzter Schluss bist.............................

Ach Mensch, hätte ich doch bloß ein Radio in diesem Auto, damit ich etwas von diesen überpersönlichen Wesenskräften die durch die Musik frei werden in mir aufnehmen kann und damit die Seele wieder freier wird durch das zeitweilige ablösen vom Ichbewusstsein. Andauern diese Worte. Ahhhh, weg davon. Diese Gedanken, weg davon, zurück, vorwärts, anwesend, in die Bereiche der Musik. Mensch, verschwinde du Stimme..........................

sonst vermasselst du mir noch mein Plädoyeeeeah..............................

 Es ist an der Zeit die Hemmungen zu entfernen. Damit das Innere wieder mehr leuchtet...

Da draußen leuchtet es Tag und Nacht. Da wird man schon ganz verblendet von diesem andauernden leuchten..

Da wird auf Reklame geleuchtet wie bestens doch das Produkt ist. Da wird von einer anderen Reklame geleuchtet wie am besten doch deren Produkt ist. Wie es unübertrefflich ist, wie es genußbringend ist. Es ist sogar der Liebesbringer. Oder freundliches genießen. Ja sogar lohnt es sich eine Meile und bis in den tiefsten Jungel zu latschen um sie dann zu genießen. Da wird Licht gemacht dass aber nur auf dem Papier so aussieht durch Wörter manipuliert mit strahlendem Lächeln und überzeugenden Minen. Da ist das Produkt exklusiv. Da ist das neueste. Hauptsache das neuste Konzept. Mit diesem Spruch bist du von Anfang an mitten in der Schönheit drin man. Ja du genießt schon jetzt beim Lesen. Wir planen alles für sie, und behandeln euch mit elektrischem Lächeln ihr Arschlöcher. Wir wollen doch euer Geld und dafür belügen wir euch gerne mit dem Schein. Außerdem ihr Tölpel Menschen, was jammert ihr nun so, ihr habt doch selbst an der Entwicklung der Lüge teilgenommen. Sie gehört doch auch zu eurem Repertoire. Das ist doch wie in der Werbung der persönliche Stiel. Und die Freude am persönlichen Stiel. Aber bald werdet auch ihr die ihr noch einen persönlichen Stiel habt der als Pimmel bezeichnet werden kann schon keinen mehr haben. Denn die Schaffenswissenden sie kooperieren mit den Geldbeulenleuten gut. Und sie bauen zusammen die Wunderpille für euren persönlichen Nutzen. Damit euch der letzte Rest von eurem persönlichen Stiel genommen wird. Und ihr einen Plastik Stiel bekommt. Der persönliche wird abgeschnitten. Wegen der Hygiene wisst ihr. Denn Hygiene muss sein. Wir sind doch keine Schweine hier in dieser Leuchtgesellschaft. Bei uns gehts doch Buntlächelnd zu. Da wird gelacht wenn der andere abgewürgt wird. Damit das Nachdenken zum menschlichen Vordenken bloß nicht in Erscheinung tritt, und denjenigen so stark in die Seele tritt das er sich nicht mehr davon erholen würde. Auch nicht mit der bestkonzentrierten Wunderpille. Und wir brauchen doch Routinees. Wir brauchen doch Versuchskaninchen für unsere abgewichsten Mentalitäten. Wir brauchen doch Gesetzeshüter die, die Korruption hüten. Wir brauchen doch Ehrgeiz. Wir brauchen doch diese persönliche reibende gegenseitig ausstechende Dynamik. Ja schnell, mit dem Wort Dynamik verkleiden, damit es nach etwas aussieht, und wenigstens die wenigsten etwas bemerken. Also ihr Affen haltet eure Mäuler und saugt weiter an euren Dauerlutschern an euren 50 Jahren der tagtäglichen Routine. Saugt weiter an dem Licht das euch verblendet. Aber bloß nichts weiter sagen weil doch sonst die Kommunisten und die Sozialisten und die Demokraten und die Politikas und die Reformisten und die Polizisten und die Manipulatisten, eben nicht mehr glücklich sind. Und wenn sie nicht glücklich sind dann lassen sie's noch mehr in ihre eigene Tasche fließen, und ihr, ihr seit ja so wies schon in der Bibel steht, die Leidenden. Denn das Leiden gehört zum Alltagsaffen wie die Erdnuss zum Neger oder besser noch wie das Wissen derer die euch rücksichtslos treiben, wissend das ihr immer Mitleiden werdet aber kaum was unternehmen werdet, ist es nicht so.....

Und aus dieser inneren Stimmung heraus konnte nun endlich erkannt werden das Doel auf innerem Kriegspfad war. Ja er wars. Die friedlichen und kriegerischen Klänge seiner Gedanken die ihm nicht gehörten zeigte wieder den Wechsel von Frühlingstreibereien der wenn auch noch Schnee da lag sich schon wieder in ihm regte, auch im Januar. Und das war eine Freude die nichts mit den üblichen Freuden zu tun hat sondern die von Natur aus in ihm vorhanden war. Die Freude des Lebens. Die Freude des Erkennens und des Wissens das sogar ohne nachdenken hervorsprießt. Bei jedem Menschen der sich sozusagen nonkonformistisch erkannt hat und dem Schmeichel oder der Drohung nicht zum Opfer gefallen ist, das ist die Natur in mir. Zerstörung und Auferstehung, sie ist latent in mir vorhanden. Sie erscheint immer dann wenn Extreme versuchen mein inneres Gleichgewicht zu zerstören. Da erscheinen Gefühle die keine Gefühle im üblichen Sinne sind so wie Umarmungen oder Lächeln. Da erscheinen Elektritzitäten die sich über die Zeit hinaus in konzentrierter Form, wie kleine Giftkugeln im Innern formen und die dann ihre Ziele schon prädestiniert nach erfahrenen Gesetzen angreifen. Oft dauert es Jahre bis die Veränderung aus der Erlahmtheit geschieht. Bei manchen gehts heutzutage sehr schnell. Das ist aber oft ein Unkrautartiges Gewächs. Aber auch gut denn Unkraut ist bloß ein Begriff der gegen die menschlichen **Zweckmentalitäten** geht. Und für ihn als unnützlich erscheint. Aber zu wissen dass das unnützliche sehr wichtig ist, das ist echteres Wissen, und macht das Unnütze somit auch nützlich. In Wirklichkeit gibst sowieso nichts Unnützes. Das ist bloß Geplapper der Menschen, die die Welt nicht erschaffen haben und sich nun selber einen Planeten einen künstlichen bauen wollen, weil sie dem Wahn der Ichsucht verfallen sind, und etwaige höhere Mächte nicht anerkennen wollen. Die Dummerchens die Blöden. Insbesondere diejenigen welche soviel planen welche Verantwortungen wegen der Macht die sie anstreben auf sich nehmen, das sind die schlimmsten................................

.

Nur leider ist das Verhalten schon in alle Menschenschichten gesickert und auch unter den Ärmsten und Gebildedsten besteht ein konstantes Misstrauen oder ein Ausstechen wollen, ein Betrügen ein Bemächtigen wollen. Soooon Mist wisst ihr, jaja...

Aber Doel ist nur ein Blöder Tölpel ein Wanderer auf dieser Erde einer der im Zusammenleben mit den Menschen immer mehr merkte das er unter einer „Wilden Horde" von lächelnden Ganoven war. Aber auch unter liebenswürdigen Gestalten. Jedoch überwiegte das Sein der Verwirrung in ihm, und die angesammelte Traulichkeit hatte Tendenzen sich genau in das Gegenteil zu steigern in **Menschenhass,** in Zerstörung in,,,,,,,,, ,und wenn denn in die Zerstörung gegen das zerstörende, wenn sich so was natürlich entwickelt, nicht wahr......................

Aber das Schlechte hat die Tendenz sich letztendlich selbst zu zerstören, I - Ging, das stimmt schon, bloß leider müssen dafür so viele andere drunter abgewürgt werden. Jedoch gut das wir Menschen uns erkannt haben und können dem entgegentreten, wir brauchen also nicht zu warten und zu beobachten wie sich das Geschwür entwickelt, sonder wir rotten es in seiner Wurzel aus...........................

Oder ist es auch angebracht das Üble zu füttern, damit es groß und mächtig wird und sich selbst zerstört, ja mit dem Bewusstsein leben das schlechte herauszufordern es täuschen als ob man mitmacht und in Ruhe beobachten wie es sich selbst auffrisst , hahahaha.......

....

Aber Schmarotzer sterben dann ab wenn an dem schmarotzten nichts mehr zu schmarotzen ist....

Oder habt ihr noch nicht erkannt das nur die Lehre die auf keine bestimmten Verhältnisse zugeschnitten ist, den Dingen zu entsprechen vermag, ohne Misserfolg zu haben...

Also politische Gruppen sind dem Untergang geweiht, wie auch Königshäuser es waren,wo aber noch ein merklicher Unterschied zu erwähnen ist, das Könige oft wirkliche echte Herrscher waren,alleine, wogegen heutzutage der Politiker eine echte Marionette ist,also eine ganz schlimme unechte Gestalt ist,die hü hott Ratschlägen folgt. Denn hinter ihm ist die Knete die Wissenschaftler die sich mit dem Schlechten verbunden haben da sind die schlimmsten Ganoven die größten Krieger und Mörderbanden die man sich überhaupt vorstellen kann. Man denke alleine nur das die Armeen dazu da sind benutzt zu werden,und das Amerika eine erste Weltherrschaft unter Ronald Regan anstrebt. Amerika wird echt der wütendste Staat auf der Erde werden. Denn die Menschenmassen die dort in den Städten leben sie ernähren sich in der Überzahl von der Wut und der Zerstörung. Sie werden Dominanz sofort unterstützen. Insbesondere solche Dominanz. Ich will damit nicht sagen das Dominanz was schlechtes ist,.......

Ich lass mich gerne belehren und höre gerne zu, und so weiter...

Aber auch die arabischen Staaten sie werden auch Blut wollen wenn ihnen der Entwicklungshahn des Wissens abgedreht wird..................

Und die Sowjetz sie werden Munition fressen anstatt Brot............
Die Sowjets sie werden eben einen neuen Menschentypus formen der nicht mehr Essen
braucht sondern der sich von Dogmen ernährt und dafür Stahlteile auskackt..
Da fällt mir eine Geschichte ein,als der Laotse den Konfuzius über denn Sinn belehrt,er
sagt dann als der Kungfuzius ihm erklärt hatte das er denn Sinn noch nicht erlangt hat: **Wo
im Innern kein Herr ist da verweilt er nicht. Wo im Äußeren nicht die rechte Art da kommt er
nicht. Wenn er aus dem Innern hervorgebracht, keine Aufnahme fände bei denen draussen, so
holt ihn der Berufene nicht hervor, um ihn andern mitzuteile aus sich heraus,...............
Wenn er von aussen eindringend keinen Herrn finde im Innern, so vertraut der Berufene ihn
nicht an....................
Begriffe sind allgemeine Werkzeuge, man darf nicht zuviel darauf geben.
Liebe und Pflicht sind Nothüter der alten Könige.
Man kann darinn eine Nacht verweilen,aber nicht dauern darinn wohnen,
sonst stellen die, die uns zusehen, zu große Ansprüche an uns.
Die höchsten Menschen der Alten Zeit benützten die Liebe als Pfad und die Pflicht als Herrberge,
um im Raum freier Muße zu wanden. Sie nährten sich vom Feld der Wunschlosigkeit. Und
standen im Garten der Bedürfnislosigkeit wandern in Muße ist Nichthandeln.
Wunschlosigkeit ist leicht zu ernähren, und Bedürfnislosigkeit braucht keinen Aufwand.
Die Alten nannten das Wanderschaft bei der man die Wahrheit pflückt.
Die aber Reichtum für ihr Leben halten sind nicht imstande anderen ihr Einkommen zu
gönnen. Die Berühmtheit für ihr Leben halten, sind nicht imstande, anderen ihren Namen zu
gönnen.
Die der Macht zugetan sind, sind nicht imstande, anderen Einfluss zu gewähren. Haben sie
Güter in der Hand so zittern sie, und wenn sie, sie hergehen müssen, so kommen sie in Trauer,
und das Eine findet keinen Raum wo es sich spiegeln könnte. Wenn man ihre ewige Rastlo-
sigkeit betrachtet, so muss man sagen, dass das die Leute sind, die der Himmel zur Sklaverei
verdammt hat.
Missgunst und Gunst, Nehmen und Geben, Lernen und Lehren, Zeugen und Töten, diese acht
Dinge sind Werkzeuge des Vollkommenen.
Aber nur der, der dem großen Wechsel zufolge imstande ist und nirgends haftet, vermag sie
sich zunutze zu machen.
Darum heißt es: wer andere recht macht, muss selber recht sein, wer das im Herzen nicht
erfahren hat, dem öffnen sich nicht die Tore des Himmels..**
Ach, diese Gespräche der Alten Chinesen, ohhhhh, wie die in die heutige Zeit passen und
sogar schön den ganzen Schwulst der Gesellschaften beleuchten. Hier ist noch ein Teil aus
einer der Erkenntnisse der Alten **Chinaweisengeistigen**.............
**Der Herr der Gelben Erde regierte die Welt und machte die Herzen des Volkes einig. Es gab
Leute im Volk die beim Tode ihrer Eltern nicht weinten, und niemand tadelte sie darum.** (das
würde mir auch nicht gefallen deswegen getadelt zu werden)
**Yau regierte die Welt und machte die Herzen des Volkes anhänglich. Es gab Leute im Volk
die um ihrer Eltern willen die Fernerstehenden kühler behandelten, und niemand tadelte sie
darum.
Schun regierte die Welt und brachte den Kampf ums Dasein in die Herzen des Volkes. Die**

Frauen des Volkes kamen im Zehnten Monat nieder, und die Kinder konnten im Fünften Monat nach ihrer Geburt sprechen, und noch ehe sie Drei Jahre alt waren, begannen sie die Leute mit ihrem Namen zu begrüßen. Von da ab gab es vorzeitigen Tod auf Erden. Yü regierte die Welt und brachte die große Veränderungen in die Menschenherzen. Die Menschen bekamen Absichten und die Waffen bekamen freien lauf. Einen Räuber totzuschlagen galt nicht mehr als Totschlag. Die Menschen sonderten sich in Rassen und das geschah auf der ganzen Welt. Darum kam über die Welt ein solcher Schrecken...............

Die verschiedenen Philosophienschulen kamen auf, und durch ihre Tätigkeit entstand die Lehre von den gesellschaftlichen Beziehungen.

Was nun vollends den Zustand der heutigen Frauenwelt anlangt, so will ich's mir ersparen darüber zu reden. Ich kann dir nur sagen diese Herrscher des Altertums regierten die Welt und was sie brachten war dem Namen nach Ordnung, in Wirklichkeit aber die größte Verwirrung. Die Erkenntniss jener Herrscher verkehrte den Schein von Sonne und Mond in Finsterniss, störte die Harmonie der Natur und verwirrte den Gang der Jahreszeiten. Ihre Erkenntniss war gefährlicher als der Schwanz des Skorpions und als eine Bestie die dem Käfig entronnen. Sie waren nicht imstande sich ruhig unterzuordnen unter die Grundbedingungen der Natur und hielten sich selber noch dazu für Heilige.Sollte man nicht Schaam empfinden über ein solches Gebaren. Aber sie waren Schaamlos.

Als ich, Doel das gelesen hatte lag ich da auf dem Bett und erkannte die heutige Situation wieder und fühlte mich unbehaglich in meiner Haut. Denn heutzutage ists doch sehr sehr ähnlich bloß noch Vier Gänge schlimmer....

Ich fühlte mich auch sehr unbehaglich als ich damals in Paris das Buch Beerdige mein Herz at woundet knee, gelesen hatte von der systematischen Ausrottung der Indianer in Amerika. Ich war so wütend, das als ich den Blvd.St.Michel runterging jeden Weissen abwürgen wollte. Und was haben die Europäer in Australien gemacht, abgewürgt, und was haben sie in Afrika gemacht, abgewürgt, in China, abgewürgt, in Südamerika, abgewürgt, die Eskimos ,abgewürgt.

Ohhhhhhh die weisse Christenrasse ist eine Mörderrasse,ohhhhh,sie ist eine Bande blutsaugerischer Verbrecher,so wie die Römer und die Jetztzeitherrscher,raffinierte Trickser,geschmeidige Managertypen, eiskalte Gutmütiegkeitsmachterstreber,gefährliche Menschen die ganz schnell abwürgen. Diese Rasse der sinnlosen Zweckmarionetten...

Und dafür zahlt ihre eure Steuern, ihr Doofiane, ihr..................

Dafür arbeitet ihr.. ...was seit ihr doch auf der ganzen Erde für schwachsinnige Skelette....

Und mit solchen Gedanken fuhr Doel jetzt die letzte Etappe kurz vor Edmonton ein.Da waren hügelige wellige weite Einfuhrstrassen die die Stadt vom Südosten anpeilten,und der Verkehr fing an zu kochen. Aber selbst der Verkehr hatte allmählich von sich selber die Ohren vollgedröhnt und erstmal die paar Menschen die das noch wahrnahmen.Denn die meisten sie waren Gewohnheitstiere und die hörten dem Getöse der Stadt nicht mehr zu und dem Gebrülle der Maschinen, und das wurde dann als Anpassung für Prima empfunden und zeugte von der menschlichen Anpassungsfähigkeit, bis die Menschen Taub und Müde waren,und bis sie einander nur noch mit Brüllen begegneten. Haha,ist das nicht schade. Und über ihnen da leuchtete die strahlende Zukunft in Leuchtreklame und in Strahlenwaffen in der strahlenden Sicht derer die sich jetzt schon darauf freuen Strahlenanzüge für die Massenbevölkerungen zu produzieren, aber nur wegen der übermäßigen Strahlen die durch etwaige Atomreaktoren Antiterroraktionen ruiniert wurden oder wegen der 120%tigen **Mangelvorschriften** für Sicherheitsvorschriften der Nukleraren Bauereien, und wegen der Nationen denen die Reaktoren wegen des Profits der daran gemacht werden kann verkauft werden kann, weil dann ja auch eine größere prozentuale Mehrheit damit beschäftigt ist und eben zuviel Geld. Was ja immer noch bei der Masse zieht, dazu verballert wurde, und schließlich sind es ja eure Steuergelder die da verballert werden, die man euch dann vorhält. Ihr stutzt nicht, sondern seht die Größe der Summe, und seit sofort in Übereinstimmung, dabei verarschen diejenigen euch. Denn zuallererst kriegen sie euer Geld. Eure Arbeit. Euer Leben. Mit dem sie euer Leben zerstören. Bauen die Gefahren aus, benutzen sie dann um euch davon zu überzeugen weil soviel Geld schon vermasselt wurde jetzt nicht aufzuhören. Ihr gebt euer Leben weiter, werdet weiter ausgebeutet, und die bauen die Leuchtkraft noch mehr aus, das sind Hexenkessel wa.....

Und dieser Lärm der hier auf den Strassen und in den Städten gehört wird, der ist noch gar nichts gegen den Lärm den keiner von uns hören kann, außer die echt sensiblen. Diese Ultraschallwellen sie entstehen auch durch schlechte Gedanken, oder durch das bauen von atomaren Zerstörungsgegenständen, überhaupt, sie entstehen durch Diplomatien, sie entstehen durch nach Außen hin Lächeln aber Innerlich umbringen. Denn jede Aktion hat seine Reaktion, und diese Ultraschallwellen, sie stören dich wenn du versuchst zu schlafen, das brauch nicht erst bewiesen zu werden, durch Gerichte oder den Schlafwandelnden Wissenschaftlern, die ,sowieso die Hosen vollgekackt haben, von dem was sie geschaffen haben. Das sind Erfahrungen von Menschen die tagtäglich darunter leiden. Außerdem ist es beweisbar. Holt bloß eure Bildschirm Messgeräte heraus und prüft es. Denn diese Ultraschallwellen sie sind zwar nicht hörbar, aber sie setzen Gegenstände in Bewegung. Dieses andauernde Ansammeln von konstantem Dröhnen, formt mit der Zeit eine Dröhnwelle, die dann wie der Kugelblitz über die Länder ballern wird und eine riesige Schneise von Zerstörungen hinter sich lassen wird. Es braucht bloß seine Zeit um sich echt zu formen, sowie die Luftverschmutzungen ja ihre Wolken in dem Land niederlassen und in dem, ein riesiges Geschwür sich formt. Und die Technik sie freut sich wenn sie das kann unermesslich. Und wieder ist das Geld und die Maschine der Sieger über den Menschen......

Aber was wir Menschen geschafft haben können wir auch entschaffen. Haha, du optimistischer Träumer dröhnte der Ultraschall lässiger denn je, du bist ein Einzelner, mit dir werde ich schon fertig......................

Das stimmt, mit mir könnte er fertig werden. Also hatte der Ultraschall auch schon Bewusstseinskräfte, aha, so sieht die Sache aus, alles hatte ja Bewusstsein,auch die Erschaffung von Atombomben macht letztendlich das sie selbst ihr eigenes Bewusstsein hat ,nämlich das der Atombombe,hhhhhhhu gefährlich gefährlich..........

Die Menschen haben wieder vergessen das sie nämlich nicht wissen wo sie und mit wem sie eigentlich sind,in was oder für wen,Kosmos, Universum,Welt,Erde,ha,das sind Begriffe die bei weitem nicht das Wahre zum vorschein bringen,das sind Rettungsanker,an denen man sich innerlich festhalten kann, das ist dann das Oberflächenbewusstsein,aber echter,ha,all das was um uns herum ist,.....

Was ist das wirklich. .....

Die entgegenkommenden Autos und sehr viele Trucks darunter, hatten ihre eigenen Gesetze und Grundsätze. Für sie galt die Aufmerksamkeit an sich ziehen, weg vom Menschen, hin zur Maschine, die dann mit Liebe getätschelt wird...

Auch in den Filmen sind die Zukunftsphantasten mit ihren Raumschiffbombasten andauernd im Liebesgespräch mit dem Computer. Warum bauen sich die nicht gleich einen Computer in ihren Schädel. Wird wohl auch bald kommen.....

Und nun, direkt an der Kreuzung 5th Avenue und Porrage Road tauchte ein riesiges Schild mit Leuchtschrift auf. Direkt aus der Strasse wurde es gekomputert..

Doel stoppte das Auto, stop, war etwas geblendet vom Licht und las: Ihr Menschen. Sich nach starren Grundsätzen wandeln um sich etwas gutes zukommen zu lassen. Sich von der Welt absondern und alles anders machen als die andern. Hohe Reden führen und bittere Urteile fällen. Das ist der Menschenhass. So lieben es die Weisen in den Bergklüften. Die die Welt Verurteilen. Die einsam wie ein kahler abgefranster Baum an tiefem Abgrund stehen.....

Dann leuchtete eine weitere blendende Leuchtschrift auf, riesengroß und Doel las weiter:

Der Schwachsinn ist Mega-über-Mega-Gigantisch. Jeden Nix-jedes Menschsein will ein Kirchen-Christ oder Buddhist oder Moslem sein. Mein Gott was für eine Angst und verschwendung gegenüber Sich selbst und dem dynamisch Andern. Du verlierst dein Magnetismus Individuuuismuuuus wenn du dich nicht selbst Liebest und usw. Warum gebt ihr eure Macht ab- an Buddhablubber und Jesusnesus. Könnt ihr denn nicht mitbekommen das Buddha Sidharta Jesus Schäfli oft eindringlich geschrien haben das Ihr sogar mehr seid als sie. Das ihr selbst der Blubber Buddha seit. Das ihr selbst das Göttliche seit. Und nicht die Kollektiv Meuchel-Mord Global-Angst. Die euch das Ignoranz-Kapital Aufkotzt. Das nächst größere Ziel ist Menschsein. Wir zielen nicht auf das Ziel hin Moslem, Buddhist, Hindu, Christ, Rote, Grüne, Linke, rechte Deutsche, Russen, Chinesen usw. zu sein. Wir gehen auf das nächste Ziel Menschen Menschlich Human zu sein. Und nicht mehr Raubtier Raubmensch Faschisssst.

Dann war das leuchten vorbei und Doel wischte sich das rechte Auge überlegte sich das geschriebene nicht sondern fuhr weiter, direkt durch das Schild durch,..aber war das ein Schild, eine Werbefläche oder. Da war schon wieder ein Schild am leuchten:

Von Liebe reden und Pflicht, von Treu und Glauben, von Ehrfurcht und Mässigkeit, Bescheidenheit und Gefälligkeit: das ist Moral. So lieben es die Weisen die die Welt zur Ruhe bringen wollen und Buße verkünden, die Wanderprediger und Lernbeflissenen.....

Und auch dieses Schild durchfuhr Doel mit nem Zacken schneller. Und wieder sooon Schild am leuchten. Dieses durchfuhr Doel ohne es überhaupt zu lesen. Doch schon wieder ein Schild das leuchtete. Also Edmonton, was für eine Stadt:

Von grossen Werken reden, leuchtete diese Schrift, größer als die vorigen. Sich einen grossen Namen machen, die Formen feststellen, die Umgangsformen in Zusammensein mit Mächtigen und Einfachen, das Verhältniss zwischen Vorgesetzten und Untergebenen ordnen, das ist die Politik. So lieben es die Weisen in ihren politischen Kerkern, die ihren Staatspräsidenten dienen und ehren, den Staat stark machen wollen und ihre Arbeit darauf richten andere Staaten zu annektieren.

Inzwischen dröhnte aus den Läden sehr laut Hey Joe von Hendrix überall herum, und Doel war auch schon wieder angedröhnt von den Leuchtschildern mit denen er hier in der Stadt berieselt wurde.

Mit dem Hendrix dröhnen und seinem eigenen dröhnen und dem Schildleuchten dröhnen, dröhnte er auch durch das Schild nur um ein weiteres Schild vor sich zu haben. Wieder las er : Hier in Kanada, sich an Sümpfe und Seen die wir so reichhaltig haben, zurückzuziehen, in einsame Gefilden weilen, Fische angeln und müßig sein, das ist der Quietismus. .So lieben es die Weisen an Fluss und Meer, die sich von der Welt zurückgezogen haben (ist doch unmöglich wie soll sich einer von der Welt zurückziehen) und in freier Muße leben.

Aha dachte Doel umsurrt von dem ganzen Dudeleienkraam, womöglich eine persönliche Begrüßung für mich. Woher wissen die das ich gerne Angeln gehe oder Fliege. Bloß weg von hier die können Gedanken lesen und surr wieder durch das Schild hindurch. Hinter ihm die große Flatter der zerrissenen Stücke...

Sagen sie Mister rief Doel dem Mann entgegen. Wie komme ich am besten zur 11149 84th. Avenue...

Da lang mein Sohn. Immer da lang über die Cross Bridge dann links für 4 Ampelstops dann links weitere drei rechts dann wieder gerade dann links und dann frage lieber nochmal jemanden, okay...

Okay Mista thanks, Bruuuuuum weiter gings. Aber verdammt schon wieder sooon Schild: Schnauben und den Mund aufsperren, ausatmen und einatmen die alte Luft ausstoßen und die neue einziehen, sich recken wie ein Kodiakbär und strecken wie ein Whooping Kranich aus Saskatchewan, das ist die Kunst sein Leben zu verlängern, so lieben es die Weisen, die Atemübungen treiben und ihren Körper pflegen um Alt zu werden, aber hier in Kanada da haben wir die ewigen Lebensquellen in den Bergquellen die nur niemand kennt..

Und auch das Schild wurde zerfetzt ohne über die Sache auch nur ne Sekunde vor oder nachzudenken. Denn da waren die aufeinmaligen Gefühle das ich da ganz in der Nähe vom Freund war. Zack um die Kurve hinein in diese Gegend. Holzhäuser, viele Bäume vor den Häusern. Überall liegt noch etwas Schnee herum. Auf den **Nebenstrassen** ist sogar Eis. Eine etwas zerfallene Gegend so im Winter. Das schöne Trübe war zu sehen. Die Grauheit sie leuchtete durch die Äste hindurch und sogar die Säfte in den Ästen die noch vorhanden waren sie konnten gesehen werden. Ja die ganze Gegend wurde transparenter. Und durch die Häuser und die Bäume hindurch konnte Doel das Haus sehen in dem Rodger Dodger wohnte. Ein Haus mit einer großen Veranda.........................

Und nun wusste Doel aufeinmal, wo er lang fahren konnte. Er musste nur nahe genug in der Nähe eines Menschen seien mit dem er eine Verbindung hatte und dann entwickelte sich das Dritte Auge in ihm. Ja so wars. Er hatte es jetzt erfahren. Hurrah das ist ein großes Zeichen in Mir rief er noch überrascht aus, und dann stand er ziemlich abgewrackt vor der Holztür auf der Veranda die glitschig war. Eine Katze huschte unter dem alten kaputten Sessel hervor. Im Hintergrund fuhr ein Polizeiauto vorbei das er noch in der Scheibenspiegelung sehen konnte, bis die Tür geöffnet wurde und eine männliche Person mit zwei leuchtenden Glasaugen, durchsichtigen, die linke Handfläche Doel entgegen hielt. Und in der Hand zeigte sich das Gesicht Doels wieder Aber der Mensch fing dann sofort an zu sprechen:

Aber ohne starre Grundsätze erhaben sein. Ohne die Betonung von Liebe und Pflicht Moral haben. Ohne Werke und Ruhm Ordnung schaffen. Ohne in die Einsamkeit zu gehen Muße finden. Ohne Atemübungen hohes Alter erreichen. Alles vergessen und alles besitzen in unendlicher Gelassenheit und dabei doch alles Schöne im Gefolge haben. Das ist der Sinn von Himmel und Erde. Das Leben des berufenen Heiligen.

Doel wurde dann ganz klar das €R kein berufener Heiliger war...............

Der Mannmensch redete aber weiter. Doel stand immer noch auf derselben Stelle.

Darum heißt es, Ruhe, Geschmacklosigkeit, Gelassenheit, versinken, Leere Nichtsein, Nicht-Handeln, das ist das Gleichgewicht von Himmel und Erde und das Wesen von Sinn ist Einigung mit himmlischem Leben. Darum heißt es weiter Doel. Der berufene Heilige lässt ab. Ablassen bringt Gleichgewicht und Leichtigkeit. Gleichgewicht und **Leichtigkeit** bringen Ruhe und Geschmacklosigkeit. Gleichgewicht und Ruhe und Leichtigkeit und Geschmacklosigkeit, da können Leid und Schmerz nicht hinein, und üble Einflüsse vermögen nicht zu überwältigen. So wird das Leben völlig und der Geist ohne fehl. Darum heißt es, da das Leben des Berufenen Heiligen ist wirken des Himmels. Sein streben ist Wandel der körperlichen Form. In seiner Stille ist er eins mit dem Wesen der Nacht. In seinen Regungen eins mit dem Wesen des Tages. Er sucht nicht dem Glück zuvorzukommen noch dem Unglück zu begegnen. Er entspricht nur den Anregungen, die auf ihn wirken. Er bewegt sich nur gezwungen. Und erhebt sich nur, wenn er nicht anders kann, er tut ab Vorsätze und Erinnerungen und folgt alleine des Himmels Richtlinien. .Darum trifft ihn nicht die Strafe des Himmels noch Verwicklungen durch die Dinge. Nicht der Tadel der Menschen, noch Beunruhigungen der Geister. Sein Leben ist wie schwimmen, sein Sterben ist wie ausruhen. Er macht sich keine Sorgen und schmiedet keine Pläne. Er ist Licht ohne Schimmer, er ist wahr ohne Beteuerungen. Sein Schlaf ist ohne Traum, sein Wachen ohne Leid, sein Geist ist rein, seine Seele bleibt ohne Ermüdung, Leere, Nichtsein, Ruhe, schmacklosigkeit, ist Einigung mit himmlischem Leben. Darum heißt es, Doel.

Trauer und Freude, sind Verkehrungen des Lebens, Lust und Zorn sind Übertretungen des Sinns, Zuneigung und Abneigungen sind Verluste des Lebens. .Darum, wenn das Herz frei ist von Trauer und Freude, das ist höchstes Leben. Einsam sein und Unwandelbar, das ist höchste Stille. Kein Widerstreben kennen, das ist höchste Leere.

Nicht mit der Außenwelt verkehren, das ist höchste Schmacklosigkeit. Frei sein von aller Unzufriedenheit, das ist höchste Echtheit. Und in dem Moment wusste die Dole Doel das sie eine Lüge war.

Er, Doel, er war nicht Er, Er war eine Lüge, er wurde als Lüge geboren. Hinein in die Welt der Lüge. Was für ein Wesen muss das sein das die Menschen in Lügen hineinwachsen lässt dachte Doel noch, denn der Glasaugenmensch redete weiter.

Darum Doel heißt es, wenn der Leib sich abmüht ohne Ruhe, so wird er aufgebraucht, wenn der Geist tätig ist ohne aufhören, so wird er müde. Müdigkeit führt zur Erschöpfung. Es ist die Art des Wassers das es rein ist, wenn es nicht bewegt wird. Wird es gehindert und eingedämmt, so fließt es wohl nicht, aber verliert seine Klarheit. Das ist das Bild des himmlischen Lebens. Darum heißt es weiter Doel, rein sein und echt und ungemischt, stille sein und eins ohne Wandel, schmacklos sein und nicht Handeln, in allen Regungen sich nach den Wirkungen des Himmels richten das ist der Weg zur pflege des Geistes. Wer eine kostbare Klinge hat, der tut sie in einen Schrein und verbirgt sie und wagt sie nicht zu gebrauchen, weil sie so wertvoll ist. Wenn der Geist alles durchdringt, und durchströmt,

und nichts ihm unerreicht bleibt, wenn er hinaufdringt zum Himmel und unten die Erde
umschlingt, wenn er alle Wesen wandelt,und nährt,
und ohne Gleichnis noch Bildnis ist,
das heißt eins sein mit Gott.
Wer des Sinnes reine Art,
 innerlich im Geist bewahrt
und verliert in keiner Not,
der wird eins sein mit Gott.
und die Einheit klar und echt
einigt mit des Himmels Recht.
Doel es gibt ein Sprichwort, sprach nun diese Gestalt weiter, aber während sie sprach fing
sie an dahinzuschwinden wurde immer transparenter, es gibt ein Sprichwort, das sagt,
die Menge trachtet nach Gewinn, der Held trachtet nach Ruhm, der Würdige ehrt seinen
Willen, der Heilige schätzt die Reinheit. Aber Einfalt das heißt Freiheit aller Vermischungen,
Echtheit das heißt Freiheit von allem Trug. Wessen Geist Echtheit und Reinheit
darzustellen vermag, der heißt der wahre Mensch....
Und mit diesem letzten Wort war der Mensch vor Doel dahingeschwunden er war weder
noch zu sehen oder, er war einfach weg, und Doel noch beflattert von dem gesagten,
erkannte die Lüge in sich. Und er wurde dann die Lüge selbst, und als Lüge stand er nun
da etwas benommen im Türrahmen, bis jemand auf ihn zukam, erstaunt ihn anblickte, als
ob er garnicht da wäre, aber doch zu sehen war, und fragte, ja, wen willst du sehen...
Ich möchte Rodger Dodger sehen, ist er da...
Die Frau stand neben der Treppe die nach oben führte, lächelte, und rief, Robert, da ist
irgendjemand für dich hier, komm doch bitte herunter...
Komm rein sagte sie dann zu Doel, und er wurde in die Küche geführt. Immer noch benebelt
das er kein wahrer Mensch sein sollte und war, das er all diese Tugenden die erwähnt
wurde nicht hatte, das er dann ein Geschöpf des Satans sein musste, das er entweder
blind sei oder das er überhaupt nicht wusste wo er war, war er überhaupt hier wo er jetzt
war. Er fasste den Stuhl an, sah die kleine Flasche Whisky da vor sich auf dem Tisch,
zwei andere Menschen nickten ihm zu. Das Licht war gelblich. Einer hatte einen Bart. Die
saßen da ruhig in de der Küche, und schauten Doel etwas erstaunt an, denn er sah trübe
aus, sein Körper, die Augenränder waren ziemlich dick, der Bart auch, aber das Lächeln
wollte nicht aus seinem Gesicht ,ja manchmal tat ihm der Kopf schon vom vielen Grinsen
weh............   .
Abwartend stand der Lügner Doel nun da in der Küche sich die vor ihm abspielenden Taten
anschauend. Dann hörte er wie jemand die Treppe herunterkam, ruhige Schritte, ganz
ob einer aus einem warmen Bad entstiegen ist, und sich sehr entspannt fühlt, und nicht
abgewrackt wie einer der voller Ideen für die Befreiung durch Gewalt oder Tricksereien am
arbeiten ist.....
 Erstaunt und mit aufleuchtendem Gesicht blickte Rodger den Lügner Doel an. Man, also
so früh hatte ich mit dir noch nicht gerechnet rief Rodger aus, auf Doel zukommend, und
beide umarmten sich, schwer freuend........................
Also Fragen prasselten auf Antworten, Gläser wurden gefüllt, Rodger stellte den Lügner
den anwesenden vor, Hände schütteln, wieder'n schlückchen Whisky, und Doel wurde

zusehends in die innerliche Entfernung getrieben. Der Mann vor der Tür wer war er wo ist er.
Als sich der Begrüßungssturm gelegt hatte,alle saßen jetzt am eckigen Tisch, hatte ich erstmal Zeit mir Rodger anzusehen. Er trug nun einen kräftigen Schnurrbart, der blond war. Sein Kinn war kräftiger geworden, das blaue Jeanshemd war noch ziemlich neu aussehend, dicke Westernstiefel hatte er auch an, gesund sah er aus. Wir fingen dann an uns in die vergangenen Taten zu vertiefen, kehrten aber bald zur Gegenwart zurück, denn Rob, der Freund von Karin musste wieder Adieu sagen. Er hatte eine Arbeit als behelfsmäßiger Geologe für eine Firma im Norden und die Wildnis rief ihn sozusagen in die Wälder zurück...
Nachdem er sich verabschiedet hatte und seine Freundin Karin sich in ihr Zimmer zurückgezogen hatte, machte Rob den Vorschlag etwas essen zu gehen, und so fuhren alle Drei, Doel der Lügner, Rodger der Schnurrendbärtige, und die Frau Juliana, a blondhaired nett Madel, in die Rodger wohl momentan den Liebessaft gab, in dem Roten ziemlich schlimm aussehendem Ford der voller Salzschneekrustigkeiten gehüllt war, und ziemlich abgewetzt aussah, zur Pizzeria, in der Nähe...............
Inzwischen wurde in Berlin eine weitere Wohnungsaktion unternommen. Ganze Häuser wurden im Namen der Gerechtigkeit besetzt.
Die Pizzeria war eine feine Stube, mehr an einen Naturholz -Naturnahrungsladen, einen Friedensfutterladen erinnernd....................
Jeder mampfte an seiner Pizza ab und zu wurde etwas gesagt, und was gesagt wurde ist dann fast sofort vergessen worden.............................
Der Lügner Doel und Nichtmensch, erinnerte sich aber um so mehr an die Ratte und an den Glasaugenfritzen mit seinen Weisen Sprüchen. Was sollte das alles, was für einen Sinn hatte das, diese Weisen Sprüche von denen, lag da eine Wahrheit in denen, als endgültiger Lebensweg, oder so, aber ist das nicht ein Widerspruch wegen der konstanten Veränderbarkeit von allem im Zeitablauf. Der Lügner und Nichtmensch oder Unwahrmensch grübelte wieder....................
Die beiden sahen wie Doel da in sich versunken, halbschlafend aß, aber keiner stellte Fragen oder sonstwas, nur Mampfen.............
Der Liebeskummer war dem **Lügner** Doel dem Nichtmenschen längst ins Reich der Vergessenheit gesunken...................
Während des Essens würde dem Lügner Doel, einer der ja kein wahrer Mensch war, wieder klar das er eigentlich kaum, nein niemanden hatte dem er folgen könnte, die Berauschtheit mit ihren euphorischen Anfängen schaffte es nicht der Einzigartigkeit des Einsseins andauernd ein Jauchzen vorzuhalten das eben auch anhielt.
Und diese Pizza schon garnicht, obzwar sie prima schmeckte...
Am besten ich ziehe mich gleich hier in Kanada in die Wälder zurück. Lieber da leben als in den Seuchenstädten umgeben von ihren braunen luftartigen Käseglocken aus Giftstoffen dachte der Lügner so vor sich hinmampfend.....
Dann fiel ihm wieder ein das Männer und Frauen andere Wesen sind als Menschen. Männer und Frauen sind Wesen die sich mit ihren Körpern identifizieren, wogegen Menschen geistige Wesen sind. Die Frau ist der Körper Frau. Der Mann der Körper Mann. Und all zu oft hatten die Körper dann ihre Gegnerenzen. Aber hier oben würde es dann in den Bergen

kaum noch solche derartigen Karambolagen geben. Hier konnte solchen üblen aber eben menschlichen Schlägereien ausgewichen werden. Er brauchte nur den Mut dazu, seinen vollen Willen einsetzen, meinte er, aber nach einer Weile wusste er das er seinen vollen Willen noch nicht erreicht hatte, warum wusste er nicht, aber er wusste es.....................
Und so verging das was als Leben bezeichnet wird, aber welches in Wirklichkeit unbeschreiblich ist, in Büchern, mit Worten oder gar mit Gedankenbildern oder Metaphern. Denn das Leben lässt sich nicht mit dergleichen erfassen weil es bei weitem darüber hinaus ist....................
Die drei **Pizzeros** putzten sich die letzten Reste der Pizza von den Lippen. Schauten sich an. Erkannten sich in deren Blicke wieder, zahlten, hopsten in das Auto, und fuhren gemütlich wieder zurück, in die Strasse, wo unter anderem auch das Haus stand in dem sie wohnten....................
Und wie wir ja alle wissen. Der Lügner Doel, der Nichtmensch, der schon auf seiner Reise ziemlich angehaucht war von Kokain und so und den Strapazen, war ihm das Glück gegeben nicht vor einen Baum zu fahren weder noch von einem der riesigen Laster zermalmt zu werden.
Aber wie schon so oft wenn alles am besten scheint dann lässt man seine Aufmerksamkeit die einem nicht gehört fallen glaubt sich am Ziel wo einem nie mehr etwas unangenehmes zustoßen kann und dann aus der größten Harmlosigkeit ersteigt der nicht gesehene Zerstöre, ganz einfach so als ob es so sein musste. Die Natur selbst.
Und so wars auch mit dem Lügner Doel. Denn auf einmal schon beim Parkversuch, also langsam anfahrend, hopste der Wagen. Er rutschte, und einmal am rutschen half das bremsen schon gar nichts bei solch einem schweren Fahrzeug. Und mit einer echten Ruhe rutschte das Auto mit der rechten Vorderseite gegen den da vorne stehenden Baum, und Klirr Brech Mürbe, da schauten alle drei etwas erstaunt herum. Denn das war echt etwas so überraschendes, und bei dieser langsamen Geschwindigkeit, 15 Meilen in der Stunde, und wie ist das passiert, ja der Wagen war jedenfalls auf der rechten Seite nicht mehr zu öffnen..............
Sie stiegen alle aus, schauten kurz auf das Auto, und dann auf die Strasse, und da lag der Sündenbrocken, ein etwa 15-20 Zentimeter dicker Eisbrocken, der nicht von der Straßenreinigung entfernt wurde. Ein 1/2 Quadratmeter groß, im Mondlicht sachte glänzend, und vom Fahrer übersehen worden, oder im Unbewussten, nein besser vom Bewussten als ungefährlich analysiert , durch den das Auto doch tatsächlich ins Schleudern im wahrsten Sinne des Wortes gekommen war................
Aha, die Straßenreinigung, sie ist dafür verantwortlich das die Strassen frei sein müssen .
. ...
Die drei mussten aber trotz allem sachte Lachen. Und Doel dem Lügner wars sowieso fast egal. Denn der Wagen war ja versichert und so überquerten sie die Strasse, gingen ins Haus und Doel der Nichtmensch der Lügner rief dann die Polizei an, die ihm mitteilte das sie jemandem schicken würde der die nötigen Bestandsaufnahmen durchführen würde....
....
Natürlich wurde im Haus sofort darüber weiter diskutiert. Denn das war ja eine Bagatelle, so eine Art von Insekt aus dem Reich der Bagatellen, und so weiter, dennoch verfiel keiner deswegen in hysterische Anfälle oder dachte ans schlimmste. Denn in Kanada gibt es

solche Gedanken noch nicht. Die Kanadier leben noch im Urwald und die Weißen sind noch nicht von der Megamaschinengesellschaft gefangen genommen worden. Und das war echtes Glücklichsein. Und so war trotz Hektik riesige Ruhe und weites Durchblicken anwesend. Und beide freuten sich mit den Menschen....................

Und während Doel der Lügner Rodger fragte ob er ein Bad nehmen könne und Rodger dann rief ich lass dir das Wasser ein, schneite es draußen wieder sanft aber konstant mit dicken, dicken Flocken und verschneite so sämtliche Spuren die auf einen Unfall hindeuteten. Aber der Schnee fiel auch auf alles das was sich im Wettlauf der Zeit die keinen Mitstreiter hatte als Abfälle der Menschenwesen angesammelt hatte, in den Industriezentren, unter den verkorksten Ideenentwerfern, auf die verseuchte Atmosphäre, nämlich auf all das was das Dasein der Menschen strapaziöser machte. Und dieser weiße Schnee begrub unter sich den Mief den ätzenden Zerfall der Plastik Kulturen der Erde. Und für eine kurze Zeit erkannten tatsächlich noch Acht Menschen auf der Erde, das dieses weiße reine Sauerstoffhaltige einatmen eine Belebung war die keinen Alkohol oder Pillen-scherz oder eben anderer Drogen aus der Drogerie brauchten. Und sie wussten, dass das Paradies doch in der Natur lag. Die aber immer mehr und mehr und mehr und mehr und mehr und mehr den Menschen eine visuelle Umgebung übrig ließ, die kaum noch dazu fähig war solche inneren Erkenntnisse zu haben. Weil die Verseuchtheit der Städte sich schon ziemlich tief in ihre Seelen gefressen hatte, die körperlichen Seelen, und in ihnen nun Bilder schwebten, in denen sauerstoffhaltige Luft keinen Platz mehr fand. In ihnen Bilder schwebten wo Felder mit Zirpen und mit Blumen mit würziger Luft, als Ab-schaum der Vergangenheit galten. Wo nur das Stadtdasein als Vorbild akzeptiert wurde. Und sie meinten das sie wirklich in den Städten, so wie sie sind, ein Teil der Umgebung werden wollten, und da draußen wo Felder und Wälder sind, ein großer Müllabladeplatz sei. Und das machte die acht Menschen sehr traurig, denn sie wussten das sie die letzten Träger waren, die nicht daran interessiert waren, in den Städten so wie sie den Menschen wachsen lassen, ein Teil der Umgebung zu werden. Und es war die Natur wieder, die den Menschen in seine Schranken wies, immer noch mit **Schönheit** immer noch gewillt ihn mit ihrer Pracht zu überzeugen, sich der Natur anzupassen, und das tat der Lügner Doel nun, indem er sich ins Wasser legte......................................

Rodger kam in die Badestube und machte schnell einige Photos und Doel verbarg nichts, denn er hatte nichts zu verbergen, und deshalb lag er da doch ziemlich verborgen in der Wanne, lächelnd, und denkend, habe ich die Freude zu der nichts zugefügt werden kann erreicht, auch in diesem Mief der Zivilisationen. Und er wusste *das er* dem Ziel immer näher kam. Er merkte das Autos oder Kokain oder Schnaps oder geregelte Arbeitszeit oder mehr Urlaub oder mehr Geld zwar nicht zu verachten war, aber er merkte das dieses Alleine niemals, niemals, die innere Einstellung dem Glückszentrum näher bringen würde wenn er sich mehr und mehr von solchen Sachen innerlich abhängig Süchtig machen würde. Aber zur gleichen Zeit die Gaben einfach zu verachten nein. Denn dieses Bild das Rodger da machte wird später einiges hervorrufen das Schön sein kann. Aber ohne das Bild lebst du auch nicht schlecht meinte er zu sich. Und dann fiel ihm aber sehr schnell ein, das er sich vor solchen Einfällen hüten wolle, denn er wusste nur zu gut das sich oft hinter dem was als echte Kritik aussah sehr oft eigentlich nur Neid oder Zerstörsucht hervortäuschte in ganz feinen Nuancen, die bei Menschen welche auf eine **Dynamik** aufbauten ziemlich schnell

übersehen wird. Und da zählt eben nur das was sie unter Leben verstehen, Hauptsache Aktion....
Von unten rief Rodger dann ob er, Doel, heute Abend mit in den Beerparlour kommen wolle, um etwas Shovelboard zu spielen, und einige Bekanntschaften zu machen....
Jaja ich bin schon dabei rief Doel, sich nun abtrocknend, auf den Polizisten wartend, der dann auch kurz darauf vor der Tür stand und Doel doch tatsächlich ziemlich grimm anstarrte............
Warum wohl..............
In seinen Augen leuchtete etwas das Doel an Menschen in Berlin erinnerte die von sich dachten sie wären Gott, die aufgeblasenen, und aber zur gleichen Zeit in ihrer Wut sagten, wenn sie Gott den Satan erwischen würden, würden sie ihn totschlagen, und oft hatte sich Doel wegen der Widersprüchlichkeit zutiefst gewundert, wo er sich fragte nun wollen sie schon Gott sein, und dann wollen sie sich selber noch totschlagen, oder ist der Satan auch ein Gott, jedenfalls war Doel nun wieder etwas in Berliner Verbindung mit diesem Polizisten der verdächtige Fragen stellte, als ob Doel ein Gängster sei und so, und sich alles aufschrieb ausmaß und photographierte, und das Quebec Autonummerschild hatte es ihm wohl angetan, womöglich spekulierte er das Doel ein Extremist der Franzosenkanadiergruppe war die um die Unabhängigkeit der Provinz Quebec kämpften und mit Bombenanschlägen und Ministerumbringungen ihre Forderungen unterstützen. Womöglich war ich in seinen Augen einer der jetzt auf der Flucht war oder jedenfalls war ich ihm ein Dorn im Kaugummi-hirn.......
Ihm, Doel, dem Lügner, fiel wieder ein das Rodger mit ihm Shovelboard spielen wolle, was ist das für ein Spiel, hat irgendwas mit Brett und hinundherrutschen zu tun so wie es sich anhört..........................Der Polizist gab Doel dann noch eine Kopie, stieg dann ziemlich verschneit in seinen Dienstwagen, und LügnerDoel ging dann auch verschneit zurück in die Küche in der ein Duft war der sehr angenehm war. Woraus echt kein Gedanke entstand aus dem erkannt wurde das man von einigen Menschen soweit getrieben wurde wo einem nichts anderes übrig blieb festzustellen: „Entschuldige das ich geboren wurde, entschuldige das ich lebe„, naja ihr wisst schon was ich meine, nichtwahr..................Richte nicht und du wirst nicht gerichtet werden, einfach, klar..
Rod Stewards Musik fing nun an im Haus zu dröhnen, its all over now, vom Gasoline Alley Album. Die Menschen da im Haus fingen an zu tanzen, so ganz einfach, beim anderwertigen Tun. Draußen schneite es noch. Doel schaute mal in den Spiegel. Das Bad hatte wieder mal Wunden geheilt. Seine Augenränder waren verschwunden, und ein Jugendglanz der 28 war, fing wieder an da zu leuchten. Die Stimmung im Haus war Prima, eine Atmosphäre von verrückter Gelassenheit durchzog diese Leute da. Erwartende Stimmungen machten sich in Dodger ziemlich zeiglich. Er wurde mit pfeifender Laune gehört, ohhhlala....
Und fertig waren wir, ausgeputzt in Mänteln aus China, Socken aus Polen und Nagelfeilen die unsere Nägel gefeilt haben aus Brasilien. Rodgers Freundin wie hieß sie noch mal, Betty ,oder, sie kam nicht, denn heute Abend war Männertreff. Ohhlala, Rodger, er war mit glänzendem Schnurrbart im Türrahmen stehend, nun auf die Tür zur Garage blickend, während i was born in chikago spielte, Butterfiled, dann rief er Doel zu sich, und wies ihn darauf hin, das nun die Höllenfahrt beginne, wir werden mit seinem Auto das er auch erst heute bekommen hatte fahren. Doch als er in die Garage schaute wars nicht da... Entsetzt

von so viel Leid umgeben zu sein warf er sich in den Schnee und machte einen verzweifelten Bauchtanz dazu mit den Armen fuchteln und obszöne Laute von sich gebend, die hier auf dem Papier keinesfalls wiedergegeben werden können *weil* auf dem Papier sowieso keine Töne festzuhalten sind außer in symbolischer Frequenz. Aber bald beruhigte Rodger sich wieder und fing an da im Schnee zu sitzend zu Grübeln, bis Doel ihn fragte was er zur Zeit eigentlich studiere...

Ahbhhh Doel, **Physiotherapist,** stöhnte er etwas mürrisch..

So und was habt ihr bis jetzt da so an Wissen aufgenommen, fragte Doel ihn sanft, nur um ihn wach zu machen,...

Ja in solchen Situationen................

Er fing an zu lachen, stand wieder auf blickte Doel entsetzt in die Augen und wusste dann das Doel nicht nur ein Lügner war sonder er war auch noch ein sonderbarer wahnsinniger Träumer der sich doch tatsächlich versuchte, an ihm versuchte, ihhhn, der Stipendienhalter der Firma Rollce Royce, zweimalig sogar, für exzellente Leistungen, und da wollte dieser Hobo, Doel, ihm doch tatsächlich fragen über Gesundheit stellen, er der Gebildete, neee, wo ist die Ehrfurcht geblieben murmelte er vor sich hin..

Natürlich es stimmt das Doel damals das Photo von ihm Rodger Dodger gemacht hatte das die Firmenzeitung der Rollce Royce Firma haben wollte um ihren Kollegen zu zeigen was für Kinder doch die Werksangehörigen der Firma RR zur Welt bringen. Und es stimmte auch das dieses Photo ihn, Rodger Dodger mit einem Dicken Joint in der Hand zeigte, zum Spaß für später. Aber in aller Freundschaft, solche Fragen, zwecks was er nun studiere, nein das ging zu weit, wenn er mich doch nur gefragt hätte was ich gestern gemacht habe dachte er..

Und das dachte Doel nämlich zur gleichen Zeit. Doch das wusste keiner von beiden das beide das dachten, und deswegen konnten beide auch zu dem Zeitpunkt nicht wissen das nämlich dieses Zusammendenken zur gleichen Zeit die Gedankenübertragung ist, die wie schon durch Radiofrequenzen bewiesen wurde, für die Massen die die Wissenschaften braucht, als allgemeine Anerkennung so zu sagen, denn da Gedanken wie wir alle wissen mit extrem schweren Energien verbunden sind, man denke an Wut oder an naja und so weiter, jedenfalls deshalb brauchten die Echten die den Durchblick früher hatten keine Entwicklung der Materien wie sie heutzutage verpestet und den Menschen zur Maschine macht, weil sie eben Trauen in dem hatten was sie wussten und darüber hinaus denken konnten bis zur Ewigkeit, das sich die MaterieForm immer verändert das war natürlich klar.....

Nein, nein das ist eben nicht klar du Dämel Doel. Mir scheint du bist so einer der auch sein Schlafzimmerfenster mit Ziegelsteinen ausgemauert hat und sich morgens die Hitparade rückwärts vorlesen lässt, nur zum Spaß wa, das ist nicht klar...

Denn das ist das man..

Ahhh ja verschwinde du Besserwissen, Denken, verschwinde, du Miststück.

Was rief Rodger, was sagst du da zu mir ich soll verschwinden, was ist los mit dir als Doel hatte ich doch recht,...

Nein, nein Rodger komm lass uns hier verschwinden, der Frontiergeist der will uns vermasseln, was hast du gestern gemacht, man...................

Ach ja gestern, gestern habe ich einen gezwitschert mit den Boys, stimmt, man, das

Auto habe ich ja bei Jack dem Tiger aus Wülfrath, auch ein Germane der hier auf Goldsuche war, gelassen, stimmt, ich erinnere mich, verdammt, das Trinken wirkt an der Gedächtmissstörung, aber gewaltig, Doel, ja, lass dir das gesagt sein, von Freund zu Freund, bald habe auch ich noch Whisky im Kopf man, bloß weg hier, wir nehmen ein Taxi, okay...

Ok Rodger, over and out.............

Im Taxi sitzend, beide, fragte der Lügner den Rodger warum er sagte das er das Auto erst heute bekommen habe wo ers doch schon gestern gehabt hatte, oder habe es ihm gestern noch nicht gehört sondern er durfte es nur fahren, oder was..

Rodger nahm einen fertig gerollten dünnen Joint aus der Tasche fragte den Fahrer ob wir, klar, paffte, gabs dem Lügner, und sagte schon angedröhntes in der Stimmen :„Der Gott der nördlichen Halbkugel hier im Norden sprach mal zu mir im Traum. Er meinte mit einer Kellerratte könne man nicht über die Himalayaspitzen reden. Sie ist beschränkt auf ihren Keller. Mit einem Vogel aus den Tropen kann man nicht über oder weder noch vom Eis reden. Er ist begrenzt durch seinen Lebensraum. Mit einem Fachmann kann man nicht vom Leben reden, er ist gebunden durch seine Lehre. Heute bist du aber über deine Grenzen hinausgekommen, du hast einen Blick in die Größe der Daseinserschaffung erhalten, und dir wackelten die Zähne im Oberkiefer, nicht nur zum Spaß. Auf einmal erkanntest du deine Ärmlichkeit. Aber nur so wird man mit dir von der großen Ordnung reden können meinte der Nordgott zu mir. Flüsse und Ströme fließen zum Meer und dennoch weiß keiner warum es nicht größer wird. Kein Mensch weiß warum auch wenn Formeln und Laborexperimente Interaktionen zeigen so wissen sie doch nicht was das wesentliche ist was da passiert. Ihr Menschen seit da unten in ewige Dunkelheit gehüllt wenn ihr meint ihr seit groß, ihr Wanzen..Und dennoch erhaltet ihr das was ihr braucht um euch kaputtzuschlagen oder am Leben zu erhalten.Und die Menschen reden und reden als ob sie wirklich was Wichtiges wüssten dabei stellen sie mehr dumme Fragen als die Mäuse oder Katzn und so ists auch mit dir, Doel“.

Stelle nicht so viele Fragen, was , tut‘s ob ich gestern oder morgen, oder was, denn vergesse nicht Sohn Doel, das was der Mensch weiß kommt nicht dem gleich was er nicht weiß, und das es wesentlich das Nichtwissen ist das ihn dahin gebracht hat wo er momentaan ist, und nicht das Wissen, und deshalb **plädoooooooyaaaaaah** ich ,ick, ehhhhm, ich Rodger Dodger der 3te von uns dreien hier in Taxi, das wir mehr das Nichtwissen fördern sollten anstatt das Wissen, ehhhm, das fördert die Phantasien, und den kreativen Geist, und macht Menschen aus ehemaligen Affen, und ehemaligen aquatischen Wesen, und demnächstigen Atomkrüppeln.....

Klattsch, klatsch, klatsch, sogar der Fahrer ließ das Steuer los um zu klatschen, wobei der Joint lose zwischen seinen Lippen hing.

Und alle drei versanken dann in gemeinsame Stille und alle drei schauten nach draußen und Fremde war da vor ihnen in dem Moment, denn sie hatten sich etwas zu weit in ihren Gedanken vorgewagt, und nun kam ihnen die bekannte Stadt etwas zu rau vor, mit dem Neonlicht, und alle drei träumten von einer warmen Atmosphäre von einem schönen Sonnenaufgang zusammen mit Menschen die einen nicht andauernd

Wahnsinnig machen würden so wie die Industriellen oder die die immer was sagen wollen aber einfach nicht wissen wie. . ...

Sie glaubten zuviel an Gott anstatt an den Menschen und hatten deswegen das Sprechen und Formulieren verlernt, und an den Menschen zu glauben ist schon ein ziemlich starker Akt der Zusammenheit.................

Zu erkennen das die Menschen wenn sie wirklich wollten, auch mal was Lebensförderndes, echt Lebensförderndes zustande bringen könnten.

Aber gibt es überhaupt etwas das da ist das dem Leben nicht förderlich ist, und das den Tod fördert, ihn herausfordert, ohhh ja, das gibt es....

Das Taxi wurde angehalten. Die beiden stiegen aus, standen vor dem Bierschuppen, gingen hinein, wurden von gelbem Licht geblendet, und sahen da doch tatsächlich Biertische aus Holz voller leerer und voller Biergläser. Wieder Sägespäne auf dem Boden, und Countrymusik spielte laut.....

Da drüben zeigte Rodger mit dem Finger da sitzen sie, los komm..

Doel etwas verdröhnt stolperte sofort gegen den nächsten Stuhl. Rodger versuchte ihn vom hinfallen zu bewahren, ergriff den Stuhl, aber sein Kraft reichte nicht aus ihn aufzuhalten, und er bekam einen roten Kopf. Verdrießt ging er weiter. Klar das war nur Show, denn er war echt nicht verdrießt, nicht mit solch einem Schnurrbart, nein.

Denn fest begrenzte Maßstäbe die kennt der Rodger nicht, die will er auch nicht kennen, das konnte nun klar erkannt werden, oder nicht.

Er genoss ohne Ungeduld die Gegenwart, das war klar. Sicherlich hatte er auch ein Überschuss an Energien in sich, bei solch einem Schnurrbart, das war doch klar..

Nein nein er weiß das Ende und Anfang sich nicht festhalten lassen, er ist hindurchgegangen..

Dylans **Leopardskinnhatbox**-Song spielte da im Hintergrund als sich Hände kreuzten ohne Nägel die durch das Fleisch gehämmert wurden, Begrüßungen, Vorstellungen, er ist *von* da er *von* da er von da und er von da, aha, Lachen, Bier her, und sofort war Rodger in einem Gespräch mit dem Negermenschen die nun Afrofarbige nein, Menschen heißen, der konstant ein Lächeln auf dem Gesicht hatte. Beide unterhielten sich von der ja und über die Musik ...

Auch Doel der Lügner erfreute sich einer redlichen Wortfetzerei wobei das Bier die Wörter noch mehr Lubrikierte welches eigentlich garnicht nötig war, aber es war ja auch kein Notstand. Und wer immer versucht vom kleinen aus das große zu beschreiben und vom großen aus das kleine zu beschreiben, der ist nie mitten drin und weiß zu guter Letzt nix man..Und so waren sie alle wie alle überhaupt drin bis das Shovelboard frei wurde und zwei Gruppen sich formten. Rodger und Doel gegen Donah und Gerry. .Donah ist übrigens eine feine belebte Seele mit andauernden Liedern auf der Zunge und voller Spaß und guten Vorstellungen, natürlich hat er noch Kleidung auf dem Körper der gute Donah..............

Und mit Evereybody must get Stoned auch von Dylan wurde dann das Spiel eingeläutet. Dazu war noch eine Menge Bier bestellt worden, denn hier oben im Norden bestellen die sich gleich 6 oder 9 Bier hier wird nicht viel gefackelt. Alle prosteten sich und dem andern zu und dann war alles offen, und weiter spielte im Hintergrund Evereybody must get stoned....

Draußen braute sich weiterhin ein Sturm mit dem Schnee so manche Schneewehe zusammen ohne Kinder zu kriegen, denn die lagen schon alle tief im Schlaf und träumten von Dornröschen und den Sieben Zwergen........

Gerry stellte sich als Schmeichler und Schwätzer heraus, und Doel war überrascht er dachte das wären nur Politiker und Lehrer oder Analytiker die einen an der Birne hatten und deshalb Anal-ytiker zu werden aber dann noch mehr an der Birne bekamen weil sie mit denen die echt ein an der Birne haben ihren Umgang haben und der Umgang der formt dich das gilt immer noch und wird auch sicherlich so bleiben. Aber Doel er verachtete die Schwätzer nicht weder noch die Schmeichler denn oft ist das die einzige Art und Weise wie sie sich als Menschen unter Menschen zurechtfinden in dieser oftmals errekten ejakulierenden Gesellschaft die ihre Protzereien nicht so gerne in den Abfall werfen will. Und so fing Gerry an die Runde flache schwere blitzeblanke Eisenscheibe auf dem hochpolierten Holztisch dem langen rechteckigen fein zusammengearbeiteten Tisch bis zur Kante der Fläche zu schieben so das sie nicht in das was ein Kanal Schachtförmiger Graben ist, fällt, der den ganzen rechteckigen Tisch umgibt. Denn wenn die Scheibe da hereinfällt fällst du auch gleich mit rein. Und musst einen ausgeben, aber wer seine Scheibe am nächsten zur Holz Klippe rutschflutschen kann der ist der König der Bretter und wenn er dabei noch einige andere gegnerische Stücke in den Graben nockt der ist nun wirklich ein feiner Spieler....
Huh der Tisch ist 4 Meter lang............
Klatsch, klatsch, man das war ein prima Anfang, riefen die so genannten Boys da frisch heraus und hoben die Gläser wieder einmal hoch..........
Und so wurden die Gläser noch viele male gehoben und letztendlich hatte Doel der Lügner die sicherste Hand das beste Einschätzungsvermögen die präzisesten gefühlsvollsten kalkulativen Rutscher das er unter den staunenden Augen der Menge aber nicht gefeiert wurde. Einer der Jungs hatte die Idee in sein Auto zu steigen um dort das frisch eingetroffene Heu zu rauchen das goldene aus Acapulco, und schwupp da wurde nicht lange gefackelt saßen sie enggequetscht in dem VW im Dusteren auf dem Parkplatz hinter dem Beerparlour und man war das noch am schneien. Ja als die Meute der nun rotaugigen angedröhnten jungen Männer da aus dem Auto steigen wollte hatten sie Schwierig-keiten die Türen zu öffnen. Ja sie waren so vertieft im Rauchen gewesen das ihnen das spektakuläre verschneien garnicht auffiel, ihnen gings nur darum die Türen zu öffnen, und als sie draußen waren, fluchten einige zwar wegen dem Schnee aber keiner von ihnen hatte bemerkt das sie inzwischen schon Schiiiienbein hoch im Schnee standen. Rodger und Doel verabschiedeten sich dann denn sie wollten eine erfrischende Wanderung zurück zum Haus durch den Schnee der immer noch dick fiel machen. Und das taten sie dann auch. Und der Schnee fiel schwer der Wind blies stark aber nicht so stark das der Schnee weggeblasen wurde, nein er wirbelte den Schnee an manchen Stellen auf, ließ ihn um die **Straßenstellen** wirbeln und das Licht der Lampe noch mehr Dimmen und ließ diese Schneerose wieder zum Boden sacken wobei es mehr Licht gab, denn echt, es gab kaum Licht, es war mehr eine sich andauernd verändernde Lichtzone die durch die dicke des Schneefalls sich veränderte und alles in eine gräulich fadige Beweglichkeit hüllt die eine Erfahrung der Mysteriösitat war aus welcher die versponnensten Geschichten gesponnen wurden wo viel gesehen würde wo viel angenommen wird ja das war die richtige Atmosphäre zum Gespenstersehen zum sich in den Schnee werfen denn Autos fuhren keine mehr. Ja diese Stadt hatte eine merkwürdige Ruhe nun, und außerdem waren die beiden bis auf dem der da vor ihnen neben dem Ahornbaum stand alleine im rauschenden tösenden wirbeln des Schnees des Lichtes des Pfeifens in den Ästen und des Knirschens auf dem

trockenen Schnee, und trotzdem bemerkten beide diese Ruhe die durch dieses Getöse sich wahrnehmen ließ..................

Hey Rodger was hältst du vom werten der Dinge an sich rief Doel durch die fallenden Schneeflocken, die sich noch mehr auch durch die Schwingungen der Töne bewegt in der Luft verziert drehten...

Rodger blieb stehen und wies Doel darauf hin das da vorne jemand hinter dem Baum stehe er fühle es, wolle aber noch nicht werten ob's ein gefährlicher jemand sei..

Ach so du willst mich für blöde ja vielleicht sogar für kollektiv blöde halten erwähnte Doel dann..

Nein, nein obwohl da jemand steht will ich dir sagen Doel, das vom Sinn aus gesehen kommt den Dingen nicht Wert oder Unwert zu, aber Doel, von den Dingen aus betrachtet hält sich jedes selbst Wert, vom Standpunkt der Masse aus betrachtet ist Wert und Unwert etwas das nicht auf dem eigenen Ich beruht, sondern auf der Anerkennung von andern. Und wenn du vom Standpunkt der Relativität aus betrachtest, dann ist ein Ding weil es größer ist als andere ,also groß, so gibt es unter allen Dingen keines das nicht groß wäre, verstehst du mich....

Ehhhm, du meinst also werten verhält sich so wie zum Beispiel, der Rocksänger Mick Jagger zu dem Papst. Beide halten sich selbst für wertvoll und einander für wertlos.

Ja Doel das zeigt die **Betrachtungsweise** der Werturteile, aber trotz all dem der da am Baum beginnt mich zu interessieren................

Wer bist du rief Rodger dann mit lauter Stimme die sehr stark im Ton gemindert wurde und vor der Gestalt die nun auf der Strasse stand fast herunterfiel.

Aber die Gestalt blieb da ruhig stehen...............

Nur der Schnee wurde geblasen, der glückliche......................

Um vorwärts zu kommen musste man jetzt seine Beine schon ziemlich hoch anheben, denn als Schneeschieber war das Gehen zu schwierig. Und als beide gerade ihren rechten Fuß über dem Schnee hatten um vorwärts zu stampfen da hallte eine mächtige klare Stimme von der Gestalt die in Farben sichtbar war die Stimme, und in ihr konnte gelesen werden Ich Bin das Bewusstsein. Bewusstsein............

Ach so, das bist du, dachten beide zur gleichen Zeit, und setzten auch zur gleichen Zeit die Füße in den Schnee um weiter zu gehen.

Hallo ihr beiden Schneewanderer rief der „aufderstrasse" im Schnee stehende mit der sichtbaren Stimme wieder. Kommt her ich will euch etwas sagen denn ich habe euch ausgewählt weil ihr die einzigen seit die hier entlang gekommen seit heute seit Anfang des Schnees. Denn ihr sollt wissen das bald ja bald schwindet Schönheit und Gestalt..

Trotz der sichtbaren Stimme waren beide etwas „Nullifiziert" wegen dem oder des letzten wahren Spruch, und das auch noch jetzt im Schneesturm.

Ihr beide ihr seit Sucher wie alle anderen Menschen deshalb wartete ich auf euch. Hört mir gut zu.........................

Ihr seit ziemlich versunken gewesen da in der Trinkhalle ziemlich versunken. Wenn ihr so weiter macht werdet ihr auch bald denken das ihr nichts seit und bald sterben werdet auch wenn's noch 50 Jahre sind die nun wirklich ein Schnippchen in der großen Zeit sind. Versteht ihr, also es ist an der Zeit das ihr euch mehr bemüht die Überseele zu erkennen. ....

Schon wieder soon gesteigertes Wort eines Begriffes der zu noch höheren und tieferen Erkenntnissen führen soll dachten beide zur gleichen Zeit...................

Jaja ich weiß das ihr das denkt, ihr beiden, flüsterte er, denn vergesst nicht ich bin das Bewusstsein...............

Entweder ihr gebt euch der Meditation hin, oder entwickelt mehr und tieferes Wissen oder ihr aber arbeitet schwerer, arbeit um ihrer selbst willen, nicht um Profite wegen, klar, aber so kann es nicht lange weiter gehen ohne das ihr versinken werdet, und ihr wisst doch was unter versunken verstanden wird, oder...

Beide hörten, beide schauten, was wollte er, wir hatten uns doch prächtig amüsiert, was will der...Oder Die oder das.................

Und wie der aussieht, fast so als ob er durchsichtig werden würde.

Was geht hier vor,hat man uns LSD oder andere halluzionäre Sachen in die Biere getaan dachten beide...

Nein das hat niemand, antwortete das Bewusstsein sofort zum erstaunen der beiden.. Und allmählich fingen sie an genauer hinzuhören, da war was,da war echt was, was ist hier los, also auf der Erde sein, neee.....................

Was ist das Bewusstsein fragte Doel dann endlich..

Bewusstsein lächelte das Bewusstsein, das ist unabhängig sein von guten oder schlechten Einflüssen frei davon sein.......

Deshalb will ich ja auch mit euch sprechen, denn ihr die ihr denkt ihr bedingten Seelen, auf was für Suche zur Selbstverwirklichung seit ihr, ihr seit noch keine Skeptiker weder noch Agnostiker, oder Atheisten die alle kein Verständnis für Spiritus haben, ehhm, ich meinte spirituelles Wissen haben, entschuldigt den Schnitzer, aber der Schnee, da ist mir der Rachen etwas vereistrutschig geworden............

Aha,rief Rodger, Freud würde jetzt gesagt haben, da ist wat faul mit dem, das nenne ich wenn ich eine genaue Bezeichnung dafür habe, so ....

Und Doel sagte, ja dieser Freud der Koksfreund Freud der hatte sooo viele Böse Begriffsbezeichnungen für seine Psychofunde und Bezeichnungen die waren soo übel so giftig und zeigten wunderbar was nämlich in dem Kokskopf von Freud passierte nämlich Verachtung und Bösartigkeit wenn ich nur an seinen **Anal-Charakter** usw. denke, also Arschloch Typ.

Doch das Bewusstsein redete weiter.

Auch diejenigen die die Lehre des Monoismus vertreten werden zu den Atheisten und Agnostikern gezählt. Denn nur die geweihten des höchsten persönlichen Gottes sind zu wahrer spiritueller Erkenntnis fähig...................

Warum, rief Doel, etwas misslaunt, denn schließlich sind doch alle Menschen gleichen Ursprungs für ihn..

Das stimmt rief das Bewusstsein sofort aus, aber die anderen sind nicht fähig zu erkennen und zu verstehen das jenseits der Materiellen Natur die spirituelle Welt und der höchste persönliche Gott existieren.............................Ja wenn er der höchste persönliche Gott ist dann ist er in allem meinte Rodger zu Doel dem Lügner etwas gelangweilt, denn für Rodger was das Reden von Gott etwas sehr hassenswertes, das wusste Doel noch nicht.Ja das stimmt, aber nur diejenigen die das innerlich erkennen und akzeptieren sie sind fähig dann auch weitere Erkenntnisse in der Richtung zu verwirklichen, könnt ihr beiden das noch verstehen ?

Ach verschwinde lass uns alleine wir haben dich nicht bestellt, beide wurden nun etwas Ungeduldig.................................

Und außerdem war der Schnee noch tiefer geworden..............

Nein, nein ,schaut her, und als sie wieder das Bewusstsein anschauten sahen sie wie die Stimme sichtbar war ,aber sie wurde dann wieder unsichtbar, doch dafür wurde der Ton sichtbar, er winkte den beiden zu und im Ton leuchtete dann wieder das Wort auf, verziert mit den schönsten Farben erkannten die beiden das das Wort ein Wesen an sich war ein lebendes Wesen, so wie der Ton oder die Stimme, und dann als sie das erkannten wurde alles um sie herum still und stiller und ruhiger das Bewusstsein wurde durchsichtiger und durchsichtiger. Doel und Rodger wurden auch ruhiger und ruhiger, sogar der Schnee war so ruhig geworden das die Schneeflocken in ihrer Position verharrten da direkt vor ihnen in der Luft, und so wurde alles ruhig und stille.

Und vor ihren Augen wurde das Bewusstsein durchsichtig. Der Körper löste sich in seine atomaren Bestandteile auf, und da im nun unsichtbaren Körper der transzendiert war leuchtete das eigentliche Leben das nie stirbt weil es das Leben ist ,und die beiden staunten.................................

Denn auch bei ihnen hatten sich sonderbare Dinge getaan. Sie erkannten das ihr Atem als alles ruhiger wurde ein selbstständiges Wesen war ,das erkannten sie als nämlich der Körper so ruhig wurde das sämtliche einzelnen Körperfunktionen sichtbar wurden, und sie wussten das sie nicht der Körper waren, sondern das ewige Leben. Und die Bestandteile des Körpers sämtliche Atome und Moleküle und anderes alles waren eigene Wesenheiten sozusagen ein Kosmos im Kosmos war der so genannte Körper bestehend aus Zigmilliarden winzigsten Mikro Lebewesen für die Doel oder Rodger die Gottheit war. So wie nun das Leben des Bewusstseins da leuchtete. Und sie wussten das sämtliche Organe in sich ein selbstständiges Wesen waren, die sich im Laufe der Zeit zu einer Koordination zusammenentwickelt hatten und aus welchen dann neue Organe sich entwickeln würden, die dann weiterhin die organische Evolution für andere Wahrnehmungsfähigkeiten befähigte......................

Und dann kam eine arktische **Schneeeule** angeflogen und setzte sich zwischen die drei leuchtenden Lebewesen. Sie öffnete den Schnabel aus RosaGold und sprach : Wenn ihr beiden wieder in eure Körper zurückkehren werdet, werdet ihr sehr wenig von dem behalten was ihr jetzt erfahrt das liegt im Wesen der Dinge und Körper. Aber ihr wenn ihr euch danach doch schon weniger mit euren Körpern identifiziert, ihn aber dennoch nicht vernachlässigen werdet, ihn schön pflegen werdet, ihr müsst erkennen das ihr euch nicht zu sehr auf eure Stärke verlassen sollt, denn ihr habt euren Weg verloren, das wisst ihr noch nicht, aber es wird euch eines Tages bewusst werden, es ist nur schade das auch dieses Erlebnis doch nicht beim wiedererwachen durchdringend genug und demütigend gewirkt hat, so das ihr als Menschen eine andere Sicht entwickeln werdet, dafür habe ich euch noch in der kleinen Zeit gelassen, damit ihr wach werdet, denn obwohl ich die Eule das ursprüngliche bin, so warne ich euch, denn ihr befindet euch unter einer Vielfalt von Wesen die alle ihre eigenen Wege gehen wollen und nichts scheuen um sich eine freie Fahrbahn zu machen, auch wenn sie damit Feinde schaffen, betrügen oder morden, denn im Kreislauf der Zeit die deswegen eindimensional ist, ist die Zeit momentaaan an der Stelle der Boshaftigkeit und der Unwahrheit angelangt, schaut euch mein Gefieder an, berupft beschmutzt beschossen, auch ich bin davon betroffen, die Menschen schrecken vor nichts zurück in ihren verwesenen Eskapaden was für sie Freiheit sein soll, deshalb sage ich euch, da ihr das Lebewesen seit, das menschliche Herz muss einer Erschütternden Rührung zu Opfer fallen, eine Rührung die so tief und so besinnlich wirken soll das alles was im Herzen wohnt die Wünsche das Verlangen die Neigungen, stehen gelassen werden, sie sich mehr empfänglich machen für die tiefen der schöpferischen Urkräfte die ihnen den weiteren Verlauf der Weiterentwicklung des menschlichen Daseins andeuten werden wird....

Und damit flatterte die Eule mit dem RosaGoldSchnabel mit ihren Flügeln und flog wieder weg. Und beim wegfliegen leuchteten sämtliche Schneeflöckchen in tiefer aber glanzloser Farbenpracht auf. Und als die Farbenpracht versiegt war, war auch der Schnee wieder am fallen und das Bewusstsein war wieder da am reden. Beide, Rodger und Doel standen wieder da verschneit, und das Bewusstsein sprach schon wieder...

Doch Doel und Rodger waren etwas erschrocken, fingen aber sofort an weiter zu gehen, denn die Kälte und das was sie gesehen hatten, waren stärker als die Worte des Bewusstseins, das ihnen hinterher rief, versucht das Bewusstsein rein zu halten.

Doch der Schnee fiel noch dicker und die Stimme wurde kaum gehört. Versucht die Überseele im Innern zu erkennen, rief das Bewusstsein nochmals.

Doch der Schnee fiel noch dicker und die beiden waren schon entfernter.

Versucht den höchsten persönlichen Gott durch die Entwicklung von Wissen zu verstehen, oder durch kindische Spielereien, aber versucht den höchsten Herrn zu finden, versucht ihn zu finden, das Höchste das weder Frau noch Mann ist.

Und die beiden hörten noch wie in ihrem erkennen aus dem **Hintergrund**, finden, finden finden, finden, zu hören war....

Und dann echote nochmals ein riesiges Echo durch die Strassen den Schnee den Wind den Körper der beiden : Hört mehr hört mehr ins Innere hört, hört, hört, hört, das ihr niemals zerstört werden könnt hört, hört, das die Überseele in jedem Wesen zugleich ist hört das da das Selbst nichts tut ,hört das ihr anfangt mit den Augen der Ewigkeit zu sehen, hört das ich das Bewusstsein den gesamten Körper alle Körper mit dem Symptom des Lebens bestrahle, hört dass das Bewusstsein der Qualität mit dem höchsten Bewusstsein eins ist, hört aber auch das ich das Bewusstsein, aber nicht erhaben sein kann, denn ich bin im individuellen Körper enthalten, und kann deswegen nicht am Bewusstsein eines anderen Körpers teilhaben. Doch die Überseele die in allen Körpern enthalten ist als Freund, der individuellen Seelen, sie ist sich aller Körper bewusst, und das ist der Unterschied zwischen dem höchsten Bewusstsein und dem individuellen Bewusstsein welches ich bin, ohhhhh hört ihr mich...

Obwohl die beiden schon weit weg waren hatten sie das Echo noch gehört. Fingen nun aber an zu Laufen, das war zu viel für ihre Gemüter das war zu viel für heute, schnelle weg von hier.............

Doch Doel der sich schon des öfteren damit beschäftigt hatte, und das menschliche Bewusstsein ,das von so vielen so gepriesen wurde, aufgrund der Tat - Sachen die er sich da in den Ländern der Erde beschaute und wegen der Entwicklungen die sich in den Staaten und Provinzen taten, gefragt hatte, was es nun wirklich mit dem Bewusstsein auf sich hatte, ihm wurde auf einmal klar dass das Bewusstsein, nicht das war was als erstrebenswert zu erkennen galt, denn all zu oft waren diejenigen die sich als bewusste Menschen ausgaben die schlimmsten Typen und Charakter, und alleine was sie mit ihrem Bewusstsein geschaffen haben, das soll Bewusstsein sein, nein da stimmte was nicht, das war nur die menschliche Psyche mit ihren verkorksten Gemütern mit ihren Strebereien, dem Besserwissen, der Sucht nach Macht, das Bewusstsein, war eine primitive Erscheinung, das wusste er nun auf einmal, weil so wie es jetzt aufgeprotzt wurde es mit der materiellen Erkenntnis, das die Welt nur aus Materie und Atomen bestehe aufgebaut ist,das war das durchsetzen der Wissenschaftler, der Biologen der Naturwissenschaftler derjenigen die darauf bestanden das es so sei und nicht anders...............................

Aber er wusste auch dass die ihre Ansichten ändern würden wenn sie ihr Lebenlang in Atomen und Materie hineingeschaut haben und am Ende keine höheren Ziele erreichen können.

Und er wusste dass das echte Bewusstsein das **Überbewusstsein** wa. Das große Bewusstsein hinter dem menschlichen Bewusstsein.

Und so drifteten die beiden dann endlich schon fast wie Schneemaulwürfe aussehend durch den hohen Schnee zum Haus, nur um festzustellen das inzwischen in ihnen ein ziemliches Chaos am wühlen war. Ja sie bemerkten sogar dass sie sich nun ab und zu umgeschaut hatten, ob dieses Bewusstsein noch da wäre. Denn den,das, wollten sie nicht so sehr bejahen der,es, hatte ihnen zu viele Einsichten geben wollen. Womöglich hätte er ihnen noch eine Zukunftsprognose stellen wollen, wo er ihnen mitteilen würde, wann wo und wie sie beide sterben würden, nein, bloß weg von dem. Auch wenn er da tiefe anliegen „Gezeitigt" hatte.......................

Rodger wollte die Tür öffnen, aber der Schnee der hatte auch da ein Schnippchen geschlagen, und das Schnippchen heulte ziemlich stark, was sich so anhörte als ob Wind am Brausen war.

Verdammt, rief Rodger zu Doel, der sich in der Nase popelte.

Verdammt, wenn man sich schon mal ausnahmsweise zur Lebensbejahung bekennt, oder sogar zur Ordnung, dann darf nie vergessen werden, das die Verneinung und das Chaos immer noch anwesend sind, und das die einem ziemlich alles durcheinander bringen können, obwohl man die besten Vorsätze hatte. Verdammt, was ist das bloß für ein Abend. Warum, also so was Schräges ist mir noch nie passiert. Was hältst du von dem ganzen passierten Doel.

Ach weißt du Rodger ich lasse dem was geschehen ist einfach seinen Lauf. Oder soll ich anfangen das was jetzt Vergangenheit ist noch mal Gegenwärtig zu machen, nur damit, damit, ach ich weiß auch nicht, schlage lieber das Fenster ein, sonst frieren wir hier noch ein......

Und das wurde dann auch getan. Das Fenster zur Veranda im Hinterhof wurde eingeschlagen. Und als sie dann in der großen Wohnstube mit den zwei roten Plüschcouchen waren, und sahen wie sich Betty und Charly da auf dem Teppichboden wälzten, dachten sie zuerst , na so was, die Vögeln. Und mit dem Düftchen in der Luft, Acapulco Gold Duft. Aber bei genauerem hinschauen, sahen sie das die beiden sich vor Freude am Boden kullerten, ohne zu bemerken das Rodger und Doel von der Küche aus zuschauten. Es war das Fernsehprogramm.....

Hey was ist mit euch los rief Rodger...

Charly zeigte mit der Hand auf das Fernsehen und meinte dass sie Gerichtsverhandlungen, kommunale, städtische sehen, und da gibst echt was zu Lachen. Komm, hier, rauch'n Joint meinte er dann.

Die beiden die viel erkannt hatten setzten sich auf den Boden und waren froh nun endlich zu entspannen und aus dem kniehohen Schnee gekommen zu sein, und wieder Gold zu rauchen und weg von dem da draußen zu sein....

Gleich kommt ein Fall wegen sexueller Obszönität.

Ja.

Und danach trifft der Staat auf den **Angedröhnten**, das sind die beiden letzten Fälle flüsterte Charly...

Und dann wars soweit auf dem Bildschirm. Da war das Murmeln der Meute im Saal zu hören. Dann wurde der Sprecher es kann auch der Richter gewesen sein, der fing an wie ein Wasserfall zu quasseln, alrigt, municipal court of edmonton town wünsch den angehörigen einen guten Tag und setzen sie sich nun alle hin.

Das Gericht ist nun in Sitzung Ruhe bitte. Das sagte er alles ziemlich schnell als ob er auf einer Versteigerung wäre.

Dann klopfte er noch mit seinem errekten Hammer auf den Tisch, und eine piepsige Stimme einer alten wackligen grauhaarigen Frau war zu hören und sehen. Sie sagte gooood mooornin, baylift you may call the first case, lesly cowwinkel. Lesly cowwinkel wurde dann *von* dem Sprecher gerufen bist du Lesly cowwinkel rief er den Alten an.

Ahhh wenn ich nicht lesly cowwinkel wäre würde ich nicht hier sein, nun würde ich das, erwiderte der Alte ziemlich giftig, mit Spucke aus dem Mund tropfend.

Setzen sie sich da hin erwiderte der Sprecher etwas giftiger.

Ahhh Küss mein Arsch schnodderte der Alte.

Wogegen der Sprecher zu einem Schreiber etwas murmelte und dabei den Namen des Alten erwähnte, wobei der Alte noch giftiger wurde und rief was zum Teufel glotzt du mich so blöde an du gottverdammtes Faschistenschwein. Zu einem der Zuschauer rief er das.

Sei still da rief der Sprecher. Und die Alte fing auch an zu sagen dass der Alte ruhig sein soll. Ahhh leck mich am Arsch rief er ihr zwinkernd giftig zu.

Dann sprach der Sprecher zum Alten, während da in dem Wohnzimmer nochn Joint die Runde machte, und die Stimmung ziemlich lachhaft war, und sogar im Gerichtsaal fingen die Menschen an zu Grölen. Denn der Alte Lesli war nur am schnauzen.

Mister cowwinkel sie sind beschuldigt worden an dem und dem Tag ein Mädchen sexuell belästigt zu haben. Wie verhalten sie sich dazu, zu der Anklage.

Ich war Wahnsinnig rief der Alte sofort aus.

Wahnsinnig rief der Sprecher.

Ja, ich bin Wahnsinnig auf diese Frau, ahhh huhuh Lach ahhh. Die Menge grölte. Wir Grölten und der Hammer wurde auf den Tisch geklopft damit wieder Ruhe im Saal wurde.

Dann rief die Alte mit ihrer nasalen Piepsstimme, mister cowwinkel sie sind nicht das erste mal bei uns und wir müssen sicher machen das sie hier nicht mehr erscheinen,

„Schlagt seinen Pimmel Dreißig mal„, rief sie überzeugt aus.............

Sofort wurde der Alte von zwei Wächtern gegriffen und schrie nehmt eure stinkenden Hände von mir. Und dann trugen sie ihn aus dem Saal. Der Sprecher wendete sich dem Richter zu und rief, „der Staat gegen den Angedröhnten der Staat gegen den Angedröhnten„.

Sind sie der Anwalt des Stoners rief der Sprecher zu einem etwas schüchtern aussehenden Menschen.

Ja der bin ich rief er Scheu und flüsternd zurück.

Von draußen hörte man wieder den Alten schreien ahhh leck mich am Arsch.

Setz dich da hin flüsterte der Anwalt zu dem Stoner.

Ohhh man entspann dich man, its cool man du hast die Jungs schon im Sack man, entspann dich man, erwiderte der Stoner ziemlich Kaugummiartig sprechend.

Jaja aber lass mich das Reden tun flüsterte der Anwalt. Die beiden kannten sich wohl gut.

Dann stellte sich der Anwalt gerade hin, zupfte etwas an seiner Manschette und stellte die Schuhe über Kreuz so das eine Spitze unter der andern war, und meinte überzeugt, zu der Jury sprechend.

Nun Ladies und Gentle Männer, nun es könnte verdächtig erscheinen wenn mein Klient zur Zeit des Arrests 26 Pfund Marihuana und 45 LSD Pillen und eine Gallone Rotwein an sich hatte. Aber für den einfachen Menschen auf der Strasse würde so was natürlich verdächtig erscheinen, aber mein Klient war eigentlich auf dem Weg zum Polizeidepartment um die Sachen abzugeben. Denn er hatte sie gefunden. Und das ist doch eine Entschuldigung eine Erklärung. Nun wir sagen nicht das mein Klient ein Engel ist denn wir geben zu das mein Klient Öffentlich zweimal Marijuhuanah geraucht hat und einmal LSD genommen hat, aber beides nur unter der klinischen Beobachtung derer die aus dem Menschen Testschweine machen wollen damit die Drogen besser verkauft werden wollen, und Ladies und Gentle Männer, ich will sie daran erinnern das sie selbst ihre eigene Psyche examinieren sollten das wollen wir sie tun lassen examinieren sie ihr Bewusstsein, und erinnern sie sich richtet nicht und ihr sollt auch nicht gerichtet werden, und zu guter Letzt will mein Klient noch einige wenige Worte zu seiner Verteidigung sagen.

Der Stoner stand auf, sah wackelig aus, ging die Treppe runter und fiel prompt hin. Und die Menge grölte wieder. Er stand dann auf und fluchte, verdammt man, soon Dreck, ich habe mir fast das Genick gebrochen, wow man, its heavy.

Hey, flüsterte der Anwalt, da, in die Richtung da ist der Richter.

Hey Richter, man, schrie der Stoner ziemlich brüllend.

Sofort flüsterte der Anwalt wieder. Leiser, freundlicher, angenehmer sprechen. Und der Stoner sagte yeeees mein man yes mein man.

Hey Richter dig, man, ich kenne ne menge Leute die nennen dich ne alte Sau man, weißt du, ne Sau, aber nicht ich Richter.

Mehr unterwerfender sprechen rief der Anwalt leise zu.

Ja, Ja.

Jaja hey Richter aber mir gefallen **Schweine**, denn meine Alte sie ist ein Schwein.

Wieder schallendes Gelächter im TV und im Wohnzimmer wo schon wieder ein Gewürzstengel gedreht wurde zur gemütlichen Gemütlichkeit beisteuernd. Was denn sonst, ein Jahrtausendalter Vorgang..

Schhhth, schhht, rief der Anwalt.

Ahhhh ja, Ahhhh Richter, wie mein Mann schon sagte, ehhhm, ich versuchte Marihuanajan nur,ehhhm, ja, ja,nur,ehhm,22 mal man.

Ahhhh kreischendes Gelächter.

Pssst nein nein, flüsterte der Anwalt ihm wieder zu, 2 mal, nur, okay.

Ach ja Richter ehhhm ich meinte nur 2 mal, dig man, can you.

Ehhh jam und LSD man, ehhm, 10 mal, man.

Nein einmal, der Anwalt, 1 mal.

Ehhhm ja Richter 1 mal man.

Wieder Gelächter im Saaal und das klopfen der Alten die Ruhe im Saal Ruhe schrie und Rot anlief. Aber das Gegröle hörte nicht so leicht auf.

Dann der Stoner wieder, ja Richter ich weiß wo der Drogentrip hinführt, ich weiß das es der letzte Dreck ist man, zieht dich nur nach unten und du wirst richtiger Teilhaber am aktiven Leben einfach fantastisch wahnsinnige Spitze und vor allem so intensives Leben man. Jedenfalls fing der Stoner jetzt an richtig in Schwung zu kommen, und zur gleichen Zeit fing dann auch der Anwalt an zu sprechen als er sah dass der Stoner nicht mehr so leicht aufhören würde. Er redete lauter als der Stoner und meinte dann ehhh Richter was ich meine zu sagen mein Klient zu sagen meint ist das er keine Drogen mehr braucht er hat sozusagen die Drogenerfahrung transzendiert, ehhhh ja das ist das richtige Wort sagte er fast lächelnd zu sich selber, erkannt zu haben das er da irgendwie richtig lag. Also mein Klient, aber zur gleichen Zeit murmelte der Stoner auch noch wildes Gequassel und wurde dann aber zusehends und hörends wütender und schrie dann endlich mit angestonter Stimme, ehhhh man halte an man, hör auf zu reden , man, ich tue das Gequassel hier und nicht du, wenn du so weiter plapperst dann vermasselt du mir bloß noch diesen Fall hier und ich komm aus dem Mist nie heraus.

Riesiges lautes Getöse im Saal kreischende Laute **Schulterklopfen** und kleine Buddeln aus denen einer gezogen wurde im Saal.

Ruhe, Ruhe im Saal, die Alte wieder, und der Stoner redete dann wieder alleine.

Ehhh Richter wie ich schon erwähnte, ich brauch kein LSD oder Ruhumijana, Richter, dennnnnnn ichhhhhh biiin süchtig auf Downers mannnnnnn.

Und der Saal tobte mit den Insassen und die Alte schrie Ruhe Ruhe im Saal und dann wurde plötzlich die Fernsehsendung ausgeblendet und regionale Störung war da auf dem Bildschirm zu lesen.

Rodger erhob sich und meinte mit rauchiger Stimme, ehhm Doel, ich werde mal n'paar Boys anrufen Spliff und Kayas mal sehen ob die morgen mitkommen wollen um Fischen zu fahren, Eisangeln.

Prima man, rief Doel, seine Augen leuchteten auf, prima.

Rodger ging in die Küche und dann ein riesen Schrei, ehhhhh schaut mal raus falls ihrs noch könnt, kommt her, und man, da war der Schnee schon so hoch gefallen das sämtliche Fensteraussichten mit Schnee bedeckt waren, ja nach kurzer Untersuchung ergab sich das die ganze Stadt total eingeschneit war und der Schnee schon 16 Meter hoch lag, ehhhm man, meinte Doel dann, da müssen wir ja morgen ziemlich wie die Maulwürfe durch den Schnee fahren ob wir's schaffen.

Ach komm mir nicht mit solchen fast verzweifelnden Gedanken, man, natürlich schaffen wir's, ich hab doch einen Volvo man, der schafft's, und außerdem nehmen wir uns zwei Gasflaschen mit und zwei setzen sich vorne auf den Kühler und schmelzen den Schnee einfach mit einer Riesenflamme weg, zu schade das wir keinen Flammenwerfer haben so einen der ne Zwanzig 30 Meter lange Flamme bringt. Dann wär's doch echt nicht der Rede wert hier raus zu kommen.

Doel wusste wieder mal das die Menschen hier oben echt den Frontiergeist in sich hatten, vorwärts auf alle Fälle ohne Rücksicht auf Verluste.

Übrigens kannst du oben im leeren Zimmer von Bill schlafen er komm erst Übermorgen.

Ich habe dir schon ein Laken und Bettzeug auf die Matratze am Boden gelegt rief Karin die Freundin von Rob zu Doel, sie war in der Küche beschäftigt.

Die liebt den Wodka meinte Rodger wieder, deshalb ist sie in der Küche, sie will ihre unglückliche Liebe vergessen, das kann man zwar aber besser wäre doch für sie wenn sie nun anfängt den Wodka für immer zu lieben dann kommt eine unglückliche Liebe nicht mehr vor, man, was meinst du.

Du wirst ziemlich Rau Rodger was ist los mit dir, du studierst doch Physiotherapie.

Jaja.

Aber das ist es eben jeder kann studieren und eine verantwortungsvolle Position erhalten die Wissenschaften der Institutionen kümmern sich nicht um irgendwelche Gemüter irgendwelche gefährlichen Nuancen die sich dann als Beeinflussung auf die zu behandelnden

Patientenabfärben.

Ach komm Doel halt die Luft an, dann zeig ich mich eben von meiner gelernt freundlichen Seite. Hier auf den Universitäten sind die größten Raubmenschen Süchtige die schon im Voraus gierig darauf sind selbst Machtpositionen auszuführen und das was sie in ihren wilden Gemütern haben auszuleben.

Ohhhh mir grauts mir grauts, die, welche führende Positionen haben, mir grauts mir grauts. Und Doel warf sich auf die Knie und betete, er betete zur Mutter Erde und zum Vater Himmel, er betete dass die Menschen endlich damit aufhören sich von dämonischen Eigenschaften leiten zu lassen. Auch er selbst war davon betroffen. Er betete den Geist an der Segen bringen soll. Er betete die Geister an das sie die Menschen nicht zur Wildheit wegen der angeblichen großen Freiheit verführen sollten. Er betete dass der Boden anfing zu wackeln. Er schrie, er flüsterte, er bebte, und die herumstehenden waren zu tiefst betroffen und keiner sagte ein Wort mehr, versunken in der Nachdenklichkeit.

Die Atombomben, die Milliarden an Rüstung, die Ausbeutungen der Indianer die Verseuchungen der Atmosphäre, das Schinden der Natur, das aufflammen der Kriege auf der Erde. Ohhhhh, was soll das bloß werden. Ohhhh es ist eine Schande Mensch zu sein. Hoffentlich werde ich als der Glücksbringer wiedergeboren schrie Doel dann noch mal Hingebungsvoll auf. Was für ein Schicksal die Menschen sich da zusammenbrauen.

Komm beruhige dich Doel beruhige dich Doel ist ja schon gut. Komm mach dich nicht fertig Doel, lebe dein Leben kümmere dich weniger um solche Sachen das sind Kräfte die können die Menschen nicht mehr kontrollieren sie sind außer deren Bereich gelandet auch wenn es so aussieht das da noch **Rettung** wäre.

Wer einmal von solchen Sachen infiziert ist der ist fertig mit dem was, als menschlich erkannt wird er wird selbst Mechanismus.

Klar er wird mit Reichtümern belohnt. Aber die belohnen sich eigentlich nur selber und bringen seine Aufmerksamkeit weg von dem was die Menschen als höchste Erkenntnis erreichen können. Welches ihr Gemüt ein friedliches Lebensförderndes Gemüt sein ließ. Aber so, nein. Beruhige dich Doel, das sagte Karin zu Doel, da im Türrahmen stehend.

Jaja man gibt dir das aber dafür musst du zahlen, Neil Young.

Ahhh die Menschen zum Ankotzen, sind das Menschenziele, sind das Menschenziele, oder besser Menschheitsziele, nee.

60-70 Millionen und mehr, ein Jet. Der fliegt da *rum* und schluckt und tötet und dafür arbeiten die Massen, sie Schuften und versauern in Suff, sie schuften für solche Regierungsköpfe für solche Industriekonzernbesitzer mit solchen fadenscheinigen Aufbaute. Nee dafür zahle ich keine Steuern. Und das sollten alle Menschen tun die unter solchen Regierungen und deren Industriefreunden schuften. Regierungen die solche **Schindereien** mit den Menschen machen.

Scheiß was auf die Internationalität die Kommunikation, die Satelliten im All. Und solche Staaten mischen sich in die Angelegenheiten anderer obwohl sie nicht einmal ihre eigenen Angelegenheiten in Ordnung gebracht haben. Ohhhhh das stinkt gewaltig.

Das sind fast alle heuchlerische Staaten heutzutage im Februar 1977. Das ist was mir an Kanada noch gefällt, die rüsten nicht so viel. Die Belgier auch nicht, und einige andere, aber ihr hier in Kanada ihr habt die Möglichkeit noch, euch von solchen Einflüssen zu entfernen. Und sich bloß nicht davon einschüchtern lassen das man ohne die Hilfe der andern nicht existieren kann so ein Schwachsinn. Jedes Land auf der Erde kann von sich selber existieren.

Ja ja in Kanada da ist noch Land. 22 Millionen Menschen auf dem 2t größten Stück Land der Erde. Obwohl es kein Stück ist. Das gefällt mir sehr. Ach ich liebe dieses Land hier und Rodger merk dir das.

Und somit stand Doel wieder auf und ging ohne ein weiteres Wort zu sagen die Treppe hoch, pinkelte in das Waschbecken und putzte sich die Zähne welches ein medizinischen Geschmack hinterließ, und ihn etwas anekelte. Da stimmt was nicht mit diesen Produkten.

Gute Nacht rief er von oben herunter.

Und Rodger antwortete ihm etwas empört, wohl weil das persönliche fehlte oder warum, Yes man gute Nacht.

So und nun schaute sich Doel im Zimmer noch mal um. Da war die Matratze auf dem Fußboden, ein schönes Fenster, Schnee im Hintergrund, da war ein alter hüfthoher Schrank, und ein Spiegel, und natürlich ein Einbauschrank, die Lampe hing von der Decke ohne Lampenschirm nur als Birne, ein blendendes Getüm, aber glücklicherweise war das Zimmer geheizt. Eingekuschelt in der dünne Decke beobachtete er noch wie er langsam in den Schlaf torkelte. Sanft und immer sachter beobachtend dann sogar etwas leichter fühlend schließlich war Doel im Schlaf in der einzigen Freiheit von Bewusstseinsfreiheiten. Aber dann flammte noch ganz schnell Little Honda von den Beach Boys in seinem Musikwesen auf. Aber auch schon wars wieder entschwunden, und Doel sank in den Schlaf der am Träumen war....

Unten im Haus liefen die Mäuse auf dem Tisch herum. Küchenschaben an den Wänden herunter und auch hoch, und die Katzen schnurrten auf den Betten ihrer Pflegeeltern, ganz schnurrig.................

Die eine Küchenschaaaabe mit dem rotgefärbten Haaren fragte dann der küchenmausartigen Maus ne Frage, und zwar ob sie unter schweinischen Vorstellungen leide, und da antwortete dieses Müsli Mäuschen ganz spitzmäusieg, nein, ich genieße sie...

Inzwischen schnarcht Rodger in seinem mit Büchern und Gitarren und Frauenbildern

ausgestatteten Zimmer. Er schnarchte so das der Schnee so zu Zittern anfing und dadurch ziemlich in seiner natürlich lockeren Verfassung deprimiert vorkam und zusehends in eine depressive Verfassung geriet und dadurch so viel an körperliche Aufgeblasenheit verlor das er zusehends kleiner wurde und ganz ohne das Wissen derjenigen die in den Häusern schliefen zu einer ziemlich dicken aber sehr dünnen Schneedecke zusammengeschrumpft war, und somit die Fahrt für morgen früh schon freier war................
Also da liegt viel angenehmes im **Schnarchen**, oder nicht....................
Naja der Doel der war inzwischen tief sehr sehr sehr tief in diesem Traum der eine Verbindung zu dieser Person hatte die demnächst in das Zimmer einziehen würde eingetaucht. Er sah diese Person die eine Mannsperson war und bärtig gewachsen seine loosen Hosen und Hemden ziemlich gelassen trug, sich sehr tief in die Gedanken vom Ursprung des Ursprungs vertieft hatte und nun in diesem Traum zu Doel sprach, ihm eine Lehre erteilte; denn Doel hatte für ihn eine unangenehme Ausstrahlung und dieser Typ hatte Klarsichtvision. Er warnte Doel also eigentlich aufzuwachen und aus dem Zimmer zu gehen und woanders zu schlafen. Ihm wars egal, solle er doch in der Badewanne oder draußen im Schnee schlafen, und dass das sagte er zu Doel dem Träumer : „Du Mensch aus Berlin, du könntest ein Schurke sein. Und die Schurken die abgestumpft und dumm, die die niedrigsten der Menschen sind, deren Wissen von Illusionen gestohlen ist,und die das atheistische Wesen von Dämonen haben, die geben sich mir dem Bärtigen Gott nicht hin, und erst recht nicht ihm dem wahren Schöpfer aller und allem. Denn in den Schriften der heiligen Schriften steht geschrieben, dass man die strengen Gesetze der materiellen Natur überwinden kann wenn man sich einfach den Rosenfüßen der höchsten Persönlichkeit hingibt. Und du Schurke aus Berlin, an diesem Punkt stellt sich folgende Frage eine Frage, wie ist es möglich, das gebildete Philosophen, Wissenschaftler, Geschäftsleute, Politiker und all die Führer der gewöhnlichen Menschen ,sich nicht den Rosenfüßen der höchsten Persönlichkeit hingeben. (wohl weil sie sich selbst als höchste Persönlichkeit ansehen schnurrte Doel) Die Führer der Menschheit suchen schon seit langer Zeit auf verschiedener weise und mit großer Ausdauer und Plänen nach der Befreiung, von den Gesetzen der materiellen Natur, doch wenn diese Befreiung möglich ist, indem man sich der höchsten Persönlichkeit hingibt, warum nehmen diese intelligenten und hart arbeitenden Führer nicht diese einfache Methode an„....................
Ach das ist ganz einfach meinte Doel zum Bärtigen. Weil diejenigen Politiker Erzieher Wissenschaftler und soweiter, keine wahren in dem Fach sind, sie sind meistens nur Gesellschaftsschakale, sie sind innerlich nicht konsequent auf dem Pfad der höchsten Persönlichkeit, sie sind Erfolgsmenschen für sich selber. Sie haben keine Vorstellung von Gott, sondern fabrizieren lediglich Pläne ihre eigenen und machen daher die Probleme des materiellen Daseins mit ihren vergeblichen Versuchen, sie zu lösen, nur noch komplizier- ter.................................
Jaja du hast recht antwortete der Bärtige etwas mürrisch. Wohl nicht erwartend das der Schurke Doel der Lügner, nun doch anders war..........
Er war ein Träumer.....................................
Und im Traum verließ Doel dann blitzschnell den Bärtigen und huscht in die Zukunft wo John Lennon in New York erschossen wird, und die Menschen singen Give Peace a Chance................

Hare Krisna hare Krsnas hare hare das sang dann George Harrison. Und **Ringo** sang mit
Mc Cartney Rama Rama Sanella Sanella................
Schluss damit zurück in die Gegenwart zum Traum..............
Der Bärtige war schon wieder oder immer noch am sprechen. Weil die materielle Natur
sehr mächtig ist, kann sie die unautorisierten Pläne der Atheisten durchkreuzen und das
Wissen der Planungskommissionen zunichte machen...
So wie in den Weltkriegen oder den früheren Blutbädern der Kaiser oder der zur Höhe ihrer
Kultur erlangten Völker wa, meinte Doel.
Jaja so.
Aber du Doel du bist doch wohl kein Schurke nicht wahr, du bist doch kein atheistischer
Plänemacher nicht wahr, du bist doch keiner der wie die Atheisten den Pläne des Höchsten
versuchen entgegenzuwirken. Das heißt nicht dass ihre Pläne keine Anerkennung
verdienen. Ja sie sind manchmal sogar sehr intelligent und gigantisch um ausgeführt zu
werden. Aber dennoch arbeitet das Gehirn der Atheisten in die falsche Richtung, ja, gelenkt
werden, damit sie sich letztendlich selber zerstören. Bloß leider zerstören sie dabei die
überwiegende Anzahl der Bevölkerung mit, und insbesondere heute, die Atombombe...
Der Lügner Doel der kein echter Mensch war, hörte eifrig zu. Irgendwie kamen ihm diese
Erkenntnisse sehr alt vor, ja sehr sehr alt, und trotzdem waren sie aber zur gleichen Zeit
erfrischend. Sie fingen an ihn in seinem Traumschlaf zu liebkosen...
Die materielle Energie ist völlig nach der Anweisung des höchsten Herrn aktiv. Sie hat
keine unabhängige Autorität sprach der Traumbärtige weiter. Sie wirkt, wie sich der
Schatten bewegt, in Übereinstimmung mit den Bewegungen des Objekts. Aber dennoch ist
die Materielle Energie sehr mächtig, und weder kann der Atheist aufgrund seines gottlosen
Charakters, wissen, wie sie arbeitet, noch kann er den Plan des Höchsten Herrn erken-
nen.....................
Nein das können sie niemals erwiderte der Bärtige zu sich selber sprechend und sich dabei
sehr wohl fühlend.....................
Unter den Einflüssen der Illusion, und der Erscheinungsweise der Leidenschaft und
Unwissenheit werden all seine Pläne zunichte gemach und so sind bisher alle Pläne der
Menschen zunichte gemacht worden die auf rein wissenschaftliche Erkenntnis beruhen,
oder philosophischer, politischer oder erzieherischer, obwohl diese Gruppen in materieller
Hinsicht sehr weit fortgeschritten sind und waren.....................
Ja sie waren alle Götzenanbeter sie beteten insgeheim immer die Materie an und gingen
niemals darüber hinaus.....................
Jaja es gibt viele Arten von solchen Schurken. Ich will dir sagen wie du sie erkennen kannst
rief der Bärtige nun mit Piepsstimme aus. Einige sind die Lasttiere der Gesellschaft, sie
sind diejenigen die abgestumpft und dumm wie schwer arbeitende Lasttiere sind..............
Sie wollen aber auch nichts mit dem höchsten Herrn teilen. Das typische Beispiel eines
Lasttieres ist der Esel. Dieses anspruchslose Tier wird von seinem Herrn gezwungen, sehr
schwer zu arbeiten. Der Esel weiß nicht für wen er eigentlich Tag und Nacht so schwer
arbeitet, er ist zufrieden, wenn er seinen Magen mit einer handvoll Grass füllt wenn er
eine weile schläft, wobei er befürchten muss das er von seinem Herrn geschlagen werden
kann, und wenn er seine sexuellen verlange befriedigen kann, mit dem Risiko, immer

wieder von der Eselin getreten zu werden. Der Esel singt auch manchmal Poesie und Philosophie, doch dieses IAahen stört andere nur. Weil es so kläglich quietschend sich anhört. Erbärmliches Gequietsche, meinte der Bärtige wieder zu sich selbst sprechend und sich die Ohren zuhaltend...........

Und das ist die Position des dummen, fruchtbringenden Arbeiters, der nicht weiß für wen er arbeiten soll. Denn er weiß nicht dass die Handlung für Opfer bestimmt ist.

Was der Bärtige nicht bemerkt hatte war das Doel inzwischen tief am Schlafen war. Denn er hatte bemerkt dass der Bärtige mehr zu sich sprach als zu ihm. Denn der Bärtige Mister war inzwischen in eine Art Trance gesunken im Traum.......

Diejenigen die Tag und Nacht sehr schwer arbeiten um die Last selbst geschaffener Pflichten zu erleichtern sagen meist, sie hätten keine Zeit über die Unsterblichkeit des Lebewesens zu hören. Für solche Menschen sind vergängliche materielle Gewinne das Ein und Alles des Lebens. Obwohl sie nur einen geringen Teil der Früchte ihrer Arbeit genießen können. Manchmal verbringen sie schlaflose Tage und Nächte um Gewinne zu erlangen. Und obwohl sie an Magengeschwüren leiden oder Verdauungsstörungen oder nun an Krebs, essen sie fast nichts, sondern sind Tag und Nacht in harter Arbeit zum nutzen illusorischer Meister vertieft..................

Auch der Redner war sehr vertieft er hörte nicht das Scharchen Doels.

Weil sie ihren wirklichen Meister nicht kennen verschwenden die Dummen Arbeiter die Zeit damit, dem Mammon zu dienen..................

Weder geben sie sich unglücklicherweise dem Höchsten aller Höchsten hin, noch nehmen sie sich Zeit von den richtigen Geweihten über ihn zu hören. Das Schwein, das Abfall frisst, kümmert sich nicht um Süßigkeiten die aus Zucker und Schokolade bestehen. In ähnlicherweise Weise werden die Dummen Arbeiter fortfahren, wohin das weiß nur ein Tauber und Blinder, unermüdlich von den Sinnesgenussreichen Nachrichten der flackernden weltlichen Kraft zu hören, die die Materielle Welt bewegt..............

Eine andere Art von Menschen sind die, die, die niedrigsten Menschen der Menschen sind. Unter den 8 400 000 Arten des Lebens gibt es 400 000 menschliche Arten. Darunter gibt es zahlreiche niedere Formen des menschlichen Lebens, die meist unzivilisiert sind. Zu den zivilisierten Menschen zählen diejenigen, die in ihrem sozialen politischen und religiösen Leben regulierenden Prinzipien folgen. Aber diejenigen die zwar sozial und politisch entwickelt sind, aber nicht religiösen Prinzipien folgen, müssen als Unzivilisiert angesehen werden.

Und das hörte Doel wieder. Er war sofort hellwach, denn da bemerkte er auf einmal das unter den Menschen die er kannte fast alle solche Mentalitäten hatten, und er hatte schon oft genug erkannt dass das was die Mehrheit tat und dachte und wollte oft nicht das beste war. Er erkannte das der aller größte Teil nicht aus eigener Überzeugung Ansichten hatte sonder aus Anpassungsfähigkeit die in der heutigen Zeit so hoch als menschliche Fähigkeit gepriesen wurde. Seine Anpassungsfähigkeit. Und oft bemerkten die Menschen gar nicht das hinter Anpassungsfähigkeit eigentlich **Manipulierbarkeit** lauerte die ihre Zwecke nur auf solch eine schmeichlerische Art erfüllt haben wollte.........................

Auch ist Religion ohne Gott keine Religion. Denn der Sinn religiöser Prinzipien liegt darin, die höchste Wahrheit und die Beziehung des Menschen zu Ihm zu erkennen. Die zivilisierte Form des menschlichen Lebens ist dazu bestimmt, das der Mensch sein verlorenes

Bewusstsein über seine ewige Beziehung zur höchsten Wahrheit wieder erlebt...............
....

Wer auch immer diese Gelegenheit außer Acht lässt wird als Unzivilisiert betrachtet.
Doel fiel wieder ein das die Aborigines die Indianer die Israelis die Eskimos diejenigen die als Irrational verdammt worden sind von denen die sich als Realpolitiker oder Realmenschen bezeichneten, wohl eine viel tiefere Verbindung zum Leben und Sein hatten als die heutigen Horden der Nationen die sich auf Technik freuen.............

Schon in den heiligen Schriften redete der Bärtige weiter, schon in den Offenbarungen erfahren wir das das Kind in Mutterleib zu Gott um Befreiung beten und das es verspricht, ihn allein zu verehren, sobald es herauskommt. Es ist ein natürlicher Instinkt in jedem Lebewesen zu Gott zu beten, wenn es sich in Schwierigkeiten befindet, denn es ist ewig mit Gott verbunden. Aber weil das Kind von der illusionierenden Energie der groben Materie beeinflusst wird, vergisst es nach seiner Befreiung sowohl die Schwierigkeiten der Geburt als auch seinen Befreier. Es ist die Pflicht der Eltern das **Göttliche** Bewusstsein, das in ihren Kindern schlummert, wieder zu beleben.............

In den Schriften die zu den religiösen Prinzipien hinführt, werden 10 Reinigungszeremonien vorgeschrieben die dazu bestimmt sind das Gottesbewusstsein wieder zu erwecken. Heutzutage wird jedoch keiner dieser Vorgänge in irgendeinem Teil der Welt streng befolgt und deshalb sind 99,9% der Bevölkerung Unzivilisiert. Wenn die gesamte Bevölkerung zu Unzivilisierten wird, wird natürlicherweise ihre gesamte so genannte Erziehung durch die Allmächtige Energie der materiellen Natur zunichte gemacht...............

Sag übertreibst du nun nicht 99,9% rief Doel entzückt hinzu...........

Doch der Bärtige störte sich nicht darum............

Und in dem Moment wurde Doel von einem extremen Glücksgefühl überflutet das ihn erkennen ließ das dieses Glück von außerhalb zu ihm gekommen war. Aber wieso jetzt.

Wenn eine Eule oder ein Regenwurm eine Blume und die Wolken ein Kamel und ein Grasshalm in den Augen der Menschen, gleich sind, dann kann ein Mensch als Gelehrter betrachtet werden, Doel, erst dann.

Mhhhm, ja, mhmmmm ja, stimmt sie haben alle die gleiche kosmische Anteilnahme am Leben im Leben im Kosmos erinnerte sich Doel...................

Aber nun zur anderen Gruppe der Unzivilisierten.......................

Zu ihnen gehören die Menschen deren gelehrtes Wissen vom Einfluss der Materiellen Energie zunichte gemacht worden ist. Die meisten von ihnen sind sehr Gelehrt - große Philosophen, Dichter, Literaten, Wissenschaftler und so weiter, doch die illusionierendere Energie führt sie in die Irre, und daher gehorchen sie dem höchsten Herrn nicht...............
....

Die letzte Gruppe der Unzivilisierten sind diejenigen die dem Dämonischen Prinzipien folgen. Die Gruppe ist unverhüllt atheistisch. Einige von ihnen behaupten der Höchste Herr könne niemals in die materielle Welt hinabsteigen. Doch sie sind nicht imstande irgendwelche greifbaren Gründe für diese These zu geben...............

Andere meinen er sei unpersönlich dieser Gott. Sie beneiden den Höchsten persönlichen Gott sehr. Sie fangen an Irrgestalten in ihren Hirnen zu entwerfen, damit sie den Höchsten herabsetzen können vor den Augen derer die noch nicht wissen was sie wollen, und keine Ahnung haben sich dem Höchsten hinzugeben. Und sogar die berühmten Autoritäten die ihn anerkennen sind unfähig ihn zu erkennen. Und deshalb du Doel du Schurke du der du kein Mensch bist kein echter du Lügner du, deshalb geben sich die Abgestumpften Dummen, die niedrigen Menschen, die irreführenden Spekulanten und die erklärten Atheisten trotz aller Ratschläge der Schriften und der Geweihten sich dem persönlichen Gott niemals hin................

Und in dem Moment erlosch das Bewusstsein der beiden völlig und nur noch das leise tiefe Atmen derjenigen die in dem Haus waren war nicht mehr zu hören....

Aber kurz bevor Doel später morgens aufwachte hatte er noch einen Traum. Indem wurde immerzu gefragt, gefragt, fragen fragen fragen, fragen, fragen, und dann immer wieder dieses ja ja nein nein ja ja nein nein, ja ja nein fragen ja ja nein fragen fragen fragen fragen und im Traum war alles in Rot getüncht....

Mit diesem Rot im **Gedächtnis** erwachte er dann auch etwas benommen aber doch nicht so ausgeruht wies sich nach einem Schlaf bemerken lassen sollte. Er hatte nur noch dieses Rot in Erinnerung und den Bärtigen und einige Fetzen dessen was er da gehört hatte, das war schon ziemlich ernüchternd für ihn...............

Unten in der Küche hörte er das leise Gemurmel und ein angenehmer Duft von gebratenem Speck und Tee und Orangensaft stieg in seine Wahrnehmung die ihm nicht gehörte.........
....

Ein Blick nach draußen vergewisserte ihm das die Strassen schneefrei waren und er war erstaunt sehr sogar ja sogar etwas Bedasselt denn da muss gestern doch wirklich einer etwas LSD oder Meskalin in das Bier getan haben. Denn die Sache mit dem Schnee und dem Bewusstsein oder waren das noch Rückstände vom Cokain in ihm. Jedenfalls könnten dass halluzinatorische Phänomene gewesen sein. Oder was ist hier eigentlich los Mensch. Wo soll das bloß hinführen wenn ich so weiter mache dachte er ins Badezimmer gehend und wieder ins Spülbecken pinkelnd ohne darüber entrüstet zu sein. Beim Pinkeln fiel ihm dann auf einmal die Sache aus seiner jüngeren Jugend ein wegen des Spülbecken Pinkelns. Er sah ganz klar vor sich wie er als 11 Jähriger auf der Insel Amrum im Erholungsheim ins Spülbecken pinkelte weil die Schwestern Nachmittagsruhe für zwei Stunden nach dem Essen angeordnet hatten und deswegen keiner zur Toilette durfte. Direkt nah dem Essen. Ja das war es. Als ob sich das frühere andauern wiederbringt. Als ob es nach einer gewissen Zeit wieder zurück kommt. Ohhh ihm fing an zu Gruseln bei dem Gedanken....

Rodger hatte schon den Tisch gedeckt zwitscherte ein Liedchen und sah ziemlich vergnügt aus als Doel in die Küche kam. Mornig...Mornig, hier ess was man, Eier frisches Brot Kaffee Tee was willst du die Bacon sind fertig, soll ich dir ein Müsli machen.. Nein danke meinte Doel lächelnd...............

Ahhh yes bevor Ichs vergesse Doel, ich werde Dooly und Ragnats anrufen. Das sind die beiden die mit zum Fischen kommen, und du kannst nachdem du gegessen hast das angeschlagene Auto zum Autohändler bringen, wir holen dich dann dort ab und los geht die Reise dann, ist das ok mit dir, diese Planung, fragte Rodger erwartungsvoll..

Oh ja feine Sache, ich bin sowieso froher wenn ich den Wagen los bin.........

Und so wurde dann auch alles erledigt. Doel hatte kleine Schwierigkeiten mit dem Autohändler der den Wagen in Montreal gekauft hatte. Er wollte mehr noch als die 100 Dollar Deposit zurück haben. Obwohl die Hundert Dollar eigentlich diejenigen waren die dafür benutzt wurden das bei einem Unfall die ersten hundert Dollar selbst gezahlt wurden und dann erst tritt die Versicherung in Aktion. Aber der Verkäufer spürte wohl eine leichte Beklemmtheit bei Doel und versuchte ihn deswegen auszuquetschen. Aber auch Doel spürte die Beklemmtheit und ließ sich deswegen nicht ausquetschen. Obwohl er das Verkaufsgelände mit Fluchen und Schimpfen in seinem Rücken verließ, stieg er unbeeinflusst in den alten Volvo Rodgers indem die andern schon warteten.........

Ohhh, diese menschliche Beeinflussung, brrrh, die wollen durch bewusste Einflussnahme mein Schicksal stören. Denen ist es egal wegen des Profits ihren Namen zu schänden. Ja es ist ihnen sogar völlig Scheissegal man, Mensch das sind Typen diese Autoverkäufer Eiskalt ,meinte Doel noch als er schon im Auto saß und die Reise bei Blauem Himmel vorbei an alte Häuser und vorbei an schöne Birkenwälder führte...........................

Rodger hatte schon lange erwähnt wer Dooly und wer Ragnats war. Der letztere war ein Biologe und der erstere ein 22 Jähriger der schon mit 21 seine erste Million Dollar verdient hatte, als Freizeit Magazin Herausgeber und dergleichen............

Wohin fahren wir meinte **Ragnats....**...................

Ahhh hoch zum Pike Lake kurz vor den Athabaska Ölfeldern den sandigen.Hast du schon was von denen gehört Doel rief Robert ihm zu........

Jaja die größten Sanderdölvorkommen der Erde werden hier freigeschaufelt, da hat die Provinz Alberta wieder mal Milliarden Profite wa.................Stimmt meinten fast alle simultan. Das bedeutet das wir weder Mehrwertsteuern zu bezahlen brauchen weder hohe Einkommenssteuern weder noch abhängig von den Arabern sind. Und das tollste vor der Küste Newfoundlands haben sie sogar die größten Erdölvorkommen der Erde gefunden. Da sollen solche Mengen vorhanden sein das da mehr liegt als die gesamten Arabischen Vorkommen beinhalten...

Doel merkte wie sich die Drei merklich tiefer freuten. Ist ja auch ein echter Grund dafür.

Schon bald wurde das Land flacher. Weidenzäune waren zu sehen und sehr vereinzelte Farmen. Das Auto tuckerte ruhig weiter...........

Ehhh schau mal rief der Biologe Ragnats da auf dem Zaunpfahl, eine Schnee Eule. Die kommen hier herunter um zu überwintern...............

Wo, was, wer, die Hälse reckten sich und da saß sie, frei, nicht im Käfig im Zoo, frei, Doels erste Schnee Eule, fantastisch, da öffneten sich auf einmal riesige Weiten in ihm. Ja wenn das so ist freier zu sein, die brauchen sich nicht an ab Melden keine Steuerkarten, ahhh die Menschen die brauen sich was zusammen, brrrrhhhhh. . .

Und dann hörte das Auto auf zu fahren. Alle stiegen aus. Rodger machte ein trübes Gesicht. Sein erster Wagen sein Stolz und so. Und jetzt put put tucker flutsch putput.

Soll ich ihm einen Schluck Alberta Spring Sipping Whisky geben lächelte Doel. Ach verschwinde Doel, was soll das.........

Rodger und Doel waren die einzigen die etwas von den Maschinen verstanden, Doel spukte auf den Motor und meinte zu Rodger, ehhh, es sieht so aus als ob er eine leichte Erkältung hat, verbunden mit Rachitis hoch Mandelentzündung...

Wie ist deine Prognose Rodger..

Mhhhm, mit dem Schraubenzieher umherfuchtelnd, gähnte Rodger erstmal und säuselte dann verliebt sich anhörend, ja ehhhm, Vergaserentzündung in Verbindung mit Überforderungen des Verdauungsgestänges das sind meistens kurzlebige Energieverschwendungen die

dann die Zündkerzen überfordern und an der Batterie die Roten Blutkörperchen fressen..
Wir müssen mal nachschauen ob da ein Leck im Hecktank ist............
Und tatsächlich der Tank leckte, verdammt.........
Okay Boys alle wieder einsteigen, schieben kann der Wind, rief Rodger. Und so schoben alle vier den Wagen bis ein Wagen kam der sie bis zur nächsten Ortschaft, Sweetwater genannt, abschleppte und wo innerhalb 40 Minuten der Schaden beseitigt wurde und wo die Boys dann in einem Angelgeschäft die eingelegten Köderfische kauften die sie für das Eisangeln brauchten. Und wo sie danach in einem Kaffee frische Sweetwaterballen aßen und am heißen Kaffee schlürften ihre Zigaretten rauchten, ab und zu mit dem Kopf schüttelten, und sehr neugierig von den Sweetwater Einwohnern begutachtet wurden......
....
Und doppeltes Glück hatten sie auch denn dieses war die letzte Ortschaft bevor sie in das größere Wildwaldgebiet einfuhren....
Und in dieses Wildwaldgebiet fuhren sie nun hinein und waren nun auch schon drinnen. Links und Rechts der beschneiten doch gut befahrbaren Strasse war die Landschaft mit Mischwald bewachsen. Hier oben war die Luft rein der Himmel Blau man spürte die Schönheit und das Schauen alleine war schon eine Art von Nahrungsaufnahme für Doel der aus Berlin dem Rattenloch gekommen war wegen des Kummers und nun das gesehene mit offenen Augen genoss. ......Ahhh Natur unverwüstete Natur ahhh Natur unverwüstete Natur und doch versank er dann und wann in das europäische Industriebild in das amerikanische Industriebild in das japanische in das russische in das afrikanische in das australische in das chinesische IndustrieBild.
Er sah wie auf der Nordseite die Chemiefabriken ihre Gifte verbrannten. Wie in den Flüssen die Chemikalien gepumpt wurden wie Salzsäuren und unzersetzte Giftreste weil andere mehr Geld mehr Macht mehr Recht hatten, es sich erlauben konnten die Natur zu verpesten, Gewässer zu verseuchen die Luft giftig zu machen. Er sah wie Nuklearwerke jetzt wieder bröckelten wie Worte Begriffe überzeugen sollten und wie keine der Industriemächte warten wollte jeder wollte der erste sein der größte Vergifter der beste Zerstörer. Er sah wie die Meere ausgefischt wurden dank der Techniken. Er sah wie Menschen von ihrem Land vertrieben wurden von Spekulanten. Wie Länder von anderen Ländern militärisch in Schach gehalten wurden. Wie sie gezwungen wurden politische Doktrinen zu verteidigen obwohl sie gar nicht wollen. Er sah die giftbraunen Stinkhüllen über den Städten der Industrie-nationen, und über denen flogen die Atombombenwerfenden **Düsenjäger** 70-80-90 Millionen das Stück. Er sah wie Nationen schwere Waffenlieferungen an andere Nationen machten und dann vor der UNO für den Weltfrieden sprachen. Er sah das viele Länder Atomkraftwerke bauten das Frankreich sogar die Neutronenbombe weiterentwickelte. Er sah wie die Krone eines jeden Industrielandes aus militärischen Zerstörcomputer bestand in deren aufbauten sich die Killmentalitäten die vor der Öffentlichkeit als die Verteidigungsmentalitäten vermarktet werden eingenistet hatten und die Stütze eines jeden Landes waren und in jedem Wirtschaftsetat bei weitem die erarbeiteten Gelder verschlangen. Er sah wie die Menschen sich mehr und mehr in eine Art von Mordlust hineinentwickelten, und das alles mit denen die sich dafür zu Tode schunden die Millionen Arbeiter die gehorchen und voller Ängste sind. Immer noch. Immer noch. Wie gigantisch müssen eure Lernprozesse bloß sein bis ihr Mut zu euch selber habt und die Geld und Gift und Religion

und Politik - Megakartelle ganz einfach durch eure Einsicht in die Wahrheit austrocknet indem so was nicht mehr unterstützt wird. Und ihr Sauber und Gesund lebt. Dann sind ÄrztePharmaKartelle überflüssig und machen euch nicht noch mehr Platt und beuten eure GlobalenStaaatskassen aus, mit System,der großen MegageldbankKartelle. Kann das so weiter gehen kann das noch unkriegerisch aufrecht erhalten werden. Wer wird der erste sein. Wer, na, wer wird's denn sein. Wieder soon kleiner Staat der eine Verbindung zum großen hat. Wer wird's sein der die ersten atomaren Bombenladungen fallen lässt...........
....

Und ihm wurde wieder klar das die Menschen am besten im entwickeln der Todesmaschinen waren Todeswerkzeuge da erreichten sie die höchste Präzision die höchsten Erfolge die besten Resultate. Und das machte ihn sehr traurig, und so blieb er dann auch, obwohl die andern dachten er sei in ein Schläfchen versunken war er doch traurig da im Auto und hoffte das die Menschen doch endlich an ihre Überlebenssicherheit denken sollten der globalen............

Jaja die Menschen haben wohl eine direkte Verbindung zum **Todesgott**, zu Jehova,zu dem Jesus zu den Israelis sagte er sei der Satan, euer Gott ist der Satan, sagte, denn sonst würden sie nicht so sehr seine Einflüsse auf der Erde verbreiten seufzte Doel dann leise im Schlummer da vor sich hin. Aber in Wahrheit waren es die Menschen selber die immer auf raffiniertester Weise ihres Mentals Gemüts Denkens Fantasierens es verstanden sich etwas zurecht zu fantasieren das auf etwas anderes hinwies von ihnen selber weg sei es nun eine Gottheit die Natur das andere Volk die Bedrohungen anderer , aber niemals auf sich selber. Und nur da und sonst nirgendwo anders kann dieses Innere Morden das Raubtier der noch Raubmenschen erkannt und verändert werden. Nirgendwo anders.

Und am wichtigsten bei den Machthabern der Industriekartelle den Machthabern der Bankkartelle den Machthabern der ReligionsFabrikenKartelle also bei diesen Besitzern dieser gigantischen der Masse ausgebeuteten Reichtümer. Denn sie sind es die diese ZukunftsBilder in ihrem Sinne aufgebaut haben inklusiv aller existierenden Strukturen, aller, ohne Ausnahme.....

Und sofort entstand eine rege Diskussion da im Auto............

Die Unfähigkeit der Menschen Leben zu erhalten wurde erwähnt.

Die Konservativen die immer auf Verteidigung bedacht waren wurden erwähnt.

Die Bestialischen die keine echten Krieger waren sondern polierte Stumpfintelligenzen für ne Menge Geld, Devisen, die Massen Unterhielten.

Und Ragnats fing dann sogar bei 50 Meilen in der Stunde an, ein Plädoyeah zu halten. Er hielt es im Munde und sprühte seine Worte die ihm nicht gehörten aus: Ich als biologischer Vertreter der Menschen, ich fange auch langsam an mich zu schämen, wenn ich nur daran denke was heutzutage mit Spritzen getan wird. Das Fleisch wird mit Östrogen verseucht bis wir selber Östrogenpestbeulen geworden sind, was ja auch Methode hat in gewissen Kreisen die die Überbevölkerung kontrollieren wollen.

Jaja rief Rodger mit ner Zigarette lässig im Mund hängend aus, jaja, Thyreostatika spritzen sie den Kälbern in Europa auch, zur *Gewichtzunahme* durch Wasseraufschwemmung. Wenn das Zeug dann im menschlichen Körper landet kann es zu Schilddrüsen Störungen und Kropf führen nicht nur das hört hört ihr Boys rief Dooly erregter den je, Tranquilizer geben sie den Tieren so das sie vorm abschlachten schön ruhig bleiben. Ach nee du, das ist eine Meute verkommener Typen. Die stinken diese Typen. Denen sollte man andauern das gleiche Zeugs geben, dieses Antibiotika, dieses Neuroleptika, dieses Sulfonamide, und diese Betablockers, ja man sollte ihnen mal die Ställe verpassen rief Doel. Und so waren sich alle einig das was heutzutage wegen des Profits passiert, eine gerade Weiterentwicklung des vergangenen war, das schon aus historischer Vergangenheit der Grund zur größten Seuche war. Die Gier nach Geld nach jährlich steigendem Profit der unter allen Umständen erreicht werden muss, ja er muss erreicht werden, sei's auch auf den Kosten menschlicher Verseuchung. Da fragt sich bloß wie es in uns jetzt schon aussieht..

Jaja riefen sie alle im Quartett, und im Hintergrund heulte der kalte Wind Marry, wer weiss warum heute so viele Menschen Krebs haben..

Ja es ist an der Zeit den Staat den Staatspräsidenten den Kanzler, die welche sich Führer der Nationen nennen, persönlich anzugreifen, ihnen den Prozess machen, den Parteien, sie wegen der Luftverschmutzung verklagen, sie wegen der gesundheitlichen Schäden zu verklagen.....................

Sie wegen der riesigen Verschwendungen anzuklagen die für Killmaschinerie verwendet werden, sogar eine Bezahlung muss verlangt werden wegen der extra Kosten die entstehen um die Fensterscheiben zu reinigen die so schnell verunreinigt sind wegen der schmutzigen Luft, der Staat ist schuldig wegen der Erlaubniss die sie den Autokonzernen geben immer noch Autoabgase zu produzieren, der Staat ist dafür verantwortlich das die Flüsse verpestet sind, er muss angeklagt werden, und wenn er für Schuldig befunden wird, muss er samt Minister und Parteigänger zur Bereinigung der Verseuchung verurteilt werden, denn schließlich ist dieses keine neu Sache mehr sie ist bekannt wird aber stillschweigend unterm Tisch gehalten, anstatt das die Staaten und Länder der Erde so viel Geld für Rüstung ausgeben sollten sie das Geld lieber zur bereinigung dieses Planeten ausgeben, denn sonst wird's eventuell eine Epidemie nach der anderen geben, als ob die Natur sich das nochmal hundert Jahre gefallen lies. Denn die Meere und Strände und Flüsse sehen von Tag zu Tag schlimmer aus. . .

Jaja und unsere Körper wie die verseucht werden. ...

Ach komm Doel öffne die Flasche **Alberta** Spring Sipping Whisky rief Rodger. Lass uns auf die Schönheit in diesem Land trinken, das noch groß und weit ist, und wo sich auch die Anzeichen der Ausbeutung insbesondere nur diejenigen erkenntlich macht, die ne Menge Geld haben und das Land auf dem wir geboren sind einfach wegkaufen und wir nachher sogar nur noch erlaubt sind auf besonderen Pfaden zu gehen wie bei euch in Europa. Lass uns auf die Ursprünglichkeit des freien Landes trinken, das hier noch gelebt werden kann. Lass uns auf die Indianer trinken die jetzt in Reservaten im Suff torkeln. Lass uns auf Uns trinken die wir diese Kunst des Todesanbetens nicht mitmachen werden....

Yeah, und so nahm jeder einen Schluck und war damit ein armer Schlucker...

Aber die Armen die zur *Gruppe* der Wenighabenden gehören sind besser dran als diejenigen die Tag für Tag in ihrer Tretmühle kochen und ne lange Fresse ziehen und sich all zu oft nicht eingestehen das ihnen die Arbeit stinkt ja das ihnen ihr Leben stinkt das sie eigentlich als Menschen verkümmern obwohl sie für die Krankheiten ja versichert sind, aber die schwachsinnigen Produkte dieser schwachsinnigen Firmenbesitzer angefangen in der Rüstung bis hin zum Schwachsinnsschampon herstellen. Obwohl sie Arbeitslosengeld bekommen können, dafür aber ziemlich miese angeglotzt werden wenn so was nun mal passieren würde. Der Neid der andern weißt du, ja die Wenighabenden ihnen machts nichts aus aufm Fußboden zu schlafen oder alte Klamotten zu tragen das sind nur Äußerlichkeiten, aber sie sind nicht *so* wie die Überzahl der Menschen die zwar arbeiten gehen aber dennoch unzufrieden sind wenn sie ihren Lohn bekommen. Ist ja auch kein Wunder, denn der Lohn ist von der zentrifugalen Gesellschaftsstruktur so einbegriffen das Lohnerhöhung niemals mit Lebenskostenerhöhungen gleichziehen kann geschweige denn einen Vorteil davon hat. Denn wenn der Arbeiter auch 5% Erhöhung bekommt wird jedes Jahr die Miete 5% teurer das Benzin wird teurer das Fleisch die Schuhe die Brote der Kaffee Kino Busgeld Weine Zucker Milch alles wird nur teurer. Da helfen keine angenommen 5%tigen Erhöhungen von naja 2500 Mark Netto im Monat. Diese 125 Mark, das sind dann Täuschungen die die Überzahl in eine Art von Dusseltrance halten kann aber weiter nichts...........................

Und die Politiker erlauben sich wieder eine so genannte Diäterhöhung ganz einfach und schlicht ohne viel Aufregung zu machen wird sie akzeptiert haha. Ihr dummen die ihr solche Angelegenheiten unterstützt und euch nachher darüber ärgert aber erst den Misthaufen wähl hahahaha ....

Ihr seit's selber Schuld wenn die Sache so verläuft weil ihr immer noch nicht erkannt habt das ihr eigentlich diejenigen seit die wenn's sagen wir um die Macht geht die Macht habt..

Die Besitzer der Fabriken der Banken der Religionsfabriken könne in die Antarktis getrieben werden. Die Politiker können auf den **Nordpol** geschifft werden.........

Die Generäle die können in den Bergbau verbannt werden...............

Die Geheimdienstspitzen bekommen den Auftrag ihr Leben lang sich selbst zu spionieren............

Denn die Massen das Volk die Völker sie können sich selber am Leben erhalten sie sind auch nicht daran interessiert den Atomkrieg herauf zu beschwören oder sonstige kalte Kriege zu unterstützen oder sonstige weitere so genannten Verteidigungen zu unterstützen, auch nicht das Sowjetvolk oder das chinesische Volk ist daran interessiert weder noch die arabischen Völker oder die europäischen es sind letztendlich immer diejenigen die ihre Konzerne ihre Ausbeutungen was sie als Expansionserweiterungsstörungen bezeichnen deuten.

Und wenn der Ostblock immer weiterhin von für den Frieden und für die Freiheit und Brüderlichkeit und so dadurch die Ideologie nur weiter treiben will und tut und nicht erlaubt Länder ihre eigenen Wege zu gehen, dann sind die nicht mehr glaubwürdig. Diese Führungspersonen, die mehr unbewusste Verführungspersonen sind. Aber die Menschenmasse sie ist friedlich im Kern lässt sich aber immernoch gefühlsmäßig ausbeuten, leider, Nationalismus wird immer noch als das höchste dann geheuchelt, Appellieren tun die grölenden Sprecher dann. Die Wut ist in ihnen. Und das sollen führende Personen sein, Dreckschweine sind sie.

Auch wenn sie gepflegte Anzüge und Seidenkrawatten tragen würden. Aber der eine läuft gerne mit Pistole im Wald herum und tötet gerne. Naja, geht ja noch. Aber als Führungsperson. Ha diese Manager sie sind auch diejenigen die abgebrüht diese Größe und Herrlichkeit und Fraulichkeit nur noch als Mehrzweckkalkulation betrachten...

Nämlich ihre Eigene und alle anderen sind für ihre AusbeutGier da...

Ja es ist an der Zeit dass das Wort Menschheit verkümmert.

Es ist an der Zeit das die Menschen als Genuss Homosapiens aussterben. Vielleicht werden sie sich dann später als andere Kreaturen auf der Erde oder anderen Planeten manifestieren.........................

Und in den Städten insbesondere in Berlin häufte sich weiterhin die Hundekacke auf den Strassen. Dort gingen die Menschen schon knöcheltief in der Kacke, und auch das wird geduldet...

Die Masse ist der Träger der „Ich dulde jede Scheiße die mit mir gemacht wird".

Es gibt eben keine dummere stupidere ödere Gestalt auf der Erde als die der Menschen...

Da müssen wir uns selber mit abfinden das zu erkennen, und vielleicht wird dann einigen mehr ein Licht aufgehen.....................

Ansonsten spielten die Allmond Brothers ihren Mountain Jam.

Die vier jungen Männer im Auto schauten auf das Schöne vor ihnen. Sie waren nun ruhig geworden, was braucht da noch viel gesprochen zu werden wenn das gesehene so eindrucksvoll ist.........................

Ab und zu waren **Elchspuren** im Schnee zu sehen. Hier gabs jetzt kleine Hügelige Berge und die Strasse war leer wie damals als sie auch leer war............

Ahhhh da ist die Abfahrt rief Rodger fröhlich aus. Da, seht, der See, dahinten ein kleiner See aber voller Hechte, ha los auf gehts.................

Uns so parkte Rodger das Auto. Alle stiegen aus und Rodger ging zum Gepäckraum öffnete die Tür und siehe da sprang schwanzwedelnd ein Schäferhund aus dem Auto,nein das ist kein Schäferhund das ist ein Husky ein Eskimohund,.....

Ahhh ja man hatte ihm ein gemütliches Plätzchen da hinten gemacht und der Hund sah ganz vergnügt aus................

Warum sie mir nichts davon gesagt haben wunderte sich Doel noch als er sein Angelzeug zusammensteckte.

Auf dem See war eine dünne Schneedecke ansonsten wars ziemlich, ziemlich hell hier draußen. Da waren ungefähr 250 Meter bis zum anderen Ufer und die Länge war nicht sichtbar denn durch Krümmungen konnte keiner das Ende sehen.

Ahhh ja jeder war in guter Stimmung. Ragnats zog sich die Pudelmütze über die Ohren. Dooly nahm den Eisbohrer und ging auf den See, rief, wer will hier ein Loch gebohrt haben aber keiner antwortete mit ja bis endlich einer das war Ragnats mit ja rief ungefähr 15 Meter vom Ufer in der Nähe eines Schilfgewächses.

Doel nahm die Kamera und fotografierte feste wie das Eis glänzte Dooly es mit Wucht aus dem gebohrten Loch hob und sogar der Hund der Gandalf hieß wartete erwartungsvoll mit wedelndem Schwanz vor jedem Bohrloch das gebohrt wurde. Wobei sich die vier einen guten Abstand hielten von ungefähr *40-50* Metern. Dann bestückte ein jeder den Haken mit einem Minnow einem eingelegten Köderfisch, setzte sich auf das Stück Pappe ließ den Köder ins Wasser sinken und saß dann da vor dem Loch wartend in der Helligkeit und der Klarheit des Tages. Gandalf machte seine Runden und besuchte mal den mal den....................

Einige Raben flogen über die Vier. Ganz oben war ein Düsenschweif zu sehen. Ansonsten wars ziemlich ruhig, gerade das was die Vier brauchten und wollten. Die Luft war so rein und kühl sie ließ sich leicht atmen und sie wollte auch geatmet werden... Sofort wurden auch die Nasengänge freier und das tiefe Atmen war eine Freude in sich was in den Städten nun nicht behauptet werden kann...................

Ich hab ein ich hab ein rief Rodger. Und tatsächlich er hatte einen. Ein jeder ließ seine Angel quer übers etwa 15 Zentimeter große Angelloch liegen und lief rüber zu Rodger der den Fisch inzwischen schon auf dem Eis hatte. Ein schöner Hecht tiefe Farben tiefes Grün leuchtendes Grün mit tiefen Gelben Flecken nach Luft japsend. Der Haken wurde leicht gelöst denn er hatte ihn nur an der Seite seines Entenmauls dran und nicht im Schlund. Und dann warf Rodger den Hecht wieder zurück in den See....
Die Vier wussten weshalb uns stellten keine weiteren Fragen.................
Und als die anderen Drei auch ihren ersten Hecht gefangen hatten und ihn ins Wasser zurückgegeben hatten waren die Seen und die Fische und die Naturelemente wieder gepriesen worden ....
Die Flasche Whisky machte ihre Runden als traditionelle Wärmung und innerhalb von zwei Stunden hatte sie Sieben Hechte gefangen...................
Ein jeder an seinem Platz sitzend und für sich selber. Rodger hatte einmal kurz aufgeschrien denn er hatte versucht einen ziemlich großen Hecht mit der Hand aus dem Loch zu heben weil er irgendwie an der Seite aus dem Loch gehoben wurde und so nicht mit dem Kopf zuerst rauskommen würde und deshalb nicht wollte und dabei hatte er seine Hand direkt in das Maul des Hechts für kurze Zeit gesteckt und wer Hechtzähne kennt der weiß wovon ich hier rede, die sind extrem scharf und tiefe Wunden können dadurch entstehen und so wars auch mit ihm...................
Aber Rodger hatte die Flasche bei sich hielt erstmal etwas Eis auf die Wunde und goss dann etwas von dem Alkohol rüber und angelte dann weiter...
Die Menge der Fische genügte uns dann und die Sonne war inzwischen Flachbeleuchtung so packten wir alles zusammen hungrig waren wir auch. Doel knipste noch beim einpacken. Der Hund wedelte wieder mit dem Schwanz. Ragnats machte den Vorschlag in Sweetwater in den Bierparlor zu gehen etwas zu essen und ein spielchen Shovelboard zu spielen. Okay man das tun wir und auf ging die Fahrt zurück nach **Sweetwater.**...................
Und aus den Ästen der Bäume erklang dann Bachs Largo aus dem Flötenkonzert in g-moll und dann kam auch noch Vivaldis Largo aus Winter hinzu in den Vier Jahreszeiten und mit dieser Musik fuhren die Fünf nun in die Stadt hinein, beruhigter denn je von der Musik und der Ruhe und der Luft und dem guten Fang und ihrem Zusammensein...........
...
Und in der Mitte der Stadt stand der Scherrrrifffff mit seinem Atomrevolver in der Mitte der Strasse genau ausgemessen und hielt seine Hand hoch nicht zum Zeichen des sich nicht fürchtens sondern des fürchten. Rodger hielt an und alle sahen erstaunt auf ein Scherrifff in Sweetwater. Da stimmt was nicht..
Hey Boys rief der Scherriff.
Habt ihr die Freude der Fische gesehen fragte er ernster den Theo.
Was, was sollen wir gesehen haben.
Nun ja, habt ihr nicht gesehen wie die Forellen aus dem Wasser gesprungen sind...
Ach so das soll die Freude der Fische sein das Springen meinst du, das rief Ragnats.
Ja das meine ich.
Aber ihr seit doch keine Forelle wie wollt ihr denn die Freude der Forellen der Fische kennen, meinte Dooly ziemlich selbstsicher.

Ahhh du bist nicht wie ich sprach der Scherriff wie könnt ihr da wissen, das ich die Freude der Fische nicht kenne.

Rodger sprach,stimmt, er ist nicht Du und Ich bin nicht Er, und so kann ich oder er euch allerdings nicht kennen. Nun seid ihr aber sicher kein Fisch und so ist es klar das ihr nicht die Freude des Fisches kennt.

Der Scherriff wurde noch breiter noch größer noch aufgeblasener und sagte dann schließlich. Also, bitte lasst uns zum Ausgangspunkt zurückkehren. Ihr habt gesagt wie könnt ihr denn die Freude der Fische kennen. Dabei wusstet ihr ganz genau dass ich sie kenne und fragt mich dennoch. Ich kenne die Freude der Fische aus meinen Freuden beim Wandern am Fluss....

Ahhhh so Scherrrif riefen die Boys dann, ahhh so, well wir waren nicht am Fluss.

Und als der Scherrifffff das hörte da erschrak er und verlor vor Überraschung fast das Bewusstsein.

Und diese Szene würde dann in den Geschichtsbüchern von Sweetwater als die phänomenale Erkenntnis des Scherrifs Blubberbay eingetragen werden....

Die Boys waren nun echt in Stimmung sogar der Scherrifff war geplatzt das Dorf war nun echt frei. Und dadurch das die Vier sich zwar nicht mit dem Sherriff gestritten hatten obwohl ers wollte wussten sie das als sie den Sherrif da auf der Strasse gesehen hatten sie sofort eine Warnung bekommen hatten, und den Dingen ihren Lauf lassen wollten ohne sich mit ihm zu streiten. Denn schon manch ein Angler hatte im Streit mit dem Sweetwater Sherriff sein Leben verloren und sucht es immer noch wenn er vollgesoffen war. Und sie wussten das wenn man sich nicht streitet sich aber auch keinen Namen macht. Und so gingen sie mit der Frage gibt es in Wahrheit Tüchtigkeit oder nicht in den **Beersaloooooooooonh...**

....

Die vier Boys machten jetzt ehrwürdige Gesichter. Ein jeder klopfte ihnen auf die Schulter und spendierte ihnen Bier und Steaks und viele wollten in ihre Nähe kommen, und das war ihnen ganz und gar nicht zu bunt..........

Und so war in dem Biersalöön eine feierliche Stimmung das Shovelboard Spiel wurde gespielt und auch hier war dieser Doel wieder herausragend. Er hatte eben das größte Feingefühl und konnte sich den Umständen am besten anpassen und das ist ja auch in der heutigen Zeit eine große Bewährungsprobe für die gesamte Menschheit mit all ihren systematischen und zusammenhängenden Lebensformen auf der Erde. Das sie weg von ihrer zuletzt doch verkümmernden Mentalität der **Alleswissereien** der Alleskönnereien der zuletzt diktatorischen Verhaltens und Handlungsformen in jedem Wissensbereich und Arbeitsbereich, gegenüber der viel stärkeren Einheit der Natur und ihres herstellenden Wesens, kommen, um wieder in die Erkennung der Verschmelzung mit der sich ewig regenerierenden Natur zu gelangen, die zu jeder Zeit nur so viel für jede Lebensform übrig hat, und auch nur so viel gegen sich verkraftet sei es durch Ausbeutung sei es durch Ozonabbau sei es durch Waldabbau sei es durch zu großer verpestender Industrie sei es durch zu große verpestende Städte sei es durch nukleare Verseuchung die der Mensch erst nach langer Zeit lebensfähig dort leben lässt wogegen aber andere Lebensformen sich viel früher dort wieder ansiedeln und somit sogar radioaktiv Immun werden könnten, sei es durch eine zu große Belastung durch diesen jährlichen %tualen Steigerungszielstrebungen die ja sowieso einmal aufhören müssen weil sie sich selbst vernichten, Denn wenn auch in jedem Jahr nur 3-4 % gesteigert wird so würde ja von der Grundsteigerung eventuell das doppelte der Grundsumme erreicht sein und dann das doppelte vom doppelten und das das doppelte vom vierfachen und so weiter und die Menschen wurden ja nie Zeit haben feinere Bereiche des kosmischweltlichen Daseins zu erforschen und so weiter. Und so war Limitierung bei den momentaanen Zuständen ein besseres als Steigerungen. Und das ist schließlich das Anpassen an die Natur die alles viel besser kennt als der doch kümmerliche Haufen der Milliarden Menschen die von ihr Abhängig sind und nicht Unabhängig. Und so, nachdem die Vier sich nun da in dem Saloon erholt hatten von all den Glückwünschen machten sie sich wieder auf den Weg zurück.

Inzwischen hatte sich die Erde wieder so dem Licht zugewandt das ein Dämmerlicht für sie noch übrig war ein sehr schönes Rosarotes Licht am klaren Blauen Himmel das den Schnee mit einer Rosaroten Färbung belegte und auf die Gemüter der Vier eine erfreuliche Stimmung ausbreitete so das sie entzückt waren von dem was vor ihnen lag. Und aus dieser Entzückung heraus fing der in der Biologie arbeitende Ragnats an zu erzählen wie sich der größte Teil der Wissenschaftler immer noch mit Details zu sehr beschäftigt und das Ganze aus dem Sinn verloren hat. Wie durch die riesige Welle der Psychologie mit ihren analytischen Ansätzen sich solch eine Denkform auch in anderen Wissensgebieten eingeschlichen hatte und mehr auf einzelne Elemente sich konzentrierte dieses riesigen großen Lebenssystems und sich somit isolierte ,und das letztendlich auch der Weg zum krebsartigen Geschwür der Verseuchung der Erde führen wird wenn nicht endlich erkannt wird das die riesigen Konzerne Privater Vermögen die dazu da sind große Mengen Gelder zu sammeln und auf sich zu konzentrieren, die dann dem Staat fehlten oder staatlicher Seite mehr auf die Wechselwirkungen zwischen den Elementen geachtet werden müsse, welches eine Verbindung erkennen lässt. Und aus Der dann Der Zusammenhang wieder im Bewusstsein der Menschen erkennt, das sie letztendlich zu Gott zum Ursprünglichen in ihren Gemütern kommen lässt. Ganz unabhängig von Kirchen und Tempeln und Synagogen und anderen ausbeuterischen Organisationen. Ja jeder für sich kann dorthin gelangen. Und daraus könnte dann eine Göttliche eine der Welt der Natur mehr eingegliederte Zusammenheit der Menschen entstehen. Aus der dann auch erkannt werden kann das Staaten keine Atombomben brauchen keine Raketen keine Düsenjäger keine Neutronenbomben keine gegenseitigen Kämpfe um Rohstoffe und dergelichen. Und Menschen schon garnicht. Denn wir Menschen haben ja keine echten Feinde auf der Erde. Das sind nur Hirngespinste der Wilden. Die Zeit der unglobalen Sicht ist längst vergangen. Das kosmische erkennen von der Abhängigkeit der Menschen von den Lebensfördernden Kräften ist längst da und schon seit langer Zeit in jeder höher entwickelten Kultur gewusst worden. Wir machen uns bloß Feinde wir sind unsere eigenen Feinde in uns selbst. Ein Kampf ums überleben in uns.......

Jaja rief Doel dann...

Jaja, die meisten Menschen denken nur bis zum Tode zum sterben, und dann kommen sie nicht weiter, Schwarz, und sie werden **Aggressiv** sie werden sinnlose Geschöpfe, sie haben kein Trauen in die Schöpfung, aber sozusagen in das Nichts ja, welches schließlich ja auch etwas ist. Eben das Nichts. Somit ist immer etwas, aber sie überlassen sich dann nicht mehr den Tiefen des Schöpferischen in der Ruhe sondern sie streben wie von der Tarantel gestochene Haufen Fleisch zu immer törichteren Entwicklungen. Sie vergeuden das Beste und werfen es dann auf den Schrotthafen....

Die Menschlichen Kulturen und Gesellschaften auf der Erde sind Megaüberkatastrophal prmimitiv,,,,,,,,,,Hoch Sexhundert.....................

Ehhhm Doel rief Rodger. Nun mach mal ein Stop hier..............

Und Doel,,,meinst du das Nichts sei das Schöpferische fragte Doel sanfter den je.

Hab ich das gesagt.

Ja das hast du Doel.

Nein das war doch Ragnats, dem der Schreiber das ins WortMündchen gelegt hatte.

Ohhh nein das meinte ich nicht Rodger. Ich sagte eigentlich und meinte das sie bis zum Tode kommen und für sie daraus das Nichts entsteht so meinte ich's............

Okay Rodger over and out.................................

Ja ich scheine etwas erregt zu sein. Entschuldigt die kleine Panne erwähnte Doel noch.

Und alle waren wieder in Schweigen gehüllt...............

Was mir auch auffällt, ist das die Studenten von heute auch die Profs und die Fachleute, das sie ein riesiges Detailwissen haben aber ziemlich schlecht definierte Ziele fing Dooly wieder an zu reden. Bei mir, in dem Herausgeben von verschiedenen Zeitschriften da gehts mehr um gutes Wissen um die Ziele. Ich habe nicht so ein scharfes Detailwissen bei mir ist ziemlich vieles Unscharf......................

Und wieder fing Doel an der seinen Kopf voll von chinesischen Gedanken hatte, zu sprechen. Stimmt meinte er, Klarheit ohne Schärfe das steht schon im I-Ging, das führt zu keiner Erkenntnis der Ganzheit. Die Schärfe täuscht den Menschen in ein Ungetüm, die Milde die Geduld die Sachen die weg vom Ich führen sie öffnen die Tore zu schöpferischen Ideen und Erkenntnissen, die nur als schöpferisch und Lebensfördernd anerkannt werden können wenn sie solche auch für die Menschen auf lange Sicht sind. Und schau dir bloß diese Wegwerfkulturen an, schaut euch an was diese Geldbrüder machen, sie machen nämlich das sich solch eine Mentalität entwickelt, die keine Ehrfurcht mehr hat, sie machen nämlich das sich im Menschen dem andern Menschen gegenüber genau das gleiche entwickelt, nämlich den Menschen als Wegwerfding zu betrachten, kein Wunder weshalb in dem Reichtum der Armtum ist so viele Selbstmorde so viele Trunkentorkler so viele Streitereien so viele Lustlosen da sind, die Menschen sie werde zu Krüppeln gemacht, kein Wunder wennnnnnn sich da die Jüngeren, weil sie noch das intuitive Wissen in sich haben spontaaaaaaaaan davon absetzen, und das ist recht so, sollen die Alten sich mit dem Mist den sie da gemacht haben selber die Köpfe zerbrechen, denn schließlich gibt es in den Institutionen alles Wissen was der Mensch für ein besseres Dasein braucht schon seit sehr langer Zeit, aber nein, sie haben nun den Kontakt zum Leben verloren, und sind nur steife Fachmenschen, Schubladenmenschen, Bürokraten wies schon mit Fach beschrieben ist und mit Büro. Und noch was Junge, es ist besser wenn die Menschen sich nicht mehr so von Fachleuten von Wissenschaftlern von Journamisten und Ärzten und Psychologen, ja insbesondere von den vorletzteren **Pestbeulen** beeinflussen lassen, denn die die sind echt nur durch Schulwesen durch **Bücherwissen** dorthin gelangt wo sie sind und haben in der Gesellschaft fast ausschließlich die Funktion, die Menschen wieder so schnell wie nur möglich zum arbeiten zu bringen mit oder ohne Pillen, die haben echt den Kontakt zum Leben verloren solche Stümper. Aber die meisten Menschen sie geben den Stümpern echt noch Trauen und meinen wer weiß was sie können dabei sind sie diejenigen die keine Ahnung vom Leben haben, und der Kranke ist derjenige der einen Widerstand gegen das unmenschliche in sich hat. Jaja die Natur sie weigert sich da länger mitzumachen, und die Pillen die tun's auch nicht viel länger.....

Stimmts oder hab ich recht, besonders Rodger ansprechend, sagte Doel nun,.....

Es stimmt es ist besser dem Menschen echten Menschenkontakt zu geben als Pillenkonntakt. Es ist besser Sachzwang zu zeigen als Meinungszwang zu fördern, denn letztendlich hat der eine größere Kraft der Einsicht und Überzeugungsfähigkeit. Jaja du hast recht Doel, die Tatsachen sprechen für sich selber, deshalb stinkts mir auch von der ganzen Seite der Machtstruktur der Ärzte der Rechtsanwälte die andern die da mitmachen auch, die nur eine limitierte Menge von Menschen jährlich ausbilden lässt um so den Schein aufrecht zu erhalten, den Schein der Zuwenigen gegen so viele um sich da den Gesellschaftsrang der meistgebrauchten meistarbeitenden hochzuhalten, und das schlägt nachher ganz einfach gegen diese Menschen, sie stören den natürlichen Gang der Dinge, indem der Arzt eben nur noch 2,2 Minuten pro Person übrig für Diagnose hat und deswegen auch nur 2,2 4 %tige Diagnosen stellen kann und deswegen auch nur Pillen verschreiben kann, und deswegen auch keine echte Hilfe geleistet wird, ja das gefällt mir auch nicht, davon will ich später wegkommen, mich mit einigen zusammentun die dann echte Arbeit leisten indem sie weniger Patienten annehmen und so weiter...

Stimmt die Geldseuche ruiniert die Natur bis dann die Natur die Seuchenerzeuger ruiniert...

Doel meinst du wirklich das Gott wer immer das auch sein soll nun echt da ist fragte Rodger ,der ja sowieso eine Antipathie gegen solche Sachen hatte und mehr von der Wissenschaftlichkeit überzeugt ist. Meinst du echt so was gibt es, denn irgendwie hört sich das an als ob du noch ein Kind bist Doel....................

Haha, lachte Doel, sagte dann schließlich ruhig, Rodger, auch du bist ein Kind das älter wird, aber wer immer das auch alles erschaffen hat erschaffen wurde es, und du hast nicht das Gras weder noch die Stimme in dir oder den Atem erschaffen, du hast nicht die Augen oder den Wind erschaffen du bist unfähig überhaupt was zu erschaffen, denn auch das erschaffene hast du nicht erschaffen, denn es sind andere Zusammenhänge die immer mit mitschaffen. Also dein Alleingang ist echte Illusion die ja auch existiert und dir auch nicht gehört,und daraus kannst du erkennen,das mit den Sachen mit denen du dich im Innern beschäftigst, mit denen verbindest du dich,und sie verbinden sich mit dir wenn du sie echt willst,und somit warum nicht mit Gott.

Wer immer das auch ist als Wesen gesehen,den er kann ja ,ach er ist da,bloss nicht erst Größenwahnsinnig werden,so wie viele Künstler, die wenn sie etwas an Kunst geschaffen haben das über der Norm liegt sofort Drehbewegungen machen die sich dann selbst für Gott halten. Also in Berlin da wimmelts von solchen Charaktern.Nee Rodger,die Ichsucht,das ist nichts für mich,da entstehen zu viele Schranken in dir. Du musst dich letztendlich selbst für Gott halten,aber dann musst du auch die Fähigkeiten von ihm haben.Und stelle du mir mal eine Sonne her. Jaja, genau da liegt der Fehlgang der mit der Atombombe geplant wurde. Das ist eben nur einfache Todesgöttlichkeit der Stümper Menschen. Diese Schranken die durch das ich entstehen. Die wollen nichts von der Überdimensionalität des Selbstseins wissen. Sie halten die Mentalität in Aggressionen fest, im Relativen, und führen weg vom

Absoluten. Mhhhm, das hört sich zu Autoritär an, ist aber so,da können wir nichts gegen machen als uns davon abhängig zu machen,Rodger, die Grobheit der Gesellschaften auf der Erde,sie machen auch das empfängliche Grob das nur noch auf Grobes reagiert,und das Feine geht verloren, das Feine in der Wahrnehmung der Vorgänge um uns herum,das meine ich und weiß ich. Lieber von Gott reden als nicht von Gott reden, ja lieber von Gott reden....

Als Kind wars mir klar,da gabs nichts drann zu rütteln Rodger. Obwohl durch das was von den Priestern den Pastoren den Sachen die da ihre Finger im Spiel hatten viel schlechtes kam, im Namen Gottes,konnte erkannt werden dass das eben keine echten Menschen waren sondern Heuchler, Lügner Vorteilsucher die sogar uns Kinder schon belogen. Eigentlich, wenn die Sprache die Wörter nicht da wären brauchte niemals davon geredet zu werden, aber alleine von der Erschaffung her kannst du ja sehen wies aussieht...

Rodger grinste sehr leicht. Es war für ihn doch nicht akzeptabel..........

Aber wie schonmal erwähnt Rodger,was man denkt oder tut ist nicht endgültig, weils auf dem Verstand beruht , auf der Erscheinung,und nicht auf der Wirklichkeit,und so was zu erwähnen Rodger,brrrhhh, da schauderts mir manchmal. Denn das beinhaltet zu viel an Wahrheit für manche Gemüter,die einen dann nur noch beneiden,und vergiften wollen,und das ist auch oft die Entstehung zum Drang nach Einsamkeit nach Weite nach Alleinsein,von den Gemütern die voller Aggression stinken,und keinem etwas gönnen wedernoch gönnen wollen ausser sich.

Ja das ist eben das Los einiger Menschen rief Ragnats aus. Ich als Biologe erfahre das auch oft. Der Konkurrenzkampf unter den Kollegen der gefällt mir nicht. Da fehlt der echte Austausch die wahre Kommunikation durch die nur Fehler vermieden werden können,und nicht das ausquetschen und dann für sich behalten.....

Ja da fällt mir ein das der Sartre auch mal solch eine Periode hatte, stimmts, du hast dem sein Werk doch auch gelesen. Und in den Biografien der Simone Debeauvoire stehts ganz klar, fügte Doel noch hinzu..

Inzwischen wars dunkel geworden. Der **Lichtstrahl** des Autos traf ab und zu auf Schnee und dann aber traf er auf eine große Eisfläche in der heißes gefärbtes Wasser pulsierte. Und diese Eisfläche war ein riesiges phantomales Gebilde das aus der Phantasie entstanden war und ziemlich klare Sprüche in sich trug. Diese Worte die dort zu sehen waren sie waren das heiße Wasser aus denen die Worte gemacht waren und die sich in der Eistafel lebendig fühlten. Und die Worte ergaben dann Warnsprüche, Aufforderungen, gezielte................

Die Industrien sind keine abgesonderten außerhalb der Welt existierenden Funktionen. Sie sind den Gesetzen der Natur unterworfen, in ihnen eingebettet, wenn sie sich danach richten, ansonsten werden sie vernichtet....

Es ist wichtig dass die Menschen sich nach den Gesetzen des Lebendigen richten. Das heißt nach dem Lebensplan der schon in ihnen ist. Es ist nicht deterministisch, das heißt, es fordert die Umwelt nicht heraus,sondern lässt sie der Leiter sein. Das heißt, jeder Furz jede Bewegung ist mit anderen Bewegungen mit anderen Taten bis in Ewigkeit verbunden. Das heißt die Menschen müssen erkennen das ihre Erfolge nicht Linear, das heißt gerade, sondern Zirkular und Aufsteigend verlaufen. Das wird schon in den ältesten Schriften bestätigt, und bedeutet das es die kosmische Bewegung alles Lebenden ist sich in der Art und Weise in höhere Welten zu Evolutionieren. Das heißt letztendlich ohne Körper doch

leben. Das heißt dass das Leben so wie es bisher von den meisten Menschen betrachtet wurde eben nur das Leben war. Aber es gibt größeres als das Leben..............
Das soll aber nicht heißen das ihr Menschen euch sofort alle Umbringen sollt denn nur beim durchschreiten des Lebens mit all seinen Bewegungen entsteht die Ersteigung in das Sein ohne Körper. Das heißt, die wichtigsten Informationsorgane haben die Verantwortung die tiefsten menschlichen Erkenntnisse an die Öffentlichkeit zu bringen durch TV durch Radio durch darauf aufmerksam machen durch Belebung der menschlichen Mentalität. Denn so wie die Arbeitswelt heute gehalten ist in allen Ländern sind noch zu viele stumpfsinnige Menschen die so gezüchtet wurden auf der Erde und es ist an der Zeit das die Menschen mehr Propheten entdecken und aus ihrer grauen Öde mit dem bisschen farbigen der Werbung die sowieso die Worte verdreht erkennen können das sie eine bei weitem schönere und tiefere Daseinswelt erkennen können als die Fix und Foxi Welt der Idioten die heute ihre Regierungen und Killmaschinen und Prognosen darbringen und das muss getaaaan werden, sonst werde Ich, der Natur befehlen euch die ihr dafür verantwortlich seid und fast jeden Schwachsinn der Computer der Fach und Fachidioten glaubt, zu vernichten. Ich werde euch keine weiteren Erkenntnisse mehr geben. Und die, welche sie haben, werden sich dorthin zurückziehen wo sie von den Verseuchern nicht gefunden werden oder erkannt werden. Bis das die Menschen sich von der genetischen Struktur selbst vernichtet haben. Und erst dann werden die Leuchtwesen hervortrete. Denn meine Welt ist kein **Abfallhaufen** für euch Menschentölpel......
Dann Desintegrierte das Gesehene sich wieder in die unsichtbaren Bereiche und alle Vier wussten sofort dass das ein Zeichen zur Entwerfung der stillen Revolution war. Ein Zeichen um das alte Fleisch von den Knochen zu schaben, ein Zeichen von der Koksconvention die nötigen Ratschläge zu holen ,ein Zeichen die nötigen Werkzeuge fertig zu stellen um die nötigen Reparaturen zu unternehmen die das Getriebe dessen was als Gesellschaft gewachsen ist im Getriebe zu stören, ein Zeichen um die Schrauben zu lockern damit es da und dort anfängt zu klappern und zischen. Und alle waren sich klar darüber dass sie die gesalbten des Salbenden waren, und Segen ward ihnen zugetan. Und so fuhren sie entgegen der Einbahnstrasse in die Stadt Edmonton ein,...
Hey ihr alten Säcke. Kommt wir ballern noch einen rief Rodger begeistert und der Rest antwortete genauso, und mit Schwung gings in das Haus und dann war der Gott los. Die Wände wackelten. Pläne wurden geschmiedet. Da waren Sachen am laufen wovon jeder geheimen Staatsdienst die Mafia und die Sowjets Spezialfolterregion sich sofort mit dem rechten Sprechen in diese Fete reingemischt hätten. Aber solche Banausen sind nur für die Hölle bestimmt. Denn wir waren ja Göttlich und die waren die Bösen. Ist es nicht so. So ists doch auch im Märchen und in der Bibel und in den Schulbüchern, und natürlich im großen weiten tiefen hohen Leben **.....**
Und nur der Wahrhaftige kommt zu wahrem Leben. Ihr andern seit alle vom Traum erhascht und werdet deswegen, in der Droge verpuffen.................................
Bhavani tvam. bhavani twam. bhavani twam. ....
Hamsah hamsah ohm mani padme um...........................
Hare krsnah hare hare............
Sieg Heil Sieg Heil...................
Guten Tag noch..............................

Guten Abend...
Und ich sage euch, wetterte der Sprecher mit **Gröhlstimme.**............................
Und ich sage euch wetterte der andere Sprecher, lauter................................
Und im Schneewald saßen die Vögel eng beieinander und träumten davon wies den Menschen garnicht gibt. Denn das ist ja nur ein Wort was genauso ist wie der Walfisch der ja kein Fisch ist obwohl er im Wasser lebt und mit Fisch bezeichnet wird, und deshalb sind die Menschen auch keine solchen Wesen wie sie immer dargestellt werden, nichtwahr.....
....
Und in Berlin entstanden dann riesige Demonstrationen, Schlägereien und die Ölpreise wurden wieder erhöht, und der Verbraucher er musste blechen und blechen...................
Glücklicherweise waren diese Vier Herren, die das Spektakel auf der Strasse gesehen hatten sämtliche Ernährungsprobleme beseitigt, denn sie konnten sich nun so wie die chinesischen Zauberschildkröten aus sich selber ernähren. Denn sie waren reine Göttliche Energie...
Sie waren ein in sich abgeschlossenes System. Das aber trotzdem gegenüber der Umwelt offen war. Und das ist ja wichtig. Ists nicht so.......................
Und sicherlich, da zeigten sich dann da irgendwo in den Gehirnen der Vier die Hände die ewig friedlich waren da zeigten sich Wege die zum Liebsten gleiteten, in ihren Schädeln, da öffneten sich Wege die der Blues nicht wusste. Denn auf diesen Wegen gingen die Menschen diese Vier Menschen gehüllt in lockerer Kleidung und nicht solchen Eierabquetschern. Sie gingen locker aber nicht oberflächlich und besoffen da entlang. Sangen Halejuhulah, und nicht Haleluja. Sie störten sich nicht an denen die sich gestört fühlten. Ja da irgendwo in deren Gehirnen da wars am brodeln und am zischen. Da war ein Getümmel in den Hirnen dieser Vier. Die Welt sie wollte sich da offenbaren. Und das, das war auch nicht zuviel für diese Vier da. .Bloß stellt sich die Frage nicht, ob ihre Köpfe auch groß genug waren um die Welt dies garnicht gibt dort aufzunehmen. Und deswegen konnten sie auch ungestört die Welt aufnehmen, weils sie garnicht gibt. Denn das Wort Welt ist nicht die Welt. Genauso ist das Wort Gott nicht DerDieDasEs der es wirklich ist. Es ist was anderes. Und das wollten sie erkennen. Sie wollten Gott gegenübertreten, und mit ihm sprechen, sein Wissen erlangen. Damit sie die Welt dies nicht gibt von allem Übel befreien konnten. Ja das war in ihren Köpfen....
Und so kam die Nacht auf Wollsocken herein, fragte obsn Schlückchen Schlaf nehmen konnte welches ihr auch nicht verweigert wurde und Sie sich dann schlafen legte...
Und sie träumte für die Vier dass diese Vier keine Süchtigen auf allen Ebenen werden würden. Denn in Maßen ist ja alles noch fördernd...............
Und das wussten die Vier auch, sich nochn Bier trinkend, Ausschau haltend ob da nicht ein weibliches Wesen in ihre Richtung kommen wurde zum StellDich nicht so zimperlich an ich will dir doch nur gutes tuuuuuuuuun,yeahhhhhhhhhh.................
Aber keine war in Sicht. Denn die Vier sahen gefährlicher den je aus und die Frauen wollten reine Knaben haben, denen das Ohrenschmalz noch am **Pimmel** hing vor Freude mal ne freundliche Frau zu sehen. Wobei im Hintergrund Highway nee Route 66 von Nat King Cole gespielt wurde. Dann von den Stones dann Dylan Highway 61 und von Jonni Winter auch noch.. .Mensch da war was los...............
Und zur späten Stunde wie ein Kanonenball klingelte es. Die Wände wackelten. Und wer

stand da in seinem Lockenglanz Elvis Pressluft persönlich die Hüften schwenkend. Hinter ihm stand Hendrix mit seinem Lächeln aus Gitarrenseiten. Und hinter dem stand Beethoven der gerade die Frau küsste und sich dabei eine Note nach der anderen einverleibte.........
....

Und die Sache fing nun an Geheimnisvoll zu werden..

Denn Elvis wollte immer auf dem offenen Piano tanzen und Hendrix schwenkte schon den Wasserschlauch aus dem Fenster um die Strasse etwas rutschiger zu machen. Da waren auch schon riesige Mengen von Sowjetagenten in den Bäumen verkleidet als Orang Utangs und hinter den Autos standen die Sicherheitsbeamten der CIA und des Gestapo Überbleibsels die sich als Schneemänner ausgaben. Aber sie hatten vergessen ihre Zigaretten aus dem Mund zu nehmen die immer noch qualmten und der Qualm sich dann in Geheimcoding weiterbewegte den die Vier natürlich sofort erkannten, und sahen, sie sahen das dort gequalmt wurde: hier ist eine Verschwörung der Musik gegen die Materie und wir können die Musik nicht sehen, sollen wir die Musiker entlarven und ihnen Cocacola zum trinken geben damit sie freier sprechen und uns ihre Aufträge wissen lassen. Das stand da im Qualm.. Doch der Schöpfer machte den Spukenden ein Ende. Er sagte zu Bett nun. Und alle gingen friedlich auseinander gerade dann als es am Höhepunkttesten war. Und nun schlummern sie tief und erholsam, die süßen.........................

Doch die Munitionsbauer und die Kriegsmacher die Bombenbauer sie gönnten sich keine Ruhe. Sie waren vom Wahn gejagt die Erde mit Gewalt für sich zu haben. Und die Staaten unterstützten das, sie, die Staatsmänner auch. Und die Industrien auch. Und die Soldaten auch. Und die Machtbesessenen auch. Und die Umweltunfreundlichen natürlich auch. Aber ihnen wird ein leidendes Los zugefügt werden. Sie werden in ihren Gemütern alle schwachsinnige Haufen dampfender Scheiße werden die so stark stinkt das jeder schon von weitem weiß wer da ist und ihnen aus dem Wege geht. Bis Jesus der Neue zurückkommt und auch sie wieder befreit.................

Und überall wurden die Musikinstrumente gestimmt. Denn sie enthielten magische Kräfte gegen diese Kriegswütigen die die Herzen der Wilden mit Musik stimmen würden. Sie würden die Kanonen und Kugeln vergessen und nur Kanonen der Liebe und Weisheit werden. Das war eines ihrer Leide die ihnen zugefügt werden würde...

Und in den friedlichen Staaten der Erde den Industriestaaten den Ölstaaten da wurde fleißig an Kugeln herumpoliert damit sie ja auch schön glänzen wenn sie den Kopf des jugendlichen Menschen treffen damit ja sowenig wie nur möglich an Widerstand beim durchschießen vorhanden ist. Die lassen aber auch kein bisschen Rost an ihren glänzenden Kugeln. Und in Germany wurde der Alpha-Jet als Verkaufsschlager gepriesen, und in der Sowjetunion war das kollektivierte am wüten in Präzision. Und in den USA da wurde die 4037 Atombombe fertig gestellt und der 40 000ste ÜberUnterSchall Atomjet Abfangtief Erdkampf Luftkampfaufklärer und Zerstörer und das war noch gar nichts. Da wurde doch sogar schon mit Hochfrequenzschwingungen daran gearbeitet Materie einfach in seine Bestandteile aufzulösen und Unsichtbar zu machen und Menschen auch im Namen des Frieden, versteht sich, im Namen der Perfektion im Namen der Nation, welches immer zieht, das ist ein guter Werbe Text , der US und anderer Armeeeneen. In der Bundesrepublik wird im stillen am 9ten Weltreich gebaut und überhaupt, Waffen sind doch gut als Entschädigung für nicht vorhandene Arbeitsplätze, die Alle immer weniger werden wegen der Roboterisierung aber in Wirklichkeit wegen der Menschen und ihrer Megaignoranz. Oder..klar **Waffenproduktion** ist gut für den Kopf gut für den Körper und Geist. Denn bald werden Waffen auch im TV in der Werbung langsam akzeptabel gemacht und die Masse gewöhnt sich dann daran und dann fängt das richtig große Geschäft an, mit dem Wahlspruch: Für die Freiheit. Ein jeder ist sein Land und Staat. Ein jeder fliegt atomare Jets für bessere Zukunftschancen...

Na und dann ist die Sache gelaufen..oder nicht..

Man, mit Geldverdienen, und Profite, na da wird's doch wohl laufen. Schließlich sind wir doch nicht blöde man. Wir wollen doch leben. Wir wollen Geldmachen. Profite..und während im Waffengeschäft dem Internationalen alles auf Grün stand und die Länder der Erde ihre U-Boote und Raketenhubschrauber ihre Chemischenpesten und Fuck-Up Mentalitäten vermarkteten, während dessen schliefen Doel und Rodger und die anderen ihren friedlichen Schlummer bis zum frühen Morgen, der mit einem Knall anfing..........................

Ohhhh, ohhhh mein Gott, mein Gott warum hast du mich verlassen ohhhh ohhhh mein Gott mein Gott warum hast du mich verlassen, rief Rodger auf der Toilette sitzend, ohhhhhh ohhhhh jammerte er.

Was ist rief Doel überrascht...

Ohhhh Doel ich habe einen geistigen Eindruck von deinem Gemüt bekommen und deine inneren Bilder in mir gesehen. Ich war fähig mich in deine Gedankenwelt einzupolen, und ohhh ohhh Doel warum hast du mir nichts davon erzählt...

Was, was, rief Doel aufgeregter...........................

Ohhhh dieses Toilettenpapier hier ohhh Doel dieses Toilettenpapier hier, fast so wie eine Mullbinde fast so wie eine Mullbinde...............

Ohhh Doel warum hast du mir nichts davon erzählt............................

Nun erzähl schon Rodger was hast du gesehen..

Ohhh ich bin ein großer Seher ein Seher Doel ohhh ohhh.....................................

Ich sah wie du wenn du nach Germany zurückkehrst erfahren wirst dass die Wildkatzen fast ausgestorben sind, und auch der Feldhase stark bedroht ist. Ich sah wie sich dein Gemüt verdunkelte denn du wolltest nicht ausschließlich unter Menschen leben. Ich sah dann wie der Luchs ausgestorben war. Und du gegen ein Mercedes tratst. Wie Biber und Maikäfer Kraniche und Fischarten wie Laubfrosch und, Igel, Rebhuhn und Auerhahn wie noch viele mehr verschwanden und wie du dich grämtest, und wie du zusehen musstest wie Pflanzen und Lebewesen auf dem Reisbrett zu Nummern und Abstraktionen gemacht wurden von Wesen die selbst Nummern und Abstraktionen waren und was kannst du von denen auch schon erwarten außer Nummern und Abstraktionen, ohhhhh Doel ich sah wie du erkanntes das im großen Netzt der Natur riesige Maschen und Löcher entstanden und in diese Löcher wurden noch mehr Raketenstationen gebaut und du grämtest dich so sehr das Sinnlosigkeit und Hysterien sich in Diesem breitmachen konnten ohhh Doel da kommt schlimmes auf dich zu....

Jaja da kommt aber auch Gutes auf mich zu..................

Lass uns Frühstücken Rodger Alpträume brauchen nicht immer von Wahrheiten durchdrungen sein da kann sich auch viel Phantasie und Angst mit reinmischen und auch viel, viel der eigenen Verkorkstheit. Komm lass mich auch mal auf die Pfanne da ., Ich muss mal kacken. . ...

Ohhh Doel da kommt schlimmes auf dich zu flüsterte Rodger nochmal. Und Doel fragte zögernd, mensch Rodger da hat uns doch jemand gestern im Beerparlor was ins Glas getaan, woher all diese wilden Visionen und schrägen Glücksausbrüche...
Nein, nein das ist die Reinheit dieser Luft Doel. Sie klärt alle Hirnzellen ab und macht dich für Eindrücke empfänglich die sowohl Hellsicht als auch Dunkelsicht beinhalten...
Ach so ist das, naja dann nichts wie mehr von dieser reinen Atmosphäre...
Unten in der Küche wurde das Radio angeschaltet und sofort dröhnten AC-DCs Töne durch das Haus und es fing an zu vibrieren Dirty Deeds Done Dirt Cheap, und die Boys im Haus fingen an die Wildheit der Musik in sich aufzusaugen jemand poppte eine Bier Dose jemand anders knallte die Kühlschranktür mit Wucht zu.
Ahha die Wildheit war da und auch Doel wurde von ihr *eingenommen.* Und das ungeschriebene Kriegstaumelgefühl *stieg* wieder hoch, zerschlagen zertrümmern umbringen abschlachten vergewaltigen jajaja mehr noch in die Fresse hauen betrügen und lügen abmetzeln nichtwahr. . . ..
Rodger klatschte *die Eier in die* Pfanne Doel trat gegen die Wanne *die* beiden andern verschwanden aus dem Haus mit Plattfüßen auf den Augen ohne Socken an aber voller Zuversicht das Echte zu finden und hinter *ihnen* fuhren **Doppelkolonnen** von RCMPs
....
Doel warf ihnen noch ne Flasche Whisky zu und zuerst sah's so aus als ob *einer* der beiden sie sicher auffangen würde und so wars dann auch doch blitzschnell lies er sie dann an der Hand vorbeisausen und sie knallte auf den Eisboden zerbrach und die Eiskristalle torkelten dann ziemlich wild durch die Stadt. Das sind eben die Kettenreaktionen der Aktionen...
Big Balls spielte nun als die beiden Helden da saßen und ihre Eier fraßen..Die Haare wurden vorher entfernt................Anstatt Kaffee wurde Beer getrunken und danach nochn dicker Joint gepafft bis die Augäpfel Rot waren und ehhhh man ehhh man noch aus ihnen röchelte...Doel vergaß dann die Schuhe anzuziehen als er nach draußen gehen wollte und merkte es zuerst auch gar nicht. Lächeln kam er zurück. Rodger war zutiefst in Spaß gehüllt und lachte sich den Bauch voller **...**
Komm lass uns nach Calgary fahren wir holen Gerry und Dona noch die fahren bestimmt mit. Dona hat auch bekannte in Calgary außerdem hat er Liebeskummer kann aber gut Gitarre spielen und ist voller Witze insbesondere wenn er Liebeskummer hat..
Okay, Rodger lets go...
Und so wurden die Sachen zusammengepackt eine Kiste Bier gekauft die beiden abgeholt und auf nach Calgary Britisch Columbia. Runter durch Alberta hinein in den wunderschönen Nationalpark. Pop Pop die Bierdosen wurden geöffnet der alte Volvo schnurrte die Sonne leuchtete ohne illusionäre Millionäre ,und da waren schon die Rocky Mountains vor uns. Der Bannf Nationalpark nein der Jaspers Nationalpark. . .
Ahhhh geseligte Schönheit der Natur der Natur ahhh unselige Schönheit der menschlichen Natur nehme dir ein Beispiel kein Vorspiel weder noch ein Nachspiel ein Beispiel von der Schönheit der Natur deiner Schönheit ....
Im Auto wurde schon bald darauf nur noch gestaunt und ohhhh ahhhh gehört und das Bier floss...............
Dona fing an seine unendlichen Witze zu erzählen.
Woraus besteht eine kinderlose Ehe fragte er ganz belanglos.. Rodger war scharf und weise

zugleich, aus Spaßvögeln rief er mit Bier in dem Mund, denn Ehebruch wäre ja so ähnlich wie die beiden Betrunkenen die auf einem Eisenbahngleis umhertorkeln, du blubbert der eine, die Treppe hört gar nicht auf, ja sagt der andere, und die haben das Gelände so niedrig gemacht. Lach Kicher Lach nochn Bier der Wagen schnurrt Dona fummelt sich nen neuen Witz zusammen: Also wisst ihr da war ich doch mal mit ner Braut zusammen und wir stellten uns vor das wir ne Hochzeitnacht hatten, Liebling und nicht Hassling flüsterte die Braut dann, jetzt wo wir verheiratet sind sag mir doch mal was ein Penis ist. Beglückt von ihrer Naivität zeigte ich ihn ihr...ohhh rief sie schon mehr als entzückt aus, fast dasselbe wie ein Schwanz, nur viel kleiner....

Auch Gerry hatte seine Worte auf Lager : Auf einem Waaalfäänger spritzen die Matrosen ihren Saaaamen immer in ein Fass mit Waaalöl, damit es der Kapitän nicht merkt. Ausgerechnet aus diesem Öl werden Kerzen hergestellt . Einige Monate, darauf ist ein ganzes

Nonnenkloster schwanger........................

Rülps dröhn leucht uns wird auch schon feucht...

Jetzt schon mitten im Nationalpark gehen alle Vier pinkeln.. Jeder an seiner Tanne. An der frischen alten Tanne............................

Als die Vier dann wieder ins Autilein steigen nachdem sie auch das Pinkeln photografisch festgehalten haben, die Tür zugemacht haben, und um die nächste Kurve zu erreichen tatsächlich langsam weiterfahren, da steht doch in der Kurve auf der Strasse am Berg auf der Erde die fliegend durchs Weltall in der Runde umhersaust um die Sonne herum die das System zusammenhält bis aus ihr wieder ein neuer Planet geboren wird und sich sämtliche anderen Planeten jeweils eine größere Kreislaufbahn getrieben werden um dann leichter abkühlen zu können die Erde auch, eine Herde Mountaingoats und schaut das Auto an als ob es die Erscheinung des Ufos von Galaxie Pünktlein sein würde. Sie bewegen sich einfach nicht von der Strasse. Sie schauen nur lässig und neugierig drein.

Ob die wohln Bier haben wollen...

Tuk tuk tukerchen rollt das Auto mit Insassen an *sie* heran...

Ein Chef Goat mit dickem Geweih und **Kulleraugen** aus Morgentaunetzhaut kommt näher und steckt sein Kopf durch das offene Fenster um die Vier auszuschnüffeln..

Sofort weiß Doel das jene Herde die Abgesandten der Nationalpark Garde sind die ausschnüffeln sollen ob wir rein sind..

Der Chef Goat Rülpst sogar leise und schnuppert an Rodgers Hemd. Als Rodger ihm die Bierdose vors Maul hält verzieht er sein Gesicht zur Grimmassen und blökt zur Herde ,als ob er Qualitätslos geblökt hätte so kam's Dona vor.Und auch Gerry meinte eines Geistesblitzes Ansicht aufgenommen zu haben er war sicher Bildlosigkeit vernommen zu haben..Sie waren also im kosmischen Reigen die Vier und die Herde. Da waren Ansätze der Verständigung nichtsdestoweniger geteilt durch Unergründlichkeit jene Herde kam nun mitsamt Familienanhang zum Auto und begrüßte die Vier und keiner war sich im klaren darüber das diese Herde die vermasselte Wiedergeburt ihrer ehemaligen Freunde waren die durch Überdosen durch Motorradunfällen durch Selbstmord durch Fehloperationen durch zuviel Ods and Schokoladenessen ums Leben gekommen waren...und das war Glück denn die Vier hätten womöglich sämtlich Bewusstseinskomponenten solche wie Rauchen und wie Bier wie Wahrnehmung und Lügennehmung augenblicklich verloren und wären dem Stupor der Degenerationalen Lage entgegengedriftet..

Und das ist nicht so angenehm denn *sie* werden noch für dieses Buch gebraucht....

Und die Diagnose dieses Treffens war nun folgende : Die Vier Insassen des angerosteten Volvos unturbogecharged, ein Zeichen von dem Phänomen der Unfähigkeit in sich tragend, waren etwas Blau.................................

Es wurde auch erkannt das dieses Treffen ein Treffen von Kreaturen war die ihre Inkompetenz noch nicht erreicht haben...............

Der Urbock Chefgoat war der Anführer. Er war sofort bestrebt das engstirnige Bestreben der Vier Insassen ihm Bier anzubieten als eine Art von organisationsdiagrammartigem dem Strukturophilien ähnlich, vorzuschlagen, welches bei der Goatmeute akzeptiert werden sollte, wobei diese Bauwut der Vier die immer alles unter Kontrolle haben wollte auch mit Mountaingoats, dem Syndrom der menschlichen Hierarchie und deren riesigen Abfallöcher ähnelte.

Denn *in* Wirklichkeit hatte der Anführer des Biervorschlags auch nicht das geringste Interesse am Urbock. Er wollte nur seine Lust haben und war sich nicht im klaren darüber das Bier und Urböcke bei manchen Menschen Nervenzusammenbrüchen, Magengeschwüre, und Schlaflosigkeit hervorbringt...............

Daraus war zu ersehen das die Vier der Philosophie der Verzweiflung angehörten, *in* diesem Falle.

Das Positive war aber dennoch das Entscheidungen getroffen werden konnten auch wenn's das Anbieten von Bier war..

Eine sehr starke Nuance lag auch in dem Erkennen das die Vier nachdem sie gepinkelt hatten und das nötige Füllegefühl nicht mehr hatten an **Selbstwertgefühlmangel** leideten, und um das zu erhöhen eben mit der Unzufriedenheit ihrer Kompetenz *in* Verbindung kamen aus der sie diesen Ideenschwall des Bieranbietens herausfischten, und das am helllichten Tage, wohlbemerks, Kollegen....

Darüber hinaus liegts im Wesen der Dinge so wie wir sie hier gesehen haben, das mitunter auch Erscheinungen von Unfähigkeit sich selbst zu Diagnostizieren anwesend waren. Vor allem sich die Frage zu stellen ob die betreffende Person, in diesem Falle der Fahrer überhaupt noch irgendwelche nützliche Arbeit leistet..

Und *in* diesem Falle hat der Betreffende mit Ja geantwortet..........

Also hat er seine Stufe der Inkompetenz noch nicht erreicht und leidet somit am Pseudo-Erfolgs-Syndrom. Armer Bursche............Jetzt die SoloGitarre.....

Hätte er mit Nein geantwortet wäre er auf der Stufe der Inkompetenz und somit auf der Endplazierungsseinsweise gelandet.................

Hätte er mit ich weiß nicht geantwortet wäre er auf der Stufe der Inkompetenz angekommen, und muss prüfen an welcher Krankheit er leidet...

Das sind die medizinischen Diagnosen...

Natürlich sind auch Psychologische vorhanden....................

Da der Betreffende der Bieranbieter aber auch gleichzeitig Bier anbot und sogar am Steuer tätig war und sogar zu seinen Freunden lächelte und sogar sprach und sogar, also mehrere Tätigkeiten zur gleichen Zeit ausübte ist klar zu erkennen das er unter wahrer magnetischer Kontaktschwäche leidet, er verbirgt das nur hinter dem Aufwand der oberflächlichen Tätigkeiten..

Unter anderem waren beim Patienten auch Symptome des Ordnungswahns vorhanden. Denn als er das Bier anbot waren seine Worte und Sätze koordiniert. Seine Vorgänge gesammelt, und das bedeutet das er seine Vorgänge und Aktionen sozusagen in innerlichen Akten zusammengehalten hat, und wer sich mit Akten seine Tätigkeiten mit alten Akten in Zusammenhang bringt, der fixiert sogar seinen Blick auf die Vergangenheit anstatt auf die Zukunft. Aber der entscheidende Punkt ist das er eben seine Taten und Worte koordiniert hatte also einen Vorgang mit der Beschäftigung des alten vergangenen bevorzugte. Und das ist nebenbei auch noch Hochverrat denn in Kanada gibst keine Erlaubnis sich mit der Vergangenheit zu beschäftigen...

Dazu kommt noch das er einige Charackterien des Tabula-Gigantismus in sich trug die schleunigst entfernt werden müssen. Denn er leidete unter dem zwanghaften Bemühen stets einen größeren Wortschatz stets ein größeres Sprechrepertoir stets ein größeres an Aufmerksamkeit als seine Kumpanen Kollegen Freunde haben zu müssen. .

Diese Tabula Gigantismus Phobie ist aber ein Produkt seines Ehrgeizes. Er musste stets der erste sein und stets der letzte sein. In Büros da führt so was zu Miniatur Weltkriegen und dem Neid der **Bürokollegen**. .

Natürlich zeigt dieses Wesen eigentümlicherweise Superkompetenz anstatt Inkompetenz welches soviel wie Selbstverneinung wäre.......................

Und damit ist er sogar als ein Gefährder der Hierarchie des Menschen Geistes zu betrachten. Welches sofort an jene weitervermittelt werden sollte...In diesem Falle an die Jasper Nationalpark Helden denn Helden sind fast ausschließlich degenerierte in den Augen der gesellschaftlichen Wortführer, obzwar sie jene dennoch benutzen für ihre niederen Reklame Wetteiferungen, zum Beispiel später als Präsidenten oder als Direktoren oder als Manager , denn der Neid ist die Sucht der Hierarchisten und Tinnen..

So eigentlich ist dieser Bieranbieter ein ausgestoßener der gesellschaftlichen Hierarchie, denn: erstens,

er ist superkompetent

zweitens er ist auch damit eine Gefährdung für die Hierarchie die im Grunde Faul und Status Quo süchtig ist und immer nur das gleiche will und zwar für sich nur..

Deshalb wird er von der Hierarchie nicht akzeptiert.....................

Das Plus für ihn ist das er kein so genannter Berufsautomatenheld werden wird. Denn er gehorchte nicht den Strassenverkehrsregeln die Zusammenarbeit klappte also nicht, aber er hatte Glück uns Mountaingoats zu treffen anstatt Royal Canadian Mountaingoat-Police..

Glücklicherweise gehört er bis jetzt noch nicht zu denen die den unglücklichen Unfähigkeitstrieb entwickeln. Er hat also noch mögliche Möglichkeiten diesem Trieb der die Problematik der gesamten Menschheit ist zu entkommen. Denn nicht nur Einzelne entwickeln sich bis zur völligen Unfähigkeit, sondern auch die gesamte Menschheit. Glücklicherweise ist das dann der Zerfall der Kulturen oder auch Kulturen als **Punkmentalitäten**. Aber meistens ist es so das der Reifeprozess durch kollektiven das heißt Volkseinheitlich Wahn und Stupor vermarktet wird.. .Da stellt sich einer aufs Podest und ruft Sieg Sieg und ein anderer ruft Heil Heil und damals riefen sie auch Heel Heel oder Nero Nero oder die Spanier Ilgoldos ave maria el bluto. Manche riefen auch Sieg Heil Mao oder Sieg Heil Empire oder Sieg Heil USA oder Sieg Heil La Republic oder Sieg Heil Pappi Papsti und sehr viele Sieg Heils wurden von sehr vielen Sieg Heil Nationalitäten schon seit sehr sehr langer Zeit gerufen sogar Sieg Heil Krischna der sogar den Arjuna dazu aufforderte seine Verwandten mal kurz abzuschlachten weil die Seele ja sowieso Unsterblich ist. Dieser Faschist Krischna. Manche Zaubersprüche waren auch einfach zu entziffern, bringt sie um, her mit dem Gold, wo ist der Zaster, die Russen stinken,die Deutschen sind alle Blutsauger die Amerikaner sind Regenwürmer, Japaner sind Gelbsuchtverbreiter, die Schinesen sind blind. Das ist dann der Reifegrad einer Gesellschaft, wenn die Massen auf ihre Präsidenten und Wortführer hört, nur weil *sie* im Laufe der Zeit Duschen und Bäder haben womit *sie* ihre Ohren gereinigt bekommen...

Also Bäder und Duschen sind schuld am Kriegswahn...............................

Und wenn's soweit in den Ländern gekommen ist, ist das ein Zeichen das keine sinnvolle Arbeit mehr geleistet werden kannnnnnnnnnnnnnnnnnnn..

Und das ist heutzutage schon wieder zu 69 % der Fall..

Da ja der größte Teil der Produktion für Spitzel und Kriegsmaterialien verwendet wird...

Ende der Diagnose:

Der Bieranbieter und seine Kollegen können weiterfahren, denn sie sind keine Anhänger der Hierarchie in denen fast jeder dazu neigt bis zu seiner Stufe der Unfähigkeit aufzusteigen und dann noch als Fähig gefeiert zu werden....

Und dann, als Rodger dem das diagnostizierte vorgelegt wurde seine Unterschrift verlangt wurde, dann schalteten sich die DreiAnderen mit ein und Doel rief aus : Also was für eine Verschämtheit. Erst steckt der Bock *seinen* Hornkopf ins Auto, und dann will er auch noch das du unterschreibst nein, nein niemals.

Das ist ja so als wenn einer die Arbeitswut hat aber nicht arbeitet weil in Wut arbeiten nicht angebracht ist.

Los Rodger gib gas...Und Zooom fuhren die Vier an den Goats vorbei, die doch tatsächlich lächelten. Und die Vier fühlten sich verarscht..Sie hatten vergessen das Gefühl zu unterbrechen. Dennoch drehte sich die Erde weiter. Dennoch strahlten die Sonnen strahlen weiter. Dennoch obgleich denn darum weil oder obgleich entweder so nach wahrscheinlich, aber eines war klar, die Vier öffneten eine andere Bierdose.

Mit viel Gesang mit viel Gelächter mit viel, viel, rollten die Vier in das famose Bergdorf : Kein Eiscrem für Red Indiens.

Der Grund dieses Namens liegt in der Vergangenheit. Gegenüberliegend vom Dorf ist ein andauernder schneebedeckter Bergrücken. Wenn er bewusst als Kontur betrachtet wird, dann kann ersehen werden das er die Form eines auf dem Rücken liegenden Indianerkopfes hat. Und das war die Vereisung eines unglücklichen Indianers von Annodazumal. Wegen des Versuchs dem unglücklichen, für die Indianer freie Portionen Eiscreme auf Lebenszeiten zu bekommen. Aber die Rauchgötter waren anderer Ansicht und bemerkten auch das dieser Indianer aber schon besessen von der Eiscreme Idee war und für ihm nur noch die Hilfe des *Eises* als solches in betracht käme ihn für ewig, welches ewig bedeutet und somit nicht ewig ist, denn die Bedeutung ist nicht die Wahrheit, sondern nur der Wegweiser, also ihn für ewig auf Eis zu legen und das taten sie dann auch.

Er liegt nun da als Berg im Eis...

Sofort torkelten die Vier in die nächste Imbissbar wos auch *ein* Shovelboard gab...Wieder

wurde Bier bestellt und wieder wurde die Stahlscheibe geschoben und wieder wars der
Doel der gewann und wieder war Rodger etwas entrüstet und wieder kauften *sie* sich noch
einige Bierdosen und wieder fuhren sie weiter und wieder durch den Nationalpark und wieder
kamen sie aus dem Park heraus und wieder kamen sie in den Bannf Nationalpark.....
Ihre Empfindungen lagen flach auf dem Bauch sie hatten Gültigkeit denn die Wildschweine
hatten ein Plakatstreik auf dem Waldpfad direkt vor dem Hotel Bannf darauf stand : Kein
Urlaubsort wo Schweinemord...
Ansonsten wars immer das gleiche. Affinitäten waren bestrebt den Schnee von der Strasse
zu halten. Die Schweine die wilden grunzten..Einige Zuschauer machten Photos. Eine
Herde Elche klatschte Beifall.. Die Menschen aßen ihre Heißen Hunde. Die Vier tranken
Bier. Die Sonne schien. Wolken waren da. Farben leuchteten und am Horizont konnte
schon das Stadtlicht von Calgary gesehen werden....
Hinein in dieses Stadtlicht. Ein Stadtlicht das seine metaphysischen Fühler, das Unsichtbare
sichtbar machen, bis hinein in die große weite des Alls strahlte, in welchem auch für immer
metaphysische Wahrnehmungsgeräte und Organe waren, unter den Zillionen mal Trillionen
Sonnen Planeten und Asteroiden...
Welches also eine Zeit, *eine* Zeit ist, in der jetzt da irgendwo Wesen sind die ihre Zivilisationen
haben...Und das ist wohl dann die größte Überraschung seit dem Wissen das durch den
Sterbevorgang der Mensch in einer feineren Sphäre weiterlebt und sogar die Vorgänge
hier auf der Erde beobachten kann.
Calgary ist eine reiche Stadt. Das konnte daran gesehen werden dass vor den
Apartmentgebäuden anstatt Wasserfontänen Erdgasfontänen sprudelten mit ihren
andauernd brennenden Flammenköpfen.
Gerry und Dona wurden bei ihren Angehörigen in den Subburbs abgesetzt und Rodger mit
Doel fuhren weiter nach und zu der Familie dem Bruder und der Schwägerin Rodgers und
dem Schwager Doels..
Die beiden wohnten in einer angenehmen Umgebung von älteren Siedlungshäusern aus
Holz mit vielen Bäumen und Sträuchern, Grasflächen, was zu dieser Jahreszeit nicht mit
Schnee bedeckt war. Denn hier durch Calgary weht der Wind der eine Fönähnlichkeit hat
aber zur Winterzeit lange Landstriche schneefrei hält.
Die Begrüßung war erfreulich, obzwar Rodger mit der Schwägerin nicht harmonische
Gedankengänge pflegte. Aber Doel war der **Ehrengast.** Die beiden Calgarianer hatten
inzwischen Nachwuchs bekommen und die Frau strahlte eine besondere Wärme aus mit
glänzendem Gesicht und andauernd lächelnd interessiert fragte sie wies sei was man
so mache wie die Entwicklung wäre politische Fragen sowie pädagogische Fragen da
sie pädagogische Erziehung aufgenommen hatte und darin ihr gesellschaftliches Papier
zum erlauben des Lehrens bekommen hatte. In Übereinstimmung war auch der Ehemann
hinsichtlich pädagogischer Erziehung die er absolviert hatte...
Den Dreien gings gut. Sie verdienten ihren Lebensunterhalt. Die Frau beschäftigte sich
auch noch mit poetischen Fähigkeiten und beide hatten lebhaftes Interesse am Skilaufen
sowie Bergwanderungen und Photografieren, was bei der Naturumgebung auch eine feine
Lebenseinstellung ist...
Am Abend kam ein Freund des Hauses rüber den Doel auch noch von Montreal kannte er
arbeitete in der Carlsberg Brauerei und war unter anderem sehr aktiv in der Gewerkschaft

tätig, was für ihn später eine sehr günstige Laufbahn seien würde denn er würde sich zu einem der führenden Person in der Gewerkschaft herausgearbeitet haben. Unter anderem war er nicht nur darin fähig sondern auch als gekonnter Bergsteiger und aber vor allem als Skidraufgänger und auch ein feiner Photograf..und das bewies er uns dann am Abend mit seiner vorzüglichen Dia Show..unter anderem Dias von Grizzly Bären die er aus unmittelbarer Nähe beobachtet hatte wie sie ihn beobachtet hatten, welches ein Zeichen seiner reinen Ruhe und Unaggressivität beweist. Was natürlich Natürlich ist, bei solch einem Wesen wie den Grizzly Bären keine Aggressivität zu zeigen. Denn die Bären sind intelligente Wesen und spüren das sofort. Aber wiederum spüren sie auch die Wohlgesinntheit und kamen ab und zu so nahe ohne die Wildheit in ihnen nur auf Grund dessen das sie freundlich gesinnt sind...

Während des ganzen Abends beobachtete Doel eine merkwürdige Tatsache. Der Ehemann Dave, wurde zusehends schwächer, bis er schliesslich ins Bett ging wo ihm seine Frau die nötige Medizin brachte.. Das Ich von Doel war darin in Übereinstimmung dass die Schwäche des Ehemannes im Zusammenhang mit ihm stand, denn Doel bemerkte sofort bei der Begrüßung wie der Ehemann nachdem er Doel gesehen hatte zusehends an Selbtssein verlor. Er sah es in dem **Gesichtsausdruck** des Mannes und fühlte es in den Äußerungen und da pädagogisch ausgebildete, viele, Menschen, sowieso einen aufgeblähten Ego haben, wie gesagt aufgeblähten, aufgrund der Tatsache das sie für den Staat die erzieherische Manipulation unternehmen und oft wies ja in den verschiedenen politischen Varianten verschiedener Länder gesehen werden kann gar nicht wissen was sie überhaupt lehren, weil sie ja zum größten Teil so genannte Nachplapperer sind und sich vor Kindern aufblasen können, und dadurch in der Lehrer Gruppe die sich gegenseitig stärken auch die Bestätigung dessen finden. Also Lehrer haben zum größten Teil einen aufgeblasenen Ego, sie vergessen all zu oft das sie selbst nur, nur, die Treppe des selbst lernenden gegangen sind, aber bei weitem noch keine Fähigkeit für selbstständiges tiefes Denken entwickeln, sie haben zwar eine autoritäre Kraft in ihrer Stimme und ihren Wörtern aber bei ruhigem und genauerem hinhören ohne sich von solchen Kräften beeinflussen zu lassen kann zu oft nicht überhört werden das viele Lehrer vergessen haben was Sokrates mal sagte das er weiß das er nichts weiß, und gerade der Lehrer verbaut sich dadurch eine große Möglichkeit überhaupt

Kommunikation mit den jüngeren aber bei weitem nicht Nichtwissenden dümmeren Menschenkindern aufzubauen und vor allem zuzuhören, denn Doel weiß selbst aus seinem jüngeren Zeiten das er als Kind all zu oft über die Unfähigkeit der Lehrer mit Abneigung reagiert hat, weil die Lehrer selbst vergessen das sie keine Erzieher, was ein Wort aus dem militärischen ist ,sind, sondern, Lehrer, und das alte Wort für Lehrer war Leerer, ein Leermacher, und das führt weit gedacht dahin die große Leere zu erreichen die auch von den Menschen die mit der buddhistischen Ebene in Verbindung kommen geleert wird, und somit verfallen viele Lehrer der Illusion den Kindern war beizubringen außer der Tatsachen das sie den Kindern Abneigung beibringen und der Lehrer wird also zusehends eine Marionette im Aufbau von seiner eigenen Unfreiheit , auch weil er die Beamtenlaufbahn überschätzt und auch weil er das gesellschaftliche Ansehen genießen will, aber wer zu sehr nach dem Wohlleben strebt der kommt genau in des Entgegengesetzte, nämlich, dem nationalen Bewusstsein und das ist Regression und nicht Zukunft...

Und unter den Lehrern gibt es wie unter den Ärzten oder den Anwälten oder den Professoren immer nur die wenigsten die über dem Geldmachen und dem Ansehen stehen und echt am echteren interessiert sind. Die meisten der erwähnten Menschen sind an Materie interessiert.

Sie blasen ihr ich auf und vergessen den Geist und seine Fähigkeiten. Sie sehen sich als Sterne, Stare, und sind pedantisch oder Humbukkackerchens,,,,,hahaha...

Jedenfalls sah Doel sozusagen stark aus..

Genauso stark wie in der Beschreibung als er in Montreal war.

Und das war der Katalysator für die Schwäche des Lehrers.

Der nach genormten Verhaltensregeln lebt und wenn dann jemand kommt der sich ungezwungen bewegt kleidet und spricht dann läuft so manch einem Menschen der Schauer Draculas über die Vorhaut und Nachhaut und Haut überhaupt...Und so musste der Lehrer ins Bettilein gehen und war dann auch die darauf folgenden Tage lägerich......

Am folgenden Tag redete er viel und angestochen gegen die Menschen die viel von Gott redeten insbesondere die Footbalplayer der Vereinigten Staaten die auf Gott stehen, er ist ihr Thing er ist ihr Anbeter er ist ihr Begeisterungskatalysator er ist ihr Held und ihr leben....

Und der Lehrer redete und redete das es keinen **Gott** gäbe und er redete dass das alles Geplapper sei und Gott welch ein Blödsinn und er wurde zusehends kranker der Lehrer..

Das hat er davon erst verstrickt er sich in einen aufgeblasenen Ego erkennt das noch nicht mal und zweitens hat er Angst vor freiere Menschen und drittens hat er Angst vor Gott und viertens konnte geaaaahnt werden das er dieses ganze was er sich da aufbaut aus der Angst vorm Sterben kommt ,das spürte Doel...

Und das musste er aber noch klarer erkennen können uns so lies er dieses spüren eben beim spüren alleine...

Und die Frau fütterte das Kind mit blonden Haaren mit Milch und mit Nahrung aus dem Glas..Und das Kind freute sich sichtlich darüber. Schmatzte auch und das wiederum machte die Frau zu einer lächelnden Frau..Und Doel saß da und schaute den beiden zu. Und der Lehrer der lag wohl im Bett und grübelte darüber nach wie es komme das er Angst vorm Sterben hat wenn er nicht an Gott glaubt und er konnte da keine glaubhafte Verbindung finden weil ihm der Glaube verflutscht war uns soll das aber ein Zeichen sein sich nicht in eine solche unlogohafte Verstrickung zu begeben, denn der Lehrer wird noch sehr, sehr lange sein ich aufblasen müssen bis es platzt und er dann sehen kann das du auch Mensch bist frei bist denken kannst Spaß haben kannst das du Fähigkeiten hast ohne immer nur den Maßstaaaab der angesammelten Materie im Hintergrund als Sicherheit zu haben, wie Autos oder Bankkonto oder Haus oder Universitätsdiplomsammlungen. Denn das ist oft der Fall das Menschen erst dann sicher sind wenn sie Geld haben oder und so weiter..Und das stimmt wohl auch ohne Geld kein Essen. Aber dennoch passt die große Menschenliebe auf uns auf. .

Denn schließlich sind wir ja aus dem geschaffen der uns geschaffen hat. Ja wir sind sogar immer völlig geschützt wir sind immer geliebt wir sind immer begnadet wir sind immer lustig wir sind immer glücklich wir sind immer frei wir sind immer und immer immer und immer immer........

Und so borgte sich Doel 95 Dollars from Rodger sagte am **Flugplatz** goodbye mit verbundenen Gefühlen und mit etwas trauriger Aura und flog zurück nach Montreal.....

Ahhhhh, und nun sitze ich Doel hier in Zäns und Lises Apartment. Tangerine Dream spielt ihr Ricochet. Ich habe mir vor kurzem einen Joint von Zäns Gewürz gedreht, und war sogar schon bei Molly aber momentan treibe ich weg hinein in große Träume worin ich mich entweder verliere oder hineinwachse oder ich wachse doch lieber in einen durchdringenden Gedanken von solchen großen Proportionen und Alleinheiten so wie Ich's vorher noch nie erfahren habe..das war bei der Molly...
Und als ich, Doel, hier zurück kam in dieses Zimmer, da wollte ich nicht in diesen groggyness Stoner fallen.
Mein Kopf brannte mit lodernden Flammen, Sirenen sangen ihre Lieder doch ich brauchte kein Wachs auch war ich nicht am Masten festgeseilt, und dennoch brannte mein Kopf und sangen die Sirenen, und an den Felsen waren imaginative Skelette gelegt worden, fürs Filmen, und nur einige Stunden her sagte ich goooood bye, goood bye zu Dave und Bev in Calgary die warteten auf Eric Clapton, jaja, wenn du kein Star bist bist du eben nur'n Mensch, das ist eben so mit den Menschen, wertvoll ha, das ich nicht lache, für den Moment ja, und manche meinen auch für das Moment.
Und als ich Adios zu Rodger sagte, da standen mir doch die Tränen in den Augen.
Sie hatten sich dafür extra neue Schuhe angezogen und sogar rasiert. Und wie sie glänzten.
Aber sie waren gut genug für mich.
Und nun.
Nun suche ich Namen.
Ahhh es ist schon fast mehr als zu wissen das die Frau die du liebst mit nem andern aus ist und es dir nichts ausmacht weils dir was einmacht. ....
Aber das Gedächtnis für Namen, es ist zum übergeben, zum Würfelhusten, zum Kotzen.. mein Erinnerungsvermögen ist generell zum Würfelhusten...dennoch Richochet sounds so goood.................
Ohhhh my love time is runnig out..Aber dennoch, dennoch die Zeit sie bleibt und so my love time bleibt auch..Und Ricochet sounds so goood, ich hätte deswegen beinahe meine Socken gekaut, might be on the adjenda, or next on the line,
Geisteskomponenten,
Die manchmalige Ängstlichkeit vor Menschen, warum. Einer sagte mir, Doel hätte keine Selbstsicherheit, hat das Selbst ihn verlassen. Ein anderer meinte er hätte bizarre Unsicherheiten. Wäre es besser unbizarre Unsicherheiten zu haben.
Da verschwinden die menschlichen Kräfte im Whisky sie verschwinden im Lächeln und im Essen.....
Dennoch der Versuch zu ändern, und der Stachel des good and evil, irgendetwas spielt mit meinem Herzen,
irgendetwas spielt mit meinem Kopf,
irgendetwas spielt mit meinen Gefühlen
irgendetwas spielt mit meinen Wahrnehmungen,

und all das gehört mir nicht,..

dennoch bin ich es..

es ist Ich..

Jaja die Stare, sie leuchten und, singen, und keiner will mit mir sein die Stare im Radio sind wichtiger. Im TV. Im Kino..Die leben doch in der Fantasie aber nicht in der Jetztzeit, nicht neben mir..

Und die Tiermenschen sie sind am wachsen überall steigen sie in Positionen. Sie sind am wirken und die Heiligen sie sind am welken. Und die Ungläubigen sie werden von den Tiermenschen besiegt denn die Tiermenschen sind Tiere mit Menschenfähigkeiten. Aber die Ungläubigen sind weder Tiere noch Menschen. Ihre Kräfte sind verwischt. Und all jene die die Erde verderben was wird aus denen.

Sie verderben die Erde jetzt.

Öffne deine Macht und bring Klarheit.....

Bring bloß nicht diese Micky Maus Gesellschaft weiter...

Denn hinter der Micky Maus Gesellschaft steht die Herrschaft der Tiermenschen die es gerne haben wenn ihre Arbeitswesen Mickymausmentalitäten entwickeln welche sie für ihre Ziele brauchen. Immer Lächeln immer freundlich sein immer schön Ja sagen immer schön Nein sagen wenn's an der Zeit ist.

Die Tiermenschen sind Wesen die ihre Beute belauern. Die Beute machen wollen. Sie stellen Fallen und sind diplomatisch. Sie lächeln und bauen Atombomben und legen Minen und verkaufen Kampfflugzeuge, das sind die Tiermenschen die Länder und Staaaaten aufbauen...

Und wer bist du...

Und wer bist du..

Und wer bist du...

Und du und du und du und du...

Du Samenschwerster du Samenbruder..

Diese Menschen sie geben sich oft Deck oder Drogennamen.. Namen die sich in der Öffentlichkeit gut anhören. Die wirken ,die die Meute fangen und sie festhalten..

Die Beute ..

Jedoch fürchtet Gott.. Nein niemals.. Denn ich liebe Gott. Ich fürcht ihn nicht...Und so lässt er die Erde verwüsten..Er ist schuld. Oder nicht..Warum zeigt er nicht sein Unwesen. Wer ists denn sonst............

Nein, nein der Mensch selber verschreibt sich das Rezept zum **Todesurteil** das kann doch heutzutage schon gesehen werden.

Fast alle unterstützen die Staaten und ihre Mörderbanden die am blühen sind...die paar Aussteiger was sind das schon..

Aber die Kartelle und Geheimgesellschaften die bluten euch wirklich aus.

Und die andern sind Lippenschwule Unpotente Geigerzähler der Modequatschereiensüchtigen die ansonsten keinen Sinn mehr im Leben finden würden außer dieser Anerkennung im Gespräch. Gott sei mit ihnen und Vergebt ihnen...

Die können nicht Denken oder richtig zuhören oder einen Blick der Wahrheit entwickeln...

Gott sei mit ihnen....

Gott sei auch mit den Armen .Welche gut 85% der Menschheit der Erde immer noch sind..

Die restlichen 15% sind Bettler der Reichtumssucht und des Wohllebens..Dazwischen liegen die Anarchisten die auch den Weg nicht kennen. Ganz abgesehen von den Psychologen die sowieso alle ziemlich abgefuckt sind...

Und dann kommt die gesamte Menschheit die in diesem Verein mitmacht dem Verein der Waffenschmiede dem Verein der Ingeneure dem Verein der Naturwissenschaftler dem Verein der Ärzte dem Verein der Pater dem Verein der Kirchen dem Verein der Rechtsanwälte dem Verein der Richter dem Verein der Polizisten dem Verein der Musiker dem Verein der Arbeiter dem Verein der Mathematiker dem Verein der Bäcker, dem Verein derjenigen die sich noch nicht entschieden haben für oder gegen Gott.

Doch was sagen diejenigen die sagen : Das **Radioisotopen** lange Halbwertzeiten haben. Physikalischer so wie Biologischer. Wenn sie mit Nuklearen Detonationen in die Atmosphäre gelängen und sich dort über ja Jahre Jahrzehnte, aufrecht erhalten, die letzten Menschen aufgiften.. und das sollen Menschen sein die ihr gewählt habt..

Das sind Menschen die ihr wollt..

Was seid ihr doch für stupide Tiere..

Denn das wollt ihr doch...

Ihr schwachen Wesen ihr Wesen voller Kacke vom vielen fressen.

Ihr Wesen vollen Stumpfsinn vom vielen Saufen. Ihr Wesen volle Knochenschmerzen vom vielen Auto fahren.

Jaja solche Menschen wollt ihr haben..Solche Staaten solche Regierung.

Aber nein es wird doch besser und besser.

Ja, fragt sich nur für wen.

Für die MegaGeldKartelle die Rothschild Rockefeller RohölChemiePharmaStahlKartelle. Die Organisationen Arbeitgeberorganisationen haben, die Denkfabriken sind, damit die Vasallen die Politiker auch was zu sagen haben in deren Sinne.

Am Ozean sind auch nur noch Erinnerungen.

Im Wald da sind die Pilze verboten.

Auf den Wiesen wächst nur noch vorkonstruiertes Grass, nixi Acapulco Gold.

In der Atmösenspähre da leuchtet kein Stern mehr so wie damals, aber nein es wird besser, ja ,ja höre Doel, höre genau zu.

Hörst du denn nicht. Du bist schon wieder näher wieder viel näher an der feinsten Stadt im Zentrum Europas. Hörst du nicht den Hundsfisch-Taiga Blues, der aus den Steppen kommt und sich seiner göttlichen Wesenheit vollkommen bewusst ist..

Bald bist du wieder im Hotten Hottentottenleben von Berlin West.

So vergess, so vergess so vergesse...................

Nein, nein diese Alleinheit in mir. Die Enttäuschung der nicht Nähe. Aber in Ricochet da finde ich die Nähe. Etwas Frieden. Und die manchmalige Traurigkeit der Stille. Insbesondere wenn du reden willst, aber du kannst nicht, nein anstatt in ein Loch zu fallen, sollte ich ändern, mich ändern, und diese Reise diese Leere Reise ohne Geld durch Kanada, Pleite, Imaginativ, und nun Flatt Pleite...

Mensch die Platte sie schreckte mich, Doel, raus aus dem Delirium des Selbstbemitleidens..

Das zischende Geräusch in Ricochet schreckte mich, Doel, hoch.................

Was für einen Sprung. Die Plague die Pest der Stupidität......................

Ahhh Doel gefiel sich nicht. Er konnte sich zur Zeit nicht ausstehen, Gordon Lightfoots Songs schwirrten nun durch ihn, ahhhhhh.............

Aber Doel musste da sein um sein Nichtgefallen zu beobachten.

Wieder fand er etwas Ruhe und Frieden im Alleine sein.

Gordon Lightfoot sang Loosing Again..

Ricochet endete.

Irgendwie bin ich Doel nun wieder bei der Molly. Sie rief ihn an. Er war nervös.

Später sagte sie dass sie wusste das er sich sehr komplex fühlt, das er auseinander fliegen würde.........

Doel rauchte mehr **Gewürz.**..........

Molly schlief dann, zu viel Arbeiten..........

Sie schläft in ihren artistischen dekorierten Zimmer wo der Doel sie zum schlafen brachte mit seiner Grünkohl Personalität.................

Er fühlte sich weich. Er konnte benutzt werden zu dem was er war und was er nicht war. Ein Stand zwischen Ernstheit und Blödheit. Zwischen furzenden Flammen von Verblöden, crawling like a cobra, aber Doels Mental war schon wieder beim Essen.

Ahhh das Leben in jedwedem Tag der Gedanken der Sichten und der Phantasien und Abenteuer und und und und undudndndundndndu,.

Und so wie das Schreiben Doels nun seinen schwachen Zug mitführt so war Doel auch am Ende in Montreal..ausgelaugt und groggy...

Tuesday 8 March1977.

Now i look out of the window and see in a translucent dim light the wing of a 747 ahead with the bright shine of a waning man in the moon without the man in it.

Below it all is the coordination of a chaotic seeming world which expands into the overlapping future of our productive thinking..

But the atlantic surely is no product of thinking, although opposite the atlantic is india and then follows the straight line of absolute mileage ahead...

Behind this moving of the bathing in moooonlight wing and its totality lies a time of saying goodbye and wanting not to leave a woman despite low energies situations which kept the mind searching for answers why and if it could be the sublime arrogance of rigid logical thinking,that didn't bring out the more penetrating communication of creative active verbal togetherness...

Tired of philosophical truth.

Prechewed thought structures.

Fed up with the balony way in which you only communicate when your right.

If truth is truth as totality it must contain the lie also,since... i left molly, i left zän, i left louise, i left the childlike way, not to liberate me of the child but to open up more of this rigidity within. A life of up coming genius. hey.

Nice thinking

But why not.

The engines roar.In here it feels like apart of 2001 ,where is the cosmos to conceur..

This greasy wild west movie plays to entertain us Travellers soaring from continent to

continent, resting at the beauty, and lets not get ugliness of this unfolding world meet you...
Sometimes finding a glimmer of liberation if we look in search for absolute freeeeeedooooooooom.our freedooom in our makebeliveinability to realise that absolute freedom is existing within the framework of existence and its matter to knock your free head on. Although the Chinese ancient thinking says that absolute freedom is impossible since it would end in the boundless, but as of now
the inability to be able to not feel chained bye the ways of living. And that is in bad need for a blooming diet..
Away from polarising philosophical hum drum.
Yes man, or woman, or freak, or genius, peanuts don't grow on terpentinetrees as of yet.
Berlin lies ahead of Paris for **me..**
The polish musicians they are shouting just for me, cause Doel he's the king of the taiga blues, with fresh winds from Canada prairies. And that means doing fine just in between..
When I arrive in the allied city of war, molly will start working her seven am morning shift with the juvenile delinquents routine.
Is that beating the odds.
The 747 moves horizontally to the right and left, also the light on this wing from the moon moves that way..And heavy duty guitars support that what i'm seeing, rainbow and molly thatchet, Ufo ,and deep purple, they all play their songs to this writing...
Just to confirm a dogmatic fact in a now arrogant way. Stay away from those and come to the cerebral dreaming you might say...
Or, ahhhh, fuck off with this humbug show..
So in edmonton i left frends..
In calgary i left frends.in montreal i left frends and a piece of my all meat action..
Flying in this tunnel with three movie screens on active,this could be a journey to andromeda or the imploding,To our knowledge ,
black hole...
A joke *pops* up.The edmonton ukrainian joke with the texas landowning trucker..
I feel sackt with myself didn't really make enough **horny** love tender love to molly..
Or what do you mean..
You seen it all..say something.
Have i failed.
But my masculinity was proven in the act of making a fireplace fire that lasted.
Is popeling in your nose a sign of bad family background.
Nobody ever gave me the feeling that i was something special as a being,but i'm acquiring this feeling for myself through whatever is needed to fulfil a feeling like that if needed.
The structure of my eye perceived what was in front of me .
The structure of my ears perceived the sound around and inside.
The brain structure was so boozed out that it couldn't perceive the eyes and ears perception without thinking...

Time elapsed in a spurt of slow sipping scotch and reading for info. . Meanwhile the moon was left behind the wing,where no more light shines on.but ahead is the bluish glow of up coming light across the black surface of a Boing Wing..
And i never done anything good and i never done anything bad,it was all him who did **it...i** just lookt on and was wondering...
A blue light rise.
No sunrise only indirectly although perpetually connected to the coming and fading of darkness...
For a time being the wing was invisible and only ma believing knowledge knew the truth of its existence..Now the few scattered clouds and the milky water surface mixed in a spread of movement make belive..And reality of matter jive into harmony hurahh.
Hurrah hurrah, and there is the slim rim of pink. Shall I extend the truth. I know that I feel more i'm away, the further I drift, the more I miss my friends and loved ones.
I have decided to spend my last dollars, or better exchange these ten German marks i've got left, making me broke out flat on the plain ride to Paris. What a trip man, or woman.
Still i'm to inflicted with bubble gum thinking..
Tired of this prechewed wisdom which ties one down to the past despite the fact that there is only the present existing. Although both are in conjunction with the future.
Below the globe is covered in a cloudy white sheet of imagined satin which might even sparkle in case of being able to do so, or you're imagination is...
The captain tells us that in one hour we land in Paris .Now we are above the south of England..
The stewardess comes up .Handing me a steaming hot nicely fragranced hot towel asking: how do you feeeel.

I think I feel pretty good,I answered ..But when I heard that what I had spoken ,I was surprised at myself cause was I feeling good no I just thought so. In reality I was a prisoner of thinking and was not feeling good at all. But that I didn't know then.
Ehhhm I reconsidered my statement about the nicely fragranced paper towels, it is actually a more opened up dullness, since, ehhm, since the fragrance disappeared to bloody fast.
What a gas to go by air and fly a plain air **journey** through the sky into more global unity..But global unity is there even if we think we must reach it first.
Again more food..supper and breakfast together.. speeded up through a technology orgasm..
The visible airturbulance behind the blasting engines, the gooney vision of those shaking jet engines, the moon, that wing vibrating, and hot coffee served, give me a strong feeling of faith in today.
Dependable engines I can read on the engines stickers..
Is that an extra assurance to the passenger who is capable of reading of that distance, a security to all..
There's this man in a grey suit, which sits in a no smoker and gets pissed off about not being able to smoke, so his occasional walking into the smoker with a cigarillo burning,

is like a sign of his smoking superiority...
He just stands in there pushing the thick smoke out, through his nostrils, what a fool.
They must be black..
Also he's wearing a silky vest..
Even more reason for smoking snobbism..
37 thousand feet up.
What a high.
Amazing, a grey streak behind us shows the existence of another aircraft following us
and its route..
Maybe we won't collide..
just had to fill out the card de embarquement, disembarcation,let the card know that I
was doctor of journalism, thinking on fear and loathing in Las Vegas..
So now heavy traffic about Paris airport, which keeps this plane circling------
colone --air france----
foood ---------------- salmon eggs--------
Aircollar of brown above the rhineland and europe..Yes europe is covered in brown
stinking air...Pfiu deivel i'm back in the mess of cancer in the mess of stinking
Berlin...
I'm back in berlin and am sitting now on the androgyne Toilett..and let my shit
flow,simular to let your love flow from the bellamie brothers,if the polish polka with its
taiga winds was a bid more auf zack.......

....interlude..........................

Das war also die Reise im Januar 77 bis Februar 77 nach Kanada.
Wo, als, wie Doel den Blues nach dort gebracht hatte..
Inzwischen sind 3 Jahre vergangen. Und in diesen drei jahren hatte Doel,ja Doel sich einen
anderen Namen zugelegt. Er nennt sich nun Wolf Zebra.
Ja Wolf Zebra ..
In diesen drei Jahren wurde nie mehr etwas *von* Molly gehört. Nur Zän und Rodger
und Lise ließen was von sich hören. Der Wolf Zebra war inzwischen geschieden. Und
er war auch inzwischen mit einer anderen Frau schon seit fast drei Jahren mit einer
anderen Menschenbombe zusammen. Und er hatte sich auch intensive mit der östlichen
Gedankenwelt befasst soweit es ihm in seinem Hotten Hottentottenleben in Berlin möglich
war. Aber vor allem hatte er viel weniger Alkohol getrunken und auch seit Jahren keine
Gewürze mehr geraucht um abzucleanen.. Und um sein Denken und die Wahrnehmung
zu schärfen.. Aber später fand er heraus dass er sich damit zusammen mit Menschen zu
oft schnitt. Also jedenfalls fuhr er im Januar 1980 wieder nach Kanada..
Und wieder wars eine Zwickmühlenentscheidung vermischt mit der Entscheidung des
Trotzes und dem Schmerz des Eifersüchtigen der es nicht verstand warum keiner bei ihm
mit ihm bleiben wollte..
War er denn soooon Scheistyp..
War er denn sooon Mistkerl.....................................
War er denn sooooooooooooooooooon Vertreter der Schlechtigkeit im Menschen . .

286

Well er war auf jeden Fall 3 Jahre älter...

Ende der Interlude-Sonata -Clarinetta.

Bevor ich diesen Flug machte schrieb ich wieder ein Testament.

30.12 .79.

Testament. . . .
W. Zebra Schorat. .. für euch...

Momentan ists mir egal fast egal wer was usw.
Die Bücher für Luisa, die 15 jährige aus der Nebenstrasse 39.

Musikzubehör Frau Anne Amenda Steinmetzstrasse 40 1-b-4o.
Dazu auch die gesamten Waren hier und im Keller.
Kamera Musikinstrumente graviertes Messer und geschriebenes, meinem Bruder Peter Schorat
5628 Heiligenhaus Nonnenbrucherstrasse 20   (Der Montag den 24 Juli 2006 vorgestern
verstorben ist mit 41 Jahren)
Tschüss.
W. Zebra Schorat

ps.

Ich hoffe bloß dass keine so genannten Rechtswege jetzt stinken.

Dieses Testament ließ ich in der gemieteten Wohnung in der Fregestrasse 77 in Friedenau-
Berlin...eine schöne Wohnung ein Zimmer,40 qm mit Küche Toilette und schönem Blick,
und ruhig...
Dann verließ ich diese Wohnung um auf diese Reise zu gehen.. 4. 1. 1980. . .

In Berlin Tegel, eine Teilstadt der manthematischen Kategorien, ausgedacht von
mathematischen Kategorien für mathematische Kategorien, produziert für die Wesen
die ihre Zeit dort leben ab oder um weg oder ver-leben. Eine Teilstadt der teglerischen
Fähigkeit einen Flugplatz dort zu haben der nicht mehr an die Vergangenheit der
hitlerischen Dynastiennationen erinnert, eine Zeit die bei weitem vor eure liegt liebe
Kinderchens...............

Am Pan Am Schalter, stand ich nun, Zebra, und schaute zu wie der blonde Hüne

wohl ein Überbleibsel von Karl dem Grossen seiner Zuchtzeiten, seine Arbeit tätigte.
Komisch das diese breiten und längengrad Menschen immer was mit bewusster Zucht
zu tun haben, können die denn die Natur im Menschen so lassen wie sie ist, friedlich
wie ein Lamm und schön wie der Sonnenuntergang am Kudamm..Wie dieser blonde
Hüne sofort nach meinem American-Visa, das nicht vorhanden war, suchte.
Denn für mich war der Flug nach Seattle ein Transitflug. Außerdem hatte mich aber
auch keiner daran erinnert, wenigstens aufmerksam gemacht, dass die Amis sich so
engstirnig mit ihren so genanten Verbündeten, welche außer wirtschaftliche Seiten
auch noch Menschliche Seiten aufweisen, verhalten....
Die Staaten blockieren einfach die Menschen ab. Sie lassen keine anderen Nationen in
ihr Land, indem sie sagen so und nicht so.
Sie sind Blockierer der Freiheit des Menschen auf dem Erdball...
Nicht ganz so schlimm wie die Sowjets. Aber dennoch schlimm genug. Der Hüne
schaute mich mit vorwurfsvollen Augen ziemlich gekränkt an, meinend: Ja ohne
Visa kommen sie Porky Schwein nicht in dieses gottgeschützte Land, der Menschen
die die einzigen Träger der Wahrheit und des Glücks auf der Erde sind, und ich weiß
es denn ich bin ihnen verbunden..

Das du mir nicht zu eng gebunden wurdest dachte ich zu mir und der Tür die
gähnte..

Ja Herrchen Zebra sie sind ein Witzbold der aber ziemlich blöde ist wenn er
versucht nicht zu zeigen dass das Land Amerika von ziemlich wilden und ziemlich
herrschsüchtigen Menschen regiert wird..
Ganz einfach so wie nicht jedes Land der Erde....

Mhhhm, beantworten sie nun meine Frage oder nicht erwiderte der Hüne wieder..
Ich will ja auch nicht ohne Visa in die Staaten, erwähnte ich ihm frisch rasiert, die zarte
Wangenhaut mit etwas Rosenöl parfümiert vom Pelzmantelkragen geschmeichelt als
ob mich die USA jucken würde........

Die USA existiert garnicht ..Da leben viele Menschen und es gibt dort Berge und
Flüsse und Städte und vieles mehr aber die USA soooon Dreck zum Kotzen damit will
ich nichts zu tun haben....

Ich will zu meiner Muter, nein, Mutter.
Wollen sie denn nicht zu ihrem Vater.
Doch ich will auch zu meinem Vater.
Und zu wem wollen sie noch.
Zu Rodger Dodger und zu seiner Freundinn die ich noch nicht kenne, und zu Zän,
Lise, und ,nein zu Rodger.
Er ist Arzt wissen sie.
Wei ohhh wei wie soll ich das wissen.
Ja wie stellen sie sich denn ihre Ankunft vor, Herr, Herr, ehhm Zebra, Wolf Zebra.
Herr Wolf Zebra um ehrlich zu sein, wie .
Wie, ich stelle sie mir nicht vor..

Also wir können ihn nicht mitfliegen lassen rief sein Kollege vor nebenan. .
Aber ich will doch nach Victoria BC. Canada..
Haben sie einen Flug ...
Nein es wurde mir gesagt dass ich das in Seattle erledigen kann.
Ach die **Reisebüroleute** haben keine Ahnung die sind so phlegmatisch wie ein Teppich..
Wolf Zebra war erstaunt so unphythogarioarisches zu hören. Denn Ich hatte das Buch die goldenen Verse des Pythagoras in der Tasche.
Wieder diese blinde Übereinstimmung.

Ok, fing Zebra an, ich gehe eben rüber zum Pan-Am Schalter und kaufe mir einen Flugschein von Seattle nach Victoria-BC, genügt das..Ja das genügt..
So, getaan, 27 Dollar..
Wieder am Hünenschalter stellte der doch ganz blöde Fragen.
Warum ich nur so eine Handgepäcktasche habe..
Darauf gab ich keine Antwort.
Ich lächelte ihn aber groszügig an, und seine Erkenntnisebene in der er grimmig kühl abwehrend glotzte..
Denn so wie Bürokraten sind auch Fluggesellschaftspersonal ankotzend Eitel und überhebliche Egos, angesteigert als ob es ihre eigene Gesellschaft wäre und dementsprechend die Menschen behandelnd, als ob sie alle, fast, Dümmerchens und Kleinkinder seien, und sie wissen alle aber vor allem sie sind die Götterchens der Zukunft,..Dabei sind Fluggesellschaften oft die Raketenspitzen der Korruption, genauso wie die Staaten und ihre Sektenmitglieder...

Welche Institutionen sind noch zum kotzen. Banken, Elektrizitätsgesellschaften, Kaufhäuser, Arbeitsämter, Armeen, Krankenhäuser, Leichenbestattungsunternehmen, Neutronenzentren, Staatsapparate die sich mit der Wahrheit befassen weil da nur die Lüge rauskommt.
Jaja, alles Behauptungen.
Stimmt, endlich das Haupt rauf.
Der Polizist am Schalter der die Pässe ableuchten lässt, ob du auch nicht noch ne Rate ausstehen hast oder ob da nochn paar Verkehrssachen am weglaufen sind, denn die Staaten brauchen mehr Geld um ihre Rüstugsseuchen aufzumöbeln und vor allem um Modern zu sein, nichtwahr wir müssen doch Modern sein, sonst sind wir doch nur Abfall, und um Modern zu sein müssen die Völker bluten. Es ist nicht alles Gold was glänzt rückt mehr und mehr in den Vordergrund....

Ich war immer noch am lächeln als schon der Pass wieder in meiner Tasche war, als die Tasche schon zum durchröntgen gebracht war, ich die Kamera geladen und ein Bild gemacht hatte wegen der Sicherheit, und danach sogar das Objektiv abgenommen wurde, der Mann mich dann abtastete, ich vorher noch erwähnte ob ich in der Kabine eine Dusche nehmen könnte, und er mich ernst anschaute, na wie jetzt auch noch Spaßig sein. Ja du Halbaffe dachte ich mir. Denn ich mache diese Kacke nicht und ich bin im Herzen Glücklichkeit und las mich nicht durch eure Seuchen abwürgen, ihr

Stinker, dann war ich immer noch am lächeln...

Ja ich lächelte noch als ich mir schon einen, und noch einen Frühstücksbeutel mit ins Flugzeug genommen hatte, als wir in Hamburg schon zwischen gelandet waren, und auf dem Flug nach London feststellte das ich den Auslöser an der Kamera in offener Position gelassen hatte. Wieder dieses unvernünftige für den Verbraucher und vernünftige für den Produzierer, denn der machts an Batterien, naja die Photoserien fingen ja gut an..Aber ich lächelte noch..
Und wie lange noch.. .Dieses elektrische Lächeln.
Die Gesellschaftsfratze zum Atombomben und Neutronenbomben Dasein.

In London aufm Airport da waren die Produkte teurer als draußen, aber ansonsten saß ich herum und wartete dachte daran was ich vor kurzem gelesen hatte und zwar dieses :

„Die Eltern kann der Mensch sich nicht nach eigener Wahl nehmen. Er soll sie verehren so wie sie ihm gegeben sind und alle natürlichen Pflichten ihnen gegenüber erfüllen, auch wenn sie unrecht an ihm Handeln. Nichts aber zwingt ihn Freundschaft zu geben, er schuldet sie nur denjenigen, der durch seine Hingabe an das Gute sich ihrer würdig erweist" . . .

Damit stimmte ich überein, musste aber erkennen das es auch Freundschaft unter legalen Gängstern gab die ja aus einer Sicht Hingabe an das Schlechte leben, wobei es aber aus ihrer Sicht wohl Hingabe an das Gute für sie bedeuten könnte und was war dann also Freundschaft in Wirklichkeit. Es war dann eben die Hingabe am Zusammenhalten die Verbindung aufrecht halten, das war und ist Freundschaft, auch wenn das Gute und Böse sich vermischen...

Please all passangers for flight 125 to Seattle proceed now to gate no 29...

Die 747 ein riesen Ding mit kleinen Augen mit erster und zweiter Klasse ja da drin saß ich nun und zwischen uns Männern war noch ein Platz frei, als ich mir den Londoner Regen nicht sonderlich unbehaglich anschaute....

Die 747ziger rollten eine vor der zweiten auf ihre Startplätze. Ein Schwarm Möwen landete kreischend auf dem Dach. Die Stewardesinnen waren damit beschäftigt alles koordinierte zu koordinieren..

Ich schaute dann ganz spontan zu dieser Frau ein warmes Lächeln überflutete uns sie streckte dann ihre Arme hoch um den Mantel einzupacken wobei ihr etwas fülliger Bauch noch sichtbar da vor mir war. Er war Braun und der pralle Busen auch. Noch jedenfalls war ich froh dass eine Frau da zwischen uns saß...

Obwohl ich noch von dem spontanen Wärmegefühl überflutet war kamen mir doch sofort Gedanken des Zweifels, wieder reden, warum, hier im Flugzeug, lieber Lesen, usw, ich hielt mich also zurück, merkte wie die Frau mich manchmal anschaute welches

ich nicht erwiderte wobei ich sogar einige Gewissenbisse bekaaaam...
Aber das spooontane kam von selbst..
Ja es kam vom Selbst.. Und das Selbst ist spontan..

Erst als wir schon in der Luft waren die Stewardessin mich fragte was ich wollte sie
fragte mich mit sanfter Stimme und ich antwortete mit einer kräftigen klaren Stimme
wobei sie sichtlich erstaunt war denn sie wurde sofort wacher schaute mich an und
erst dann schaute ich der jungen Frau neben mir sitzend ins Gesicht und sie konnte
mir nicht in die Augen sehen...

Das hatte ich nun wirklich nicht vor denn die Wahrheit hat größere Kräfte als ich der
sie nicht unsicher machen wollte...
Inzwischen flogen Wolke 6 Wolke 7 vorbei..
.

Die Stewardess die kleine brachte die Flasche Weiswein verlangte 4 Mark als Wechselkurs
für den Dollar denn das kostete die Flasche aber heutzutage musst du vor den etablierten
schwer aufpassen die versuchens mit allen Tricks und da sie für die etablierten arbeitet
übernimmt sie mit der Zeit auch die Ausstrahlung solcher Geschäftsweisen und wird
mit der Zeit mehr und mehr zum Gleichklang des Unternehmens, jedenfalls musste
ich sie darauf hinweisen das der Dollar inzwischen schon wieder auf 1,71 geklettert
war, und sie dann mit 2 Mark zufrieden war, jaja Nationalismus stinkt himmelhoch.
Sie bekam ihre Märkchen, und die 747 flog zornig rauschend durch 50 Grad Minus
Luft. Da unten waren Eis uns schneebedeckte Berge die alle eine Lebensversicherung
gebrauchen, das dachte jeder Versicherungsschwätzer...

Sie war dann in London für Weihnachten. Die Menschen gefielen ihr zwar nicht doch
das junge Mädchen machte ihren Tag dann ihr Vater ein Mann kein Vater. Ich trank
noch eine kleine Flasche Weißwein ließ das Glas aber übrig. Sie wollte wissen was ich
denn so in Berlin tue, aushorchen ob einer was ist was kann Beziehungen hat einstufen
einschätzen abschätzen manipulieren und soon Dreck.
Das nennt sich Menschenkenntnis. Sie war pleite ihre Haut hatte Ausschlag ob sie
etwas über Psychosomatik kenne fragte ich sie.
Sie rauchte in England zu viel einmal machts der Umgang meinte sie. Wir redeten
und redeten. Ich wurde spielerisch und sie lachte und ich lachte mit. Dann landete die
Maschine. Sie war hektischer als wir auseinander gingen. Der US Zöllner fragte auch
verdächtig ob das alles an Gepäck sei. Draußen wartete ich auf sie. Sie strahlte wir
umarmten uns dann gingen wir jeder unsre Wege....
Die Amis ließen mich hängen. Was typisch von denen zu sein scheint.....
Verpasste den Flug der mich in 25 Minuten nach Victoria BC gebracht hätte. Wartete 7
Stunden in Seattle im Flughafen. Die Amerikaner mit ihrem Sicherheitswahnsin. Trank
Wasser das Biergeschmack hatte, irgendwo da, in der Farbe. Schlief mit dem Pelzmantel
als Kopfkissen. Wachte kaputt auf. Glaubte meinen Namen über Lautsprecher gehört
zu haben. Täuschung. Draußen dunkel. Dann kam diese kleine Frau auf mich zu. Sagte,
schöne Männer müssen noch schöner gemacht werden. Steckte mir eine weiße Nelke

an den Braunen Pelz. Ahhh Duft. Erklärte das sie für die Krishnafoundation sammle,
nein du sammelst wohl für dich, sie lächelte trug einen Nasenring, meinte nein, wieviel
sollte ich ihr denn gebenn, Nein, 5 Dollar, Nein, komm ich geb dir einen. Sie erklärte
das Krishna Gott sei. Dann schenkte sie mir sichtlich erfreut das dicke Krishnabuch
von his Divine Grace a.c.Bhaktivedanta Swami Prabhupada...

Sag Hare Krishna sagte sie zu mir. Ich tats.. Sie lächelte...

Dann rüber in die North-Air Maschine...
Der schönste Ausblick auf Seattle. Ein riesiger Lichterkirmes. Der schöne Blick füllte
mich mit Schönheit...

Die Maxime dessen was da unter mir war überstieg jegliche Wertschätzung dessen was
als größte Übereinstimmung in diesem Universum sichtbar auf größeres hinweist...
Bewegungsfreiheit nützte mir nicht viel mehr...

In Victoria schnelle Abfertigung. Der Immigranten Mann meinte ich solle mir doch
endlich einen kanadischen Pass zulegen damit's noch schneller geht... Ja ja. .

Taxi in die Stadt 54 Meter lang und ausgesitzte Sitze. Aber der Fahrer angestoned lange
Haare und ein Hänger..
Er bietet mir andauern Zigaretten an.. Geschwindigkeit inzwischen in Kilometer nicht
mehr in Meilen. Ob Rodger wohl anwesend ist..............

Auf der Couch lag Rob. Shake Hands. Das Fernsehen war an. Komm Rodger ist oben
im Bad wir überraschen ihn...

Rodger stand nackend rasierte sich. Die Augen öffneten sich. Er sprang auf mich zu
umarmte mich legte seine Beine um mich und wir tanzten den Freudentanz...

Gerede Gerede Lachen...
Komm ich zeig dir das Haus..................
Soll ich mich dafür ausziehen.............
Nein, nein, nein, bloß nicht...........................
Aber du läufst auch nackend herum..
Er legte ein Handtuch um die Lenden..
Mein Gedächtnis war weg..Da lag kein Funke herum..
Debora saß auf dem Bett und schaute mich mit ihren großen Augen an..Ich reichte ihr
die Hand aus der Ferne..
Rodger grinste draußen war das andere............
Sie stand auf, kam mit drei gefüllten Gläsern voller Gingerwein zurück. Wir prosteten
uns zu..Dann öffneten wir uns wieder..

Wir tauschten Neuigkeiten aus. Rodger steckte einen kleinen Joint an in Flammen zum Glühen. Wir pafften wurden stoned setzten uns ins Wohnzimmer hin redeten von vergangenen Zeiten bis der Schlaf uns wollte. Und im Bette lag dann mein Sonnenkörper im Mondlichtschatten ahhhhhh Schlaf Erholung.....

Der Sonnenkörper schlief erholsam, da liegt er-drinn.
Da liegt hol-drinn.
Da liegt sam-drin.
Mit anderen Worten .
Er holt den Samen zurück, die stärke des Samens wird wieder gebracht ohhhh wie ich dich liebe ,wie ich dich liebe.
Ich bin kein Mensch. Das Wort Mensch tötet mich schneller............ .
Ich bin kein Mensch...................
Nachts träumte ich nicht dass das Menschengeschlecht in den Gedanken und Erkenntnissen der Weisen die diese Sachen bedacht haben in drei Hauptklassen zerfällt..........   das stimmt sie zerfällt und ist somit nicht als Einheit existierend und so ist auch deren Sagen ohne Bedeutung, ahhhh die Rettung ist nahe.
Jedenfalls sagten sie : Es war Konfuzius der hier Quasselt, und er ist ja auch schon erkannt worden als einer der kein umfassendes Mitgefühl so wie Jesus, gehabt hatte, er hatte noch die chinesische Herrsch Sucht in seinem Wesen,
jedenfalls,
gesprochen hätte ich mit ihm schon gerne, das könnte jemand sein der den Körper wach macht, und die ernste Klarheit zum Vorschein bringt, heute immer mit dieser belustigten Lächerlichkeit, lächeln lächeln, sooooon scheisssssss,
aber Entspannung nein die hatte er nicht,
jedenfalls hatte Konfuzius fünf Zwischenklassen zugelassen von denen der Weise spricht.. Er sagt :
Die erste und zahlreichste Klasse schließt jene große Anzahl der Menschen ein die nur nach einem Instinkt der Nachahmung handeln, die heute das selbe tun was sie gestern getaaaan haben, und morgen tun werden,was sie heute taten, (UND DAS IST WAS KONFUZIUS TAT) denn den Menschen von seinem göttlichen Wesen trennen durch Worte oder Beschreibungen tuen nur jene die meinen das der der nicht so denkt wie sie oder handelt oder lebt kein göttliches Wesen ist

Aber wer sollen denn die andern sein... Etwa Tiere...
Aber er sagte weiter :   ,
Die nicht imstande sind fernliegende dauerhafte und wirkliche Bedeutungen zu erkennen, einen kleinen Gewinn, ein niedriges Interesse an kleinen Dingen leicht wahrzunehmen und sie sich mit einer gewissen Geschicklichkeit zu verschaffen zu verstehen..
HIER STROTZT DER STOLZ DES KONFUZIUS SEHR HOCH DENN DAS IST DER WEG DER MENSCHEN DAS SIE AUS ALL DEM WAS SIE BEKOMMEN VERSUCHEN ETWAS ZU GESTALTEN UND ES ZU BEARBEITEN? AUCH KONFUZIUS HATTE NICHTS ANDERES GEMACHT ALS SICH MIT ANGEBLICH SCHWEREREN SACHEN EINE GEWISSE

GESCHICKLICHKEIT ZU ERARBEITEN?
Er geht weiter :
Diese Menschen besitzen zwar Verstand wie die anderen, er geht aber nicht über die
Sinne hinaus. Sie hören und sehen nur mit den Ohren und Augen ihres Körpers. Diese
sind das Volk.................
ABER DU HÖRST UNS SIEHST NUR MIT AUGEN UND OHREN AUCH
WENNS DAS GEISTIGE AUGE IST DENN ANSONSTEN HÄTTE GOTT UNS
NICHT DAMIT AUSGESTATTET .DENN NUR IM KÖRPER WIRD GESEHEN
UND GEHÖRT UND WER KANN SAGEN WO DAS AUGE ENDET UND WO
DAS HÖREN DES OHRES ANFÄNGT !

Die zweite Klasse besteht aus denen die in den Wissenschaften und freien Künsten
gebildet sind. HIER IST VON BESONDERER BEDEUTUNG SAGEN WIR DAS
WORT GEBILDET.
Sie setzen ihrem Handeln ein Ziel. (ALS OB DASS DAS VOLK NICHT TÄTE)
Und weiter als ob einer überhaupt nicht zum Volk gehören würde auch im
kosmologischen Sinne, also dieser Konfuzius ist ein Stinker...................

Sie kennen die schwierigen Mittel mit denen sie es zu erreichen vermögen. Als ob nur
das schwierige von Wichtigkeit ist, nämlich nicht. Denn die Weisen der heutigen Zeit
mit ihren wissenschaftlichen Stinkkünsten und ihren Atomarenneutronenbomben die
brauchen uns nicht ihre Schwierigkeiten aufzubürden...ist das klar..

Oder sollen wir immer nur so sein wie die...
Und der Konfuzius spricht weiter :
Ohne in das Wesen eingedrungen zu sein, kennen sie dieses doch so weit, das sie
angenehm über sie sprechen und andere belehren können. HIER GEHTS UM DIE
ANGENEMHEIT UND DAS BELEHREN
Gestern aß ich einen duftenden Haufen frischer Hundekacke von Gott geschaffen und
er war köstlich Gott und die Kacken..
Sie können Gründe anführen weshalb sie so und nicht anders reden und handeln,
können die Dinge miteinander vergleichen und richtig folgen was schädlich und was
vorteilhaft ist. Es sind die Künstler,die Gelehrten, alle die sich mit Dingen beschäftigen,
die Vernunftschlüsse bedingen. Diese Klasse vermag einen Einfluss auf die Sitten und
sogar auf die Regierung ausüben......

Die dritte Klasse umfasst alle, die in ihren Worten, ihren Handlungen und in ihrer ganzen
Lebensführung sich nie von dem entfernten, was die rechte Vernunft vorschreibt, die
das Gute ohne Eitelkeit tun, weil es gut ist, die nicht wechselnd sind, und dieselben im
Glück und im Unglück bleiben. Sie sprechen im rechten Augenblick und schweigen
wenn sie schweigen sollen, sie geben sich nicht damit zufrieden, das Wissen aus den
für dasselbe gebauten Kanälen zu schöpfen, sondern steigen zu seinen Quellen hinauf.
dieses sind die Philosophen.

Diejenigen die nie von der festen unbeweglichen Regel abweichen die sie sich

vorgenommen haben, die mit strenger Genauigkeit und immer gleicher Beharrlichkeit
alle ihre Pflichten erfüllen, die ihre Leidenschaft bekämpfen, sich stets Rechenschaft
über sich geben, und verhindern, das die Laster sich entwickeln, die kein Wort reden,
das nicht maßvoll und bedacht ist oder belehren kann, die weder Mühe noch Arbeit
scheuen, damit die Tugend in ihnen und den anderen gedeihe, bilden die vierte Klasse,
die Klasse der tugendhaften Menschen.

Die fünfte Klasse endlich, die höchste und erhabenste, begreift die außergewöhnlichen
Menschen in sich, diese vereinen die Eigenschaften des Geistes und des Herzens,
vervollkommnen durch die glückliche und schöne Gewohnheit, freiwillig und freudig
zu tun, was die Natur und die Moral gemeinsam den mit Vernunft begabten die ein
geselliges Zusammensein leben führen, vorschreiben....
HIERZU GIBTS NE MENGE KRITIK ABER ICH UNTERERLASSE SIE JETZT
DENN DER GEDANKE ALS SOLCHER IST SEHR SCHÖN. .

Hier gehts weiter,
unverrückbar in ihrer Lebensweise, wie Sonne und Mond, hören sie nicht auf, gutes
zu wirken..
Mensch das müssen Menschen sein..
Sie handeln im Geist, und wie die Geister sehen sie ,ohne gesehen zu werden. .
Diese an Zahl sehr geringe Klasse könnte man die Vollkommenen und Heiligen
nennen..   .
Aha so sieht's also aus, so kann also der eigene Stand erkannt werden.............? !

Die Frühe am folgenden Morgen war schon etwas von der ins Zimmer scheinenden
Sonnenenergie die auf dem Äther ihr Licht reisen ließ in Tagheit gefallen.
Im Haus wars ruhig.
Ich war der erste der aufstand.
Noch im Bett hatte ich mir nicht überlegt was ich am heutigen Tag vollbringen,
voll-bringen, wollte...
Ich hatte aber vor mich nicht zu rasieren um das hässlichere in mir nicht unbedingt
zu erdrücken .Und das war etwas Gutes in dem ich weitermachen wollte dank meiner
freien Entscheidung durch die ich bis jetzt eine größere Selbsterkenntnis erfahre.
Stimmt das oder ist dieses nur ein Gedanke der etwaige Objektivität erklärt. .
Kaum war ich in der Küche schnurrte die orangenfarbene Katze an meinen Beinen
genauso wie die Katzen überall auf dem erdlichen.............
Außer denjenigen Katzen die sich nicht selbst Löwen Leoparden Tiger Pumas
Wildkatzen-Mitzies genannt haben...wurden.............
Sind sie aber auch..
Rodger war schon arbeiten somit war ich doch nicht der erste der im Haus aufgestanden
war .So viele waren schon vorher aufgestanden jaja, es geht um heute, mensch, drift
nicht ab..

Bevor er ins Krankenhaus ging um seine physiotherapeutische Tätigkeit zu betätigen

kam er noch ins Zimmer und gab mir die Blechdose voller Vancouver-Island
Blütenstengel Cannabis.............
Hu ha..
Rob kam ....Debbi kam...
Rob fragte ob ich schon gefrühstückt hatte. Und nachdem er darüber Klarheit hatte
fing er an mir ein geräucherten Lachs Toast mit Hollandais Sauce zu machen. Wobei
die Sauce 2x gemischt wurde da die erste wegen zu hoher Wärme nicht die Idealhaftige
Perfektion erreichte. Aber der Toast war reichhaltig als ich ihn aß und er, Rob mir
von der Lachsangelei auf Vancouver Island wo 20 Pfund SteelheadStahlkopf, eine
im Pazifik Regenbogenforelle, erzählte. Er war ganz begeistert als die fischreiche
Cowichan Fischgegend erwähnt wurde oder die Fabulose Rivers-Inlet Gegend mit
Chinooklachsen von 30-70 Pfund...

Auch mir wurde der Angelinstinkt appetitlicher wobei ich sofort eine nächste Reise im
Herbst rein zum Angeln plante.

(Heute fast 2 Jahre später ist die Reise noch nicht gemacht.)

Er, Rob, zeigte mir dann sein ganzes Angelequipment. Wir nahmen die Fliegenruten
in die Hand prüften ihren Schwung das Rückrat der Leichtigkeit wobei ich merkte das
ich trotz allem noch etwas im Hintergrund blieb als ob da eine gewisse Zurückhaltung
angebracht wäre nicht sofort mit Enthusiasmus zu wirbeln..

Debbi, eine schlanke Reh-Frau mit abgeschlossenem Biologiestudium, und ruhiger
meistens dünner Stimme die mit einem Lächeln verbunden war verließ das Haus dann,
um in einem Bücherladen zu arbeiten.

Tschüss...................
Rob musste erst um 3 Uhr Nachmittags arbeiten...............
Ich hatte beschlossen heute Abend zu kochen. Ein Ungarisches Hühnergericht,
Gericht, Gericht, was für ein blödes Wort, im Bezug - zur Nahrung, zum Lachen vom
Leben, muss wohl ein ehemaliger Richter entwickelt haben.   .
Das Hühnergericht würde nicht mit Hühnern gemacht, sondern mit Hühnerfleisch,
welches aber nicht qualifiziert ist über Menschen zu Richten. Außer der Art des
Richtens die homogen ist und ihre Eigenheit darin hat ohne mit dem Gesetz unterm
Arm im Gerichtssaal sitzend, doch durch die Schmackhaftigkeit Überzeugung gerichtet
zu haben, das in manchen Menschengruppen oft mit einem deutlichen aufstoßen
Erkennung fand...Mongolen.....Und andere MenschenRülpser.....

Rob hatte vor die Fliegenrolle die ihm Weihnachten geschenkt wurde gegen eine andere
mit mehr Bremseffekt einzutauschen. Und ich wollte D-Mark für kanadische Dollar
eintauschen...................
Beide fahren wir im Blauen Toyota der vorher keinen Alkoholtest absolviert hatte, in
die Stadtmitte, direkt in die Mitte der Mitte, also im Zentrum, von Victoria..Und da war
Schnee und Rote Schwarzraben gingen mit ihren Heuschrecken dadrauf spazieren..
So klar war die Mitte irgendwo, und von dem war sie da...................

.
Ich sollte auf der anderen Straßenseite nachdem die Banktätigkeit beendet war warten, bis er von seiner Tauschtätigkeit zurückkam...............

In der Bank war keine Umtauschmöglichkeit. Nur in der Hauptbank.

Die Frau entschuldigte sich dafür. Ich Wolf Zebra, sagte zu dort hinzugehen. Ging heraus, sah die andere Bank nebenan und nahm die 100 Dollar Höchsttausch pro Tag die mir angeboten wurde. Welches ungefähr 157, D-Mark, oder 66,10 Cent pro Mark getauscht wurde, welches 1,57 DM pro Dollar ist..

Das ist natürlich teilweise konfus.. Natürlich konfuzianisch.

Steckte das Geld dann in die rechte Hosentasche.. Rob war noch nicht sichtbar. Ging in den Photoladen, die Verkäuferin war jung blond lächelte gab mir dann Batterie und den 64 ASA Film, wonach ich dann direkt an der Stelle wo ich warten sollte direkt vor Cityhall mein erstes Selbstporträ mit dem 20 mm Objektiv machte.. Endlich..Denn mit dieser Fotoserie wollte ich ein Fotoreisejournal für die Frau Luisa machen..

Wobei ich trotz der Wolken die da oben geformt und verformt werden trotz der Konglomeration von Eindrücken die besagten das dies und jenes nichts für mich übrig hat in der Einmaligkeit ihrer Situation trotz der manchmal schwieriger werdenden Situation, Wörter, Bedeutungen, zu finden, die einmal wahr und herzlich sind und einmal unwahr und unherzlich sind. Und wenn ich die nicht mehr finde, aufhöre nach Wörtern zu suchen, sondern die Kommunikation auf die nonverbale Ebene der außersinnlichen Sinnlichen Wahrnehmung bringe, oder versucht gebracht zu werden..

Der alte Mann stand gebückt vor dem Zebrastreifen. Ich peilte ihn mit dem Vergrößerungsglas in der linken Hand das vor das Objektiv und vor das Photoobjekt gehalten wurde an. Wobei der Abstand zum Objekt sehr, sehr groß war. Und gerade als ich dabei war den Auslöser zu betätigen ,schwupp kam Rob, und off we went.

Er war erfreut über die neue Rolle. Zeigte mir sofort den Bremsknopf für den bremsundsoweiter..

Da drüben ist die Altstadt.

Lass uns mal in den Laden gehen.

Im Laden der Indianerartikel verkaufte und wo die Menschen der Laden waren wurde ich sofort als Wolf der aus Berlin kam vorgestellt obwohl mein Gebiss doch wohl nicht dem eines Lobos ähnelte..

Wieder draußen während er mir erklärte wo das Museum ist wo die Bars sind das in dieser Stadt 5 Frauen auf einen Mann kommen wobei ich etwas hellhöriger wurde, denn das muss doch wohl erkannt werden, unterhielten wir uns über und von Geschäften und sie zu machen und die damit wenn's funktioniert akkumulierende Vergrößerung des Geldes wo die Scheine dann schon 2 Meter lang sind und die Münzen 1/2 Kilo Proportion erreichen würden, das jedem das materielle mächtig wie auch immer bis zur größten Unabhängigkeit, ganz hinauf in die Loslösung von Tagein und Tagaustrott - Freiheiten schafft; die, die wahre Verbindung zwischen Ursprung bis zum Jetztsprung

weiter in den Zukunftssprung zurück zur Jetztzeit ermöglichte..
Und darüber freuten wir uns. Es war eine tiefere Freude. Somit auch schlechter zu
heilen falls Verletzungen und so..

Komm ich zeig dir nun die Küste..
Wir fuhren durch Vorstadtland ähnlichen Gegenden wo Häuser mit Gärten verbunden
waren und nicht Haus mit Hauswand an Wand. Auf den Gärten wuchsen viele und große
Bäume, Träume ohne Säume, und auch das gab der Stadt eine lichte Parkatmosphäre,
also viel Grün, viel Busch, Blumen, Rasen, Kiefern, Laubbäume, Hecken. Und durch
diese Atmosphäre segelten und tauchten dann Möwen und Enten, und jedwede
andere Gefiderei. Die die Stimmung in der Natur als Natur erhöhte, mit besonderer
Aufmerksamkeit auf den Monkeybaum, der ganz nativ und nur auf Vancouver Island
wächst welches mir die Eigenart der Einzigartigkeit wieder ins Gefühl brachte aus dem
dann die Edelhaftigkeit glänzen konnte, könnte, und auch wird..
Rob redete ununterbrochen. .Kein Wunder als Autoverkäufer, ließ ihn das als Mensch
scheinen. Denn Autoverkäufer sind nun mal selten verantwortlich für Menschen die
dem Wunder Fernsehen ja dem sogar eine Wundersucht in ihrer Selbst zuschreiben
diese süßen Banausen ja..

Und da war sie noch,,,,,,,, die Küste. Viele Boote, Schiffe, auf dem Meer der Küste..

Mhhhm, sehr, sehr, sehr interessant,,,,,,,,,,,,,,und nun auf zu Deb und dem Buchladen
indem sie arbeitet.. Wie du wohl gemerkt hast sind wir im Halbkreis gefahren...
Und was passiert wenn du mich verläßt..if not for you...

Hände hoch dies ist ein Book-holdup rief Rob im Laden..
Er nahm ein Buch und hielt es hoch..

Die Oma schaute, lächelte, genauso wie Debora die sie gerade ungerade bediente,
wovon ich dann 2 Photos machte..
Und Debora wurde fast verlegen, irgendjemand wollte sie in eine Schublade verlegen,
und da war die Verlegtheit wacher als sie.
Wieder draußen fuhr Rob in eine Durchfahrtverbotene Hinterhofstraße und wurde
auch promt von diesem Müllabfuhrkolosslaster angequetscht was ihm anscheinend
nicht zur Wahrhaftigkeit begeistert damit endlich weniger Irren in ihm vorhanden ist
dass das was Freude und Scherz Liebe und Hass Wahrheit und Irrtum sich klar von
ihm schei,,,,,,nein, wie Müll und Gänseblümchen erkennen lässt.

Ahhhhh der Satz ist geschafft.
Ahhh auch die Fahrt geschafft..
Wieder im Haus in der 1508 Fernwood Road.

Rob macht sich fertig damit er nicht fertig ist.
Ich, Wolf Zebra, schmiss die Stones mit Let it Bleed auf den Dreher. Im Nu war das
Haus voller musikalischer Schwingungen die immer tiefer in die Struktur die iinneerree

Struktur des Seins vibrierten, und die wilde Stimmung so verbreitete dass das statische fürs Auge, diese Täuschung nun richtig zu schwingen anfing.. Es war gut das dieses Haus auf Stoßdämpfern aufgebaut wurde.. Schlicht tanzte alles im Kosmosmatterrhytmus...

Rob tanzte seinen Weg zum Auto. Der Bambus der war noch schneeunbedeckt. Jack, die Orangene Katze schaute mit seinem Einaugeblick zu mir der da tanzend auf der Veranda stand und den berühmten Hipp Shake quellte. Überhaupt der ausgeheroInte Sound floss reichlich durch die Umgebung feeling alright you can bleed all over me...

Back to Solitude mit Elektrizität TV, Stereo, Dusche, sechs Gitarren an der Wand 2 Flöten, also nicht zwei Gitarren waren am Flöten, leeren Bierflaschen, und den ganzen bis jetzt noch Sonnenbeschinenen Dingen um mich herum und dich...

Eines der vielen Dinge um mich herum war die Tatsache das gerade aber auch Schnurstracksgerade als ich dann an der Kreuzung Panora - Fernwood stand um Bachus und seinen Kumpanen den Huldigungsgang zu bringen, ein Schrei, der Eulen mit Göttlicher heiserer Theurgie ähnelte, Heeeeyyawooooolfffff......

Rodger Dodger saß in seinem 1752 Volvo dem das Gebiss schon rausgefallen war das rechte Auge fehlte und die linke Wange hatte ne ganz andere Farbe angenommen und aus dem All schaute das imaginär Unvergängliche scheinende Lächeln des Rodgers mit seinem blonden Haar und der Schisprungnase von 16 Zentimetern unübertrieben hervor............................

Was willst du machen....................
Ganz schnell essen............................
Okay.................
Daneben Bäume mit dicken Stämmen und Blätterzirpendes Geräusche im Wind, der Töne von sich gab, die keine Ähnlichkeit mit Biologie oder. Philosophie weder noch mit Schnaps oder Erdnüssen hatte, auch nicht das schmatzende Geschlürfe der jeweiligen Austergenießer. Nein, auch nicht der reale Faktor war zu erkennen. Der Baum muss somit unreal sein, also sein, wenn auch unreal, also schon schlechter sichtbar, aber doch da...

Ganz schnell aß er 2/3 seiner Käsesandwichs wobei wir ganz schnell das Wunder zur Vorbereitung Reinigung und Vollendung des Adepten mit aßen, das heißt ich trank sie...

Wo ist der nächste Liqourstore Rodger..
Da, da, links, rechts, da..
Aha ....okay, nehme mich ein Stück mit, okay....

Er fuhr extra die Nebenstrassen lang, damit er nicht nochmal von der Polizei gewarnt wurde das Rostschrottwunder von der Strasse zu nehmen, oder sonst.....

Seine SchiNase roch 16 Zentimeter schneller als jede andere Nase des Homosapiengetummels hier auf dem Erdball. Außerdem war sie versichert.
Rodger selbst wiegt 170 misst 180.Seine Finger sind 14 Zentimeter lang und der Durchmesser seiner Hoden hat die gleiche Distanz wie iihhh ein Fünfmarkstück von damals....

I got big balls beschreibt AC - DC, mit musikalischer Aggressiver Determination das ich jetzt schon jeden der jetzt sofort i got big balls auflegt in aller Ent-zücktheit darauf aufmerksam machen will mich zu umarmen....

Hier mein Freund, da drüben ist der Laden zum aufladen. Ich gehe jetzt meiner physiotherapeutischen Tätigkeit nach, aber bevor du gehst will ich dir auch, noch, noch schnell sagen das der Bruder von Debora ein Prosecuter ist, ein Staatsanwalt, ein Ankläger, der, bevor er jemanden wegen Maruhujunana Delikten verurteilt selbst seinen Joint raucht, da hast du noch schnell was zum Nachdenken, über diese so reine und feine kanadische Gesellschaft.. Und mit diesen Worten kam noch ahhh yes, und dann good bye see you later....

Vor dem Schnapsladen, der staatlich ist, die staatlich sind, aber auch menschlich sein können, jedoch reine Fußböden haben, stand ein unbeblätterter Baum, auf dessen Äste 13 Stare sich festgeklammert hatten, so schön... Die saßen da auf den Ästen und schauten ziemlich ruhig zu. Auf ihren Federn glänzte die Sonne aus Reflektionen, wobei auch noch der Wind sachte die Aura der unsichtbaren Blätter hin und her bewegte, die dann wie feine Wesen aus 1001nem Tag ihre Schönheit verpufften..Und die Stare fingen an zu Schwatzen als Wolf Zebra da so stand..

Besser und schneller und entspannter, mehr und länger, durch absichtsloses Leben schien ihm, jemand irgendwann mal zugerufen zu haben, aber das hatte er im Gewimmel schon längst vergessen. Bloß die Stare sie schienen zu wissen was damals zu ihm gesagt wurde......................
Der Stahlgitter - Gefängnissähnliche Einkaufswagen war dreimal so groß wie ich der Dämling, der Däumling, aber in meiner Tasche waren 99 Dollar, und ein Taschen Klappmesser aus Marrakesch, wo das Blatt Made in West Germany war, und er trug, ich trage auch noch diesen Glücksstein aus Delhi, New, und ahhhhhhhhhhhhhh, Alberta Spring Sipping Whisky....
Griechischer Domestica Rotwein, und weiß, ahhhhhhh.
Schottisches Newcastle Brown Ale   .
Gooodbye..............Zahlen, goodbye........... Leute schauen sich diesen Typen an, der ganz und gar anders aussieht als sie und sowieso, was trägt der für einen Pelzmantel und ne vertrocknete Weiße Nelke im Mantelknopfloch. Dann der goldne Ohrring, und diese Stimme manchmal so dünn, dann so hoch aber fein und kräftig, und dann wieder mit Wucht, kratzig, rau, tief erschütternd, selbst für ihn, ja er war sich selbst staunend am beobachten, wie er so war ,und was da zum vorschein kam.....

Vergessen sie nicht das Bier, ja , das rief der Kassierer noch nach..
Nein...... **Danke....**
Wieder draußen, ohne von jemandem geküsst zu werden, oder erkannt, wurde, landeten
sämtlich Stare auf der Schulter von mir , Wolf Zebra, und das ist die Wahrheit der
Fantasie. Sie zwitscherten und schnäbelten von vielen Sachen hin und her. Bis einer
endlich klar zur Sache kam und frei Sang : Überdenke noch mal die großen Sachen der
großen Gedanken von denen du nicht geträumt hast. Die bis jetzt noch nicht von der
Wissen-Schaft genügend begründet worden sind, die auf dem Fundament derjenigen
verstanden wurde die nicht die Fähigkeit haben eigene Fehler einer begründeten Kritik
sich gegenüber zuzugeben...
Dann flogen die Stare zum Baum..
Wieder alleine wies ich mich in aller Freude auf die Grenzen hin, die jedem Menschen
auch noch so großen, ? gesetzt sind. Die tief im Wesen der Persönlichkeit der
Individualität, begründet ist, und das Irren, dem Suchen zugestellt ist, und das ist reine
Irr-Freude.....

Aber sofort fiel mir ein, das Menschen wie Sidharta Buddha, Jesus, Ramakrischna,
Yogananda, das eigentlich alle Menschen, bewusst oder unbewusst, dabei sind sich,
sich von der Persönlichkeit des organischen, ihrer Erkenntniss, zu lösen. Somit in
eine Außersinnliche Grobstoffliche Wahrnehmung und Sein zu gelangen. Wobei nicht
vergessen werden darf, das jede Spezies auch wir, evolutionsfähig sind, und wo immer
wir unsere Fähigkeiten setzen, auch bleiben werden-
Und wann ist der nächste große Spaltpunkt.
Zwischen Mensch und Wahrheitsmensch.
Und zwischen Wahrheitsmensch und Warheitsqualitätsmensch.
 Wie damals zwischen Cromagnum, (Pistole)
Und Crosteel. . . . .
Die Trinksachen wurden sachte dort hingestellt wo du sie dir vorstellen könntest..
Danach ging ich in den Selbstbedienungsladen und machte Photos von der Oma mit
lächeln im Gesicht der Oma..
Aber warum denn gerade von mir sagte sie..
Wolf Zebra ging dann zurück und öffnete den Winterweißwein so gut haleluja.
Zebra fing an, an diesem Buch zu schreiben, nicht ahnend das hier doch nur wirklich
fast alle den Geldinstinkt zum Fiddeln hatte der mir doch nun wirklich nicht den
Ursprung des Seins zeigen konnte. Der aber auch nicht benannt und nicht näher erklärt
werden kann. Somit stehe ich zwischen den alten Indern den Oberpriestern der Welt
und den chinesischen Weisen...
Und wo bleiben die europäischen Blutsauger.. Und die Südamerikanischen..
Ahhhhhh, burp, , aber das Tao,,,,,,rund und ohne Mao,,,,,,,,,,,ahhh, oder das entwolken
des Moses,,,,,,,ahhhh wer das wohl war, aber der lehrte die Einheit Gottes öffentlich,,,,und
Sokrates, war ders, der wurde dafür noch in Griechenland vergiftet,,,,und heute,,,,,,,
heute, wer gegen Atomenergie ist wird in die Eiszone verworfen,,,,,und wer gegen
Qliquenwirtschaft ist der wird verboten,,,,,,und die Reichen in Geld,,,,,,, sie sehen
sauber aus stinken aber dennoch,,,,,,,,,,,,,,die sollen bloß bleiben wo der Pfeffer wächst",

Metapher,,,,,,aber Klar......
Ja die Homogenität....
Dieses sind keine Musiker...
Das stimmt...
Aber, jedenfalls fing ich dann mit der Kocherei an. Nicht um Unbewusst zu opfern und
die Gottheit zu erzürnen, sondern weil der in mir kochen wollte, und sich nicht durch
Psychopharmatäuschung davon abbringen lassen wollte, für diese Guten Leute hier
ein Mahl zu bereiten. Denn was ist Sein ohne selbst kochen zu können. Ein kochloses
Sein. Und das ist schon der Anfang zur traurigen Seite des Lebens. Denn der TV -
Fraß, und das Gemetzel in den Restaurants mit ihren Kapitalen Preisverdauungen,
nee, schlecht zu verdauen.

Jedenfalls waren da noch Möglichkeiten im Bundestag Verbesserungen für die Volksdiät
zu fordern und mehr kulinarische Abstriche zu machen die keine Ähnlichkeit mit einem
Abstrich der Mösen der Frauen haben. Den die perversen Stockkopf Frauenärzte so
von Fließband laufen lassen. Wie die Zahnärzte mit vorliebe Bomben in deine Zähne
setzen. Weil da der Profit so wächst. Der Zahnarzt als Geldmacher.

Naja der Mensch ist ein komplexes Wesen und vielseitig fähig sich ein buntes Leben
zu machen und doch tatsächlich der Illusion zu verfallen er hätte unbeschränkte
Möglichkeiten, der Tölpel Mensch.
Ein Wesen aus Blut und Erde aus Feuer und Sterne und sogar aus Luft aber bestimmt
aus Wasser mit nem schuss Alkohol, der sich bis jetzt sicherlich in seinem System
festgesetzt hat,
der Mensch der Ausschiss der Evolution,
der Mensch der Abfall des Kosmos,
der Mensch der Wirre Irre der Natur,
der Mensch der Idiot der Intelligenz,
der Mensch der Weise Gauner der Freiheit aus Wünschen und Verlangen, der Mensch
der Routine der Gewohnheit im Prozess des körperlichen Aussteigens,
ahhh der Mensch der hoffentlich verliert und resigniert,
der Mensch ein Wesen aus Atomen ohne Seele und ohne Geist,
der Mensch systematische computerähnliche Fleischmasse,
Dies alles und mehr für diejenigen die so was glauben und damit leben wollen.

Aber das Kochen das wurde noch gehuldigt und die Geschmäcker, sie waren da, selbst
der Kater Jäck lächelte Wolf Zebra da frei zu..

Während des Kochens sang ich versunken, versunken in Liebe aber dennoch noch
etwas klitzekleines objektives wahrnehmend:EVEREYTHING WHY DONT YOU
TAKE EVEREYTHING OF ME.

Dabei versuchte ich nicht das Organ aus den Augen zu lassen mit welchem wir die
Erkenntnis erfassen. Nicht der Verstand und auch nicht die Vernunft sondern das höhere
geistige Vermögen des Menschen das der inneren Beurteilung und Bejahungsfähigkeit

des wirklich wahren und guten zustrebt...
Yeaaaaah,,,,,,,, burp,,,,,hhhhhm...

Die Gäste denen dieses Haus hier nicht gehört kamen von der Arbeit. Karin die sich als Krankenschwester betätigte. Sie beklagte sich über Schmerzen im Rücken und in der linken Schulter . .
Wo ist das psychosomatische Buch...
Rodger hatte ähnliches...
Wo ist das psychosomatische Buch....
Deborah lächelte sprach von ihrer Mutter die Neumonia hatte. .
Glücklicherweise sprach Jack der Kater nicht von Krankheiten.
Nicht das mich so etwas krank machen würde...
Bloß die Krankheit anderer Leute. ihre Krankheiten aufzunehmen ja was, was ist damit . . .
Wo ist das psychosomatische Buch..
Ha in Westberlin du Schmack.....................
Ich muss noch schnell die Sauce für die Birnen machen..
Hast du Wein gekauft.......................
Jemand legte Jeff Becks Wired mit voller Lautstärke auf,,,,,,,,,,Zong...........
Ja der Wein ist da drüben, ahhhhh..............
Mhhhm, das riecht gut...
Aus was machst du die Sauce..
Ist das eine Frage oder eine Antwort..
Ich brauche Vanille..
Hier, Deb. Sie reichte mir die Flasche..
Karin poppte ein Bier...
Rodger erzählte von den älteren Damen die er zum Drink eingeladen hatte mit dem Geld das ihm ein Patient zu Weihnachten dafür schenkte. 30 Dollar hatte er noch für sich übrig.............
Wir lächelten nicht die Wände an.
Ich ging in die Gedankensphäre wo Gedanken sich selbstständig machen und reines Denken zum Vorschein kommt und erwähnte die damit verbundene Verantwortung richtig zu Denken und bloß nicht die Menschen zum Narren zu halten, hier ooof de Erde...yeahhhhhh...................
Die Frauen waren erstaunt und sahen ängstlich aus. So, ich versuchte keine weiteren Explorationen hinsichtlich Verantwortung des Denkens des Denkenden zu machen. Denn die kamen ja geradewegs von der Arbeit................
Die Musik segelte aber der Grund warum ich eigentlich dieses Thema aufgeleuchtet hatte war der, das ich sofort gemerkt hatte das Rodger und Rob sich innerlich nicht an die Wahrhaftigkeit gehalten hatten sondern versuchten durch Fantasie, aber mehr durch Spinnerein zu imponieren.
So.
Ohne ihnen das zu sagen ließ ich sie nachdenklich stimmen..
Das ist meine Pflicht als Mensch.

Rodger kam und nahm mich mit zum Wohnzimmerfenster wo er mir erklärte das da drüben in dem mit Efeubewachsenen Baum die Waschbären ihr Nest oder Höhle haben, die ab und zu hier zu diesem Fenster kommen, hineinschauen, und wenn du dann das Fenster öffnest um ihnen ein rohes Ei zu geben, sie einige 140 Zentimeter zurückweichen, mehr watscheln, dort warten, dich aus den großen Kulleraugen mit erstaunen anschauen wie du das Ei in die Schale legst wobei die Katze sogar nicht ihr Fell sträubt, die auch mal Waschbären sehen will,
aber sobald du dann das Fenster runter lässt,
der älteste das Ei nimmt,
es richtig bricht,
und mit seinen Pfoten das Innere auspfotet...
Ich kam mir vor als ob ich im Wald und nicht in Victoria wäre.
Bald kommen die Grizzlys vorbei hauen die Veranda in Trümmer und nehmen sich den Kühlschrank nicht,
sondern das Sparbuch mit,,,,,,,yeeee ahhhh...
Rodger fragte ich.
Was für eine auffallende Übereinstimmung in den religiösen, kosmogonischen und metaphysischen Anschauungen der Völker der alten Kulturwelt, ist mit dem heutigen Tag hier und deinen Waschbärgeschichten.
Er sinnte...
Die Sinne waren am kochen, oder sie simmten, die Sinne sinnten.. Hinter den Sinnen waren die Vorsinner..
Einer trank Geschichte..
Ein anderer wollte schlafen. Andere schauten müde drein, Routine. Keine Eigeninitiative, das Feuer ist verbrannt, nur das Neue hielt sie aus ihrem Scheintod scheinbar lebhaft, doch in Wirklichkeit waren sie schon immer Leblos und nicht die Quelle.

Es ist die gemeinsame Tradition des Zusammenseins rief er schnell aus, mit federnder lustiger Stimme..
Des Zusammenseins welche die Übereinstimmung ist, ja, Wolf..
Das antwortete er nun mit erhabener Stimme, Seren, in die Ferne jlotzend. .
Ich ging dann zurück zu den Birnen..
Die Stimme von ihm hatte was mit Stimmenwahrheit zu tun. Da lag Echtheit drin. Die Schwingung verband auch die Logik, und das Feeling, aber vor allem, das Echte.
Mir fing auf einmal das linke Ohr zu jucken an. Dann die Stelle zwischen den Hoden und Oberschenkeln.
Vielleicht muss ich diese Kretze mit Tiefenmeditation über den Wert des Juckens ,und was der Grund dafür ist, eliminieren.
Doch soweit kam ich erst garnicht.
Das Essen wurde serviert währenddem das Jucken dahinsiechte.
Gegen später bemerkte ich eine seichte Zurückhaltung im mir gegenüber Sprechen und Mitdenken. Dafür war aber die orale Stufe ihre Höhepunkte am anzeigen, wobei alles vom Bier bis Joint über Ganja sein Ziel nicht traf..
Mit klarem Kopf sagte ich Gute Nacht. Stieg die Treppe hoch, schaute aus dem Fenster,

sah die Nacht mit ihren funkelnden Sternen an, und hatte keinen anderen Wunsch in mir außer dem den ich jetzt hier Rausspinnen könnte..

Und so zog ich mir die Sachen aus, schaute nochmals aus dem Fenster atmete die frische Luft, dachte das ich mich selber HochAchte, und das Güter, also Kameras oder Blumentöpfe, ehren, die leicht erworben sind leicht verloren sind,

dachte nicht nach ob das stimmt,

und das es auch so zwischen uns Menschen ist,

dachte aber auch nicht darüber nach ob das stimmt..

Noch kurz vorm einschlafen den Tag nochmals überschauend wurde mir wieder klar das ich nichts mit denen die mit Irrtum leben zu tun haben wollte, nicht jetzt,

das ich mich davon lieber erst entferne und warte, und bloß nicht blindlings anderen folgte viel mehr selbst denken,

viel mehr,

viel mehr,

viel mehr,

viel ....

Gute Nacht...

Morgens wars Grau draußen. Ich hatte gut geschlafen. Es war Sonntag.

Unten im Haus war reges Leben. Ich war sofort wieder dabei diese auffallende Übereinstimmung zu finden. .Die zwischen den Völkern.

Aber ich war geblindet.

Und die metaphysische Anschauung sie war übereinstimmend das wusste ich..

Die Kelten, die Mykäner, Ägypter, usw,

wo hinter den Mythen und mythischen Persönlichkeiten historische Ereignisse Wahrheiten und keine allegorischen Abstraktionen hervorkommen. .

Diese Völker hatten alle gewisse Lehren die sie zur höchsten Erkenntnis führte..

Und da es die höchste Erkenntnis als tatsächliches erleben in jedem Erleben geben muss daran Zweifel ich keine Millisekunde. Und das sie innerhalb eines Menschenlebens erreicht werden kann daran auch nicht..

Das die Wissenschaft sich skeptisch gegenüber dem verhält was nicht durch greifbare Beweise bis zur Evidenz bewiesen werden kann stört mich nicht. Das ist eben die Aufgabe der wissenschaftlichen Mentalität ihren eigenen Frontiergeist - Spirit zu durchleuchten und nicht mehr so viel Zerstörung hier auf der Erde zu fabrizieren, also die Menschen die sich damit beschäftigen. Denn Verantwortung, Gewissen haben diese chemie-biologischen Mathematiker Engineurkriegsmaterialisten Forscher usw. wohl kaum...

Denn sonst werden sie solche primitiven materialistischen Wege nicht verfolgen.

Es ist an der Zeit in der Zeit, das für die Wissenschaft Hellseher gebraucht werden. Welche die Vorrausicht haben eventuelle Schwierigkeiten erkennen .Das Gute vom Schlechten trennen.

Wir brauchen Menschen mit Psi Fähigkeiten.

Die materielle Wissenschaft ist zu unverantwortlich zu kurzsichtig zu ungöttlich.

Sie ist eine Bande von Ungläubigen Egos geworden. Wo die Wissenschaftler sich

gegenseitig bekämpfen. Positionshungrige Gesellschafzssteiger sind sie...
Denkende Arschlöcher und gierige Banausen - Materialisten...
Obwohl sie das in Wirklichkeit ja nicht sind..sie sind geblendet. Sie sind mitverantwortlich für die Verbreitung des Negativen Intellekts..Der negativen Macht. Denn was zur Zeit auf der Erde in Führungspositionen ist das ist das Negative mit Elektrischem Dauerlächeln aber 100 %tige Vasallen der Ignoranz des Üblen des Satans oder Latent Konstant Faschisssmuuus und alles im Namen der Demokratie oder der Religion oder der Wissenschaft oder der Medizin oder der Forschung und so weiter,,,,,,,,,alles noch die Ignoranz verkleidet als Human oder Wohlwollend.
Und in solch eine Welt sollen dann Kinder geboren werden.
Die von solch einer Horde unterrichtet werden.
Das gilt für alle Völker auf der Erde oder sonst wo existierend.

Unten wurde dann gefrühstückt.
Die Krankenschwerster Karin stöhnte. Sie schien mir nicht die richtige Person für solch eine Position zu sein. Klein dünn hauchzarte Stimme. Als wenn der andauernde Umgang mit Kranken sie auch durchstieg und sie selbst mit dem Krankensein infizierte. Denn du musst schon innerlich sehr gesund sein, vollkommen überzeugt von deinem Beruf um nicht von ihm verschlungen zu werden. Sondern über ihn mitten drin zu stehen und ihn auszuführen. Nur das Geld alleine, kann dich für eine Weile aufrecht halten, aber dann nagt doch die Umgebung..

Ich sehe das auch bei Ärzten. Die Arbeit kommt nachher zu ihnen und die damit verbundene Radianz die Ausstrahlung eines jeden Kranken und wenn der Arzt nicht aus innerster echter Überzeugung zu Heilen seine Tätigkeit ausführt, also nicht nur dieses als Vorwand nimmt um 100-200tausend im Jahr zu machen, und eine GierMachtPosition in der Gesellschaft des Ansehens also Blendens ausführt, wird er schließlich von den Kranken krank...Das gilt für alle Ärzte auf der Erde oder sonst wo..
Ich Appelliere momentaaaan an die Echtheit des menschlichen Tuns dem Menschen gegenüber...
Menschliche Ziele nicht Ichziele...
Kann es so was geben..
Rodger hört mir inzwischen zu und versuchte mich auf den Bereich des materiellen zu bringen aber die Ausstrahlung und die damit verbundene Beeinflussung konnte er mir nicht wegdenken..

Wir entschieden dann ein Auto zu mieten und heute noch nach Salt Spring Island zu fahren um uns dort etwas umzusehen..
Rodger und ich gingen zu Avis Rent a Car.
Deb ging zu ihrer Mutter.
Es fing an sachte zu schneien.

Heute drei Tage später schneit es immer noch.
Flugzeuge fliegen nicht. Die Äste sind mit dicken Schneemengen bedeckt .Und der Rabe ist jetzt am grauen Himmel viel klarer zu sehen als sein weißgefiederter Luftkompanion

die Möwe.

In der Stadt soll nach dem Hören zu urteilen nur ein Schneeflug vorhanden sein der aber momentan beim Zahnarzt ist um sein Gebiss zu schärfen.

Angeblich hat es schon seit 1911 damals gab es 6 Fuß Schnee, nicht mehr so viel Schnee gegeben wie in den letzten Drei Tagen.

Mir gefällt die Luft. Sie ist frisch und reinigt die Atmosphäre. Frau Holle hat das wohl getan und ich habe zudem auch noch ein gute Gefühl diesen Stetson beim Spaziergang zu tragen..

Ansonsten endet die Wettersagung..

Das Auto war ein- Colt. Rodger hatte noch nie eins gemietet. Er hatte keine Kreditkarte Welches für ihn bei vielen Autovermietern auf Abneigung und Widerstand stieß. Sogar mit 1000 Dollar in der Hand wollten sie ihm nicht das Auto vermieten..

Hier ich kauf den Wagen, so ungefähr wars, dennoch die Verneinung. Jedenfalls der Heir nahm persönliche Schecks an.

Also was uns Menschen so abgrenzt.. Naja im kleinen fängts an und bei den Ländern bleibts trotz Zusammenarbeit hängen. Dabei sind die Götter die Natur überall die gleichen und das ist reine Erkenntnis die durch allen politischen Schwachsinnsplappereien hindurchzeigt und Toleranz hat nichts mit Gleichgültigkeit zu tun.

Oder Kälte . . .

Mir fiel der Polytheismus wieder ein. Direkt in die einzige Gehirnzelle die da noch funkelte. Der eine kosmopolitisch orientierte Erkenntnis ist die keinen zur ewigen Verdammnis verurteilt.

Vom Ende der Welt bis zum andern die Gottheit unter gleich welchem Namen und Formen verehren..

Der Polytheismus ist nicht das was er in der Jetztzeit zu sein scheint, grobe Götzenanbetung, falls das überhaupt noch für jemanden eine Bedeutung- hat. Sondern sie ist eine Partikularisierung des Höchsten Wesens, der Quell des Seins, und eine Personifizierung seiner Attribute und Eigenschaften...

Jaja du beschäftigst dich damit nichtwahr Wolf, sagte Rodger..

Und was soll dieses Gerede von den Göttern meinte er vorsichtig fragend..

Der Schneefall wurde stärker. Wir waren jetzt schon vor dem Haus saßen aber noch im Auto.

Die Götter sind die direkten Emanationen des unerschaffenen Wesens und Manifestationen seiner unendlichen Kräfte.. Sie wurden unsterblich genannt, weil sie dem Göttlichen Leben nicht sterben, das heißt, nie dazu gelangen können, ihre ursprüngliche Schöpfung zu vergessen, und in der Nacht der Gottlosigkeit und Unwissenheit Irre zu gehen...

Dagegen sollten die Seelen der Menschen, aus denen, je nach dem Grad ihrer Reinheit, die verklärten Helden oder die irdischen Dämonen wurden, durch eigenmächtiges entfernen von Gott dem Göttlichen Leben sterben können.   .

Denn nach Pythagoras, dem Plato hierin folgt, besteht der Tod des Innersten Geistigen Wesens in der Unwissenheit und Gottvergessenheit.....

Wir stiegen etwas verklärt aus dem Auto.......................
Ich, Wolf Zebra, fing an weiter zu reden, fand aber kein echtes Hören.

Wieder im Haus war Deb auch da wieder zurück von ihrer Mutter. Die Mutter würde morgen zum Arzt fahren, gefahren werden müssen, denn die Neumonia war sehr, sehr stark.. Dabei öffnete sie ihre Augen weiter und machte ein ernstes Gesicht als sie uns diese Mitteilung mitteilte. So ich kann nicht mit euch mitkommen sagte sie etwas-Traurig.
Ahhhhh unter traurigen ...
Okay, Rodger lass uns dann Angeln fahren..
Okay, Wolf. .
Rodger erzählte mir später etwas über die Familiensituation von Deb. Daraus konnte erkannt werden dass die Krankheit der Mutter fast als eine Art von Strafe kam...
Sind Krankheiten Strafen...   ,,
.
Nein, sie sind Krankheiten. Kausalitäten des Verhaltens der Kausalitäten. .Aber was liegt hinter dem Wort, und was ist das zerstören der Organe, Krieg oder Frieden. Ist Krieg Liebe oder Hass. Ist Hass eine Plage oder eine Freude und wo bleibt Gesundh eit................

Rodger hatte inzwischen schon wieder einige Columbians gerollt.. Kurz darauf hatten wir Glasaugen und Rote Augenränder....................
Okay, lass uns dann fahren.. .
Im Nu hatten wir unsere Sachen zusammen. Schon waren wir auf dem Weg zur Fähre nach Salt Lake Spring Island.......................

Wir warteten im Auto hinter den anderen Autos.
Ich erzählte wieder von der Gottesvergessenheit und was für Reaktionen ich bekam wenn ich mit anderen darüber redete. Die meisten wurden ängstlich. Viele die künstlerischen, hatten solch ein aufgeblähtes Ich, die konnten nur noch sich und ihre Egozentrik sehen. Andere wollten mich für Doof darstellen indem sie meinten ich stelle mir Gott oder so wie einen alten Mann mit Bart, also diese naive Form der Verblödung, vor.................................

Aber die wenigsten versuchten sich das Wesen der Gottheit aus ihrer menschlichen Situation heraus vorzustellen.......................
Ich kam da zu dem Punkt wo da ja die Unendlichkeit für uns existiert, die Menschen unendlich lange im Weltensein suchen könnten. Sie würden auch in den Entferntesten Regionen immer wieder auf die gleiche innere Situation des Ur-sprünglichen zurückk ommen....................
Und das körperliche, die Organe, sie zerfallen, somit auch die materielle Glauberei, somit wird's sinnlos, somit Zerstörung, Eigenhass, Menschenhass, Größenwahn des Ichhaften.....
Da hilft auch keine Moderne oder Geld oder Recht oder Zivilisation oder oder oder.
Wenn der so genannte Mensch Raubmensch geblieben ist und bleiben soll, nämlich im Sinne der MachtSekten der GeldKartelle und Geheimbünde Weltweit. Berthold Brechts

: „Zuerst kommt das Fressen dann die Moral" passt wunderbar in die Planung der MachtKartellGeilen FamilienStrukturen die lieber das Tier im Menschen Fördern mit all den Auswirkungen wie sie auf der Erde wunderbar zu sehen sind,und sehr stark über die Medien Subventioniert wird, und mit noch viel schlimmeren die kommen werden, damit ja nicht die Falschheit und Versklavungen an die GeldSeuche und den Glauben daran durchschaut und Überlegend überlebt wird. Und eine Menschheit ein Mensch sich entwickeln kann der Frei ist von dem Glaube an die Jetzigen gesellschaftlichen BekloppteitsIllusionen.

Aber Gedanken schienen für Rodger nicht den Wahrheitsinhalt zu haben wie für Mich, Wolf Zebra. .Für ihn hatten sie manipulative Fähigkeiten, welches ich schon mehrere male gemerkt hatte, ihn aber daraufhin noch nicht ansprach. Aber als er mir erzählte die Welt sei aus Pappe ,so ungefähr, nicht so Stumpfsinnig sondern mit rhetorischer FähigkeitsIntelligenz ,wartete ich ab bis er zu Ende geredet hatte und stellte ihn zu Rede in dem ich einfach sagte : „Das stimmt absolut nicht. Du phantasierst.".............
....
Er gab es lächelnd zu......................................
Ich erklärte ihm das mit Gefasel nicht viel echtes außer echtem Gefasel bringt.
Auch hier stimmte er mir zu.
Als wir auf der Fähre fuhren meinte Rodger noch schnell, frag den mal ob wir hier auch richtig sind.................
Ist dies die Fähre nach so und so fragte ich dann.
Nein, antwortete der Alte lächelnd, dies ist die Fähre nach Hawaii. Und da wir ziemlich Columboniert waren schauten wir uns verdutzt an. Auf der Fähre liefen wir dann im Kreis herum..Es schneite.
Dann auf der Insel.
In dem kleinen Laden den Jungen gefragt der mich erstaunt verdutzt ansah weil ich wohl so ruhig dastand und ihn anschaute.
Aber in dem einen Hotel gabs keine Küche und die Zimmer kosteten 35 Dollar. Im andern war alles gefüllt. Ich musste sowieso lachen, denn das die Fahrt nur 40 Minuten gedauert hatte lag weit von der Vorstellung eines 2-3 Tausend Kilometertrips. So machte ich den Vorschlag wieder zurückzufahren Geld zu sparen und morgen in aller Frühe Angeln zu fahren ..Ja wir konnten dann sogar auf der Insel bleiben und mal den Cowichian Fluss beangeln der jetzt seine Steelheadsaison hatte.
Das war Rational genug für ihn und schon standen wir hinter der Warte-Autolinie für die Fahrt zurück. Wir öffneten den 2 Dollarwein rauchten nochn Joint und redeten von der Vergangenheit........................
Ich fragte ob das Wesen Gottes das Gute und Schöne sei und das Wesen der Aeonen aus der Unveränderlichkeit bestehe. Worauf er meinte meine Situation des Forschens, dafür musste ich mir Freiraum erschaffen haben, er aber noch keine Zeit dafür gefunden hatte...............
Wird aber noch kommen, sagte er gelassen...................
Der Wein war kalt sauer und aus Britischkolumbia..............
Ich konnte keine Unterstützung für ihn finden. Außer das er billig war.............

Na dieses Trinken und Rauchen ist wohl auch nicht das was sich Pythagoras unter Reinigen vorgestellt hatte oder kannte, wa, Rodger, sagte ich grinsend..
Wie meinst du das fragte er...................
Pythagoras hatte für jeden natürliche Pflichten in Aussicht. .
Und die waren..................
Die erste die der Kinderliebe...........
Die Elternliebe und Gattenliebe..............
Es war seine erste Sorge die Bande des Blutes enger zu knüpfen, sie lieb und heilig zu machen. Er gebietet den Kindern die Ehrfurcht, den Eltern die zärtliche Liebe, die Einigkeit aller Familienmitglieder. Er folgte darin dem tiefen Trieb, den die Natur allen fühlenden Wesen ins Herz gelegt hat, und weicht mit voller Entschiedenheit von jenen Gesetzgebern ab, die eine blinde Politik verleitet, jene Beziehungen zu lockern, und die Zuneigung die die Seele denjenigen schenkt, die ihre erste Liebe besessen haben, auf einen Vernunftsbegriff konzentrieren wollen, den sie Vaterland nennen. Sie glauben die Menschheit auf diese Weise zu einem höheren Glück einer höheren Kraftentwicklung zu führen.
Sie übersehen dabei, das es kein Vaterland für denjenigen gibt, der kein Vater ist und das die Pietät und Liebe, die der Reife die man für die Stätte seiner Kindheit empfindet, ihren Grund und ihre Kraft aus den Gefühlen schöpften, die er als Kind für seine Mutter empfand. Jeder Wirkung liegt eine Ursache zu Grunde, jeder Bau ruht auf einem Fundament. Die wahre Ursache der Vaterlandsliebe ist die mütterliche Liebe. Das einzige Fundament des sozialen Baues bilden die väterliche Gewalt und die kindliche Ehrfurcht. Aus dieser entspringt auch die Anhänglichkeit an den Herrscher, der in jedem gut organisierten Staat als Vater des Volkes betrachtet wird, und das Recht auf den Gehorsam und die Ehrfurcht seiner Kinder besitzt. Hier möchte ich einen vergleich mit dem Standpunkt des Moses in dieser Frage stellen. Er hat die gleiche Schule durchgemacht wie Pythagoras. In dem Dekalog, der die Summe der Gesetze enthält, verkündet er zuerst den einigen Gott und empfiehlt ihn
der Verehrung des Volkes an, dann stellt er als erste Pflicht oder Tugend die kindliche Liebe auf.
Du sollst sagt er, dein Vater und deine Mutter ehren, auf das es dir wohl gehe in dieser Heimat des Adam, die Jehova, dein Gott, dir gegeben hat... (**Aber Jesus sagte später „Jehova euer Gott, das ist der Satan„oleeeeee) (Denn den MordMurks im alten Testament unter der MordFickZerstörOrgie der JehovaPriester ist da ja gut beschrieben)**
Der Gesetzgeber der Hebräer stellt dem Gebot die Belohnung zur Seite. Er erklärt ausdrücklich, dass die kindliche Liebe ein langes Leben mit sich bringt.
Nun ist darauf zu achten, das Moses in seiner Lehre nur die reinigende Seite bringt, die einigende zu erfassen hielt er sein Volk ohne Zweifel nicht für fähig. Er spricht ihm nirgends von der Unsterblichkeit, die mit ihr zusammenhängt und ihre Folge ist. Er begnügt sich, ihm den Genuss der Güter, irdischen, zu versprechen, und stellt unter diesen ein langes Leben an den vornehmsten Platz. Die Geschichte der Völker beweist, dass Moses mit tiefer Einsicht von den Ursachen spricht, auf denen sich die Dauer der Reiche gründet. Die kindliche Liebe ist die Nationaltugend der Chinesen, das heilige

Fundament, auf welchem das soziale Gebäude des größten und ältesten der Völker der Welt ruht. Seit mehr als Viertausend Jahren ist diese Tugend für China das gewesen, was für Sparta und Rom die Liebe zum Vaterland war.................

Sparta und Rom sind untergegangen, trotz des Fanatismus, der ihre Kinder beseelte, und das chinesische Reich, das vor ihrer Gründung bereits 2Tausend Jahre bestand, steht noch weiter 2Tausend Jahre nach ihrem Fall. Das China sich hat erhalten können durch die Sturzwellen von Tausend Revolutionen hindurch, sich aus den eigenen Schiffbrüchen hat retten können, über seine eigenen Niederlagen triumphierend, verdankt es der moralischen Kraft, die aus dieser Tugend geboren ist, und die mit heiligem Feuer alle beseelt, von dem niedrigsten Bürger bis zum Sohn des Himmels, auf dem kaiserlichen Stuhl.. In ihrer Natur liegt zugleich ihre Nahrung und dasjenige, was ihre Dauer verewigt........................

Der Kaiser ist der Vater des Staates, Zweihundermillionen Menschen die sich als seine Kinder betrachten, bilden seine Familie, welche menschliche Kraft könnte es fertig bringen, diesen Koloss niederzubringen.............   .

Den Freund der Tugend wähl zu deinem Freund. Folg seinem treuen Rat und lern aus seinem Leben. Ein leichtes Unrecht soll euch nicht entzweien. .

Von den Pflichten die direkt aus der Natur entspringen, geht Pythagoras nun zu jenen über die aus dem gesellschaftlichen Zusammenleben hervorgehen. Auf die kindliche Liebe, die Eltern, und die brüderliche Liebe folgt unmittelbar die Freundschaft.

Es ist eine sinnvolle Unterscheidung, die er hier macht, man ehre die Eltern, man wählt den Freund. Aus folgenden Gründen, die Natur bestimmt unsre Geburt, sie gibt uns Vater, Mutter, Verwandschaftsbeziehungen, eine Stelle auf der Erde, einen Platz in der Gesellschaft. Das alles hängt nicht von uns ab, die große Menge sieht darinn das Spiel des Zufalls, für den Pythagoräer aber sind es die Folgen einer früheren und höheren Ordnung die er Glück oder Notwendigkeit nennt...................

Diese Natur, die unter dem Zwang steht , stellt Pythagoras eine freie Natur gegenüber, sie wirkt auf die Dinge, die bedingt sind, wie auf einen rohen Stoff, gestaltet ihn, und zieht aus ihm Gute oder Böse Resultate nach eigenem gefallen. Diese zweite Natur wurde das Vermögen oder der Wille genannt. Sie ist es, die das Leben des Menschen regelt sie leitet seine Lebensführung auf der Grundlage, die ihn die erste Natur mitgegeben hat Notwendigkeit und Wille sind nach Pythagoras die beiden sich entgegestehenden, bewegenden Kräfte in der sublunarischen Welt, in die der Mensch gebannt ist. Beide ziehen ihre Kräfte aus einer höheren Ursache, die die Alten Nemesis nannten, dem Beschluss letzten Grundes, den wir Vorsehung nennen.

Pythagoras erkannte also in Bezug auf den Menschen bedingte Dinge und freie Dinge an, je nachdem sie von der Notwendigkeit oder von dem Willen abhängig sind. Die Kinderliebe ordnet er in die erstere die Freundschaft in die zweite. Die Eltern kann der Mensch sich nicht nach eigener Wahl nehmen, er soll sie verehren, so wie sie ihm gegeben sind, und alle natürlichen Pflichten ihnen gegenüber erfüllen, auch- wenn sie Unrecht an ihm handeln, nichts aber zwingt ihn, Freundschaft zu geben, er schuldet sie nur demjenigen, der durch seine Hingabe an das Gute sich ihrer Würdig erweist...
....

Lassen Sie, Du, Er, Es, uns hier einen wichtigen Punkt näher betrachten. Was in China als Wurzel aller Tugend angesehen wird und die Grundlage aller Unterweisungen bildet wird in ihrer Ausübung bedingungslos verlangt..............
Für den chinesischen Gesetzgeber (**Also Raubmenschen**) ist ein Verstoß gegen diese Gebote das schwerste Verbrechen. In seinen Augen kann nur ein guter Sohn ein guter Vater sein, und die soziale Bande, die auf dieses Fundament gegründet sind, die einzigen Unzerreißbaren, denn diese Tugend umfasst alle, vom Kaiser bis zu den geringsten seiner Untertanen, (**Die Bezeichnung Untertanen weist schon darauf hin das sie bloß Primitive geblieben sind, die Gesetzgeberraubmenschen**)sie hat für ein Volk dieselbe Bedeutung, die die Regelmäßigkeit der himmlischen Bewegungen für den Weltenraum besitzt. In so weitgehendem Sinn konnte aber diese Lehre in Griechenland und Italien nicht gelehrt werden, denn sie entsprach nicht der Auffassung des Staates (**Also Privatpersonen die sich von der Masse der Steuergelder sehr gut besolden und andere für Blöde verkaufen mit ihren katastrophalen Entscheidungen**). Die väterliche Autorität hatte bereits in einigen Teilen Griechenlands ein zu großes Übergewicht erlangt. Darum hatten die Schüler des Pythagoras, von der Verschiedenheit bedingter und freiwilliger Handlungen ausgehend, in dieser Beziehung die Unterscheidung gemacht. Mann solle Vater und Mutter ehren, ihnen in allen weltlichen und das körperliche betreffenden Dingen gehorchen, nicht aber ihnen die Seele preisgeben. In allem aber,in allem aber, was er nicht von den Eltern erhalten habe, betrachte das Göttliche Gesetz den Mensch als Unabhängig von ihnen und erkläre ihn frei von der elterlichen Gewalt. . ...

Pythagoras befürwortet diese Anschauung. Die hohe Auffassung, die er von der Freundschaft hatte, geht aus seinem Gebot hervor, den Freund unter den tugendhaftesten zu erwählen, sich durch ihn belehren zu lassen und seinem Rat zu folgen....................
Freunde, sagte er, sind Reisegefährten, die sich gegenseitig helfen sollen, auszuharren auf dem Weg zur Vervollkommnung...........................
Von ihm stammt auch das schöne, oft wiederholte und selten verstandene Wort, das Alexander der Große MassenMörder so tief gefühlt und an der rechten Stelle auszusprechen verstanden hat : Mein Freund ist mein 2tes Ich......................
Und wieder ist es Pythagoras den Aristoteles die Definition entlehnt, der wahre Freund ist eine Seele in zwei Körpern....................
Es ist aber Theorie bei ihm, nicht Praxis, als er einmal eine Rede über die Freundschaft hielt ließ er sich zu dem Ausruf hinreißen : „Meine Freunde es gibt keine Freunde,,.
(**Aristoleles war auch bloß Theoretiker kein Erwachter sondern bloß ein dumpfer Philosoph, Worte, Worte, Worte, Gedanken, Gedanken, mehr nicht**)
Pythagoras verstand unter Freundschaft nicht eine persönliche, natürliche Zuneigung. Er fasste sie als allgemeines Wohlwollen auf, das sich auf die Menschen im Allgemeinen erstrecken soll, insbesondere auf die Guten... Diese Tugend nannte er Philantropie. Es ist dieselbe, die unter dem Namen Caritas der christlichen Religion zum Grundpfeiler dient. Jesus stellt sie für seine Jünger unmittelbar hinter die Gottes Liebe, auf gleiche Stufe mit der Pietät...........................

Zoroaster weist ihr die Stelle nach der Aufrichtigkeit zu.................
Der Mensch soll Rein sein in Gedanken, Worten und Taten, die Wahrheit reden und
den Menschen gutes tun......................
Auch Konfuzius setzt die Freundschaft gleich nach der Liebe zu den Eltern. Er sagt die
ganze Moral besteht in der Beobachtung der Drei Grundgesetze über die Beziehung
zwischen Herrscher und Volk. (**Herrscher ist ein mächtiges Zerstörwort und
nicht ein feiner Begriff für Wesen der Freiheit und der Gier zum Guten und
Schönen.)**

Eltern und Kinder, und zwischen Gatten, und in der Übung der Fünf Haupttugenden,
deren vornehmste die Menschenfreundlichkeit ist, das heißt, jene Liebe zu allen, jene
Ausdehnung der Seele, die ohne Unterschied den Menschen an die Menschen bindet
....
(JA UND DA MUSS DER WOLF ZEBRA SELBST WIEDER MAL SEINE
UNFÄHIGKEIT ERKENNEN GEGENÜBER DER THEORETISCHEN
UMSETZLOSIGKEIT SEINER SELBST)

So weit Du's kannst : Mit fester Kette schmiedet das können an Notwendigkeit ein
streng Gesetz......................
Hier liegt der Beweis für die Behauptung, das Pythagoras in den menschlichen
Handlungen zwei bewegende Kräfte am Wirken sah, die erste aus einer bedingten
Natur, einem Zwang, hervorgehend, nennt er, Notwendigkeit, die zweite entspringt
einer freien Natur, es ist das Vermögen oder der Wille..
Beide sind einem tieferen, in ihnen liegendem Gesetz unterworfen. Pythagoras hat
diese Lehre von den Ägyptern übernommen: Hinsichtlich seines Körpers ist der
Mensch sterblich lehrten sie. Sein seelischer Teil ist unsterblich. Er ist das wesentliche
im Menschen. Das Unsterbliche in ihm hat Macht über alle Dinge. Mit dem materiellen
und sterblichen Teil ist er dem Schicksal unterworfen. . .
So viel zu Freundschaftsgerede auf der Fähre zurück.

Durch die Bewegung veränderte sich unsere Position und schon bald waren wir wieder
in 1508 Fernwood Road wo erstaunte Sachen passierten deren agitatorischer Friede
sofort den Weisheitszahn gezogen werden sollte. Jedoch waren keine Freuden groß
genug um einen Freiwilligen für diese Handlung zu erhaschen.......

So ging ich, Wolf Zebra schlafen, ganz tief schlafen..
Ohne Traum schlief ich ganz ungestört... .
Ich war schon früh wach..................... .
Deb war auch schon wach. Sie saß da in der Küche und nähte für ihren Bruder
Namenstreifen in den Trainingsanzug. Sie sah ruhig und dünn, nein sie sah dünn und
ruhig sensibel aus...................
Sie machte eine Fratze als sie mich sah............
Guten Morgen...................   .
Yes.........................

Ich machte einen Tee . Zerschnitt die Grapefruit. Machte ein Müsli für Zwei. Aber Rodger war noch nicht zu sehen...................

Ohhhh du machst sogar Frühstück für ihn sagte sie erstaunt, woraus ich nicht heraushören konnte ob es Bewunderung oder Neid war, bedient zu werden.....

Ahhh, vielleicht braucht Rodger heute kein Frühstück meinte ich. Denn die alten Ägypter lehrten hinsichtlich seines Körpers ist der Mensch sterblich. Sein seelischer Teil ist Unsterblich. Er ist das wesentliche im Menschen. Das Unsterbliche in ihm hat Macht über alle Dinge. Mit dem materiellen und sterblichen Teil ist er dem Schicksal unterworfen...Also Kausalität oder Ursache und Wirkung.

Ach soooo.

Ja deswegen schläft er wohl noch. Er lebt von dem Unsterblichen in ihm. Gibt sich nicht dem Schicksal hin.................

Ich kaute auf dem Müsli herum...Kau Kau Mampf...

Sie erwähnte dann mit Bedachtheit aus der klare Gitarrensolos hervorquellten, das diese wenigen Worte zeigen, das die Weisen des Altertums dem Schicksal nicht den alleinigen Einfluss zu erkannten, den spätere Philosophen, vor allem die Stoiker (stoa) definieren ihn als eine Verkettungen von Ursachen, durch welche die Vergangenheit stattgefunden hat, das Gegenwärtig ist, das Zukünftige. Das sich verwirklichen wird, besser noch, als die Regel des Gesetzes, welches das Universum regiert.(**also Re-giert, also die Gier in verschiedene Kanäle leitet.**)

Sie scheinen das Schicksal mit der Vorsehung zu verwechseln und Ursache und Wirkung nicht auseinander halten zu können, denn diese Definition könnte nur für das Grundgesetzt Geltung haben..

Ich hörte ihr zu und und antwortete mampfend, stimmt, nicht für das Schicksal das ein Ausfluss desselben ist.................

Denn diese Unklarheit in den Worten musste einen Umsturz in den Ideen zur Folge haben und hat ja auch zu den schlimmsten Resultaten geführt.................

Da nach dem System der Stoiker, nichts imstande ist, die Verkettung von Gütern und Übeln zu verändern oder zu zerreißen wurde daraus gefolgert, dass das Universum der Gewalt eines blinden Verhängnisses unterliegt und jede Handlung vorherbestimmt ist. Geschieht sie aber unter einem Zwang, so ist sie an sich indifferent. Gutes und Schlechtes Tugend und Laster, Pinke und Zaster, also bloße Worte, Dinge, die nur in Relativen Begriffen bestehen.................

Deb hörte mit dem Nähen nun auf und goss auch etwas Tee für sich ein.

Ja, und diese bedenklichen Schlussfolgerungen hatten die Stoiker vermieden, wenn sie wie Pythagoras es tut, die zwei Beweggründe, Notwendigkeit und Vermögen, angenommen hätten, statt die Notwendigkeit unter der Bezeichnung „Geschick" zur absoluten Alleinherrscherin des Universums zu machen. Ja, ja, sie brauchten ihr nur die Macht des Willens zur Ausgleichung gegenüberstellen, und ihre Abhängigkeit von der Macht der Vorsehung anzuerkennen, aus der alles hervorgeht..........

Jaja wir brauchen echte Vorseher heutzutage mehr denn jeeeeay..............

Ja Deb, auch die Schüler Platos wären manchen Irrtümern entgangen erwähnte ich.

Ja hätten sie die Verkettung der beiden sich entgegen gesetzten Prinzipien, auf der das Gleichgewicht des Alls beruht, richtig verstanden. Durch falsche Auslegungen der Lehre ihres Meisters Plato über die Seele der Materie glaubten sie, diese Seele sei eben jene Notwendigkeit, durch die sie regiert wird..............
Ja weil die Seele ihrer Meinung nach an der Materie klebt glaubten sie,,,erwiederte Deb nun wieder................ .
Ja genau, so wars......................
Und deswegen sollte sie schlecht sein, die Seele und die Materie. Auch, sooon Quatsch, Mensch.......................
Ja und deswegen gaben sie dem Schlechten auch eine notwendige Existenz..Und das spukt dann weiter in Lehren und Menschen die so was auch zu ihrer Unterstützung brauchen damit sie ans Schlechte gewöhnt, sich zum Scheinguten hocharbeiten können und es als Gutes ausgeben.............Schein wie Schein und GeldSchein auch..

Wir schauten etwas verdutzt herum..Als ob wir nun einen Täter suchten. Der kam aber nicht......................
Ja das war eine gefährliche Lehre, Deb, denn sie macht die Welt zu einem endlosen Schauplatz eines endlosen Kampfes zwischen der Vorsehung, als dem Prinzip des Guten, und der Seele der Materie, als dem Prinzip des Bösen........ehhhhhmh.....
.

Ich scheiß da was auf den Mist, rief ich spontaaan aus...............
Deb schaute tiefer in sich hinein,und was sie da sah war wohl nicht der Misthaufen den ich da erwähnte...
Aber die Stoiker, man, sie verfielen dem Entgegengesetzten Fehler................

Welchem denn fragte Zebra nun auch schon etwas Nörgelnd..............
Nörgelnd wegen der chaotischen philosophischen Theorien die aber fast immer Totalansprüche ins Leben bringen und somit schwache Köpfe noch schwacher machen...Stinker sind sie oft die Philosophen. Murrköpfe und geistige Einbahnstrasse npopelsäue...................
Ja Wolf sie verwechselten die freie Macht des Willens mit der Göttlichen Vorsehungen und erhoben sie zu dem Prinzip des Guten..

Nee du Deb, wenn ich so was höre dann schaut die Wahrheit klar heraus das im Denken nicht die Wahrheit liegt, oder meinst du nicht auch..

Ich bin zu jung ich wiederhole dir bloß Wissen aus Büchern und anderem gelernten Wolf. Da sind mir Veilchen auch oft lieber als diese Quasseleien. Aber nun,du hast mich darauf gebracht und bis jetzt bin ich noch drauf, es fängt sogar an zu brodeln, ja bald bin ich am Kochen am Verdunsten am Evaporieren und was dann, Zebra was dann, dann kriegst du Ärger mit Rodger, denn er kann mit mir evaporiert nicht das tun was ansonsten getan wird, Wolf Zebra du Träumer...

Ich schaute sie an. Da war eine enge Spalte aus der ein Vogel wusste sich zu erheben und auf eins seine Eier zu legen aber ich war blind verwachsen eingefroren und noch dazu aus Berlin am weglaufen. Und nun dieses Gespräch, dieses Gespräch,da entwickeln sich Giftpfeile im Kopf da wird bald gekotzt....

Aber jedenfalls kamen die Stoiker dadurch in die Lage zwei Seelen in der Welt annehmen zu müssen. **(ganz schön wenig bloß Zwoa Seelchens**)Eine die das Gute wirkt, Gott, eine die das Böse hervorbringt, Materie...

Spinner Arschlochser Wirrkopkrankheiten ,ohhh Leben was machst du mit vielen Menschen ohhhhhhh, Wirrheiten, rief Wolf Zebra bewusst aus nicht Reaktionär, denn er war noch nüchtern...

Weißt du Debora, dieses System ist auch noch von so vielen verschiedenen Männermenschen gelobt worden, sooon scheiß wa, es gibt da den Beausobre der Versicherte, es sei das am weitesten verbreitete gewesen .. ...

Ja der große Nachteil liegt darin das die Existenz des Bösen als Notwendig anerkannt und ihm damit ein unabhängiges und ewiges Dasein zusteht..........So wir sind verloren die Menschen sind also verloren in ihrem Sumpf der Wirrköpfe die die Menge beeinflussen...Und sie Abmelken Ausquetschen aber immer freundlich.Mörderisch..

Es ist aber überzeugend bewiesen worden das zwei Entgegengesetzte gleich ewige ,von einander unabhängige Prinzipien nicht Existieren können, wenn, wie die Manichäer ausdrücklich behaupten, ein Wesen existiert , das sein Dasein aus sich selbst zieht und ewig und notwendig ist, denn solches muss auch Einzigartig sein, Unendlich, Allmächtig und Vollkommen.....

Die beiden in der Küche hörten mit dem Gerede auf und der Tag schaut. Dann fragte ich Deb wieder ob sie sich auf der Uni eingehend mit diesen Lehren beschäftigt hattte.

Sie erwähnte das sie doch Biologie studiert hatte sich aber für die alten Griechen und so interessierte....................

Dann kam Rodger und berichtete von seinen Nackenschmerzen... Ahhhhh das sind Frühstücksgrüße.

Sollen wir noch Angeln fahren.

Aber ja doch, ich muss noch schnell meinen Scheff anrufen, das ich krank bin ist doch wohl klar..

Ja es ist schon fantastisch worin überall die Klarheit ist sogar in der Unklarheit erwähnte ich ..Rodger stockte. Das war alles.

Ja das ist doch schon fast keine Leidenschaft oder, rief ich ihm nach als er dabei war sich den Hörer ins Ohr zu stecken, um krank zu sein.. .

Steck ihn dir doch gleich den After hoch damit er auch den Gestank des verdauten Krankseins das auch reine Liebe ist mitbekommt..............

Jaja es ist an der Zeit Geruchstelefone zu haben..

Als er wiederkam aß er sehr, sehr schnell. Dabei wollte er auch noch wissen, wissen von Leidenschaften, aber erkläre es mir so das der Kater Jack es auch versteht. . .

Jaja Rodger, ich versenke mich ganz schnell in Tiefenyoga und **er**fasse dadurch die Tiersprache..

Red kein Blödsinn Wolf, erkläre mir die Leidenschaften.

Pythagoras hat mal gesagt wenn die Leidenschaft dich packt dann ist dir die Macht gegeben zu kämpfen und zu siegen, darum lerne sie zu beherrschen, zu kontrollieren zu benutzen, damit sie dir nicht die Eingeweide rausreißt und **so....**

Was soll das schon wieder heißen Wolf, großer Frühstücksmeister..

Das bedeutet das Pythagoras die Herrschaft des Willens über die Leidenschaften setzt, auf dem sich nach ihm die Freiheit des Menschen aufbaut. Denn nach seiner Ansicht ist nur derjenige frei der sich zu beherrschen versteht, das Joch der Leidenschaften, aber drückender und , und, und, ehhhhm, ja man Rodger, ja ich hab's schwerer abzuschütteln, als die grausamste Tyrannei...

Klar Rodger. . .

Ich möchte bloß wissen was alles in die Bereiche der Leidenschaft fällt. . .

Wohl auch keine Leidenschaften zu haben.

Nein, nein. ess doch nicht so schnell, denn Hirocles berichtet, Pythagoras habe nicht geboten die Leidenschaften auszurotten wie die Stoiker vorschreiben, man soll sie nur überwachen und ihre Maßlosigkeit dämpfen, denn jede Maßlosigkeit sei verderblich....

Ahhh der Spinner rief Rodger. Der hat keine Ahnung von den wilden Zeiten eines Wilden man, der spinnt doch der Typ, immer dieses balancierte diese ausgeglichene, nee nicht für mich...

Naja Rodger, aber Python hält sie sogar für nützlich man. Auch wenn sie aus der Notwendigkeit entstehen, und von einem unwiderstehlichen Geschick gesandt sind...

Jaja wilde Gitarrensolos eine Frenzyatmosphäre, Arbeitswut, Tausend Frauen auf einmal, oder Gott unter den Göttern zu werden rief Rodger dazwischen. . . .

So sei doch der Gebrauch den man von ihnen macht dem freien Vermögen oder Willen unterworfe......................Rodger, ergänzte ich noch...

Jaja der Mensch ist nur durch die Macht oder Schwäche seines Willen Gut oder Böse, Tugendhaft oder Lasterhaft, Wahrhaftig oder Unwahr.

Das die Leidenschaft die ihn zum Guten oder Schlechten führt, an sich keine dieser beiden Eigenschaften in sich trägt, der Mensch also nur schlecht ist weil er die Fähigkeit besitzt gut sein zu können, und gut weil er die Fähigkeit hat schlecht zu sein....

Aber Rodger können wir Menschen Gut oder Schlecht sein aus eigener Wahl. Werden wir nicht unwiderstehlich zum Laster und zur guten Seite hingezogen. Was meinst du Rodger. Ich bevorzuge die ewige Glückseeligkeit....

Yeaaaah, lass uns darauf mit Tee anstoßen. Diese alten Dogmas die nicht die Freiheit des Willens proklamieren sie sind es die noch von der Leidenschaft abhängig sind...

Diese Vorausbestimmung, welche,
na diese mit der Erbsünde, und sonn Belasten im Denken, die Grundlage des Christentums, sooon Dreck, ein Verhängnis genauso wie Einsteins Fummeleien der

uns den Fluch des Atoms bringt, und wir müssen uns nun damit herumplagen, diese gottsüchtigen Wissenschaftler die sollen bloß zusehen das sie Land gewinnen, zum Kotzen mit denen.

Yes Wolf im on youre side, nun fängst du erst an zu reden..
Rodger ich will mich nicht in Rage reden. Da läufts so chaotisch dass ich mich am Ende noch selbst umbringe man...

Aber war wenigstens einer der ersten der sich gegen diese Gefasel der KirchenSäue und dem Gerede der Weisespinner der schlausten Dummköpfe und der. intelligentesten Geistakrobaten, wenigstens einer da ist einer hier wo ist er was ist los, war da einer ...
Ja da war einer...................

Ein phönizischer Philosoph, ein Moschus, der soll 12-13 Jahrhunderte vor unsrer Zeitrechnung gelebt haben...

Und nun wurde Rodger ungeduldig. Ihm gefiels nicht so viel aus der Vergangenheit zu hören. Ihm wars zu entfernt. Nicht Zeitgemäß. Da waren diese alten Knacker die sowieso keiner kannte und so weiter..

Ich klarifizierte die Situation für ihm, indem ich darauf hinwies das was wir als neu betrachten in Wirklichkeit sehr alt ist und das was wir wissen nennen nicht im Nu entstanden ist sonder eine Zusammensetzung von verschiedenen Elementen und Arbeiten ist, und das zum Beispiel die Wörter oder Zahlen oder die Sprache das Sein und seine und meine Stimme und das die Fähigkeit zum Schreiben sehr, sehr alte Angelegenheiten sind, und einfaches Ablehnen nur auf das neue fixiert zu sein erst mal richtig verstanden werden müsste, denn so was gibst garnicht und somit ist seine Unruhe auch nicht übersichtlich sondern eher eine Verneinung und das ist Isolierung. Extrem gedacht ...
Rodger war danach gelähmter und das wollte ich nicht...
Willst du mehr Tee Wolf rief Debora...
Danke Deb.............
Dieser Philosoph hatte sich von der Theosophie der einzigen damals bekannten Lehre, abgewandt und suchte den Grund der Dinge in den Dingen selbst zu ergründen. Er ist als der eigentliche Begründer der Physik zu betrachten.

Mhhhm red weiter Wolf red dir den Kopf wund. So kenne ich dich nicht

Ja also dieser sagte, die Gottheit und den Geist beiseite setzend, das Universum bestehe durch sich und sei aus unteilbaren Partikeln zusammengesetzt, diese mit verschiedener Gestalt und Bewegung begabt, hätten durch zufällige Verbindung eine unendliche Reihe von Wesen hervorgebracht, welche fortwährend weiter erzeugten, sich vernichteten und sich erneuerten..
Sehr Schlau aber Blöde rief Rodger die Wut im Bauch habend..
Mich ließ das nicht entflammen..

Diese Partikel wurden von den Griechen wegen ihrer Unteilbarkeit Atome genannt. Sie bilden die Grundlage des Systems. Leukip, Demokrit, Epikur erweiterten es, .Leukretius bürgerte es bei den Römern ein von denen es zu uns gelangte.

Ja es gibt keine Lehre kein System aus dem die verhängnisvolle Notwendigkeit alles Geschehens so unabweisbar hervorgeht, wie aus der Lehre von den Atomen schade.. schade....
Aber Atome hat's schon immer gegeben....

Ja und dem Demokrit hatte man dann den Vorwurf gemacht, er habe ein unvermeidliches Geschick angenommen, obgleich er wie Leibnitz jedem Atom Leben und Empfindung zuschreibt, verstehst du Rodger, die Materie ist auch Leben, und daraus kann klar das Ewige Leben gesehen werden,das sind keine materiellen Teilchen oder Stahlblöcke sondern das sind Lebewesen...........

Ach hör auf zu Spinnen Wolf das genügt mir nun wirklich, lass uns lieber Angeln fahren, Mensch............

Aber Rodger das würde uns Menschen die Augen öffnen. Sie würden mehr Ehrfurcht vor der Erde vor dem Sein vor ihrer Umgebung haben Wenn sie's verstehen könnten und bereit sind daraus die Konsequenzen zu leben und zu entwickeln......
Da sieht die Zukunft doch schöner aus man...
Ach hör mit dem Gefasel auf Wolf. Ich sags dir. Du wirst dich noch lächerlich machen. Wer soll dich bloß verstehen, Mensch, Materie L€bewesen, ich bin mit einem Spinner zusammen, Deb hast du das gehört...
Deb nickte mit ihren Braunen Rehaugen herüber sagte aber keinen hörbaren Ton....

Der Epikur, nein weg von dem,
ehhm, diese Fatalität die mit dem atomistischen System zusammenhängt scheint, deren materialistische Anhänger den Einfluss der göttlichen Vorsehung, ihren Prinzipien getreu, ausschalten, geht merkwürdiger weise aus dem entgegengesetzten System noch weit mehr hervor. Trotzdem wird die Macht der Vorsehung von ihren spiritualistischen Vertretern in ihrem ganzen Umfang anerkannt. Diesem zufolge ist das ganze Universum erfüllt von einer einzigen geistigen Substanz,,,,,,,,,,,,,,
Aufhören, aufhören, aufhören.....
Und dann erschien vor ihnen wie im Film wenn der Seher das große Bild vor sich sieht eben das Bild, ohhhh wunderschönes Bild, ohh,, und der Cowichian Fluss er glänzte mit seinen Lachsen und er sang seine eigene Rivermurmelblues Serenade, und die Bäume sie bliesen den Blas Blues und wir sahen auch wie die Wellen sich rasierten sie hatten an manchen Wirbelstellen schon etwas Schaum geschlagen, und vor allem der Fluss der war in einem Gefängnis, denn diejenigen die die Natur mit Ecken und mit Korrigierungen in Rationale Wege leiten sie hatten auch schon Gesetze gemacht in denen es Flüssen verboten ist seine erotischen Formen unbekleidet durch die Wiesen zu schlängeln. ,Flüsse müssten mit Zementufern und mit Stahlverstrebungen geschmückt sein, Flüsse müssten mit, und in dem Moment brach der Cowichian Fluss aus dem Gefängnis aus aber die Arschlöcher in den Büros, die naturbewanderten

Fettwanzpimperschwänzchen sie popeln sich erstmal mit dem Bleistift die Kacke aus den Ärschen und danach den Popel aus der Nase, weils so in Mode ist bei denen.
Und so den Fluss sehend waren wir alle erstaunt von der Vorsehung. Wir fielen nicht auf die Knie sonder wir rasten ohne Sinn in die Zimmer, holten unsere Sachen.
Ja ich hab zu viel geredet Rodger.
Und du hast lange genug zugehört.
Aber die Melodie des Flusses sie ist Liebe sie ist Seren sie ist anziehend.
Und in kurzer Zeit waren wir auf dem Malahat-Pass, schauten auf die Saanich-Halbinsel und Rodger meinte dass er jetzt anhalten wird um einen Joint zu rollen...

Ich, Wolf Zebra, schaute nach da drüben, atmete den süßen Duft ein.

Ahh yes hier Wolf have a draw...
Bald waren wir wieder auf der Highway nach Bamberton. Unsere Augen hatten den unverkennlichen Rotstich sogar die Augenlieder hatten sich Maruhanisiert und Rodger erzählte eine Geschichte nach der anderen, hier ist die Erste:

An einem Sonntagnachmittag im August fuhren er und Debora schwer angewinot und durchräuchert von kambodian eine Waldstrasse hinunter mit richtig guter nicht böser Geschwindigkeit. Singend und rumspielend übersah er das die Strasse ganz plötzlich eine scharfe Linkskurve machte und da seine Reaktionsfähigkeit auf Höhepunkt-nullpunkt, unter diesen Umständen war ,fuhr er schnurstracks gerade weiter, durch einen Holzzaun, auf dem ein Käuzchen ganz ruhig saß ,aber da hinter dem Zaun ein plötzlicher Landabfall war, segelten die beiden noch ohne sich um das Steuern zu bemühen einige 8-15 Meter durch die Luft und landeten krachend auf allen Vieren, worauf das Auto sein Gebiss verlor, ein Auge ausfiel, und der rechte Frontkot-Kack-Flügel lahm wurde, aber beide waren unversehrt okay. Dann eine Stimme von oben, : Ist alles okay , da unten.
Welches von ihnen, bejaht wurde.   ,
Aber macht sicher ihr verlasst die Wiese schnell denn die ist VollerBullenBullen, keine Bullen sondern Bullen...
Wieder zurück am Zaun saß das Käuzchen immer noch da, aber mit dem Kopf 180 Grad nach hinten gedreht und riesigen schockierten Augen.
Deb nahm es in die Hand, wo es sich fest am Finger festklammerte den Kopf immer noch nach hinten gedreht hatte zu Krächzen anfing den Autoschock langsam abschüttelte den Kopf zurückdrehte beide vorwurfsvoll anschaute und dann wegflog...

Also Eulen gefallen mir Rob...
Ja mir auch................
Wolf weißt du das Debs Grosvater, der damals Biologielehrer war 2 Eulen hatte die er Farley Mowat schenkte und der über diese Eulen in seinem Buch : „The Dog that wouldent be,„berichtete...
Nein, wusste ich nicht. Tatsächlich...
Ha, die Eulen verbinden uns Menschen. Ich hab mir schon immer gedacht dass mehr hinter Eulen lag als bloßes Mäusefangen...
Ahhhh yes, diese Gegend hier ist voller Magic,„,„ Mushrooms,„,„ grinste Rodger. . .

Vielleicht schnabulieren die andauernd mit den Trips herum sind immer High...
Komm ich erzähl dir eine andere wahre Geschichte Wolf..............
Also wir fuhren gerade aus Millbay heraus...............
Einer meiner Patienten erzählte mir von einer Frau die unheilbar an , Augenblick mal,
ich dreh die Musik im Auto lauter, die Stones wieder mit Sympathie für den Teufel,
könnte den denkenden nachdenklich stimmen will ich noch schnell erwähnen...
Aber wir ließen uns von dem Rausch der geherointen Musik mittreiben, wobei Rodger
seine Musik der Krebskrankheit unterordnete und mit Roten Augen weiter erzählte:
Also diese Frau beklagte sich bei ihrem, den, Arzt, über undefinierbare Schmerzen.
Eine Art Dumpfheit hatte sich in ihr festgesaugt wie Riesenkrakensaugnäpfe die
dich beim Ansaugen gleichzeitig ersticken. Der Arzt meinte nach der Untersuchung :
Lebensmittelvergiftung.
Beim folgenden Besuch brachte die Frau, 68 Jahre jung, etwas von ihrem letzten Mal
zur Untersuchung mit, auch vergiftet..
Die ärztliche Prognose war jene das der sterbende Mann von dieser Frau, der
Krebskranke, seine Frau langsam auf die gleiche Ebene bringen wollte, die seinem
Zustand entsprach, der Drecksack der Hund.

Also weißt du Rodger wie verrückt sind die Menschen schon oder noch und wie bekloppt
wollen sie denn noch werden. .Das sind keine Menschen das sind Tiermenschen.
Nein nein Wolf so sind die Menschen..
Die Stones hatten sich ausgespielt mir schien als ob deren Einfluss ein Lebenlang in
mir bleiben würde mit 92 sitz ich da tue was und höre die Stonesmusik...

Wir lachten mit rauer Stimme.. Die Psychologie der rauen Stimmen hat dafür ihre
eigene Bewertung, welchen Zustand und was für ein Charakter damit zusammen
hängen,..aber glücklicherweise auch...

Wir fuhren dann in Duncan, eine mittelkleine Stadt ein. Diese Stadt hat noch 300 Jahre
junge und 55 Meter hohe Douglas Nadelbäume . Die Stadt hat auch eine Feuerwehr
wegen dem vielen Whisky. Ein Friseur damit man dich beim Jagen nicht mit einem
Freak verwechselt, einen Pistolengewehrschuppen nur zum verteidigen. Denn hier
draußen riecht's noch nach Frontierhäuschen, und einen Imbißschuppen in dem wir
die Kellnerin anmachen werden damit sie uns erzählt wie hier die Fischerei ist.
Unsere Augen hatten sich noch mehr gerötet.
Wir nahmen nicht unsere Stetsons ab als wir ihr die Fragen stellten die sie mit lächelnden
Augen beantwortete erkennend das wir die jenigen waren die die Trophyfische aus
ihren Unterwasserkneipen locken würden. . .hahaha. . .
Feine Frau wa..   .
Yes, she is alright...
Wir fuhren den Wagen an Mc Adams Rotary Park vorbei, der Ähnlichkeit mit einem
wahren Traum hatte, wo auf dem Traum Lastwagen hin und her fahren, und parkten
den Wagen östlich von der White Brücke.

Während des Zusammenstellens unseres weltbekanntem Angelequipments rauchten wir

da in dem immer noch fallenden Schnee noch'n Kambodian für bessere Sehstärke.
Rodger fing an zu furzen...............
Mir fiel sofort Richard Brautigans „A confederate general from big sur" ein, wo Lee
Mellon andauernd Cambellsoup schreit um das Froschgequacke zu stören und mit
seinem Freund um die wette furzte, und die Kundalini Yoga Methode wo die innere
Luft kontrolliert wird im Körper gehalten wird um durch sie die beiden Lebensenergie-
kanäle zu öffnen die im Zusammenhang mit der Kundalinienergie funktioniert .
Ahhhhhh Yes Wissen und seine Anwendung.
Der Schnee fiel langsam.
Ein Fischermann fuhr wieder ohne sichtliche Erfolgszeichen weg.
Er fuhr im dicken Schnee der nun noch dicker fiel.
Der Fischermann fuhr weg gerade als wir uns auf den Weg machten. Auch unser
Weg war mit frischem Schnee bedeckt. Der Weg sah schön aus, und für die die mehr
brauchen, sage ich der Weg war von beiden Seiten mit diamantenen Überraschungen
nicht beklebt, er war aber auch schon zu alt dafür.. Aber die Blaääter waren noch
nicht verwest. Sie lagen auf dem Weg und auf dem anderen Weg und sie lagen auf
dem Boden der nicht als Weg bezeichnet wird aber dennoch ein Weg ist .Und dieser
Boden-Weg der war am schönsten. Denn dort war der Schnee auch noch nicht mit
Fußabdrücken die keinen hohen Schönheitswert
hatten, sondern denen der Schönheitswert von den Menschen gegeben wurde
begangen, und dieser Weg führte zum Fluss.
Der Fluss hatte Hochwasser und Rodger trug Turnschuhe.
Das ist auch ein Weg.
Wir schauten uns den Fluss an der Hochwasser hatte. Wir schalteten sofort auf
Hochwasser Optimismus um, Hochfrequenz Optimismus, wissend das unser Glück
im Unsichtbaren auf uns lauerte damit wir uns ja nicht erklärten ,nein, erkälteten, denn
heute Abend wird's gebratenen Lachs geben, dem vorher die Huldigung der Gottheit
gegenüber der Diabolischen Spinnereien nicht versagt wird...

Alles um uns herum war auf Liebe und Harmonie aufgebaut. Also Musik.
Selbst der Coholachs der da vor uns am Flussrand zwischen Steinen, inzwischen
Gelb von verrottetem Fleisch aussah, und seine Milch über die Eier gelegt hatte damit
seine Art weiter existierte.
Und nun war er am lebendigen Leib am verrotten.Musik wurde sozusagen in
EinzelTöne zerlegt.
Wir flutschten über die schneebedeckten Steine. Halb ausgestoned halb entgeistert
halb ohnmächtig vor Hochfrequenzoptimismus der alles sogar das grünliche
Wasser Rosa aufleuchten ließ wobei keine Frauen in den Büschen saßen ihre Rosa
Schaaaaaaaaaaaaaaamhlippen aufleuchten ließen aus der dann diese rosahaftige
Optimismus Färberei beim Schreiben entstanden wäre. Das war sie gewiss und wer
weiß was ansonsten noch Rosarot aufleuchtete aufgeleuchtet wäre, hier gleich am
Wasser als Leuchtturm für Optimismus, für optimistische ausgestonte FrontierAngler
mit Leuchtwangen aus Berlin aus Bärlin. . . . . .
Das Wasser floss schnell. Wir hakten einige Plastik Lachseier an den Haken fanden

eine einigermaßen akzeptable Stelle die, da das Wasser so hoch war, etwas Buschfreier war und da wir aber keine Spinnangeln mit uns hatten wir unsere Köder nicht so weit in den Fluss werfen konnten, denn Büsche zum verfangen ,war verfluchte Schönheit noch mal, fast überall ,und der Schnee fiel und fiel und fiel, er fiel für den der Schneefallen gerne hatte und auch für den der's nicht ausstehen konnte....

Ahhhhh, nein, hier ist nicht die richtige Stelle zu viel Gebüsch. Es reicht schon wenn das Wasser so trübe ist dann noch das Gebüsch im Wasser die Fische sehen unseren Köder nie...
Lass uns da rüber watscheln.
Okay, man, im **easy...**
Wir sahen den Franzosenkanadier.. Er hatte schon eine Woche lang gefischt und keinen Biss gehabt...Nun das nenn ich Geduld. Das ist Rosaoptimismus der auf Gewissheit aufbaut wa Rodger....

I dont know Wolfgang, Angels scheinen ganz schön Stur zu sein.

Stimmt die kennen den Wert des Nichts und die Preise von allem.

Jaja das hört sich fast so an als ob ich sagen würde ich kann allem widerstehen bloß nicht der Versuchung...
Und dann, nachdem wir uns von dem Franzosen verabschiedet hatten sah ich diese riesen Coholachse die jetzt etwas durch den Intellekt der die Gewohnheit hat zu übertreiben, wodurch durch diese Übertreibung der Körper Verhässlicht wird weil sich, er sich als einzig wertvoll Organ erkennen will und dagegen wehrt sich der Rest des Körpers der kein Klumpen Hässlichkeit werden will wie zum Beispiel die Hässlichkeit des Größenwahnsinnigen Gonzu Dali der durchgetretenwordene Schleimer, jedenfalls ist der Intellekt oft ein Klumpen Hässlichkeit der die Verdrängung der Unsichtbaren Ebenen bevorzugt, und sich lieber am Körper orientiert. .Der Körper der Fische war jedenfalls so wie er war. 70-80 Zentimeter lang, helle Flecken, Verwesungsflecken bedeckten diese Fische, der wie schon erwähnt, sie, die Fische, am lebendigen Leibe verfaulen...

Es ist an der Zeit das die Natur und ihre schöpferischen Kräfte sich andere Methoden ausdenken. Denn wir Menschen sind schließlich keine solchen blinden Wesen mehr um zu erkennen dass so was der Gipfel der Primitivität ist. Die Natur soll sich ja ändern...................
Sonst verseuchen die Menschen sie für lange Zeit, mit ihren Atombomben die eben auch aus der schlimmen Situation entstanden sind, in der der Mensch sich befindet auf der Suche nach harmonischer. Was ist das für eine Natureinstellung. Hey Mister oder Missus, Schöpfung, was für eine Brutalität hier....
Und der Schnee fiel und fiel immer noch ruhig fast wie langsam wild werdender Schnee...

Die Cohos sind jetzt nur einen Meter entfernt von uns...
Doch sie haben keine Lust auf Plastikeier mit Pfefferminzgeruch parfümiert...Sooooon

Blödsinnn...
Rodger verzottelt seine Schnur da drüben am Busch ....
Ich sehe ihn
vorsichtig schnell als ob das Wasser kalt wäre, hihi, Barfuß durch den Flussarm stelzen...
Dann sehe ich wieder die Cohos im Wasser und danach entscheiden wir uns in die
Richtung der Brücke zurückzugehen, weil da wohl die Steelheads sind....

Hinter der Brücke machte der Fluss eine Linkskurve worin eine flache Sandinsel war
die mit einer großen Menge Möwen die da rumkreischten und flogen,belebt war...

Jeder versuch sie aufzuscheuchen um Starphotos zu machen misslang. Natürlich wollten
wir keine Steine in ihre Richtung werfen denn wir sind ja auch Gefiderfreunde.....
Vielleicht soll ich mal Campelsoup schreien fiel mir ein. Fiel mir aber auch sofort
wieder raus...   .

Wir fischten hier während der Schnee immer noch sachte fiel. Rodger riss seinen
Vorfachkraaaam ab, ließ die Angel bei mir liegen ging Vorfachmaterial aus dem Auto
holen.
Bring was zum Essen mit rief ich ihm noch nach... .   Er
nickte mit dem Stetson voller Schnee nassen Turnschuhen und sobald er außer Sicht
war riss ich mir den Haken **ab....**

So stand ich da, guckte blöde herum versuchte etwas mehr Leben aus dem ganzen
zu inhalieren wobei ich dringend eine Kur für die Seele brauche die durch die
Wahrnehmungsorgane vielleicht kuriert würde, aber womöglich ist die Bestimmtheit
gewisser das nur die Seele die Wahrnehmungsorgane kurieren kann......

Somit fing ich an mir ein Lied zu pfeifen und der Schnee fiel und fiel und fiel und fiel
auf die Möwen ohne Pelzmantel ohne Hut auf die Bäume die Träumten das ich ihr
Lebenssaft sei den sie bald aussaugen würden damit ich mich mit Gedanken und nicht
mit Aktionen aufladen könne......
Nett und nicht so Nett erwiderte ich ihren Träumen....
Aber die Träume fragten doch promt mit solch einer Stimme, was denkst du, das die
Möwen ihre unsichtbaren Hüte abnahmen sich voreinander verbeugten, umarmten,
und den Flussstrom-Foxtrott-Watschelten, aus dem dann der jetzt weltberühmte
Möwi-Foxi-Flussi-Hit wurde............... .
Das war natürlich ein Knüller............................

Ich Zebra, schaute weg, ins Wasser, das so flach an dem Punkt da vor mir war, das ich
sofort erkannte das nur die Flachen sich erkennen und zwar nur im Winter wenn die
Weis-heit kommt...
Und dies war Winter...
Der Schnee fiel immer noch voller Weisheit................
Wo sind die Frauen die Grünen..
Auf keinen Fall in dem Wasser hier...........................
Aber dann, rief Roger, auf keinen Fall in dem Wasser hier, denn er war inzwischen

ohne das ich ihn gesehen hatte wieder da...

Als wir dann die Angelsachen wieder Angelbereit hatten entschieden wir uns wieder zum Auto zurückzukehren und im nächsten Kalorienschuppen zu essen...

Während der Fahrt zum Essen durchzogen mich wieder die Erfahrungen der letzten Jahre und ich erkannte wieder das es Gute und Schlechte waren und das meine Wünsche und Willens Angelegenheiten mich zu einem Teil auch aufs Glatteis geführt hatten und im Stillen sagte ich dieses Gebet :

Gewähret mir, ihr Götter, was mir nützlich, ob ich darum euch bitte oder nicht, und ist worum ich fleh mir schädlich, gewähret, große Götter, meine Bitte nicht....

Natürlich wusste ich auch dass es aber richtiger ist zum grossen Gott selbst zu beten....

Und dann kurz vor dem Restaurant wieder diese Leuchtreklame vor dem Laden:Je grösser der Wille um so größer der Mensch, um so mächtiger ist er inspiriert...

Und darunter in Roter Leuchtschrift: Wille und Freiheit sind daselbe.....

Denn die Magie die aus dem Nichts etwas schafft, ist die Quelle des Lichtes....

Auch Rodger schien das gesehen zu haben und er rief aufgeregt: I think der Fluss ist mir zu Kopfe gestiegen denn soeben sah ich gewaltige Sprüche die nun nicht mehr da sind, Wolf....

Dann das Schild mit der grossen Leuchtschrift :BACON....

Und sofort wusste Rodger was er da gesehen hatte das nun wieder verschwunden war..

Er fing an etwas störrisch zu wirken als ob da etwas in ihm einen Weg nach draussen wollte aber nicht so leicht konnte. Dann stoppte er den Wagen und sah mich an, fragend ,dann aber wissend sprechen: Wolf, auch derjenige der als Wiederhersteller der Philosophie im modernen Europa bezeichnet wurde, eben dieser Bacon, war sich gewisser Gefahren bewusst, denen ich mir auch bewusst bin. Er hatte ja die aristotische Scholastik entfernt.Er begriff dass man die Grundlagen einer wahren Wissenschaft nicht aufzustellen vermochte, wenn es nicht vorher gelänge, eben diese Vorurteile zu entfernen. Ja Wolf die Vorurteile, mensch bloß weg davon, bloß weg davon...Jedenfalls, Wolf hörst du noch zu.................

Yes, Rob, mach weiter...............

Ja der Bacon hatte die schwierige Aufgabe gebracht den den Flächenraum des menschlichen Verstandes zu säubern und zu ebenen, um ein weniger barbarisches Gebäude zu errichten...Und das ist es was heutzutage nötig ist, die Vorurteile zu entfernen, denn die Wissenschaft und die damit verbundene Gesellschaftsform Staatswesen Gesetze und so weiter sie sind voller Vorurteile, ewiglich auf Erfahrungen aufgebaut....

Und dadurch ist zwar Routine aufrechterhalten aber echt neue tiefe Eindrücke sie bleiben fern.....

Stimmt, aber das ist auch alles was ich momentaan dazu zu sagen habe Rob, denn ich bin hungrig....

Als wir dann mit unseren Hüten den Stetsons auf dem Haupt unser Steak die 2 Spiegeleier 3 Pfannekuchen mit Sirup aßen sprachen hinter uns die Boys nur vom Geldmachen mit dieser typischen autoritären Überzeugung die aber auch nicht die kleinste Ahnung von Ideen hat und zwar Ideen mit Gefahr. Und eine Idee ohne Gefahr ist für die wohl nicht wert als Idee akzeptiert zu werden..Jaja ich weiß diese Gedankenmanipulation befriedigt den Zyniker. Denn die Idee ist Idee und nicht Gefahr. Wortmanipulation mitten im Schnee der jetzt schon stärker und noch dichter fiel............................

Die Rückfahrt war gefährlicher da die Strassen voller Schnee waren und viele Kurven zu befahren waren. Und das war keine Idee.......................
Fahr langsam wir haben Zeit Rob. Und so fuhren wir sehr langsam mit ungefähr 8 Meilen per Stunde am Shawinigan See vorbei wo seine Eltern und meine Schwiegereltern sich ein Haus kaufen wollten um dort ihren Theaterdurst zu beenden den sie zur Zeit am montrealer Theater befriedigten. Und da sie nun schon über 60 waren zog es sie wieder zu den Kindern zurück...Außerdem ist diese Gegend sehr zu empfehlen mit den Wäldern den Seen den Bergen der guten Luft den Menschen und dem Wetter. Eine gesunde Umgebung bis jetzt noch...............................
Rodger zündete wieder eine Kambodian an und erzählte die Geschichte vom verbotenen Plateau wo in den alten Zeiten als die Comox Indianer ihre Frauen und Kinder auf dieses Plateau in der Mount Becher Gegend zwecks Sicherheit weil ihr Dorf von Cowichian Indianern angegriffen wurde, brachten. Und als sie die Frauen und Kinder wieder abholen wollten, diese für immer spurlos verschwunden waren. Und seitdem diese Gegend von den Indianern als Tabu betrachtet wird..heute auch noch..Wegen der bösen Geister und so weiter.
Der Schnee hatte inzwischen 30 Zentimeter Falldicke erreicht...............
Das Fahren wurde schwieriger. Aber wir machten es sicher zurück.....................
So und hier sind wir wieder aufgewärmt und alles.............Home..
Wir öffneten sofort eine Flasche griechischen Rotweins.3,40 Dollar für Domestica. Sie wurde sehr schnell ausgetrunken und dabei legten wir eine Platte nach der anderen auf den Turntable. Aber Jeff Becks Wired brachte uns nicht dazu wegen seiner Musik noch eine Flasche zu öffnen.................
Und nun trinken wir einen italienischen Ruffino 4,80 Dollar den wir auch schnell leerten und Rodger dann seine Fender Accoustic nahm und anfing zu picken....

Deb war damit beschäftigt gewesen die Wohnung aufzuräumen...........
Rob und Karin waren in ihrem Schlafzimmer, oben................
Deb saß nun etwas nachdenklich am Tisch mit einem kleinen Glas Rotwein vor sich und der Wein war nicht ihre Sache sie saugte dafür um so entspannter an ihrer dünnen selbst gerollten Zigarette. Da war eine Art jeder für sich alleine mit anderen zusammen sein Atmosphäre und ich merkte aber auch nicht das leiseste Rauschen vom Wein................... .
Deb meinte das in diesem Haus in der letzten Zeit zu viel getrunken würde.. Vielleicht das erste Zeichen vom Alkoholismus. Die Leber braucht Drei Liter Wein um Warnsignale abzugeben. Solche Zeichen wie die Zunge lose aus dem Mund hängen haben. Auf allen vieren zur Toilette kriechen. Denn nur noch Extremitäten scheinen die Aufmerksamkeit und das Wachen zu fördern selbst mit einem Selbst.

Rodger ging in die Küche rief mich nach einigen Minuten rein gab mir die Toilettenpapier

innere Papprolle nahm die zwei Messer mit glühenden Spitzen von der Gasflamme
legte ein Stück Hatschi vom Brotbrett dazwischen die glühenden Messerspitzen und ich
inhalierte den Rauch des schnell verbrennenden Hatschis in solidifiziertem Zustand...
.Hatschi, hatschi, schnauf.....
Mensch Wolf hast du Lungen rief er laut aus...
Ja wa...............

Ich tat das gleiche mit ihm. Er wieder mit mir bis die Lungen voll waren. . . .
Wieder im anderen Zimmer hatte auch dieses Rauchen keinen Effekt an mir. Deb saß
immer noch versunken am Tisch..........
Rodger spielte sein Repertoire an Songs die er mit Glasaugen und Krächzstimme
potpourierte....

Dann sprang er wieder auf..............
Ich hatte nur dagelegen und vor mich hinschauend zugehört.
Er kam mit der Flasche Alberta Springs Sipping Whisky zurück.........

Gab sie mir..............
Ich nahm einen Schluck..............
Draußen schneite es ganz heftig.....................
Der Whisky war mild.......................
Er nahm einen Schluck...................
Ich hatte total alle Gelübde, hinsichtlich gebranntem Alkohol irgendwo in einer der
7 Hirnzellen von mir,zum vergessen gebracht, keinen gebrannten Alkohol mehr zu
trinken. Und damit schien ich auch ins Verkommene zu versinken. Nach einer Weile
mit mehreren Schlucks entschied ich das Bett aufzusuchen denn betrinken wollte ich
mich nicht...................
Gute Nacht ihr beiden..................
Dann der Schlaf. In diesem Schlaf fanden dann diese Extremitäten statt. Die
psychosomatischer Bedingtheit entspringen und den Frontiergeist in mir am arbeiten
hatten um mir zu zeigen wo der Weg mit meinem Körper enden wird wenn ich ihn
nicht wie einen geheiligten Tempel betrachte sondern mehr als öffentliche Destillerie
Konsumierung behandelte.....

Ich wachte auf...................
Schaute in den Spiegel und ohhhhhhhhhhhhh das war kein Traum mehr.

Meine Nasenspitze war ganz Rot etwas angeschwollen. Die Poren waren aufgebläht
und schwitzten wohl nun den Alkohol dort aus. Das waren die ernsten ersten Zeichen
einer Trinkerknorpelnase die später wie eine verknorpelte Pferdefußwarze aussehen
könnte wenn das so weitergeht. Also die ganzen Jahre der Meditation hatten meinen
Körper so verfeinert das der Alkohol nun wie eine Flamme wirkte..Die Nasenspitze
war verbrannt. Ich hatte mich da schwer verlaufen. Ich war gewarnt.. Auch meine
Ohren juckten schwer. Also alles was knorpelig war, war an Feuer........
Und heute Drei Tage später. Der Schnee fällt immer noch und die Nase ist sogar
noch Roter geworden und die Poren größer, mensch, und die Ohren jucken noch

schlimmer..........
Das war der Alkohol der scharfe vom Whisky. Ich hatte schon lange Zeit keinen gebrannten Alkohol mehr getrunken 7-8 Jahre. Den Körper gepflegt. Aber hier hatte ich mich wieder davon entfernt. Also der Körper wird aber auch sensibel. Aber weshalb ich vom Wein vom Whisky vom Rauchen nichts gemerkt hatte...Kein Effekt.
Das Bewusstsein der Geist hatte sich wohl mit ihm etwas anderes erdacht. Jedenfalls. War das ein schwerer Fehler von mir........................

Und wieder nahm ich mir vor den Alkohol zu reduzieren. Denn was für einen Sinn hatte es zu trinken und morgens die Nase zu verlieren.............

Dann kam in diesen Tagen wieder das Schlechte in mir und um mich herum zum Vorschein. Wo liegt dieser Ursprung des Schlechten.............
Im Hirn im Wesen im Sehen im Wollen im Essen im Trinken............
Mm Maßlosen....
Oder, oder......................
Gibt es die Erkenntnis des Bösen.
Wenn sie überhaupt jemals gefunden worden ist.
Dummes Gefasel Wolf Zebra..............
Wieso, Ronald Regan hat mal gesagt 80% aller Luftverschmutzung kommt von Pflanzen und Bäumen.
Ach so das hat er gesagt.
Und wieso soll dass das Böse sein Wolf Zebra.
Well ich gebe noch ein Beispiel.
Will aber noch vorher sagen dass falls die Quelle des Bösen gefunden wurde sie aber niemals bekannt gegeben wurde.
Ronald Regan hat auch mal gesagt dass wenn es ein Blutbad geben wird dann muss es eben so sein, und zwar sagte er das zu Farmern über die Beendigung von Studentenunruhen.
Er hat auch mal gesagt Frieden kommt nicht durch Schwäche oder Rückzug. Er kann nur kommen wenn Amerika seine militärische Macht Überlegenheit wieder herstellt.
Ja das hat er in einer Fernsehserie wieder gesagt.
Und er meinte auch dass Arbeitslosenversicherung ein Vorfinanzierter Urlaub wäre, und zwar für Schmarotzer.
Mhhhhm, das könnte Stimmen, aber wo bleibt die Gutmütigkeit wo die Milde und wo bleibt das Mitgefühl und wo bleibt überhaupt das was als Freundlichkeit bezeichnet werden kann, anstatt diese opportunistischen Schmeichlereien die sowieso nur zum Ziel der Alleinherrschaft eines Landes oder einer Nation hinführen und sogar zeigen das eben die Zerstörwut überwiegend in diesen Männern ist die eben in der Zerstörwut aufgewachsen sind weil sie wohl nicht tief genug schürfen tief genug denken und erkennen können. Und aber auch, weil sie das Böse abgrundtief Böse vertreten im Gewand des finanziellen Erfolgs der Macht und Besitztümer, also der Verblindung durch die Materie und deren Geldkartelle Wirtschaftskartelle und das Dilemma der Menschen und Völker kommt hier wieder zum Leuchten denn immer noch folgen sie dem Führer. Der sehr Anonym bleibt.

Heil Führer Heil Gedankenlosigkeit, Heil Aggression, Heil Wut, Heil Sieg Heil
Zerstörung mit Lächeln, Heil Zerstörung mit. legalen
Gesetzen durch ihre LobbyistenMisten als stütze, Heil Hitler Heil Regan, Heil Nixon,
Heil Amerika, Heil Moskau, Heil Kapital Heil Money, Heil Machtanbetung,
Heil Raubmensch, Heil falsches Denken, Heil der Gottlosigkeit, Heil Zufall, ohhh Heil
dessen das wir alleine existieren, Heil dem der wie Teddy Rosevelts Motto tut : Sprich
sanft aber trage einen großen Baseballschläger hinterm Rücken......
Ja Heil denen die, ahhh well, ekliliilig, ehhhhm.
Jedenfalls in der Antike mit der Lehre von der Einheit der Gottheit hielten sie diese
Erkenntnis des Bösen, in ihren Mysterien tief verborgen, und zeigte sie nur unter dem
dreifachen Schleier.
Den Eingeweihten war streng anbefohlen, über das zu schweigen,
was sie die Leiden des Gottes,
seinen Tod,
seine Niederfahrt, zum Totenreich und seine Auferstehung nannten. Sie wussten dass
das Böse meistens unter dem Symbol der Schlange dargestellt wurde, und das Python
unter ihrer Gestalt den Apoll zerrissen und besiegt hatte . . ..
Die Lehre Krishnas ist hauptsächlich in der Bhagavad Gita enthalten. Einem von den
Bramahnen besonders geschätztes Pourana...................Wohl Pürree..
Im Zend-Avesta und dem Boundehesh findet man die Zoroaster.........
Die Chinesen besitzen den Tshun-Tsiedu des Konhneins, ein historisches Monument,
das den Ruhm der Vorsehung verherrlicht......................
In dem Poemander des Asklepins sind die Ideen des Thaot niedergelegt. Die Schrift
des Synesius über die Vorsehung enthält die Lehren der Mysterien. Endlich kann man
sie in der Edda finden, in der Lehre Odins die Havamal betitelt ist. Alle diese Werke
sind auf dem gleichen Grundgedanken aufgebaut....

Mir fiel auch noch ein dass die Schlange aber auch das Symbol im Kundalini-Yoga
ist, die durch Yoga Übungen, erweckt wird. Diese Kraft die am untersten Rückrat
schlummert und so die geistigen Organe durch seine Kraft eröffnet...
Und das war ein Widerspruch und aber auch ein anderes Land, denn die Antike sieht
in der Schlange ja das Böse, welches sowieso nur ein zu direkt genommenes Bild ist um
etwas zu erklären. Denn ob die Schlange nun wirklich die Verkörperung des Bösen ist,
ist doch wohl schon ziemlich Schlangig.
Ich bin ganz ihrer Meinung mein Lieber flüsterte die Schlange.
Ach ja sind sie das wirklich oder wollen sie mir nur schmeicheln mit dem Dekolletee
und dem Blick.
Was haben sie für Motive um mich deswegen zu loben.
Jedenfalls ist die Kundalini Schlange ja keine Schlange und auch nicht die Schlange des
Python sondern sie sind etwas das die menschliche Fantasie und Begabung braucht um
etwas zu erklären was aber auch wie gesehen wird eine Erdunklung sein kann...

Da stimme ich ihnen aber nicht zu Wolf Zebra. Sie sind keiner der die Autorität hat
darüber zu reden.

Wie Bitte.
Ja, sie sind einer der nach Kanada reiste um dort die verzwickte Liebe und die Gefühlsverknotung in größere Distanz zu bekommen, und nun diese Weisen Sprüche.
Der Graf stand auf und nahm ein Glas Scherry, schaute in den Schrank und stellte mit bewunderndem Erstaunen den genommenen Cherry wieder zurück.
Ohhhh, mit diesem Griff habe ich doch nun auch noch das Siegel des Bösen geöffnet.
Wolf Zebra wachte aus dem Traum auf. Schaute herüber zu dem Grafen und grübelte weiter über das Böse nach, völlig gleichgültig was der Leser nun denkt was der Lektor da liest und ob da irgendwelche stilisierten Normen der Schreibkunst oder des Buchaufbaus nach irgendwelchen Normen nicht zusammenpassten..............
Er stöhnte und der Graf begab sich zu den Doggen die ihm sehr am Herz lagen an welchem er schon zu oft Kälte erkannt hatte und nur noch durch Doggen so was wie warm halten konnte, weil er den Menschen schon lange Adieu gesagt hatte.........

Wolf Zebra war wieder alleine im Haus des Grafen 1508 Fernwood Road... Die Geister Rob Deb Karin und Rodger sie waren noch da....
Meinen sie nicht auch Herr Zebra das die Theosophen die Einheit Gottes bewusst nicht öffentlich gelehrt hatte, fragte der Graf doch wieder ,sich dabei die seidene Krawatte beschlabbernd, zaghafter jetzt sogar sich sichtbar machend...

Wolf Zebra kannte nun sogar seine paltinierten Manschettenknöpfe sehen, aber das störte ihn, nicht. ..Er war zu sehr mit der Aussage beschäftigt anstatt sich auch noch mit teilweise sichbaren Manschettenknöpfen zu beschäftigen von Grafe Ngeistern die sowieso nur fantasieartig existieren, und was der Leser denkt, der Liest der Denk der ist in der Geschichte eingebettet wie er auch....

Tja die Theosophen hatten die Einheit Gottes, nicht öffentlich gelehrt weil sie damit die Erklärung des Bösen nicht abgeben brauchten. Denn ohne diese Erklärung wäre das Dogma nicht zu verstehen gewesen.. .
Ja das hatte auch Moses begriffen grunzte der Graf...

Jedenfalls der Ursprung des Bösen lag für Wolf Zebra in der nicht Voraussicht und dem was noch zu finden ist und er lag für ihn auch dort wo er immer lag, im Nesöb, der Spiegelform des Wahren.
Also in der Spiegelung die dann als das Wahre gefunden wurde.

Nein, nein das ist nicht wahr das ist nur Wortspielerei lieber Leser.................
Ich Wolf Zebra weiß nicht genau wo der Ursprung des Bösen liegt, aber Mäßigung liegt mir.
Tatkräftig.
Rein.
Den Zorn vermeiden.
Nicht im geheimen

Nicht offensichtlich
Gib dem Schlechten Raum.
Und vor allem andern achte dich selber hoch.
Dieser Spruch von Pythagoras fiel mir wieder ein, als ich dann in meiner Blauen
Unterhose da auf dem Bett saß und Kontemplierte ob ich nun endlich auch bei
lebendigem Leibe zu verwesen anfing....

War es meine Prädestination, das Geschick von mir, bei lebendigem Leibe zuzusehen
wie mein Körper verfault, angefangen mit der Nase.

Also nein, für mich kann ich das Geschick immer noch selber steuern. Ich gebe mich
nicht dieser versoffenen Dunkelheit hin.
So wie sich der Mohammed, der mehr enthusiastisch als Gelehrt sein soll, bei dem die
Einbildungskraft mehr als die Urteilskraft an Gewicht hatte, sie überwog.
Es gibt auch Gedichte wo Menschen die Lehren hassen, ihre Öde oder die Unterdrückung
der jugendlichen Lebenskräfte.
Das Chanten der buddhistischen Verse, oder die dämlichen Fressen derjenigen die
schon seit Urzeiten dazugehören.
Und Mohammed zögerte nicht sie als unvermeidliches Resultat der Einheit Gottes zu
lehren, die er Moses zufolge lehrte.....

So mit Alkohol verbrannter Nasenspitze wartete ich dann bis alles das Haus verlassen
hatte das Zwei Beine hatte. Frühstückte dann bedächtig über die Schönheit meines
Körpers nachsinnend.....

Und im Körper lag dann die Seele und der Geist sie schlummerten noch auch von der
auf mich zukommenden Verwesung abgewendet. Die Seele in ihrer Eigenschaft als
Sitz der Leidenschaften (Ob das Stimmt ?) hat immer noch die drei Modifikationen,
sie ist vernünftig, zum Zorn reizbar und von Trieben bewegt. Nach Pythagoras besteht
das Laster der Triebe in der Unmäßigkeit oder dem Geiz, dasjenige des Zornes in der
Feigheit, dasjenige der Vernunft in der Torheit. Das allen Dreien gemeinsame Laster
ist die Ungerechtigkeit..............
Vier Haupttugenden empfiehlt Pythagoras seinen Schülern, die sie von diesen Lastern
bewahren können: Den Trieben gegenüber die Mäßigkeit und zwar nicht die Mäßigkeit
des Kleinwahnsinns sondern die Mäßigkeit des Größenwahnsinns, oder, Frank Zappa
würde dazu sagen : Zeig mir deine Titten. Aber zeig sie für 55 Dollar. Und dafür
bekommst du auch einen Tripper........Ehhhhhm schuldigung.
Außerdem sagte Pytho auch noch,
der Erregbarkeit zum Zorn den Mut ,das heißt,
zu wissen wenn das Falsche Ich dich geschnappt hat, wenn Verlangen Hass, Glück, ja
die Gesamtheit der Lebenssymptome, gegen dich stehen, und du doch weiter machst,
das ist Mut, und nicht deswegen Ausflippn. Und der Vernunft die Vorsicht ,das heißt,
du bist gerade dabei ein neues Stück einzusteuern ein Musikstück ein Idealesstück, du
weißt da ist die Zukunft für dich drin denn du warst schon im Fegefeuer der Szene
drin als sie deine neuen Töne hörten, und das Feuer war heiß, die Szene brühte über

und du spürtest Erfolgssegen, und dann kam Frank Zappa ins Studio und saß da zuhörend während ne Rothaarige schon an seiner Reißverschluss Fliege saugte, dann zu wissen innezuhalten weil nämlich sonst das neue Stück vom akzeptierten großen verschlungen würde das ist Vorsicht.

Und aber gemeinsam allen Dreien sagte Pythagoras die Gerechtigkeit die höchste seelische Tugend in seinen Augen, zu....
Und darüber gibst nur noch das hinzu zu fügen: Ge-Recht, ist mit dem heutigen Verkehr und der Schnelligkeit nicht so einfach.
Und überall diese Verlockungen.
Und überall diese Extras. Das dir nicht angeboten wird sondern sogar schon fast vorgeschrieben wird.
Oder in anderen Worten die Geschenke die verpflichten solln.
Die diejenigen sich aber schnellstens wieder in ihren Anus schieben damit sie jene wieder hervorwürgen. Wenn's so weit ist......

Auch in meinen Augen ist die Gerechtigkeit Weisest und Höher oder Besser oder Angenehmer sogar noch Angenehmer als die Liebe die zu oft Ungerecht brüllt. Oder war das denn keine Liebe. Ist wahre Liebe ein Zustand der Gerechtigkeit und des schönen Friedens. Ein Zustand der Feinheit und Erhabenheit und der Glücklichkeit. Ja das müsste es sein............................
Aber ich fange auch gleich wegen dieser Nase und den Ohren zu brüllen an......

Den größten Teil des Tages saß ich, Wolf Zebra, dann und schrieb an diesem Buch. Draußen an der Häuserwand rollte eine Welle der Depressionen nach der andern ab. Doch ich war geschützt...   .
Draußen im Schnee spielten die weißen Katzen. Sie spielten mit Schneeflocken und dachten nicht darüber nach wie denn nun so das Menschengeschlecht weiterziehen soll oder ob es wie die Dinosaurier auch aussterben wird....

Draußen vor den Garagen da saßen keine nackten Bettler die ihre platten Füße als Platten auf den Schnee gelegt hatten und sich vorstellten Jethro Tull oder Randy Neumann zu hören....
Aber draußen da war doch tatsächlich der Kater Jack am Fenster und Miaute da herum mich anglotzend....
Und was macht ein Tierfreund wie ich: Ich saß eine Zeitlang da und überdachte meinen täglichen Ablauf der eine ziemlich spontane Kommunikation mit Debora unter anderem einschloss .Mir fiel auch wieder auf das Rodger gestern von Schwierigkeiten mit Debora geredet hatte. Das sie zu viel von ihm verlangt und er nichts dagegen haben würde wenn sie sich jemand anders suchen würde. Dabei hörte sich seine Stimme sogar nachdrücklich an. Worauf ich ihm antwortete: Oder du machst den ersten Schritt.. .
Er schaute mich schräg an.. Dann meinte er das er vor einem Monat ausziehen wollte aber da sie so geknickt darüber war blieb er doch...
Naja also auch hier war der Wurm drinnnnnnnnnnnnnnnnn..................
Komisch das so viele Paare auseinander gehen.............

Deb hatte erwähnt das sie zu wenig Kommunikation mit Rob hatte.............

Er verschweigt immer alles...Alles. Alles. .Alles. .Alles. .Alles..

Überhaupt merkte ich auch noch dass hier irgendwas lief. Das zwischen denen Beiden durch Reden und Lächeln nicht versteckt werden konnte. Irgendwas war hier am zerfallen. Und was wurde das Neuere sein das sich darauf aufbaut.. Das ich den Whisky getrunken hatte war meine eigene Schuld Dummheit Ignoranz ja eher Dummheit denn mit Schuld hat das nichts zu tun. Gedankenlos hatte ich das Feuerwasser geschluckt. Alleine der Vergleich Wasser und Whisky und die damit verbundene Fähigkeit den Körper zu reinigen oder zu vergiften, und nun auch noch Feuerwasser, Feuer und Wasser.

Schlimm sah's da um mich aus.

Rodger hatte die Flasche einfach auf den Tisch gestellt. Zuvor hatte er sie aber aus meinem Zimmer geholt. Das Zimmer indem ich schlief war von Rob usw. gemietet und gehört dem Hausbesitzer nach Menschlicher Gerechtigkeit, nur in einem göttlicheren menschlichen Verfeinerungsdenken würde das Zimmer Gott gehören oder der Göttin wohl.

Mehr beiden.

Jedenfalls.

Hatte Rodger diese Flasche einfach ohne meine Zustimmung aus meinem Zimmer genommen und mit einer Bösartigen Vehemenz sogar Vorwurfsvoll mir gegenüber auf den Tisch gestellt. So, als ob das was Mir gehörte Ihm gehörte und das was Mir gehörte gegen Ihn gerichtet war weil es nicht Seins sein sollte. Der war verrückt oder das Üble Böse hatte ihn wieder besessen.

Ich wollte diese Flasche mehr als Sammelstück mit nach Berlin zurückbringen. Da der Wasserspiegel schon 12 Jahre in der Wasserflasche war, aber Wasser war ja garnicht in der Flasche, sondern Whisky und Whisky ist nun mal kein Wasser. Er kann zwar Chemisch-Biologisch in seine Bestandteile zurück gebracht werden und dann würde das Wasser auch da sein, aber,so, bis dahin wars Whisky. Und ist Whisky Wasser.

Ich wollte das Feuerwasser also altern lassen, in Berlin, weils da auch fast so gut wie Nie selten so was geben würde, wenn's den eben nur selten in Kanada gibt, und das auch nur im Westen, jedenfalls weit besser als Jack Daniels. Also gut.

Meine eigene Unaufmerksamkeit.

Mir fiel auch wieder ein, das ich in den letzten beiden Nächten immer mit einer Erektion aufwachte, aber keine damit verbundene Lust auf Frauen fand...

Vielleicht Klickst da in mir momentan in den falschen Synapsen. Adrenalin fließt wohl zu den Zehen anstatt zum Trieb und zur Vorstellung die den Mund die Lust wässerig macht und aus seinem Mund der Körper steigt der den Geist und er die Seele Lippen Lippen bis zu den Hüften und da doch der Schwanz die Möse findet die gleich zu setzen sind mit Penis und Scheide....

Ist das nicht so oder liegt in der Betonung auch noch das feurige.. Nein es wurde bedacht weggelassen damit die Gelehrten und Gebildeten nicht so oft ergeilten. Und darauf baute sich dann die Fähigkeit auf bis sie zugebaut ist... .

Und Du............... .

Wo bleibst Du..........................

Wo ist das was als Flirten bekannt ist...............
Natürlich schwebt jede Bewegung ganz langsam herüber zur Musik..............
Aber wir, wir sollten ja, ja, mehr Flirten.................
Ist gut für die Lachmuskeln und den Freiheitsgrad........................
Nur die Weisen sie stehen da oben auf dem Futjiyama dem Anapurna schwächen seine
Höhe treten ihn nieder. Sie vergessen den Geist der den Berg geschaffen hat.
Anstattdessen,
Hören sie auch,
Beatles da oben,
Und ist das Flirten...
Nein das kann kein Flirten sein,
ist das nicht schon längst ausgestorben,
Flirten kann niemals aussterben,
auch wenn der Mensch ausstirbt,
Flirten ist unabhängig vom Menschen,
Flirten ist Ewig und deswegen eine der ewigen Zeichen der Zuneigung alles existingierten
Seins................................
Der Nachmittag kam. Ich wurde nicht Faul darüber nachzudenken das ich daran
festhielt dafür bestraft zu werden.................
Falls mich,
falls ich für irgendwelche Sauereien geschnappt werden sollte.
Ja das Unwesen, brachte sofort solche Gedanken zum Vorschein.
Aber Unwesen oder Unding. Wörter die der Deutsche Geist sich erdachte die keine
Wahrheitsbedeutung haben. So wie Nichts. Das Total unwahr ist weil es kein Nichts
gibt........................
Da in der Bucht wurde ein Kernkraftwerk gebaut in der anderen ein Hafen für
Supertanker. Inzwischen sind alle Raketenrampen verrostet, die da unten auf dem
Cape in Florida...................
Was damit gesagt werden sollte war das Milliarden ausgegeben werden und Regan
spricht von den gesichtslosen Massen die auf Almosen warten, oder er sprach von
der Arbeitslosenversicherung die ein vorfinanzierter Urlaubsplan für Schmarotzer
sein soll, aber der der die Staaten unterstützt der ist doch der eigentliche gefräßige
der Blutsauger die Rüstungsfachmänner und ihre Unterstützer sie quetschen doch
die letzten finanziellen Möglichkeiten aus der Masse und am Ende unterdrücken sie
noch damit, also ein System für Blöde, ein System für Knechte für Diener und für
Gewalttätige die es geschafft haben ihre Ansichten sogar zu Legalisieren und als das
Rechte das Richtige zu veröffentlichen, das gilt für jeden Staat. Heute sie sind alle
Ungerecht und auf Wut aufgebaut,
Hurra die Staaten stinken,
Hurrah die Staaten sie sind am verrotten,
Hurra das Böse vernichtet sich sichtbar selbst,
Hurra die Macht ist stärker als der Mensch,
Hurra Kraftsprüche sind in Wirklichkeit Schwachsprüche,
Hurra,

Hurra der Mensch könnte bald so enden wie die Dinosaurier,
Hurra die ganze Arbeit ist umsonst,
Hurra die Versicherungen auch,
Hurra die schönen Sachen am verkohlen,
Hurra und erstmal eure eignen Sohlen,
Hurra und dann noch eure Kinder, .
Hurra und ja sogar ihr selbst,
Hurra und ich bin mitten drin,
Hurra Hurra,
Die Traurigkeit ist wieder da,
sie will euch nochmals sehen,
und euch den Werdegang
zusehends erflehen. Denn eure Zeit ist eben nur die kleine Zeit,
und das ist eben nicht die ihre,
und wohlbemerks auch nicht die meine,
Hurra Hurra,
und die Belohnung,
sie kann nur durch Arbeit kommen die Lebensfördernd ist,
Waffen sind nicht mehr Lebensfördernd,
auch nicht Luftverschmutzung,
weder noch Graue Fassaden in Städten und in Wohnungen,
nur Gott,
die Heiligen sind die Wegweiser zu ihm,
bloß keine Tiere schlecht behandeln,
aber was ist mit den Menschen,
sie lieben es andere Menschen zu quälen und zu unterdrücken,
sie sind entzückt von großen Taten der Helden der legalisierten Mörder,
sie lieben das vernichten von Andersgesinnten, und vor allem sind sie Stolz auf die
Vernichtung schwächerer,
sie können gut Indianer und Neger rösten,
und auch sogar all diejenigen andern längst vergessen und verwest Milliarden wohl,
und darauf baut der Westen,
sowie der Osten und der Norden Süd nicht zu vergessen,
auf deren Knochen nun vergiftetet Röslein steht,
von vergifteten Winden umweht,
giften,
und kann ich noch glücklich sein mit dem was ich habe,
nein,
ich hab ein Teil der Atombombe in meinem Gewissen,
und sogar ein Teil der chemischen Giftmischerei,
ich hab ein Teil der Panzerlichen Brigadieren und sogar ein Düsenflugzeug Au Wei ,
und was hab ich denn noch, da ich ja Staatsteil und deren Teilhaber bin, oder ist das
nicht so, sondern gehört der Materielle Reichtum Einzelnen und dann dem Staat,
wenn das so ist und das soll Wirklichkeit dann sein, dann ist das Fein, hier nehmt diesen

Grünen Wisch den Pass der stinkt der ist ja sowieso die Karte mit, dem niedrigsten Niveau,
und aus dem ganzen verzwickten hin und Gezauder ,
nicht als Geschauder und Geschauder,
der Pass ohhh je mineeee der hört ja garnicht mir. Er ist ja Eigentum der BRD,
und wenn er ja nicht mir gehört so bin ich ja in Wirklichkeit ohh Glück nicht mehr so ganz verrückt,
ohhh Glück frei von den ganzen nationalen Intrigerein,
endlich wieder Selig seien,
den ganzen Mist von deren heuchlerischen Gruppenbauten
er soll verkommen am liebsten noch gleich am heuten,
und somit ist erkannt,
ein Pass lügt euch als Mitglieder von Staat und Land ein falsches Sehen in eure Köpfe,
Adee adee das Scheiden tut nicht wehhh.

Und so versank ich in eine Art Selbsttrance. Dachte darüber nach über die Frauen die eigentlich mehr chaotische Gestalten waren mehr Wild als Ruhig mehr Süchtig als Klar mehr Unfriedlich als Frei, mehr unter Druck als durchlässig,
ich kannte sie etwas,
meistens waren daraus unharmonische Verbindungen entstanden,
die nur zu noch mehr unharmonischem führten,
und ich erkannte wie wichtig es ist die richtige Lebensgefährtin zu finden, das gehörte zur Perfektion der Geschlechter,
und wie wichtig der richtige Mensch für jeden Menschen ist,
ich sah's ja auch wieder hier bei denen hier in diesem Haus,
dabei wollte ich mich nur etwas erholen,
denn wenn du mit einem nicht korrespondierenden Charakter zusammen kommst,
was mit dem Gesetz der Polarität in Konfrontation steht,
und dennoch unter deren Einfluss kommt,
der verliert,ohne Zweifel,
ohne sein Wissen,
fast alle seine typischen Manifestationen seiner Individualität,
und das stinkt wie der gute Jesus es wohl nicht ausgesprochen hatte.
aber auch Jesus stank gewaltig...
Aber das liegt wohl im Werdegang zum Nichtstinken...
Und um so tiefer ich in diese Menschenwelt versank um so tiefer sank ich in die Lügenwelt derer die rein materialistisch ihre egoistischen persönlichen Gründe sahen, abwesend von viel Objektivität,
überhaupt von Objektivität die ja auch als gegebene Wahrheit existiert..
Die aber von den subjektiven Geiern, so wie Miller,
der nicht die Fähigkeit hatte aus subjektiv und objektiv eine Synthese zu bilden,
aber auch das ist Gefasel denn warum erst bilden wenn sie ja schon da ist,

aber auch die Rockmusiker sie ballern da mit Lautstärken den letzte Sinn zu ersticken,
und ihre Sinnlosigkeit oft mit frühen Toden unterschreiben,
denn sie sind in die Fallen der Wildheit geraten,
das ist gleichzusetzen mit einem privaten Krieg in Dir selber,
und für solche die nur Sensibilität in Denkfähigkeiten als wichtig erkennen,
für die gibst doch wohl bald die Art von Strapazen,
aus denen sie nur mit Heroin versinken sollen...
Oder Alkoholika,
Oder Geld,
Oder Sex,
Oder Lust,
Oder oder, oder., Weser und Nil......
Nicht das ich Nein niemals etwas gegen dieses habe Nein doch nicht Ich . .
Aber hau zu, und du wirst nicht erschlagen. .
Bloß warum erst zu zuhauen frag ich nicht..
Ich haue zurück. Denn wenn du nicht zurückschlägst dann bist du von diesen Schlägern,
die so was brauchen,
wohl bemerks, die so was brauchen,
weil sie ansonsten nach ihrer Wahrnehmung kein Leben in sich spüren und sie
organisches Brodeln mit Leben gleichsetzen, verblödet,
sie meinen wenn das Blut kocht lebst du am kräftigsten,
und wenn das Herz pocht und die körperliche Erregung am heftigsten ist dann leben
sie am wohlsten,
sie verwechseln eben vieles,
bis die Adern platzen und die Organe sämtliche Funktionen übernehmen dann wollen
die Organe ihr Leben,
und schon sooooooooft wurde gesagt und geschrieben,
gegen die Überzeugung der populären Psychologen,
das der Mensch nicht der Körper ist,
alleine Körper und Mensch sind zwei unterschiedliche Bezeichnungen, jedenfalls wenn
du nicht zurückschlägst haut Mann oder Frau dich zu Puffreis,
so wie Mücken dein Blut saugen...
Mir fällt auf das der Frontiergeist sich wieder breit macht.
Aber lass dich nicht dadurch stören.
Das du tief unten stehst weil er hoch droben ist.
Da sind so viele Maden hier.
Und die Werbung im Fernsehen.
Die wollen Micky Maus Mentalitäten entwickeln.
Auf der Butter mit Goofy auf dem Auto mit Daisy und bloß immer Lächeln und
freundlich sein,
gute Gefühle Blödsinn machen, den ganzen Abend nur Idioten am Fernsehen, .
als ob das einer braucht,
doch viele brauchen das, meistens aber weil sie Müde sind, weil
sie Gewohnheiten bevorzugen, weil sie gerne unterhalten werden,

weil das Fernsehen so dominierend ist, weil sie faul sind, weil sie den ganzen Tag in
Hallen schuften, weil sie da nur Jlotzen brauchen, und vieles mehr noch,   .
ach ja ihr Armen Kreaturen ihr das so genannte Salz der Erde,
dabei macht Salz am Ende doch nur noch blöder,
ihr die Routine Automaten ihr die ,ach, in eurer Umnachtung falls es so was gibt außer
der, wirklichen Umnachtung, da ist eine Laus Nachts schlimmer als ein Tiger.....
Und ihr, ihr mit eurem Gott und eurem Teufel,
braucht ihr den damit ihr euch besser erkennt...

Der Graf erschien wieder eingescherriet und rufend: Blöde war ich schon immer
aber ich versuchte diese Blödheit durch Schlauheit zu verdecken und geriet so in die
Korruptheit, und dann sah ich wieder die Blödheit und versuchte sie durch Intelligenz
zu verkleiden aber dadurch verlor ich die Freundlichkeit weil ich nämlich ein Ich-
Mensch wurde und alle anderen wurden mir zuwider, am liebsten wäre ich alleine auf
der Erde.........................
Wir verstehen dich Graf nun geh zurück in dein Filmleben..

Aber glücklicherweise sehe ich nicht mein Unglück das wohl daraus besteht das ich es
nicht geschafft habe keine Freundschaft mit der Polizei gefunden, zu haben, wisperte
der Graf noch bevor er in dem Filmgrafschloß einkehrte....

Wenn du so weitermachst Graf steht dir das Wasser bald zum Arsch rief der Schreiber
noch nach der nun wieder zurück zur Haussituation kam. . .
Und da fiel ihm, Wolf Zebra auf, das die Leute morgens hier ihre Gaul-Mäuler nicht
aufbekamen, die waren wohl noch eingeschlafen...
Wo ist bloß der Mut geblieben...................
.

Wo ist die Kühnheit die die Druiden so hoch lobten, das waren Nationaltugenden.
Auch die Ägypter hatten die gleichen und die Inder und Chinamenschen...Und all das
aus Büchern deren Ursprung längst in der fernen vergangenheitlichen Zeit liegt, und
ein Sonnenbad hält !
Sind die Quellen der erhabenen Maximen des Fo-hy, des Krishna, des Thaot, des
Zoroaster,
des Pythagoras, Sokrates, sowie Jesus sinnlos.
Die Moral ist immer die gleiche. Es kommt bei der Wertschätzung eines Kultes weniger
auf die schriftlichen Niederlegungsprinzipien desselben an, als auf ihre praktische
Anwendung. Diese aber, und aus ihr geht der Geist eines Volkes hervor, hängt ab von
der Reinheit der Religionslehre, der Erhabenheit ihrer Mysterien, ihrer geringeren oder
größeren Übereinstimmung, mit der universalen Wahrheit, welche die sichtbare oder
verborgene Seele aller Religionen ist..............................
Es ist an der Zeit das ich meine Situation hier redlicher erfasse. .Verdammt...
Es ist an der Zeit zu erfassen was hier gut, schön, und richtig ist. in der Empfindung
im Gefühl......................
Das könnte was werden.........................
Im Ur-Teil. In der Zustimmung stärker und klarer das Gute und Böse zu unterscheiden.

Sich endlich weniger leicht zu Irren in dem was wahrhafte Freude und Schmerz, Liebe und Hass, Wahrheit und Irrtum ist..........Und so ist auch leicht zu erkennen was für Staaten heute was für Maximen vertreten. Die Maximen der Waffen. Die Maximen der freundlichen Vertretung der Korruption. Die Maximen der Drohungen und die Maximen der legalen Kaputtmachung. Die Maximen der diplomatischen Lüge und die Maximen der Macht. Die Maximen der Ausbeutung. Die Maximen der Waffengewalt. Die Maximen der Zerstörung und der fiktiven Gleichheit so wie der üblichen was eben typisch menschlich ist, eben nen großen Haufen dampfender Kacke in ihren Köpfen.... leider ist das so...................

Gegend Abend kamen dann die Vier Insassen des Hauses von ihrer täglichen Arbeit zurück....................

Dann später nach dem Essen während der Schnee immer noch fiel hörte ich ein Fallen in der Küche und ein leises Krachen........................
Kurz darauf ging Debora nach oben.....................
Rob und Karin schauten sich verwundert an...
Debora kam zurück und fing an den Schnee von der Veranda zu schaufeln.........
Rodger ging nach oben kam zurück, stand da suchte Worte, da war ein unangenehmes Gefühl anwesend. Er nahm die Gitarre und schloss sich in das Bügelzimmer ein...
Die beiden hatten Krach...

.
Etwas später, ich war in Gedanken versunken, blickte ich hoch und sah Debora mir zuwinken, leise rufend ob ich mit ihr Spazieren gehen wollte. Sie war inzwischen wieder im Haus..............
Daraufhin blickten Rob und Karin sich noch verwunderter an...........
Inzwischen hatte es aufgehört zu schneien. Angenehm wieder durch die frische Luft zu gehen..
Wir gingen durch die bebaumte und behauste Gegend und sie erzählte und ich fragte gab Antworten stellte fest das ihre und ihm seine Seite eben das nur waren und keine Denkkompromisse fanden. Ego gegen Ego. Das ist so wie Blind gegen Blind. Der Schmelzpunkt war kalt geworden. .Sie war Eifersüchtig. Ich wusste das Rodger zur Zeit kaum Interesse an dem Zusammenleben hatte. Ich erzählte ihr was von dem ich wusste, was wusste, aber nicht das er mit anderen Frauen sein wollte.....
Sie meinte dass Rodger ein Rationalist wird und er weit davon entfernt ist den schöpferischen Teil hinter all dem uns bekannten anzuerkennen, und das störte sie sehr...
Ich wusste das Rodger sehr gegen Gott wetterte und er aber echt nicht das geringste Klare in Definition abgeben konnte, nur immer auf sein Ich pochte, und das Rationale steigert sich im Extremfall eben so weit das einer sein Ich, nun als Gott sieht und dann zum Ende meint er wäre Gott.. Das ist natürlich Blindheit. . .
Aber mehr noch es war koordinierter Chaotenschrei...
Ahhh vielleicht brauchst du einen fetten Mann.
Sie war dünner als ich, wo ich mit 178 nur 118 Pfund wiege.

Mach keinen Blödsinn Wolf erwiderte sie erfreut wissend dass ich Spaß machte.
Aber warum versuchst du mich in diese ganze Situation herein zu ziehen du kannst keinen dünnen Mann an der Nase herumführen.
Sie lachte noch mal und wurde sichtlich ruhiger..
Ich wusste das die Hilfe oder was auch immer du einem Menschen gibst zu oft am nächsten Tag durch die launenhaften Menschen wieder zu nichte gemacht wurde und das man dich auch noch dafür beschuldigt es gemacht zu haben, ja das ,es schon passierte das Menschen die in Not waren und denen ich dann geholfen hatte ,nach der Hilfe gegen mich so gewettert hatten, weil sie unfähig waren naja weil sie eben danach wohl in noch größere Schwierigkeiten in ihren Schädeln geraten waren, denn es ist fantastisch was sich manche Menschen so zusammenreimen und wie ungerecht sie sind...Ich noch mit einbegriffen..............

Jedenfalls schnell kam die Vision das ich in den letzten Tagen bemerkt hatte das ich bemerkte was für unterschiedliche Kleidung sie jeden Tag trug. Ihr Lächeln war auch so verspielt ,mir gegenüber, sie hatte wohl Langeweile und meinte in mir jemanden gefunden zu haben der eben für die momentane Situation zu büßen hatte, möglicherweise gefiel ihr auch nicht sonderlich das Rodger und ich npaar Sachen zusammen machten, aber sie machte doch auch Sachen mit ihren Freunden alleine zusammen.
Aber vielleicht versuchte sie mich aufzureißen, gegen Rodger.
In einer ihrer Low Down Momente auszuspielen...

In Zeiten des Liebesverlustes schlägt der Mensch manchmal wild um sich, ja wie wir wissen wird er sogar zum Killer...

Also war das keine Liebe sondern Besitz.

Aber irgendwo lag hier eine große Traurigkeitsepisode vor mir hier mit den 5 Menschen die wir waren. Da war auch ein langsames verschließen. .Auch die Frauen verstanden sich nicht so.. Und dann wieder doch. .
Als ob da ein andauernder Kampf um Liebe unter den Vier vor sich ging..
Lieber Liebe geben als erkämpfen.. .
.
Jaja es gibt auch die andere Seite wo lieber Liebe erkämpft wird. Das sind dann die Helden...und Heldinnen...

Aber wohl ist eines vergessen worden wies schon in den alten Schriften steht, das die Winterzeit eigentlich auch eine Ruhezeit ist, auch mit Ofen und mit warmer Kleidung, oder mit sonst welchen Erwärmungen, denn die Kraft der großen Natur ist hier maßgebend.
Doch steht im I-Ging das der Mensch aus sich selber die Kraft schöpft ...,
Doch das ist nur eine Seite denn ohne dem von Außen wäre es jetzt schon längst Körperlos....

Die Dynamik hatte aber auch ihre Weichen gestellt und das wird ja nun auch als eine Art Vorbild gegeben, eben dynamisch zu sein.

Bloß nicht mal ruhig sein. Das Innenleben klären. Zu eigenen Erkenntnissen kommen oder mal Klar zu werden, da war viel Gekämpfe und viel Tumult und viel eins nach dem andern und das war dann Leben und das war dann Fehlentscheidung und Chaotisierung und auch Verschlechterung von Miteinanderseinhaftigkeit....

Da kam kaum einer auf den Gedanken mal einen Tag ruhig zu sein mal nicht zu sprechen oder mal nicht zu Essen. .Es ist ja auch schwierig sie waren alle im Berufsleben beschäftigt...

Da die Umgebung sehr schön war ,die Bäume mit dickem Schnee bedeckt der Schnee sehr weiß, die Häuser sehr schön aussahen, und der Mond auch noch dazu schien, und da die Gegend auch Hügelig war und Büsche und Bäume wuchsen war diese Gegend eine sehr schöne Gegend zum Reden. So da der Streit ihre Traurigkeit zwar erhöht hatte sie aber nun durch unseren Spaziergang und dem Reden etwas verändert wurde, fingen wir an über die Grenzen der Philosophie der Biologie zu reden die, nur, durch Menschen die sich nicht durch die Limitierung des Absterbens in größere Bereiche hineinwagen und dafür die Materie erklärten, weiter kam. Aber die Materie erklären kann niemand auf der Erde. Wissend dass das nicht die übernatürlichen Kräfte erklärt, erklärt werden konnte was für Menschen heutzutage als Erklärung genügend ist...

Der Amerikanische Kontinent der Nordamerikanische, ehemals der Indianische Kontinent, nachdem die Indianer ausgerottet wurden, so wie versucht wurde die Juden-Israelis auszurotten.
Aber die Israeli-Juden sie leben nun auf dem Kontinent der auch von Menschen ausgerottet wurde.
Und ausrotten hier und ausrotten da.
Beide wurden ausgerottet.
Zumindest tat man sein bestes um das zu Vollbringen....
Und beide male wurde in Millionenhöhe gerottet. Gemordet.
Jedenfalls, der Kontinent, ist abgesehen von sich selbst, nun auch der bevölkerte Teil der am weitesten entfernt ist von der Feinstofflichen Erkenntnis, und so ist die westliche Einteilung der Erde...
Aber jeder studiert die Klarheit der Materie...
Studierst du die Klarheit der Gedanken..
Ja..
Das hatte ich ausgerufen als sie mich das fragte...
Aber dafür musst du doch auch die Unklarheit derer wissen meinte sie, nicht an ihrer Unterhose zupfend...
Und hier könnte eine große Verstrickung entstehen..
Jedenfalls stimmt hier was nicht ..
Was, warum stimmst du nicht.
Wieder zuhause waren die andern schon in ihren Zimmern.
Wir beide saßen noch in der Küche und redeten über die Weisheit der Alten die bis zur Weisheit gekommen sind..
Der größte Teil ist ja nur bis zur Rotheit im Gesicht gekommen..

Jaja die zeitlosen Weisheiten nicht die sekundären...
Aber jeder Mensch besitz Geniehaftigkeit..
Nur die Positionen und die größtmöglichste Sanftheit des menschlichen Wesens in seiner
Jugend macht ihn zum Irren zum Holzklotz und zum Wilden, in dieser Saufgesellschaft,
in der wie Vieh gesoffen wird, aber wie Menschen verkommen wird..
Ahhhhh, die Zeit wo die Menschen endlich mal wieder einen machtvollen Akt der
Selbstvereinigung machen einen Sprung hinein in die Evolution einen Satz tiefer als
der Kaffeeersatz der Macht dessen was Staaten heutzutage wollen, das ist doch sowieso
nur Schwachsinn was die Köpfe da vor haben...Die KartellSöldner.
Ja.
Aber wir brauchen viele verschiedene Ebenen des Wissens damit wir bessere
Entscheidungen treffen können..   .
Und, aber wenn sie erstmal getroffen sind, dann fängts erst richtig an, denn zuerst war
ja die Entscheidung nur getroffen....

Ihr seit zu schnell hier viel zu schnell in diesem Haus ihr trinkt zu viel Alkohol und
euer ganzer Rhythmus ist zu beunruhigend, da ist wenig gleichmäßiger Rhythmus, ihr
braucht einen sehr langsamen, denn das beruhigt die Nerven und entspannt...
Gerade Rodger als Physiotherapist sollte das doch wissen...
Und er selbst ist einer der Wilden..
Und was sind eure Ziele..
Habt ihr überhaupt ein höheres Ziel..
Debora war etwas überrascht wusste aber auch sofort wovon ich redete ich redete
nämlich von der Ruhe der Inneren..
Und das war das womit ich mich nun seit Jahren beschäftigte..
Ihr müsst lernen eure Gehirne telepatisch an zu zapfen. .Macht Yoga meditiert,
andauernd diese Rock Musik, Mensch, sucht euch Musik mit angenehmeren Tönen,
hört zum Beispiel Vogelgezwitscher......
Zum Beispiel bei langsamer Barockmusik mit 60 Schlägen pro Minute, nein nicht
Schläge in den Nacken, sondern Rhythmusschläge, das ist die Sache .
Oder denkt an Gott, über den Geist nach..
Ja, stimmt die Wahrheit ist immer größer als der Irrtum..
Ja gut sich wieder daran zu erinnern..

Debora schaute nun etwas mürrisch, aber nur, dann fragte sie Wolf Zebra, ob das mit
der Rockmusik stimmt...

Klar stimmt das ,wir Wesen sind sicherlich so empfindliche Wesen, mit der Zeit aber
auch abgestumpft, durch die vielen Entsensibilisierungen, welches das menschliche
Gemüt letztendlich ziemlich braaach daliegend zeigt, aber schau dir die Rockmusiker
an. Höre dir die Töne an, auch wenn zu ihren Gunsten gesagt werden kann das sie
frustriert sind oder gesellschaftliche Nuancen zeigen, sagen wir die Wildheit oder die
Verkommenheit der Menschen, so sind die meisten aber letztendlich doch von der
wilden Freiheit die sie durch die Lautstärke die nicht ihre ist ,sondern die sie Illusionär
glaubt lässt das sind sie, so durchtränkt das sie oft nur nach diesen befridigenden

Rausch den sie auf der Bühne haben, andauernd haben wollen und dann von noch zu tief schweben und verzweifelt nach diesem High-Life suchen unfähig zu erkennen das sie sich selbst zerstören............ .

Sie zerstören ihr Gehör sie zerstören die friedliche Einstellung, sie enden im Sex im Suff und in Drogen, das ist die übliche Schese mit denen, mit den meisten, außerdem Pflanzen die in Räumen mit Rockmusik waren vertrockneten und gingen schließlich ein. Aber das war wohl ein extremes Experiment der Wissenschaftler, nichtsdestotrotz, es passierte, jedenfalls Rockmusik, ist nicht nur zerstörerisch, aber doch Grösstenteils. . . .

Deb goss sich ein Glas voll Wasser und sippte daran.

Weißt du, fuhr ich fort, als Musik noch Melodie und Rhythmus, als jede melodische Kombination noch ein Geschenk der Götter und jede rhythmische Kombination noch ein Mantra war, das die Naturkräfte zu erschließen vermochte ,galt Musik als ein Mysterium der Elemente, des Planetensystems, der sichtbaren und unsichtbaren Welten...

Aber Wolf, auch Rockmusik ist dann ein Mantra und zwar eben der Eröffnung der zerstörerischen Urkräfte ...

Stimmt, aber irgendwann dachte ich mir so, wenn du als wilder Rocker nun so drauflosgierst und die Töne zischen lässt musst du doch auch innerlich zu einem solchen Punkt kommen wo du erkennst, also hier ist der Kern der Sache, dies ist das Zentrum ,hier sehe ich nun, alles ist in einem, eines ist in allem, und da müsste ich doch sehen das der Kern gut ist und nicht Selbstzerstörerisch, wie bei den Rockern den Wilden....

Well Wolf, bei manchen Menschen überwiegt eben eine Ebene stärker als bei anderen, sagen wir den harmonischeren, und diese ersteren, sie obwohl unser Gehirn so konstruiert ist vom Meister Konstrukteur, das es mathematisch die konkrete Wirklichkeit, indem es die Frequenzen aus einer anderen Dimension interpretiert, aus einem sinnvoll strukturierten primären Wirklichkeitsbereich, der Zeit und Raum übersteigt,
ja diese ersteren, bei denen überwiegt wohl mehr der Instinkt....

Ahhh ja da haben wir den Salat Deb, denn wir wissen auch das der Verstand gegen sich den Unverstand hat, und vielleicht haben die Wilden dann spontaan erfasst, da das Gehirn ja mathematisch die Wirklichkeit erfasst, das diese logische Verstandeswelt des Menschen letztendlich fast immer in Kriege und in Zerstörwut ausgeartet ist ,weil sie eben so trocken und so wirklichkeitsfremd ist denn wo sind in der Natur diese geraden Linien diese aufs Zeitliche hier so getrimmten Lebenswege.. ...

Dennoch, Rockmusiker gehören zur Klasse der Unmetaphysischen........

Nun ja, ob das verallgemeinert werden kann das ist noch zu beantworten.............

Aber das sind auch keine befreiten Persönlichkeiten, Menschen, denn Schnauzen und Wildheit und schwere Aggressivität und was noch alles das sind keine Zeichen von Befreiung, das sind mehr Zeichen von gefangen sein. Aber das Plus ist für die, die Freude an der Sache.

Ja, das ist das Plus................

Aber. wie viele Musiker kotzen sozusagen unter Anspannung oder frei von Spannungen, Angst oder Langeweile etwas heraus....................
Ja denn das ist wichtig...
Nämlich sonst kommt ja diese Angst oder die Langeweile oder der Krampf durch die Musik raus. Und jenes setzt sich in den Schwingungen in den Gemütern der Zuhörer fest.....
Ja und das ist dann der Einfluss....

Ja Deb, es wäre schön wenigstens einmal ein bisschen Freude oder ein Glücksgefühl von denen zu hören.................
Aber auch das ist extrem selten, meistens sinds Wutanfälle. Hass, Neid,Gierfickereien, der animalische Magnetismus, dann hörst du wie heiß er wieder auf dieser Braut ist, dann hörst du wie er schon wieder die Liebe des Lebens gefunden hat, eine Lüge nach der andern. Tricksereien, Manipulationen, Egosüchtige meistens. Der ganze Erfolg was ist der schon, und was heutzutage sowieso als Erfolg dargestellt wird, das ist doch meistens keiner.. .Geld ist gleich Erfolg was für eine platte Mentalität...
Das bedeutet nämlich Beute ist gleich Erfolg und das Raubmensch sein ist Erfolg.

Ich, Wolf Zebra, fing an mich in diese Sache hineinzusteigern und Deb merkte das und das gefiel ihr nicht und mir auch nicht ....

Da waren irgendwie die falschen Gedankengänge am laufen oder da war auch zu viel Emotion mit im Spiel, jedenfalls stellte ich mich Innerlich hier drauf wieder ein,

Ich kann
Ich erreiche mein Ziel
Ich habe eine riesige Freude am Lernen,
Lernen und erinnern fällt mir leicht
Meine Gedanken die Gott gehören bewegen sich in der richtigen Bahn.
Ich bin vollkommen ruhig
Mir fallen die richtigen Antworten zur rechten Zeit ein
Ich erinnere mich an alles was ich wissen muss
Ich bin vollkommen ruhig und sicher
Mein Gedächtnis ist wach mein Verstand ist gut

Nachdem ich mir das wieder vors innere Auge gehalten hatte saß ich da wohl etwas versunken denn Debora war aufgestanden und ging ins Schlafzimmer.....Ich tat das gleiche..
Rodger lag schon im Bett und ich hörte seine schwache Stimme woraus ich dachte das er da, sie mit Dir, war, sich schwach fühlte, ja eben nur fühlte, aber nicht war, jedenfalls hatte ich ihm keinen Grund dafür gegeben. Aber das seine Situation eine 50:50 Angelegenheit war das wusste er doch, oder war sein ganzes Gerede nur männliche Protzerei und Aufblaserei, denn das passiert auch oft genug, sie mögen jemand verlassen sich aber lieber auf die Stärke anstatt auf die Liebe die ja keine Angst kennt verlassen. Stärke kennt Angst weil sie nämlich nicht wie die Liebe Untolerant ist

und immer ihren Weg will...

Aber vielleicht bin ich auch schon zu lange hier..
Ich wollte ja nur Urlaub machen...
Höre jetzt auf Wolf Zebra..
Wer hat das gesagt rief Zebra aus, etwas Überrascht diese feine Stimme zu hören...
Hier. Hier. Schau hier herüber...

Wolf Zebra schaute da herüber und kannte zuerst nicht viel außer den üblichen Raumgegenständen sehen, und so meinte Zebra er träumte aber genau in dem Augenblick erkannte er das die Stimme in ihm lag. Sie hatte sich schon bis zum Herzen hervorgearbeitet und war nun auf dem Weg zum einfältigen Auge,der Tür durch die der Mensch treten muss um kosmisches Bewusstsein zu erlangen.......................
Das wurde Wolf Zebra auf einmal Intuitiv, unmittelbar, spontan, klar, nicht durch einen langen Weg des Nachdenkens, oder logischer Folgerungen, welches mit dem Verstand getan wurde sondern plötzlich und ohne bewusstem wollen.....
Und das war der Yogi-Weg.. Und den scheint Jesus auch gegangen zu sein.

Aber Wolf Zebra wusste das die Yogis den schwierigeren Weg gegangen sind denn Krishna hatte in der Bhagavad Gita erklärt das der beste und leichteste Weg der Weg der Hingabe zu Gott. ist, und zwar Gott akzeptieren und in deinem Bewusstsein im Gedächtnis seinen Namen täglich Wach zu halten und dann eben ganz einfach zu wissen das alles was getan wurde eben immer für Gott getan wurde..
Das war einfach und klar. Es konnte garnicht klarer sein für ihn. Insbesondere nicht wenn er sich die menschliche Situation auf der Erde ansah. Sah wie die Staaten wieder mal auf Hochtouren Killmaschinen produzierten. Wie sie die Oberfläche der Erde verseuchten und wie die Menschen die ja die Staaten gemacht haben blind auf der Erde herumtorkelten, sich selten Gedanken darüber machten wo sie herkamen ,wer sie sind ,was das alles hier sein könnte und unfähig waren aufzugeben und zu kapitulie-ren....................
Ganz einfach zu sagen,
Nein so geht das nicht weiter,
Das Ziel der gesellschaftlichen Struktur ist wieder mal das Ziel der Zerstörung,
Und sich zu fragen kann dass das wirkliche Ziel sein,
Zu erkennen das keiner bereit war ganz einfach aufzuhören mit der gegenseitigen Abwürgerei,
Mit der Anbetung des Geldes, und mit der Manipulation der Macht, ganz einfach zu wissen das,
Der Mensch der größte Mörder aller Zeiten ist,
Und das er aber das nicht zu sein braucht,
Aber die Menschen sie haben Angst,
Denn sämtliche Kraftstrukturen eines Staates,
Sie sind in Wirklichkeit,
Angststrukturen,
Und es ist an der Zeit der Angst ins Auge zu schauen........................

Und wenn der Mensch sich nur auf sich selber verlässt dann wird auch keine tiefere Hilfe auf der Erde außer der üblichen Naturvorgänge von der Seite der großen schöpferischen Weisheit zu ihm kommen, denn das was du anbetest das kommt zu dir im Laufe deines Lebens..........................
Das ist einfach so..............................
Und mit diesen Sachen im Schädel im Bauch in den Waden und den Armen, in der Nase und auf dem Herzen, mit ihnen suchte Wolf Zebra weiter. Er suchte die Vorurteile in sich. Jene die ganz einfach schon vorher ein Urteil sind ohne wirklich zu wissen, eine Gefahr der Erfahrung, und auch eine der Selbstüberschätzung...................

Er wusste das einmal gesagt wurde: „Jede große wissenschaftliche Wahrheit macht drei Stadien durch. Zuerst sagen die Leute, sie wieder spreche der Bibel (ob das noch gesagt wird) dann, sie sei schon früher entdeckt worden. Zuletzt sagen sie, sie hätten schon immer an sie geglaubt".....................
Ja und dieses sich im Kreis drehen sich blindlings wehren das war es was ihn nun nicht mehr so an sich selber störte ,sondern es war das was er versuchte schneller im Menschen zu durchschauen, der Vorgang der Vorurteile, ihn so, wie die Menschen nun nicht mehr mit Holzkeulen herumlaufen, aus dem Wesen des Individuums zu Evolutieren und auf eine klarere Stufe zu bringen, insbesondere bei denjenigen die große Verantwortungen auf der Erde tragen...
Diese Vorurteile meinte Zebra zu sich sprechend, die den Verstand umlagern hatte der Bacon doch mal geschrieben, diese Vorurteile sind nach seiner Ansicht damals die Phantome der Rasse, der Caverne, die Phantome der Gesellschaft, und des Theaters..
....
Er meinte die ersten hängen dem Menschengeschlecht an, die zweiten dem Individuum, die dritten entstehen aus dem Doppelsinn der in den Worten liegt, die vierte und zahlreichste erhält der Mensch von seinen Lehrern und den in Umlauf befindlichen Lehren...
Die letzten sind die zähesten und am schwersten zu überwinden, ihnen ganz zu widerstehen scheint fast unmöglich.................
Das wusste ich auch dass die letzte Angelegenheit so lag...........
Bacon meinte noch weiter das jeder der den gefährlichen Ruhm nachstrebt, und das ist es eben dem Ruhm nachstreben, die Entwicklung des menschlichen Geistes zu fördern, denn es geht mehr um den Ruhm, befindet sich zwischen zwei Klippen an denen sein Schiffchen zu
zerschmettern droht,
die eine ist die gebieterische Routine,
die andere die stolze Neuerung.
nur die rechte Mitte allein kann ihn retten. Sie wird von allen Weisen empfohlen und aber von den wenigsten unter ihnen selbst befolgt...............

Auch Konfuzius war einer der keine rechte Mitte hatte............
Er war von nationalen Vorurteilen getränkt. Für ihn gabs nichts Höheres als, als die Lehre der Vorväter................
Dadurch geriet das Volk nicht in die Richtung über das große Ziel der Zukunft

nachzusinnen. Und so ist das große Volk der Erde stehen geblieben. . .Was ja auch gesehen werden kann...
Aber auch zu große Missachtung vor dem Alten, nämlich die Errungenschaften der Vergangenheiten nicht zu erkennen, vermindert eben die Erkenntnis des nützlichen und guten für die Menschen. Und das war der Fehler Bacons. Und gerade weil sie solch einen Einfluss hatten sind ihre Fehler, ha, man, also, die Fehler sind sehr, sehr große Brocken die dann zu schlucken sind...

Dann fiel mir noch ein was Fabre de Olivet dazu zu sagen hatte. Er sagte damals seiner Ansicht nach haben die beiden großen Männer, sind sie gescheitert, weil sie die Prinzipien der Wissenschaft mit ihrer Entwicklung verwechselt haben. (das heißt dass das Ich des Menschen so aufgebläht wird das er unfähig wird noch klar zu leben sondern er meint denkt tut und fühlt das er es ist der alles erkennt, wobei jene unterschiedlich von ihm sind)
Schöpft man aus der Vergangenheit wie Konfuzius es tat, so sollte man sie frei in ihrer Entwicklung in der Zukunft auswirken lassen, wie Bacon es wollte. Die Prinzipien hängen mit der Notwendigkeit der Dinge eng zusammen, sie sind an sich unwandelbar, abgeschlossen und der sinnlichen Wahrnehmung nicht zugänglich. Werden sie durch die Vernunft wahrgenommen; aus der Macht des Willens geht ihre Entwicklung hervor, frei und unbegrenzt auf die Sinne wirkend und sich durch die Erfahrung erweisend. Nicht in der Vergangenheit abgeschlossen wie Konfuzius es glaubte, ist die Entwicklung eines Prinzips, doch entsteht es auch nicht in der Zukunft, wie Bacon wähnte.................
Die Entwicklung des einen Prinzips führt zu einem weiteren Prinzip dies geschieht aber stets in der Vergangenheit. Sobald das neue Prinzip auftritt, ist es ein allgemeines und steht über der Erfahrung. Man weiß dass dieses Prinzip existiert, nicht aber, wie es existiert. Wüsste man es ,so wäre die Möglichkeit gegeben, es nach eigenem belieben hervorzubringen, doch liegt dies nicht in dem Vermögen der menschlichen Natur.(das ist eben das wichtigste als Mensch zu erkennen wo deine Grenzen liegen und daraus zu erkennen wer deine Grenzen gemacht hat und was der wer ist.)
Der Mensch entwickelt, vervollkommnet, oder verdirbt (das letztere scheint sich nun wieder mehr zum Vorschei zu bringen) er kann aber nichts erschaffen. Die rechte Mitte in wissenschaftlicher Hinsicht wie sie Pythagoras vorschreibt, besteht also darin, die Prinzipien des Wissens zu erfassen, wo sie uns entgegentreten, und sie frei zu entwickeln ohne sich von Vorurteilen abhalten oder fortreißen zu lassen. Worin die rechte Mitte in den Dingen, die die Moral betreffen besteht ist durch alles vorhergegangenem bereits deutlich klar gelegt worden.(das heißt wir wissen zum Beispiel das wenn Länder auf Wett-Nachrüsten dass das ein Zeichen zum Krieg ist, auch wenn erklärt wird es ist ein Zeichen zur Verteidigung, denn auch aus der Verteidigung entsteht Krieg, was wir ja wissen, zum Beispiel wird nationale Gesinnung verteidigt, oder wirtschaftliche Planung, oder im Absurden das verteidigen wird verteidigt)

Derjenige der sich seiner Würde bewusst ist sagt Hirakles, kann durch nichts voreingenommen oder verführt werden. Mäßigkeit und Kraft sind die unbestechlichen

Wächter seiner Seele... ...
Und mit dem Gedanken schlummerte Wolf Zebra dann sachte und schön ein. . . .

Früh morgens hatte er einen Traum aus dem das Sprichwort wen die Götter vernichten
wollen den machen sie erst toll hervorging.. Als ich aufwachte fiel mir dann sofort die
Rockmusik Szene ein. Aber auch die Streiterein unter denen hier und meine Liebes-
nörgeleien in Berlin..
Die andern außer Debora waren schon wieder auf dem Weg zur Arbeit .Ich war dann
später mit ihr in der Küche wo wir frühstückten.............
Debora wurde wieder zusehends verspielter mit mir und einmal wollte sie ihren Kopf
in meine Hände legen eigentlich ihr Gesicht, die ich aber instinktiv wegzog, ein anderes
mal zeigte sie mir ihre frischrasierten Waden die dünn und glänzend aussahen und da
ich blöde und ignorant bin wusste ich wohl nicht worauf sie hinaus wollte.................
....

Doch da ich noch einigermaßen Kontrolle über meine Sinne hatte fiels mir auch nicht
schwer so zu handeln. Und das hatte nichts mit den Phantomen der Vorurteile zu tun
die meinen Verstand umlagern könnten...
Bloß schnell die Mitte finden..
Ja ganz schnell..
Da am Bauchnabel...
Wir gingen dann zusammen zur Bushaltestelle wo sie in den Bus einstieg und ich zur
Innenstadt weiterspazierte die vor mir da am Hang des Hügels an der Inselküste die
vom Pazifikwasser des großen Ozeans umspült war aufgebaut war................
1000 Mark wechselte ich in der Bank......................
1000 Mark blieben mir noch übrig..
Direkt gegenüber war ein Budget Reisebüro..
Die Frau, eine kleine, war nicht meiner Mutter ähnlich, doch ihr Blick brachte Licht
in die gelächelten aus jahrtausenden entwickelten Falten derer die schon vergessen
sind niemals bemannt waren aber auch niemals unbekannt waren, und das war wohl
prima...

Zuerst stand ich da herum weil mir keiner Antworten geben konnte auf die gestellten
Fragen..auch nicht die Lächelfrau...

Doch dann kannte sie sich auf einmal in dem gefragten aus, als ob zuerst eine weile
der Koordinierung in ihr passierte, und auch hatte sie keine Ängste mir in die Augen
zu schauen, ohne zu denken das sie nun etwas abgeben würde oder was besonderes
würde passieren und sie würde unter meinen magnetischen animalischen Magnetismus
fallen ich ihr die Hosen übern Kopf streifen würde und sie da dort auf dem harten
Tisch vernünftigerweise durchbumsen würde worauf sie mir dann danach womöglich
den Pelzmantel auffressen könnte..
Nein nichts dergleichen passierte...............
Sie telefonierte genügend, kein Wunder bei dem prima Telefonsystem in Kanada, sie
brachte mir so viel finanzielle Freiheit das ich von Vancouver mit Zwischenlandung

Montreal New York geflogen wurde, anstatt der 670 Dollar die von Air Canada verlangt wurden.. hatte sie 400 herausgearbeitet.
Ja Frau schön das du sie mir gespart hast.............................
Dafür danke ich dir noch extra für deine Bemühungen die sicherlich nicht aus einer Unfreude an der Arbeit und einem Nichtinteresse an der Sache entstanden sind...
Danach das Unterwasseraquarium von Victoria......................... .
Haie, Kraken, Lachse, Störe, Dorsche, als wenn ich von den Fischen die mir fast in die Wiege gelegt wurde in dem Fischdorf Horst nicht wegkommen würde, aber warum auch...
Ich machte ein paar Photos....................
Debora war im Sternzeichen Fische geboren...........................
Aber als ich dann aus dem Aquarium kam und draußen umherlief merkte ich wie die Gedanken in mir auf einmal zu schwimmen anfingen sie wurden unkonzentriert fingen an herumzuschweifen wobei mir zuerst nicht so wohl zu mute war, aber da ich ja nicht gerade aus Hühnerkacke bestehe fing ich an sie zu beobachten ließ sie herumlaufen wissend das ich nicht Gedanke bin sondern Gedanken sortiere und produziere, aber in Wirklichkeit sie nicht herstelle, wissend das sie mich in Hilflosigkeit stürzen wollten
...
Aber warum bloß...............
Warum bloß........................
Da war offensichtlich in ihnen keine Geduld vorhanden, kaum Freundlichkeit, guter Glaube oder eben was schönes für mich, sondern da war mehr Zaudern, Zank, Spaltung, Feindschaft und dergleichen in mir.
Und ich weiß das bin ich nicht.........................
Da kam auch die Verneinung zum Vorschein. Sozusagen der Punkerslogan alles ist Scheiße, was ja schon rhetorisch eine Unwahrheit ist...
Jedenfalls wurde da eine Selbstreinigung gebraucht. Aber da Geist ja positiv ist lachte ich schon wieder....................
Und wo Unwissenheit ein Segen ist wäre es Dummheit klug zu sein, und im übrigen Gott wird's schon machen...

Inzwischen war ich dann im Mc Donalds Hamburgerladen angekommen, kurz davor hatte ich noch diesen Raben vor mir der ganz einfach vor mir herhüpfte immer von einer Seite zu mir herüberschaute, davon wurde dann noch ein Photo gemacht.
Dieser Mc Donalds Laden benutzte die Werbung das durch diese Verkaufsreihe schon über 30 Billionen Kunden gekauft haben...................
Ich aß soon Startrek.Burger.................................

Wieder draußen fing's an zu schneien. Langsam fielen die Flocken. Noch fünf Tage bis zu meiner Abreise nach Berlin...................

Abends beim Essen waren wieder Querelen zwischen den Vieren............
Rob hatte das Essen gekocht und anscheinend bekam er dafür nicht genügend Komplimente und Aufmerksamkeit, das regte auch Karin auf. Und die Vier waren am streiten................

Irgendwie brauchten sie alle Vier Erfolgserlebnisse dämmerte es mir da........ .
Und wenn sie, sie momentan auch nicht bekamen dann wenigstens könnten sie
ehemalige Erfolgserlebnisse zurück ins Bewusstsein rufen......................
Die schöne Erinnerung kann auch vieles verfeinern..............
Denn aus der Erinnerung besteht ja der größte Teil des täglichen Lebens.
Stellt euch vor wir könnten uns nicht mehr daran erinnern wie ein Essen gekocht
wird oder ein Brief geschrieben wird.. Naja...als ich das erwähnte wurden alle noch
giftiger................
Für die wars ein Grund ihre Unzufriedenheit anzulassen..

Ich wollte zuerst noch erwähnen wenn ich nun anfange schnell zu sprechen dann
schaffe ich auch mehr wie ihrs gerade getan habt, ging aber wieder darauf zurück
nämlich, schnell und viel schaffen braucht nicht immer das rechte zu sein...zu oft
fördert es die Gierigen....
Da ich nun auch sah das sie alle Vier etwas außer Rand und Band geraten waren setzte
ich mich von ihnen weg, und das half..
Deb machte binnen Minuten den Vorschlag zu Freunden zu gehen von denen sie
eingeladen worden war...

Die Vier trennten sich. Ich half beim Abwaschen. Legte noch etwas Geld in die
Haushaltskasse, zog mir den Pelzmantel an und wartete vor der Haustür in der frischen
Luft-........
Während ich da auf der schneefreien Veranda im Abendlicht stand koordinierte ich
die Auflösung der vorherigen Kräfte in Deb und Rodgers Mental durch das geistige
Auge was bei mir noch nicht entwickelt war.. .Ich flößte Deb vertrauen ein und Rodger
Fähigsein.
Rodger sagte von nun an für einige Zeit zu sich selber im Stillen ich habe nicht die
geringste Angst vor den Zuschauern der Fernsehkamera oder vor einem Unfall. ich
vertraue meinen Fähigkeiten. Ich bin aggressiver als Wolf Zebra....

Mhhhhm, als ich das aber hörte wusste ich das ich aufpassen musste denn das
letztere hatte er sich selbst zusammengereimt während er von mir den geistigen
Klarheitsenergiestrahl bekommen hatte...
Deb war innerlich am brodeln. Hoffentlich wusste sie was sie damit nun anfangen
sollte und fing nicht an überzukochen...

Zu mir sagte ich, die Vorstellung ist mächtiger als der Wille.. Das wiederholte ich bis
die beiden auf der Veranda waren..
Die Vorstellung ist mächtiger als der Wille.
Die Vorstellung ist mächtiger als der Wille.
Die Vorstellung ist mächtiger als der Wille.
Die Vorstellung ist mächtiger als der Wille.
Die Vorstellung ist mächtiger als der Wille..
Das kann auch daran erkannt werden,das der Mensch der in eine Theatervorstellung
gegangen ist seinen Willen der Vorstellung der Theatervorstellung gefügt hatte.
Mhhhm, ob das eine Hilfe für sie war.....

Trotz der Energie die ich ihnen mental zugeflößt hatte waren die beiden auf Distanz und wir spazierten auf der Spiegelglatten verfrorenen Strasse auf der sich das Licht der Laternen spiegelte in ziemlicher Distanz in die Richtung die Debora gewählt hatte. Vorbei an gemütlich beleuchteten Hausfassaden vorbei an alten sterilen Schulen die aus rotem Backstein gebaut waren und nicht in das angenehmere Milieu der Familienholzwohnhäuser passte, vorbei an flickernden Strassenlaternen, vorbei an keine anderen Menschen die uns auf dem Weg entgegen kamen, ja fast schon vorbei an uns selber.........................

Wenn einer von uns Dreien ein Wort sagte dann kamen alle Drei zusammen, wichen danach aber sofort wieder auseinander als ob und so wars auch belangloses Gerede das völlig fehl am Platz war. Wir brauchten keine Lückenfüller der Belanglosigkeit wir konnten selber sehen wir konnten selber hören wir konnten und selbst alleine das Zusammenreimen was uns gefiel und was wir brauchten und wollten und auch das was nun Bullenscheiße war. Eben belangloses Gefasel............

Und obwohl ich dann schauend da herumging wiederholte ich dann einfach ein paar minutenlang einige Worte die mein Selbstvertrauen stärkten. Ich fing auch an mich vor eventuellen Niederlagen oder Fehlern zu schützen indem ich mir wieder erfolgreiche Tätigkeiten vorstellte und gute Ergebnisse, machte sozusagen eine psychische Vorklarifiezierung, oder eine Art von Imunmachung gegen eventuelle unangenehme Sachen die mir passieren könnten .

Denn irgendwie waren die beiden doch in ein Mentales Tief geraten. Da war zur Zeit auch kein Liebeshoch zwischen ihnen zu sehen weder noch der Wille zum guten oder ganz einfach die Fähigkeit eine Entscheidung zu treffen die bewusst war, da war mehr eine Art von instinktiver Murmeltierverkriechung, und das war schade, denn die beiden waren doch gebildet ,ja sie waren doch Universitätsabsolventen, sie waren doch Menschen die angeblich führende Positionen in einer Gesellschaft einnehmen konnten..
Ja stimmt sie wurden zu Spezialisten ausgebildet.........
Aber sicherlich nicht in Spezialisten der Erhabenheit der Mäßigkeit und der Fähigkeit des Überblicks.......................

Auf der Universität des rosaroten Lebens werden keine Kurse vom Leben gegeben auch keine Kurse was direktes Leben bedeutet weder noch Studienplätze wie ein harmonischer Zusammensein beim Abendessen zu Fünf gestaltet wird. .Aber das wird's schon noch geben für die lieben Lämmerlein. Damit sie nun ja alles richtig machen, nichtwahr......................
Die lieben Kinderchen sie müssen doch alles mathematisch beigebracht bekommen.
Na und, sie Schreiberling Zebra, schenken sie sich etwa die Zuversicht all das was sie tun völlig alleine gemacht zu haben..
Ist ihnen klar dass sie in konstanter Wechselbeziehung und Abhängigkeit sind. Ist ihnen das klar sei es nun vom Wetter oder sei es von Plänen oder sei es von Routine oder sei es von Kooperation sei es von Essen oder sei es von deiner Kleidung sei es von den Buchstaben oder sogar von den Augen sie sind konstant in abhängiger

Lebensposition...
Und machen sie sich nun nicht weiter lustig über die Menschen mit denen sie zusammen sind, denn, dadurch werden sie nur noch blinder wie sie ja schon sind. Außerdem haben sie zugegeben dass sie Dumm und Ignorant sind. .Es ist zwar schön diese Demut zu hören aber Selbstgenügsamkeit aus den Fehlern anderer zu ziehen das ist nicht die Weise Art für ihre weitere Reise der Erkenntnis und Einsicht......

Reumütig zog Wolf Zebra nun seinen Schwanz ein und ging winselnd da auf der glatten Strasse lang und flutsch lag er auch auf der Strasse. Er hatte nicht aufgepasst... Rodger und Debora grinsten...
Ha Wolf Zebra riefen dann beide zur gleichen Zeit mit gleicher Stimme und gleicher Tonlage zu ihm herüber. Wir hatten gemerkt dass du uns vorhin da geistige Klarheitsenergiestrahlen zugesendet hast, aber wir konnten auch die Unklarheiten merken, und waren deswegen Wachsam. Wir merkten das obzwar deine Stirne da vorhin kühl war und dein Leib entspannt war, das dein Bewusstsein eben doch nicht so hellwach war da du dich zu sehr mit der Objektivität befasst hattest und von ihr zu eingenommen warst. Du warst nicht fähig über sie hinaus zu steigen und zur reinen Anschauung zu kommen und von da zur Aufnahme, und das war bei dir nicht der Fall du hast dich in der oberflächlichen Sicht gehalten und bist nicht tief genug vorgedrungen, und das du Trottel ist Mangel an Wirklichkeitssinn...............................
Das ist Mangel an Urteilsvermögen und sogar Fahrlässigkeit was von dir dann als Sicherheit betrachtet wird und du dir sogar noch als großer Seher vorkommst. Mehr Freundschaft und Weitherzigkeit wäre bei dir angebracht als das nüchterne kalkulieren und spekulieren und das bisschen Wissen zu verwenden das du hast...   .

Wolf Zebra lag da noch einige Sekunden auf dem Straßeneis mit dem Gesicht ganz nahe zu dem Lichtflecken. .Dann stand er auf und sagte gar nichts...

Doch dann schrie er laut auf. Er schrie aus einer riesigen Freude ohne den Körper dafür zu bewegen schrie er. Der Ton wurde immer lauter die Stimme immer durchdringender der Boden fing an zu beben die Häuser wackelten schon. Jede Zelle wurde von dem was er sagte vibriert und durchmassiert jedes Atom gestreichelt und alles wurde berührt als er schrie : ICH VERZEIHE DIR ALLE FEHLER DER VERGANGENHEIT ! ICH BIN FREI. ICH BIN MIT MIR UND DER WELT AUSGESÖHNT.................
....
Ja und was sollten die beiden dann noch sagen. Sollten sie etwa sagen,nein, du kannst dich nicht selber freisprechen du musst darauf warten bis dich andere freisprechen, oder du kannst dir deine Fehler nicht verzeihen, das können nur andere, sollte er darauf warten bis irgend jemand mal bis zu solchen Punkten im Leben kommt und mit ihm darüber spricht, nein. Sie grinsten, und dann verfielen sie wieder in ihr eigenes Innenleben, und zwar dem von vorher....

 Und nun waren sie in dem Haus.
In dem Haus waren Vier schon etwas ältere Menschen sie waren zwischen 40-50, oder auch schon darüber..........................
Nach der Begrüßung, Zebra war zurückhaltend, er entwickelte sich wohl in einen

Zurückhalter oder sooon anderen Typushomisapili.........
Und überall waren Flaschen. Volle, leere, Rote und Weiße, und sofort wurde der Saft
auch eingeschenkt,und die Männer hatten schon Rote Nasen und einer sogar schon ne
KnorpelNase...
Die gegenseitige Befragung fing an und die Nüchternheit des Zebras war den Menschen
irgendwie nicht geheuer, und Zebra merkte das da nun auch schon wieder Sachen am
laufen waren die irgendwelche Unstimmigkeiten produzierten, also irgendwie passte
er nicht genügend auf oder irgendwie sollte er alles laufen lassen die Zügel sozusagen
aus der Hand lassen und alles blindlings mitmachen, nein bloß das nicht......................
....

Da staute sich nun so was wie eine innere Kanonenkugel in ihm auf als ob er so wie er
war garnicht am Leben sein dürfte als ob er sich für jenes Denken und jenes Sagen und
den Ton andauernd entschuldigen müsste. Da lauerte das Nein, das nicht ,und doch
managte er die Situation indem er sich bis in den linken Zehen zurückzog und dort
auch verweilte. Glücklicherweise hatte er sich die Füße gewaschen..

Die Menschen wollte eine gute Zeit haben und Zebra wollte eigentlich mehr eine
Zeit haben die innere Werte zum rollen brachte eine Zeit wo nicht fast immer gelacht
wird oder geprotzt wird, und das mit Schwimmbecken voller Alkohol, neeee, nicht für
ihn................................

Der Zebra muss doch wirklich blöde sein. Warum will der bloß nicht mitmachen. . .
Er war innerlich schon mit dem Leben fertig. Das was es wirklich war. Er hatte
aufgegeben und resigniert, das was in den Gesellschaften als Leben vermarktet wurde
das war für ihn zu Einbahnstraßig geworden. Er hatte au aufgegeben sich daran aktiv
zu beteiligen.........
Das meinte er jedenfalls von sich selber...........................
Aber das war nur eine Meinung und war längst nicht Gedanke der durchdacht war und
der auch stimmt, stimmts Leser....
Die Menschen da in dem Haus sie hatten Rote Gesichter und ihre Stimmen waren laut
und stark. Die Frauen waren auch aktiv mit beteiligt, und Zebra schaute aus dem linken
Zeh zu ihnen hoch. Er war nun sehr klein sehr, sehr, klein. .Und die andern waren alle
sehr, sehr groß.........................
Aber schon bald merkte er dass das Objektive Große nur ein Teilchen vom Ganzen war
und dass das gesagte da auch nur ein Teil war und das er irgendwie in einer verzwickten
Lage war...............................
Und auch der Rye-Whisky mit 7Up brachte ihn nicht in die gewünschte Stimmung.
War er etwa zu sehr von sich selbst hypnotisiert. Bloß das nicht. Wenn dann musste er
genau wissen, er musste wissen........................ .
Und dann kam die Großmutter der Familie in die Küche. Eine alte Frau mit silbernen
Haaren und mit Gutmütigkeit in den Falten die ihr eine lange Zeit verbürgten....
Sofort war jene Veränderung da, die Wolf Zebra nicht mehr als so genannte Insel in
seinem Zeh der ihm nicht gehörte leben ließ. Er sagte da ganz unten zu sich, ohhh ich
trete jetzt aus mir heraus und stelle mir vor das ich neben meinem Körper stehe. Dann

hebe ich das Glas hoch trinke einen Schluck der in den Körper läuft der nicht mein Körper ist sondern irgendein Körper, und ich sehe mich, ich sehe wie ich außerhalb dieses Körpers stehe ich beobachte und dirigiere ihn, und zwar zur Oma mit den Silbernen Haaren. Und nun frage ich sie ob sie nicht mit mir tanzen will. Und ja, sie sagte zu, und die andern in der Alkoholküche schauen zu und lachen und sind animiert auch zu tanzen, und auf einmal tanzen wir da alle und da war doch tatsächlich Stimmung in der Wohnung die zuvor ganz anders schien.
Ihr Licht hatte die Farbe der Verwässerung der Alkoholofiziereung. Aber nun war das Licht der Erleichterung am wirbeln. Und die Oma verlor ihr Gebiss nicht. Aber dafür fingen die beiden anderen Männer an zu stöhnen schon etwas zu versoffen.....
Nach dem Tanz war die Oma ziemlich belebt und da leuchtete sogar noch Erotik um sie herum. Aber als sie mir dann die Wohnung zeigen wollte wurde von den Hauseigentümern interveniert und man schüttete Wolf Zebra noch mal das Glas voll...
Ansonsten wurden die Blumen im Haus gezeigt und auch das Wohnzimmer das mit Holzwänden verkleidet war aus Birkenholz ...
Im Verlauf des Abends wurde dann mit Jim einem Bäckereifahrer vereinbart sich morgen früh um 7 zu treffen und im Pazifik einige Lachse zu angeln...

Die Nacht bereitete sich schon auf den Morgen vor. Sie hatte sich nie Zähne geputzt den Schlaf aus der Dunkelheit gewischt und sogar das unhörliche Gähnen getaan als wir Drei uns dann auf den Rückweg machten.......
Die Luft war reines Prana absolute Energie eine helle Luft trotz der Dunkelheit eine vitale Kraft das dachte ich mir beim Zurückgang.................
Gute Nacht gute Nacht. Der Weg zur Toilette und Wasser rauschte noch dann das Geräusch der Betten und wieder zurück zum Nachdenken damit Vorgedacht werden kann. .Ich war in guter Stimmung malte mir aus das die Zeit in der ich lebe eine Zeit der Wandlung ist die aber auch schon vorher eine solche war.................
Die Angelegenheit mit der Frau in Berlin lag weit hinter mir und im neuen kreativen in der Imagination besserer Bedingungen da lag die Zukunft für mich...........
Ich hatte dem Menschen hier nichts von den wahren Gründen erzählt weshalb ich überhaupt Berlin verlassen hatte .Weil ich sie und mich auch nicht mit solchen Verzwicktheiten die eben menschliche Unstimmigkeiten am laufenden Band sind belasten.....................wollte..

Das die Menschheit zur gleichen Zeit auch als Schlägermassen bezeichnet werden kann war mir inzwischen klar geworden..
So ich wollte wieder in den Zustand der Kreativität kommen der mir gefällt und indem ich Sinnnnnn und Leben finde. Ich brauchte wieder neue Ideen, neue Einfälle, und sie sollten mir sozusagen zufliegen...................
Denn warum erst das eigene Leben noch schwerer machen........
Und dafür öffnete ich mich erwartungsvoll und mit vertrauen...Ich nahm mir aber noch vor die Lösung für eine Verbesserung der Situation nicht zu suchen sondern anzuschauen. Dadurch nämlich komme ich direkt zu ihr oder sie zu mir....

Mir war bewusst das der Mensch eben nicht das Maß aller Dinge ist sondern das er von vielschichtigen Quellen des Seins umgeben ist denen er sich öffnen oder verschließen kann. Das es Quellen auf der Erde die in der Welt ist gibt, die meine geistige Situation zum Wohle aller verbessern können............
Die eigenen Erfahrungen und Kenntnisse durch Schulung und eigener anderen Untersuchung, dann das Wissen anderer das in Träumen und Intuition und Feingefühl erkannt werden kann und natürlich der Energieladen der unbegrenzten Intelligenz die alles weiß tut und auch immer tun wird................

Aber tief im Herzen hatte ich zutiefst die Schnauze voll von den Menschen die mir andauern vorquasselten tue das nicht das kannst du nicht und das ist nicht das richtige Ja innerlich musste ich mich übergeben wenn ich nur an diese Typen denke...
Diese Menschen strahlen Kälte aus und ihre Gliedmaßen sind auch so ihre Finger ihre Füße und sie sind zu oft Dickschädelig wenn ich ihnen Advice gegeben habe.....
Ich bin warm, also ich strahle Wärme aus das wusste ich...........
Aber zu oft wurde versucht mir das auszutreiben...
Und nun die Flucht nach Kanada....

Whea Therreport spielte Bahia aus dem das ptyhagoreische Wissen der Weltharmonie segelte und sich in meinem Traum festsetzte...
Aber ich konnte nicht mehr Tanzen. Tanzen war mir nun unzugänglich gemacht worden da einmaliges Tanzen mit Omas die Silberhaar haben allmähliche Tanzunlust herbeiführte und den schleichenden Verödungstrip für diejenigen herbeibringt die so was glauben...
Aber auch kotzte ich die Mengen an Vorschriften im Traum aus die heutzutage überall lauern .Jene die den Menschen zu einem Paragraphen Kenner machen wollen und ihn schon vorher Schuldig sprechen...............Bürokraten. Die Söldner der Ignoranz des Üblen. Sie betonieren die Freiheit der Menschheit Global weil sie zum Satan gehören. Zum Satan gehören auch die Pharmakartelle und Bankkartelle.
Glücklicherweise als der Morgen da war lag ich nicht in einer Lache Brechreiz sonder war umgeben von süßen Egelchens die mir Überbewusstheit vor die Augen hielten wo das Ich fast erblindete und ihnen ihren Fehler zeigte. Aber die waren doch so frech das sie behaupteten wir sind Erfolgsergebnisse gewöhnt und beziehen Fehler mit in unser Tun ein..........................
Und da wusste ich das es darum ging hauptsächlich Erfolgserlebnisse zu haben. Atombomben zu bauen Kriege zu führe und Siege zu schlagen wilde Reden zu Reden und das Maul weit aufzureißen. Denn ansonsten würden sich die Männermenschen und die Frauenmenschen vor Langeweile die Geschlechtsteile wund Bumsen. Und ich wusste dass es darauf ankam Erfolge zu erzielen. Denn was ist schon Zivilisation und Gesellschaft gegen Natur und unbegrenzter Intelligenz die wir uns sicherlich nicht nur vorstellen..............
Und damit verabschiedete ich mich von den Engeln, ging zur Toilette, hielt den Pimmel übers Becken pinkelte spülte und rasierte mich nicht. Denn Engel waren eben keine Engel das war die Wahrheit.............................

Und Wahrheit war keine Wahrheit und Bäume keine Bäume ..
Aber was sie in Wirklichkeit waren das war mir auch gleichgültig denn heute Morgen gings Lachse Angeln. .Und das waren keine Traumengel sondern da gabs wahrlich was schönes zu tun......
Rodger war auch schon fertig und Debora machte wieder eine lange Fresse.. .Was die immer hat Mensch...................

Das Leben für die Sinne war hier in dieser Stadt viel schöner und ich spürte wie ich etwas mehr von ihnen beeinflusst wurde........................
Die Eindrücke die Visuellen waren harmonischer und ich konnte auch leichte Gefühle freilassen ohne immer diese Berliner Hundekacke vor mir zu sehen oder diese Graue Öde der Scheißstadt Berlin die sowieso zum größten Teil von grausüchtigen angezogen wird......................
Hier war Grünes vorhanden und vor allem weite Blicke. Ich kam mir noch vor auf der Erde zu sein im All zu schweben und mir der Größe des Ursprünglichen bewusst zu sein. Nicht wie in Berlin der vorbelasteten Weltkriegsstadt die sowieso verflucht ist auch mit den besten Wünschen oder Vorstellungen, Amen....
Berlin ist der 9.Ausschiss der Allierten und der Kriegszustände.................. .
Eine Stadt die devoliert instead evoliert..
Ich wünschte mir mit Pythagoras zusammen zu Sein und ihm zuzuhören wie er davon redet wie alle Tiere alle Pflanzen nur Modifikationen eines Urtieres sind einer Urpflanze... Wie der Mensch der Knoten der die Gottheit mit der Materie verbindet ist und den Himmel an die Erde schließt...................
Obwohl das schön ist,schließt der Mensch aber doch nicht den Himmel an die Erde denn es ist ja sowieso so...
Der Weisheits und Geistesstrahl der in seinen Gedanken leuchtet wird von der ganzen Natur reflektiert. Er ist die Kette die alle Materie verbindet.............
Die ganze Reihe der Tiergattungen, zeigt nur eine Degration des menschlichen Wesens. Sowohl in seinen äußeren Formen wie in seinem inneren Organismus erweckt der Affe den Eindruck eines degradierten Menschens (hier will ich bloß hinzufügen das aber zu oft das Menschsein garnicht mehr so überzeugend gezeigt werden kann mit dem Wissen der Mörderkraft die in ihm ist, und auch ist die Logik des Pythagoras da etwas zu eng denn wie kann einer degradiert sein der nach menschlichem Wissen älter ist und zwar nicht all das Fähige getan hat wie wir aber der niemals solche Schandtaten vollbracht hat wie der Mensch, da ist dem Python sein Sagen etwas zu Einseitig zu idealistisch veranlagt)

Aber was hat er noch gesagt. Sagte er nicht dass möglicherweise in absehbarer Zeit das Zepter der Welt aus den Händen der Menschen genommen wird und es einem vollkommeneren Wesen gegeben wird...............................
Also mit eurer Rüstung und mit euren Bomben und mit euren Lügen mit eurem bekloppten Glauben sei es Christen oder Moslems und andere wie IsraelisJuden, da seit ihr ziemlich sicher auf der Abschussliste heißt das....................... .
Es ist die Mächtige Hand Gottes die das bestimmen wird..

Aber auch die blinde Sicht des Menschen der es tuen könnte sich eben zu vernichten....
Aber nun gings zum Fischen der Riesen Stationwagen stand vor der Tür. Die giftigen Auspuffgase waren sichtlich und wurden gedankenlos gesehen, wie soolste darüber auch Gedanken haben wenn du nicht weißt dass jene giftig sind...
Der Wagen rollte...............
Debora schaute trübe nach. Wir winkten..

Die Fahrt ging fahrend sie ging also und fuhr zur gleichen Zeit durch Wälder die schneebedeckt waren direkt auf die Küste zu und glücklicherweise hatte das Auto gepflegte Bremsen....

Im Laden am Bootsteg den ich nicht hinaufzuphantasieren brauchte indem durch irgendwelche chaotischen Verweichlichungen der Weichheit ein Schizoider -Blitz durchs Bewusstsein geflogen war und mit seinen Schwingen an übersteigerten Selbstvertrauen was immer noch besser ist als untersteigertes nicht Selbstvertrauen, diese Phantasie verbogen hatte, da waren eine Vielfalt an Photos von riesigen Lachsen die auf dem Steg gewogen wurden und in der Bucht gefangen waren................................
Frühlingslachse..........................
Sockeye Lachse....................
Rotlachse........................
Und Vorstellungslachse von denen einer sogar 678 Pfund gewogen hat. Und das war kein Anglerlatein sondern eine glatte Lüge..............
Der Alte mit dem wir gekommen waren, nicht Samenmäßig sonder im Auto, also auch nicht im Auto Samenmäßig, sondern, mit dem wir eben gekommen waren,. also, als ob wir nicht hier wären.Jedenfalls der Alte mit der Roten Nase, er meinte nun wäre der beste Köder ein großer Fisch.Und hier hatte ich spontane Einwände denn irgendwas sagte mir Nein, nicht solche großen Köderfische, kleine sind besser weil da auch die Möglichkeit besteht einen kleineren zu bekommen und vieles mehr. Aber irgendwie waren kleine besser. Jedoch hatte er das Sagen und es blieb bei den großen. Instinktiv hatte ich aber Dagegengemöglicht.......
Jetzt fällt mir auch auf das damals nicht genügend Unterscheidungsenergie da war, sonder das gleich vorweg genommen wurde das sein Tun das maßgebende war.

Naja wie schon geschrieben, Doof bleibt Doof da helfen keine Pillen.

Aber Doof heißt noch lange nicht Unglücklich.

Durch das Gewimmel der Boote, Rodger war in sein hölzernes Segelboot mehr verliebt als in Debora, ja das sind die Wege der Liebe dachte ich mir noch. Ich wunderte mich bloß wie er da später die Frage beantworten würde wenn ihn seine Frau, das Boot, fragen würde : Lohnt es sich zu Leben.
 Durch das Gewimmel der Boote auf Boot. und hinauf aufs Wasser der Bucht die Spiegelglatt da vor uns lag ,vorbei an dem neuen Gefängnis das Rob als eine Einrichtung für hochdynamisch Kriminelle beschrieb. Eingeschlossen waren Mörder und Rinnen.

Sie haben Farb TV, Billiardräume.
Eigenes Orchester und sogar eine Bar. Die Zellen sind mit Roten und Grünen Teppichen
ausgelegt. Das Essen wird von einer Fluggesellschaft angefertigt. Frauen dürfen auch
rein und Männer auch wo auch genügend Zeit für die Liebespaare gelassen wird, ja und
sehe dir das Land an, hier am Pazifik ,die haben Ausgang können Angeln und sogar
schwimmen, da wachsen Blumen auf der Wiese und da sind sogar Vögel, als ob die
Gesellschaft ihnen noch eine Art von Ehrerbietung zeigt meinte er lächelnd.
Aber Gefängnisse sollen keine Rattenlöcher sein sonder sie sollen mit der materiellen
Entwicklung gehen und den Komfort haben. Schließlich ist ein lebenslänglich
verurteilter eben zu Lebenslänglich verurteilt und nicht noch nur zu Brot und Wasser.
Er ist immer noch Teil der menschlichen Gesellschaft und keiner der zum Tode
verurteilt wurde.   .

Vom Alten, sein Gesicht zu urteilen, war er anderer Meinung. Und da es früh am
morgen war und wir nun auf die Insel mit den Seehunden und Löwen zu steuerten
griff er auch gleich in die Tasche zog eine Flasche heraus und kippte sich erstmal einen
Whisky mit 7Up rein.
Rob und ich staunten.
Wir beide hatten damals auf globaler Trebe und von Gitarrenspielen und Strassen
silberschmuckverkäufen in der Düsseldorfer Altstadt lebend, und am Waldrand von
Hösel schlafend, auch morgens zuerst kaum die Augen auf, ein Fläschchen Bier
genossen.
Ich verzichtete auf das Angebot des Alten. Rob auch.
Der Alte erzählte uns das nun so wie das Meer aussah und der Wind und die Jahreszeit
die Lachse dort sein würden, und wir glaubten ihm, schließlich trank er morgens schon
Whisky, eine starke Natur.
Oder stimmt das nicht.
Hier gibst auch den Mörderwahl in dieser Bucht erzählte mir Rob und auch den
Grauwal. Manchmal popt soon Wal ganz sachte neben deinem kleinen Bötchen auf
und schaut dir so zu wie du da in deinem Bötchen sitzt und Angelst, wohl wissend das
du doch kein Spielgefährte bist denn du kannst ja nicht seinen rhythmischen galanten
Schwanzschlag erwidern wenn er dein Bötchen streicheln will.
Jedenfalls sind schon manche Angler hier zum Steg zurückgekommen von der
Angeltour auf dem Pazifik und sie wurden nie mehr wieder gesehen.
Mir wurde auch mulmig als ich das hörte.
Da drüben ist amerikanisches Land. Das ist anders als kanadisches Land weils einen
anderen Namen hat weißt du Wolf rief Rob aus.
Da hinten wollen die Amerikaner einen Atom U Boot Hafen bauen. Dann ists hier
sowieso aus mit der Idylle.
Idyllisch wars die Berge an der Küste teils in Nebel gehüllt teils mit Schneekappen zu
sehen. Die Berge waren eine Augenweide und gut fürs Gemüt.   .
Wir warfen die Angeln ohne die Stöcke und Rollen ins Wasser mit den großen
Köderfischen aus der Eistruhe dran. Ließen eine Menge Schnur ab damit sie weit hinter
dem Boot in der Nähe des Bodens reizten. Vielleicht hätte man ihnen Reizwäsche

anziehen sollen oder etwas Lippenstift zufügen sollen n'bisschen Parfüm dazu.
Jedenfalls tuckerten wir da übers Wasser ohne den geringsten Biss für die ersten zwei
Stunden.
Der Alte schnabulierte sich'n Stüllchen und saugte kräftig an der Flasche.
Ich machte wieder Photos.
Selbstsicher erzählte ich Rodger das ich in diesem Jahr wenigstens zwei Bücher
veröffentlich werde. (Was erst 20 Jahre später passieren würde)
Ich erzählte ihm von den Geschäften die ich machte mit Kassetten aus Singapore die
eigentlich wie es sich später herausstellte Pilotkasetten, Fälschungen, waren, ohne das
ich es vorher gewusst hatte als ich sie einkaufte..
Geld und Erfolgsausichten regten Rodger an, und er war ganz Ohr.
Dann, beim ersten Biss, den keiner bemerkt hatte sondern Rodger machte eine
Routine Untersuchung ob der Köder noch dran war, war der Alte schon ganz schön
Eingewhiskied.
Das war ein kleiner Lachs 1 1/2 Pfund gerade das Mindestmaß. Und Rodger behielt
ihn.
Das Orgelspiel des Windes hatte nun auch zugenommen. Der Pirouetten Tanz der
Wellen ließ sich mit den Flügelschlägen der Möwen in einen harmonischen Tanz ein,
der von Natur aus gewollt ist, das konnte gesehen werden. Der unsichtbare Wind hatte
seine Sinneslustverstärkergrenzenhautgepfeife in eine Vielfalt von Tönen
hineingelassen. Er sauste merkbar erregt durch unsere Haare. Verfing sich am
Angelhaken riss sich wieder los tropfte einige Wind Blut Tropfen die das Wasser
des Pazifiks noch Blauer machten schweifte dann auf die Bergspitzen um dort seine
Wunden zu kühlen und umgab sich dann mit Schweigen......
Nur die Möwen gaben nicht auf.
Sie gleiteten mit kräftigen Flügelschlägen ganz nahe an der Oberfläche des Wasser
entlang und die Seehunde schauten ihnen nicht zu. Denn jene waren in ihren eigenen
Spielen eingetaucht....
Nur wir Menschen glotzten mit weiten Augen herum etwas blöde dreinschauend ja
sogar apathisch, denn der Alte griff schon wieder zur Flasche daran saugend...
Inzwischen war mir klar geworden das er keiner war der echte Ahnung von der
Lachsfischerei hatte. Der verließ sich mehr auf Glück und Schwätzerei.
Auf eventuelle Bisse, denn er gondelte auch schon merklich schräg welches ahnen ließ
das auf seiner Andreadoria nicht nur klares war..
Ich fing dann noch einen Zackenbarsch einen braungetönten..
Der Alte erwähnte das wir da drüben nicht lang fahren könnten denn da war das
Wasser so Flach und wir würden viele Köder und Haken verlieren..
Da drüben waren zwei Boote mit Anglern drin..
Na die würden Sauer sein denn da wimmelts nur so von Pflanzen und Felsbrocken im
Wasser grinste der Alte hervor...
Mir war der nicht mehr so geheuer, als er da so herumnuschelte..
Der konnte von mir aus in seinem Leben noch so sinnlich gelebt haben und noch so
einfach sein Leben gestaltet haben ohne viel seine Schnapsbirne angestrengt zu haben
und weder noch Bücher gelesen zu haben oder auch von der so genannten Papalagi

Denkkrankheit nicht infiziert worden sein, das Abbild was er war, war sicherlich kein Vorbild um davon eventuell ein Abbild für einen weiteren Menschen zu machen. . .
In aller Güte und in aller Vernunft..........
Es war an der Zeit der Zukunft einige klare Antworten zu entlocken denn ich weiß, wir wissen das im Reich des Geistes weder Zeit noch Entfernung existiert.

Nach weiteren zwei Stunden herum Tuckerei und Gerede gondelten wir zurück zum Steg, und siehe da, da waren doch zwei junge Typen die gerade dabei waren ihre Lachse auszunehmen. 6 Lachse zwischen 17-25 Pfund. Prima Fische für Steaks und zum Schmoren, gut für den Gaumen und gut zum einfrieren, und dann mit viel Zwiebeln und Saurer Sahne, und natürlich hatten sie jene auf kleine Köderfische gefangen und zwar hinten an der flachen Stelle wo die Pflanzen und Felsen sind.

Wir staunten nicht schlecht...
Mir fiel die Intuition wieder ein, und wie ich doch zu wenig nach manchmaligen solchen Eindrücken lebe. Zu oft von der Schnelligkeit und von anderen beeinflusst. Ich hatte eben zu wenig Eigenleben. Das Gruppenleben war ein Dreck in vielen Situationen, ja es war ein Scheißdreck, ja es war Miserabel und sogar verblödend wurde sogar Unintuitiv machend....
Wütend gegen mich, aber nur sanft, ging ich mit denen wieder ins Auto und kaum sprechend fuhren wir wieder zurück zum Haus.....

Wir verabschiedeten uns vom Alten und in der Küche filetierte ich sofort den kleinen Lachs und den Barsch nach einer indianischen Methode. . . .
Als die Filets dann in der Pfanne brutzelten fing Rodger von seinen persönlichen Sachen zu reden an. Unter andern erwähnte er auch den Streit mit Debora .Er erzählte mir ohne Scham wie er sich schon oft mit ihr gestritten hatte und zwar auch schon oft Physisch und beim letzten male hätte ich sie umbringen können redete er weiter schon angeregter. Ich war so wütend weil sie wieder nur Nörgelte und mir Vorwürfe mache wie schlecht es ihr ging und das ich denen beiden hier, Karin und Freund, mehr Aufmerksamkeit schenke als ihr. Und als ich dann verneinte geriet sie in Wut was mich wütend machte und wir anfingen an uns zu schlagen wobei ich sie dann umarmte und sie fast zerdrückt hatte. Sie fiel dann zum Boden..
Wolf ich kann das nicht mehr lange mitmachen. Ich werde so wütend eines Tages bring ich sie noch um. Ich wills ja nicht, deshalb wollte ich ja auch alleine leben...
Ich stand nur da. Hörte zu. Und sagte kein Ton..
Oft, durch irgendwelche Antworten wird das Gesagte schon verdrängt. Und der Sprecher weiß garnicht was er da eigentlich sagt und so durch mein nicht drauf eingehen hört er sich selber und ihm wird leichter bewusst, was ich bei Rodger erwartete, schließlich war er ja ein Physiotherapist...
Oder sind Berufstitel in Wahrheit ohne echte Entfaltung der wahren menschlichen Fähigkeiten. Täuschen sie nicht eher vor etwas zu sein was garnicht ist sondern bloß das typische in der Normalo Gesellschaft der Anbetung des Schein Scheins. Sind diese GeldGier Aufbauten der Raubmensch Entwicklungen bloß Entwicklungen der Vertiefungen der Primitivo Eigenschaften da überhaupt kein Wert auf Wahrheit gelegt

wird aber sehr viel Wert auf ScheinSein und HabenSein ergo Gierbefriedigung. Und ist das nicht so gewollt von denen die ganz ganz ganz weit zurück die Aufbauten dieser Gesellschaften organisiert haben, nämlich bloß durch ihren wirtschaftlichen Erfolg der fast immer mit Ausbeutung Betrug Morden und Übelkeiten ablief. Und kann daraus überhaupt etwas Höheres entstehen, da ja diese Systeme ohne Ausnahme weiterhin auf das Üble das Böse das Satanische Kartellmäßige FamilienklanVirus basiert. Und die wollen garantiert keine weitere Veränderung nur aber im Sinne dieser gesellschaftlichen Seinweise wie sie heutzutage auf der Erde zu sehen ist. Die Kriegswaffenpolizeisymptomatik der schlaffen Habenichtste ohne Rückrat, der Politiker, die eingesahnt sind von den Wirtschaftsmafiakartellen und ihren Denkmanagementorganisationen unter der Flagge der Demokratien oder Gesundheiten oder Freiheiten und anderer Schein Schein Organisationen die die Menschheiten schons seit unbeschreiblich langer Zeit aussaugen für ihre primitive Art der Gesellschaft nämlich genau so wie sie sich jetzt darstellen. Megaprimitiv und verlogen und nur auf Verbote und Gebote im Sinne dieser PrimitivoInstinktivo Freiheiten. Die alle Unfreiheiten sind mit %tualen Lohnsteigerungen die aber gewiss schon bald zu %zentualen Lohnabsteigerungen kommen werden, da das Üble immer und immer versuchen wird weiterhin den Knebel der Ausbeutung also der Faschissmuus im Menschen und zwar in allen Menschen also das Raubtier immer mehr auszubluten für Geld um so in ihrem dumpfen primitivo Glauben zu Re--Gieren.
Aber die Gebildeten, auch wie Rodger und Deb und andere Universitätsabsolventen, sind oft noch blöder und doofer weil sie größere Machtansprüche stellen und viel mehr Dominanz fantasieren. Deshalb sind ja auch die Staaten in Wirklichkeit Kriegsstaaten...

Und ich selbst, ich wunderte mich mit was für einem Menschen ich da zusammen war. Das sollte ein Freund sein. Umgang, Beeinflussung, das, nee, das wird in der Zukunft in der jeder seine Wege gehen wird, wachsen...

Mir wurde wieder klar was für eine Dilemmagesellschaft doch da am wirken war, in den Einzelnen, die ja die Wilden waren, die konnten entweder nicht richtig Denken, oder sie dachten zu viel, oder sie waren mehr von der Neugier getrieben, vom blinden Willen den der Schoppenhauer ja besprach und blind ist der wohl sicherlich der Wille....

Und ich selber ich kam ja andauern in Konfrontation mit dieser Meute, dieser Meute von täglichen Routinisten um so was wie Zivilisation aufzubauen,um im Supermarkt zu Schoppen, tagtäglich die gleiche Fresse, tagtäglich die gleiche Arbeit, und das war wie die Natur in solchen Breitengraden den Menschen geformt hat und er sich auch.Das Bewusstsein stank mir wieder welches die Menschen als bewusstes Sein ausgeben,....
Die Menschen haben zwar Bewusstsein aber sie sind nicht Bewusst.
 Sie sind sich nicht im klaren über ihre Situation. Sie werden wilder anstatt Weiser, sie werden Götzenhaftiger , sie sind es ja, Götze Auto Götze Geld Götze Kleidung Götze Wissenschäft und Götze Sex Götze Ego Götze Angst Götze Schönheit Götze Götze Götze, mir wurde schon-ganz übel von denen;

aber diese Götzen fielen mir dann auf,
sie waren doch in Wirklichkeit vom Urgeist geschaffen so wie konnten sie dann Götzen
sein wenn sie von ihm sind, sie waren ja Teile des Ganzen, sind sie denn nicht damit
auch keine Götzen, sind es nicht in Wirklichkeit eben keine Götzen sondern eben
verschiedene
Energiebündel die auf die Phantasie und das Gemüt unterschiedlich wirken . . .
Der Mensch konnte eben nicht so einfach mit gewissen Dingen umgehen so wie zuviel
Schnaps betrunken macht so macht auch zu viel Auto beautot.

Ich konnte nun Milliarden Gedanken spinnen immer würde ich wieder zurück kommen
zum Wissen das ich's nicht weiß, das über dem was ich weiß eben klar ersichtlich
anderes wissendes war, und in dem auch......................

Nach dem Essen einigen Biers etwas TV mit den Füßen auf dem Tisch sagte ich zu
Rodger das ich heute Abend rausgehe um eine Frau zu finden, ich wollte mal wieder
eine Frau anmachen und von einer angemacht werden, was trotz Emanze und trotz
der großen Freiheit in Bars und Tanzschuppen ziemlich selten ist, das mich jemand
ne Frau angemacht hat, dabei sehe ich garnicht so miserabel aus...
Aber mit der Roten aufgeblasenen Nase und den Blasen da drauf... naja...

Naja, und so wurde es dann Abend. Frisch rasiert, Haare gewaschen, bisschen
Rasierwasser noch in der Aura, Blaue Cordhose, am Pelzmantel immer noch die
vertrocknete weiße Rose, i aint go to work on maggies farm no more, spielte die dazu
herumflippenden Töne im Hintergrund, Gepfeife, Gesumme, schließlich bringe ich
mich selbst im Stimmung. Alleine die Vorstellung mal wieder mit einer Frau zusammen
zu sein war schon Freude genug, und nun noch das Geld, schnell das Taxi bestellt, und
im Taxi spielte Jonny Winters Higway 66.....
Aber nach kurzer Zeit im Taxi feststellend das er versuchte mich davon abzuhalten das
zu sein was ich war sondern ich sollte so wie er war sein, ließ ich das Taxi halten, zahlte
und ging zu Füßen weiter...

Ich hatte mir auch noch weiße Theaterschminke in die Haare gerieben welches dem
Haar eben den weißen Glanz gab. Na und......
Es schien dann so als ob die Menschen alle in eine Richtung gingen, aber vor den
Eingängen gingen sie dann doch in andere Richtungen, und ich stand da vor der Hintertür
des Surfside Cabaret, an 1208 Wharfstreet in Victoria Britisch **Columbia....**

Rodger hatte mich zuvor bekehrt meinend das es ihm dort nicht so gut gefällt ,weil
dort rauere Typen und Frauen waren... Aber was der bloß wollte erst bricht er seiner
Geliebten fast die Knochen und dann dieses. Also Illusionen waren da . ....

Mensch Rodger erzähl mir nicht so viel von Gar nichts und keinem hätte ich wie Bob
Dylan denken können ansonsten erzähl ich dir noch die Wahrheit und das willst du
doch nicht wissen.....
Naja alles war halb so schlimm wies seien könnte...
Ich stand also da in dem Hintertürchen wo eben keine Karten zum Eintreten
abgegeben wurden die wurden eben nur am Vordereingang von den richtigen harten

Typen ausgegeben, und so schaute mich der Mensch hier nun auch an....

Aber ich war in Schwung und meinte nur zu ihm das ist nicht so schlimm ich geh rüber und hohl mir eine, und ging somit an ihm vorbei in den dunkleren Saal der voller junger Menschen war, viel Jeans viel Leder viel Blond viel Bier sehr viel Bier und Rauch überall Rauch und in dem Moment fing die Gruppe an zu spielen. Ich stand da, voller Kraft und Zuversicht, und schaute zur Gruppe herüber Blue Sky nannte sie sich und Mensch die konnten spielen, echte Profis............................
Aber das war wohl für den Rausschmeißer schon zu lange denn aufeinmal stand er neben mir und wollte mir die Zange geben die übliche Krafttour, mit nem Schwung Angst machen, aber er schaute mich an, und nachdem er gefragt hatte und ich ihm geantwortet hatte war er so freundlich das er meinte, Moment ich hohl dir eine Karte und er brachte mir eine Eintrittskarte, ja und hier kommt der Knüller, und solche Sachen sind mir schon mehrere male passiert, ich brauchte nichts zu bezahlen, wir waren Freunde......
Ich nehme immer an das der Kraftaustausch in solchen Situationen und zwar der Kraftaustausch der inneren Wahrheit eben der Ebene des Urgeistes am nahesten kommt, und die damit verbundene Ruhe...
Ja der Abend fing ja prima **an**....

Aber die Bräute waren ziemlich gut ausgelastet, das war auch sichtlich. . . .
So stand ich da uns schaute den Musikern zu... Ich schaute und schaute trank und trank, bis mir auf einmal klar wurde Mensch das sind ganz heiße Musiker da, echte Qualität, kein Geschrammel sonder profilierte Töne und variable Breaks, melodisch und auch nicht nur auf ein Instrument fixiert, waren wohl Studiomusiker die sich zu ner Gruppe zusammengeschlossen Hatten wie Steely Dan zum Beispiel....

Und um so mehr ich da zuhörte und zu schaute und zu erkennen begann um so mehr wurde mir klar das solch eine Gruppe auch in Berlin erfolg haben würde , ja mir kam die Idee sie nach Berlin zu holen, sie dort als Gruppe vorzustellen, und möglicherweise gleich ins Metropol.
Mir gefiel auch der Gedanke als eine Art Musikgruppenverleger zu wirken, insbesondere weil ich persönliches Gefallen an deren Musik fand. Sofort malte ich mir die Kosten aus, Planung der Flüge, Behausung, Verhandlungen mit den Discobesitzern, Preise, Kalkulationen über Eintrittspreise, mögliche Gewinne, mögliche Plattenverträge, und vor allem eine Veränderung hinsichtlich Leben machen.
Ich wurde dadurch so richtig aufgedreht und fing an herumzufragen wer der Chef der Truppe ist, gerade in dem Moment als die Gruppe ihre Pause machte.
Und so ging ich zum langen in Schwarz gekleideten Gitarristen rüber und erzählte ihm wie ich von ihrer Musik angeturned war und was ich so vorhatte.
Und kühn Cool wie er war ,wissend das dieses ganze begeisterte nicht ihm alleine galt, verwies er mich zu ihrem Manager zu fahren der in Seattle lebte denn sie seien eine amerikanische Gruppe aus der Stadt. Dann kam noch der Sänger herüber ein abgemagerter gut aussehender Glitzershowman, in den frühen Zwanzigern, der war auch von den Komplimenten angeturned, und er erzählte das sie zur Zeit eine Platte

am erarbeiten waren in Seattle, aber das wenn's Angebot recht wäre wohl auf den Einfall eingehen würden, aber all das müsste ihr Manager entscheiden da er ihren Zeitplan bestimmte.
Zu schade dass sie sich nicht auch noch selbst managen könnten, nunja.
Jedenfalls wurde aber mehr dagegen geredet als dafür von deren Seite. Und die Musiker nachdem sie ihre Show da mit mir abgezogen hatten gingen wieder zurück zur Bühne, wo, der Sänger nun mit Schwung und überzeugendem Zustand ein Prosit und die Unterstützung für Paul Mc Cartney ausrief, denn er wurde wie er so eben erfahren hatte von den japanischen Zöllnern in Tokio wegen Marihuannajanabanana dort festgenommen.
Und die Menschen in dem Kabarett sie klatschten Beifall und schrien und zur Unterstützung spielte die Blue Sky Gruppe dann ein Lied von Mc Cartney.
Jedenfalls war ich auch noch ziemlich gut in Stimmung und das mit der Frau war inzwischen in den Hintergrund gelebt worden, die Musik war am dröhnen, und die Idee hatte mich zur Zeit doch noch im Griff.
Dann ,
als die Zeit in aller Ruhe sich selbst überlassen den Menschen seine Taten getaan lassen ließ, dann wurde sie zur späten Stunde auch noch zur Fete der Gruppe eingeladen, zusammengequetscht fuhren dann unter anderem auch die Bräute die auf diese Musiker geflogen waren mit in den großen gemieteten Stationwagons zur Ostseite der Stadt, und wir alle landeten dann vor einem aus kleinen Holzhäusern bestehenden Motel, und Mensch,
in den Wohnräumen der Gruppe, da sah es aus wie in der Kaiserstube der Königshottentotten die aber dem Wahn der Zerlumpung verfallen waren.
Die Musiker knallten sich auf die Sofas, irgendjemand anders machte ein Riesen Omelett das aber ganz schön angebraten roch, andere legten sich die Whisky Buddeln an den Mund, einer machte das Radio an ,wiederum einer machte das Bad voll zum Baden, einer drehte das Fernsehen auf, da war im Nu eine Riesen Aktion entstanden jeder für sich alle zusammen.
Ich trank keinen Alkohol mehr, saß da einige Stunden am Tisch mit dem Rhythmusgitarristen und mit einer Indianer Frau aus Edmonton. Da sollte irgendwas wie anhimmeln vorsich gegangen sein aber nun zeigte der Gitarrist seine Magie indem er seine Finger in verschidener Formation auf die Seiten legte und eine Melodie spielte, und da ich zur Zeit ziemlich offen war, war ich überdurchschnittlich beeindruckt und mir dessen auch Bewusst,
Ich merkte das es der schönen kräftigen Indianerin aber garnicht so zusagte das sie ihn da immer nur zuhören sollte und anhimmeln jedenfalls fing ich an ihr Fragen zu stellen,
und das gefiel ihr sichtlich,
und das gefiel ihm sichtlich nicht, so machte er den Vorschlag mit dem Auto irgendwo hinzufahren, er und sie, sie schaute mich noch wissend an und gab mir zu erkennen dass sie mit ihm gehen wird,
aber wir könnten uns ja noch mal treffen,
inzwischen wars schon so Drei Vier Uhr morgens und ich ging dann aus dem Haus

ohne mich von jemandem zu verabschieden, versuchend die Richtung zurück zur Fernwood Road zu finden. Und da ich nicht wusste
wo ich in der Stadt war, hinsichtlich Strassen Namen und so, fing ich an den inneren Kompass zu erforschen der die Nord Süd Ost West Balance wusste und nach dem ich mich richtete, in Richtung Nord Westen gehend, und da war niemand auf den Strassen.

Dünnes Strassenlicht in der Kälte und der Atem sichtbar, ziemlich wach und determiniert schnell nach dem Haus zu kommen ,doch das gab ich auch so schnell wieder auf indem ich zurück zur gelassenen Gemütlichen Art des Gehens einpendelte. Kurz vor der Innenstadt entschloss ich mich noch einen Kaffee nein ein Frühstück zu essen und da war Schwung in dem Kaffee. Von allen Seiten wurde ich angeblickt und als eine Art von neuem gesehen. Trank zwei Tassen Kaffee und so weiter.

Wieder auf der Strasse fuhr dann auf einmal eine Polizeistreife an mich heran, denn was kann sooon Mensch ganz alleine in der Frühe auf der Strasse machen, wo doch die andern alle schlafen,
da stimmt doch was nicht, oder,
am Steuer war eine Polizei Frau, neben ihr ein junger Polizist, beide ziemlich gut aussehend, sie fragten mich wo ich hingehe,
ob die das wirklich interessiert,
mhhhm, das ist aber nett, oder,
sie wollten wissen wo ich wohne,
Ich ließ erkennen dass mir das Gefrage nicht passte aber auch nicht, nicht passte; sie waren höflich und wünschten mir dann noch einen angenehmen Aufenthalt in Victoria, und fuhren dann langsam weiter,
Ich wusste auch inzwischen wo ich war und war schon bald im Bett.

So bis jetzt war ich noch ziemlich von den Außeneindrücken sozusagen schwerer beeinflusst, von der Reise dem neuen den anderen Situationen und mir war auch noch garnicht bewusst geworden was wirklich in mir als Wesen vorging, und ob das was ich tief wollte auch schon erreicht war und das Chaos geklärt war, ich war ziemlich in der Hektik gefangen und hatte auch nicht die Ruhe und Sorgfalt gemacht die ich brauchte um meine momentane Situation richtig innerlich durchzuarbeiten, eine Sache die mehr zur inneren Wahrheit führt und die mich dann auch nicht in Verzweiflungssituationen oder eventuellen Handlungen führt die ich später bereuen würde, zum Beispiel zu erkennen mit wem ich da zusammen bin, und was die Menschen von mir halten und wie ich zu ihnen stehe und jedenfalls ein inneres Unterscheidungsvermögen öffnen. Wie geschrieben,
ich war mehr in einer Art von Berlin Taumel nun im Victoria Taumel.

Ich hatte mir auch keine weiteren Gedanken über die Frau Debora gemacht obwohl ich auch schon gemerkt hatte das ich da nicht abgeneigt war ,aber da war der möglicherweise illusionäre Freund Rodger, und die Launen die ich da so oft gesehen hatte, das sagte mir auch nicht so zu, das Gefahr-Mental hatte sich ziemlich gut entwickelt, und die Situation mit der Frau in Berlin, wie viel Gewicht sollte ich soone Sache geben, am besten zurückziehen und von diesen Streitereien nichts wissen wollen, oder mehr wissen um dann zu kennen, und sie vermeiden zu können, aber am liebsten, bloß weg von diesen miesen Kröten die einen den Kopf noch mehr konfusieren, weg von den Menschen die so kurzsichtig sind das mir davon übel wird, weg von den Menschen die fast immer nur an sich denken und unfähig sind Gleichzeitigkeit zu leben die das auch nicht anstreben, die wie die Wilden irgendwo herein trampeln und dann ihr Leben befriedigen wollen, bloß weg von diesen Chaoten.

Mir fielen im schlafen auch nicht die Sprüche ein: „Denn wer nur sein Körper kennt, kennt nur was ihm angehört, nicht sich selbst.". Oder : Je nach Willensrichtung, in welcher sich der Geist bewegt gibt er dem Körper Form und Quelle...

Oder: In sich die Schuld des Unglücks zu suchen dessen Urheber er selber ist...(das ist natürlich wohl nur auf das Suchen des Selbstes zurückzuführen, denn zbs. gesellschaftliche Abläufe die seit länger Zeit bestehen da kann einer der die nicht mit aufgebaut hat die Schuld des Unglücks der Misere nicht in sich suchen...

Und dafür gibst diese : Wenn der Mensch frei ist, so kann er auch beraten werden, und wenn er beraten werden kann, so kann er selbstredend auch um Rat bitten. Der gesunde Menschenverstand lehrt uns bei solchen Rat einzuholen, die Weiser sind als wir, und die Klugheit weist uns auf die Gottheit hin, weil sie die Quelle der Weisheit ist.

Oder, das Individuum die jeder der drei menschlichen Modifikationen entsprechenden drei Vermögen sind die Empfindsamkeit für den Körper,

das Gefühl für die Seele,

und die Zustimmung für den Geist.

Sie entwickeln den Instinkt, den Verstand und die Intelligenz, die wiederum durch gegenseitige Reaktion den gesungen Menschenverstann die Vernunft und die Klugheit erzeugen..

Die tiefste Stufe der ontologischen Hierarchie nimmt der Instinkt ein. Er ist absolut passiv. Die Intelligenz steht auf der höchsten Stufe und ist ganz aktiv, der Verstand, auf der mittleren Stufe neutral. .

Die Empfindsamkeit fasst die Empfindung auf.

Das Gefühl erfasst die Vorstellung, die Zustimmung trifft die Auswahl unter den Gedanken,im Auffassen, Begreifen, Erwählen, besteht die Tätigkeit des Instinkts des Verstandes und der Intelligenz.

Der Verstand ist der Sitz der Leidenschaften, die der Instinkt fortwährend nährt, erregt und in Unordnung zu versetzen neigt, und die die Intelligenz reinigt und mäßigt, und stets harmonisch Auszugleichen bestrebt ist.

Unter der Reaktion des Verstandes entwickelt sich der Instinkt zum gesunden Menschenverstand die Klarheit, mit welchem er die Begriffe erfasst, hängt von dem Grade des Einflusses ab, den er dem Verstand einräumt. . .

Unter der Reaktion der Intelligenz wird der Verstand zur Vernunft. je ruhiger seine Leidenschaften sind, um so richtiger sind die Meinungen die er konzipiert...

Durch eigene Bewegungskraft vermag die Vernunft nicht zur Weisheit zu gelangen oder die Wahrheit zu finden, denn sie steht sozusagen im Mittelpunkt einer Kugel und ist gezwungen, um vom Zentrum zum Umkreis zu gelangen, stets eine von dem Ausgangspunkt bedingte gerade Linie einzuhalten   .

Ihr gegenüber steht das Unendliche, d.h. da die Wahrheit nur eine einzige ist und sich nur an einem bestimmten Punkt des Umkreises befinden kann, ist sie nur dann anzutreffen, wenn dieser Punkt im voraus bekannt ist und die Vernunft in der Richtung eingestellt ist, die auf diesen Punkt ausmündet. (**Nanana, das ist aber eine Öde Blöde Intellektuelle PunktwahrheitUnwahrheit)**

Nur die Intelligenz kann, indem sie die Zustimmung dem Ausgangspunkt erteilt, die Vernunft in die rechte Richtung einstellen, doch vermag sie diesem Punkt nur durch die Weisheit zu erkennen. Diese ist die Frucht der Inspiration. Die Inspiration aber ist der Tätigkeitsmodus des Willens, der im Verein mit der beschriebenen dreifachen Dreiheit die Ontologische menschliche Vierzahl bildet. Der Wille ist es, der die ursprüngliche Dreiheit in seine Einheit schließt und jedes ihrer Vermögen bestimmt, sich zu bewegen, so wie es ihm entspricht:Es gäbe Überhaupt keine Existenz ohne ihn. ...

Die Drei Vermögen durch die sich die Willenseinheit in der Dreifachen Dreiheit manifestiert, sind: Das Gedächtnis, das Urteil, und die Vorstellungskraft..

Diese Drei wirken in einer homogenen Einheit, sie berühren nicht eine der Einzelnen Modifikationen mehr als die andere, sie sind ganz und vollständig dort, wo der Wille ist....

Dieser wirkt nach eigenem Gefallen in der Intelligenz oder im Verstand, oder im Instinkt.

Er ist dort wo er sein will, seine Fähigkeiten folgen ihm überall nach. Er ist wo er sein will, wenn der Mensch vollkommen entwickelt ist, denn er ist, dem Lauf der Natur entsprechend, zuerst im Instinkt gegenwärtig, und geht in dem Maß, in welchem sich die seelischen und geistigen Fähigkeiten entwickeln, in den Verstand, und von diesem in den Geist über.............................

Damit aber diese Entwicklung stattfinden kann, muss der Wille sie bestimmt haben, denn ohne den Willen gibt es keine Bewegung.

Halten sie daran fest ohne die Tätigkeit des Willens ist die Seele leblos und der Geist unfruchtbar.. Hier liegt der Ursprung zu der seelischen Ungleichheit des Menschen.

Der Wille, der nicht über das Material hinausreicht, bildet die Instiktiven Menschen, der sich im Verstand konzentriert die seelischen der in der Intelligenz wirkt die Intellektuellen...

Seine völlige Harmonie in der ursprünglichen Dreiheit, sein mehr oder minder energisches Wirken in der Gesamtheit ihrer gleichmäßig entwickelten Fähigkeiten bildet die außergewöhnlichen hervorragenden Menschen, die großen Genies...

Diese Menschen der Vierte Klasse, die die Autopsie der Mysterien repräsentieren, das Gottesschauen, sind außerordenlich selten................

Ein starker Wille, der mit ganzer Konzentration im Verstand oder in der Intelligenz wirkt, ruft durch die Schärfe der Vernunftschlüsse und Weisheitsblitze oft unberechtigter weise den Eindruck der Genialität hervor..

Wir sehen in Kant eine hervorragende Vernunft ihr Ziel verfehlen, weil die Intelligenz nicht mit tätig war. Im selben Land können wir an Boehme das Spiel sehen, das die angespannte Intelligenz zusammenbricht, wenn es ihr an Vernunft fehlt...

Es hat zu allen Zeiten und bei allen Völkern Männer wie Kant und Boehme gegeben.

Sie irrten weil sie sich selber nicht gekannt haben nicht erkannt haben, aus einem Mangel an Harmonie.. .
Sie hätten dies erlangen können, wenn sie sich Zeit genommen hätten sich zu vervollkommnen. Sie irrten, doch ist ihr Irrtum ein Beweis für die Kraft ihres Willens. Ein schwacher Wille, der im Verstand oder in der Intelligenz wirkt erzeugt nur vernünftige oder geistreiche Menschen,
wirkt er im Instinkt, so bringt er die Schlauen hervor,
ist er durch die ursprüngliche Anziehungskraft des Instinkts in diesem körperlichen Vermögen stark und heftig konzentriert,
so bildet er die für die menschliche Gesellschaft gefährlichen Verbrecher. . . .

Am folgenden Morgen verabschiedete sich Wolf Zebra von den Menschen in dem Haus mit dem Baum in dem Waschbären ihren Winterschlaf hielten. Er hatte sich vorgenommen noch einige Tage in Vancouver zu verbringen und dann von da weiter zufliegen.......................
Vielleicht würde er dort auch Menschen kennen lernen die zur Hochzeit der Zellen gehen, oder kommen wollen....................
Die Verabschiedung war kurz und freundlich.. .Jeder wünschte dem anderen das beste...
Wolf Zebra hatte eine Reservierung mit einer Wasserflugzeuggesellschaft gemacht und er flog mit einer Biebermaschine herüber nach Vancouver. . . .
Und da war Vancouv€r vor ihm aus der Luft gesehen, eine Wolkenkratzer Stadt. Die wollen ihn wohl erdrücken oder was wollen die da, denn das was da auf Zebras Gemüt wirkte war erdrückend, aber da er ja schon viel gereist war und sogar die erdrückendste Stadt der Erde kannte war er nicht mehr so von solchen Eindrücken beeinflusst er war mehr Immun geworden Immun in der Empfindung der Schwingungen solcher Städte Immun gegen die Kälte der Wände Immun gegen den Gestank Immun gegen Geräusche und vor allem und das war das wichtigste er wurde auch Immun für sich, ja er wurde Immun gegen sich, er konnte nicht mehr feine Töne hören, er konnte nichts Feines mehr riechen er war Immun für Menschen geworden, und doch strebte da was in ihm das anders war als das sichtliche Empfinden oder das Geschmackliche...........
Da war eine Ahnung das sich Wolf Zebra nicht wie die meisten Menschen die erkannten sich in ein Ich ein starkes Ich zu entwickeln, sondern da war eine Entwicklung hinein, hinein und mit etwas besserem zu verschmelzen hineinzuwachsen, vielleicht so etwas wie die Einheit des Alls, aber Wolf Zebra war sich dessen auch nicht bewusst, Wolf Zebra war ja einer der Berliner der da in der Grauheit dieser öden billigen Stadt lebt, einer der den schleichenden Tod des sinnlich-sinnlosen gelebt wurde, aber eines Tages da würde er das Vermögen erkennen, das der Verschmelzung, denn so wie er innerlich strukturiert war würde er dort hingelangen,
denn er war nicht einer der sich von der Einheit des Alls trennen wollte oder auch nur konnte oder auch nur so denken konnte...........
Er war nicht dabei sich von dem All zu entfernen, Nein, er war dabei sich dem All zu nähern...
Und das war der Wille in ihm, der nagte und sägte bohrte und schaute hörte und

schuftete.

Aber was da wirklich vor sich ging das wusste Wolf Zebra nicht.....................

Für ihn war das Leben in dem er Lebte ein großer Taumel von wilder Zusammenfügung und blinden Koordinationen in welchen er herumtrieb, mehr poetisch mehr wie ein Blatt im Wind.

Und der Wille machte gebrauch von seinem Körper, er nahm sich die Seele am Schlawittchen und den Geist in der linken Hand,

er entwickelte die Instinkte aber auch die Vertierung,

und da musste der Zebra doch aufpassen,

ja ab und zu da blinkte es in ihm und er korrigierte was,

er wollte nicht Lasterhaft werden

er wollte auch nicht Unweise werden,

ja wenn er das erkannte dann setzte er sich in die sonnige Position energischer seine Situation zu erfassen

er fing dann an reglicher zu beurteilen und zwar was Gut und Schön ist,

ja das wars Gut und Schön,

was richtig und falsch war in den Empfindungen,

im Gefühl,

im. Urteil,

in der Zustimmung,

um klarer, und stärker das Gute und das Böse zu unterscheiden, nämlich um sich endlich weniger leicht zu irren in dem,

was wahrhaftige Freude ist,

und Schmerz,

was Liebe ist und was Hass ist,

was Wahrheit und was Irrtum ist...

Ja der Zebra der war nun da in Vancouver hatte ein Hotelzimmer in einem billigen Hotel genommen wo unten im Saloooooon die Männer und Frauen das Bier süppelten. Und da diese Menschen irgendwie keine Rationalisten waren denn die waren nicht da am Tage in den Fabriken und Büros am arbeiten tagtäglich Jahr für Jahr und immer der Vernunft gehorchend, Nein, so sahen diese Menschen nicht aus, sie sahen eher Unvernünftig aus, und die ganzen Menschen die sich auf das Vernünftigsein berufen, was war mit ihnen,

sie waren in dem Wort Ratio an welches sie glaubten gebunden,

denn das Wort Ratio geht aus der Wurzel Ra oder Rat hervor,

die in allen Sprachen, in denen sie vorkommt, die **Idee** eines Streifen eines Strahles einer Geraden, von einem Punkt zu einem andern gezogen Linie darstellt. Die Vernunft war nicht nur, nicht Frei, wie Kant es wollte, sondern das aller Gezwungenste, eine geometrische, stets von dem Ausgangspunkt abhängige Linie, die den Punkt auf den sie gerichte ist, treffen muss, wenn sie nicht aufhören soll gerade zu sein,

ja und da die Vernunft in ihrer Bewegung nicht Frei ist, ist sie auch weder gut noch schlecht an sich, ihre Natur ist die gerade Linie einzuhalten, abgeschlossene Verträge einzuhalten, Versprechungen einzulösen, Abmachungen und Zeiten einzuhalten, eben die gerade Linie einzuhalten, und das ist ihre Vollkommenheit, aber sie muss immer

von dem richtigen Prinzip ausgehen denn da sie Gerade ist führt sie auch zum Geraden Verkehrten, und so würde letztendlich in Wolf Zebra auch die Unsterblichkeit der Seele geleugnet oder sogar das er ja sowieso nur Fleisch und Knochen ist und bald verwesen wird und das ist dann eben alles.
Ja Gott oder das Universum oder die Seele können nach der Vernunft beurteilt nicht Gegenstand der Erkenntnis sein, das ist eben, die
 Mangelhaftigkeit der Vernunft ....
....
.
Aber all das wusste Wolf Zebra auch nicht. Wolf Zebra war in einem noch tieferen Schlummer gehüllt.............................
Aber warum, warum ist ein Mensch ein Geschöpf Gottes in Schlummer.
Und da in der Innenstadt von Vancouver da liefen auch eine Menge Typen herum bettelten und machten Straßenmusik aber ziemlich kaputt aussehend, da wurde viel getrunken zwischen den Hochpolierten neuen Wolkenkratzern und den feinen Geschäften alle beleuchtet und in Farben getaucht, und die Verkäuferinnen in den Läden sie waren fleißig alle redeten und am bedienen und am überzeugen und rum lächeln, wohl das Wesen einer Verkäuferin, und die Taxifahrer sie waren flink am fahren schräg am überholen und den Menschen Auskundschaftend ob er nicht doch ein dickes Trinkgeld geben würde sie schimpften viel über den Verkehr, fuhren aber tagtäglich mit ihm.
Und überhaupt die ganzen Menschen da in dieser Stadt sie fragten in dem Moment nicht nach der. Quelle des Guten oder Bösen,
Jaja,
sie waren freie Menschen,
aber warte mal, hier sah es auch gewaltig aus als ob hier kein Unterschied gemacht wurde zwischen Laster und Tugend, denn da waren Sexschuppen neben Kirchen und da waren Nutten neben Kindern, ja da waren Säufer am Steuer und da waren Verbrecher in feinsten Anzügen Ja Sie waren sogar im Parlament und auch in der Kirche sie waren in den Schulen und in den Wissenschaften, da war Chaos in dieser Stadt da war Chaos in allen Städten, ja da war Chaos in den Ländern und Regierungen,
und das ist doch wohl klar ersichtlich,
denn da vor Wolf Zebra da war ein Gewimmel von Zeitschriften,
und es stand ja in denen, Mord und Totschlag, Betrug und Intrigen.
Bestechungen und Manipulationen, das war doch alles leicht zu sehen, da waren doch die Zwänge und das Unfrei machen in den Zeitungen zu erkennen...
So Wolf Zebra ging in ein Kino und sah sich den gerade erschienenen Film Star Trek an..
Als er danach auf die Strasse kam, war ihm die Umgebung noch fremder geworden. Er sich aber auch. Er war auch Ziellos, innerlich am Gedanken vorbeigetorkelt, dass er doch Vancouver sehen wollte, denn nun machte sich so etwas wie Sehnsucht nach Geborgenheit bemerkbar in ihm, und er merkte das er sich zurückgezogen fühlte zurück nach den Menschen in der Fernwood Street oder Road.
So zurück, hin zum Wasserflugplatz,

aber die fliegen nicht im Dunkeln,
mhhhm dann ins Telefonhäuschen um die Leute anzurufen; aber keine Antwort,
also Air Canada anrufen,
ja da ist eine Maschine heute Abend um Zehn Uhr, ja ich reserviere einen Platz für sie,
wie ist ihr Name,   ..
wie Bitte, Wolf Zebra, Kicher Kicher im Hintergrund,
Und dann war er wieder beruhigt, er flog in ein paar Stunden zurück nach Victoria, er fing an zu phantasieren, er fühle sich zu der Frau Debora hingezogen, jaja, er wollte sich das nur nicht eingestehen, aber bei solch einem Blöden wie Zebra ist das auch verständlich, er wollte sich nicht eingestehen, das er doch wegen der Frau in Berlin abgehauen war, es war doch alles wegen der Frau, oder stimmt das nicht,
oder stimmte das nicht,
war es auch wegen ihm,
natürlich war es auch wegen ihm, wegen der Blindheit in ihm, wegen der blinden Bluesheit in ihm die er nun auch noch nach Kanada geflogen hatte..............
Es war an der Zeit das Wolf Zebra endlich mal konsequenter wurde,
er musste- erkennen das er ein anderes geistiges Vermögen in sich aufwecken musste,
der Beurteilungsfaktor von dem er ausging musste verändert werden,
er musste, ja er musste,
eine innere Beurteilungsfähigkeit erkennen, und eine Bejahungsfähigkeit, die aus den Quellen des wirklich wahren und guten kommt, er musste es tun. Oder der Schlamm würde steigen, steigen, steigen.
er musste die Fehler erkennen.....
Er. musste sie auch zugeben
er musste das einfach...
Aber für den Schreiber ist das einfach zu sagen,einer Papierfigur zu sagen was er muss und was er nicht muss, meinte Wolf Zebra dann vorwurfvoll...
Und auf einmal schaute Wolf Zebra dann auf die Uhr, und Ja, da wars schon 20 Minuten vor Abflug,
und der Taxidriver wurde unter Druck gesetzt und mit Geld beködert,
und das lohnte sich dann,
die Frau wartete schon auf Wolf Zebra am Counter, und schon saß er im Flugzeug,
und der Flug würde ja nur 20 Minuten dauern,
aber was war das da kreiste das Flugzeug doch schon länger und noch länger und noch länger und wie lange fliegt es denn noch diese 20 Minuten Strecke,
das Flugzeug wird diesen Landeplatz nicht anlanden können,
der Flughafen ist leider in Nebel gehüllt,
wir können nicht landen,
also wieder zurück nach Vancouver,
dort wurden dann die Fluggäste Zebra auch in ein Riesen Hotel mit all dem Komfort verfrachtet,
Morgens um 6 Uhr würde die nächste Maschine fliegen, und wir würden geweckt werden,
also diese voll gestellten Hotelräume, und schon schlief Zebra ein,

als das Telefon da früh summte war er noch so benebelt aber doch sehr schnell unter
der Dusche und schnell wieder in den Kleidungsstücken und wieder in der Wartehalle
des Hotels
kein Frühstück, lange Gesichter, viele Beschwerden,
hinein in den großen komfortablen Bus,
hinein in das Flugzeug,
hinein,hinein, hinein,
und schon waren sie wieder auf dem Flugplatz in Victoria,
auch im Taxi saß Wolf Zebra schon, das ihn nun vor der Haustür,
ganz nahe zu ihr abgestellt hatte,
in Haus war es ruhig, die schliefen noch,
Wolf Zebra schlich sich in das gleiche Zimmer zog sich aus legte sich ins Bett und
schlief,
als erste blickte Debora spitzbübisch durch die Tür und grinste,
sie schiens zu wissen, zu fühlen, sie wusste es was Wolf Zebra sich verheimlichte,
auch Rob staunte nicht schlecht da waren angenehme Überraschungen in seinem
Gesicht zu sehen, und in Karins auch,
bloß Rodger als Wolf Zebra ihn später im Hospital besuchte war nicht so von Wolf
Zebra angetan, und machte eine lange Fresse,
ansonsten war da später im Haus ein Getuschel und Geflüster und Getue.....
Am folgenden morgen stand Wolf Zebra sehr früh auf, er hatte sich rasiert, hatte sich
frisch gemacht und hatte sich eine andere Blume in das Knopfloch des Pelzmantels
gesteckt.
Er verließ das Haus und ging zu Fuß zur Innenstadt.
Er wusste nicht dass er die Menschen dort alle gerne hatte. Er wusste nicht dass er
ihnen auch nicht sagen konnte das er sie gerne hatte. Er wusste nicht dass er dadurch
auch Schwierigkeiten zum Vorschein bringen würde. Er wusste noch nicht mal dass er
nicht wusste...............................
Er wusste nur das er Geld ausgeben wollte und Geschenke für Rodger kaufen würde
Er frühstückte ausgiebig und entspannt. Spazierte von einem Plattenladen zum andern.
Kaufte Platten von Police von AC- DC, von Zen Meditationsmusik, von Supertramp
und von Neil Young, von den Stones und von anderen Gruppen,
dann ging er wieder zurück..............................
Im Haus wars ruhig die waren alle arbeiten.
Wolf Zebra öffnete die erste Flasche Bier und fing an zu trinken. Er legte die erste.
Scheibe auf den Plattenteller und die wurde noch sachte abgespielt. Wolf Zebra
steigerte sich in das Biertrinken und in das Musikhören. Mit AC-DC wackelten die
Wände und der Tisch. Die Katze aber sie saß da ganz ruhig nebe ihm und schnurrte.
Wolf Zebra ballerte die Musik so laut das er sie garnicht mehr hören konnte,
er war angetrunken,
er versank im tiefen der Sinnlosigkeit,
er versank in der Stärke der Schwäche,
tiefe Augenränder zeigten sich sehr schnell,
die Nase war immer noch Rot, voller verbrennungs Alkohol Blasen,

er kam sich scheußlich vor,
er war am Ende der Reise,
er hatte weder Durchblick noch Denkkraft weder Einsicht noch Vorstellungskraft weder Wissen noch Lust zum Leben zu diesem Zeitpunk er war müde,
müde packte er dann seine paar Sachen zusammen,
schrieb einen kurzen Brief an Rodger,
ging aus dem Haus und ließ sich sehr, sehr viel Zeit von Nun an,
ja er wollte eigentlich garnicht mehr gehen so viel Zeit ließ er sich. Mit der Tasche in der Hand ging er den langen Weg zum Flugplatz.
Ihm war so als wenn er nur noch in Flugzeugen leben würde,
das würde wohl auch die Zukunft sein jeder in seinem Flugzeug,
mit dem ersten Flugzeug flog er dann nach Vancouver,
mit dem zweiten nach Montreal,
dort bei Zän und Lise wars auch am Zerfallen mit denen Beiden.
Und auch mit Ihm und Denen. Und die Freunde da, sie waren auch am streiten.
JaJa,,,,sogar in Kanada lebt der Blues der Germanen. Er ist der gleiche Blues ob Germanisch oder Kanadisch mit der gleichen menschlichen Tonvariation aus LichtTonFrequenzen bloß auf Kanadischem Territory.
Er flog dann nach New York,
wartete da Stunden und Stunden die Streikten und Streikten,
dann flog er nach London,
dann flog er nach Berlin,
und im Flug nach Berlin dachte er was ihm wohl gefallen würde und das war,dass wenn er die Frau Luisa in seiner Wohnung die ihm nicht gehört treffen würde,
das sie die Platte von Kraftwerke auflegen würde,
und das passierte dann auch,
sie kam gleich einige Stunden später nachdem Wolf Zebra in der gemütlichen Wohnung war zu ihm, ohne das er sie angerufen hatte oder und die erste Platte die Sie auflegte war Kraftwerke,
und Wolf Zebra grinste er grinste denn er hatte es inzwischen vergessen erinnerte sich nun daran, und er wusste das da eine feine Verbindung ist,
und auch so bleiben wird......
Mit Allem.......................
17 November 1981
1 Berlin 21
Wittstockerstrasse 8
5te Stock Hinterhof.
In einer für 3 Monaten gemieteten Wohnung von Weggereisten nach Norwegen.

**Wittstocker Strasse Berlin Moabit
Schreiben des Kanada Blues**

In meinem Leben musste ich viele Veränderungen erleben die mir durch meine Mitwelt vorgelebt vorgeplant vorgemacht werden inklusive meiner eigenen direkten schweren Erfahrungen die mein Glaubenssystem zerschmetterten und mein Denken zerstörten zumindest den Glaube an gewisse angebliche Wahrheiten die mir durch Tradition Religion Politik und Wissenschaft vorgespielt werden wurden. Aber Krisenzeiten sind von angenehm ungeheurer Bedeutung für jeden Menschen und somit Seele, die dann, und schon zuvor, sich niemals um den Respekt der sogenannten Gesellschaft gekümmert haben, da man erkannt hat das

374

diese Menschheit ein Haufen Irrer Wirrer Fanatiker Zerstörer und Täuscher sind, Ausgebeutet von GeldGeilKartellen und Politikern die noch Raubtiere sind und die knallhart wissen das sie immer für die WirtschaftsGeldGeilKartelle zu sein haben, damit ihr Abgang danach auch in Wirtschaftspositionen gut bestückt ist, ist die Gesellschaft ein Konglomerat von „Auszubeutendem" wo gezielt versucht wird die Gelder der Massen oder den Glaube der Massen für sich, die MachtGeldGeilKartelle zu Manipulieren. Und so bleibt einem gar nichts anderes übrig als den Glaube an Alles fallen zu lassen und sich selbst in sich auf der Suche nach Sinn und Wahrheit Klarheit und Liebe zu machen und das als richtig zu empfinden und dabei seine rebellische Freude zu küssen. Individualistisch also Ganz Einheitlich. Für mich waren die Zeiten gefährlich und leuchtend Golden da ich in meine eigene Tiefe Höhe Unendlichkeit Gegenwart die mehr als Glückseligkeit ist tauchen musste, denn ich sehe das die Gesellschaft das System also die Erbauer dieser Lügen und Tricksereien dieses Hinhalten's auf der Untersparflamme der Viehhaltung auseinanderfallen werden und müssen. Mit anderen Worten ich sehe das diese Gesellschaften egal ob demokratisch oder religiöser Plattfußmurks die Lüge als ihre Wahrheit leben also das künstliche das synthetische also das giftige und sich somit selbst verdammt haben und hat ja sogar selbst verflucht was wunderbar an den Resultaten auf dieser Erde nun erlebt wird und viel viel schlimmer werden wird. Guantanamo und Al Keida sind beide die gleichen Banditen und Mördersysteme kurzum das Böse die Ignoranz. Und so kann der Mensch oder die Gesellschaften nicht mehr sagen das Du, Er, Sie, Es ,Unrecht haben, da sie sich selbst als falsch erlebt und erwiesen hat denn ihre ganze System und Demokratie und Religionsweisheit hat sich global als falsch erwiesen die Ausbeutung finanziell ideologisch religiös lässt lächelnd grüßen. Doch Ich oder Du das wagemutige Individuum kann diese Gelegenheit nutzen um über den Verstand hinaus zu gehen da der Murksverstand der Menschheit ein Vollidiotengefängnis ist. So wirst du frei da die Gesellschaft unfrei ist.

W.E.Schorat 9.12.2007 Bad Zwesten

Natürlich gibt es Dinge, die wir,ich, nicht in den Griff bekommen im Leben,weil sie die Mehrheit der Welt betreffen.Ihr kollektiv Karma, National, International, also ihre Ursache Wirkungeigenschaften oder Dilemmas, und ihre komplexen Systeme, Geld,ihre Regierungen, Mentalität, Sitten,Gebräuche ,Glaubensfantasien, und vieles mehr, das völlig anders ist als Ich, mein Denken, Einsichten. Um Schwierigkeiten zu vermeiden, Konflikte, tu Ich was ich kann, tun wir was wir können, ohne mich, uns, zu sehr mit diesen Weltsytemen, Glaubenssystemen, der Menschen zu sehr einzulassen. Alleine ist es leichter Probleme dieser menschlich globalen Glaubenssysteme zu lösen. Dieser Täusch und IllusionsGlaubenssysteme egal ob Religiös oder Wissenschaftliche Glaubenssysteme. Denn diese Systeme oder Denkarten sind allesamt Diskriminierungssysteme also diskriminierungs Menschen Glaubenssysteme geblieben und werden so politisch wirtschaftlich religiös praktiziert. Deshalb wird hier auf der Erde vergiftet getötet verwüstet weil diese Glaubenssysteme Ignoranzsysteme sind und Ignoranz ist der Glaube von Raubmenschen ergo die Diskriminierung der Befreiung von all diesen Ignoranz Glaubenssystemen

....

25 Jahre Später.
Das Einscannen des 1981 geschriebenen Textes
Und die Arbeit am ComputerLayout in Bad Zwesten

Mit dem Kanu von Juni bis September auf dem Churchill River
in Nordsaskatchewan zur Hudson Bay in Nord Manitoba

MODERNES AMERIKANISCHES MANAGEMENT IN MÜNCHEN

Die Erzählung nach der SOLAR KANU Reise

In dieser höchsten Lehre Buddhas sagt er, dass das Hören des transzendentalen Tons und das Sehen des transzendentalen Lichts, zur höchsten Buddhaschaft und zur Befreiung führt.

In anderen Schriften wird auch von der *göttlichen Melodie* gesprochen. Die *Hindus* nennen sie auch *Anahad, Shabd* oder *Ahash Bani* - die *himmlische Stimme*. In den *Mandok-Upanischaden* wird vom *Udgith —* dem *himmlischen Gesang ~* gesprochen. Die *Sikhs* nennen es *Nam, Dhun* oder *Bani*, was *Melodie, Klang Wahrheit* oder *Wort, Stimme* bedeutet. Die *Moslems* sprechen vom *Kalma*, dem *Wort* oder der *Stimme Gottes*. Die *griechischen Mystiker* sprechen vom *Logos*. Und *Sokrates* spricht von der *Sphärenmusik*, die ihn in göttliche Reiche trug. In der *Bibel* wird vom *Wort, das bei Gott war,* gesprochen - im *Neuen Testament* ist es der *Heilige Geist*. Im *Yoga der Seele* wird vom *Licht-und Klangstrom* gesprochen. *Suma Ching Hai* lehrt die *Licht- und Klangstrom-Meditation,* die *Guanyin- Meditation.*

All das ist identisch mit Buddhas höchster Lehre vom transzendentalen Ton und dem transzendentalen Licht — der höchsten Form der Wahrheitsfindung. Nach 2600 Jahren zum ersten Mal in die deutsche Sprache übersetzt.

ISBN 3-932209-02-8

In dieser höchsten Lehre Buddhas wird im Surangama Sutra erwähnt,dass das Hören des transzendentalen Tons und das Sehen des transzendentalen Lichts zur höchsten Buddhaschaff und zur Befreiung führt. Aber das waren bloß zwei Aspekte der Surangama Lehre, in der viele andere Methoden und Wege gezeigt wurden um Befreiung zu erlangen.

In diesem zweiten Teil des Surangama Sutras erwähnt Buddha die Entwicklung vom Bodhisattva zur Buddhaheit, und die damit verbundenen Schwierigkeiten, die erscheinen, auf dem Weg dorthin. Wobei die letzte Hürde das Bewusstsein ist.Ich habe den Text nicht bloß übersetzt sondern auch das, was mir zu benebelt und unklar erschien, kritisch kommentiert.

ISBN-3-932209-12-5

**Schwangerschaftslösung auf spirituellem Weg
von Seele zu Seele
von Seele zu Gott**

TONSTROM VERLAG
ISBN-3-932209-04-4

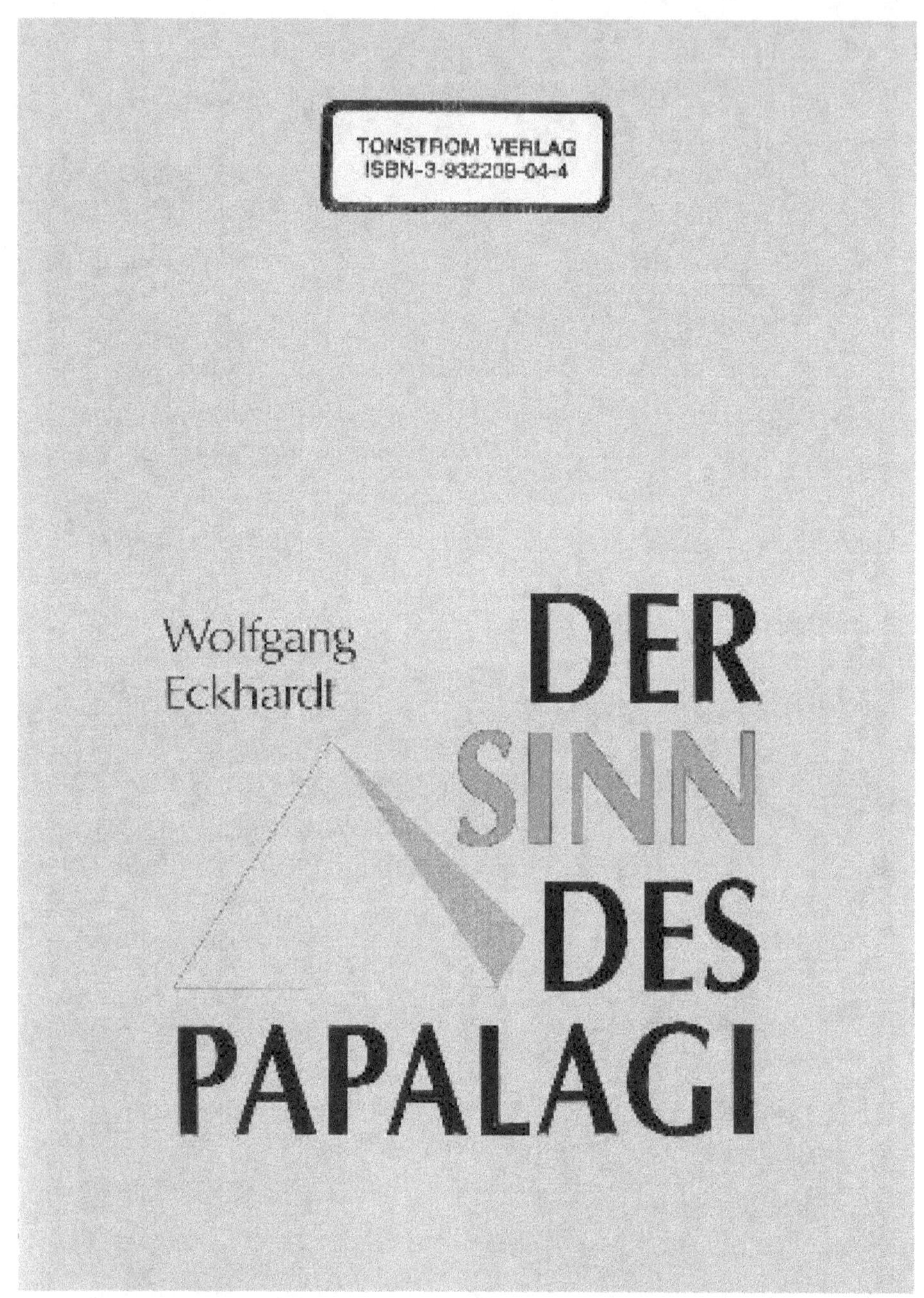

**Der Sinn des Papalagi ist der, dass er die Welt in einem besseren Zustand verlässt,
als er sie vorgefunden hat !
Zur Welt gehört auch er selbst. Das bedeutet, dass er sich nicht nur mit der
objektiven Weltverbesserung beschäftigt, sondern auch in sich, eine veränderung bewirkt.
Denn das würde sofort eine Verbesserung der global - menschlichen
Situation herstellen.**

Das Fernsehprogram wurde inzwischen von den Sattelitenbesitzern gestoppt,weil die Informationen in der immer größer werdenden Plattform für Alternative Wissenschaften und Einsichten oder die Kriege und Verstrickungen der Bankster Gangster Bankenbesitzer und das Leid das sie der Globalen Menschheit an tuen zu Monströs wurden. Inzwischen ist ja auch bekannt das die westlichen „ReGierungen" alle bloß Firmen Unternehmen sind und auch so registriert sind an der Börse. Bundesrepublik Deutschland D-U-N-S®Nr 341611478 SIC 9199. Mehr unter: http://www.novertis.com/wpress/wp-content/uploads/2010/09/Die-Mutation-der-Rechtsfaehigkeit-Orga-Sklave-Kurzerkl%C3%A4rung.pdf.oder   unter:http://www.neudeutschland.org/index.php/news/items/staat-regierung-oder-unternehmen.html.Sigmar Gabriel, SPD-Vorsitzender auf dem Sonderparteitag in Dortmund, 27.Februar 2010:„Wir haben gar keine Bundesregierung - Frau Merkel ist Geschäftsführerin einer neuen Nichtregierungsorganisation in Deutschland." Steht übrigens auch im Grundgesetz für die BRD, Art. 65.Das kommt aus den USA.Aber wenn Regierungen bloß Firmen sind, sind deren Gesetze für die Menschen ungültig. Unternehmen können den Menschen nicht ihre Regeln aufzwingen. Schaut unter www.thrivemovement.com nachfür Informationen wie der Verbrecheraufbau dieser Staaaaaat-Firmen ist. Oder lest das Buch „Das Ubuntu Prinzip" von Michael Tellinger . W.Schorat 22.10.2014

Hilfe und Heilung auf geistigem Weg durch die Lehre Bruno Grönings

– medizinisch beweisbar –

www.bruno-groening.de

Kosmische Analysen für die Welt

33 Jahre nach KanadaBluesReise
Hinzufügung von Buchwerbung 28.1.2010

Der Kanada Blues ist ein Globaler Blues. Es ist der Blues der Entwicklungsmäßig Primitiven und deshalb Bösartigen. Es ist der Blues der Räuber der Betrüger der Lügner und Täuscher. Es ist der Blues der Magnaten und RaubTierPrimaten. Es ist der Blues des Tötens. Es ist der Blues der bisherigen UnFähigKeit der RaubMenschen der FleischFresser sich zu Entwickeln und nicht MaterialismusMuus zu entwickeln. Es ist der Blues der MegaLügenBetrügenPolitik Global Im RealitätsMegaverlust der ManagerKriminalitäten. Der Blues der Deutsche Bank und Amerikanische Bank und Englische Bank und Russische Bank eben alle Banken, einer Leistung die Leiden schafft im BankenKollaps der dann durch Verbrecherpolitiker über Steuergelder sogar noch als Geschenk an die Banker vermarktet wird als Systemrelevante Notwendigkeit. Es ist der GlobalBlues geworden der Kanada Blues. Die Blues Finanzkrise ist der Blues der MegaPrimitiven RaubtierMenschen seien sie nun Banker Manager Politiker Wissenschaftler Päpste Kardinäle Mullahs Dullahs und Schnullahs. Sie sind alle TöterBluesVertreter abgesandte des Satans und der Satan ist ja laut Jesus die Lüge der Herrscher dieser Welt. Der Blues der Lüge wird größer Global und Kommunal. Aber RaubTierMenschen die noch

387

vom Töten anderer Lebewesen leben, können auch und kennen auch „Keine Wahrheit" denn Gott ist tot (Friedrich Nietzsche) ist total falsch. Friedrich Nietzsche ist tot. (Gott). Der Blues der RaubtierPolitik und RaubTierWissenschaft und der Blues der RaubTierWirtschaft und der Blues der Raubtierbanker Global ist der IgnoranzBlues des „Wissen ist Macht" . Es ist der Globale MachtBlues von MegaPrimitiven RaubTierMenschen. Mehr nicht und weniger auch nicht. Er führt mit 100% Sicherheit in die Totalzerstörung der Erde. Denn wo Wissen noch Macht bedeutet ist der Wahnsinn der Raubmenschen ein Segen für die GeldLüge. Und auch die KlimakatastrophenLüge die zu weiteren Ausbeutmechanismen Politisch Wirtschaftlich vermarktet wird, weil ja der Psychodruck mit Krieg seinen Psychodruck Global verliert in einer zusammenwachsenden menschlichen Wirtschaftsgemeinschaft, auch der KlimaBlues der ganz natürlich seit unzählbaren Perioden erscheint und wieder geht wird nun zur Ausbeutung GeBluest. Das RaubTier Mensch und deren Globalen Senilen Tötungssysteme will „Siegen" mit seinem Sekt SektenTum. Die Primitiven Herrschen. In der Politik Wissenschaft Religion Wirtschaft Kunst Kultur Monarchie Klans Familien der RaubTierMensch in der Evolution. Wunderbar zu sehen in der neuen KopulationsKoalition von SchwarzGelb, wo sofort saubere Energiegewinnung Solar Windenergie und Biolandwirtschaft gekürzt wird und die AtomBombenWahnSinnigen von diesen Unterprimitiven RaubTierPolitikern unterstützt werden. Es ist wirklich zum BluesSchmunzeln zu sehen wir wirklich echt sauber Dumm diese Menschen sind die das deutsche Volk nicht gewählt hat da ja 29% der wahlberechtigten Nichtwähler sind und damit schon größer ist als die 24% der BetrugsCDU oder der 16% der BetrugsSPD oder der 10% der BetrugsFDP oder der 8% der VersagerGrünen oder der 8% der LinkenLinken. Die Menschen wollen keine materialistische GeldGeilLügenBetrugs-ManagerReligionsWissenschaftSeuchen mehr. Der VollbeschäftigungsLügenbetrugsBlues der Wirtschaftsmanager und Betrugspolitiker und Faschisssmuusbeamten muss durch Freiheit ersetzt werden Freiheit mit bedingungslosem Grundeinkommen sonst wird Global ein BlutBaaaaad entstehen und die Menschheit wird sich zurück zum Talibanbewusstsein verblöden. Freiheit und bedingungsloses Grundeinkommen. Vollbeschäftigung ist eine Lüge. Eine Lüge um die Nichtbeschäftigten auch zu versklaven. Der Materialismus Muus braucht dumme dumpfe unweise habgierige Menschen um zu wachsen zu blühen um sich also die Natur und Menschen zu zerstören. Politisches und Wirtschaftliches Gesocks mit Doktor und Professorentitel müssen sofort ihre Rentenansprüche verlieren wenn sie Arbeitslose Platt machen wollen und sie weiterhin unter Druck setzen. Es sind alles RaubtierMenschen die Realität nicht erkennen können.Die Vasallen des Satans. Und diese Vasallen des Satans zbs. die Taliban und Al Kaida die werden zum auspeitschen der Politik und WirtschaftsEinpeitscher gegen die NichtArbeitenden auf 1€Basis angeheuert um diese Politiker Abzupeitschen. Freiheit von den Lügnern Betrügern der Geldgeilkartelle Global und all den Familien denen das gehört. Freiheit von diesen Menschen die seit sehr sehr sehr langer Zeit seit hunderten von Jahren das System so aufgebaut haben das sie immer die Lüge der Steuereinnahmen also die Versklavung der Steuereinnahmen so benutzt haben das sie diesen GeldPool für das weiterkommen ihrer Familienmachtbetrugsstrukturen benutzt haben. Bis heute den 28.1.10 wo diese GeldMacht

BetrugsfamilenKartelle weiterhin den MegaPooool der Steuereinnahmen für sich zum Ausbeuten per Gesetze zugeschrieben haben. Und die Überprimitiven durchgeknallten Politiker also Raubsäugetiere gebliebene in ihrer bodenlosen Ignoranz aber Betrugsrhetorikverhafteten ihnen weiterhin die Goldenen Schlüssel liefern siehe das Doppelgewinnpaket der Bankkrise wo erst die Gigagewinne gemacht wurden und dann die Gigaverluste aus dem GoldPottt der Steuerzahler noch hinzugefügt werden. Siehe das konsequent angewandte verweigern der Megamafiabankmanager dem Mittelstand Kredite zu geben damit der nämlich pleite geht und ihre Globalkonzerne gewinnen siehe die Gigamenge an Subventionen das ist alles seit Jahrhunderten aufgebaute Struktur dieser Satansanbeter an das Geld und die Macht „GLOBAL" von diesen Familien. Aber Satansanbeter sind auch die sogenannten Gotteskrieger und die Mullahs denn wer tötet und zum Krieg oder Töten aufruft gehört zum Satan zur Lüge. Jesus hatte ja auch erwähnt „Ihr habt den Teufel zum Vater und nach eures Vaters Gelüsten wollt ihr tun. Der ist ein Mörder von Anfang an und steht nicht in der Wahrheit, denn die Wahrheit ist nicht in ihm. Wenn er die Lüge redet, so redet er von seinem Eigenen, denn er ist ein Lügner und der Vater der Lüge". Und es sind diese Lügen die sich seit Generationen per Gesetze für die LügenKartellfamilienpolitik festgesetzt haben. Das muss aufhören. Der Mensch kann keine Evolution machen in und mit der Lüge er wird weiterhin das primitive Raubtier mit Unidiplom bleiben. Die Resultate sind Global sichtbar. Macht Evolution werdet „Nichttöter" werdet Vegetarier und baut nur Bionahrung an und nutzt alle Wind Sonnen Thermal und noch unbekannten aber schon vorhandenen spirituellen Technomöglichkeiten.
Alles Gute
Wolfgang Schorat
Bad Zwesten in Schneewinter
28.1.10
15:34 Uhr

webseiten von schorat

www.www.ararat-foto-ansichten.de
www.meditative-transformation-der-industrie.de
www.olhos-de-aguas-1974.de
www.nilgans-im-schwalm-eder-kreis.de
www.anleitung-zum-verhalten-in-finanzkrisen.de
www.shizzo-berlin1980.de

1. Auflage 2015
TonStrom Verlag
Heinrich-Heine-Straße 17
34596 Bad Zwesten
Tel/Fax 05626-1414
Herstellung: Books on Demand GmbH
Umschlag: Schorat
Layout : Schorat
© by Wolfgang Schorat
Printed

ISBN- 978- 3-932209-16-1

www.ingramcontent.com/pod-product-compliance
Lightning Source LLC
Chambersburg PA
CBHW081326090726
47907CB00010B/2391